HEYNE <

Das Buch

Die Temporalen triumphieren. Nachdem es ihnen gelungen ist, nahezu alle Zeitlinien zu manipulieren, wollen sie nun das Ende des Universums herbeiführen. Nur die Kantaki und ihre Verbündeten sind noch in der Lage, ihnen Einhalt zu gebieten und einzelne Zeitmanipulationen rückgängig zu machen. Valdorian, einstmals Herrscher über ein interstellares Wirtschaftsimperium, hat es den Temporalen ermöglicht, den Zeitkerker zu verlassen, um seinem eigenen Tod zu entrinnen. Doch der frühere Magnat hat für sein zweites Leben einen hohen Preis bezahlt: Der einst mächtigste Mann der Galaxis ist nun ein Sklave, der dem Willen seiner neuen Herren gehorchen muss, und seine alte Verbindung zur Kantaki-Pilotin Diamant macht ihn zum idealen Instrument, das Zentrum des Widerstandes aufzuspüren. Valdorian jedoch widersetzt sich diesem Plan. Auf seiner Flucht gerät er in ein Paralleluniversum und versucht, dort einen Kontakt zu Diamant herzustellen. Aber auch hier wird er von seiner Vergangenheit eingeholt ...

Der Autor

Andreas Brandhorst, 1956 im norddeutschen Sielhorst geboren, schrieb bereits in jungen Jahren phantastische Erzählungen für deutsche Verlage. Es folgten zahlreiche Heftromane - unter anderem für die legendäre Terranauten-Serie - sowie Fantasy- und Science-Fiction-Taschenbücher. Die Romane »Diamant«, »Der Metamorph« und »Der Zeitkrieg« sind Teil des großangelegten Kantaki-Zyklus. Brandhorst lebt als freier Autor und Übersetzer in Norditalien.

Mehr Informationen zu Autor und Werk unter: www.kantaki.de

Andreas Brandhorst

DER ZEITKRIEG

Roman

Originalausgabe

WILHELM HEYNE VERLAG
MÜNCHEN

FSC
Mix
Produktgruppe aus vorbildlich bewirtschafteten Wäldern und anderen kontrollierten Herkünften
Zert.-Nr. SGS-COC-1940
www.fsc.org
© 1996 Forest Stewardship Council

Verlagsgruppe Random House FSC-DEU-0100
Das FSC-zertifizierte Papier *München Super* für Taschenbücher aus dem Heyne Verlag
liefert Mochenwangen Papier.

Originalausgabe 10/05
Redaktion: Rainer Michael Rahn

www.heyne.de
Printed in Germany 2005
Umschlagillustration: David Hardy
Innenillustrationen: Georg Joergens
Umschlaggestaltung: Nele Schütz Design, München
Satz: C. Schaber Datentechnik, Wels
Druck und Bindung: GGP Media GmbH, Pößneck

ISBN 3-453-52102-1

Inhalt

Danksagung

Mein Dank gebührt Sascha Mamczak und insbesondere Rainer Michael Rahn, ohne den die Kantaki-Romane nicht das wären, was sie sind.

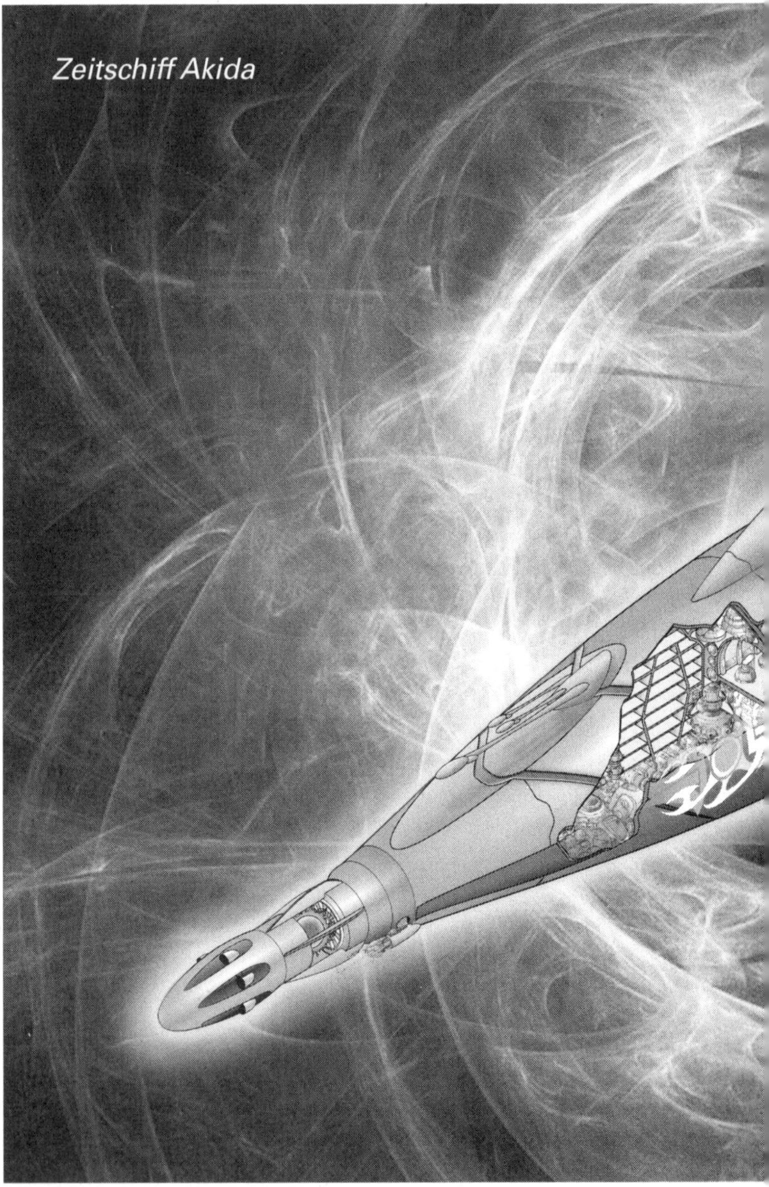
Zeitschiff Akida

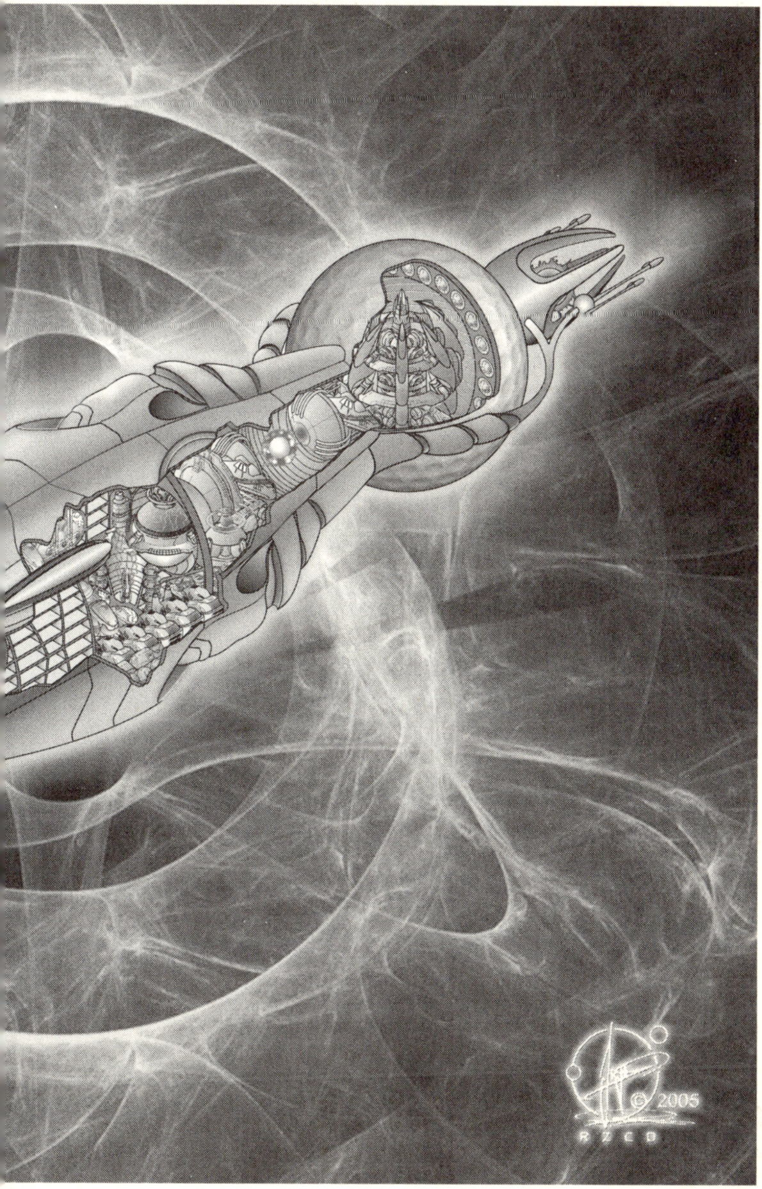
© 2005
RZCD

Diamant und
das Kastell

© 2005
R Z C D

Prolog

Alle Farben

Transraum, 23. November 499 SN

Ist dies der Tod?, fragte sich Diamant, ohne eine Erinnerung ans Sterben.

Eben hatte sie noch im Pilotensessel von Vater Grars Schiff gesessen, die Hände in den Sensormulden, das Bewusstsein verbunden mit den Bordsystemen des riesigen Kantaki-Schiffes, das sich wie eine Erweiterung ihres Körpers anfühlte. Und nun schwebte sie plötzlich in einem grauen Nichts, umgeben von einer Leere, die mehr darstellte als die Abwesenheit von Dingen.

In dieser Leere, so *fühlte* Diamant, fehlten Raum und Zeit. Wie sie trotzdem darin existieren konnte, blieb ein Rätsel, aber wichtiger erschien ihr die Frage, ob sie noch lebte.

Etwas *veränderte* sich um sie herum. Das Grau kontrahierte, zeigte dabei hier und dort erste Farben. Bilder entstanden, und Diamant sah ihr Leben – jeder Moment ein einzelnes Bild, zum Greifen nahe und doch weit entfernt, Szenen einer inzwischen zweihundertdreiundzwanzig Jahre dauernden Existenz.

Sie sah sich selbst als Lidia DiKastro, Studentin der Xenoarchäologie auf Tintiran. Sie sah sich in Begleitung des Magnatensohns Valdorian, der glaubte, Entscheidungen für sie treffen zu können, der sie besitzen wollte. Sie sah, wie sie im Jahr 301 Seit Neubeginn zur Kantaki-Pilotin

Diamant wurde und damit relative Unsterblichkeit genoss. Sie sah die Begegnung mit der siebenhundert Jahre alten und doch so jung wirkenden Esmeralda, die ebenfalls Kantaki-Schiffe flog.

Und sie sah Szenen, die nicht Teil ihres Lebens waren, zumindest nicht des Lebens, das *sie* geführt hatte. Die Bilder zeigten ihr nicht das eine Leben von Lidia DiKastro und Diamant, sondern hunderte, tausende, und jedes von ihnen war nicht weniger real als das, an das sie sich erinnerte. Sie schwebte im Zentrum, von dem Lebensbänder wie die Speichen eines Rades ausgingen, beobachtete zahllose Alternativen von sich selbst, wie lebendige, mit Leib und Seele ausgestattete Spiegelbilder, jedes von ihnen ebenso existenzberechtigt wie alle anderen.

Eine Schere kam.

Tausend Scheren kamen, und noch viel, viel mehr, so viele Scheren wie Bilder, und alle schnappten gleichzeitig zu, zerschnitten die Lebensbänder in ihre einzelnen Szenen, mit einem Geräusch, das wie das Zischen eines herabsausenden Fallbeils klang.

Wind wehte durch das Nichts, ein Sturm, der sich nicht um die Abwesenheit von Zeit und Raum scherte. Seine Böen packten die einzelnen Bilder, wirbelten sie wie welkes Laub auf und vermischten tausend und mehr Leben, verwandelten sie in einen bunten tanzenden Reigen.

Diamant streckte die Hand nach ihnen aus, aber der Wind trug die vielen Bilder fort, fauchte nun auch in den Gewölben ihres Geistes, zerrte dort an Gedanken und Gefühlen.

Die Farben wogten durcheinander, und Diamant spürte, wie sie sich in ihnen aufzulösen begann. *Wenn dies nicht der Tod ist, so kommt nur noch Wahnsinn infrage,* dachte sie mit einem letzten Rest von klarem Bewusstsein. Die Farben saugten ihr Selbst an, aber der Sog war nicht überall gleich, und er betraf auch nicht ihr ganzes Ich.

Sie kam sich vor wie ein Mosaik, an dem hundert Hände zerrten, jede von ihnen bestrebt, bestimmte Teile zu erlangen. Die Farben ... Sie fühlten sich unterschiedlich an; manche von ihnen schienen wirklicher zu sein als andere.

Der Sturm inmitten des Nichts zerfetzte ihr Ich, und sie fiel zurück in tausend Welten.

1

Doppelter Tod und ein Leben

Gelb: Abalgard, 12. Juli 5431

»Das hätte gefährlich werden können«, sagte Lidia DiKastro, seit dreißig Jahren Xenoarchäologin, spezialisiert auf die Hinterlassenschaften der legendären Xurr. Sie trat in den Windschatten eines Felsens und beobachtete die gewaltige Eismasse, die sich vom Gletscher gelöst hatte – sie lag geborsten und gesplittert weiter unten im Tal.

»Ach, das glaube ich nicht.« Lidias Assistent kam näher, wie sie selbst in einen Thermoanzug gekleidet. Sein Gesicht verbarg sich halb hinter einer Atemmaske aus Synthomasse, und die Stimme kam aus einem kleinen integrierten Lautsprecher. »Wir haben das Lager ganz bewusst abseits des Gletschers errichtet, und selbst wenn die abgebrochenen Massen in unsere Richtung gerutscht wären: Die Kontrollservi hätten rechtzeitig den Sicherheitsschild aktiviert; uns wäre nichts passiert.«

Trotz der Atemmaske glaubte Lidia, das Lächeln auf den Lippen ihres Assistenten zu sehen. Der junge Paulus – so lautete sein Vorname; der Nachname bestand aus sechzehn Silben, und sie hatte nie versucht, sich ihn zu merken – war unerschütterlicher Optimist und sah immer alles von der besten Seite. Lidia wusste nicht recht, ob sie ihn deshalb beneiden oder bemitleiden sollte.

Sie beugte sich am Felsen vorbei, in den beißend kalten Wind, der über die eisverkrusteten Grate und schneebedeckten Gipfel des nördlichen Polargebirges von Abalgard fauchte, und blickte über den Hang zum Lager weiter unten, das nur als ein dunkler Fleck auf dem Weiß des Schnees erkennbar war. Winzige Punkte bewegten sich dort: Mitglieder des archäologischen Teams, das hier im hohen Norden nach weiteren Fundstellen von Xurr-Artefakten suchte.

»Sehen Sie sich das an.«

Lidia kehrte in den Windschatten des Felsens zurück und stellte fest, dass Paulus inzwischen weitergegangen war. Er stand zwischen zwei bizarren, wie exotische Gewächse aussehenden Eisformationen und deutete zum Gletscher empor. »Die Abbruchstelle ...«

Lidia folgte ihm, trat vorsichtig an scharfkantigen Felsen vorbei und wich Spalten aus. Der Wind pfiff über sie hinweg und wehte lange, rauchartige Schneefahnen von den Graten. Kurze Zeit später verharrte sie neben Paulus, sah wie er nach oben und wusste sofort, was er meinte. Die Abbruchstelle war nicht schartig und ausgefranst, sondern so glatt wie mit einem Strahlbohrer geschnitten. Eine mehr als zweihundert Meter hohe Eiswand ragte vor ihnen auf, und sie war völlig glatt.

Lidia sah noch weiter nach oben, zum fernen Dreigestirn, das blass am grauen Himmel hing. Abalgard beschrieb eine sehr komplexe Bahn um den Tristern, und hinzu kamen nicht minder komplizierte Orbitalmuster der drei eng beieinander stehenden Sonnen. Nach den letzten Berechnungen ging auf dem vierten Planeten dieses ungewöhnlichen Sonnensystems eine Eiszeit zu Ende, die vor mehr als zehntausend Jahren begonnen hatte, zu jener Zeit, als die Xurr verschwunden waren.

»Ich habe schon viele Gletscher gesehen, aber so etwas noch nie«, sagte Paulus. »Man könnte meinen, dass wir hier eine Art Sollbruchstelle vor uns haben.«

Lidia schaltete ihren Individualschild ein, kletterte an Eis- und Felsbrocken vorbei und näherte sich der Eiswand, die allein durch ihre Ausmaße beeindruckte. Das letzte Stück des Weges war recht steil, und Lidia DiKastro, inzwischen fünfundfünfzig Jahre alt, atmete schwer, obwohl die Maske vor ihrem Gesicht die kalte, dünne Luft wärmte und mit Sauerstoff anreicherte.

Als sie dicht vor dem Ende des Gletschers stand, sah sie etwas in seinem eisigen Leib, vage Konturen, wie ein eingefangener Schatten. Erste Aufregung kribbelte in ihr, aber Lidia hielt sie unter Kontrolle. Aus Erfahrung wusste sie, wie leicht Vorfreude zu Enttäuschung führte.

»Ich glaube, da steckt etwas drin«, sagte sie.

»Vielleicht ein eingefrorener Xurr?«, fragte Paulus scherzhaft und kam ebenfalls nach oben.

»Wir wissen, dass die Eiszeit vor mehr als zehntausend Jahren innerhalb kurzer Zeit den ganzen Planeten erfasste – wir sprechen hier von Monaten, nicht von Jahren oder gar Jahrzehnten. Vielleicht wurde die damalige Kolonie der Xurr überrascht. Mit ein wenig Glück ...«

Weit oben bildete sich eine Lücke im Grau der dünnen Wolken, und das Licht der Trisonne wurde heller, fiel ungefiltert auf den Gletscher, durchdrang das Eis ...

Die Konturen ließen plötzlich eine Struktur erkennen, eine Art Ballon, oben dick und unten dünn, bestehend aus einer fleischartigen Masse, die Lidia von anderen Fundorten kannte: von den Xurr gezüchtetes Gewebe.

»Ist es wirklich das, wonach es aussieht?«, fragte Lidia voller Ehrfurcht.

Der neben ihr stehende Paulus rieb sich die Augen. »Wir kennen die organischen Raumschiffe der Xurr nur von plastischen Darstellungen, aber ...« Er schnaufte. »Meine Güte. Vielleicht *war* es eine Sollbruchstelle. Vielleicht haben die Xurr damals eines oder einige ihrer Schiffe einfrieren lassen, aus welchen Gründen auch immer. Vielleicht nutzten sie die Eiszeit von Abalgard, um sich zu verbergen, vor der Gefahr, die die anderen zur Flucht veranlasste.«

»Die Xurr«, sagte Lidia langsam. »Abgesehen von den

Horgh die einzige andere Spezies, die zur überlichtschnellen Raumfahrt fähig war.« Sie lauschte dem Klang der eigenen Worte und stellte verwundert fest, dass sie ... seltsam klangen. Etwas schien zu fehlen, eine wichtige Information.

Sie trat noch einen Schritt vor, so dicht an die gewaltige Eiswand heran, dass sie sie mit der ausgestreckten Hand berühren konnte, und dabei gewann sie den verwirrenden Eindruck, ihre Umgebung wie durch eine dünne transparente Membran wahrzunehmen.

»Wenn das Objekt dort drin wirklich ein konserviertes Raumschiff der Xurr ist ...«, sagte Paulus leise. »Das wäre eine ungeheure Sensation und ... He, was ist das denn?«

Lidia drehte sich um.

Zwischen ihr und Paulus zeigte sich ein schwarzer vertikaler Streifen in der Luft, etwa zwei Meter lang und so dünn wie ein Haar. Er zitterte, schwankte, senkte sich dann dem Boden entgegen. Als er ihn berührte, wuchs der Streifen zu einem Spalt, zu einem Riss in der Luft, und aus seiner Schwärze trat eine Gestalt, in einen schwarzen Kampfanzug gekleidet, das Gesicht hinter dem dunklen Helmvisier verborgen. Sie hob die rechte Hand, richtete eine Waffe auf Lidia und schoss.

Die energetische Entladung traf den Kopf der Xenoarchäologin und tötete sie auf der Stelle.

Orange: Tintiran, 29. März 5416

Levitatoren summten auf der großen Terrasse vor der Villa, und Lidia DiKastro trat neugierig ans Fenster des Blauen Salons, der während der letzten Jahre zu *ihrem* Zimmer geworden war. Weitere Vehikel näherten sich, zivile Levitatorwagen und Patrouilleneinheiten des Konsortiums. Männer und Frauen stiegen aus, manche von ihnen in Uniformen gekleidet. Als Lidia den Blick hob, sah sie ein großes

Sprungschiff der Horgh, das aus den Wolken über dem Scharlachroten Meer kam und dem Raumhafen von Tintiran entgegensank. Sie glaubte zu verstehen.

Mit einem entschlossenen Ruck wandte sich Lidia vom Fenster ab, verließ den Blauen Salon – seit einiger Zeit immer mehr ein Ort der Trauer für sie – und eilte nach draußen. Jonathan versuchte, sie aufzuhalten, aber sie schenkte ihm keine Beachtung, ging einfach an ihm vorbei.

Valdorian wollte gerade in einen Levitatorwagen steigen, als Lidia die Terrasse erreichte. Er sah sie und zögerte.

»Ich möchte mitkommen«, sagte sie.

Valdorian wechselte einen kurzen Blick mit den Männern und Frauen in seiner Nähe. »Dies geht Sie nichts an.«

»Ich bin Ihre Frau«, sagte Lidia. »Was Sie betrifft, geht mich sehr wohl etwas an.« Sie wusste nicht genau, warum sie ausgerechnet diesen Zeitpunkt und diesen Ort wählte. Vielleicht war ein kritischer Punkt erreicht, denn sie ahnte, was Valdorian plante. Der Tropfen, der das Fass zum Überlaufen brachte ... Die Worte mussten einfach aus ihr heraus. Und es waren nur die ersten. Andere lauerten in ihr, hatten sich während der letzten Jahre in ihr aufgestaut, durch Kummer und Zorn.

»Lidia ...« Valdorian kam auf sie zu, gut vierzig Jahre alt, groß und schlank, das Haar ebenso grau wie die kühl blickenden Augen. Sein Gesicht war wie eine Maske, und manchmal fragte sich Lidia noch immer, was sich dahinter verbarg, nach fünfzehn Jahren Ehe. »Dies ist eine Angelegenheit des Konsortiums.«

Sie hatte es satt, von ihm behandelt zu werden wie eine Subalterne, wie ein Objekt, das man ganz nach Belieben benutzen oder zur Seite stellen konnte. Aber diesmal ging es um mehr: Valdorian schickte sich an, Tintiran und die anderen Welten des Mirlur-Systems in Gefahr zu bringen, darunter auch den vierten Planeten Xandor, auf dem ihre Eltern lebten, der Schriftsteller Roald DiKastro und die Pianistin Carmellina Diaz.

Lidia trat ganz dicht an Valdorian heran und sprach so leise, dass nur er sie verstehen konnte. Dennoch mangelte es ihrer Stimme nicht an Schärfe. »Ich habe Ihre Vorbereitungen während der letzten Tage beobachtet. Sie haben mehrere Einsatzgruppen gebildet, und jetzt das Horgh-Schiff ... Es geht Ihnen um Viktor, nicht wahr? Oder um einen seiner Gesandten. Die Blassen sind mit den Horgh liiert. Wenn Sie einen von Viktors Leuten umbringen, ziehen Sie sich die Feindschaft der Horgh zu. Dadurch könnte das ganze Mirlur-System in Gefahr geraten.«

Valdorian presste kurz die Lippen zusammen. »Es ist Viktor höchstpersönlich, und er wird Tintiran nicht wieder verlassen. Wir haben unsere eigenen Blassen; von jetzt an werden wir keine Steuern mehr an die Parasiten abführen. Das Konsortium ist stark genug. Wir erklären unsere Unabhängigkeit von der Erde und den Dreizehn Hohen Welten unter der Regentschaft von Viktors Blassen.«

»Und wenn es zum Krieg kommt?«

»Wir gewinnen ihn.«

»Das ist Wahnsinn.«

»Das ist Politik.«

Valdorian drehte sich um und kehrte zum Levitatorwagen zurück. Lidia sah ihm nach, fassungslos und tieftraurig angesichts der bitteren Erkenntnis, dass sie seit anderthalb Jahrzehnten mit einem Mann verheiratet war, den sie überhaupt nicht kannte. Einmal mehr fragte sie sich, was sie damals dazu bewogen hatte, einer Ehe mit Valdorian zuzustimmen. Die Aussicht, an seiner Seite zur Magnatin zu werden und ein Leben »ohne Kompromisse« zu führen, mit der Möglichkeit, sich alle – materiellen – Wünsche zu erfüllen? Vielleicht. Aber sicher hatte es noch mehr gegeben, das wollte sie glauben, selbst aus einem Abstand von fünfzehn Jahren. Doch nichts war davon geblieben, bis auf den ... Diamanten, den Valdorian ihr damals geschenkt hatte. Seit langer Zeit hatte sie ihn nicht mehr betrachtet, sein Funkeln nicht mehr bewundert. Er lag jetzt im Sicherheitsfach ihres Schlafzimmers, hinter energetischen Barrieren, ebenso gefangen wie sie selbst.

Lidia blinzelte und stellte fest, dass sich die Terrasse leer vor ihr erstreckte. Die Levitatorwagen und Patrouillenfahrzeuge des Konsortiums waren gestartet, ohne dass sie es bewusst zur Kenntnis genommen hatte.

»Magnatin?« Jonathan stand neben ihr, Valdorians Sekretär, ein unscheinbarer Mann, der zu verschwinden schien, wenn man sich nicht auf ihn konzentrierte.

Lidia drehte sich um. »Bringen Sie mich in die Stadt. Ich ... brauche Bewegung.«

Dichte Wolken zogen übers Scharlachrote Meer und brachten einen frühen Abend. Tausende von Lichtern glühten und funkelten in Bellavista; Lidia dachte dabei an eine Ballerina, die ihr Kleid wechselte. An der Grenze von Tag und Nacht gefiel ihr die Stadt besonders, denn sie zeigte sich gleichzeitig von beiden Seiten, die eine ebenso schön wie die andere.

»Haben Sie ein bestimmtes Ziel?«, fragte Jonathan neben ihr.

Lidia bedachte ihn mit einem erstaunten Blick – sie hatte fast vergessen, dass er sie begleitete. Zahllose Gedanken gingen ihr durch den Kopf, wie eigenständige Wesen, die sich ihrer Kontrolle entzogen, und es gelang ihr nicht, sie zu ordnen. Wie verwundert musterte sie den Sekretär ihres Mannes, der zwanzig Jahre jünger als sie war, und aus irgendeinem Grund schien das nicht richtig zu sein. Sie sah kurzes, aschblondes Haar und graugrüne Augen, eine weder zu krumme noch zu gerade Nase, weder zu dünne noch zu dicke Lippen. Irgendetwas in Lidia glaubte, dass dieser so unscheinbare Mann älter sein sollte.

Sie sah sich um und bemerkte das zivile Personal, das sie auf Valdorians Veranlassung hin immer begleitete: bewaffnete Leibwächter, die Passanten daran hinderten, ihr zu nahe zu kommen; medizinische Subalterne, um – falls nötig – Erste Hilfe zu leisten; persönliche Bedienstete, die nur darauf warteten, dass sie einen Wunsch äußerte – das Gefolge einer Dynastin. Lidia hatte längst den Versuch aufgegeben, diese ganz besonderen Fesseln abzustreifen.

»Nein«, beantwortete sie Jonathans Frage, ging weiter und fühlte sich wie in einem Traum, der sie nicht freigab. Dieses sonderbare Empfinden stellte sich seit einigen Wochen immer wieder ein, und Lidia vermutete, dass es auf ihren inneren Konflikt zurückging, der sich verschärfte. Ein Teil von ihr wollte endgültig resignieren und sich mit allem abfinden, auch damit, dass Valdorian sein eigenes Leben lebte, ohne ihr Platz darin einzuräumen. Ein anderer Teil klammerte sich an der Hoffnung fest, dass es eine Möglichkeit gab auszubrechen, den goldenen Käfig des Magnatenlebens an der Seite eines kalten, egozentrischen Mannes zu verlassen und in die Freiheit zurückzukehren, endlich aufzuatmen.

Vor dem halbdunklen Präsentationsfenster eines Geschäfts blieb Lidia stehen und betrachtete die ausgestellten Kunstwerke aus Muscheln und Tintiran-Korallen. Kleine pseudoreale Sonnen umkreisten sie, bildeten dabei schnell wechselnde Muster aus Licht und Schatten, die mehr Tiefe schufen, als tatsächlich existierte. Doch schon nach wenigen Sekunden erregte etwas anderes Lidias Aufmerksamkeit: das eigene Spiegelbild. Sie sah das Gesicht einer Frau in mittleren Jahren, mit großen Augen, eine Mischung aus Smaragd und Lapislazuli, das schwarze Haar lockig und schulterlang – das Gesicht einer Frau, die sich die Schönheit der Jugend bewahrt hatte, ohne eine einzige Resurrektion. Aber es war auch das Gesicht einer Frau, die seit vielen Jahren unglücklich war.

Es donnerte in der Ferne, und als Lidia zum Raumhafen sah, blitzte es dort mehrmals auf.

»Er hat es wirklich getan«, murmelte sie.

Jonathan trat einen Schritt näher. »Magnatin?«

»Valdorian. Er hat Viktor umgebracht.«

Lidia drehte sich um und sah ... einen Blassen.

Der Mann stand nur zwei Meter entfernt und hatte es irgendwie geschafft, an den Leibwächtern vorbeizugelangen. Schlank und groß war er, ein ganzes Stück größer als Lidia, und er trug die beigefarbene uniformartige Kleidung eines Sippenbruders der Horgh. Sein Gesicht wirkte völlig blutleer, und die geröteten Augen lagen tief in den Höhlen. Wie Viktor und die anderen Blassen zählte er zu den Neuen Menschen: Nur sie waren in der Lage, die geistigen Schockwellen bei den Überlichtsprüngen der Horgh-Schiffe zu ertragen. Alle anderen Passagiere - normale Menschen ebenso wie Taruf, Ganngan, Grekki, Quinqu, Kariha, Mantai und so weiter - mussten die Überlichtphasen der Sprungschiffe im Transitstupor verbringen, und selbst das blieb nicht ohne Risiko. Immer wieder kam es vor, dass trotz des schützenden Stupors jemand den Schockwellen erlag und nie wieder erwachte.

Zwei muskulöse Leibwächter wollten den Blassen zurückdrängen, aber Lidia winkte ab. Neugierig trat sie näher und richtete einen fragenden Blick auf den Mann.

»Sie gehören nicht hierher«, sagte er mit seltsam rauer Stimme, ging ohne ein weiteres Wort an ihr vorbei und schritt am Rand des breiten, mehrstufigen Verkehrskorridors entlang, der wie eine Schlagader den urbanen Leib von Bellavista durchzog. Er verschwand zwischen den anderen Passanten.

Lidia sah ihm nach und glaubte zu beobachten, wie die Konturen ihrer Umgebung verschwammen, als sähe sie alles durch eine dünne transparente Membran. Sirenen heulten in der Ferne, und Levitatorwagen des Konsortiums sausten in den hohen Flugkorridoren zum Raumhafen. Unruhe bereitete sich aus.

Etwas veranlasste Lidia, sich in Bewegung zu setzen und immer schneller zu gehen, bis sie fast lief, vorbei an Dutzenden von schwebenden Lampen, an Präsentationsflächen und kleinen Restaurants. Der Himmel war dunkel geworden, und in der Ferne über dem Scharlachroten Meer flackerten die Blitze eines Unwetters.

»Vielleicht sollten wir zur Villa zurückkehren«, sagte Jonathan, der nach wie vor an ihrer Seite blieb.

»Nein«, erwiderte Lidia nur und eilte weiter, durch eine Stadt, die ihr plötzlich immer fremder wurde. Sie sah Verwirrung und Sorge in den Gesichtern der Leibwächter und Bediensteten, achtete aber nicht darauf, während sie weiterhin entschlossen einen Fuß vor den anderen setzte, als ginge es darum, schnell ein ganz bestimmtes Ziel zu erreichen.

»Etwas stimmt nicht«, sagte sie plötzlich. »Warum fliegen Menschen mit den Horgh?«

»Mit wem sollten sie sonst fliegen?«, erwiderte Jonathan sanft. »Die Xurr verschwanden vor vielen Jahrtausenden, und abgesehen von ihnen beherrschen nur die Horgh die überlichtschnelle interstellare Raumfahrt.«

»Was ist mit den ...« Lidia suchte nach dem richtigen Wort und schüttelte hilflos den Kopf. Nach einigen weiteren Metern blieb sie stehen und sah sich um. Die Gebäude hinter ihr und zu beiden Seiten entsprachen genau Lidias Erinnerung, aber das Bauwerk vor ihr ... Es bestand aus mehreren Kugeln und bot verschiedene Andersweltenan. »Wo ist die Pagode?«

»Die Pagode?«

Lidia zeigte auf das Gebäude, während Leibwächter und Bedienstete sie mit einem lebenden Schild umgeben. »An diesem Ort hat einmal eine ... Sakrale Pagode gestanden.«

»Das Andersweltenzentrum existiert seit fünf Jahren«, sagte Jonathan. »Vorher gab es hier einen Gebäudekomplex mit kulturellen Einrichtungen der Taruf, Quinqu und Mantai.« Der Sekretär zögerte kurz. »Geht es Ihnen nicht gut, Magnatin?«

»Eine Sakrale Pagode«, wiederholte Lidia. »Ich bin in ihr gewesen und habe dort ...«

 Zwei der Leibwächter, die sie umringten, entfernten sich,

ohne dass sich ihre Beine bewegten. Der Raum zwischen ihnen und Lidia schien sich zu dehnen, und eine vertikale schwarze Linie entstand in der Luft, etwa zwei Meter lang und haardünn. Verblüfft beobachtete Lidia, wie sie den Boden berührte und breiter wurde, zu einem Spalt in Raum Zeit. Eine Gestalt trat hindurch, gekleidet in einen dunklen Kampfanzug, hob die rechte Hand mit der Waffe ...

Ein Leibwächter reagierte und schoss mit einem kleinen Hefok, doch der Strahl zerstob an einem Schirmfeld, das den Unbekannten umgab.

Die Gestalt im Kampfanzug zielte auf Lidia und schoss. Feuer sprang ihr entgegen und verbrannte sie.

Blau: Kantaki-Nexus, 2. Februar 571 SN

»Ist das nicht großartig?«, fragte Esmeralda und lächelte mit der Unbefangenheit eines jungen Mädchens, obwohl sie inzwischen fast tausend Jahre alt war – Kantaki-Piloten alterten nicht, während sie die riesigen schwarzen Raumschiffe durch den Transraum steuerten.

Diamant, inzwischen selbst fast dreihundert Jahre alt und nach ihrem äußeren Erscheinungsbild noch immer eine junge Frau, lehnte sich zurück, und der Sessel drehte sie langsam. Die transparente Kuppel des Observatoriums gewährte ungehinderten Blick ins All – auf der einen Seite hing das Feuerrad der Milchstraße in der Leere, auf der anderen die Andromeda-Galaxis. Der Kantaki-Nexus, in dem sich die beiden Pilotinnen befanden – eine mehrere Kilometer lange, zylinderförmige Raumstation, die den Kantaki als Wartungsbasis für ihre Schiffe und als Kommunikationsknoten diente –, schwebte mitten zwischen den beiden Galaxien im All.

»Ja«, sagte Diamant und lächelte. »Wir sehen in die Vergangenheit. Das Licht, das uns hier von der Milchstraße und dem Androme-Galaxie erreicht, ist jeweils mehr als eine Million Jahre alt.«

»Ganz gleich, wo man sich aufhält und in welche Richtung man sieht: Das All ist immer ein Fenster in die Vergangenheit.« Esmeralda lächelte verschmitzt. »Wenn uns ausreichend leistungsstarke Beobachtungsgeräte zur Verfügung stünden, könnten wir vielleicht uns selbst sehen, vor hundert, zweihundert oder mehr Jahren. Würde dir gefallen, was du dann sähest?«

»Ich bereue nichts, wenn du das meinst«, erwiderte Diamant, deren Blick noch immer zwischen Milchstraße und Andromeda-Galaxis hin und her wechselte. »Das mit Valdorian gewiss nicht.«

»Valdorian?«

»Wir haben vor vielen, vielen Jahren zum letzten Mal über ihn gesprochen. Der spätere Primus inter Pares des Konsortiums, der mir damals auf Tintiran einen Ehekontrakt angeboten hat. Er wollte, dass ich seine Frau werde, aber ich habe mich für das Leben als Kantaki-Pilotin entschieden.«

Es raschelte, als Esmeralda aufstand, und wenige Sekunden später erschien sie in Diamants Blickfeld: eine junge Frau, trotz ihrer tausend Jahre, fast noch ein Mädchen. Das glatte blonde Haar reichte ihr bis über die Schultern. »Du hast mir nie von einem Valdorian erzählt«, sagte sie und lächelte nicht mehr.

»Vielleicht hast du es vergessen. Wie gesagt, es ist lange her.«

»Solche Dinge vergesse ich nie. Ich ...«

Ein seltsames Geräusch erklang, wie von einer Polymerfolie, die ganz langsam zerriss. Das Bild vor Diamants Augen verschwamm kurz, und neben der ernst blickenden Esmeralda entstand eine dünne vertikale Linie in der Luft, schwarz wie das All. Sie berührte den Boden, wurde breiter ...

 Eine dunkle Gestalt trat aus dem Riss in der Luft, richtete

eine Waffe auf Esmeralda und schoss. Der fauchende Strahl hinterließ ein faustgroßes Loch in der Brust, und Esmeralda war bereits tot, als sie fiel und auf den Boden prallte.

Entsetzen packte Diamant, als die Waffe herumschwang und auf sie zielte.

Eine zweite Gestalt kam aus dem Riss, kleiner und agiler als die erste, ebenfalls in einen Kampfanzug gekleidet, stieß den Waffenarm des ersten Fremden nach oben und richtete etwas auf ihn, das nicht nach einem Hefok aussah. Die erste, größere Gestalt schrumpfte plötzlich und wuchs dabei gleichzeitig in die Länge. Der schwarze Riss saugte sie an, verschlang sie und verschwand.

Der zweite, kleinere Fremde griff nach Diamants Hand. »Dieser Zeitriss ist jetzt wieder geschlossen, aber es können jederzeit andere entstehen, und ich weiß nicht, ob ich den nächsten Eliminator rechtzeitig neutralisieren kann. Komm, wir müssen fort von hier.«

2

Bunte Spiele

Braun: Omnivor

Ich … lebe … noch … Valdorians Gedanken krochen wie durch zähflüssige geistige Melasse und bemühten sich, die Türen und Fenster des Gedächtnisses zu öffnen – sie suchten nach Erinnerungen und Verstehen.

»Es wird Zeit, das Spiel zu spielen«, erklang eine näselnde, schrecklich vertraute Stimme, und ein Gesicht erschien über Valdorian, voller Runzeln und mit einer weit vorspringenden spitzen Nase. In den großen grünbraunen Augen glühte ein Licht, das aus großer Tiefe zu kommen schien. Eine Name fiel ihm ein: Olkin.

»Ja, der bin ich«, bestätigte der gnomartige Hominide. »Du wirst gebraucht. Komm.«

Das letzte Wort enthielt eine besondere Schärfe, auf die Valdorian sofort reagierte. Er kletterte aus dem Kokon, in dem er geruht hatte, weder tot noch lebendig, vielleicht viele Jahre lang oder auch nur wenige Minuten – es gab keine Möglichkeit für ihn, eine Vorstellung von der verstrichenen Zeit zu gewinnen. Er trat neben Olkin auf einen gummiartigen Steg und sah erneut die vielen anderen Kokons in dem großen, höhlenartigen Raum, der langsam pulsierte, größer wurde und dann wieder schrumpfte, wie ein schlagendes Herz. Es waren tausende, vielleicht sogar zehntausende, und in ihnen allen ruhten intelligente Geschöpfe aus zahlreichen Galaxien. Das Schicksal vereinte sie: Der Omnivor hatte sie aufgenommen und lieh sich ihre Intelligenz für etwas, das Valdorian noch immer nicht verstand.

Wir sind alle Sklaven, dachte ein letzter freier Rest seines Bewusstseins, als er Olkin folgte. Die große Kaverne blieb hinter ihnen zurück, und sie schritten durch einen Gang, der, wie Valdorian wusste, durch den schwarzen Zapfen führte, ein Bauwerk, das unten fünfzig Meter breit war und sich nach oben hin verjüngte. Und wie bei den Kantaki-Schiffen blieben die inneren Dimensionen des Zapfens, der so etwas wie ein Kontrollzentrum des Omnivors zu sein schien, nicht auf sein Volumen beschränkt, sondern konnten weit darüber hinausreichen.

Türen befanden sich in den Wänden rechts und links, manche schmal und niedrig, andere breit und hoch. Eine von ihnen war so schwarz wie der Omnivor selbst. Valdorian ging ein wenig langsamer, trotz seiner erzwungenen Servilität von Neugier erfasst. Als der Abstand zu Olkin auf einige Meter wuchs, wandte er sich einer schwarzen Tür zu, streckte die Hand nach dem Knauf aus ...

Er ließ sich drehen, aber die Tür blieb geschlossen.

Olkin erschien an seiner Seite, ohne dass die Beine ihn zu Valdorian getragen hatten. »Das ist mein Zimmer«, sagte er leise, und dabei klang seine Stimme ganz anders als sonst. »Dort habe nur ich Zutritt.«

Sie brachten eine Treppe hinter sich und erreichten das runde Zimmer mit dem ebenso runden Spieltisch, an dem die Spieler saßen: Valdorians Sekretär Jonathan; Lukert Turannen, Koordinator des Konsortiums; Konstantin Alexander Stokkart, Autokrat von Kerberos; Valdorians Sohn Benjamin. Und Enbert Dokkar, sein Erzfeind aus der Allianz. Einige der Personen hatten ihm früher etwas bedeutet, auf die eine oder andere Weise, aber in seiner neuen Existenz stand er ihnen völlig gleichgültig gegenüber. Das galt sogar für Benjamin und Dokkar, die versucht hatten, ihn umzubringen. Es regte sich nur dann eine emotionale Reaktion in ihm, wenn er an Lidia dachte, die Kantaki-Pilotin Diamant.

Ihr hatte er dies alles zu verdanken! Sie hatte sich geweigert, ihm zu helfen, ihm ein neues Leben zu geben, und allein dadurch war er in diese schreckliche Situation geraten.

Er hasste sie.

Aber selbst der Hass blieb matt, denn Valdorian war nicht Herr seines Denken und Fühlens. Etwas unsagbar Fremdes steckte in ihm, nutzte seine Intelligenz, dachte mit seinen Gedanken und fühlte mit seinen Gefühlen: die Präsenz des Omnivors.

Die Spieler am Tisch rührten sich nicht, als Olkin und Valdorian näher kamen. Sie blieben reglos sitzen, erstarrt in Zeit und Raum, in einem sich endlos dehnenden Moment, der nur aufhörte, wenn erneut das Spiel begann.

Die Vorrichtung auf dem runden Tisch erschien Valdorian noch komplexer und unübersichtlicher – vielleicht war sie gewachsen, seit er sie zum letzten Mal gesehen und sich *in* ihr befunden hatte. Sein Blick fiel auf hunderte von Röhren, auf eine Weise ineinander verschlungen, die das Auge des Betrachters zu verspotten schien, auf netzartige Geflechte, mal klar, mal halb verschwommen, die sich zwischen Quadern und Kugeln spannten, zwischen Gebilden, die wie kleine, verschnörkelte Minarette aussahen. An einigen Stellen ragten Bündel aus spitzen Zacken und Dornen auf, wie die Stacheln von Geschöpfen, die sich irgendwo in dem Durcheinander verbargen. Über dem Spiel, so wusste Valdorian, spannte sich eine dünne Membran, die den Mikro- vom Makrokosmos trennte und nur dann sichtbar wurde, wenn man sie berührte.

»Du sollst erneut der Wegfinder sein, Dorian«, sagte Olkin.

Das viel zu intime Du störte Valdorian, doch der verkürzte Name war noch viel schlimmer. Nur zwei Personen hatten ihn jemals »Dorian« genannt: sein Leibarzt Reginald Connor, gestorben auf Orinja im Takhal-System. Und Lidia.

Der kleine Hominide hob die Hand, und in seinen großen Augen blitzte es ...

Finsternis umgab Valdorian, und er wusste nicht, ob er noch einen Körper hatte oder als materieloser Geist an einem Ort weilte, der sich tief im Inneren des Spiels befand, vielleicht in seinem Zentrum. Er hatte sich schon einmal hier befunden, als der Keim des Omnivors Kerberos verlassen hatte und in die Vergangenheit gesprungen war, zum Null, um die Temporalen - beziehungsweise die Eternen, wie sie sich selbst nannten - aus ihrem Zeitkerker zu befreien. Agoron, der Temporale, der ihn zwar verjüngt, aber auch benutzt hatte, von Anfang an ... Der freie Rest Valdorians hasste ihn fast ebenso sehr wie Lidia.

Erste Formen bildeten sich in der Dunkelheit: Stangen, Quadrate, Rechtecke, Pyramiden, Polyeder ... Ihre unterschiedlichen Farben drängten die Finsternis zurück und wiesen wie zuvor auf Kompatibilitäten und Unvereinbarkeiten hin. Anschlusspunkte glühten und blinkten wie Positionslichter, warteten darauf, miteinander verbunden zu werden.

Ein neues Spiel beginnt. Olkins leise Stimme kam aus einer anderen Sphäre, aus dem Makrokosmos jenseits des Spiels. Mit Händen, die Valdorian nicht sehen konnte, stellte er erste Verbindungen her. Die einzelnen Komponenten setzten sich zu einem Navigationsgerüst zusammen, das die Bewegungen bestimmte, nicht nur die des Omnivors - der jetzt viel größer zu sein schien als während der letzten wachen Phase Valdorians -, sondern auch die Bewegungsmuster der anderen Spieler. Valdorian wusste nicht, wie viele es waren. Jeder von ihnen kam einem Zahnrad im großen Mechanismus des Omnivors gleich, der ihm Mobilität verlieh.

Valdorians Aufmerksamkeit blieb auf die bunten Formen beschränkt, und während er sie immer schneller zusammensetzte, bemerkte er einen Unterschied. Wie zuvor gaben die Farben über Realitätsdichte Auskunft, aber seine Aufgabe als Wegfinder, als Pilot für den Omnivor, galt nicht mehr einem Ort in Raum und Zeit, sondern unterschiedlichen ... Wirklichkeitsschichten. Etwas schien durcheinander geraten zu sein. Wo er auf dem Weg zum Null Zeitschächte und Kapillaren gesehen hatte, erstreckten sich jetzt zerfetzte Gespinste, deren bunte Vielfalt dem Chaos eine zusätzliche Dimension gab.

»Was ist geschehen?«

Finde das Zentrum des Widerstands, wies Olkin ihn an.

»Welchen Widerstands?«

Das fremde Etwas in Valdorian dehnte sich aus, gewann dabei die falsche Vertrautheit eigener Gedanken und Gefühle. Es teilte sein Ich: Die eine Hälfte blieb im Navigationsgerüst und erweiterte es; die andere schwebte inmitten der Gespinste, *außerhalb* des Omnivors.

Die zweite Hälfte von Valdorians Selbst enthielt jenes Fragment, das sich bisher der geistigen Versklavung entzogen hatte. Es schöpfte neue Hoffnung und begann damit, Kraft aufzunehmen, ganz vorsichtig, um keine Aufmerksamkeit zu erregen.

Valdorian bekam keine Antwort auf seine Frage. Er wusste noch immer nicht, was es mit dem »Zentrum des Widerstands« auf sich hatte, aber etwas in ihm wurde trotzdem aktiv und berührte die Fäden der Gespinste, nahm Aroma und Textur der Farben auf. Raue Bitterkeit an einer Stelle, glatte Süße an einer anderen ... Die Sinneseindrücke vermischten sich zu einem sensorischen Amalgam, das trotz seiner Absurdität Sinn ergab: Irgendwie verstand er es, die auf ihn einströmenden Informationen zu deuten, und er lernte schnell, Wichtiges von Unwichtigem zu trennen. Um braune Fäden kümmerte er sich nicht mehr, denn sie waren für seine Suche irrelevant. Gelben und orangefarbenen schenkte er nach einigen ersten Kontakten ebenfalls keine Beachtung mehr, denn sie erwiesen sich als verändert ... Ein lavendelfarbener Strang weckte sein Interesse, und Valdorian befühlte ihn mit geistigen Fingern. Zwar war er dünn, doch lichtjahrtief in seinem Inneren steckte etwas Unverändertes ...

Verschiedene Welten. Die Fäden der vielen Gespinste enthielten Realitäten, die sich durch ihr Ausmaß an Manipulation unterschieden, und die Farben boten einen Hinweis darauf. Wer hatte die Wirklichkeiten manipuliert?, fragte sich Valdorian. Und wo entstanden die Gespinste? Sie hatten vorher nicht existiert.

Vorher ...

In Valdorians freiem Selbst reifte eine intuitive Erkenntnis heran. Der Zeitkrieg, dachte er. Der zweite Zeitkrieg ... Er ist verloren. Er hat stattgefunden und die Temporalen haben ihn gewonnen.

Was sind das für Gedanken?, flüsterte Olkin, und in seiner Stimme hörte Valdorian die Gehorsam verlangende Schärfe. *Woher kommen sie?*

Die immateriellen Hände des Suchenden berührten einen blauen Strang und fühlten ... korrigierte Veränderung. Der Sieg war nicht vollständig. Es gab jemanden, der den Zeitmanipulationen trotzte und nach wie vor Widerstand leistete.

Valdorian spürte noch etwas anderes. Von manchen Stellen bestimmter Fäden ging ein Sog aus, wie von einem Magnetfeld, das Eisen anzog, und nach einigen seltsam langen Momenten begriff er: Er fühlte eine Art mentale Gravitation, erzeugt vom Selbst der Valdorian-Äquivalente in den zahllosen Realitäten der Gespinste. Vertraute Gedankenmuster, die sich gegenseitig anzogen ...

Ich brauche mehr Kraft für die Suche, sagte er.

Was sind das für Gedanken?, fragte Olkin erneut, während ein Teil der Omnivor-Energie Valdorian entgegenfloss und dessen Vermutungen bestätigte: Hier draußen – wo auch immer *hier draußen* war – hatte Olkin nicht den gleichen dominierenden Einfluss auf ihn wie innerhalb des Omnivors.

Als der servile Valdorian die Kraft empfing, die er für die Suche nach dem »Zentrum des Widerstands« verwenden sollte, hielt der freie Rest den richtigen Zeitpunkt für gekommen und zögerte nicht länger: Er nutzte diese Energie, um sein Selbst in eines der Gespinste zu schleudern, so weit wie möglich fort von der dunklen Präsenz des Omnivors. Etwas versuchte ihn zurückzuziehen, aber er hielt sich an dem ersten blau schimmernden Faden fest, den er finden konnte, suchte nach einer Öffnung, um hineinzukriechen ...

Indigo

Der Wechsel erfolgte abrupt, ohne eine Phase des Übergangs. Plötzlich befand er sich im Inneren des Fadens, im Weltraum zwischen Sternen, umgaben von Vakuum und Kälte. Valdorian riss die Augen auf, die zu gefrieren begannen, spürte, wie sich sein Körper aufblähte ...

Fort von hier!, dachte er, und die Raum-Zeit-Koordinaten seines Aufenthaltsortes änderten sich. Er stand auf dem eisverkrusteten Gipfel eines Berges, blickte auf eine namenlose Welt hinab, und wieder war es kalt, wenn auch nicht annähernd so kalt wie vorher.

Falsch, falsch!

Dutzende von Welten huschten an ihm vorbei, als ein unkontrollierter Transfer auf den anderen folgte. Valdorian befürchtete, im Inneren einer Sonne zu erscheinen und sofort zu verbrennen, oder am Grund eines Ozeans, dessen Wassermassen ihn innerhalb eines Sekundenbruchteils zerquetschten. Er versuchte, die Sprünge durch dieses Universum zu kontrollieren, und dabei spürte er wieder jene sonderbare geistige Anziehungskraft, die er im Gespinst gefühlt hatte und die von einem anderen Valdorian in dieser Realität ausging. Er konzentrierte sich auf sie, um sich von ihr den Weg weisen zu lassen ...

Die Omnivor-Energie, die ihn in den Faden getragen hatte, verflüchtigten sich bei einem letzten Transfer, der Valdorian in ein stilles, halbdunkles Zimmer brachte. Völlig nackt stand er vor einem Spiegel und sah sich im matten Schein einiger Orientierungslichter. Der Spiegel zeigte ihm keinen hundertsiebenundvierzig Jahre alten Greis, den nur noch wenige Sekunden vom Tod getrennt hatten, sondern einen um mindestens hundert Jahre jüngeren Valdorian, schlank, voller Kraft und Vitalität. In dem Gesicht dieses Mannes deutete nichts auf das Entsetzen hin, das ihn im Inneren des Omnivors begleitet hatte, und die Schatten dunkler Erinnerungen wichen von seinen Zügen, als er lächelte.

»Ich bin frei«, hauchte er. Sein Blick huschte durch die dunklen Ecken des Zimmers, auf der Suche nach einem kleinen, buckligen Hominiden, dessen Stimme Macht über ihn hatte, aber nirgends glitzerten große grünbraune Augen.

Erst dann stellte er fest, dass er das Zimmer kannte. Der Spiegel, die aus echtem Holz bestehende Vitrine an der einen Wand, daneben ein schlichter Schreibtisch mit einem kleinen Datenservo, mit den größeren Datenservi im Arbeitsbereich der Villa verbunden, das Fenster ...

Valdorian trat näher und sah hinaus in die Nacht. Die Lichter von Bellavista leuchteten unten am Fuß des Hügels, und jenseits davon erstreckte sich das Scharlachrote Meer. Tintiran, die Levitatorvilla am Hügelhang ... Er wandte sich dem Datenservo zu, bemerkte das Glühen des Bereitschaftsindikators und sagte: »Aktivierung.«

Über dem kleinen Gerät öffnete sich ein pseudoreales Informationsfenster. »Nennen Sie Ihren Berechtigungskode.«

Valdorian holte tief Luft. Jetzt würde sich gleich herausstellen, wie sehr diese Welt jener in seiner Erinnerung ähnelte. Er nannte den Kode, mit dem er damals, in einem anderen Leben, seine Daten geschützt hatte.

»Bereitschaft«, erklang unmittelbar darauf die artifizielle Stimme des Datenservos, der damit die Validität des Kodes bestätigte.

Valdorian seufzte innerlich. »Nenn mir Zeit und Datum.«

»Es ist zwei Uhr vierzehn, siebzehnter Oktober fünftausendfünfhunderteinundzwanzig.«

Die Jahresangabe verblüffte Valdorian. Er hatte sich zum letzten Mal im Jahr 421 Seit Neubeginn in seiner Welt befunden.

Hinter ihm raschelte etwas, und er erstarrte. Einige schreckliche Sekunden lang befürchtete er, dass es Olkin gelungen war, ihm hierher zu folgen, trotz der vielen Sprünge, doch die näselnde Stimme des Hominiden erklang nicht. Langsam drehte sich Valdorian um und bemerkte, dass die Tür zum anderen Zimmer offen stand. Dort ging plötzlich Licht an, und elektronische Systeme summten.

Valdorian trug keinen Fetzen Kleidung am Leib und stand mit leeren Händen da, völlig hilflos. Der Datenservo hatte seinen Berechtigungskode akzeptiert, aber die Jahresangabe deutete darauf hin, dass sich diese Realität nicht unerheblich von der unterschied, aus der er kam.

»Ich ... habe etwas gehört«, ertönte eine schwache, brüchige Stimme.

»Beruhigen Sie sich«, antwortete ein Servo.

»Jemand ... ist hier.«

»Sie sind hier.«

Die Sicherheitssysteme, dachte Valdorian. *Sind sie aktiv? Haben sie mich bereits als Eindringling identifiziert?* Andererseits: Er *war* Valdorian. Und die schwache, kraftlose Stimme ...

Langsam und leise ging er zur halb offenen Tür und spähte vorsichtig um die Ecke. Ein großes Bett stand in dem Schlafzimmer, an das sich Valdorian ebenfalls erinnerte, obwohl ihm sofort Unterschiede auffielen. Die Tapisserien an den Wänden und die zugezogenen Vorhänge zeigten fremde Muster, hinzu kamen mehrere medizinische Servi, die das Bett umgaben. Darin lag ...

Valdorian riss die Augen auf und glaubte, in einen Spiegel der Zeit zu sehen, der ihn mit einem schrecklichen Zerrbild von sich selbst verhöhnte. Die Gestalt im Bett, die sich halb aufgesetzt hatte und ebenfalls die Augen aufriss, war er selbst am Ende seines Lebens, der sterbende Greis, den er bei der letzten Begegnung mit Lidia in den lebenden Kristallen von Mirror gesehen hatte: das hohlwangige Gesicht eine zerklüftete Landschaft aus Falten und Runzeln, die Haut halb transparent, die Augen trüb und wässrig.

Der junge Valdorian betrat das Schlafzimmer und näherte sich, setzte wie in Trance einen Fuß vor den anderen, während sein altes Selbst eine zitternde Hand hob und auf ihn zeigte.

»Sie sind ...«, brachte er mühsam hervor. »Du bist ...«

Einer der medizinischen Servi richtete einen Sensor auf den jungen Valdorian, sondierte kurz und wandte seine elektronische Aufmerksamkeit dann wieder dem Greis zu. Der Medo-Servo identifizierte den Neuankömmling offenbar als Valdorian, aber seine Künstliche Intelligenz war nicht hoch genug entwickelt, um zu erkennen, wie absurd die Präsenz verschiedener Valdorians war, der eine ein schwacher Greis, der andere kräftig und in seinen besten Jahren.

Neben dem Bett blieb der junge Valdorian stehen und sah, dass mehrere dünne Kabel und Schläuche die medizinischen Servi mit dem Alten verbanden. Die zitternde Hand sank aufs Laken zurück, und Jung und Alt sahen sich an.

»Wie ist das möglich?«, hauchte der Greis.

»Wenn Sie sich nicht beruhigen, müssen wir Ihnen ein Sedativ verabreichen«, sagte einer der Servi.

Der junge Valdorian gab ihm einen Tritt, und der Geräteblock stürzte um. Noch bevor er begriff, was er eigentlich tat, riss er die Kabel und Schläuche los und stieß den zweiten Medo-Servo gegen den dritten. Die Servi landeten krachend auf dem Boden, und dann herrschte gespenstische Stille. Der Greis sah stumm zu ihm auf, die Augen groß, der Mund geöffnet.

Er verkörperte all das, was Valdorian hasste: Schwäche,

das Ende, der Verlust all der Dinge, die ihm etwas bedeuteten. Sein altes Selbst symbolisierte die vielen Niederlagen, die er seit der Entscheidung erlitten hatte, Lidia zu suchen und sie um Hilfe zu bitten, um mehr Leben. Er war wie ein Finger des Spotts, der sich auf ihn richtete, begleitet von den Worten: Was auch immer du versuchst, wie sehr auch immer du dich bemühst, eines Tages wirst du auf diese Weise enden; du wirst so aussehen und *sterben*, dich im Nichts verlieren.

Valdorians Hände schlossen sich um den Hals des Greises und drückten zu, während die geisterhafte Stille andauerte. Die Augen des alten Valdorian quollen aus den Höhlen, aber kein Laut kam über seine Lippen.

Er tötete sich selbst, löschte die eigene Vergänglichkeit aus, seine Gebrechlichkeit, sein Versagen, triumphierte auf diese Weise über das Alter, das am Ende jedes Lebenswegs lauerte und dem er schon einmal entkommen war. Nach all den Niederlagen endlich ein Sieg ...

Schließlich löste er die Hände vom Hals des Greises, der sich nicht mehr rührte, und richtete sich auf. Der Sturm in seinem Inneren ließ nach, und plötzlich zitterte er wie zuvor die Hand des Alten.

Hinter ihm erklang das Geräusch eiliger Schritte, aber er starrte weiterhin auf den Toten hinab und bebte dabei am ganzen Leib. Er hatte sich selbst umgebracht ...

»Drehen Sie sich langsam um«, ertönte eine kühle Stimme.

Valdorian kam der Aufforderung nach und sah nicht nur einen auf ihn gerichteten Hefok, sondern auch ein vertrautes Gesicht.

»Cordoban«, sagte er.

3

Ozean der Zeit

Blau: Kantaki-Nexus, 2. Februar 571 SN

Das rasende Klicken des Kantaki-Alarms hallte durch die Säle, Räume und Korridore der kilometerlangen Station zwischen den Galaxien, als Diamant aus dem Observatorium wankte. Die kleine, in einen Kampfanzug gekleidete Gestalt zog an ihrem Arm.

»Schnell, schnell!«, drängte sie. »Es können jederzeit weitere Eliminatoren erscheinen.«

Die Stimme klang seltsam verzerrt aus einem in den Helm integrierten Lautsprecher, gab nicht zu erkennen, ob es sich um die einer Frau oder eines Mann handelte. Diamant versuchte, einen klaren Gedanken zu fassen. Sie sah noch immer Esmeraldas Gesicht, die Verblüffung in ihren Augen, als sich das Feuer in ihre Brust fraß und sie tötete. Dass ein tausendjähriges Leben auf diese Weise zu Ende ging …

In dem Kantaki-Nexus, der mehr als eine Million Lichtjahre von der nächsten Galaxis entfernt war, hielten sich nur wenige Personen auf. Diamant hatte bei ihrer Ankunft außer Esmeralda zwei andere Piloten gesehen. Hinzu kamen einige Akuhaschi, die sich als Verwalter und Techniker um die große Station kümmerten, und natürlich die Eigner der insgesamt vier Kantaki-Schiffe, die an den Verbindungsflanschen neue Energie aufnahmen. Alle übrigen Bewohner des Nexus waren automatische Mechanismen, K-Servi, die alle Einrichtungen der Station warteten. Einer von ihnen näherte sich ihnen durch den Gang, der den Bereich der Pilotenquartiere mit dem Observatorium verband.

Es klickte, und Diamants Linguator übersetzte sofort. »Leben ist ausgelöscht worden«, sagte der K-Servo. »Wir ...«

»Dafür haben wir keine Zeit«, sagte die Gestalt im Kampfanzug, nahm ein kleines Gerät vom Gürtel und richtete es auf den Servo.

Die Maschine erstarrte und gab keinen Ton mehr von sich.

»Komm«, fügte der Fremde hinzu. »Wir müssen weiter.«

Diamant versuchte, die Benommenheit des Schocks abzuschütteln und nahm nur am Rande zur Kenntnis, dass die unbekannte Person ihr gegenüber das intime Du verwendete.

Das Klicken des Kantaki-Alarms verklang, und Stille dehnte sich in der Station aus. Der Fremde zerrte so heftig an Diamants Arm, dass sie einen Fuß vor den anderen setzen musste, um nicht zu fallen. Sie eilten durch den Korridor, auf der Flucht vor etwas, das die Kantaki-Pilotin nicht verstand, erreichten den Quartierbereich ... und fanden dort die Leichen der beiden anderen Piloten, halb verbrannt. Diamant starrte erschrocken und bestürzt auf sie herab, während der Fremde an ihrer Seite auf die Anzeigen eines handtellergroßen Instruments sah.

»Es sind zwei«, tönte es aus dem Helmlautsprecher. »Im ersten Segment. Zwei Eliminatoren. Sie nähern sich dem Köder, den ich dort untergebracht habe, verwechseln seine Emissionen mit deiner tatsächlichen Realitätssignatur. Trotzdem dürfen wir keine Zeit verlieren.« Die Gestalt lachte leise. »Keine Zeit verlieren ...«

Wieder gab Diamant dem Zerren an ihrem Arm nach und folgte dem Fremden durchs labyrinthähnliche, düstere Innere des Nexus. Sie hatten gerade die Lunge der Station passiert – einen mehrere hundert Meter durchmessenden Saal, in dem ein riesiges Geschöpf wuchs, halb Pilz und halb Pflanze, Kohlendioxid aufnahm und Sauerstoff sowie Nährstoffe für die Kantaki produzierte –, als eine heftige Erschütterung nicht nur Diamant von den Beinen riss, sondern auch den Fremden. Doch die Gestalt im Kampfanzug, der gelegentlich auf subtile Weise die Farbe wechselte, sprang sofort wieder auf, in beiden Händen kleine Geräte, vielleicht Waffen.

»Ein Kantaki-Schiff ist zerstört«, sagte sie, und der drängende Tonfall kehrte in ihre Stimme zurück. »Es greifen nicht nur Eliminatoren an. Dies ist eine größere Aktion. Du sollst auf keinen Fall entkommen.«

»Was hat dies alles zu bedeuten?«, brachte Diamant hervor. Hinter ihrer Stirn herrschte noch immer ein wildes Durcheinander, und vor dem inneren Auge sah sie wieder Esmeralda und die beiden anderen Piloten, von einem unbekannten Feind getötet.

»Für Erklärungen haben wir jetzt keine Zeit«, erwiderte der Fremde. »Wir müssen den Nexus verlassen.«

Diesmal folgte Diamant der Gestalt aus eigenem Antrieb. »Und wohin wollen Sie dann? Wir befinden uns hier zwischen der Milchstraße und Andromeda. Das nächste Sonnensystem ist nur mit einem Kantaki-Schiff zu erreichen ...«

»Mir geht es nicht um ein Sonnensystem, sondern um einen sicheren Punkt in der Zeit.« Der Fremde lief jetzt und wählte einen Gang, der ins Zentrum des Nexus führte, zu den Aggregaten, die bis in die Hyperdimension der Kantaki reichten.

»Das ist der falsche Weg«, sagte Diamant. Ihre Gedanken lösten sich allmählich aus der Benommenheit. »Wenn Sie den Nexus verlassen wollen ...«

»Ich kenne den Weg, glaub mir.«

Sie erreichten den Lamellenzugang des ersten Maschinensaals, und als sich die fünf gewölbten Segmente beiseite geschoben hatten, führte der nächste Schritt tief in die Hyperdimension der Kantaki. Die perspektivischen Verzerrungen in den peripheren Bereichen des Nexus hatte Diamant kaum mehr zur Kenntnis genommen, denn daran war sie vom Pilotendom ihres Schiffes gewöhnt. Hier aber, an dem Ort, wo der Nexus aus anderen Dimensionen Energie bezog, ohne das interkosmische energetische Gleichgewicht zu stören, konnten gewöhnliche menschliche Sinne die auf sie einströmenden Informationen nicht mehr richtig verarbeiten. Jemand schien die Richtungen genommen, zerknüllt, zerrissen und sie dann fortgeworfen zu haben. Selbst Diamant, die den größten Teil ihres Lebens in einem Kantaki-Ambiente verbracht hatte, lief Gefahr, die Orientierung zu verlieren. Sie schluckte mehrmals und kämpfte gegen Übelkeit an, während sie der Gestalt im Kampfanzug folgte, die den Weg tatsächlich genau zu kennen schien, trotz des sensorischen Chaos. Während sie durch den halbdunklen Maschinensaal hasteten, schienen manche Aggregate aufzustehen, zu einem anderen Ort zu wanken und sich dort wieder niederzulassen.

Der Boden unter Diamant erzitterte, und sie hielt sich an einer Strebe fest, die unmittelbar neben ihr aus dem Boden gewachsen war und in der kleine Käfer aus Licht krabbelten. Die letzten Nebelschwaden der Benommenheit lösten sich auf, und es brach ein innerer Damm, hinter dem sich Erkenntnisse angestaut hatten, begleitet von einer wahren Flut aus Emotionen. Plötzlich strömte alles auf sie ein, und ihr stockte der Atem.

»Esmeralda ist tot!«, stieß sie hervor. »Und auch die beiden anderen Piloten. Und Sie haben gesagt, dass ein Schiff der *Kantaki* zerstört wurde, vielleicht mit dem Vater oder der Mutter an Bord. Der Nexus wird angegriffen, mitten zwischen zwei Galaxien ...«

»Das ist die bittere Wahrheit.« Der Fremde tauchte plötzlich vor ihr auf und zog erneut an Diamants Arm.

»Aber es ist ...« Die Pilotin suchte nach einem geeigneten Wort, während sich das Zittern des Bodens wiederholte und stärker wurde.

»Unglaublich?«

»Mehr als nur das! Es ist unerhört und ...«

Vor ihnen bewegte sich etwas und kam ihnen aus den Schatten zwischen den großen, veränderlichen Aggregaten entgegen. Diamant erkannte den viele Großzyklen alten Vater Mjoh, den Eigner des Nexus. Der greise Kantaki streckte den dünnen, ledrigen Hals nach unten, brachte seinen dreieckigen Kopf näher an Diamant und den Fremden heran. Die beiden großen multiplen Augen waren trüb.

»Dass ich so etwas erleben muss«, klickte Vater Mjoh. »Ein Angriff auf den Nexus! Der Sakrale Kodex wird verletzt ...«

Die Gestalt im Kampfanzug richtete einen Gegenstand auf den alten Kantaki, und Diamant erschrak zutiefst. Doch der Fremde hielt keine Waffe in der Hand, sondern einen speziellen Kom-Servo, aus dem klickende Geräusche kamen, so schnell, dass Diamants Linguator sie nicht übersetzen konnte.

Vater Mjoh hob die vorderen Gliedmaßen, an denen einige schmückende bunte Bänder hingen, vollführte eine komplexe Geste mit ihnen und wich beiseite. »Ich verstehe«, sagte er nur.

Einmal mehr wurde Diamant weitergezerrt, doch diesmal war es für sie einmal zu viel. Sie stieß die Hand des Fremden beiseite. »Aber *ich* verstehe nicht. Ich will endlich wissen, was dies alles bedeutet!«

Dumpfes Donnern hallte durch den Nexus, und die wuchtigen Aggregate im Maschinensaal schienen sich zu ducken.

»Wir haben keine Zeit für Erklärungen«, wiederholte der Fremde, dessen Gesicht hinter dem dunklen Helmvisier verborgen blieb. »Wir müssen fort sein, wenn die Eliminatoren hier eintreffen. Komm, Lidia.«

Komm, Lidia ... Woher kannte der Fremde den Namen, den sie in einem anderen Leben getragen hatte?

»Wer sind Sie?«, fragte Diamant.

Die Gestalt zögerte kurz, griff dann nach den Siegeln am Hals, löste sie und nahm den Helm ab. Zum Vorschein kam eine junge Frau, ihr schwarzes Haar ebenso lockig wie das von Diamant, die Augen ebenso groß. Die Ähnlichkeit war unverkennbar.

»Sie sind ... du bist ...«

»Ja, ich bin deine Schwester Aida.«

Diamant starrte die junge Frau groß an. Ihre Schwester Aida war als Kind gestorben, als Siebenjährige am Ufer des Sees auf Xandor von einem Felsen gestürzt. Sie erinnerte sich daran, an ihrem Grab gestanden zu haben, zum letzten Mal an einem kalten Tag vor fast zweihundertfünfzig Jahren, in Begleitung einer ihr fremden Frau, die damals mit ihrer Familie dort zu Hause gewesen war, wo Diamant als Lidia DiKastro einen großen Teil ihrer Kindheit verbracht hatte. Ganz deutlich erinnerte sie sich an den Schnee, der nicht nur ein Grab bedeckte, sondern drei: das ihrer Schwester Aida und auch die beiden anderen, in denen ihre Eltern ruhten, Roald DiKastro und Carmellina Diaz.

»Das ist unmöglich«, sagte Diamant und hatte das schreckliche Gefühl, den Verstand zu verlieren. »Du bist als Kind gestorben. Du ...«

Aidas Blick huschte an ihr vorbei in die »Richtung«, aus der sie gekommen waren. Ihr Gesicht zeigte Sorge. »Ich kann deine Verwirrung verstehen, und glaub mir, ich würde dir gern alles erklären, jetzt sofort, aber *wir müssen fort von hier*! Bitte hab Vertrauen. Wenn du gestattest ... Den Helm brauche ich, um das Rettungsboot zu finden.« Sie setzte ihn auf und eilte erneut durch das Chaos einer Umgebung, die sich bei jeder einzelnen Bewegung grundlegend zu verändern schien.

Diamant folgte ihr aus einem Reflex heraus und sah über die Schulter, als sie ein sonderbares Geräusch hörte. Der greise Vater Mjoh war viel weiter entfernt, als es eigentlich der Fall sein sollte, hockte weit oben auf der Spitze eines bergartigen Aggregats, das unter ihm immer breiter wurde. Neben ihm hatte sich in der leeren Luft ein ... Loch gebildet, und eine metallene Schlange kroch daraus hervor, mit einem Leib, der aus zahlreichen einzelnen Segmenten bestand.

»Ein Wurm!«, rief Aida. »Ein automatischer Mechanismus, der auf die Signaturen der Kantaki und der K-Technik reagiert. Vermutlich ist er auf das Rettungsboot angesetzt, aber ... Vater Mjoh ist ihm zu nahe.«

Die Gestalt im Kampfanzug, der erneut eine andere Farbe gewann, blieb stehen und hob eine Hand zum Helm. »Vater Mjoh, meiden Sie den Wurm!« Gleichzeitig mit diesen Worten tönte ein lautes Klicken durch den Maschinensaal.

Der alte Kantaki hob den dreieckigen Kopf und wollte sich abwenden, aber das metallene Schlangenwesen war viel schneller. Es sprang aus dem Loch, das Diamant an die Öffnung erinnerte, aus der Esmeraldas Mörder getreten war, und schoss auf den Kantaki zu.

Aida riss einen eiförmigen Gegenstand vom Gürtel und warf ihn.

Das kleine Ei entwickelte ein sonderbares Eigenleben, schien sich zu orientieren, beschleunigte und raste zur metallenen Schlange, die sich vom greisen Kantaki abwandte – offenbar erkannte sie die ihr drohende Gefahr. Das Ei dehnte sich, wurde etwas länger und bekam eine Spitze, bohrte sich damit in den Wurm.

Es blitzte, das Donnern einer Explosion grollte durch den Maschinensaal, und die Schlange platzte auseinander. Diamant beobachtete, wie Vater Mjoh von einigen Splittern getroffen wurde, doch mehr sah sie nicht, denn Aida riss sie mit sich. »Sie wissen jetzt, wo wir sind!«, kam es aus dem Helmlautsprecher.

»Wohin willst du?«, fragte Diamant. »Hier gibt es nur die Maschinen des Nexus.«

»Und einen Kausalitätspunkt, an dem das Boot auf uns wartet. Das Helmvisier ist mit ihm synchronisiert.«

Ein Lichtpunkt tanzte an Diamant vorbei, und zunächst dachte sie, dass es sich um ein weiteres visuelles Phänomen der Hyperdimension handelte, aber plötzlich gab Aida ihr einen Stoß, der sie zur Seite taumeln ließ – dadurch entging sie knapp einem Kontakt mit einem weiteren Lichtpunkt, der wie aus dem Nichts gekommen war und in einem dunklen Aggregat verschwand. Einen Sekundenbruchteil später erzitterte nicht nur der Boden, sondern alles um sie herum.

»Die Dinger sehen harmlos aus, aber wenn noch mehr davon hier drin freigesetzt werden, ist es bald um die strukturelle Integrität des Nexus geschehen«, sagte Aida während sie liefen. »Es sind hyperdimensionale Singularitäten, vor allem für den Einsatz gegen K-Technik bestimmt. Du solltest dich besser nicht von einem der Lichter treffen lassen.«

Aus den Augenwinkeln sah Diamant ein Aufblitzen, gefolgt von einer lautlosen Explosion, als eine riesige Kantaki-Maschine auseinander brach, als bestünde sie aus Myriaden von sandkorngroßen Partikeln. Mehrere Gestalten kamen aus der Wolke, in dunkle Kampfanzüge gekleidet, Waffen in den Händen – Eliminatoren.

Diamant lief schneller.

»Da ist es!« Aida berührte etwas an ihrem Gürtel, und weiter vorn, zwischen zwei kleineren Aggregaten, erschien ein tropfenförmiges Gebilde aus bläulich schimmerndem Metall. Ähnlich wie ein Kantaki-Schiff erweckte es den Eindruck, aus vielen einzelnen Teilen, die nicht unbedingt zueinander passten, zusammengesetzt zu sein. Eine Luke schwang auf, und Aida riss sich den Helm vom Kopf, stieg ein. Als Diamant ihr folgte, drückte sie sich an die Seite einer kleinen Luftschleuse und warf einen weiteren eiförmigen Gegenstand. Dann schloss sich die Luke.

Das Innere des Rettungsbootes bot mehr Platz, als seine äußeren Maße versprachen, und auch dieser Eindruck war Diamant vertraut. Aida nahm in einem fensterlosen Raum vor einer breiten Konsole Platz, deutete auf einen zweiten Sessel und aktivierte einen energetischen Sicherheitsharnisch. Während Diamant sich ebenfalls setzte, huschten Aidas Hände über die Kontrollen. Bordsysteme summten, und ein großes pseudoreales Informationsfenster öffnete sich, gewährte Blick in den düsteren Maschinensaal des Nexus.

»Wir sitzen hier fest«, sagte Diamant. »Es gibt keinen Weg hinaus ins All.«

»Wir wollen auch gar nicht ins All.« Die Eliminatoren erschienen in einem separaten Darstellungsbereich und hoben ihre Waffen. »Die Reise beginnt.«

Eine kurze Vibration erfasste das tropfenförmige Gebilde, als es aufstieg. Durch das pseudoreale Fenster sah Diamant, wie die Eliminatoren, die Aggregate und der dunkle Maschinensaal verschwanden. Für eine halbe Sekunde oder weniger glaubte Diamant zu schweben, und etwas berührte sie tief in ihrem Inneren, zupfte wie zärtlich an Gedanken und Gefühlen.

Die pseudoreale Darstellung zeigte jetzt ein buntes Wogen.

»Was ist das?«, fragte Diamant.

»Das ist der Ozean der Zeit«, antwortete Aida, und das Rettungsboot fiel in ein Meer aus Farben.

4

Rückkehr

Indigo: Tintiran, 17. Oktober 5521

»Wer sind Sie?«

»Ich habe es schon einmal gesagt: Ich bin Rungard Avar Valdorian.«

»Sie haben Valdorian umgebracht.«

»Ich habe jemanden umgebracht, der sich als Valdorian ausgab.«

Sie befanden sich im Sicherheitstrakt unter der Villa, im Inneren des Hügels, in einem der speziell abgeschirmten und geschützten Räume, die Valdorian und seinen Vertrauten bei einem Angriff Schutz gewähren sollten. Von hier aus ließ sich ein Hangar tief unter dem Mausoleum mit den achtzehn Valdorian-Vorfahren erreichen, unter ihnen auch Hovan Aldritt Valdorian, Rungards Vater, der im Jahr 315 SN durch einen Unfall ums Leben gekommen war. *Wie ist er hier gestorben, in dieser Welt?,* fragte sich der neunzehnte Valdorian kurz, schob den Gedanken aber sofort wieder beiseite. Er musste sich ganz auf diesen Moment konzentrieren, der ihm eine einzigartige Chance bot: Er konnte wieder zu dem Mann werden, der er einmal gewesen war, um hundert Jahre verjüngt, ohne ein Werkzeug der Temporalen zu sein.

Er saß am Tisch in der Mitte des Raums, die Hände auf die dunkle, kalte Synthomasse gelegt, gekleidet in eine schlichte Kombination, die aus der Garderobe des alten

Valdorian stammte und ein wenig zu knapp saß – der Greis im Bett, der *Tote*, war dürr gewesen. Auf der gegenüberliegenden Seite des Tisches stand Cordoban, im anderen Universum beim Angriff auf Kabäa gestorben. Er sah nicht ganz so monströs aus wie der Cordoban, den Valdorian viele Jahre gekannt und dessen Fähigkeiten als Chefstratege des Konsortiums er sehr geschätzt hatte. Valdorian erinnerte sich an leichenhaft blasse Haut, ein hohlwangiges Gesicht und einen Kopf, der kein Haar trug, sondern Mikronautenknoten und symbiotische Fasern, die durch einen der Photosynthese ähnelnden, aber wesentlich effizienteren Vorgang dem Licht Energie entnehmen und sie dem Körper zur Verfügung stellen konnten. Dieser Cordoban hier war alt, etwa neunzig, aber nicht greisenhaft. Er hatte ein volles Gesicht und dichtes Haar, trug einen Overall, der aus vielen verschiedenen, teilweise unterschiedlich gefärbten Funktionssegmenten bestand, mit zahlreichen Servikomponenten und Datenbankmodulen. Der Blick seiner blauen Augen – *blau*, nicht braun – war eiskalt, als er Valdorian musterte, in der einen Hand den Hefok, der jedoch nicht mehr auf den Mann am Tisch gerichtet war.

Zwei weitere Personen befanden sich im Zimmer, ebenfalls alte Bekannte: Dr. Reginald Connor, der kleine, dicke Arzt, der beim hundertsiebenundvierzig Jahre alten Valdorian des anderen Universums eine zunehmende genetische Destabilisierung und damit den nahen Tod diagnostiziert hatte; und der Sekretär Jonathan, der auch in dieser Welt die personifizierte Unauffälligkeit zu sein schien.

»Wer sind Sie?«, wiederholte Cordoban.

»Dr. Connor hat mich untersucht«, sagte Valdorian. »Nun, Reginald?«

Der kleine, korpulente Mann wirkte sehr nervös. »Die DNS-Struktur lässt keinen Zweifel«, sagte Connor und sah dabei Cordoban an. »Er ist Rungard Avar Valdorian.«

»Vielleicht ein Klon?«

Der Arzt schüttelte den Kopf. »Das halte ich für ausgeschlossen.«

»Ein NHD-Simulacrum?«

»Die stabilisierte Basismasse von Kerberos lässt sich identifizieren. Der Körper dieses Mannes enthält nicht ein Mikrogramm davon.«

Kerberos ... Valdorian dachte an die Flotte vom Arsenalplanetoiden, an den Temporalen Agoron, der ihn von Anfang an manipuliert hatte, an den erwachenden Omnivorkeim, an Olkin und das grässliche Spiel, das kein Spiel war, sondern eine Vergewaltigung seines Bewusstseins. Er schauderte innerlich.

»Wenn Sie wirklich Rungard Avar Valdorian sind, haben Sie auf eine völlig neue Weise Selbstmord begangen«, sagte Cordoban kühl.

»Versuchen Sie, humorvoll zu sein?«, erwiderte Valdorian.

»Ich versuche, die Wahrheit herauszufinden.«

Die Wahrheit. Valdorian dachte über ein ihm fremdes Konzept nach. Für ihn war die Wahrheit immer nur eine von vielen Möglichkeiten gewesen, seine Ziele zu erreichen. Lügen boten weitaus mehr Spielraum für interpretative Kreativität und führten oft und schneller und direkter zum Erfolg. Doch diesmal sah er sich einer Situation gegenüber, die zu viele unbekannte Faktoren aufwies. Er wusste, dass es in diesem Universum eine andere historische Struktur gab – die Zeitrechnung bot einen deutlichen Hinweis –, aber er wusste nicht, wo die Unterschiede lagen. Auf dem vor ihm liegenden Weg, der vielleicht zu Freiheit und Macht zurückführte, gab es zu viele verborgene Stolpersteine für ihn. Er brauchte Hilfe. Cordoban war nie ein Freund gewesen, wohl aber ein genialer Planer, auf den er sich immer hatte verlassen können.

»Ich möchte mit Ihnen allein sprechen, Cordoban.«

Connor wirkte erleichtert angesichts der Aussicht, den Raum mit dem zweiten, jüngeren Valdorian verlassen zu können. Jonathans Gesicht hingegen zeigte kurz eine Mischung aus Verwunderung und Schmerz. Bedauerte er, nicht ebenfalls ins Vertrauen gezogen zu werden?

Cordoban sah auf seinen Hefok hinab, berührte mit der freien Hand eine Servokomponente und hob dann den Blick.

»Kommen Sie«, sagte Reginald Connor zur Jonathan und floh regelrecht aus dem Zimmer, gefolgt vom Sekretär. Hinter ihnen schloss sich die Tür mit einem leisen hermetischen Seufzen.

Cordoban blieb auf der anderen Seite des Tisches stehen und wartete.

»Ich könnte die hiesigen Sicherheitssysteme mit einer verbalen Anweisung aktivieren und gegen Sie einsetzen«, sagte Valdorian. »Die Kodes sind mir bekannt«, fügte er hinzu, obwohl er da nicht ganz sicher war.

»Wenn Sie wirklich dazu in der Lage wären ... Warum verzichten Sie darauf?«

»Weil ich einen Verbündeten brauche«, sagte Valdorian und begann damit seinen Ausflug ins weitgehend unbekannte Reich der Wahrheit.

»Wer sind Sie?«, fragte Cordoban noch einmal.

»Ich bin Rungard Avar Valdorian. Ich bin es wirklich. Aber ... ich stamme nicht aus diesem Universum.«

Und er begann, die ganze Geschichte zu erzählen, von Connors Diagnose in jener anderen Welt und der Suche nach Lidia, bis hin zu seinem Fast-Tod auf Mirror und der Verjüngung durch den Temporalen Agorax, der später zu Agoron wurde.

»Die Temporalen haben mich als Werkzeug benutzt«, schloss Valdorian seinen langen Bericht, in dem ziemlich viel Bitterkeit und Zorn steckten. »Meine Aufgabe bestand darin, den auf Kerberos schlafenden Omnivorkeim zum Null zu bringen, zum Zeitkerker, in dem die Temporalen nach dem verlorenen Zeitkrieg gefangen waren. Der Omnivor brach das Null auf, und Agoron und die anderen machten sich mit der Zeitflotte und den Renegaten-Kantaki auf den Weg in die Zukunft.«

Valdorian beugte sich ein wenig vor, und seine Stimme gewann eine neue Intensität. »Mir gelang die Flucht, als ich den Auftrag bekam, das *Zentrum des Widerstands* für den Omnivor zu finden. Ein neuer Zeitkrieg hat stattgefunden, und die Temporalen haben ihn gewonnen. Ein Resultat ihres Sieges ist diese Welt.« Er vollführte eine Geste, die dem ganzen Kosmos galt, in den er geflohen war.

Cordoban hatte die ganze Zeit über ruhig zugehört, den Blick ständig auf Valdorian gerichtet. Sein blutleeres Gesicht verriet nicht, wie er die Worte aufnahm. »Es klingt ... ziemlich weit hergeholt«, sagte er schließlich.

»Das ist mir durchaus klar.«

Der Stratege begann auf der anderen Seite des Tisches mit einer langsamen Wanderung, ohne Valdorian aus den Augen zu lassen. »In diesem Universum hat es nie einen Zeitkrieg gegeben, weder einen ersten noch einen zweiten.«

»So hat es den Anschein. Die Temporalen unter Agoron haben die Zeit geschickt manipuliert. Sie, Cordoban, und alles andere in diesem Kosmos sind das Ergebnis einer geänderten historischen Struktur. Die Gesetze der Kausalität gelten auch hier; Sie können sich nicht an Ereignisse erinnern, die hier nie geschehen sind, weil die Temporalen ihre Ursachen eliminiert haben. Aber ich stamme aus einer anderen Welt mit einer anderen Kausalität. Ich bin sicher, dass wir Spuren von Zeitmanipulationen finden können, wenn wir an den richtigen Stellen suchen.«

»Dies alles hier ...« Cordoban breitete kurz die Arme aus. »... soll eine falsche Realität sein? Sie müssen zugeben: Das klingt ziemlich absurd.«

»Was Ihnen beweisen sollte, dass ich die Wahrheit sage. Warum sollte ich Ihnen sonst eine solche Geschichte präsentieren? Einfache Lügen sind überzeugender.«

»Vielleicht haben Sie sich genau deshalb eine so verrückte Geschichte einfallen lassen: um mich mit diesem Hinweis zu überzeugen.«

Valdorian nickte langsam. »Das hätte der Cordoban meines Universums ebenfalls gesagt. Er war durch und durch Logik, Rationalität und kaltes Kalkül. Ich habe mich immer auf ihn verlassen können.«

»Aber er starb.«

»Ja, er starb im Epsilon-Eridani-System, beim Angriff auf Kabäa, von dem er abgeraten hatte.«

»Er starb durch Ihre Schuld, wenn ich Sie vorhin richtig verstanden habe.«

»Ich habe viele Fehler gemacht«, sagte Valdorian, und die Worte klangen seltsam aus seinem Mund. »Der Angriff auf Kabäa war einer davon.«

»Die Suche nach Lidia DiKastro, die als Diamant Kantaki-Schiffe flog ...«, sagte Cordoban langsam. »Damit hat alles begonnen.«

»Ja«, bestätigte Valdorian, und bittere Erinnerungen stiegen in ihm auf.«

»Erstaunlich.«

»Warum?«

»Weil der Valdorian, den Sie umgebracht haben, ebenfalls den Wunsch hatte, noch einmal mit Lidia zusammenzutreffen. Sie erreicht das Mirlur-System in zwei Tagen. Ihre Eltern erwarten sie auf Xandor, und es war auch eine Begegnung mit Valdorian vorgesehen.«

Valdorian fühlte Cordobans analytischen Blick und versuchte, den emotionalen Orkan zu verbergen, den die Worte des Strategen in ihm bewirkten. Der Hass war am stärksten und überlagerte alles andere, Hass auf eine Lidia, die sich auf Mirror, während der letzten Minuten seines alten Lebens, geweigert hatte, ihm zu helfen. Dieser Weigerung war alles andere gefolgt, als unausweichliche Konsequenz: die Manipulation durch Agoron, die schreckliche Gefangenschaft im Spiel – Lidia trug dafür letzten Endes die Verantwortung. Aber tief unter dem Brodeln dieses Hasses erwachte Hoffnung. Valdorian begriff, dass er eine Chance bekam wie kein Mensch vor ihm: Vielleicht konnte er auf der Einbahnstraße des Lebens zurückkehren und Fehler korrigieren.

Und ihm fiel noch etwas anderes ein.

»Kantaki-Piloten stehen außerhalb des Zeitstroms«, sagte er. »Vielleicht sind sie in der Lage, die Manipulationen der Temporalen zu erkennen. Wir sollten die geplante Begegnung mit Lidia unbedingt stattfinden lassen.«

»Vorausgesetzt, ich glaube Ihnen.«

»Ich habe die Wahrheit gesagt«, betonte Valdorian, hielt Cordobans Blick stand und wartete.

Einige Sekunden lang herrschte Stille, und Valdorian glaubte, in der Ferne das Ticken einer Uhr zu hören, die über sein Schicksal entschied.

Schließlich seufzte der leichenhaft blasse Mann. »Na schön, ich glaube Ihnen. So absurd auch alles klingt. Sie sind Valdorian. Eine jüngere Version.«

»Hundert Jahre jünger.«

»Hundert Jahre?« Cordoban schüttelte langsam den Kopf. »Sie mögen hundert Jahre jünger sein als der Valdorian, der in Ihrem Universum in die Fänge der Temporalen geriet. Aber ich schätze, Sie sind zwanzig oder höchstens dreißig Jahre jünger als der Rungard Avar Valdorian, den Sie getötet haben.«

»Der Mann im Bett war ein Greis!«

»Er sah wie ein Greis aus, war aber erst fünfundsechzig. Bei ihm begann die genetische Destabilisierung schon nach der zweiten Resurrektion.«

Das bot Valdorian einen weiteren Hinweis auf die Unterschiede zwischen diesem Universum und seinem. »Ich brauche Ihre Hilfe«, sagte er offen. »Um den Platz des anderen Valdorian einzunehmen, muss ich herausfinden, wie sich dieses Universum von dem unterscheidet, aus dem ich komme.«

Cordoban antwortete nicht sofort und schien sich erneut zu fragen, ob er diesem Mann – einem *Mörder* – helfen sollte.

»Wie erklären wir Ihre Verjüngung?«, fragte er schließlich, und da wusste Valdorian, dass er gewonnen hatte.

»Eine neue, wirkungsvolle Resurrektion, mit der die genetische Destabilisierung besiegt werden konnte?« Valdorian trat um den Tisch herum zur Tür und sah, wie Cordoban den Hefok einsteckte.

»Gestatten Sie mir eine letzte Frage«, sagte der Stratege, und seine Stimme klang noch immer kühl. »Warum haben Sie den anderen Valdorian umgebracht?«

Valdorian überlegte kurz. »Jener Greis stellte all das dar, was ich jemals gehasst habe.«

Indigo: Mirlur-System, 19. Oktober 5521

Hinter dem Shuttle mit den Insignien des Konsortiums wurde Tintiran kleiner, und vor ihm schwoll ein Lichtpunkt im All langsam an: Xandor, vierter Planet des Mirlur-Systems, kälter als Tintiran, aber durchaus lebensfreundlich und seit Jahrhunderten von Menschen besiedelt.

Valdorian und Cordoban saßen in einer geräumigen Kabine, und zwischen ihnen drehte sich ein großes Rad wie aus Feuer: die pseudoreale Darstellung der Milchstraße.

»Das ist die gegenwärtige Situation«, sagte der Stratege und bediente die Kontrollen eines kleinen Datenservos. Ein Spiralarm der Galaxis rückte in den Vordergrund, und unterschiedliche Farben markierten verschiedene Bereiche. Valdorian fühlte sich plötzlich zurückversetzt in das Universum, aus dem er geflohen war, in die Zeit kurz vor dem Krieg gegen die Allianz. Der andere Cordoban hatte ihm eine ähnliche Darstellung gezeigt und ihm die ökonomisch-politische Situation erklärt.

 »Blau für das Konsortium und rot für die Allianz«, sagte

er leise. Doch die Verteilung der Farben erschien ihm ganz und gar nicht vertraut. Auch in diesem Fall erstreckte sich der blaue Bereich hauptsächlich dort, wo der Spiralarm aus der zentralen Masse der Milchstraße herausragte, aber er war wesentlich kleiner, wirkte zerfasert und zerfranst. »Wie viele Sonnensysteme und Welten sind es?«

»Zum Konsortium gehören derzeit fast hundert Sonnensysteme mit zweihundertneunundvierzig Ressourcen-Planeten und hundertdreiunddreißig bewohnten Welten«, sagte Cordon auf der anderen Seite der pseudorealen Darstellung. »Verwaltet von dreiundzwanzig AÖK, die ihrerseits aus Dutzenden von einzelnen Unternehmen bestehen.«

»AÖK?«, wiederholte Valdorian.

»Autonome Ökonomische Komplexe.«

»Ich ... verstehe.« Valdorian versuchte, sich von den Fremdartigkeiten in diesem Universum nicht verunsichern zu lassen, obwohl es überall lauerte, auch in den Dingen, die auf den ersten Blick vertraut erschienen. Wie der Shuttle. Oberflächlich betrachtet wirkte alles ganz normal, aber wenn er genauer hinsah, entdeckte er Abweichungen vom Vertrauten: Schalter an einer anderen Stelle, Kanten dort, wo er Wölbungen erwartete, überraschende farbliche Markierungen. Verwundert deutete er auf den blauen Bereich. »In meinem Universum ist ... war das Konsortium wesentlich größer. Es bestand aus fast sechshundert Sonnensystemen, und sein Einflussbereich reichte wesentlich weiter durch den Spiralarm.«

Cordoban schwieg.

»In diesem Kosmos fand nach den Manipulationen der Temporalen kein erster Zeitkrieg statt«, sagte Valdorian langsam. »Das Konsortium hätte sich weiter ausbreiten müssen. Und die Allianz ...« Er deutete auf den roten Bereich neben dem blauen. »Sie ist ebenfalls viel zu klein.«

Cordoban trat ein wenig zur Seite, um ihn nicht durch das Feuerrad der Galaxis ansehen zu müssen. »Wissen Sie wirklich nicht, was geschehen ist?«, fragte er so, als wäre ein Rest von Zweifel an Valdorians Geschichte in ihm verblieben.

»Nein.«

»Vor siebenhundert Jahren kam es zum Großen Zerwürfnis. Auf der Erde versuchte man, mithilfe von Hawking-Generatoren Energie aus der nichtlinearen Zeit zu beziehen, genug Energie für überlichtschnelle Raumschiffe. Die künstliche Singularität eines Reaktors geriet außer Kontrolle und zerstörte den ganzen Planeten. Den Kantaki gelang es schließlich, sie unschädlich zu machen, aber sie ahndeten den Verstoß gegen ihren Sakralen Kodex mit einem Transportembargo für die Inneren Welten. Das Sol-System, Epsilon Eridani, Sirius, Prokyon und die anderen Inneren Systeme waren für zweihundert Jahre isoliert.«

Die Erde, dachte Valdorian. *Nicht Kabäa.* Er erinnerte sich an seine Vision vom Hawking-Generator auf dem vierten Planeten des Epsilon-Eridani-Systems.

»Auf den drei Sirius-Welten sann man auf Rache«, fuhr Cordoban in dem für ihn typischen kühlen Tonfall fort. »Dem Globaldirektor von *New Human Design* gelang ein Bündnis mit einer Horgh-Sippe: Ihre Sprungschiffe sollten ein spezielles Virus zu den Welten tragen, die weiterhin von den Kantaki angeflogen wurden. Ich weiß nicht, was das Sippenoberhaupt damals dazu veranlasste, sich auf so etwas einzulassen – vielleicht die Hoffnung, die Kantaki aus dem Geschäft mit der überlichtschnellen Raumfahrt zu drängen. Nun, das Virus sollte die Insektoiden töten, aber erst nach einer gewissen Zeit, nachdem sich möglichst viele von ihnen angesteckt hatten. Fragen Sie mich nicht, wie es NHD damals gelang, an die für die Entwicklung des Virus nötigen Kantaki-Gewebeproben heranzukommen. Vielleicht waren die Horgh dabei behilflich. Wie dem auch sei ... Irgendetwas ging schief. Es erkrankten tatsächlich einige Kantaki, aber nicht annähernd so viele, wie man bei NHD gehofft hatte, und schlimmer noch: Die Kantaki fanden heraus, was vor sich ging, und das Virus mutierte zu einer für Menschen sehr gefährlichen Variante. Die Bewohner vieler Welten glaubten sich von einer Kantaki-Krankheit bedroht und reagierten aggressiv, als die Insektoiden keine Hilfe leisten konnten oder wollten. Die Menschen anderer Planeten erkannten die Zusammenhänge und nahmen die Kantaki in Schutz.«

Cordoban unterbrach sich kurz und deutete auf den großen Bereich zwischen Konsortium und Allianz. »Auf zahlreichen Planeten kam es zu Auseinandersetzungen, und dies ist das Ergebnis: mehr als fünfhundert Sonnensysteme mit fast ebenso vielen unterschiedlichen Wirtschaftsordnungen, sozialen Strukturen und Entwicklungsniveaus. Wir nennen diese zweitausend Lichtjahre breite und fast zehntausend Lichtjahre lange Zone ›Chaoskorridor‹.«

Die Unterschiede zwischen diesem Universum und Valdorians Kosmos waren sogar noch größer, als er befürchtet hatte. Menschen, die gegen andere Menschen kämpften, nur wegen dieser anmaßenden Kantaki. Der Hass, der tief in seinem Inneren geschlummert hatte, regte sich erneut, ein dunkles Ungeheuer in seiner Seele, das langsam den Kopf hob und leise knurrte.

»Das Große Zerwürfnis erfasste auch die Kantaki selbst«, fuhr Cordoban fort und sprach noch immer so, als erklärte er eine mathematische Gleichung. »Bei ihnen kam es zu einem Konflikt der Konzepte: Einige wollten die interstellare Raumfahrt für die Menschen ganz einstellen; andere sprachen sich für aktive Hilfe und ein Ende des Embargos aus. Eine Kantaki-Gruppe spaltete sich ab, und es heißt, dass sie in Richtung Milchstraßenzentrum aufbrach, ohne jemals zurückzukehren.«

Valdorian versuchte, die auf ihn einströmenden Informationen zu verarbeiten, und fühlte dabei, wie sein Abstand zu diesem Universum immer mehr wuchs. Er hatte die Freiheit wiedererlangt, ja, aber in einer Welt, die nur den Schein des Vertrauten trug.

»Der Krankheit fielen Millionen von Menschen zum Opfer, während die anderen Völker davon völlig verschont blieben. Schließlich konnte sie eingedämmt und besiegt werden. Aber bei einigen Menschen, die die ›Geißel‹ überlebten, kam es zu einer Veränderung der DNS, und unter ihren Nachkommen befanden sich die erste Blassen.«

Valdorian schüttelte langsam den Kopf. »Auch dieser Begriff sagt mir nichts.«

Cordoban berührte die Kontrollen des Datenservos, und gelbe Punkte erschienen im Spiralarm, zwischen Konsortium und Allianz, im Chaoskorridor und auch an anderen Stellen. Sie dehnten sich immer weiter aus, bis die gelben Bereiche größer waren als Konsortium und Allianz zusammen. »Das sind die Raumsektoren, die die Blassen heute direkt oder indirekt kontrollieren. Sie sind auf dem besten Weg, zur bedeutendsten Macht im von Menschen besiedelten All zu werden. Hegemonie, Koalition, Entente, Kongregation und die kleineren Gruppen haben längst ihre Unabhängigkeit verloren. Die Spiritualistischen Welten, der Islamische Bund, der Anarchische Block und die Neuen Sozialistischen Systeme haben sich zu einem Bündnis zusammengeschlossen, wie man es sich seltsamer kaum vorstellen kann, aber ich fürchte, dass auch sie ihre Autonomie verlieren werden, in den nächsten zwanzig bis dreißig Standardjahren.«

»Wer *sind* die Blassen?«, fragte Valdorian.

»Wir zählen sie zu den Neuen Menschen. Sie sind in der Lage, die von den Überlichtsprüngen der Horgh-Schiffe verursachten Schockwellen unbeschadet zu überstehen. Mit ihrer Hilfe bekamen die Horgh zum ersten Mal direkten Zugang zum Wirtschaftspotenzial von Menschen bewohnter Welten.«

Unabhängigkeit von den Kantaki, dachte Valdorian. Davon hatte auch sein Vater geträumt.

»Oberhaupt der Blassen, die offiziell als Brüder und Schwestern den Sippen der Horgh angehören, ist Viktor«, sagte Cordoban. »Inzwischen schon seit mehr als vierhundert Jahren.«

»Wie ist das möglich?«, fragte Valdorian mit neuem Interesse. Hatte jemand die Unsterblichkeit entdeckt, *im* Zeitstrom? *Zeit,* dachte er, und etwas tief in ihm erzitterte, neben der finsteren Kreatur in seiner Seele.

»Wir wissen es nicht«, antwortete Cordoban. »Wir haben mehrmals versucht, Spitzel in die Sippen einzuschleusen, aber alle wurden entlarvt.«

Valdorian betrachtete die pseudoreale Darstellung und das wuchernde Gelb. »Was hat der andere Valdorian unternommen? Welche Maßnahmen hat er ergriffen, um das Konsortium vor dem Einfluss der Blassen zu schützen?«

»Interessant, dass Sie diese Frage an mich richten«, sagte Cordoban und klang dabei sehr nachdenklich. »Mit der genetischen Destabilisierung veränderte er sich. Immer häufiger stellte er frühere Entscheidungen infrage und dachte über Lebenswege nach, auf denen man nicht umkehren kann – so nannte er es. Er beauftragte mich, Lidia DiKastro zu suchen. Das war ihm sehr wichtig. Allen anderen Dingen schenkte er kaum mehr Beachtung.« Er beobachtete Valdorian aufmerksam, während er diese Worte sprach.

»Ich bin älter als der Greis im Bett, obwohl ich in einem jungen Körper stecke. Alter bringt Weisheit. Ich werde die Fehler, die ich gemacht habe, nicht wiederholen.«

Cordoban betätigte die Kontrollen des Datenservos, und das pseudoreale Informationsfenster verschwand. Eine Zeit lang schwiegen die beiden Männer, und es war nur das Summen des Plasmatriebwerks zu hören.

»Das Konsortium könnte einen Valdorian gebrauchen, der sich nicht scheut, alle notwendigen Entscheidungen zu treffen«, sagte der Stratege schließlich. »Einen Valdorian voller Tatkraft.«

Deshalb hat er beschlossen, mich gewähren zu lassen, dachte Valdorian. *Weil er sich von mir die Rettung des Konsortiums erhofft.*

»Einen Valdorian, der die Möglichkeit nutzt, mit den Kantaki zusammenzuarbeiten, um den wachsenden Einfluss der Blassen zurückzudrängen. Dafür könnten Sie die Begegnung mit Lidia beziehungsweise Diamant nutzen.«

Das dunkle Monstrum im innersten Kern von Valdorians Selbst hob den Kopf noch etwas weiter und knurrte lauter. Eine Zusammenarbeit mit den Kantaki, die er fast ebenso sehr hasste wie Lidia?

Ein akustisches Signal erklang, und die Stimme des Piloten ertönte aus einem Lautsprecher. »Wir haben Xandor erreicht. Ich beginne mit dem Landeanflug.«

Nur noch zwanzig oder dreißig Minuten trennten Valdorian von der Begegnung mit Lidia.

5

Vortex

Blau: Ozean der Zeit, 2. Februar 571 SN

»Es ist wunderschön«, sagte Diamant und blickte hinaus ins Meer der Zeit, in ein Eleganz und Anmut vermittelndes buntes Wogen.

»Und gefährlich«, sagte Aida. Ihre Hände huschten über die Kontrollen, und blitzende Punkte erschienen in den Farben, tanzten hin und her, wie auf der Suche nach etwas.

»Was ist das?«

»Das sind Spürhunde der Temporalen. Sie suchen nach uns.«

»Nach uns?«, wiederholte Diamant.

»Nach Rettungsbooten wie diesem, nach dem Widerstand.«

Einige der blitzenden Punkte schienen sehr nahe zu kommen, aber Aida wirkte unbesorgt, und daher nahm Diamant an, dass keine unmittelbare Gefahr bestand.

»Wir müssen warten, bis sich unsere Transfersignatur auflöst«, sagte Aida und schälte sich aus dem Kampfanzug. Zum Vorschein kam eine sehr zart gebaute Frau, etwas kleiner als Diamant und ungefähr dreißig Jahre alt. Die beiden Frauen schienen im gleichen Alter zu sein, aber dieser Eindruck täuschte natürlich. Diamant wusste sich mit ihren dreihundert Jahren viel älter. »Das dauert zwei bis drei Stunden. Anschließend fliegen wir zu einem Refugium.«

»Ich kann es noch immer nicht glauben, dass du lebst«, sagte Diamant langsam.

Aida lächelte. »In vielen Universen habe ich den Sturz vom Felsen überlebt, in anderen nicht. Ich hatte Gelegenheit, an meinem eigenen Grab zu stehen – das können nicht viele Personen von sich behaupten. Und alles ist real, jeder Kosmos und alle Welten darin, auch die von Temporalen manipulierten Zeitlinien. Nur die Dichte der Realität unterscheidet sich.«

Vor dem inneren Auge sah Diamant noch einmal, wie Esmeralda starb, seit mehr als zweihundert Jahren ihre beste Freundin, und das Staunen wich neuem Kummer. »Haben wir jetzt Zeit für Erklärungen?«

»Ich denke schon.« Aida streifte einen leichten Overall über, in dem sie wie eine Wartungstechnikerin aussah, und drehte den Sessel. Draußen huschten weiterhin die blitzenden Punkte umher, während sich bunte, wie flüssig wirkende Bänder dehnten und streckten. »Sind dir nicht manche Dinge seltsam vorgekommen?«

»Während der letzten halben Stunde?« Diamant lachte humorlos. »Jede Menge.«

»Nein, ich meine vorher. Sind dir keine Ungereimtheiten aufgefallen, Dinge, die du anders erwartet hast?«

»Esmeralda ... Sie meinte, ich hätte Valdorian ihr gegenüber nie erwähnt. Aber das kann unmöglich stimmen.« Andere verwirrende Momente fielen ihr ein, und nachdenklich erzählte sie ihrer Schwester davon. Begegnungen mit ihr fremden Personen, die jedoch behaupteten, sie zu kennen. Städte mit ihr gänzlich unbekannten Verkehrskorridoren oder Viertel, in denen bestimmte Gebäude fehlten. »Manchmal habe ich sonderbare Erinnerungslücken. Ich sehe Dinge, die mir vertraut erscheinen, aber irgendwie ... *anders* sind.«

Aida nickte.

»Ich dachte, es sind die Begleiterscheinungen eines langen Lebens. Man vergisst Altes und nimmt Neues in sich auf ...«

 »Nein. Es liegt daran, dass du Teil einer manipulierten

Zeitlinie bist. Aber nicht ganz, denn wir Kantaki-Piloten stehen abseits des gewöhnlichen Zeitstroms und sind daher natürliche Kognitoren. Darum haben es die Temporalen auf uns abgesehen.«

»Du bist ebenfalls Pilotin?«

»Eine weitere Überraschung für dich«, stellte Aida fest und lächelte sanft. »Die Gabe liegt in der Familie. Unser Bruder Ferdinand hatte sie ebenfalls.«

»Unser *Bruder*?«

»Ja. Er starb beim Kampf um die Gelbe Bastion, vor einem Jahr subjektiver Zeit.«

»Langsam, langsam ...« Diamant schüttelte den Kopf. »Die Temporalen wurden von den Feyn und Kantaki besiegt, am Ende des tausendjährigen Zeitkriegs ...«

»Der *erste* Zeitkrieg endete für sie mit einer Niederlage, aber nicht der zweite. Den gewannen sie.«

»Ich ... erinnere mich nicht an einen zweiten Zeitkrieg.«

»Weil die Temporalen nach dem Sieg die gesamte Zeitlinie manipulierten. Wir versuchen, die blauen Realitäten wiederherzustellen, indem wir die Manipulationen der Temporalen an den Kausalitätspunkten rückgängig machen, aber sie reagieren mit neuen Veränderungen und jagen uns. Dieses Universum kommt der ursprünglichen Realität – wenn es so etwas überhaupt jemals gab – recht nahe. Hier fand ein erster Zeitkrieg statt. Die Feyn existieren nicht mehr, aber Munghar ist nicht zerstört. Die Kantaki verteidigen den Sakralen Kodex. Aber auch hier gibt es getarnte Temporale, die bestrebt sind, den großen Kollaps herbeizuführen. Und ihre Eliminatoren sind ständig auf der Suche nach Kognitoren.«

Aida sah die Frage im Gesicht ihrer Schwester.

»Kognitoren sind Personen, die aus bestimmten Gründen nicht in die veränderte historische Struktur einer manipulierten Realitätslinie eingebunden sind. Sie spüren, dass etwas nicht mit rechten Dingen zugeht, und deshalb sind sie eine Gefahr für die Temporalen. Praktisch alle Kantaki-

Piloten sind Kognitoren, weil wir uns oft in der Hyperdimension der Kantaki aufhalten und uns dort abseits des gewöhnlichen Zeitstroms bewegen, in dem die Manipulationen stattfinden. Außerdem sind wir Kantaki-Piloten wie während des ersten Zeitkriegs in der Lage, getarnte Temporale zu erkennen. Auch aus diesem Grund versuchen sie, uns alle auszuschalten.«

»Esmeralda ...«

»In anderen Realitätslinien konnte sie gerettet werden«, sagte Aida. »Hier ist es mir leider nicht gelungen.«

»Sie war fast tausend Jahre alt«, murmelte Diamant. »Die älteste Kantaki-Pilotin überhaupt ...«

»Ich bin noch etwas älter.«

Diamant sah erstaunt auf.

»Ich fliege seit fast eintausendeinhundert Jahren für die Kantaki. Seit elf Jahrhunderten heiße ich nicht mehr Aida, sondern Ilania.«

»Eintausendeinhundert Jahre«, sagte Diamant und musterte die Frau, die wie sie selbst den Eindruck erweckte, etwa dreißig zu sein.

»Obwohl ich deine jüngere Schwester bin. Aber ich komme aus einer gelben Realität, die eine völlig andere Chronik hat. Versuch nicht, alles in die ›richtige‹ Reihenfolge zu bringen, denn die gibt es nicht mehr, und du würdest dich immer mehr in einem Netz der Verwirrung verstricken. Die meisten von uns bemühen sich nach der Rettung, an den wichtigsten Erinnerungen festzuhalten und ihnen nach und nach alles andere hinzuzufügen. Der zentrale Punkt ist: Die Temporalen haben den Zeitkrieg gewonnen und jagen die Kognitoren, die wir zu retten versuchen. Wir wissen inzwischen auch, wie sie den Sieg errungen haben. Einen entscheidenden Beitrag für ihren Erfolg leistete jemand, den du kennst.«

»Wen meinst du?«

»Valdorian.«

»Was?«

»Nur mit seiner Hilfe konnten die Temporalen aus ihrem Zeitkerker, dem Null, entkommen.«

»Aber er ... starb. Auf Mirror. Er bat mich um Hilfe, doch ich konnte seinetwegen nicht gegen den Sakralen Kodex verstoßen.«

»Nein. Er starb nicht. Agoron, das Oberhaupt der Temporalen, bewahrte ihn vor dem Tod, verjüngte Valdorian und benutzte ihn als Werkzeug, um den schlafenden Omnivorkeim auf Kerberos zu wecken und mit ihm die Temporalen aus ihrem Kerker zu befreien. Sie brachen mit ihrer Zeitflotte auf, und es kam zu einem neuen Krieg, den sie gewannen. Das Ergebnis ist dies.« Aida – beziehungsweise Ilania – deutete zum pseudorealen Fenster. »Ein Ozean der Zeit, wo vorher nur ein Zeitstrom existierte. Tausende von Farben, und jede einzelne von ihnen eine Realitätslinie. Dies alles ist wie ein riesiges Labyrinth, in dem wir uns verirren sollen, ein Schild, der den Widerstand von der einen Linie mit objektiver Zeit fern hält, in der die Temporalen den großen Kollaps planen: das Ende des Fünften Kosmischen Zeitalters.«

»Dann wird die Materie wieder Geist«, murmelte Diamant.

»Das glauben die Kantaki.«

»Es ist mehr als nur ein Glaube.«

»Und das sagst du *mir*, Schwester? Ich bin viele Jahrhunderte länger Pilotin als du, und ich kenne die Kantaki besser. Ich wollte nicht behaupten, dass sie sich irren, aber gestatte mir den Hinweis: Niemand weiß, was passiert, wenn das Fünfte Kosmische Zeitalter zu Ende geht, denn so etwas *ist noch nie zuvor geschehen*. Dies ist kein Zyklus, der sich wiederholt, sondern ein gewaltiger kosmischer Kreis, den die Temporalen schließen wollen. Das Ende der Materie ... Was kommt dann? Werden wir alle Teil eines Überwesens? Werden wir zum Gedanken im Bewusstsein eines Gottes? Ich neige dazu, die Dinge aus dem Blickwinkel der Feyn zu sehen: Es ist grundsätzlich falsch, an Zeit und

Kausalität herumzuspielen. Wer so etwas macht, verstößt gegen die fundamentalen Prinzipien der Schöpfung und begeht ein Verbrechen an der Evolution in all ihren Formen.«

Diamant lächelte. »Als kleines Kind mochtest du Blumen.«

»Ich mag sie noch immer«, sagte Aida mit einem gewissen Nachdruck. »Und es gefällt mir gar nicht, dass jemand all die schönen Dinge im Universum verschwinden lassen will.«

Aus dem leisen, beständigen Summen der Bordsysteme wurde ein aufgeregtes Zirpen und Quieken. Aida drehte sofort den Sessel und wandte sich den Kontrollen zu, während Diamant durch das Fenster in den bunten Ozean der Zeit sah. Die blitzenden Punkte, die Spürhunde der Temporalen, tanzten schneller hin und her. Einige kamen direkt auf das Rettungsboot zu.

»Man hat uns entdeckt«, sagte Aida. »Obwohl ich uns mit einem Emissionsschild umgeben habe. Vielleicht hat uns der Wurm im Maschinensaal des Nexus eine Sonde hinterhergeschickt.« Ihre Finger flogen über die Kontrollen. »Es könnte brenzlig werden.«

Diamant verstand und reaktivierte den energetischen Sicherheitsharnisch.

Die Lichter tanzten einen triumphierenden Reigen vor dem Rettungsboot, und einige von ihnen verschmolzen miteinander. Aus ihren Blitzen wuchs ein keilförmiges Objekt mit Buckeln und langen, nach vorn ragenden Nadeln.

Das tropfenförmige Rettungsboot begann zu zittern, wie ein lebendes Geschöpf, das sich fürchtete. Ein seltsamer Ton erklang, wie das Klagen einer Saite, die zu straff gespannt gewesen war und riss. Das kleine Schiff kippte und sprang durch das Gewirr aus bunten Bändern der Zeit, die wie Schlangenknäuel in ständiger Bewegung waren. Aida hatte beide Hände um das hufeisenförmige Steuer geschlossen und übermittelte den Daten- und Navigationsservi des

Rettungsboots knappe verbale Anweisungen. Die blitzenden Lichter kamen so nahe, dass Diamant Einzelheiten erkennen konnte – das helle Pulsieren ging von kleinen käferartigen Gebilden aus.

»Kann ich irgendwie helfen?«, fragte sie.

»Nein.« Aida änderte abrupt den Kurs des Rettungsboots, als Energie von den Buckelnadeln des Keils zu seiner Spitze sprang, und von dort aus dem kleinen Schiff entgegen. Etwas Gleißendes zuckte dicht an dem Boot vorbei, und Diamant fühlte nicht nur eine heftige Erschütterung – etwas zerrte an ihrem Selbst und schien bestrebt zu sein, es zu zerfetzen.

Aida schnitt eine Grimasse. »Ist nicht sehr angenehm, oder? Wir sollen zu einem Transfer gezwungen werden.« Sie nickte in Richtung des pseudorealen Fensters und meinte den Keil. »Das ist ein Destruktor, nicht besonders groß, aber groß genug, um uns zu vernichten. Doch jemand dort draußen hofft, dass wir springen, zu einem Refugium oder gar zum Kastell.«

»Zum Kastell?«

»Das Zentrum des Widerstands gegen die Temporalen«, sagte Aida und drehte das Steuer. Aus dem Heck des Rettungsboots kam ein schrilles Heulen, und zwei Spürhunde der Temporalen huschten dicht an dem kleinen Schiff vorbei, das nicht durch den Raum flog, sondern durch die Zeit. »Seine Entdeckung wäre unser aller Ende.«

Während ihres dreihundert Jahre dauernden Lebens war Diamant immer wieder in schwierige Situationen geraten und hatte gelernt, einen kühlen Kopf zu bewahren, das Unwichtige vom Wichtigen zu trennen und sich allein auf die Erfordernisse einer bestimmten Situation zu konzentrieren. Diesmal aber kam es zu einem Notfall, während sie noch versuchte, mit den vielen neuen Informationen fertig zu werden und ihren Platz in einer verblüffend komplexen und fremdartigen Welt zu verstehen. Außerdem musste sie sich mit einer passiven Rolle begnügen, was alles noch schlimmer machte. Diamant versuchte, ihre Gefühle - durcheinander gewirbelt von Esmeraldas Tod und der Begegnung mit ihrer Schwester - in eine mentale Ecke zu drängen, um sich nicht von ihnen überwältigen zu lassen.

Das pseudoreale Fenster zeigte den Keil, den Destruktor der Temporalen, und wieder wuchsen Energiefinger von den Buckelnadeln zur Spitze. Aida hielt das Rettungsboot auf einem wilden Zickzackkurs, aber der Keil folgte ihren Manövern. Erneut gleißte es, und Diamant hörte ein Knistern in der Luft, begleitet von einem Zerren, das ihr die Seele entreißen wollte.

»Ich ... halte ... das ... nicht ... aus«, brachte sie mühsam hervor. Ein Messer schien durch ihr Gehirn zu schneiden, heiß und scharf, und das Atmen fiel ihr schwer, als hätte sich die Luft in Sirup verwandelt, der ihre Lungen verklebte.

»Ich programmiere Zufallssprünge durch die Zeitbänder.« Aidas Stimme klang verzerrt. »Vielleicht gelingt es uns damit, den Spürhunden und dem Destruktor zu entwischen.«

Neuerliches Gleißen loderte dem Rettungsboot entgegen, und Diamant schloss die Augen, doch hinter ihren Lidern entflammte Feuer und steckte ihren Geist in Brand.

Sie öffnete den Mund und ...

... schrie in einer Stille, die den Schrei aufsog. Diamant sah, wie sich die Lippen ihrer Schwester bewegten, aber sie hörte nichts, auch nicht das Heulen aus dem Heck des Rettungsboots. Die Lautlosigkeit befreite sie vom grässlichen Schmerz, der sich durch ihr Selbst gefressen hatte.

Das pseudoreale Fenster flackerte wie bei einer Fehlfunktion, die es innerhalb einer Sekunde mehrmals ein- und ausschaltete. Das Wogen der Farben im Ozean der Zeit erfuhr dadurch eine scheinbare Verlangsamung, und Diamant beobachtete fasziniert, wie die käferartigen Spürhunde wieder zu Lichtern wurden und der Destruktor in einem grünen Band verschwand. Das schnelle Flackern wirkte fast hypnotisch, und Diamant spürte, wie sie sich zu entspannen begann …

Braun

Die Geräusche kehrten mit akustischer Gnadenlosigkeit zurück, ein jähes Heulen, das wie ein Aufschrei des Rettungsboots klang, und mit dem Kreischen kam ein heißer Schmerz, ein mentales Feuer, das ihre Gedanken verbrannte.

»Es wird gleich besser«, sagte jemand. Aida? Von welcher Person auch immer die Worte stammten – sie behielt Recht. Aus dem Heulen wurde wieder das gleichmäßige Summen der Bordsysteme, und der Schmerz wich von Diamant, wurde zu einer unangenehmen Erinnerung.

Sie atmete tief durch und stellte fest, dass das pseudoreale Fenster nicht mehr den Ozean der Zeit zeigte, sondern das All.

»Ein Teil der Destruktor-Energie hat uns durch die Transfers begleitet«, erklärte Aida. Sie war blass; offenbar hatte sie ebenfalls gelitten. »Einige Kognitoren haben bei so etwas schon den Verstand verloren.«

»So fühlte es sich an«, sagte Diamant leise. »Wo sind wir? Oder sollte ich besser fragen: *Wann* sind wir?«

»Sondierung läuft.« Aida deutete auf die Anzeigen des Datenservos.

Das Rettungsboot drehte sich, und eine Galaxis geriet in Sicht. Aber etwas stimmte nicht mit ihr. Nur noch die eine Hälfte existierte, und wo Diamant die zweite erwartete, erstreckte sich eine … Dunkelheit, die schwärzer wirkte als das Schwarz des Weltraums, eine Zone des Nichts, wie ein gewaltiges, mehr als fünfzigtausend Lichtjahre durchmessendes Schwarzes Loch.

»Ist das eine optische Täuschung, oder …«

»Nein.« Aidas Finger huschten wieder über die Schaltelemente. »Der Datenservo hat mehrere stellare Fanale identifiziert. Es ist eindeutig die Milchstraße.«

»Nur die *Hälfte* davon.«

Aida nickte und wirkte plötzlich sehr, sehr ernst. Ihr Blick galt noch immer den Anzeigen. »Die gravitationelle Integrität existiert nicht mehr. Die Sterne der Restgalaxis umkreisen kein gemeinsames Gravitationszentrum mehr, sondern treiben auseinander. Und die Zone der Finsternis dehnt sich aus.«

»Der Abissale«, hauchte Diamant.

»So nennen ihn die Kantaki, ja. Der Omnivor. Dies ist viel mehr als nur der Keim, den Valdorian auf Kerberos weckte und mit dem er die Temporalen aus dem Null befreite. Er kann nicht allein auf diese Größe gewachsen sein. Vermutlich hat er sich mit anderen Keimen vereint, vielleicht mit den im Milchstraßenzentrum verschwundenen ›Splittern Gottes‹, wie man sie während des ersten Zeitkriegs nannte.« Aida sah ihre ältere Schwester, die gleichzeitig viel jünger war, groß an. »Der Kollaps ... Hier hat er begonnen. Hier ist es den Temporalen gelungen, das Fünfte Kosmische Zeitalter einzuleiten, und mithilfe des Omnivors werden sie es zu einem raschen Ende bringen, wenn wir sie nicht daran hindern. Dies ist die eine Linie mit objektiver Zeit.«

Das Rettungsboot schaukelte wie auf den Wellen eines Meeres, als Aida beschleunigte. »Datenservo!«

»Bereitschaft.«

»Stell die temporalen Koordinaten dieser Realitätslinie fest.«

»Bestätigung.«

Diamant beobachtete das schwarze Etwas, das bereits die Hälfte der Milchstraße verschlungen hatte, Millionen von Sonnen und Planeten, und sie erinnerte sich an die Legenden der Kantaki. Sie berichteten vom Abissalen, dem Omnivor, einer Realität fressenden Entität, die seit dem

Beginn von Zeit und Raum das Universum durchzog und die nichtlineare Zeit geschaffen hatte. Sie hinterließ ... nichts, eine Leere, die weder Materie noch Raum-Zeit enthielt.

Der Rest der Galaxis waberte, und etwas schob sich aus dem Flimmern, ein Gebilde, das aussah wie ein riesiger grauer Trichter.

»Wir haben einen Kausalitätspunkt erreicht!«, entfuhr es Aida aufgeregt. Sie deutete nach vorn. »Und das ist ... der zentrale Vortex der Temporalen. Von dort kommen ihre Spürhunde, Würmer und Eliminatoren. Dort wird alles geplant. Das Zentrum der Manipulation.«

Der gewaltige graue Trichter drehte sich wie ein Strudel, und vielleicht war er genau das, dachte Diamant: ein Strudel in der Zeit. Kleine Punkte lösten sich von seinem Rand und flogen dem Rettungsboot entgegen.

»Meine Güte, der Widerstand sucht seit einer *Ewigkeit* nach dem Vortex! Datenservo, wo bleiben die temporalen Koordinaten?«

»Sondierung und Berechnung dauern an. Störende Emissionen werden stärker.«

»Da kommt etwas«, sagte Diamant.

Aida schien sie gar nicht zu hören und sah auf die Anzeigen. »Entfernung drei Lichtminuten. Durchmesser fast hunderttausend Kilometer. Starke temporale Fluktuationen ... Es ist der zentrale Vortex, kein Zweifel. Die Quelle des Ozeans der Zeit.«

Kleine Keile zeichneten sich vor der Dunkelheit ab, die die Hälfte der Milchstraße gefressen hatte, und sie schwollen an, als die Distanz schrumpfte. Dünne energetische Fäden krochen zwischen den Buckeln an ihren Außenhüllen hin und her, erinnerten Diamant an die Fäden im Transraum, die sie so oft mit Vater Grars Schiff und zuvor mit Mutter Krirs schwarzem Koloss verbunden hatte.

»Aida ...«

»Ich habe sie gesehen. Achtung, ein kleiner räumlicher

Transfer ...« Sie berührte ein Schaltelement des Navigationsservos, und Diamant fühlte eine Verschiebung. Etwas berührte die Gabe in ihr, die sie zur Kantaki-Pilotin machte, ein kurzes Streicheln, und die Schatten des Transraums wogten ihr entgegen. Dann zeigte das pseudoreale Fenster wieder das Grau des riesigen Trichters, aber diesmal erstreckte es sich unmittelbar vor dem Rettungsboot.

Warnsignale erklangen, doch Aida achtete nicht auf sie, rejustierte stattdessen die Sensoren. »Es gibt hier noch ein zweites Objekt, viel kleiner als der Vortex, aber nicht minder interessant. Da ist es!«

Das pseudoreale Informationsfenster teilte sich in zwei Darstellungsbereiche, und im linken machte sich ein Zoomeffekt bemerkbar. Ein dunkler Punkt vor dem grauen Hintergrund wuchs in die Länge und wurde größer. Diamant sah ein Objekt, das Ähnlichkeit mit einer Spindel aufwies: ein langer, dünner Zylinder, im mittleren Bereich ein wenig dicker, an den sich eine Kugel anschloss.

Aida schnappte nach Luft. »Ich glaube, heute ist unser Glückstag«, sagte sie, während ihre Finger erneut über die Kontrollen flogen, Sensoren und Sondierungsservi anwiesen, Daten zu sammeln. Wieder ertönten Warnsignale, und Diamant fragte sich mit wachsendem Unbehagen, wie weit die Keile – die Destruktoren der Temporalen – entfernt waren. »Das Brutschiff der Zeitflotte, das einzige, das den Temporalen geblieben ist. Beim ersten Zeitkrieg wurden alle anderen zerstört. Es ist mir ein Rätsel, wie die *Akida* damals entkommen konnte. Man hätte alles daransetzen müssen, sie ebenfalls zu vernichten. Dann gäbe es heute keine Würmer, Destruktoren und so weiter. Sie alle sind im Ovum des Brutschiffs entstanden.«

Diamant spürte, wie die Verwirrung zurückkehrte. Wieder wurde sie mit Informationen konfrontiert, die ihr absolut fremd waren, und außerdem fühlte sie die Nähe einer Gefahr, der ihre Schwester offenbar zu wenig Beachtung schenkte. Tief in ihrem Inneren erzitterte etwas bei der Vorstellung, die grässlichen Schmerzen noch einmal ertragen zu müssen.

»Die Koordinaten, verdammt, wir brauchen die Koordinaten!«, stieß Aida hervor, griff nach der hufeisenförmigen Steuereinheit und änderte den Kurs des Rettungsboots. Das spindelförmige Brutschiff und der gewaltige graue Vortex dahinter glitten im wieder vereinten pseudorealen Fenster nach links, und mehrere Keile gerieten in Sicht, umgeben von glühenden, flackernden Energiegespinsten. Eines verdichtete sich an der Spitze ...

Aida reagierte bereits, drehte das Steuer und beschleunigte. Der Blitz raste in einer Entfernung von einigen Dutzend Kilometern am Rettungsboot vorbei, aber trotzdem spürte Diamant das sehr unangenehme Zerren an ihrem Selbst.

»Datenservo, was ist mit den temporalen Koordinaten?«, fragte Aida, während sie das Boot vom Vortex fortsteuerte, dabei immer wieder die Richtung änderte.

»Sondierung und Berechnung dauern an«, wiederholte die artifizielle Stimme. »Die vom Vortex ausgehenden störenden Emissionen sind sehr stark.«

»Du solltest dich besser beeilen«, sagte Aida. »Ich fürchte, uns bleibt nur noch wenig Zeit.«

Eine Veränderung im Vortex bestätigte ihre Worte: Der obere Teil des Trichters neigte sich dem hin und her tanzenden kleinen Raumschiff entgegen.

»Was hat das zu bedeuten?«, fragte Diamant besorgt.

»Wir sollen angesaugt werden!« Aus dem Brummen im Heck des Rettungsboots wurde das Heulen, das Diamant schon einmal gehört hatte, als Aida den K-Antriebsaggregaten noch mehr abverlangte.

Und dann herrschte plötzlich Stille. Aber es war keine Stille, die Erleichterung brachte.

»Was ist los?«, fragte Diamant.

»Etwas hält uns fest. Ich weiß nicht, was es ist. Datenservo!«

»Berechnungen beendet. Die temporalen Koordinaten sind ermittelt und gespeichert.«

»Ja, aber zu *spät*!« Aida betätigte die Schaltelemente des Navigationsservos, doch die Situation blieb unverändert. »Etwas neutralisiert den größten Teil unseres energetischen Potenzials. Ein Transfer ist nicht mehr möglich.«

Das pseudoreale Fenster zeigte mehrere Destruktoren, die nur noch wenige tausend Kilometer entfernt waren. Und der Trichter hatte sich so weit gedreht, dass die Öffnung auf das Rettungsboot zeigte. Diamant sah seltsame Dinge in seinem Inneren: Zylinder, Dreiecke, Trapezoide, Rechtecke, Oktaeder und viele andere seltsame Gebilde ragten aus den grauen Wänden; sie wirkten wie die Komponenten eines demontierten Kantaki-Schiffes. Aus den Tiefen des Vortex kam eine bunte, wie aus Dutzenden von eingefangenen Regenbogen bestehende Säule, und von dieser Säule löste sich ein Licht heller als eine Nova, raste dem Rettungsboot entgegen.

Diamant streckte die Hand durch die Energieschlieren ihres Sicherheitsharnisches und berührte den Arm ihrer Schwester. »Vielleicht schaffen wir es gemeinsam, wenn wir unsere Kraft vereinen. Versuchen wir, dieses Schiff in den Transraum zu bringen und dort mit einem geeigneten Faden zu verbinden.«

Aida nickte, schloss die Augen und konzentrierte sich.

Diamant folgte ihrem Beispiel und merkte sofort, dass sich das kleine, tropfenförmige Raumschiff, das ihre Schwester Rettungsboot nannte, ganz anders anfühlte als ein Kantaki-Schiff. Wenn sie einen jener aus hunderten oder tausenden von einzelnen Segmenten zusammengesetzten asymmetrischen Kolosse durch den Transraum steuerte, so empfand sie ihn wie eine Erweiterung ihres Körpers und seine Energie wie die Kraft ihrer Muskeln. Dies war ebenfalls K-Technik, aber von einer ganz anderen Art, und außerdem gab es kaum Energie. Nur ein kleines energetisches Rinnsal floss an dem fremden Einfluss vorbei, der von den Destruktoren ausging und die Hauptenergie des kleinen Schiffes blockierte. Diamant tastete danach, zusammen mit Aida, deren Präsenz sie spürte wie angenehme Wärme in einer kalten Umgebung.

»Die Energie genügt nicht«, sagte sie in dieser mentalen Welt, in der gar keine Geräusche erklangen. Gedanken formulierten die Worte, und andere Gedanken empfingen sie.

»Sie muss genügen.«

Die Wärme dehnte sich aus, und Diamant ließ ihr eigenes Selbst anschwellen, so wie sie es damals von dem Akuhaschi Hrrlgrid und dann vom blinden Floyd gelernt hatte. Dort war sie, die Tür zwischen den Dimensionen, die es für den Wechsel in den Transraum zu öffnen galt. Aida zerrte bereits an ihr, und als Diamant ihre eigene Kraft hinzufügte, öffnete sie sich, erst einen Spalt breit, dann noch etwas mehr ...

Schließlich schwang sie ganz auf, und Diamant sah die vertraute Erhabenheit des Transraums. Sie glaubte sich wie in einem Zimmer volle Spinnweben, doch als sie die Hände hob, zerrissen die filigranen Fäden nicht, sondern wichen beiseite und formten neue Muster – diese Fäden verbanden alles Existierende im Universum, Sonnen und Planeten, Moleküle und Atome.

»Wähl den richtigen Faden«, forderte Diamant ihre Schwester auf.

Aida schwebte neben ihr, das lockige schwarze Haar eine dunkle Wolke, die ihren Kopf umgab. Sie zögerte nicht, streckte die Hand aus, griff in ein Knäuel und zog einen Faden heraus. Er bewegte sich wie eine kleine Schlange in ihrer Hand, wand sich hin und her, wie bestrebt, ihrem Griff zu entkommen. Mit dem Geschick einer erfahrenen Kantaki-Pilotin verband Aida den Faden mit dem Rettungsboot, das weitaus weniger Masse hatte als ein Kantaki-Schiff, und ...

... Diamant fand sich im Sessel vor dem pseudorealen Fenster wieder, das ihr ein schnell näher kommendes grelles Gleißen zeigte.

»Aida ...«

Der Transfer erfolgte. Aus der Tür wurde eine große Öffnung zwischen den Dimensionen, und das Rettungsboot glitt hindurch, mit einem Faden verbunden, der es langsam durch den Transraum zog, während es sich in Bezug auf den Normalraum mit einem Vielfachen der Lichtgeschwindigkeit bewegte. Als das kleine Schiff die Öffnung passierte, nahm Diamant eine kurze Erschütterung wahr, der sie jedoch keine Bedeutung beimaß. Die Bordsysteme summten wieder; das energetische Potenzial des Rettungsboots war nicht mehr blockiert.

»Keine Sekunde zu früh«, seufzte Aida, bediente die Kontrollen des Navigationsservos und ergriff dann wieder mit beiden Händen das hufeisenförmige Steuer. Die schwarzen Schemen und Schatten des Transraums verschwanden aus dem pseudorealen Fenster, und es glänzten erneut die vielen Farben des Ozeans der Zeit, gespeist vom Vortex der Temporalen. Ein grünes Band nahm das kleine Schiff auf, und wenig später bemerkte Diamant etwas Dunkles im Grün, das schnell zu einem großen Zylinder heranwuchs, aus dem in unterschiedlichen Abständen mehrere kleinere Zylinder ragten. Zahlreiche Raumschiffe hatten sich mit den dortigen Andockstellen verbunden, unter ihnen zwei Kantaki-Kolosse.

»Das ist Amyldema«, sagte Aida und lächelte erleichtert. »Eines unserer Refugien. Dort sind wir in Sicherheit.«

6

Nekropole

Magenta: Zwischen den Galaxien, 3. März 5501

Wie eine Seifenblase schwebte die Kapsel durchs All, und als Bruder Eklund die Hand ausstreckte, berührte er ein dünnes, transparentes Etwas, das ihn von Vakuum und Kälte trennte. Er fühlte festen Boden unter den Füßen, obwohl er nur ferne Galaxien sah, wenn er den Blick senkte. Furcht regte sich nicht in ihm, nicht einmal Unruhe. Er staunte nur, selbst jetzt noch, zwei Jahre nach Beginn einer Reise, die phantastischer war als alles, das er sich jemals vorgestellt hatte. Zweihundertachtzig Millionen Lichtjahre trennten ihn hier vom Planeten Kerberos, auf dem er vom Kind zum Greis geworden war. Zusammen mit KiTamarani und Raimon hatte er Dutzende von Galaxien besucht, immer auf der Suche nach dem Konziliat, einer rätselhaften Entität, von der KiTamarani ein Teil war. Sie standen beide neben ihm: Raimon, der Metamorph, der nicht mehr wie ein zwölfjähriger Knabe aussah, sondern wie ein dreißig Jahre junger Mann; und KiTamarani, im Elysium von Kerberos einst eine alte Frau ohne Gesicht, jetzt eine elegante Schönheit mit langem braunen Haar und ebenfalls braunen Augen, in denen Eklund eine ... kosmische Tiefe wahrnahm. Sie war die Weltseele von Kerberos, ein lebendes Wesen und doch ganz anders als alle lebenden Geschöpfe, die er kannte.

Eklund blickte zur anderen Seite der Kapsel, in die Richtung, aus der sie gekommen waren, und dort sah er einen großen gelben Stern mit siebzehn Zacken im All. KiTamaranis Raumschiff. Und doch viel mehr als ein Schiff, ebenso Teil des Konziliats wie sie selbst.

»Dort sind sie«, sagte Raimon.

Vor ihnen erschienen Schatten im All, dunkle Konturen, die Masse gewannen, und kurze Zeit später schwebte die Kapsel an den ersten Rümpfen vorbei.

»Kein Leben«, ertönte KiTamaranis melodische Stimme. Wenn sie sprach – und ihre Worte galten allein Eklund, wie er wusste, denn mit Raimon kommunizierte sie viel schneller auf einer geistigen Ebene –, so klang ihre Stimme oft wie Musik. »Hier ist alles tot.«

Die Frage, wie er dieses mindestens zwanzig Millionen Jahre alte Geschöpf ohne einen Linguator verstehen konnte, stellte sich Bruder Eklund längst nicht mehr. Das gehörte zu den Dingen, die er zu akzeptieren gelernt hatte.

An hunderten von Raumschiffen flog die Kapsel vorbei, und keines von ihnen glich einem anderen. Der Formenvielfalt schienen keine Grenzen gesetzt zu sein, und bei der Größe gab es fast ebenso viele Unterschiede: Gewaltige konische Gebilde hingen neben zwergenhaft und fragil anmutenden gläsernen Strukturen im All.

»Es sind mehr als zweitausend«, sagte Raimon leise.

»Aber wer oder was hat sie hierher gebracht?«, fragte Eklund leise. »Wir sind hier mehrere Millionen Lichtjahre von der nächsten Galaxis entfernt. Hier im intergalaktischen Raum gib es nur ... Leere.«

»Und diese Nekropole.«

»Steckt der Omnivor dahinter?« Der Omnivor, eine zweite geheimnisvolle Entität, gewissermaßen das Gegenstück des Konziliats: eine primordiale Kreatur – wenn dieser Ausdruck angemessen war –, die Realität fraß, was auch immer das bedeutete. Eklund hatte keine klaren Vorstellungen davon, aber inzwischen wusste er mit einer Gewissheit, die jeden Zweifel ausschloss, dass der Omnivor eine enorme

Gefahr darstellte. Er hatte gesehen, was jene Wesenheit anrichten konnte: Löcher im All, tausende von Lichtjahren groß, pures Nichts, die Negation alles Existierenden. Ein Keim des Omnivors war auf Kerberos zusammen mit KiTamarani aus einem jahrmillionenlangen Schlaf erwacht und entkommen. Deshalb hatten sie sich auf den Weg gemacht, um das Konziliat zu suchen. Nur KiTamaranis Volk - wenn man von einem »Volk« sprechen dufte - hatte die Möglichkeit, den Omnivor unschädlich zu machen.

Die Kapsel passierte ein fünfhundert Meter durchmessendes Objekt, das wie ein riesiger, mehrmals gefalteter Fächer aussah. Blasen klebten wie Pusteln an den Kanten, und mehrere transparente Segmente wirkten wie Fenster. Doch es brannte kein Licht hinter ihnen; alles blieb dunkel, kalt und tot.

»Vielleicht«, antwortete Raimon. »Eines steht fest: Das Konziliat war hier. Mutter hat eine Spur gefunden.«

Mutter - so nannte der Metamorph KiTamarani, deren komatöses Selbst über viele Millionen Jahre hinweg die Entwicklung des Lebens auf Kerberos beeinflusst hatte, ein Vorgang, dem Raimon letztendlich seine Existenz verdankte.

In der Mitte der riesigen Flotte aus toten Raumschiffen zeigte sich eine kleinere Gruppe aus schwarzen Riesen. Die Kapsel näherte sich ihnen, gesteuert von KiTamaranis Gedanken, und Eklund bemerkte gewaltige asymmetrische Massen, bestehend aus zahllosen unterschiedlich geformten Teilen, die aussahen, als hätte sie jemand wie aufs Geratewohl zusammengesteckt.

»Kantaki-Schiffe.« Er zählte sie. »Es sind siebzehn.«

»Eines für jede Zacke des goldenen Sterns«, sagte Raimon.

»Ein Zufall?«

KiTamarani und Raimon wechselten einen Blick, mit dem sie mehr Informationen austauschten als bei einem stundenlangen Gespräch. Eklund jedoch hatte das unangenehme Gefühl, ausgeschlossen zu sein, nur ein Gast oder Beobachter, aber kein Mitglied der Familie. *Daran* hatte er sich in den vergangenen zwei Jahren nicht gewöhnt.

KiTamarani hob die Hand, und ein blasses, vages Etwas erschien im All, wie die Rauchfahne eines Lichtjahre entfernten Feuers. »Das ist die Spur«, sagte die Konziliantin mit ihrer melodischen Stimme, und der alte Eklund begriff, dass diese Erklärung allein für ihn bestimmt war. Raimon wusste längst Bescheid. »Sie führt von der letzten Galaxis, die wir besucht haben, zu jenem Schiff dort.«

Was wie eine Rauchfahne aussah, bewegte sich schlangengleich durch die Leere und berührte einen der schwarzen Riesen. KiTamarani winkte, und die Kapsel - auch sie ein Zugeständnis an Eklund, der vor dem All geschützt werden musste - änderte den Kurs, näherte sich dem Schiff. Ein dunkles Segment ragte besonders weit aus der Hauptmasse des Schiffes, wie ein Finger, der auf sie zeigte. Die Kapsel hielt darauf zu, wurde langsamer ... und diffundierte in das Teilstück hinein. Eklund beobachtete den Vorgang. Die dünne, transparente *Haut* der Kapsel durchdrang die feste Substanz des Kantaki-Schiffes, ohne dass Löcher oder Risse entstanden. Irgendwie schob sich Materie - die Kapsel und ihr Inhalt - durch Materie, ohne zu interagieren, ohne auf Widerstand zu stoßen. Eklund hatte Raimon einmal danach gefragt und etwas von »Phasenverschiebung« gehört, ohne viel davon zu verstehen.

Im Inneren des Kantaki-Kolosses veränderte sich die Kapsel, wurde zu einem dünnen Film, der sich Eklund wie eine zweite Haut um den Leib legte, ohne seine Bewegungen zu behindern.

Stille empfing sie an Bord des Schiffes. Graues, farbloses Zwielicht herrschte in einem Korridor, der schon nach wenigen Metern seltsame Verformungen aufwies, die Eklund verwirrten. Er schwankte und stützte sich mit einer Hand ab. Der dünne Kapselfilm hinderte seine Finger daran, die Wand zu berühren.

Raimon stützte ihn. »Kantaki-Schiffe sind hyperdimensional«, sagte er. »Ebenso wie das Innere ihrer Sakralen Pagoden. Deine Sinne sind nicht imstande, mehr als drei räumliche Dimensionen wahrzunehmen, und deshalb fühlst du dich desorientiert. Ich helfe dir.«

Der Metamorph berührte ihn an der Stirn, und für einen Augenblick glaubte Eklund, wieder das alte, verwitterte Portal zu sehen, das er während seiner vielen Jahre auf Kerberos oft durchschritten hatte: den Zugang zum Elysium, zur Welt über der Welt, wie er sie genannt hatte. Mit der dortigen Kraft war er in der Lage gewesen, andere Menschen zu heilen. Heute wusste er, dass es die Kraft der schlafenden KiTamarani gewesen war, die ihn und die anderen Heiler in die Lage versetzt hatte, Leid zu tilgen und Krankheiten zu besiegen.

Eklund spürte, wie sich hinter seiner Stirn etwas veränderte, wie sich Perspektiven verschoben. Als er erneut durch den Korridor sah, erweckte dieser noch immer den Eindruck, auf eine groteske Weise in sich verdreht zu sein, aber der Anblick blieb ohne Einfluss auf Eklunds Gleichgewichtssinn.

Während der Wanderung durch das große, stille Schiff hatte er mehrmals das Gefühl, über Wände und Decken von Räumen zu gehen. Sie kamen an sonderbaren, organisch wirkenden Auswüchsen vorbei, an pilzartigen Stummeln, die in Fünfergruppen aus schwarzem Metall – wenn es Metall war – ragten. Manchmal veränderten sich um sie herum die Strukturen des Schiffes, während sie gingen: Wände wichen zurück, und andere schoben sich völlig lautlos nach vorn. Ein Schiff der Geister und Phantome, dachte Eklund, ohne beunruhigt zu sein, was er vielleicht ebenfalls Raimon verdankte.

Im Pilotendom fanden sie mehrere Tote.

Direkt neben dem Eingang lag das Ektoskelett eines Kantaki. Die Beine des an eine Gottesanbeterin erinnernden Geschöpfs hatten sich im Tod gekrümmt. Die am zentralen dürren Leib hängenden Stoffteile hatten ihren Glanz verloren, ebenso wie die beiden multiplen Augen, die sich auf der rechten und linken Seite des dreieckigen Kopfs wölbten.

KiTamarani berührte den Leichnam des insektoiden Wesens, und für einen Moment glaubte Eklund zu sehen, wie ein fahles Glühen, eine Art Fluoreszenz, über Gliedmaßen und zentralen Körper strich.

»Mutter Chreh«, sagte die Konziliantin, und diesmal schienen ihre Worte auch für Raimon bestimmt zu sein. »Sie starb zusammen mit ihrer Schwester Krah.« In den gewölbten Wänden des Pilotendoms schienen sich Fenster zu öffnen, als die bis dahin dunkle, undurchsichtige Substanz transparent wurde. KiTamarani deutete auf eines der sechzehn anderen Kantaki-Schiffe, dann auf den Rest. »Und ihre Kinder, dreimal fünf. Zehn von ihnen schlüpften aus Mutter Chrehs Eiern, fünf aus denen ihrer Schwester. Eine große Familie. Und sie fand hier ihr Ende, ohne dass die Kantaki ihr Wissen, den Inhalt ihres Lebens, im Transraum dem Geist schenken konnten, der einst Materie wurde. Wie tragisch.«

Die Worte der Konziliantin warfen bei Eklund neue Fragen auf, aber er schwieg und wusste instinktiv, dass dies nicht der richtige Zeitpunkt war, sie zu stellen. Stumm folgte er ihr durch den Pilotendom, als KiTamarani zu den drei Leichen ging, die vor den Konsolen an der einen Wand lagen. Eklund erkannte sie auf den ersten Blick als Akuhaschi – auf Kerberos, in der Stadt Chiron, war er diesen Wesen einige Male begegnet. Angeblich lebten sie in einer fast symbiotischen Beziehung mit den Kantaki und traten als Mittler zwischen ihnen und allen anderen Völkern auf. Diese drei Akuhaschi waren nicht verwest, sondern wie mumifiziert, was die Gesichter noch faltiger und verschrumpelter aussehen ließ. Die fünfzehn Zentimeter langen vertikalen Augen hatten im Tod ihren Glanz verloren.

 Einer von ihnen trug einen so genannten Direal, einen mit

Dutzenden von Servi, separaten Schnittstellen, Rezeptoren und Analysemodulen ausgestatteten Interface-Anzug, durch den er sich mit den Systemen von Mutter Chrehs Schiff hatte verbinden können.

KiTamarani berührte die drei toten Akuhaschi und wandte sich dann dem Mittelpunkt des Pilotendoms zu, einem Podium, zu dem fünf Stufen emporführten. Dort, in einem besonderen Ruhesessel, lag eine weitere Leiche, die des Piloten, der den Kantaki-Koloss durch den Transraum gesteuert hatte. Die Reste des Wesens sahen aus wie eine große Ansammlung von gelbgrünen Trauben, der die Feuchtigkeit entzogen worden war. Nach einem Kopf hielt Eklund vergeblich Ausschau, und von den Gliedmaßen waren nur einige dünne Stängel übrig geblieben, wie die Zweige eines verkrüppelten Baums.

»Ein Saprophyt«, sagte KiTamarani traurig. »Er musste ebenfalls sterben.«

»Aber warum?«, fragte Eklund und fröstelte plötzlich, obgleich ihm die Kapsel, die seinen Körper umschmiegte, genug Wärme gab.

Raimon und die Konziliantin wechselten einen kurzen Blick.

»Bitte schließt mich nicht aus«, sagte Eklund. »Ich möchte ebenfalls Bescheid wissen und verstehen. War der Omnivor hier? Ist er für dies verantwortlich?«

»Das hätte ich sofort gemerkt«, erwiderte KiTamarani. »Jemand anders war hier. Jemand, der dem Omnivor hilft.«

Die Konziliantin drehte sich zu Eklund um, und aus ihren großen braunen Augen dehnte sich ihm ein Bild entgegen: Raumschiffe, die wie Spindeln aussahen, darin humanoide Geschöpfe mit einer Haut, die aus silbrig glänzenden Schuppen bestand, mit zweigelenkigen Armen und Beinen, mit Händen, die nicht über Finger verfügten, sondern über Tentakelbündel, mit einem Kopf, der wie eine auf der Spitze stehende Pyramide aussah – Temporale.

Das Bild verschwand, und plötzlich flimmerte es vor

Eklund; für einen Sekundenbruchteil verschwammen die Konturen der Umgebung.

Feiner schwarzer Staub rieselte von der Decke.

»Eine Falle!«, rief KiTamarani. »Die Spur des Konziliats ist falsch!«

Der schwarze Staub verdichtete sich, wurde zu einer Lanze, die auf die Konziliantin zielte und herabstieß. Raimon wollte seine Gestalt verändern, um die Lanze abzufangen, aber KiTamarani reagierte schneller als er – eine knappe Geste von ihr erweiterte die Kapsel wieder, und das dunkle Etwas zerstob an ihrer dünnen Haut. Es konnte nicht ins Innere gelangen, umgab die Kapsel aber mit einer Finsternis, die Eklund den Blick in den Pilotendom verwehrte.

»Es ... versucht ... uns ... festzuhalten ....«

KiTamaranis Worte dehnten sich, und Eklund spürte, wie seine Lider bleischwer wurden. Als er sie wieder hob, wusste er nicht, wie viel Zeit verstrichen war, vielleicht nur eine Minute, möglicherweise aber auch Stunden. Die Kapsel befand sich wieder im All, und die siebzehn Kantaki-Schiffe im Zentrum der Raumschiff-Nekropole ...

Sie waren zu KiTamaranis goldenem Stern unterwegs, näherten sich den Zacken und hafteten daran fest.

KiTamarani versuchte, die Hand zu heben und die Kapsel zu ihrem Schiff zurückzusteuern, aber ihre Bewegungen stießen auf Widerstand. Ihr Gesicht veränderte sich: Die Ruhe verschwand daraus, wich erst Sorge und dann sogar Furcht. Was auch immer dort draußen im All geschah: Es schien selbst für die Konziliantin eine echte Gefahr darzustellen.

Raimon umarmte die Frau, in der er seine Mutter sah, versuchte vielleicht, ihr mit der eigenen Kraft zu helfen. Die Kapsel bewegte sich und glitt dem goldenen Stern entgegen, aber viel zu langsam.

Eklund blieb auf die Rolle des Beobachters beschränkt, der nicht helfen, nichts bewirken konnte. Er sah, wie zwischen den siebzehn Kantaki-Schiffen und den Zacken des

Sterns energetische Brücken entstanden, und als sie alle miteinander verbunden waren ... trübte sich der Glanz des Sterns.

»Das Agens!«, stieß Raimon hervor. »Es verliert an Kraft.«

KiTamarani begann zu zittern, und es wurde immer schlimmer: Nach wenigen Sekunden bebte sie am ganzen Leib, wie von unsichtbaren Händen geschüttelt. Ihre Augen waren weit aufgerissen, und die Lippen bewegten sich, aber Eklund hörte kein Wort.

»Sie verliert die Verbindung mit ihrem primären Selbst!«, ächzte Raimon, der mit der Konziliantin zu leiden schien.

Im Inneren des von den Kantaki-Schiffen gesponnenen Netzes war der einstmals goldene Stern grau geworden. Und darüber ... kräuselte sich das All, wie die Wasseroberfläche eines Tümpels, in den jemand einen Stein geworfen hatte. Etwas öffnete sich in der Leere, ein Tor im Nichts, und ein Titan schob sich daraus hervor, größer noch als das größte Kantaki-Schiff: ein gewaltiger Keil, mehrere Kilometer lang und an der dicksten Stelle mit einem Durchmesser von mindestens fünfhundert Metern. Dutzende von Buckeln ragten aus der Außenhülle, mit langen, nach vorn gerichteten Nadeln. Das keilförmige Raumschiff kam aus dem Riss im Raum, schwenkte langsam herum und richtete den Bug auf KiTamaranis Stern. Lichter tanzten von den Buckelnadeln, wie kleine Elmsfeuer, trafen sich vor der Spitze des Keils, wuchsen dort zu einem feurigen Ball zusammen, der immer heller wurde ... und plötzlich als gleißender Blitz dem Schiff der Konziliantin entgegenschnellte.

Der Blitz verschwand im grauen Stern, und mehrere Sekunden lang geschah nichts. Eklund wollte schon erleichtert aufatmen, als sich feine Linien im Grau bildeten, durch den Stern und seine siebzehn Zacken wuchsen, sich dabei immer weiter verästelten. Und dann riss etwas den Stern auseinander, blies Myriaden von Trümmern wie ein kosmisches Schrapnell in alle Richtungen und zerstörte auch die Kantaki-Schiffe.

Eklund befürchtete, dass die Kapsel von Trümmerstücken getroffen werden konnte, aber wenn das wirklich geschah, so bemerkte er nichts davon. Sie schwebte weiterhin ruhig im All, ohne von energetischen Druckwellen erfasst zu werden, doch Eklund beobachtete, wie der riesige Keil erneut herumschwenkte und seine Spitze auf die Kapsel richtete.

»Raimon ...«, krächzte er. »Wenn wir nicht schnell von hier verschwinden, ergeht es uns ebenso wie dem Stern!«

Der Metamorph reagierte nicht auf seine Worte. Vorsichtig ließ er die erschlaffte KiTamarani auf einen Boden sinken, der zwar fühlbare, feste Substanz hatte, aber keine sichtbare Masse.

»Raimon ...«

Eklund beobachtete, wie Lichter an den Buckelnadeln des Keils funkelten, sich nach einem kurzen Tanz vor dem spitzen Bug trafen und dort zu einem feurigen Ball verschmolzen.

Tödliches Gleißen sprang der Kapsel entgegen.

7

Falsche Gesichter

Grün: Refugium Amyldema, 2. Februar 571 SN

Noch nie zuvor in ihrem fast dreihundert Jahre langen Leben hatte Diamant so viele verschiedene - und ihr unbekannte - Spezies an einem Ort gesehen. Sie versuchte, nicht zu starren, als sie zusammen mit Aida durch die langen Korridore des Refugiums eilte, aber manche der Lebensformen, die gingen, krochen, flogen, sprangen oder in Ambientalblasen schwammen, waren so bizarr, dass sie ihr Staunen nicht verbergen konnte. Aida begrüßte Menschen und andere Geschöpfe, rief gelegentlich »Wir haben die Koordinaten des Vortex!«, und ging vor Aufregung immer schneller, in den Händen die Datenmodule mit den Aufzeichnungen der verschiedenen Servi des Rettungsbootes. Schließlich, in einem runden Gang, wandte sich Aida einer Tür in der gewölbten Wand zu und betätigte ohne zu zögern den Öffnungsmechanismus.

»Dies ist das Zentrum«, sagte sie, als das Schott beiseite glitt. »Hier laufen alle Informationen zusammen. Dies ist Amyldema.«

Sie traten durch die Tür auf einen Steg, der an der Innenwand eines riesigen, kugelförmigen Raums entlangführte. Flackerndes Licht leuchtete ihnen entgegen. Es kam von zahllosen pseudorealen Informationsfenstern an den Wänden, und sie alle zeigten unterschiedliche Bilder: planetare Szenen, zahlreiche Welten, die Diamant nicht zu identifizieren vermochte; das Innere von Raumschiffen und Raumstationen; Sonnensysteme und Galaxien.

In der Mitte des mindestens hundert Meter durchmessenden Raums schwebte eine Gestalt, eine Frau, gehüllt in ein glühendes weißes Gewand, das von imaginärem Wind erfasst wogte und wallte. Sie drehte sich langsam, und das hüftlange weiße Haar wirkte wie eine Wolke. Die Frau zeichnete sich durch ätherische Schönheit aus, und ihr Alter ließ sich nicht bestimmen. Diamant lächelte unwillkürlich und fühlte sich an ihre kindlichen Vorstellungen von einer Fee erinnerte.

»Das ist Amyldema«, sagte Aida. »Die Hüterin dieses Refugiums im Ozean der Zeit.«

Zwei Sessel schwebten auf sie zu, und Aida nahm sofort in einem Platz. Diamant folgte ihrem Beispiel, etwas langsamer, den Blick noch immer auf die weiße Frau gerichtet. Als sie saß und sich die Polster ihrer Körperform angepasst hatten, setzten sich die beiden Sessel wieder in Bewegung und schwebten durch den großen Raum, vorbei an den zahllosen Informationsfenstern. Erst jetzt bemerkte Diamant die vielen anderen Sessel - eigentlich waren es fliegende Konsolen -, die umherglitten, in ihnen Geschöpfe, die Bericht erstatteten oder Informationen abriefen.

»Wer ist sie?«, fragte Diamant. »*Was* ist sie?«

Aidas Konsolensessel blieb dicht neben ihrem, und sie beobachtete, wie ihre Schwester die Datenmodule in ein Lesegerät schob.

»Amyldema? Sie ist eine Künstliche Intelligenz, und meistens benutzt sie den Avatar dort. Sie empfängt hier die Berichte aller Kognitoren und Rettungsgruppen, wertet die Daten aus und koordiniert neue Einsätze. Ohne Amyldema hätten wir längst den Überblick verloren.« Aida deutete zu den Informationsfenstern. »Jede Darstellung betrifft eine andere Zeitlinie. O nein!« Sie blickte erschrocken auf die Anzeigen vor ihr.

»Was ist los?«

Eine Miniaturversion der weißen Frau erschien über den Kontrollfeldern von Aidas Konsolensessel. »Es tut mir Leid«, erklang eine ruhige, melodische Stimme. »Aber leider sind die Daten nicht vollständig.«

Eines der Informationsfenster direkt vor ihnen zeigte die nur noch zur Hälfte existierende Milchstraße, davor den Vortex der Temporalen und auch das Brutschiff. Doch Streifenmuster zerrissen die Darstellungen immer wieder.

»Ich verstehe das nicht«, sagte Aida enttäuscht. »Der Datenservo hat die Aufzeichnung der temporalen Koordinaten bestätigt, und ich habe Sicherungskopien angefertigt.«

»Die Entladungen der Destruktoren und die energetische Blockade ...«, wandte sich Diamant an ihre Schwester. »Vielleicht wurde dadurch die Integrität der Daten beeinträchtigt.«

»Der Datenservo des Rettungsboots!«, sagte Aida plötzlich. »Die Koordinaten müssten noch in ihm gespeichert sein. Ich überprüfe es!« Sie betätigte die Kontrollen, und der Sessel flog in Richtung Tür.

»Ich bleibe hier!«, rief Diamant ihrer Schwester nach, die kurz winkte.

Ihr eigener Sessel setzte den langsamen Flug an den Wänden entlang fort, und Diamant ließ den Blick über die vielen pseudorealen Darstellungen schweifen. Unbehagen bereiteten ihr Szenen, die Ruinenstädte und verheerte Landschaften zeigten. Sie sah Feuer, das große, leere Metropolen verschlang, beobachtete in einem Fall das Ende eines ganzen Sonnensystems, als sich der gelbe Stern in seinem Zentrum innerhalb weniger subjektiver Sekunden zu einem gewaltigen roten Riesen aufblähte.

»Ich weiß, wer du bist.«

Diamant senkte den Blick und sah eine etwa zwanzig Zentimeter große Version von Amyldema über den Kontrollen ihres Konsolensessels. Die weiße Frau mit dem langen weißen Haar drehte sich langsam und breitete dabei die Arme aus. Ihre Augen leuchteten.

»Du bist die Diamant, die Ilania hierher gebracht hat«, sagte Amyldema. »Die Diamant aus der blauen Zeitlinie. Dein Valdorian hat dies alles angerichtet.« Bei diesen Worten deutete sie auf die vielen Szenen der Zerstörung.

»Wie konnte dies passieren?«, fragte Diamant leise, und ihr Blick strich erneut über die vielen Informationsfenster. »Wie konnte es so weit kommen?«

»Die ersten Veränderungen fanden an zentralen Kausalitätspunkten statt«, erwiderte Amyldema, und es klang wie ein leiser, trauriger Gesang. »Nur einen von ihnen konnten wir lokalisieren, um dann durch eine Kontramanipulation die blaue Linien zu stabilisieren.«

Wieder streckte die kleine weiße Frau die Hand aus, und Diamant spürte ein sonderbares Prickeln tief in ihrem Inneren, so als berührte die kleine Hand nicht nur ihre Wange, sondern auch ihr Selbst. Amyldema, so begriff sie, war mehr als nur eine Künstliche Intelligenz. Sie war der Geist dieses Refugiums im Ozean der Zeit, seine Seele, geschaffen von Programmen, die andere Programme generiert hatten. Eine maschinelle Kognitorin ...

»Da hast du Recht«, sagte Amyldema mit jener Stimme, die fast wie Gesang klang. »Und auch wieder nicht. Ich bin nicht nur das Ergebnis komplexer Datenservo-Programme, sondern auch modulierte Energie.«

»Wer hat dich ...«

»Wer mich konzipiert und geplant hat?« Ein Lächeln erschien im Gesicht der feenhaften Frau. »Die Erbauer dieser Station.«

»Und wer waren die Erbauer dieser Station?«

»Die Tran-Tri, die ›Sternenwanderer‹«, antwortete Amyldema, und diesmal glaubte Diamant, so etwas wie Trauer in ihrer Stimme zu hören. »Sie flohen vor dem Omnivor hierher und verließen mich vor fünftausend Jahren. Ich weiß nicht, was aus ihnen geworden ist.«

Wie kurz nach der Begegnung mit ihrer Schwester Aida und der Konfrontation mit der grässlichen Wirklichkeit des verlorenen Zeitkriegs hatte Diamant das Gefühl, die Orientierung zu verlieren. Zu viele Fragen in ihr versuchten, sich in den Mittelpunkt ihrer Aufmerksamkeit zu schieben, verlangten mit zu großem Nachdruck Antworten. Wie konnte es den Ozean der Zeit schon damals gegeben haben, obwohl er von den Temporalen geschaffen worden war, um den Widerstand daran zu hindern, die eine Linie mit objektiver Zeit zu finden, in der die Temporalen den großen Kollaps planten? Und wenn die Tran-Tri vor fünftausend Jahren verschwunden waren, wie hatte der Widerstand dann dieses Refugium gefunden?

Doch statt eine dieser Fragen zu stellen, kamen ganz andere Worte über Diamants Lippen. »Fühlst du dich einsam?«

Die weiße Frau in der Mitte des kugelförmigen Raums blieb unverändert, drehte sich auch weiterhin wie in einem langsamen Tanz, die Arme ausgebreitet, das Haar wie eine Wolke. Doch die kleinere Amyldema über den Kontrollen des Konsolensessels veränderte sich. Verwunderung erschien in ihrem feenhaften Gesicht, gefolgt von Schmerz, Kummer und Trauer.

»Das hat mich noch niemand gefragt«, antwortete sie in ihrem melodischen Sprechgesang. »Ich bin einsam geboren, denn es gibt niemanden sonst wie mich.«

»Wir alle sind einzigartig«, sagte Diamant und versuchte, sich das »Leben« einer komplexen Künstlichen Intelligenz vorzustellen. »Jeder von uns, ganz gleich, welchen Ursprung und welche Grundlage unser Denken und Fühlen haben. Jedes Selbst ist ein Unikat.«

Zum dritte Mal hob Amyldema die Hand, und ihre kleinen Finger strichen über Diamants Wangen. »Du hast eine hohe Realitätsdichte«, sagte sie. »Du stammst aus einer blauen Linie, aus einer stabilen, kaum manipulierten Zeit. Vielleicht bist du deshalb ... anders.«

»Anders?«

»Viele gerettete Kognitoren sind wie Träume innerhalb

eines Traums, Personen mit geringer Realitätsdichte, das Ergebnis von temporalen Manipulationen und Kontramanipulationen. Du hingegen kommst der ursprünglichen Realität sehr nahe. Vielleicht hat euch deshalb ein Transfer in die objektive Zeit gebracht – weil du ihr nahe bist.«

Schatten huschten wie eine dunkle Welle über die zahlreichen Informationsfenster, und die große Amyldema in der Mitte des Raums veränderte ihren schwebenden Tanz ein wenig. Andere Konsolensessel flogen an dem von Diamant vorbei. In einigen von ihnen saßen Menschen, in anderen Wesen, die sie nie zuvor gesehen hatte.

»Ich spüre eine Veränderung«, sang die kleine Amyldema vor Diamant. »Neue Daten treffen ein, aber sie passen nicht in die bisherigen Muster ...«

Gibt es das überhaupt, ein Muster?, fragte sich Diamant, die noch immer nach vertrauten Dingen suchte, an denen sie sich festhalten konnte. Dreihundert Jahre hatten ihre psychische Welt gefestigt, aber innerhalb kürzester Zeit waren all die Dinge verloren gegangen, die ihr Leben bestimmten. Nichts von dem, was sie erlebt und erfahren hatte, existierte mehr, und etwas in ihr, der zentrale Kern ihres Selbst, drohte verloren zu gehen. Sie verglich sich selbst mit einem Haus, das plötzlich sein Fundament verloren hatte, die Mauern wackelten, das Dach schaukelte ...

Diamant schnappte nach Luft, nahm ihre ganze innere Kraft zusammen und konzentrierte sich. Ihr Unterbewusstsein hatte einen Teil der Informationen aufgenommen, die die pseudorealen Darstellungen die ganze Zeit über zeigten, und jetzt stieg etwas davon in ihr auf.

»Warum greifen die Eliminatoren nur Kognitoren an, in den meisten Fällen Kantaki-Piloten, aber nicht die Kantaki selbst?«, fragte sie und wusste gleichzeitig, dass sie sich mit den Fragen ablenken wollte. Sie wünschte sich die Rückkehr ihrer Schwester, von der sie sich Halt in dieser ihre fremden Welt erhoffte, obwohl gerade Aida beziehungsweise Ilania ein Beispiel für die Fremdartigkeit der manipulierten Wirklichkeit bot. »Warum wussten die Kantaki in der Realität, aus der ich komme, nichts von den Manipulationen? Warum haben die Zeitwächter auf Munghar nichts bemerkt?«

»Die Eliminatoren der Temporalen sind nicht imstande, sich innerhalb der Hyperdimension der Kantaki zu transferieren«, antwortete die feenhafte Frau mit ihrem melodischen Singsang. »Sie können sich nur in ihren peripheren Bereichen bewegen.« Eine zweite Schattenwelle schwappte durch die Infofenster, und diesmal beobachtete Diamant, wie hier und dort Darstellungen verschwanden. Eine namenlose Ruinenstadt auf einem namenlosen Planeten existierte plötzlich nicht mehr. »Eine neuerliche Veränderung, die nicht ins Muster passt ...«

Etwas knallte, so laut, als wäre es direkt neben Diamant zu einer Explosion gekommen, und instinktiv kniff sie die Augen zusammen. Der Sessel, in dem sie saß, löste sich auf, und sie fiel, nur wenige Zentimeter tief, auf etwas Hartes.

Sie öffnete die Augen und fand sich in einem halbdunklen Gang wieder. Finsternis kroch heran, als weiter vorn das Glühen eines Leuchtelements verblasste, und das leise Knacken von Strukturelementen deutete auf schnell fallende Temperaturen hin. Diamant stand auf und stellte fest, dass ihr Atem zu einer grauen Fahne kondensierte.

»Was ist geschehen?«, fragte sie.

Kalte Stille umgab sie, und eine Düsternis, die keine Antworten bot. Diamant ging los, erst langsam, dann immer schneller, und nicht nur deshalb, um sich durch Bewegung zu wärmen – sie glaubte sich von Schatten verfolgt. Ihr Weg führte durch breite Gänge und schmale Passagen, durch Quartiere, technische Abteilungen und andere Bereiche, deren Zweck ihr verborgen blieb – mit ihrer Kombination aus verschiedenen geometrischen Formen wirkte die von den Tran-Tri erbaute Station manchmal sehr merkwürdig. Nirgends traf sie auf ein lebendes Wesen, aber sie fand auch keine Leichen. Außer ihr hielt sich niemand in der Station auf.

»Hörst du mich?«

Die Stimme war nur ein Hauch, wie das leise Flüstern des Winds.

Diamant blieb stehen und drehte sich um die eigene Achse. Sie hatte das Ende eines der zylinderförmigen Elemente erreicht, aus denen das Refugium bestand, einen runden Raum mit großen Fenstern und semitransparenter Decke. Draußen wogten die Farben des Ozeans der Zeit.

»Hörst du mich?« Etwas lauter diesmal, aber noch immer nur ein Raunen.

Niemand war zu sehen. Diamant trat an eines der rautenförmigen Fenster heran, blickte nach draußen und hielt vergeblich nach Raumschiffen – oder Zeitschiffen? – an den Anlegestellen Ausschau.

Allein, dachte sie. *Ich bin ganz allein hier. So allein wie Amyldema all die Jahrtausende.*

»Amyldema?«, fragte sie.

»Ja«, kam die leise Antwort. »Ich bin ... schwach.«

»Was ist passiert?«

»Ich habe keine ... Daten.«

Diamant fröstelte und schlang die Arme um sich. »Es ist kalt.«

»Die Lebenserhaltungssysteme ... funktionieren nicht mehr. Ich ... sterbe.«

Draußen geschah etwas. Das Wogen der Farben wurde heftiger, wuchs dem Refugium entgegen ...

»Ist es zu einer weiteren Manipulation gekommen?«, fragte Diamant, während etwas in ihr zerfaserte, etwas, das sie während der vergangenen ... *Stunden*? ... festzuhalten versucht hatte. Das Chaos einer sich immer wieder verändernden Situation zerrte an ihrem Selbst, blies es auseinander wie Wind einen Haufen Sand, und die einzelnen mentalen Partikel, Gedanken und Gefühle, flogen fort, verloren sich im Durcheinander manipulierter und kontramanipulierter Realitäten. Diamant taumelte, hob die Hände und presste sie an die Schläfen …

»Amyldema?«

Sie dachte an den Avatar der Künstlichen Intelligenz, an die feenhafte weiße Frau, stellte sich vor, wie sie die Augen schloss, für immer … Verlorene Schönheit, zerstörte Ästhetik. Und dies alles ging auf Valdorian zurück. *Dein Valdorian hat dies alles angerichtet.* Sie schwankte erneut; es fiel ihr immer schwerer, das Gleichgewicht zu wahren. Die Farben des Ozeans der Zeit wogten jetzt direkt hinter den Fenstern und nicht mehr ein ganzes Stück vom Refugium entfernt. Rankenartige Erweiterungen des bunten Wallens streckten sich den Zylindern entgegen.

Etwas hat diesen Ort erreicht, flüsterte eine Stimme in Diamant, eine *fremde* Stimme, die doch aus ihren eigenen Gedanken zu kommen schien. *Das Refugium bot Sicherheit, bis ein Rettungsboot etwas hierher brachte …*

»Amyldema? Bist du das? Ich …« Diamant fiel auf den Boden, der die Kälte noch schneller aus ihr saugte als die Luft, blinzelte mehrmals und stand wieder auf. *Ich werde verrückt,* dachte sie, und Entsetzen flackerte in ihr auf, mit einer Flamme, die das zu verbrennen drohte, was noch an Stabilem in ihr existierte.

Dein Valdorian hat dies alles angerichtet, erklang erneut die fremde innere Stimme. *Und du hast den Feind hierher gebracht.*

Die Farben des Ozeans der Zeit kamen durch die Fenster. Bunten Ranken tasteten an den Wänden entlang, aber Diamant sah nicht sie, sondern den Vortex der Temporalen, das dem Rettungsboot entgegenrasende Gleißen, die Tür zum Transraum, und sie erinnerte sich an die *Erschütterung*, kurz bevor das Boot die Öffnung zum Transraum passiert hatte. »Wir haben etwas von den Temporalen nach Amyldema gebracht …«, stöhnte sie.

Das Geräusch von Schritten veranlasste sie, den Kopf zu drehen.

Aida kam aus dem Korridor, ein Datenmodul in der Hand. »Meine Güte, ich dachte schon, du wärst zusammen mit allen anderen verschwunden! Ich fürchte, wir haben es mit einer weiteren Zeitmanipulation der Temporalen zu tun. Wir …«

»Nein.« Diamant schüttelte den Kopf, und ihr Selbst hielt sich am Anblick ihrer Schwester fest. »Nein, wir haben etwas hierher gebracht. Es kam zu einer Erschütterung, kurz bevor wir den Transraum erreichten, erinnerst du dich? *Wir* sind hierfür verantwortlich!«, betonte sie mit einer Geste, die der ganzen Station galt.

»Selbst wenn das stimmt … Absicht steckt gewiss nicht dahinter. Komm, wir müssen zum Rettungsboot und fort von hier.«

Diamant folgte ihrer Schwester durch den Korridor und fand es sonderbar, dass Aida die hinter ihnen wie Schlangen kriechenden bunten Ranken offenbar gar nicht bemerkte. Sie hob das Datenmodul. »Hier drin sind die temporalen Koordinaten des Vortex gespeichert. Diese Informationen müssen unbedingt das Zentrum des Widerstands erreichen.«

»Amyldema …«, sagte Diamant mit schwerer Zunge. Benommenheit breitete sich in ihr aus. »Können wir ihr irgendwie helfen?«

»Meinst du die Künstliche Intelligenz?«, fragte Aida, als sie die aus acht Elementen bestehende Tür eines Hangars öffnete. Darin ruhte das tropfenförmige Rettungsboot auf einem Levitatorkissen. »Sie ist nur ein Programm, weiter nichts.«

Die Worte waren ohne jede Anteilnahme und verblüfften Diamant so sehr, dass sie im offenen Zugang stehen blieb. Hinter ihr krochen die rankenartigen Erweiterungen des Ozeans der Zeit durch einen spiralförmig gewundenen Korridor.

»Wie … kannst du so etwas sagen?«, brachte Diamant hervor. Ihr Mund fühlte sich halb betäubt an.

Die Luke des Rettungsboots klappte auf. »Komm!«, rief Aida.

Aber … es war gar nicht Aida. Diamant sah sie an, die junge und doch so alte Frau, die vorgab ihre Schwester zu sein, und dann öffnete sie die anderen Augen, die des Geistes, und sah …

… Haut – oder Kleidung – aus silbrigen, sich überlagernden Schuppen, die bei jeder Bewegung leise knisterten; lange, zweigelenkige Arme und Hände, die nicht mit Fingern ausgestattet waren, sondern mit kleinen Tentakeln; einen dünnen, knorrig wirkenden Hals, darauf einen Kopf, der aussah wie eine auf der Spitze stehende Pyramide; einen von seltsamen Faltenmustern umgebenen Nasenschlitz, den dünnen Strich eines Mundes und große, pechschwarze Augen.

Diamant – *diese* Diamant – sah ein solches Geschöpf zum ersten Mal, und doch wusste etwas in ihr, worum es sich handelte: Dies war ein Temporaler.

Die Benommenheit fiel von ihr ab. Sie wirbelte herum und lief los.

»Was ist los mit dir?«, ertönte es hinter ihr. »Wohin willst du?«

Es war die Stimme ihrer Schwester, aber davon ließ sich Diamant nicht täuschen. Sie lief durch das kalte, stille Refugium, eigentlich ohne Hoffnung, einen sicheren Ort zu finden, und als sie einmal, in einem Raum mit schiefem Boden, über die Schulter sah …

Der Temporale versuchte nicht mehr, sich das Erscheinungsbild von Aida zu geben. Er verfolgte sie, in einer sonderbaren, springenden Gangart, und seine Schuppen raschelten wie vom Wind bewegtes welkes Laub. Während sie floh, ohne Ziel, ohne die Möglichkeit, das Refugium zu verlassen und dem Temporalen zu entkommen, fragte sie sich, ob das, was sie jetzt erlebte, wirklich stattfand, oder ob es sich um einen Traum handelte – oder vielleicht um einen Traum innerhalb eines Traums, um die wirren Visionen eines dem Wahnsinn anheim gefallenen Bewusstseins. Konnte sie den von ihren Sinnen übermittelten Informationen trauen, oder sah die Wirklichkeit – wenn es irgendwo noch so etwas wie eine Wirklichkeit gab – ganz anders aus?

Sie verharrte vor einer dunklen, wie pockennarbig wirkenden Wand und stellte fest, dass sie in der Falle saß: Dieser Raum hatte nur einen Zugang: den, durch den sie hereingekommen war.

Im Korridor blieb der Temporale stehen, eine silbrige Silhouette in den Schatten, seine Augen ein Teil der Dunkelheit, die durch das Refugium kroch, als die letzten energetischen Reserven zur Neige gingen. Die vor Jahrtausenden von den Tran-Tri erbaute Station starb, und mit ihr Amyldema.

Und dies ist auch mein Ende, dachte Diamant mit einer Ruhe, die sie selbst überraschte. *Nach dreihundert Jahren ...*

Farbige Bänder glitten durch den langen Gang, glühten und schimmerten, und wieder schenkte ihnen der Temporale keine Beachtung – er schien sie gar nicht zu bemerken. »Schade«, sagte er mit Aidas Stimme, und für ein oder zwei Sekunden wurde er wieder zu der jungen Frau, die von sich behauptet hatte, fast eintausendeinhundert Jahre alt zu sein. »Mit deiner Hilfe hätten wir vielleicht noch andere Refugien entdeckt, möglicherweise sogar das Kastell ...«

Aber sie hat das Rettungsboot mit einem Faden des Transraums verbunden, dachte Diamant. *Wäre ein Temporaler imstande, ein Kantaki-Schiff zu fliegen? Oder war Aida zu jenem Zeitpunkt noch meine Schwester?*

»Dies ist nicht real«, sagte ihr Mund. »Es ist ein ... Traum.«

»Glaubst du?« Der Temporale hob ein stabförmiges Objekt. Eine Waffe? »Dein Tod wird dir den Unterschied zwischen Traum und Wirklichkeit zeigen.«

Diamant wankte, aber diesmal war es kein innerer Balanceverlust, der ihr physisches Gleichgewicht gefährdete. Die künstliche Schwerkraft im Refugium erfuhr eine Veränderung, wodurch sich die Richtungen verschoben – Diamant fiel dorthin, wo für eine Sekunde »unten« war, und dadurch entging sie dem Etwas, das aus dem Stab des Temporalen kam: kein Blitz, keine energetische Entlandung, sondern eine dünne Nadel, silbern wie die Schuppen.

Die Schwerkraft verschwand, und Diamant schwebte.

»Mehr kann ich dir ... nicht helfen«, flüsterte es irgendwo. »Die Farben ... wähl die richtige Farbe ...«

Amyldema. Die sterbende Amyldema ... Und wieder reagierte etwas in Diamant, das mehr zu wissen schien als der Rest von ihr, und handelte, während sich ein anderer Teil fragte, ob sie hier, im Ozean der Zeit, mentale Fragmente ihrer Diamant-Äquivalente in den vielen Realitätslinien empfing. Stammte das Wissen, das sie handeln ließ, von einer anderen Diamant, vielleicht aus der Zukunft?

Diamant schob die Fragen beiseite und stieß sich vom Boden ab, als der im Korridor schwebende Temporale erneut den Stab auf sie richtete, aber er war jetzt langsam, viel langsamer als sie, und es fiel ihr nicht schwer, der zweiten silbernen Nadel auszuweichen. Die bunten Bänder neigten sich ihr entgegen, lockten mit prächtig glänzenden Farben ...

Blau.

Was hatte Aida gesagt? Die blauen Linien bedeuteten stabile, kaum manipulierte Zeit.

Aber stammte dieser Hinweis wirklich von ihrer Schwester oder bereits von dem Temporalen, der sich ihrer Gestalt bedient hatte? Durfte sie ihm vertrauen? Gab es überhaupt noch irgendetwas, das ihr Vertrauen verdiente?

Grüne und gelbe Ranken tasteten nach ihr, aber Diamant wich ihnen aus, entdeckte ein blaues Band und stieß sich von der Wand ab, schwebte dem blauen Glühen entgegen, berührte es ...

Der Temporale im Korridor dehnte sich und wurde immer länger, während Boden und Decke des Raums von Diamant zurückwichen, sich in den Farben des Ozeans der

Zeit aufzulösen schienen. Blaues Glühen umhüllte sie, ersetzte bittere Kälte durch angenehme Wärme. Sie spürte, wie Dinge, für die sie keine Namen hatte, um sie herum in Bewegung gerieten, und sie selbst mit ihnen. Etwas berührte sie, den Teil ihres Selbst, der die Gabe enthielt, die sie zur Kantaki-Pilotin machte ...

Blau

Eine mentale Tür öffnete sich, und dahinter gab es eine Kraft, die ihr normalerweise gestattete, die Fäden zu sehen, die alle Objekte im Universum miteinander verbanden, und den richtigen für das Kantaki-Schiff auszusuchen, das sie durch den Transraum steuerte. Überrascht stellte Diamant fest, dass sich diese Kraft auch dazu verwenden ließ, innerhalb der Zeit- und Realitätslinien zu navigieren. Das Refugium und der Temporale darin blieben endgültig hinter ihr zurück, als sie durch das blaue Glühen flog, angezogen von etwas, das nach all dem Fremden mit Vertrautheit lockte.

Konturen bildeten sich vor ihr ... Dunkelheit öffnete sich im Blau, die Schwärze des Alls, darin die Feuerräder von Galaxien. Und zwischen zweien von ihnen, zwischen der Milchstraße und Andromeda, der mehrere Kilometer lange Zylinder eines Kantaki-Nexus.

Diamant flog direkt darauf zu, und verblassendes blaues Licht umgab sie, als sie Wände passierte, ohne dass sich ihre Substanz als Hindernis erwies. Sie erreichte das Observatorium mit der transparenten Kuppel, und zwei Personen saßen dort in Sesseln, die sich langsam drehten, zwei Frauen, die jung wirkten, obwohl sie sehr alt waren, die eine blond, die andere mit lockigem schwarzen Haar ...

Diamant sah sich selbst ...

Und sie wusste, was geschehen würde, gleich, in den nächsten Sekunden. *Esmeralda lebt. Und ich kann dafür sorgen, dass sie am Leben bleibt!*

Leicht wie eine Feder landete sie auf dem Boden des Observatoriums, zwischen den beiden sich drehenden Sesseln, doch die beiden Frauen, eine von ihnen sie selbst, bemerkten sie nicht. Etwas trennte sie von dieser Realität, von ihrer Welt. Diamant streckte die Hand aus, fühlte weichen Widerstand, ein Prickeln, das zu einem Kitzeln wurde ...

Der Rest des blauen Glühens verschwand, und Diamant *fiel* in sich selbst. Der auf dem Boden des Observatoriums stehende Körper bekam Masse und Geist, kehrte ganz in die Welt zurück, aus der er stammte.

Sie ächzte leise, als ihre Knie unter dem plötzlichen Gewicht nachgaben, richtete sich sofort wieder auf und rief: »Schnell, weg von hier!«

Esmeralda und die andere Diamant starrten sie verblüfft an.

»Er wird gleich hier sein!«, stieß Diamant hervor und trat zum nächsten Sessel, in dem ein Fleisch gewordenes Spiegelbild von ihr saß. »Der Eliminator! Wir müssen fort sein, wenn er aus dem Riss tritt!«

Sie ergriff die Hand der anderen Diamant, um sie aus dem Sessel zu ziehen ...

Ihr Ebenbild riss die Augen auf, schnappte nach Luft und ... glitt in sie hinein. Zwei Körper wurden zu einem, zwei Selbstsphären zu ... etwas mehr als einer. Neue Erfahrungen gesellten sich dem Leben hinzu, das sie bis zu diesem Tag gelebt hatte, Erinnerungen an das Durcheinander der kommenden Stunden, Bilder vom Ozean der Zeit und einer feenhaften Frau. *Diese* Diamant war mehr, als sie bisher gewesen war.

Sie atmete tief durch, als in ihrem Inneren alles an den richtigen Platz rückte, und begegnete Esmeraldas Blick, die inzwischen aufgestanden war.

»Was ich da gerade gesehen habe ...«

»Ich erkläre dir alles, später. Bis dahin muss ich dich bitten, mir einfach zu vertrauen. Komm!«

Sie lief los und vergewisserte sich mit einem kurzen Blick über die Schulter, dass Esmeralda ihr tatsächlich folgte. Als sie die Tür erreichte, hörte sie ein Geräusch, wie von Polymerfolie, die ganz langsam zerriss. Zwischen den beiden Sesseln in der Mitte des Observatoriums entstand eine dünne vertikale Linie, berührte den Boden, wurde breiter ...

»Der Eliminator ist da!«, rief sie. *»Lauf!«*

Sie kannten sich seit zahlreichen Jahrzehnten – Esmeralda zögerte nicht. Seite an Seite liefen sie durch Korridore, die ihre geometrischen Strukturen auf desorientierende und gleichzeitig herrlich vertraute Weise veränderten. Akuhaschi und andere Kantaki-Piloten blieben erstaunt stehen, und Diamant rief ihnen zu: »Ein Angriff der Temporalen. Bringen Sie sich in Sicherheit!«

»Bist du ganz sicher, dass du *nicht* den Verstand verloren hast?«, schnaufte Esmeralda neben ihr.

»Du hast den Riss gesehen!«, keuchte Diamant. »Inzwischen ist ein Eliminator der Temporalen aus ihm herausgetreten. Er hat dich umgebracht. Ich meine, er *hätte* dich umgebracht, wenn ich nicht rechtzeitig zur Stelle gewesen wäre.«

Das rasende Klicken eines Kantaki-Alarms hallte durch die Gänge, Räume und Säle des Nexus.

»Du bist *nicht* verrückt«, entschied Esmeralda. »Etwas passiert.«

Dumpfes Donnern untermalte ihre Worte, und Diamant fühlte eine starke Vibration im Boden. *Diese blaue Zeitlinie ist nicht so stark wie die anderen von den Temporalen manipuliert,* dachte sie, während sie lief. *Und jetzt habe* ich *damit begonnen, sie zu verändern. Aida hatte Recht. Wir sind nicht wehrlos ...*

Aida. Ihre Schwester. Hatte sie sich ebenfalls transferiert, wie vor ihr der Eliminator, mit der Absicht, sie beide zu retten?

Es donnerte erneut, und aus den Vibrationen im Boden wurden heftige Erschütterungen. Diamant verlor das Gleichgewicht, stieß gegen eine nahe Wand, prallte ab und lief weiter.

»Wohin?«, fragte Esmeralda knapp.

»Vater Grars Schiff!«, stieß Diamant hervor und stellte fest, dass sie sich bereits in der Nähe der richtigen Verbindungsstelle befanden – ihre Beine hatten sie von ganz alleine in die richtige Richtung getragen. »Wir müssen so schnell wie möglich nach Munghar und den Großen Fünf Bescheid geben.«

Esmeralda pfiff kurz, als sie zwei bewaffnete Akuhaschi passierten, die dorthin eilten, woher sie kamen. Ein vertikaler Schacht nahm die beiden Pilotinnen auf, und die Schwerkraft kehrte sich um, ließ sie nach oben schweben, während sich ein Teil des Schachtes in seiner Hyperdimension wie ein lebendes Wesen hin und her wand. »Meine Güte, die Sache muss wirklich wichtig sein.«

»Und ob!«

»Mutter Mryh erwartet mich bestimmt an Bord ihres Schiffes ...«

»Du kannst jetzt nicht zurückkehren! Durch meine Rückkehr hat sich diese Zeitlinie verändert. Ich weiß nicht, ob es meiner Schwester gelungen ist, den Eliminator zu ... eliminieren. Und selbst wenn sie das geschafft hat: Vermutlich schicken die Temporalen weitere Eliminatoren.«

»Deine ... Schwester?«, wiederholte Esmeralda langsam. »Ich dachte, sie wäre im Alter von sieben Jahren gestorben. Wir haben mehrmals darüber gesprochen.«

Darüber ja, dachte Diamant. *Aber nicht über Valdorian. Wie seltsam.*

»Es ist eine lange und nicht ganz unkomplizierte Geschichte.«

»Und ich habe das Gefühl, dass mir diese Geschichte nicht gefallen wird, stimmt's?«

Ein aus fünf Elementen bestehendes Schott öffnete sich,

und dahinter wartete Grars Schiff, das in den letzten Jahrzehnten, seit Grar Vater geworden war, viele neue Segmente bekommen hatte. Es wuchs, während sein Eigner älter und weiser wurde.

»Sie wird niemandem gefallen.« Die beiden Pilotinnen liefen noch immer, aber nicht so schnell wie die aufgeregt hin und her flitzenden Akuhaschi, die die Anlagen des Schiffes weckten und es auf den Start vorbereiteten. Diamant spürte das Brodeln seiner Energie wie Kraft in ihrem eigenen Körper – ein sehr angenehmes Gefühl.

Auf dem Weg zum Pilotendom begegneten sie Grar, der aus dem ihm vorbehaltenen Bereich des Schiffes bekam. Fluoreszierendes Leuchten begleitete seine Bewegung, und er neigte den dreieckigen Kopf. Kiefer klickten.

»Ich habe gerade eine Mitteilung von Vater Mjoh erhalten«, übersetzte sein Linguator. »Ein Angriff der Temporalen auf den Nexus? Aber wie konnte jemand von ihnen das Null verlassen?«

»Es ist noch viel, viel schlimmer.« Diamant verharrte kurz vor dem großen Kantaki. »Bitte, Vater Grar, lassen Sie uns sofort nach Munghar fliegen. Ich muss den Großen Fünf Bericht erstatten. Dies ist Esmeralda. Sie konnte nicht rechtzeitig zu Mutter Mryhs Schiff zurück.«

»Ich verstehe«, klickte Grar, drehte sich um und stakste schneller davon als ein Mensch laufen konnte. »Ich benachrichtige Mutter Mryh. Die Vorbereitungen sind fast abgeschlossen. Wir können gleich aufbrechen.«

Diamant und Esmeralda liefen wieder los und erreichten kurze Zeit später den Pilotendom. Ein dumpfes Summen lag in der Luft, und mehrere Akuhaschi saßen an den Konsolen. Pseudoreale Fenster an den hohen gewölbten Wänden zeigten den langen Zylinder des Nexus und die beiden jeweils mehr als eine Million Lichtjahre entfernten Galaxien.

Diamant hastete die fünf Stufen zum Podium hoch, nahm dort in einem Sessel Platz, der seit vielen, vielen Jahren *ihr* Sessel war, und legte die Hände in die Sensormulden. Eindrücke strömten auf sie ein, ebenso herrlich vertraut wie die Veränderungen in den geometrischen Strukturen des Schiffes. Der Kantaki-Koloss wurde zu einer Erweiterung ihres physischen Selbst.

Esmeralda trat neben sie.

»Dies ist *meine* Welt«, sagte Diamant mehr zu sich selbst. »Und ich will nicht, dass sie manipuliert wird!«

Das Kantaki-Schiff löste sich vom Zylinder des Nexus, glitt schwarz durch die Schwärze der Nacht, ohne Transportblase mit Passagierkapseln und Habitatmodulen. Diamant wartete, bis es sich weit genug von der Raumstationen zwischen den Galaxien entfernt hatte, öffnete dann die innere Tür ihrer Gabe, suchte in den Knäueln des Transraums nach einem geeigneten Faden und verband ihn mit Vater Grars Schiff.

»Wir sind unterwegs nach Munghar«, seufzte sie.

Vater Grar betrat die Brücke und näherte sich dem Pilotendom.

»Jetzt haben wir Zeit für deine Geschichte«, sagte Esmeralda und hörte zusammen mit dem Kantaki zu.

8

Begegnungen

Indigo: Xandor, 19. Oktober 5521

Die Sonne war hinter den Berggipfeln verschwunden, und die Schatten wurden länger im Tal, als Valdorian mit dem Levitatorwagen beim Haus am See landete. Cordoban war in Xandors Hauptstadt Fernandez geblieben, um dort seine strategischen Planungen für das Konsortium fortzusetzen, und Valdorian hielt es für ein Zeichen des Vertrauens, dass er nicht mitgekommen war.

Als er ausstieg, tanzten erste Schneeflocken im auflebenden Wind, und Valdorian schloss seine dicke Jacke. Neben dem Levitatorwagen blieb er stehen, sah zu dem einfachen Gebäude am Hang und weiter unten zum Bootshaus am Ufer des Sees. Rauch kräuselt dort aus einem Schornstein, und das fand er seltsam; es bedeutete, dass jemand etwas *verbrannte*, um zu heizen, obwohl es wesentlich effizientere Methoden gab, Einfluss auf ambientale Temperaturen zu nehmen. Er befand sich jetzt zum ersten Mal an diesem Ort, und doch erschien er ihm fast vertraut - Lidia hatte ihm oft davon erzählt. *Die Lidia meiner Welt,* dachte er und fühlte sich von plötzlichem Zweifel heimgesucht. Diese Zeitlinie unterschied sich erheblich von seiner eigenen; vielleicht war auch die Lidia dieser Welt anders.

Die Tür des Hauses öffnete sich, und Valdorians Zweifel verwandelte sich in ein sonderbares Kribbeln in der Magengrube, in ein jähes Gefühl der Leere, das ihn schwanken ließ. Dort stand sie ...

»Valdorian?«, rief sie.

Er wandte sich vom Levitatorwagen ab, trat durch ein kleines Tor, ging dann die Stufen einer kurzen Treppe hoch, hielt den Blick dabei auf Lidia gerichtet. Sie sah genauso aus wie auf Mirror: das lange schwarze Haar offen und lockig, die Augen groß und grünblau, das Gesicht jung, täuschend jung sie schien nicht älter als fünfundzwanzig oder dreißig zu sein.

Und dann zeigte sich Überraschung in dem jungen, schönen Gesicht.

»Es ist lange her«, sagte er und versuchte, das wilde Brodeln seiner Emotionen unter Kontrolle zu halten.

»Sie sind ... viel jünger, als ich dachte. Die letzten Bilder, die ich gesehen habe ...«

Lidia benutzte das bei den Magnaten gebräuchliche Sie, so wie damals. Beziehungsweise wie in der anderen Welt.

»Eine Resurrektion«, sagte Valdorian. »Und endlich eine erfolgreiche. Ich bin nicht mehr krank.«

Die Überraschung in Lidias Gesicht wich einem Lächeln, das ehrliche Freude zum Ausdruck brachte. Das finstere Wesen in Valdorians Seele fühlte sich verhöhnt und verspottet. Wenn sie ihm auf Mirror geholfen hätte, wäre Agoron nicht imstande gewesen, ihn zu manipulieren. Ihre Gleichgültigkeit ihm gegenüber hatte ihn zu einem Werkzeug und zu einem Gefangenen von Olkin gemacht. Er hasste sie!

Aber es gab noch etwas anderes in ihm, unter dem Hass: bittere, bleischwere Melancholie, die Last eines vergeudeten Lebens, die mehr wog als ein Berg.

»Aber Sie werden wieder krank, wenn Sie da im kalten Wind stehen bleiben. Kommen Sie herein, Dorian.«

Die Kurzform seines Namens, von ihr ausgesprochen, war fast zu viel für ihn. Er blieb noch einige Sekunden lang stehen, atmete tief durch und trat an Lidia vorbei durch die

Tür, nahm dabei ihren Geruch wahr. Sie hatte nie ein Parfüm benutzt, weder damals noch heute – ein Hinweis auf ihr nonkonformistisches Erbe. Dies war ein natürlicher Geruch, den Valdorian vor vielen, vielen Jahren in ihren Haaren eingeatmet hatte und mit dem sich viele Erinnerungen verbanden, manche süß und schön, die meisten bitter und schmerzhaft.

»Das ist meine Mutter Carmellina.«

Eine Frau mit grauem Haar näherte sich durch den Flur, etwa neunzig Jahre alt, eine ältere Version von Lidia. Trotz des großen Altersunterschieds war die Ähnlichkeit unübersehbar und fand vor allem Ausdruck in der Ausstrahlung: Beide Frauen zeichneten sich durch natürliche feminine Eleganz und eine klassische Schönheit aus, die selbst im Alter erhalten blieb.

Carmellina Diaz, einst Pianistin in Fernandez, streckte die Hand aus. »Ich nenne Sie Valdorian, wenn Sie gestatten. Willkommen bei uns. Es freut mich, dass ich doch noch Gelegenheit bekomme, Sie kennen zu lernen.« Sie richtete einen fragenden Blick auf ihre Tochter, die die Tür schloss.

»Er hat die Krankheit besiegt, Mutter.«

»Oh, das freut mich. Als Cordoban um ein Treffen bat ... Es klang so, als bliebe Ihnen nicht mehr viel Zeit.«

Ihm blieb tatsächlich nicht mehr viel Zeit, dachte Valdorian und glaubte noch einmal zu spüren, wie sich seine Hände um den Hals des Greises schlossen und zudrückten. »Die Ärzte haben sich geirrt«, sagte er ruhig. »Zum Glück.«

Sie gingen durch den Flur, und Valdorian konnte einen kurzen Blick in die Zimmer rechts und links werfen. Moderne Technik schien in diesem Haus völlig zu fehlen. Einige Möbel bestanden offenbar aus echtem Holz, und nirgends konnte er Synthomasse entdecken. Überall sah er schlichte Rustikalität, wie er es fast von Entsagern erwartet hätte und nicht unbedingt bei Nonkonformisten.

In der Küche gab es zwar ein paar Geräte, aber nur für einige Basisfunktionen. Auf dem Tisch bemerkte Valdorian seltsame Dinge, und erst nach einigen Sekunden begriff er, dass es sich um echte, organische Lebensmittel handelte, um Gemüse und sogar Fleisch. Übelkeit stieg in ihm auf.

»Mein Vater kommt gleich«, sagte Lidia. »Er sitzt noch unten im Bootshaus. Dort schreibt er am liebsten.«

»Wenn ich Ihnen einen Aromakaffee anbieten darf ...« Offenbar bemerkte Carmellina etwas in Valdorians Gesicht. »Fühlen Sie sich nicht wohl?«

»Haben Sie keine ... Syntho-Maschine?«, fragte er und sah sich noch einmal in der Küche um.

»Wir ziehen echte, natürliche Kost vor.« Carmellina füllte zwei Tassen mit einer dunklen, dampfenden Flüssigkeit und stellte sie auf ein Tablett, das sie ihrer Tochter reichte. »Macht es euch im Salon bequem. Ich komme hier auch allein zurecht.«

Es erleichterte Valdorian, dem Anblick der organischen Lebensmittel auf dem Tisch zu entkommen, als er Lidia in den nahen Salon folgte, einen Raum mit einem Kamin, in dem ein Feuer brannte.

»Ihnen muss dies alles sehr primitiv erscheinen«, sagte Lidia, nachdem sie einander gegenüber am Tisch Platz genommen hatten.

Valdorian trank nur deshalb einen Schluck Aromakaffee, weil er seine Gedanken sammeln musste. »Dies ist eine fremde Welt für mich, das wissen Sie«, erwiderte er und wusste um die doppelte Bedeutung dieser Worte.

»Die Schachbrett-Welt?«

Valdorian fühlte sich von dieser Frage seltsam erleichtert, denn er erinnerte sich an das Gespräch mit der Lidia seiner Welt. Vor vielen, vielen Jahren hatten sie über die Möglichkeiten ihres zukünftigen Lebens gesprochen, darüber, entweder eine Schachfigur zu sein oder außerhalb des Schachbretts zu stehen und die Figuren zu bewegen. Dass diese Lidia darauf zurückkam, bedeutete vielleicht, dass sie sich nicht sehr von der Frau unterschied, die ihn ... *verraten und im Stich gelassen* hatte. Der letzte Gedanke kam aus den dunklen Tiefen seines Selbst, begleitet von Zorn, und einmal mehr musste er sich stark beherrschen.

Sekunden verstrichen, und das Schweigen dauerte an. Das Knistern des Feuers im Kamin schien lauter zu werden und sich über Valdorian lustig zu machen, der nach Worten suchte, emotional in eine Hilflosigkeit verstrickt, die ihn an seine ersten Begegnungen mit Lidia erinnerte, an ihre überraschende Selbstsicherheit ihm gegenüber.

»Warum haben Sie nach all den Jahren Kontakt mit mir gesucht, Dorian?«

Genau in diesem Augenblick ging die Tür auf, und Lidias Vater kam herein, begleitet vom Pfeifen eines recht stark gewordenen Winds. Die Tür schloss sich wieder. »Ist ziemlich kalt geworden«, sagte Roald DiKastro laut. »Sieht nach viel Schnee aus.«

Lidia und Valdorian standen auf.

Ein rüstiger alter Mann betrat den Salon, zog seine Jacke aus und legte einen Infonauten auf den nahen Tisch.

»Das ist Rungard Avar Valdorian«, sagte Lidia.

Roald richtete einen skeptischen Blick auf Valdorian. »Er sollte dem Tode doch näher sein als dem Leben, oder? Dieser Bursche erscheint mir recht lebendig und gesund.« Er streckte die Hand aus.

Valdorian ergriff sie und fühlte, wie Roald kurz zudrückte und sofort wieder losließ.

»Ich habe eine erfolgreiche Resurrektion hinter mir.«

»Und Sie sind ganz allein hier?« Roald sah sich demonstrativ um. »Ohne Leibwächter und irgendwelche Kampfdrohnen?«

»Vater«, sagte Lidia leise.

»Ich bin nicht völlig schutzlos, wenn Sie das meinen«, erwiderte Valdorian. Und das stimmte. Mehrere Gefechtsshuttles des Konsortiums schwebten auf Levitatorkissen über dem Tal, an Bord Soldaten, die nur auf ein Signal für den Einsatz warteten. Aber sie dienten nicht dazu, eventuelle Attentäter aus der Allianz oder Assassinen der Blassen abzufangen, bevor sie Schaden anrichten konnten. Valdorian wollte sich mit ihnen vielmehr vor Olkin schützen, der bestimmt nach ihm suchte.

Er musterte Lidias Vater und schätzte ihn auf ebenfalls etwa neunzig Standardjahre. Er hätte älter oder bereits tot sein müssen, ebenso wie Carmellina Diaz – ein weiterer Unterschied in dieser Zeitlinie. Roald hatte fünfzehn oder zwanzig Kilo Übergewicht, wirkte damit aber nicht dick, sondern kräftig gebaut. Die Schneeflocken in seinem grauen Vollbart waren längst getaut. Der Kopf war fast haarlos, die Wangen vom kalten Wind gerötet. Mit den Stiefeln und der einfachen, offenbar aus Naturfasern bestehenden Kleidung sah Roald DiKastro nicht wie ein Schriftsteller aus, sondern entsprach eher Valdorians Vorstellungsbild von einem Holzfäller.

Doch in den blauen Augen des Mannes leuchtete wache Intelligenz. Und noch etwas anderes, das Valdorian nach einem fast hundertfünfzig Jahre langen Leben zu deuten wusste.

»Sie mögen keine Magnaten, nicht wahr?«

»Es gibt ehrliche Methoden, seinen Lebensunterhalt zu verdienen. Was aber nicht heißen soll, dass Sie hier unwillkommen sind. Meine Tochter kennen Sie ja, nicht wahr?«, fügte er sarkastisch hinzu.

»Vater ...«

»Wir sehen uns beim Essen«, sagte Roald und stapfte fort.

Valdorian stellte fest, dass der aktivierte Infonaut auf dem Tisch zurückblieb. Er warf einen Blick auf das Display und las: »Die Türme des Irgendwo«, und darunter »Für Lidia«.

»Ich muss mich für ihn entschuldigen.« Lidia kam näher. »Manchmal übertreibt er es mit dem Nonkonformismus ein wenig. Er hätte nicht unhöflich sein dürfen.«

Dort stand sie, nur eine Armeslänge entfernt, kein Erinnerungsbild, sondern lebendig und real, so nahe, dass Valdorian erneut ihren Geruch wahrnahm. Er hätte sie am liebsten umarmt und fest an sich gedrückt, doch gleichzeitig wollte etwas in ihm die Faust ballen und sie ihr ins Gesicht schmettern.

Lidia trug eine schlichte Kombination aus Hose und Bluse, und am Kragen bemerkte Valdorian fünf Kantaki-Symbole, Zeichen einer Pilotin.

Kantaki.

Erneut regte sich die finstere Kreatur in seiner Seele.

»Wie ist es Ihnen ergangen?«, fragte er, als sie wieder Platz genommen hatten.

Lidia lächelte sanft. »Mein größter Wunsch war es, die Unendlichkeit zu berühren, die Ewigkeit, und seit mehr als vierzig Jahren habe ich Gelegenheit dazu. Das Leben als Kantaki-Pilotin füllt mich völlig aus.«

Vierzig Jahre, dachte Valdorian. Das passte zu dem Alter des kranken Valdorian, den er erwürgt hatte, und auch zu dem von Carmellina und Roald, aber nicht zu seinem eigenen. Die Lidia in seiner Welt war hundertfünfundvierzig Jahre alt, zwei Jahre jünger als er.

Gedämpfte Stimmen kamen aus der Küche, und Valdorian glaubte zu hören, wie Carmellina Diaz mehrmals »um Lidias willen« sagte.

»Was ist mit Ihnen?«, fragte Lidia. »Ihre Frau hat sich bestimmt sehr über Ihre Genesung gefreut, nicht wahr?«

Meine Frau?, dachte Valdorian verblüfft. *Ich bin hier verheiratet? Davon hat Cordoban nichts gesagt.*

»Ich habe Fehler gemacht«, sagte er, ohne auf die Frage einzugehen. Ein Teil von ihm wollte diese Worte aussprechen, auch wenn es anderen Aspekten seiner Persönlichkeit nicht gefiel. »Ich habe ein langes Leben hinter mir und weiß, wo ich die falschen Entscheidungen getroffen habe.«

»*So* lang ist Ihr Leben nun auch wieder nicht. Sie sind jetzt ... lassen Sie mich rechnen ... fünfundsechzig Standardjahre alt, zwei Jahre älter als ich.« Nach einer kurzen Pause fügte Lidia hinzu: »Wir alle machen Fehler.«

Roald DiKastro kam mit einem Tablett herein, auf dem drei dampfende Gläser standen. »Heißer Wein, darin Scheiben von echten Zitronen und Orangen«, sagte er. »Genau das Richtige bei diesem Wetter.« Er reichte erst Valdorian ein Glas, dann Lidia, und nahm am Kamin Platz. »Auf unser aller Wohl.«

Valdorian roch Alkohol und erinnerte sich daran, wann er zum letzten Mal Alkoholisches getrunken hatte: in der maritimen Höhle mit den Kristallen und der falschen Xurr-Larve, nachdem Lidia es abgelehnt hatte, einem Ehekontrakt mit ihm zuzustimmen. Anschließend war es ihm so schlecht gegangen, dass er geschworen hatte, nie wieder Alkohol anzurühren.

Er setzte das Glas an die Lippen und trank einen kleinen Schluck, allein aus Höflichkeit, was ihn selbst erstaunte, setzte es dann auf dem Tisch ab. Nach seiner anfänglichen abweisenden Haltung versuchte Roald, freundlicher zu sein und den Gast in ein Gespräch zu verwickeln, doch Valdorian beschränkte sich auf einige knappe Antworten, und so fand die Konversation hauptsächlich zwischen Vater und Tochter statt. Er spürte dort eine Ungezwungenheit, die ihn sehr erstaunte angesichts der Distanz, die ihn von seinen eigenen Eltern – insbesondere von seinem Vater – getrennt hatte. Die Szene erschien ihm unwirklich: Hier saß er, in einem einfachen Haus auf Xandor, in der Gesellschaft von Nonkonformisten und einer Frau, die ein Symbol für das darstellte, was in seinem Leben schief gegangen war. Ein sonderbarer Frieden herrschte an diesem Ort, und es schien unmöglich zu sein, dass irgendwo Olkin lauerte, um ihn zurückzuholen ins Spiel, dass die Temporalen den Zeitkrieg gewonnen hatten und die Realität so manipulierten, wie es ihren Wünschen entsprach. Diese von den Wänden des Hauses begrenzte Welt war wundervoll überschaubar, und Valdorian spürte den besonderen Reiz, der davon ausging. Gleichzeitig fühlte er sich beengt und der Kontrolle beraubt, die ihm immer so wichtig gewesen war.

Warum bin ich eigentlich hier?, dachte er, während Lidia und ihr Vater über das Buch sprachen, das Roald schrieb. *Was habe ich mir davon erhofft, Lidia wieder zu sehen?* Er hatte geglaubt, dass es leicht zu beantwortende Fragen waren, doch das stellte sich jetzt als Irrtum heraus, denn hinter ihnen erstreckte sich eine lange, lange Straße des Lebens, die er nach Lidias Entscheidung, Kantaki-Pilotin zu werden, allein beschritten hatte. Mit plötzlicher Klarheit begriff er, dass seine Chance noch einzigartiger war, als er bisher gedacht hatte. Er konnte auf der Einbahnstraße des Lebens nicht nur zurückkehren und Fehler korrigieren – er hatte die Möglichkeit, sein Leben *noch einmal zu leben* und diesmal auf der Grundlage seiner Erfahrungen immer die richtigen Entscheidungen zu treffen.

Valdorian dachte darüber nach, während Lidia und Roald miteinander sprachen, und er setzte seine Überlegungen selbst dann noch fort, als sie in der Küche am einfach gedeckten Tisch Platz genommen hatten und etwas aßen, das außer ihm alle für köstlich hielten. Er rang schwer mit der Übelkeit, entschuldigte sich mit Hinweis auf die Resurrektion, die ihn angeblich geheilt und verjüngt hatte, und behauptete, eine strenge Diät einhalten zu müssen. Er nahm nur einige wenige Bissen von Dingen, die ihm weniger eklig erschienen als andere, und versuchte sie hinunterzuschlucken, ohne zu würgen. Lidias Eltern, auch ihr Vater, waren bestrebt, eine freundliche Atmosphäre zu schaffen, und Valdorian beantwortete mehrere direkte Fragen, hielt sich ansonsten aber zurück.

Das Leben noch einmal leben, dachte er fasziniert, mit dem Wissen, wie das andere Leben verlaufen war. Mit Cordobans Hilfe konnte er den Platz des anderen, greisen Valdorian einnehmen, an die Spitze des hiesigen Konsortiums treten und versuchen, den Einfluss der Blassen zurückzudrängen – das erwartete der Stratege offenbar von ihm. Aber entsprach das auch seinem Wunsch? Er dachte an die extremste Alternative, stellte sich vor, als Lidias – Diamants –

Konfident an Bord von Kantaki-Schiffen durch Raum und Zeit zu reisen, außerhalb des Zeitstroms, mit relativer Unsterblichkeit. Eine weitere Möglichkeit bestand darin, das Streben nach Macht aufzugeben und den Reichtum zu genießen, auf irgendeiner schönen Welt, ohne Gedanken an die Zukunft zu vergeuden. Allerdings stellte sich hier die Frage, ob er überhaupt zu so etwas fähig war, zu einem rein hedonistischen Leben, wie es sein verräterischer Sohn Benjamin geführt hatte, der noch im Spiel gefangen war, zusammen mit den anderen ...

Dieser letzte Gedanke brachte eine bittere Erkenntnis. So viele Möglichkeiten ihm auch offen zu stehen schienen – die Welt, alle Welten, das Universum konnten nie wieder das sein, was sie einmal gewesen waren. Die Temporalen würden weiter die Zeitlinien manipulieren, bis sie ihr Ziel, den kosmischen Kollaps, erreichten, und Olkin würde weiter nach ihm suchen. Je länger er darüber nachdachte, desto mehr Unruhe entstand in seinem Inneren, und er fragte sich, warum es so schwer war, den richtigen Weg in die Zukunft zu wählen. Und gab es ihn überhaupt, den richtigen?

»Geht es Ihnen nicht gut?«, fragte Carmellina Diaz besorgt, und Valdorian begriff, dass er dem Gespräch am Tisch nicht mehr gefolgt war.

»Ich bin nur ... ein wenig müde«, sagte er.

»Wir ziehen uns jetzt zurück.« Plötzlich standen Carmellina und Roald, und Valdorian erinnerte sich nicht daran, dass sie aufgestanden waren. »Es gibt sicher einige Dinge, über die ihr beide allein miteinander reden wollt.«

Lidias Eltern verließen die Küche, Carmellina mit einem freundlichen Lächeln, Roald mit einem kurzen, wortlosen Nicken, und Valdorian sah dabei zum ersten Mal ganz deutlich die schwere Bürde des Alters, die auf ihnen lastete. Sie gingen ein wenig gebeugt, selbst der große, so kräftig wirkende Roald. Vor seinem inneren Auge sah Valdorian den Greis im Bett, den er getötet hatte, und sich selbst, in den Spiegeln von Mirror, ein grässliches, von Alter und Sterblichkeit geschaffenes Zerrbild. Furcht und Hass zitterten stärker in ihm.

Lidia räumte den Tisch ab, und nach kurzem Zögern half Valdorian dabei – für ihn eine völlig neue Erfahrung. Er erinnerte sich nur vage daran, jemals so etwas getan zu haben, vor hundertvierzig Jahren, als Kind. Lidia gab Teller und Besteck in einen Reinigungs- und Wiederaufbereitungsservo, kehrte ihm dabei den Rücken zu.

Ein Messer erschien in Valdorians Hand.

Es war plötzlich da, ohne dass er sich daran entsann, es ergriffen zu haben, ein langes Messer, die Stahlkeramikklinge spitz und scharf, der dicke Griff aus Synthomasse. Und es schien sich von ganz allein auf Lidias Rücken zu richten ...

Es gab noch eine andere Möglichkeit in dieser Welt, begriff Valdorian: Er konnte Lidia töten. Er konnte sich hier und jetzt für all das rächen, was sie ihm angetan hatte. Und vielleicht war das sogar die beste Möglichkeit von allen, denn ihr Tod mochte die alten Wunden in ihm heilen und ihn endlich zur Ruhe kommen lassen. Sie sterben zu sehen, diese Frau, die sich gegen ihn und für die *Kantaki* entschieden hatte, die Unsterblichkeit genoss, aber eben nur relative ...

Die rechte Hand mit dem Messer setzte sich in Bewegung ...

»Warum sind Sie hier, Dorian?«, fragte Lidia und drehte sich um.

Das Messer lag wieder auf dem Tisch, und Valdorian starrte erschrocken und verblüfft auf seine rechte Hand hinab. Sie ballte sich wie ganz von allein zur Faust.

»Diese Welt ist nicht richtig«, brachte er hervor.

»Das sagt mein Vater oft. Es würde ihn sicher erstaunen, dass Sie ihm zustimmen.«

»So meine ich das nicht. Ich ... Ist Ihnen nie etwas aufgefallen? Gab es nie Augenblicke in Ihrem Leben, in denen Ihnen irgendetwas seltsam erschien?«

»Als Kantaki-Pilotin begegnet man vielen seltsamen Dingen ...«

»Haben Sie jemals von den Temporalen gehört?«

Lidia sah ihn groß an und schüttelte den Kopf.

»Die Kantaki müssten von ihnen wissen«, sagte Valdorian und berichtete von den Ereignissen, erzählte eine hastige und kürzere Version der Geschichte, die Cordoban von ihm gehört hatte.

»Dorian ... Sie sind sehr krank gewesen und haben eine umfassende Resurrektion hinter sich«, sagte Lidia vorsichtig. »Vielleicht leiden Sie noch an den Nachwirkungen. Sie ...«

»Was war das?«, fragte Valdorian.

Einige Sekunden lang schwiegen sie beide. Draußen heulte kalter Wind, und das Heulen drang, von den Fenstern gedämpft, durchs Haus. Valdorian glaubte, ein dumpfes Knarren und Knistern gehört zu haben, das nicht zu den anderen Geräuschen passte. Er verließ die Küche, hastete zum Salon, sah auch in die anderen, kleineren Zimmer im Erdgeschoss, blickte dann die Treppe zum ersten Stock hoch.

»Meine Eltern haben sich gerade hingelegt«, sagte Lidia.

Valdorian drehte sich um. Sie stand im Flur, neben der Tür des Salons, aus dem das flackernde Licht des Feuers im Kamin kam, und an den Wänden huschten Schatten hin und her. Einer von ihnen erreichte Lidia und verharrte vor ihr in der Luft, eine dünne schwarze Linie, vertikal und etwa zwei Meter lang. Valdorian bemerkte ein kurzes Flimmern, und die Linie dehnte sich, berührte den Boden ...

Olkin!, dachte Valdorian entsetzt. *Er hat mich gefunden!*

Die Linie wurde ein wenig breiter, und zwei Hände kamen aus ihr, drückten sie weiter auseinander. Eine Gestalt wurde sichtbar, gekleidet in einen schwarzen Kampfanzug, das Gesicht hinter einem dunklen Helmvisier verborgen. Es war ganz offensichtlich nicht der kleine, bucklige Hominide, der ihn zum Gefangenen des Spiels gemacht hatte, aber offenbar ging Gefahr von dem Fremden aus, denn er hob eine Waffe ...

Eine ruckartige Bewegung löste den Hefok aus Valdorians Armhalfter und ließ ihn in die Hand rutschten. Ein Strahl gleißte, sprang dem Riss und der Gestalt entgegen, ließ sie zurücktaumeln. Doch die destruktive Energie zerstob an einem Individualschild. Ein Teil von ihr verschwand hinter dem Fremden im Riss, aber einige hochenergetische Funken trafen die Flurwand und schufen dampfende Löcher in ihr.

»Status Omega«, sagte Valdorian und hielt dabei einen kleinen Kom-Servo vor den Mund. »Status Omega.«

Er warf sich an dem schwarzen Riss in der Luft vorbei, feuerte noch einmal auf die Gestalt darin und genoss die herrliche Kraft seines verjüngten Körpers, als er sich auf dem Boden abrollte und sofort wieder aufsprang. Es war eine andere Form von Macht, und sie fühlte sich wundervoll an.

Er ergriff Lidias Hand und riss sie mit sich zur Tür.

»Was ist da unten los?«, ertönte es von oben.

»Haben Sie Ihre Konflikte mitgebracht?«, fragte Lidia erschrocken und zornig. Offenbar glaubte sie, dass es sich um einen auf Valdorian angesetzten Attentäter handelte.

Am Fußende der Treppe trat der Fremde im schwarzen Kampfauszug aus dem Riss und schoss, bevor Valdorian die Tür erreichte. Doch der Strahl bohrte sich ihm nicht in den Rücken, sondern raste so dicht an Lidia vorbei, dass er einen Teil ihres Haars verbrannte.

»Er hat es nicht auf mich abgesehen, sondern auf Sie!«

Valdorian öffnete die Tür mit der linken Hand, während er mit der rechten auf den Fremden zielte und noch einmal abdrückte. Gleichzeitig erschien Roald DiKastro auf dem Treppenabsatz und richtete eine uralte Projektilschleuder auf den Angreifer. Mit einem ohrenbetäubenden Knallen entlud sich die antike Waffe.

Der Strahl aus Valdorians Hefok zerstob erneut an dem

Individualschild des Unbekannten, doch die Kugel aus der Projektilschleuder durchschlug seinen Oberschenkel – ganz offensichtlich sah die Konfiguration des Schutzfelds keine Absorption kinetischer Energie fort.

Der Fremde fiel.

Und während er fiel, spuckte seine Waffe heißen Tod.

Ein Strahl kochte über die Treppe, verbrannte Synthomasse, erreichte den Mann mit der Projektilschleuder, verbrannte ihm erst die Beine und, als er fiel, auch Brust und Kopf. Ein zweiter Strahl, kaum mehr als ein flackernder Blitz, tötete Carmellina Diaz, die hinter ihrem Mann gestanden hatte. Ohne einen Laut von sich zu geben, brach sie über der Leiche ihres Mannes zusammen.

Valdorian gab Lidia keine Gelegenheit zu einer Reaktion. Mit einem entschlossenen Ruck zerrte er sie mit sich, hinaus in die dunkle, kalte Nacht, in den heulenden Wind und das Schneetreiben. Er zog sie über die Treppe und hörte, wie sie etwas rief, wie sie schrie. Aber sie war klug genug, sich ihm nicht zu widersetzen – sie wusste, dass im Haus der Tod wartete.

Weiter vorn sah Valdorian den Levitatorwagen, mit dem er gekommen war. Böen hatten verhindert, dass sich Schnee auf ihm sammelte. Hinter dem Wagen drückte er Lidia nach unten und hob den kleinen Kom-Servo.

»Wir haben das Gebäude verlassen. Nehmen Sie es unter Beschuss.«

Licht fiel durch die offene Tür des Hauses. Eine Gestalt stand dort, zur Seite geneigt, um das verletzte Bein zu entlasten. Sie hob die Hand mit der Waffe ...

Mehrere Hefok-Strahlen dröhnten vom dunklen Himmel herab und machten die Nacht für einen Sekundenbruchteil zum Tag – die Gefechtsshuttles des Konsortiums eröffneten das Feuer.

Das Haus ging in Flammen auf.

Doch etwas wuchs aus dem Feuer, eine Art Schlauch, wie der dünne, hin und her wandernde Trichter einer Windhose, dunkel und von den Flammen unbeeinträchtigt. Ein glitzernder Punkt löste sich aus ihm, tanzte wie auf der Suche nach etwas hin und her, trieb dann nach oben, wurde schneller ...

Ein Shuttle explodierte.

Valdorian riss die Tür des Levitatorwagens auf und schob Lidia hinein, nahm dann an den Kontrollen Platz, aktivierte Schutzfelder und Triebwerk, schaltete auf manuelle Steuerung, griff nach den Kontrollen ...

Der Levitatorwagen stieg abrupt auf, und innerhalb von zwei oder drei Sekunden verschwand das brennende Haus im nächtlichen Schneetreiben. Valdorian ließ das Fahrzeug über die nächsten Berggipfel hinwegjagen und ging dann tiefer, sodass die Granitmassen eine natürliche Barriere zwischen dem Levitatorwagen und dem Angreifer bildeten.

Weit über dem See im anderen Tal explodierte ein zweiter Shuttle.

Valdorian aktivierte das Kommunikationssystem des Levitatorwagens und justierte es auf eine kodierte Geheimfrequenz des Konsortiums.

»Cordoban, hier spricht Valdorian. Wir wurden angegriffen. Bereiten Sie einen sicheren Ort vor, für mich und ... Lidia.«

9

Geträumte Wirklichkeit

Ultramarin: Feyindar, 17. Epoche (≈ Dezember 569 SN)

Sie hieß Xadelia, was »schönes Fliegen« bedeutete, aber sie war nur ein einziges Mal in ihrem Leben geflogen, als junge Geschlüpfte. Seitdem ruhte sie hier, weit über den Nebeln von Feyindar, und träumte von der Wirklichkeit. Durch das Netz, das sie mit allen anderen Feyn verband, auch mit denen, deren Leben nicht von ihr stammte, nahm sie an allen Aktivitäten teil, und niemand konnte sich eine erfülltere Existenz wünschen. Trotzdem sehnte sich Xadelia manchmal danach, die Schwingen auszubreiten und von den Aufwinden über den letzten heißen Stellen der Heimatwelt erfasst emporzusteigen, dem weiten Himmel entgegen, und dort im Licht der vielen künstlichen Sonnen zu baden. Gelegentlich, in ihren eigenen Träumen, stellte sie sich vor, mit einem Segler verbunden zu sein und Feyindar zu verlassen, um sich den kosmischen Winden anzuvertrauen, wie so viele Feyn, die Abenteuer suchten und danach trachteten, die letzten subtilen Aspekte der Kausalität zu verstehen.

»Du kannst alle Leben gleichzeitig führen«, sagte einer der Betreuer, der gelegentlich ihre Gedanken erfasste, wenn Xadelia sie projizierte. Sein Name lautete Yrgard, und Xadelia war ihm auf besondere Weise verbunden, denn bei ihrer letzten Fruchtbarkeitsphase hatte sie seinen Samen aufgenommen und trug ihn noch immer in sich, zusammen mit dem von anderen. »Gibt es etwas Schöneres?« Er pfiff leise, eine Anweisung, die den übrigen Betreuern galt. »Es ist jetzt gleich so weit, Vitalin. Wie fühlst du dich?«

Die Aussicht, bald von der Last in ihrem Inneren befreit zu werden, erfreute Xadelia. »Ich fühle mich schwer, schrecklich schwer.«

Yrgard erschien in ihrem Blickfeld: klein und zart, die breiten, dünnen Flügel auf dem Rücken zusammengefaltet. In seinen großen Augen glitzerte das Licht der künstlichen Sonnen, das durch Lücken im Hauptfiligran fiel. Seine schmalen Hände berührten sie an der glühenden Wange, eine Geste der Zärtlichkeit. »Über hundert sind es diesmal, und sechs verschiedene Arten.«

Xadelia spürte sie in sich: über hundert Leben, herangereift in Eiern, die sie mit dem aufgenommenen Samen befruchtet hatte. Der Partussessel, in dem sie ruhte, stieg auf, und die Betreuer, angeführt von Yrgard, schoben ihn zum Rand des zentralen Filigrans. Draußen warteten weitere Helfer. Einige von ihnen schwebten mit ausgebreiteten Flügeln hin und her; andere hielten sich am Filigran fest. Weiter oben unterbrachen die Ernter ihre Arbeit mit der Absicht, der Geburt zuzusehen.

In Xadelias Unterleib dehnten sich Muskeln, und damit einher ging ein Wohlbehagen, das sie jetzt zum achtundneunzigsten Mal erlebte; sie hätte längst daran gewöhnt sein müssen, genoss es aber mit der gleichen Intensität wie beim ersten Mal. Semitransparente Eier glitten aus ihr heraus und brachen auf, als sie die Öffnung des Filigrans passierten. Kleine Feyn schlüpften und flogen zum ersten Mal in ihrem Leben. Die Vitalin fühlte sie im Netz, hörte ihre mentalen Stimmen und fügte sie der Gemeinschaft hinzu. Die Gedanken und Empfindungen der eigenen Nachkommen vernahm Xadelia mit besonderer Deutlichkeit, und die geistigen Stimmen der anderen Feyn waren etwas leiser für sie, auch die der beiden anderen Vitalinnen, die sich zusammen mit ihr derzeit im Zentrum des Netzes befanden und das Leben der Feyn erneuerten.

Xadelia schloss die Augen, gab sich dem Wohlbehagen des Partus und den neuen Empfindungen hin. Die Sinnesorgane der jungen Feyn übermittelten ihr die ersten, herrlich frischen Eindrücke von über hundert neuen Leben. Zum ersten Mal sahen ihre Kinder die großen, langen Filigrane: bündelartige Ansammlungen weißgrauer Kondensatfäden, an denen sich die *Kjai* sammelten, mikroskopisch kleine Pilze, die an den Filigranen zu Kolonien heranwuchsen und das Hauptnahrungsmittel der Feyn bildeten. Von den Winden getragen, schwebten die Fadenbündel hoch über einem Planeten dahin, der eine zum Weißen Zwerg geschrumpfte Sonne umkreiste und nicht mehr annähernd so viel Licht und Wärme von ihr empfing wie noch vor zwei Epochen. Xadelia kannte jene Zeit nur aus den Aufzeichnungen in den memorialen Knoten der Hauptfiligrane. Damals, lange vor dem ersten Konflikt mit den Temporalen, die die Kausalität störten, hatte sich Talaha, »die Brennende«, aufgebläht, die inneren Planeten verschlungen und auch Feyindar bedroht. Mithilfe der Kantaki war es gelungen, die Heimatwelt der Feyn in eine neue Umlaufbahn zu bringen und ihr zahlreiche künstliche Sonnen zu geben, die dafür sorgten, dass sich die komplexen Strömungsmuster in der Atmosphäre kaum veränderten – dadurch waren die meisten großen Filigrane, die den Feyn nicht nur Nahrung, sondern auch Wohnraum gaben, stabil geblieben.

Unten, tief unten, sah Xadelia mit den Augen ihrer Kinder die Gipfel hoher Berge aus dem Nebel ragen, der fast immer die Täler und Ebenen bedeckte. Dort, dicht über dem ewigen Grau, umgeben von stummen Graten, hatten die Feyn während der zweiten und dritten Epoche die Zentren der Meditation und der Kausalitätsbetrachtung eingerichtet. Zwei Neugeborene näherten sich ihnen, angelockt von einem Ruf, den allein sie vernahmen, und Xadelia stellte zufrieden fest, dass sie diesmal auch einen Philosophen und einen Mathematiker zur Welt gebracht hatte. Sie war darauf bedacht gewesen, ihren Eiern eine möglichst große Entwicklungsvielfalt zu geben, und der offensichtliche Erfolg ihrer Bemühungen erfüllte sie mit Stolz.

Sie stellte sich vor, wie es sein mochte, das Leben als Philosoph zu verbringen, Dinge zu ergründen und nach dem Sinn alles Existierenden zu suchen. Und wie war es, als Mathematiker an den Kausalitätsmodellen zu arbeiten, mit denen seit vielen Epochen versuchte wurde, das gesamte Universum auf eine ursprüngliche Ursache zurückzuführen, auf das Eine, das sich bewegt und alles andere in Bewegung versetzt hatte? Wenn es den Mathematikern jemals gelingen sollte, ein Kausalitätsmodell zu vollenden, so ließe sich daraus auch berechnen, was die Zukunft bringen würde, denn alles war das Ergebnis jener einen fundamentalen Ursache.

Wohlige Schauer durchzogen Xadelia, als sie das letzte Ei aus dem Unterleib presste, der daraufhin kontrahierte. Das unangenehme Gefühl der Schwere verschwand, und plötzlich glaubte die Vitalin, so leicht zu sein, dass sie nur ausatmen musste, um wie einer der kleinen, agilen Ernter aufzusteigen.

Draußen stob die polymorphe Schar ihrer Kinder auseinander. Die größeren von ihnen breiteten nicht nur die Flügel aus, sondern auch die Kollektorlappen, mit denen sie das Licht der künstlichen Sonnen in biologisch verwertbare Energie verwandeln konnten. Sie würden zu Kurieren heranwachsen, die lange Zeit ohne Nahrung auskommen mussten, während sie über Feyindar von einer Filigranstadt zur anderen flogen, mit memorialen Knoten, die nicht nur Mitteilungen enthielten, sondern auch über Gedanken und Gefühle Auskunft gaben, über Hoffnungen und Wünsche. K-Geräte und moderne Kommunikationstechnik ermöglichten einen schnelleren Informationsaustausch über größere Entfernungen hinweg, aber die Memorialknoten enthielten auch Herz und Seele.

Ein Philosoph, ein Mathematiker, siebenundzwanzig große Kuriere, zweiunddreißig agile Ernter – sie krabbelten bereits über die peripheren Filigrane, auf ihrer instinktiven Suche nach Pilzkolonien –, einunddreißig Helfer, die in verschiedenen Dienstleistungsbereichen heranwachsen würden, und sechzehn Inventoren, dafür geeignet, die alten technischen Systeme auf dem Boden des Planeten – die Produktions- und Recyclinganlagen unter dem Nebel – zu warten und neue zu entwickeln. Natürlich waren alle Nachkommen maskulin; neue Vitalinnen wurden derzeit nicht benötigt.

»Du kannst stolz sein«, sagte Yrgard. »Ein guter Partus.« Er schmiegte sich an sie und gab damit zu erkennen, dass er bereit war, ihr erneut seinen Samen zu geben.

Xadelia öffnete die Augen und umarmte ihn kurz. »Danke, Yrgard, aber noch ist es nicht so weit. Der Inhalt meiner Samenbeutel reicht für die Befruchtung weiterer fünfhundert Eier.«

Sie senkte die Lider wieder und nahm erneut die Sinneseindrücke ihrer Neugeborenen auf, hörte außerdem die leiseren Stimmen der Kinder, die sie bei den anderen siebenundneunzig Geburten zuvor zur Welt gebracht hatte. Hinzu kam das Flüstern der vielen Feyn, die ihr Leben anderen Vitalinnen verdankten – sie alle waren Teil einer großen Familie. Nein, man konnte sich wirklich keine erfülltere Existenz wünschen, und doch blieb der Wunsch in Xadelia, einmal selbst zu fliegen.

Der Partussessel reagierte auf eine gedankliche Anweisung, drehte sich und erlaubte ihr, durch die Öffnung im Filigran nach draußen zu sehen. Feyn tanzten am Himmel, die silbrig glänzenden Flügel ausgebreitet, und begrüßten die Neugeborenen. Xadelia empfing die mentalen Glückwünsche der anderen beiden Vitalinnen und erfuhr dabei, dass eine von ihnen gerade ihre Eier befruchtet hatte – auch auf der anderen Seite von Feyindar würde es bald Nachwuchs geben.

Und dann veränderte sich etwas.

In Vitalinnen vereinten sich alle Eigenschaften der polymorphen Feyn, und deshalb trug Xadelia auch etwas von einem Mathematiker und einem Philosophen in sich. Sie wusste von der Bedeutung der Kausalität für die Stabilität des Universums, und sie wusste auch, dass nach dem Bruch immer wieder Gefahr für diese Stabilität bestanden hatte, die größte während des letzten Zeitkriegs, der fast verloren gegangen wäre. Dem Feind war es damals gelungen, alle Drei Großen Barrieren zu durchdringen und bis zum Dutzend vorzustoßen, den zwölf zentralen Welten, unter ihnen Feyindar, Ursprungsplanet der Feyn. Erst der gemeinsam mit den Kantaki und anderen Verbündeten entwickelte Sporn hatte die Wunden in Zeit und Raum geschlossen, den Feind vertrieben und die Kausalität repariert.

Die mathematischen und philosophischen Elemente in Xadelia fühlten *falsche* Kausalitätswellen, hervorgerufen von einer massiven Manipulation der Zeit. Irgendwo in den Strudeln der Vergangenheit kam es zu einer geringfügigen, temporalen Fluktuation, die ... ihr das Leben rettete.

Die fernen Emanationen der beiden anderen Vitalinnen verschwanden ebenso wie die nahen ihrer neugeborenen Kinder, und auch das mentale Flüstern der anderen Feyn wich Stille. Erschrocken beobachtete Xadelia, wie die Tänzer am Himmel so verschwanden, als hätte es sie nie gegeben. Die langen Hauptfiligrane zerfransten, und auch die peripheren lösten sich auf.

Weit oben trübte sich das Licht der künstlichen Sonnen, und Dunkelheit kroch über den Himmel, als nur noch der ferne Weiße Zwerg leuchtete. Unten wogten die Nebel der Welt und stiegen empor, wie ein riesiges, amorphes Geschöpf, das sich anschickte, alles auf und über Feyindar zu verschlingen.

Yrgard und die anderen Betreuer existierten nicht mehr, hatten nie existiert. Das Netz, das sie mit allen anderen

Feyn verbunden hatte – es war zerrissen. Xadelia schwebte an einem leeren Himmel, einem Himmel, der immer leer gewesen war, nachdem die Zeitmanipulation sich ausgebreitet hatte. Und dann schwebte sie nicht länger, sondern fiel, dem Nebel entgegen, und den Gipfeln und Graten, die sich darin verbargen. Sie breitete die Flügel aus, aber jäher Schmerz hinderte sie daran, Gebrauch von ihnen zu machen – seit ihrem ersten Flug als junge Geschlüpfte hatten die Schwingen gefaltet auf ihrem Rücken geruht; ihre Muskeln waren atrophiert.

Sie stürzte in die Tiefe, einem sicheren, absurden Tod entgegen ... als plötzlich etwas aus dem Nebel aufstieg, ein tropfenförmiges Gebilde aus bläulich schimmerndem Metall. Die Außenhülle war nicht glatt, sondern seltsam unregelmäßig strukturiert, als bestünde sie aus vielen einzelnen Komponenten, die nicht genau zueinander passten. Der metallene Tropfen hielt auf die fallende Xadelia zu, passte sich ihrer Geschwindigkeit an und stürzte zusammen mit der Vitalin durch die ersten Ausläufer des Nebels. Eine Öffnung entstand in dem Gebilde, und es kam näher, nahm sie auf.

Ein diffuses Halbdunkel, mehr Schatten als Licht, umgab Xadelia, doch ihre Augen gewöhnten sich schnell daran und sahen Dinge, die sie nie selbst gesehen hatte, wohl aber aus der visuellen Wahrnehmung anderer Feyn kannte: Sitze, Kontrollen, das Glühen pseudorealer Informationsfenster. Sie befand sich an Bord eines kleines Raumschiffs. Bordsysteme wisperten; ein Triebwerk brummte. Die Vitalin versuchte vergeblich, sich aufzurichten. Ihr Körper war viel zu schwach, weil er den größten Teil seines Lebens in einem Partussessel verbracht hatte.

Sie stöhnte leise.

Eine Gestalt löste sich vom Pilotensitz, ein ganzes Stück größer als ein durchschnittlicher Feyn, und viel kräftiger gebaut. Ein weibliches Exemplar der Spezies Mensch, begriff Xadelia.

»Ich bedauere sehr, dass Sie es so unbequem haben«, sagte die Frau – ein Linguator übersetzte ihre Stimme. Sie strich ihr schwarzes, lockiges Haar zurück, und in ihren großen, grünblauen Augen leuchtete Anteilnahme. »Wir mussten schnell handeln und konnten keine Vorbereitungen treffen.«

Behutsam half sie der Vitalin auf, geleitete sie zu einer Sitzbank und aktivierte dort ein Kraftfeld, das Xadelia entlastete. Sie sah zu der Menschenfrau auf. »Wer sind Sie?«, fragte sie, leer, ohne das Netz, und schrecklich einsam. »Was bedeutet dies?«, fügte sie hinzu, obwohl sie bereits ahnte, was es bedeutete.

Die Frau kehrte zum Pilotensitz zurück und wandte sich den Kontrollen zu.

»Bitte verzeihen Sie mir die Unhöflichkeit, aber wir müssen so schnell wie möglich fort von hier. Vermutlich suchen die Eliminatoren bereits nach ihnen.« Über die Schulter hinweg fügte sie hinzu: »Ich bin Diamant.«

Wieder veränderte sich etwas, und das kleine Raumschiff fiel in ein Meer aus Farben.

10

Fremde eigene Leben

Ultramarin: Refugium Corrian, 13. Dezember 569 SN

»Dies ist ein wichtiger Erfolg im Krieg gegen die Temporalen«, sagte General Naifeh.

»Wir haben den Krieg verloren«, erwiderte Diamant. »Wir versuchen nur noch zu retten, was zu retten ist.«

»Wir dürfen die Hoffnung nicht aufgeben.« Naifeh wanderte langsam an der transparenten Wand entlang und tauchte seine Beinwurzeln in eine der extra für ihn geschaffenen Rinnen mit Nährflüssigkeit. Der General stammte aus dem in der Andromeda-Galaxie beheimateten Volk der Kuristi, und wenn Diamant ihn sah, dachte sie immer an einen uralten Olivenbaum, der tausend Jahre lang Wind und Wetter getrotzt hatte. In der Andromeda-Galaxie gab es mehrere intelligente Pflanzenspezies, aber nur die Kuristi hatten Mobilität gewonnen. Durch ihre Einzigartigkeit waren sie vor etwa acht Millionen an den Rand der Katastrophe geraten, als das Oberhaupt ihres Volkes sieben Sonnenfackeln zünden wollte, um dem ganzen Universum »das Licht der Intelligenz« zu zeigen. Nur das Eingreifen eines Konzilianten und der Kantaki hatte damals einen galaxisweiten Weltenbrand verhindert. *Einen Konzilianten könnten wir jetzt gut gebrauchen,* dachte Diamant. *Am besten gleich das ganze Konziliat. Aber nicht einmal die Kantaki wissen, was aus ihm geworden ist.*

Der General hob einen Armzweig und deutete in den großen Raum jenseits der transparenten Wand. »Ich glaube, die Vitalin erholt sich langsam von ihrem Schock«, tönte es aus seinem Linguator.

Die von Feyindar gerettete Xadelia ruhte in einer weichen Vorrichtung, einem Partussessel nachempfunden. Ihr Körper wirkte wie aufgedunsen, obgleich sie gerade eine Geburt hinter sich hatte, und unter der an einigen Stellen durchsichtigen Haut zeichneten sich Blutgefäße, Sehnen und atrophiertes Muskelgewebe ab. Die Kleidung der Vitalin bestand aus einem lebenden, symbiotischen Umhang, der ihr half, die Körpertemperatur zu regulieren – das war wichtig für die Bestimmung der Subspezies ihrer Nachkommen. Der Kopf passte nicht zum Rest des Körpers, wirkte zu klein und zu zart. Das verblüffend menschenähnliche Gesicht mit den großen Augen zeigte Eleganz und Anmut. Das galt auch für die drei anderen Feyn, die Xadelia umgaben und ein ganzes Stück kleiner waren als sie. Manchmal breitete einer von ihnen die silbernen Schwingen aus, stieg in der niedrigen Schwerkraft auf und flog an den Filigranen entlang, die wie Ansammlungen von Staubfäden durch den Raum reichten.

»Drei Ernter und eine Vitalin«, sagte Diamant. »Mehr ist vom Volk der Feyn nicht übrig.«

»Und die drei Ernter stammen aus einer ganz anderen Zeitlinie. Unsere Kognitoren haben überall gesucht. Es gibt keine anderen Feyn mehr. Aber Xadelia könnte eine große Hilfe für uns sein.«

Diamant nickte. »Sie meinen die Netzechos.«

»Sie stand nicht nur mit ihren vielen Kindern in geistiger Verbindung, sondern auch mit allen anderen Feyn, und sie empfängt ihre Echos. Unsere Kognitoren sind imstande, Manipulationen innerhalb der einzelnen Zeitlinien zu erkennen, aber Xadelia sieht sie alle. Mit ihrer Hilfe können wir kausale Bewertungen vornehmen und feststellen, welche Manipulationen wichtiger sind als andere. Wenn es uns gelingt, die wichtigsten rückgängig zu machen, schaffen wir es vielleicht, die blauen Linien zu stabilisieren, und anschließend bringen wir weitere unter Kontrolle. Möglicherweise versetzt uns Xadelias besonderer Kausalitätssinn sogar in die Lage, den originären Manipulationspunkt zu finden.«

»Wie kann die Vitalin Netzechos von Feyn hören, die nie existiert haben?«, fragte Diamant.

Naifeh wandte sich von der Wand ab. Weder Stamm noch Äste wiesen etwas auf, das an ein Gesicht erinnerte, aber trotzdem fühlte die Kantaki-Pilotin einen Blick auf sich ruhen. »Auf welche Weise spüren Kognitoren wie Sie, dass eine Zeitlinie manipuliert ist? Es liegt an dem, was die Feyn ›eherne Kausalität‹ nennen. Zwischen Ursache und Wirkung existiert eine unzerstörbare, unaufhebbare Verschränkung, die selbst dann bestehen bleibt, wenn der Kausalität Gewalt angetan wird. Die dominante Realität ändert sich, aber unter oder hinter ihr schlummert die alte, ursprüngliche Wirklichkeit, und Kognitoren sind in der Lage, sie zu fühlen. Auf ähnliche Weise hört Xadelia die Netzechos ihrer Kinder und der anderen Feyn. Sie *haben* einmal existiert; diese Tatsache können auch noch so viele Zeitmanipulationen der Temporalen nicht aus der Struktur des Universums tilgen.«

Diamant vernahm die vom Linguator übersetzten Worte und hörte gleichzeitig ein Rascheln und leises Zischen wie von einem Wind in den ovalen Blattschalen des Kuristi.

»Sie sind müde«, fügte General Naifeh hinzu und bewies damit, dass er sehr gut sehen konnte, auch wenn ihm menschliche Augen fehlten.

Diamant seufzte. »Ich kann es nicht leugnen. Dies war mein vierundsechzigster Einsatz, und ein erfolgreicher noch dazu. Aber um ganz ehrlich zu sein: Ich sehe keine Verbesserung unserer Situation. Ganz im Gegenteil. Ich habe den Eindruck, dass die blauen Linien instabiler geworden sind. Manchmal frage ich mich, welchen Sinn all unsere Bemühungen haben.«

Naifeh löste seine Beinwurzeln aus der Rinne und näherte sich. Einige flexible, gummiartige Verdickungen im zentralen Stamm des Kuristi schwollen ein wenig an, und die raschelnden und zischenden Geräusche wiederholten sich. »Wenn wir aufhören, verliert *alles* seinen Sinn, Diamant«, kam es aus dem Linguator. »Wir sind die einzige Hoffnung dieses Universums, und die Temporalen haben erst gewonnen, wenn sie uns, den Widerstand, endgültig geschlagen haben. Meine Knospen und ich sind seit fast fünfhundert Jahren an diesem Kampf beteiligt, und ich habe bessere Phasen erlebt, zugegeben, aber ich weigere mich zu glauben, dass wir keine Chance mehr haben.« Ein Armzweig berührte die Kantaki-Pilotin. »Ruhen Sie sich aus. Sammeln Sie neue Kraft. Sprechen Sie mit Xadelia. Vielleicht bringt Sie das auf andere Gedanken.«

»Nachher.«

»Oh. Ich verstehe. Hominx hat es angedeutet. Es ist sicher sehr schwer für Sie.«

»Für mich ebenso wie für die anderen. Sie nehmen seit einem halben Jahrtausend an diesem Krieg Teil, aber so etwas haben Sie nie über sich ergehen lassen müssen.« Es klang bitterer als beabsichtigt, und Diamant ließ ihren Worten ein mattes Lächeln folgen. »Entschuldigen Sie, General.«

»Schon gut. Ich verstehe Sie wirklich, glauben Sie mir. Obgleich es in diesen Zeitlinien nur wenige Kuristi gibt und mir so etwas erspart bleibt. Bringen Sie es hinter sich und ruhen Sie aus. Bis zur nächsten Einsatzbesprechung haben Sie Zeit genug.«

»Danke, General Naifeh.«

»Ich wünsche Ihnen gutes Licht.«

In den Korridoren und Tunneln des Refugiums Corrian herrschte wie immer rege Betriebsamkeit. Besatzungsmitglieder, Kognitoren und Korrektoren kamen Diamant entgegen. Die meisten von ihnen kannte sie, und sie erwiderte ihre Grüße, aber mechanisch, mit einer gewissen Distanz. Sie war Teil dieser Gemeinschaft, die aus Angehörigen vieler verschiedener Völker bestand, doch inzwischen hatte sie gelernt, Abstand zu wahren, um sich zu schützen. Leider fühlte sie sich dadurch manchmal schrecklich einsam, selbst in der Gesellschaft vieler anderer Personen. Dreimal hatte sie Esmeralda verloren, und jeder Verlust war schlimmer gewesen als der vorhergehende. In dieser Hinsicht gab es keine Gewöhnung; alte Wunden wurden aufgerissen und heilten danach umso schwerer. Viel öfter hatte sie erlebt, wie Personen einfach verschwanden, weil sie aus einer Zeitlinie stammten, in der weitere Manipulationen der Temporalen dazu führten, dass sie nie geboren worden waren. Oberflächliche Freundschaften stellten kein Problem da. Aber wie sollte man innige Beziehungen zu jemandem knüpfen, wenn man ständig damit rechnen musste, dass die betreffende Person in der nächsten Sekunde nie existiert hatte? Die Erinnerung an diesen besonderen Schmerz lastete so schwer auf Diamant, dass sie seit einigen Jahren auf enge Kontakte mit anderen Mitgliedern des Widerstands verzichtete.

In einem der Seitengänge kam ihr ein junges menschliches Paar entgegen, Hand in Hand, und Diamant fühlte ein kurzes Stechen in ihrem Inneren. Sie wandte sich ab und trat an ein Fenster heran, das nicht das All zeigte, sondern den Ozean der Zeit, ein langsames buntes Wogen der zahllosen unterschiedlichen Zeitlinien, ein Labyrinth, geschaffen von den Temporalen. Das Blitzen in der Ferne stammten von den Spürhunden, aber das Refugium ruhte in der Falte eines grünen Bandes. Corrians Habitat- und Ausrüstungsmodule konnten nur gefunden werden, wenn man ihre Koordinaten kannte.

Die leisen Stimmen des Paares verklangen, und das Stechen verschwand aus Diamant. Naifeh hatte vermutlich Recht. Sicher lag es an der Müdigkeit; sie würde sich anders fühlen, wenn sie Gelegenheit gefunden hatte, sich auszuruhen. Aber derzeit prägten Melancholie und Schwermut ihre Empfindungen. Sie wünschte sich nichts mehr als Normalität, eine Rückkehr zu ihrem früheren Leben. Sie sehnte sich danach, wieder im Pilotensessel von Vater Grars Schiff zu sitzen und es durch den Transraum zu steuern, von Welt zu Welt zu fliegen, die Wunder des Universums zu sehen und sich an ihnen zu erfreuen. Aber jenes Universum existierte nicht mehr, hatte nie existiert; es war unter einer neuen Kausalitätsstruktur verloren gegangen. Diamant schloss die Augen, um das bunte Wogen nicht mehr zu sehen, und betrachtete memoriale Bilder, die allerdings nicht alle aus ihren eigenen Erinnerungen stammten. Vielleicht kam die Niedergeschlagenheit – trotz des mit Xadelias Rettung errungenen Erfolgs – auch von dort, obwohl die Integration gute Fortschritte zu machen schien. Die Psychologen hatten sie und die anderen betroffenen Kognitoren gewarnt, und Diamant entsann sich an ihre Überzeugung, stark genug zu sein. *Es ist eine kleine Krise, weiter nichts,* machte sie sich selbst Mut.

Sie gab sich einen Ruck, setzte den Weg fort und erreichte kurz darauf den medizinisch-psychologischen Trakt. Hominx erwartete sie bereits und schien das Problem auf den ersten Blick zu erkennen.

»Wie lange warst du unterwegs?«, fragten beide Köpfe gleichzeitig.

Hominx, Cheftherapeut des Refugiums und Mentalmechaniker aus dem in der Großen Magellanschen Wolke ansässigen Volk der Carythai, trug wie üblich einen Levitatorgürtel, denn seine Beine waren verkrüppelt und viel zu schwach, um den fast zwei Meter langen birnenförmigen Leib mit den vielen Armen und Greifwerkzeugen tragen zu können. Oben ragten zwei etwa zwanzig Zentimeter lange schlauchartige Hälse aus dem Körper, und auf ihnen ruhten kleine, schmale und nach oben etwas breiter werdende Köpfe. Die Augen und anderen Sinnesorgane konnte Hominx nach Belieben anordnen, und jetzt zeigten beide Gesichter menschliche Züge: Das eine, die emotionale Komponente, wirkte großväterlich und war voller Anteilnahme; das andere, der rationale Aspekt, präsentierte Strenge.

»Zehn Tage subjektiver Zeit.«

»Hier sind zwei vergangen. Du siehst schrecklich aus, Diamant.«

»Danke für das Kompliment.« Hominx beanspruchte für sich das Recht, sie zu duzen. Beide Komponenten des Carythai, die emotionale ebenso wie die rationale, schlüpften ihr gegenüber oft in eine Vaterrolle. »Ist sie hier?«

»Ja. Aber vielleicht solltest du warten und erst schlafen.« Der Levitator summte etwas lauter, als Hominx näher schwebte und sie mit einem Diagnosearm berührte. »Ich spüre die Unruhe in dir.«

»Nein. Ich möchte es jetzt sofort hinter mich bringen. Anschließend ruhe ich mich aus.«

Hominx zögerte kurz. »Wie du meinst.« Er schwebte einer nahen Tür entgegen, die vor ihm beiseite glitt, und dahinter erstreckte sich ein eher wie ein Salon eingerichtetes, halbdunkles Behandlungszimmer: Sessel mit einem molekularen Strukturgedächtnis, das sie in die Lage versetzte, allen physiologischen Erfordernissen zu genügen; kleine künstliche Sonnen, in deren fokussiertem Licht echte Flora von mehreren verschiedenen Welten wuchs, in einem Fall bis zur Decke empor; Datenservi, deren leises Summen auf die Bereitschaft hindeutete, zu unterhalten oder Informationen anzubieten; in der einen Wand ein pseudoreales Fenster mit der Darstellung eines von tiefen Schluchten durchzogenen Planeten.

Und ein Liegesessel, darin eine reglose Gestalt.

Diamant trat näher, blieb neben dem Liegesessel stehen und sah auf sich selbst hinab.

»Sie stammt aus einer gelben Zeitlinie und ist nie Kantaki-Pilotin gewesen«, sagte der rationale Hominx, während der emotionale einen mitfühlenden Blick auf die Ruhende richtete.

Die ruhende Diamant schien etwa sechzig Jahre alt zu sein und sah somit älter aus als jene, die vor dem Sessel stand. Dünne Falten zeigten sich in Augen- und Mundwinkeln, und das lockige dunkle Haar hatte etwas vom Glanz der Jugend verloren.

»Weiß sie Bescheid?«

»Meine Mitarbeiter und ich haben ihr die Situation zu erklären versucht. Sie war sehr nervös. Ich habe es für besser gehalten, ihr ein starkes Sedativ zu geben. So ist es leichter, für Sie beide.«

»Es mag leichter sein, aber es ist nicht richtig. Sie sollte dabei wach sein.«

Hominx schwebte näher. »Du solltest es für dich nicht schwerer machen als unbedingt nötig. In deinem derzeitigen Zustand ...«

»Es geht hier nicht nur um mich. Es geht auch um *sie*. Bitte weck sie.«

Ein leises Schnaufen kam vom Carythai. »Wenn du darauf bestehst ...« Hominx streckte einen Arm aus und berührte die Betäubte mit einem kleinen medizinischen Servo. Es zischte leise.

»Sie wird gleich zu sich kommen«, sagte Hominx und ließ sich vom Levitatorgürtel zur Tür tragen. »Ich bleibe wie üblich in Bereitschaft. Wenn du mich brauchst ...«

Diamant nickte nur, den Blick weiter auf die Gestalt im Sessel gerichtet. Mit einem kaum hörbaren Klicken schloss sich die Tür hinter dem Cheftherapeuten.

Stille dehnte sich im Zimmer aus, kroch in alle Ecken und Winkel, wartete mit unerschöpflicher Geduld darauf, dass etwas geschah. Diamant wartete ebenfalls, und als sich die Frau im Sessel zu regen begann, wich sie einen Schritt zurück.

»Hörst du mich, Lidia?« Ihr anderes Selbst hatte nie den Namen Diamant angenommen.

Die sechzig Jahre alte Lidia DiKastro schlug die Augen auf.

»Wie ich hörte, bis du sehr aufgeregt gewesen«, sagte Diamant und sprach sehr sanft. Ein seltsames Déjà-vu-Gefühl stellte sich ein und gaukelte ihr vor, dies alles schon einmal erlebt zu haben, obwohl jede Begegnung einzigartig war. »Deshalb hat man dir ein Sedativ gegeben. Verstehst du mich?«

Lidia nickte langsam. »Du bist … ich. Und du bist jung.«

»So hat es den Anschein. In Wirklichkeit bin ich viel älter als du. Als Kantaki-Pilotin befinde ich mich oft außerhalb des Zeitstroms und genieße relative Unsterblichkeit. Weißt du, wer die Kantaki sind?«

Wieder nickte Lidia. »Es gibt sie auch in meiner Welt.«

»Hominx hat dir alles erklärt, nicht wahr?«

»Ich … erinnere mich an seine Worte. Aber …«

»Es ist alles ziemlich viel«, sagte Diamant mitfühlend.

»Ich war in Bellavista auf Tintiran.« Lidias Blick reichte in die Vergangenheit, in *ihre* Vergangenheit. »Wir wollten dort ein Xurr-Museum einrichten, Robert und ich. Aber dann kam mir etwas seltsam vor, die Luft flimmerte und … *riss auf* …«

Diamant hörte ruhig zu, obwohl sie solche Berichte schon oft gehört hatte. Sie lauschte nicht so sehr den Worten, sondern dem Tonfall, dem Klang der Stimme, hörte die Gefühle darin, die emotionalen Schatten von Erinnerungen. Diese Frau war nie Kantaki-Pilotin gewesen, doch die Eliminatoren der Temporalen hatten es trotzdem auf sie abgesehen gehabt. Warum? Vielleicht verfügte sie, ohne es zu wissen, ebenfalls über die Pilotengabe, die ihr auch die Fähigkeit einer Kognitorin gab.

»Weißt du, was wir jetzt tun müssen?«

Lidia begann zu zittern. »Hominx hat davon gesprochen. Aber … warum kann ich nicht ich selbst bleiben?«

»Weil es dann zwei von uns gäbe. Wir stammen nicht aus Paralleluniversen, sondern aus verschiedenen, manipulierten Zeitlinien des gleichen Kosmos. Mehrfache Existenzen der gleichen Person aus dem gleichen Universum sind unmöglich; so etwas verstößt gegen die Prinzipien der Kausalität. Ein Philosoph der Feyn könnte es dir genau erklären, aber den Temporalen ist es leider gelungen, die Feyn fast völlig auszulöschen, und zwar in *allen* Zeitlinien. Ganz zu Anfang hat der Widerstand auf Synthesen verzichtet, doch die betreffenden Personen sind wahnsinnig geworden. Sie *alle.* Die Feyn haben es auf die Eherne Kausalität zurückgeführt.«

»Aber ich ... mein Leben ...«

»Oder meins«, sagte Diamant, obwohl sie es besser wusste. »Es steht keineswegs fest, wer von uns beiden die höhere Realitätsdichte hat. Aber selbst wenn du weniger real bist, du verschwindest nicht einfach. Du existiert weiter, in mir. Wir existieren beide.«

»Wie kann ich *weniger* real sein?« Lidia hob ihre Hände und betrachtete sie, als befürchtete sie, die Finger könnten sich plötzlich auflösen und verschwinden.

»Du kommst aus einer Zeitlinie ohne den ersten Zeitkrieg«, sagte Diamant. »Jene Linien sind das Ergebnis besonders großer Manipulationen, und deshalb sind sie besonders weit von der einen, ursprünglichen Zeitlinie entfernt, in der die Temporalen auf den Kollaps hinarbeiten. Unserer Erfahrung nach ist die Realitätsdichte in den stark manipulierten Linien eher gering.«

»Die Chancen sind also nicht fair zwischen uns verteilt.«

»Es geht hier nicht um Fairness. Es geht um die Frage, ob wir beide in einigen Tagen den Verstand verlieren, oder ob wir, die wir immer eine Person waren, wieder zu einer Person werden.«

Lidia zitterte noch immer und sah aus großen Augen zu Diamant auf, wirkte angespannt und wie zur Flucht bereit. »Wie können wir eine Person sein, wenn ich ein ganz anderes Leben gelebt habe als du?«

»Erzähl mir davon«, sagte Diamant. »Erzähl mir von deinem Leben.«

 Und Lidia DiKastro, Tochter der Nonkonformisten Roald

DiKastro und Carmellina Diaz, erzählte von ihrem Leben als Xenoarchäologin. Rungard Avar Valdorian war sie nie begegnet, hatte nie zwischen ihm und einem Leben als Kantaki-Pilotin wählen müssen. In der Akademie der Wissenschaften und schönen Künste von Bellavista auf Tintiran hatte sie Xenoarchäologie studiert, sich auf die Xurr und LaKimesch spezialisiert. Zusammen mit ihrem Mann Robert hatte sie Dutzende von Welten mit Hinterlassenschaften der Xurr und Fraktalen der LaKimesch besucht. Ihre Kinder begleiteten sie manchmal auf den Reisen oder verbrachten einige Wochen bei ihren Großeltern auf Xandor.

»Wie heißen deine Kinder?«, fragte Diamant, und eine seltsame Hoffnung regte sich in ihr.

»Alex und Tamara.«

Nicht Leonard und Francy, dachte Diamant, und ein Hauch von Bitterkeit verdrängte die Hoffnung, als sie an die beiden Kinder dachte, die sie und Valdorian in einem Paralleluniversum hatten.

»Leben unsere Eltern in deiner Welt noch?«, fragte Diamant und dachte an die drei Gräber unter dem Schnee.

»Ja«, sagte Lidia, und ein Teil der Anspannung fiel von ihr ab. »Sie wohnen meist im Haus am See. Vater arbeitet dort am besten. Sein letzter Roman war ein großer Erfolg.«

»Türme ins Irgendwo ...«

»Ja.«

In Diamants Welt hatte Roald DiKastro von jenem Roman nur den Titel und eine Widmung für seine Tochter Lidia geschrieben.

»Wie kann all das ... nicht real gewesen sein?«, fragte Lidia hilflos.

Diamant rang sich ein Lächeln ab. »Es war real, für dich. Und es wird immer real bleiben, für uns.« Sie streckte die Hand aus. »Komm.«

Für ein oder zwei Sekunden erweckte Lidia erneut den Eindruck, fliehen zu wollen, doch dann stand sie auf und ergriff Diamants Hand. Die Berührung der beiden Hände veränderte etwas in ihrem Gesicht, und ein Schatten wich daraus. Falten schienen sich zu glätten.

Diamant zögerte nicht länger, trat vor, in ihr anderes Selbst hinein, das plötzlich Substanz verlor …

Niemand starb. In gewisser Weise wurde jemand geboren, eine neue Diamant, in der die Erinnerungen aus den verschiedenen Zeitlinien miteinander verschmolzen. Diese neue Diamant, reicher um ein weiteres Ich, das einundzwanzigste, sah die Erinnerungen des Lebens, von dem Lidia eben noch erzählt hatte, fühlte ihre Freude und ihre Trauer, spürte die Liebkosungen ihres Mannes Robert, die Umarmungen ihrer beiden Kinder und die Kälte des Eises, das Xurr-Artefakte konserviert hatte. Diese memorialen Bilder fügten sich all den anderen hinzu, wurden Teile eines größeren Bilds, das insgesamt zweiundzwanzig Leben beschrieb. Die Integration war nicht leicht, obwohl Diamant inzwischen eine gewisse Routine entwickelt hatte. Und selbst als alles in ihr seinen Platz fand: Das innere Gewicht, das sie seit einer Weile mit sich herumtrug, wurde schwerer. Vielleicht musste sie tatsächlich die Hilfe des Therapeuten Hominx in Anspruch nehmen.

Im Halbdunkel des Behandlungszimmers, in dem sich außer ihr niemand mehr aufhielt, neigte sie den Kopf zurück und schloss die Augen. »Du existierst nach wie vor, Lidia. Es *hat* dich gegeben, und es wird dich auch weiterhin geben.«

Doch auf dem Weg zu ihrem Quartier, vorbei an einem besorgten Hominx, begriff sie, dass sie mit jenen Worten versuchte, sich selbst etwas vorzumachen. Die Niedergeschlagenheit, die seit einiger Zeit ihr Empfinden immer mehr dominierte, wurzelte in dem sich zu Gewissheit verdichtenden Zweifel, dass die Erinnerungen an all jene Leben *falsch* waren, das Ergebnis von temporalen Manipulationen, zu denen sich jederzeit weitere Veränderungen hinzugesellen konnten. Sie befürchtete, dass die einundzwanzig anderen Leben in ihr nicht mehr waren als eine

Möglichkeit, vielleicht nur eine Illusion. *Und vielleicht ist es mit meinem eigenen Leben nicht anders,* dachte Diamant und berührte damit den zentralen Punkt ihres Kummers. Sie fühlte sich wie verloren in einer Welt, die keinen Halt bot, in der alles jederzeit verschwinden konnte, in der nichts gewährleistete, dass die Dinge so blieben, wie sie waren. Manchmal gelang es ihr, solche depressiven Phasen durch Zorn zu überwinden, Zorn auf die Temporalen, die all dies bewirkt hatten, aber diesmal war sie zu müde, um zornig zu werden.

In ihrem Quartier ließ Diamant das Licht ausgeschaltet. Ein bei ihrem Eintreten aktiviertes pseudoreales Fenster zeigte das All, nicht den Ozean der Zeit, und das Glühen der Sterne genügte ihr für die Orientierung in den dunklen Zimmern. Geistesabwesend betätigte sie die Kontrollen des Datenservos, und leise Klaviermusik erklang aus den Lautsprechern, von ihrer Mutter Carmellina Diaz komponiert. Sie legte sich aufs Bett, ohne die Kleidung abzustreifen, dachte an die drei Gräber beim Haus am See, an die anderen Personen, die eine Rolle in ihrem Leben gespielt hatten, an die Betreuerin Rita, den blinden Floyd, den sie in der nichtlinearen Zeit auf Floyds Welt begraben hatte, an Esmeralda und einige Männer, mit denen sie, meist nur für kurze Zeit, glücklich gewesen war. Sie dachte an Mutter Krir, deren Tod sie beobachtet hatte, an ihre fünf Kinder, insbesondere Grar, dessen Schiff sie viele Jahre lang geflogen hatte. All das existierte nicht mehr, und was am schlimmsten war: Vielleicht hatte es nie existiert. Vielleicht waren die Erinnerungen an ihr eigenes Leben ebenfalls nur Schein und Illusion.

»Hör auf damit«, sagte sie laut. »Hör auf damit, an dir zu zweifeln. Und hör auf mit dem verdammten Selbstmitleid, Diamant. Ein Krieg findet statt, und es gibt Leute, die noch viel schlimmer dran sind als du. Reiß dich zusammen!«

Die Klaviermusik erklang auch dann noch, als Diamant eingeschlafen war und von zweiundzwanzig Leben träumte, eines davon ihr eigenes.

11

Blickwinkel

Indigo: Xandor, 20. Oktober 5521

»Wenn Sie wirklich Recht hätten ...«, sagte Diamant langsam, nachdem Valdorian seinen ersten Schilderungen weitere, detaillierte hinzugefügt hatte, »wenn wirklich ein Zeitkrieg stattgefunden hat, den die so genannten Temporalen gewannen, wenn dies hier eine falsche, eine manipulierte Realität ist ...« Sie blieb stehen und sah Valdorian an. »Die Kantaki müssten davon wissen. Ihre Zeitwächter auf Munghar müssten längst etwas gemerkt haben.«

Sie waren am Ufer eines subplanetaren Sees entlanggegangen, in der Mitte einer riesigen Tropfsteinhöhle mehr als einen Kilometer unter Xandors Hauptstadt Fernandez – sie erinnerte Diamant viel zu sehr an die Unterwasserhöhle auf Tintiran, in der Valdorian und sie sich zum ersten Mal geliebt hatten, in einem anderen Leben. Sie fragte sich plötzlich, ob das tatsächlich geschehen war? Oder handelte es sich um eine *falsche* Erinnerung, um das Ergebnis temporaler Manipulation? Sie schüttelte verwirrt den Kopf.

Und dann, mit der Wucht eines emotionalen Hammerschlags, kehrte ein schreckliches Erinnerungsbild zurück: das brennende Haus an diesem anderen, größeren See, der Tod ihrer Eltern ...

Valdorians Worte streuten Salz in die offene Wunde. »Sie haben gesehen, was in und beim Haus Ihrer Eltern geschah. Es war keine Halluzination, das versichere ich Ihnen.«

Das Summen einer Sicherheitsdrohne schwoll an und wurde wieder leiser, als sie auf einem Levitatorkissen über sie hinwegflog und hoch oben über dem See kreiste, zwischen langen Stalaktiten. Einige leuchtende Kugeln waren dort oben positioniert, und ihr Licht drängte die Schatten in ferne Ecken der Kaverne. Mattes Glühen kam aus mehreren Zugangstunneln, die zu den Räumen der Sicherheitsbasis führten, und dort hielten sich weitere bewaffnete Drohnen bereit.

Vor dem inneren Auge sah Diamant noch einmal, wie die schwarze Gestalt, die aus dem Riss in der Luft getreten war, Roald DiKastro und Carmellina Diaz erschoss. Plötzlich bekam sie kaum mehr Luft zum Atmen und stützte sich an einem Stalagmiten ab.

»Fühlen Sie sich nicht gut?«, fragte Valdorian. »Soll ich den Medo-Servi Bescheid geben?«

»Es ... geht schon wieder. Meine Eltern ...«

Er runzelte die Stirn und schien sich erst jetzt wieder daran zu erinnern, dass ihre Eltern ums Leben gekommen waren.

Ein schrecklicher Verdacht regte sich in Diamant.

»Haben Sie das alles arrangiert?«, fragte sie, jähe Kälte im Herzen. »Damit Sie mir gegenüber in die Rolle des Retters schlüpfen können?«

Ein kurzes Flackern erschien in Valdorians Augen und verschwand sofort wieder. »Ich versichere Ihnen ...«

»Nein, so weit würden nicht einmal Sie gehen«, sagte Diamant leise und versuchte, den Schmerz aus sich zu verbannen oder ihn wenigstens auf ein erträgliches Maß zu reduzieren. »Hoffe ich wenigstens.« Ein anderer Gedanke drängte sich in den Vordergrund. »Aber warum soll der ... Attentäter es auf *mich* abgesehen haben.«

»Weil Sie Kantaki-Pilotin sind«, sagte Valdorian, als sie die langsame Wanderung am Ufer des Sees fortsetzten. »Weil Sie außerhalb des Zeitstroms stehen ...«

 Diamant glaubte fast, bei diesen Worten einen sonderbaren Unterton in Valdorians Stimme zu hören, so wie ein leises, fernes Knurren, aber sie achtete nicht weiter darauf. »Und?«

»Vielleicht sind Sie von den Manipulationen *im* Zeitstrom weniger betroffen.«

»Ich weiß von nichts. Und die Kantaki wissen ebenfalls nichts. Wenn ihnen etwas von temporalen Manipulationen bekannt wäre, hätte ich bestimmt davon erfahren.

»Lidia, ich schwöre Ihnen bei allem, was einst zwischen uns war und was zwischen uns hätte sein können ...«

»Ich bin nicht mehr Lidia«, sagte sie sanft. »Ich bin Diamant.«

»Es ist ein anderer Name, aber ...«

»Es ist viel mehr als nur ein anderer Name. Ich bin eine andere Person.«

Wieder bemerkte sie ein kurzes Aufflackern in seinen Augen, und er nickte wie widerstrebend. »Na schön. Diamant. Ich schwöre Ihnen ...«

»Dass Sie in Wirklichkeit aus einem anderen Universum kommen.«

»Aus einer anderen Zeit«, korrigierte Valdorian sie.

»Meinetwegen. Aus der *richtigen* Zeit, was auch immer das sein mag. Aus einer Zeit, in der Kantaki und Feyn den Krieg gegen die Temporalen gewannen. Während in *dieser* Zeit der Krieg verloren ging. Wenn das stimmt, müsste es hier irgendwo Temporale geben, nicht wahr?«

Valdorian nickte erneut, mit etwas mehr Nachdruck.

»Aber die *Kantaki wissen von überhaupt nichts!*«, betonte Diamant. Etwas anderes fiel ihr ein. »Wenn Sie tatsächlich aus einer anderen Zeit stammen, wenn Sie dort ein Werkzeug waren und fliehen konnten ... Dann haben Sie gelogen.«

»Was?«

»Sie haben behauptet, durch eine erfolgreiche Resurrektion verjüngt worden zu sein. Was ist mit dem *alten* Valdorian passiert, dem Valdorian *dieser* Zeit?«

»Er ...« Valdorian zögerte kurz. »Er ist tot. Ich habe seinen Platz eingenommen.«

»Einfach so.«

»Die Umstände waren ... günstig. Cordoban berichtete mir, dass der kranke Valdorian ein Treffen mit Ihnen vereinbart hatte.«

Diamant blieb erneut stehen. »Es muss eine große Überraschung für Cordoban gewesen sein. Ein alter Valdorian und ein junger ...«

Sie musterte den Mann an ihrer Seite, suchte in seinem Gesicht nach Hinweisen. Etwas stimmte nicht, das spürte sie deutlich.

»Wir müssen etwas unternehmen«, sagte er. »Es könnte jederzeit zu einem neuen Anschlag kommen.«

»Sind wir nicht einmal hier sicher, in einem Ihrer geheimen Stützpunkte?«, fragte Diamant mit leisem Spott.

»Ich weiß es nicht, leider. Vielleicht sollten wir ... die Kantaki benachrichtigen. Vielleicht wären wir bei ihnen sicher.«

Ein seltsames Licht erschien bei diesen Worten in Valdorians Augen. Diamant bemerkte es, wusste es aber nicht zu deuten. Sie versuchte, alle Gefühle beiseite zu schieben, so schwer das auch war, und die ganze Angelegenheit aus einem rationalen Blickwinkel zu sehen.

»Wenn Sie tatsächlich Recht haben, Dorian ...«, sagte sie langsam und zog zum ersten Mal ganz bewusst in Erwägung, dass Valdorians Behauptungen stimmten. »Dann ist etwas Ungeheuerliches geschehen.« Sie sah, wie Cordoban aus einem der Tunnel kam und sich näherte. »Den Kantaki müsste es eigentlich möglich sein festzustellen, ob es wirklich zu temporalen Manipulationen kam.«

»Oder den Feyn«, sagte Valdorian. »Sie halfen den Kantaki dabei, den ersten Zeitkrieg zu gewinnen. Von ihnen stammte der Sporn, die entscheidende Waffe im Kampf gegen die Temporalen.«

 »Die Feyn?«, wiederholte Diamant und lauschte dem

Klang dieses Wortes. Es hörte sich ... irgendwie vertraut an, obwohl sie nicht wusste, was Valdorian damit meinte.

»Ein Volk auf der anderen Seite der Galaxis. Enge Verbündete der Kantaki.«

Diamant schüttelte verwundert den Kopf. »Ich kenne keine Feyn. Aber ich ... habe das Gefühl, dass ich sie kennen sollte. Wie seltsam.«

»Das ist der Beweis! Die Temporalen haben mit ihren Manipulationen dafür gesorgt, dass es in dieser Welt keine Feyn gibt. Weil sie eine Gefahr wären. Vielleicht ...« Valdorians Tonfall veränderte sich, und Diamant hörte einen berechnenden Unterton darin. »Vielleicht sind weitere Manipulationen geplant, die dafür sorgen sollen, dass es auch keine Kantaki gibt.«

Neue Kälte dehnte sich in Diamants Brust aus, und ihr stockte der Atem. Ein Universum ohne die Kantaki ... Sie stellte sich vor, nie Pilotin geworden zu sein, nie den Transraum und das Plurial gesehen zu haben ...

»Dort oben wartet das Kantaki-Schiff auf mich, mit dem ich nach Xandor gekommen bin«, sagte sie und deutete zur Höhlendecke. »Auf dem Raumhafen von Fernandez. Wir können mit Vater Jorrn reden. Vielleicht weiß er einen Rat.«

Cordoban trat auf sie zu. »Drei der vier Gefechtsshuttles über dem See sind zerstört worden«, sagte er. »Der vierte konnte sich absetzen – wir sind noch dabei, die aufgezeichneten Daten auszuwerten. Wir haben mehrere Kampfschiffe der Tiger-Klasse zum Ort des Geschehens geschickt, aber der Angreifer ist verschwunden.« Er hob einen Infonauten. »Es sind alle notwendigen Sicherheitsvorkehrungen getroffen. Darüber hinaus habe ich eine Prioritätenliste zusammengestellt, Primus. Wichtige Entscheidungen, die zu lange aufgeschoben wurden, müssen getroffen werden. Das Konsortium ...«

Valdorian winkte ungeduldig ab. »Später, später. Erst steht ein Gespräch mit einem Kantaki auf dem Programm.« Er ergriff Diamants Arm und wollte sie mit sich ziehen.

Sie verharrte an Ort und Stelle und löste ihren Arm aus dem Griff. »Ich brauche niemanden, der mich führt.«

Cordoban deutete aufs Display. »Dies ist *wichtig*. Ich habe neue Strategien entworfen, die ...«

Valdorian achtete gar nicht auf ihn. Er sah Diamant an, und für einen Sekundenbruchteil sah sie in seinen Augen erneut etwas von dem Dorian, der nicht verstehen wollte oder konnte, warum sie sich nicht einfach seinen Wünschen fügte. »Gehen wir. Lassen Sie uns keine Zeit verlieren.«

Diamant nickte und ging los, zu dem Tunnel, aus dem Cordoban gekommen war. Die Vorstellung, bald wieder an Bord eines Kantaki-Schiffes zu sein, erleichterte sie, ersetzte die Kälte in ihrer Brust durch Wärme.

»Ich komme mit«, sagte Cordoban.

»Sie bleiben hier«, erwiderte Valdorian sofort und mit jener Stimme, die Diamant oft gehört hatte, wenn er mit Untergebenen sprach. »Kümmern Sie sich um alles.«

»Ich komme mit«, wiederholte Cordoban ruhig. »Wir gehören zusammen.«

Diese Worte fand Diamant sehr seltsam, und sie richtete einen neugierigen, nachdenklichen Blick auf Cordoban. Eine Frage, die sie bereits beantwortet geglaubt hatte, fand den Weg zu ihren Lippen. »Was ist mit dem anderen Valdorian passiert, dem kranken?«

»Hat er Ihnen das nicht gesagt?«, entgegnete Cordoban. Sein Gesicht blieb völlig ausdruckslos. »Er hat ihn umgebracht.«

Valdorian fühlte sich wie Teil eines Traums, der auf gespenstische Weise Wirklichkeit geworden war, ohne ganz wirklich zu sein. Viel zu deutlich erinnerte er sich an seine verzweifelte Suche nach Lidia, daran, wie sehr er sich an der Hoffnung festgeklammert hatte, dass sie ihm helfen konnte. Und jetzt saß er neben ihr in einem Levitatorwagen der Sicherheitsabteilung des Konsortiums, der durch einen privilegierten Verkehrskorridor von Fernandez in Richtung Raumhafen summte, um hundert Jahre jünger, ohne an Reife und Erfahrung verloren zu haben, voller Kraft und ... Furcht.

Er konnte es sich selbst gegenüber nicht leugnen. Der Zwischenfall, dem Lidias Eltern zum Opfer gefallen waren, hatte ihn zutiefst verunsichert, denn er deutete darauf hin, dass die Temporalen überall zuschlagen konnten, von Olkin ganz zu schweigen. Überall, aber wahrscheinlich nicht bei den Kantaki, vermutlich nicht außerhalb des Zeitstroms. Valdorian ertappte sich dabei, erneut Hoffnungen mit den Kantaki zu verbinden, obwohl er sie so sehr hasste.

»Sie haben gelogen«, sagte Lidia, und er hörte neue Kälte in ihrer Stimme.

Er sah sie an. Ihr lockiges schwarzes Haar, die großen Augen, blau wie Lapislazuli und grün wie Smaragd, die weichen Wangen, der Mund mit den vollen Lippen ... Ihre Schönheit forderte ihn heraus und verspottete ihn, verhöhnte ihn mit Verlockungen. Wie gern hätte er sie berührt ...

»Ich habe gesagt, dass ich den Platz des anderen Valdorian eingenommen habe, und das stimmt.« Er wandte den Blick ab und sah aus dem Fenster in die Nacht von Xandor. Sicherheit. Darum ging es jetzt in erster Linie. Sie mussten einen sicheren Ort finden; anschließend konnten sie weitersehen, Entscheidungen treffen, planen.

»Er hat ihn eiskalt umgebracht«, sagte Cordoban, der vorn an den Navigationskontrollen saß.

Valdorian warf ihm einen kurzen Blick zu, diesem anderen, fremden Cordoban, und plötzlich hasste er ihn mit der gleichen Intensität wie die Kantaki.

»Dorian?«, fragte Lidia leise. »Ist das wahr?«

»Es ist wahr«, bekräftigte Cordoban.

»Er war alt und schwach. Er wäre ohnehin bald gestorben.«

Valdorian versuchte, Lidias Spiegelbild im Fenster keine

Beachtung zu schenken. Sie starrte ihn fassungslos an, schien kaum glauben zu können, was sie gerade gehört hatte.

»Das kann doch nicht Ihr *Ernst* sein, Dorian!«

Während er scheinbar ruhig aus dem Fenster sah, kochten die Emotionen in ihm. Er hasste die Kantaki und hoffte auf ihre Bereitschaft zu helfen, hasste Cordoban, der offenbar mehr sein wollte als ein Befehlsempfänger, hasste Lidia, in deren Gegenwart er sich *schwach* fühlte, obwohl er sich wieder stark wähnte, hasste Agoron und Olkin, hasste alles außer sich selbst. Und während er hasste, wuchs das finstere Geschöpf in ihm und wusste, dass seine Zeit kommen würde, irgendwann, vielleicht schon bald.

Lichter zogen draußen vorbei, die Positionslampen anderer Levitatorwagen, Leuchtkörper in den unteren Verkehrskorridoren, Licht aus den Fenstern von Gebäuden. Schneeflocken fielen, kamen aus der Dunkelheit und verschwanden wieder in ihr. Für ein oder zwei Sekunden fühlte sich Valdorian an Guraki erinnert, und er dachte an das Xurr-Labyrinth tief unter dem Gletscher. Jene Welt und ihre Bewohner existierten nicht mehr; sie waren einem Planetenfresser zum Opfer gefallen.

In meinem Universum, dachte er. *Aber auch hier?*

Voraus erstrahlten mehr Lichter in der Nacht, und in ihrem Schein zeigten sich die Konturen von Gebäuden: der Raumhafen von Fernandez. Hinter dem Terminalkomplex bemerkte Valdorian mehrere zwiebelförmige Springer der Horgh und einen Kantaki-Koloss, eines der größten Kantaki-Schiffe, die er je gesehen hatte: Es ragte so weit auf, dass sich die oberen Bereiche in der Finsternis der Nacht verloren.

»Vater Jorrn scheint sehr alt zu sein und viele Verdienste errungen zu haben«, sagte Valdorian. Er wusste, dass Kantaki-Schiffe wuchsen; im Lauf der Zeit fügten ihre Eigner ihnen immer neue Elemente hinzu.

»Er gehört zu den ältesten lebenden Kantaki«, sagte Lidia kühl. »Ich bin stolz darauf, sein Schiff zu fliegen.«

»Er hat sicher Einfluss bei seinem Volk.« *Wenn ich ihn überzeugen kann …*

»Er zählt nicht zu den Großen Fünf, aber seine Stimme hat Gewicht.« Lidia zögerte kurz. »Bestimmt hält er nicht viel von einem Mörder.«

»Aber er dürfte dankbar sein für Informationen, die vielleicht verhindern können, dass die Kantaki ebenso ausgelöscht werden wie die Feyn. Hier geht es um größere Dinge, Lidia.«

»Ich bin nicht mehr Lidia«, betonte sie erneut.

»Sie könnten die Begegnung mit Jorrn auch dazu nutzen, gewisse andere Dinge zu besprechen, Primus«, sagte Cordoban. »Dies ist eine gute Gelegenheit, eine neue Entwicklung in die Wege zu leiten, die Zusammenarbeit mit den Kantaki zu verbessern und dadurch den Einfluss der Blassen zurückzudrängen.« Er deutete auf den Infonauten, den er mitgenommen hatte. »Das Konsortium könnte sehr davon profitieren.«

Das Konsortium ist mir gleichgültig!, hätte Valdorian fast gebrüllt. Im letzten Augenblick gelang es ihm, die Worte zurückzuhalten, und sie verblüfften ihn so sehr, dass er wie betäubt schwieg. Erstaunlicherweise entsprachen sie der Wahrheit: Das Konsortium interessierte ihn tatsächlich nicht mehr. Besser gesagt, es interessierte ihn nicht mehr so wie früher. Einst war es sein Lebensinhalt gewesen, vielleicht sogar eine Besessenheit, und jetzt sah er mehr eine Art Instrument darin, ein Werkzeug, mit dem er sich seine Wünsche erfüllen konnte. Andere Dinge rückten in den Vordergrund, an erster Stelle Sicherheit – er wollte eine Möglichkeit bekommen, sein neues Leben auch leben zu können.

Cordoban landete den von zwei Gefechtsshuttles eskortierten Levitatorwagen in der Sicherheitszone neben dem Teil des Terminals, der Personen mit hohem Status vorbehalten blieb.

»Was soll das?«, fragte Valdorian und beugte sich vor. »Warum bringen Sie uns nicht direkt zum Schiff?«

»Ich habe mir erlaubt, mich mit Vater Jorrn in Verbindung zu setzen und ihn zu bitten, uns in einer Konferenzsuite des Terminals zu empfangen.«

Lidia stieg bereits aus, und Valdorian schluckte eine scharfe Antwort hinunter. Der Cordoban dieser Welt nahm sich eindeutig zu viel heraus und mischte sich in Dinge ein, die ihn nichts angingen. Er brauchte einen Dämpfer, doch das musste bis später warten. Das Gespräch mit Jorrn war zunächst wichtiger als alles andere.

Ein ambientaler Schild hielt Schnee und Wind fern, nicht aber Kälte. Valdorian schloss seine Jacke, als er ausgestiegen war, und folgte Cordoban und Lidia, die nicht etwa auf ihn warteten, sondern einfach vorausgingen. Die beiden großen Gefechtsshuttles verharrten ebenfalls in der Sicherheitszone, ohne zu landen. Valdorian wusste gut ausgebildete und kampfbereite Soldaten an Bord, doch ein Moment des Zweifels veranlasste ihn, sich zu fragen, wem sie gehorchen würden: ihm oder Cordoban?

Der Raumhafen von Fernandez war vergleichsweise klein und seine Einrichtung betont funktional. Sie schritten durch eine Lobby, in der sich nur wenige Personen aufhielten, Magnaten oder Souveräne, wie Valdorian vermutete. Hinter der transparenten Wand auf der rechten Seite erstreckte sich der Hauptterminal, der allen Personen offen stand, ungeachtet ihres Status, und dort sah Valdorian Dutzende von Reisenden, die meisten von ihnen Menschen, unten ihnen zwei junge, hoch gewachsene Männer mit fast kalkweißen Gesichtern.

Cordoban bemerkte seinen Blick. »Zwei der Blassen, die mit den Horgh-Schiffen gekommen sind. Unter ihnen befindet sich auch ein persönlicher Gesandter Viktors, der mit Ihnen reden möchte. Ich habe für morgen einen Termin vereinbart.«

Morgen bin ich nicht mehr hier, dachte Valdorian, und wieder fiel es ihm schwer, die Worte zurückzuhalten. *Morgen stehe ich abseits des Zeitstroms, zusammen mit Lidia, in Sicherheit.* Dafür würde der Vorschlag sorgen, den er Jorrn unterbreiten wollte.

Zwei uniformierte Angehörige von Cordobans Sicherheitstruppe geleiteten sie zur Konferenzsuite und blieben im Korridor stehen, als sich die große Tür des Raums öffnete, den ambientale Servi an die Bedürfnisse der unterschiedlichsten Lebensformen anpassen konnten. Farbloses Halbdunkel erwartete sie, und Lidia ließ sich sofort von der Düsternis aufnehmen, in der sich eine große, schattenhafte Gestalt langsam bewegte.

»Vater Jorrn ...«, sagte Lidia mit einer Ehrerbietung, die Valdorian störte. »Bitte entschuldigen Sie, dass Sie auf mich warten mussten. Es kam zu einem Zwischenfall ...«

Es klickte, und ein Linguator übersetzte.

»Bei dem deine Eltern ums Leben kamen.« Ein langes, mit mehreren Gelenken ausgestattetes Glied – ob Arm oder Bein konnte Valdorian nicht feststellen – streckte sich Lidia entgegen und berührte sie sanft an der Schulter. »Ich weiß, dass der Tod für dein Volk eine andere Bedeutung hat als für uns Kantaki. Ich trauere mit dir.« Fluoreszierende Leuchterscheinungen entstanden bei jeder Bewegung des großen, an eine Gottesanbeterin erinnernden Kantaki, aber sie blieben selbst im Dunkeln matt und huschten nicht über den Körper. Vielleicht ein Zeichen des Alters, dachte Valdorian.

Der dreieckige Kopf von Vater Jorrn wandte sich den beiden anderen Menschen zu, und der große Kantaki kam einen Schritt näher. Gelenke knackten, und Valdorian hörte auch das leise Summen von Servomotoren. Er fragte sich, ob dieses Geschöpf so alt und gebrechlich war, dass es das Kantaki-Äquivalent von Prothesen verwendete.

Es klickte. »Ihr wolltet mich in einer wichtigen Angelegenheit sprechen?«, tönte es aus dem Linguator an Jorrns Hals.

»Ja«, sagte Valdorian und fühlte sich dem Kantaki gegenüber viel zu klein. Er wäre gern gewachsen, mehrere Meter, um ihn zu überragen, um nicht zu ihm aufsehen zu müssen, sondern auf ihn herabblicken zu können. »Ich …«

»Wer bist du?«, klickte der Kantaki. Er kam noch etwas näher, ragte vor Valdorian auf, fragil und gleichzeitig massiv. Der dreieckige Kopf senkte sich und verharrte so dicht vor ihm, dass er die einzelnen Komponenten der beiden multiplen Augen sehen konnte, die sich über die rechte und linke Gesichtshälfte wölbten.

Er straffte die Gestalt. »Ich bin Rungard Avar Valdorian, Primus inter Pares des Konsortiums …«

»Menschen schmücken sich gern mit Titeln«, sagte Jorrn.

Jäher Zorn kochte in Valdorian. Exakt die gleichen Worte hatte Vater Groh an ihn gerichtet, damals auf Orinja, als er die Kantaki um Hilfe gebeten hatte, um mehr Zeit für sein viel zu schnell zu Ende gehendes Leben. Er stellte sich einen Hefok in der Hand vor, sah in aller Deutlichkeit, wie er die Waffe hob und auf Jorrn richtete, wie er ihn erschoss, so wie Vater Hirl, den Kantaki von Esmeraldas Schiff.

»Ich stamme nicht aus dieser Zeit«, sagte Valdorian mit rauer Stimme.

Dieser Hinweis schien Vater Jorrns Interesse zu wecken. »Nicht aus dieser Zeit?«, klickte er. »Was bedeutet das?«

Valdorian wiederholte, was er zunächst Cordoban und dann auch Lidia erzählt hatte. Er nannte nicht alle Einzelheiten und ließ Dinge unerwähnt, die ihn belasteten, unter ihnen die Vernichtung eines Kantaki-Schiffes durch seine Flotte in der Nähe des Hades-Systems. Er nutzte sein ganzes rhetorisches Geschick – obgleich er nicht wusste, ob er einen Kantaki damit beeindrucken konnte –, um möglichst überzeugend zu klingen. Dies war seine Chance, und es galt, sie so gut wie möglich zu nutzen.

Flackerndes Leuchten tanzte über Vater Jorrns Leib, obwohl er sich nicht bewegte, und er gab einige klickende Laute von sich, die der Linguator nicht übersetzte. Lidia verstand ihre Bedeutung offenbar.

 »Ich bin mir nicht sicher …«, sagte sie zögernd.

Wieder klickte es.

»Es ist seltsam ... Er hat ein Volk namens Feyn erwähnt, das den Kantaki beim ersten Zeitkrieg half, den Sieg über die Temporalen zu erringen. Ich weiß natürlich, dass ein solches Volk nicht existiert, aber der Name klingt irgendwie ... vertraut. Er ... klingt so, als sollte ich mehr darüber wissen.«

»Wenn du Recht hast, Valdorian«, sagte Vater Jorrn, »so handelt es sich um eine sehr, sehr ernste Angelegenheit. Mir ist nichts von Zeitmanipulationen bekannt, aber ich bin Eigner, kein Zeitwächter, und ich gehöre auch nicht zu denen, die ständig wichtige Informationen erhalten.«

»Lidia ... ich meine, Diamant und ich sind einem Anschlag entkommen«, sagte Valdorian. »Er beweist, dass die Temporalen praktisch überall und jederzeit zuschlagen können. Und noch etwas.« Er verlieh den folgenden Worten besonders Gewicht. »Den Temporalen ist es gelungen, die Feyn aus diesem Universum zu entfernen, weil sie eine Gefahr für sie darstellten. Das Gleiche könnte auch mit den Kantaki geschehen.«

Das Fluoreszieren an Jorrns Leib wurde intensiver, und wieder hörte Valdorian das Summen von Servomotoren, als sich der Kantaki zu seiner vollen Größe aufrichtete. Er wirkte erregt.

»Ich schlage vor, dass wir nach Munghar fliegen«, fügte Valdorian hinzu. »Diamant und ich, und Sie natürlich, Vater Jorrn. Mit Ihrem Schiff. Jetzt sofort. Vielleicht können Ihre Zeitwächter mehr herausfinden.«

Der Kantaki klickte. »Wenn die Gefahr, die du beschreibst, tatsächlich existiert, Mensch namens Valdorian ...« Er stakste zur Tür. »Wir brechen sofort auf.«

»Valdorian wird Sie nicht begleiten«, sagte Cordoban.

Valdorian richtete einen verblüfften Blick auf den Strategen des Konsortiums. »Wie bitte?«

»Sie werden hier gebraucht.« Cordoban berührte etwas am Instrumentengürtel seines Overalls, und die Tür öffnete sich. Die beiden Soldaten, die draußen gewartet hatten, kamen herein.

Vater Jorrn blieb dicht vor dem Ausgang stehen, ebenso Lidia.

»Was fällt Ihnen ein?« Valdorian zischte jedes einzelne Wort.

»Sie haben eine Pflicht dem Konsortium gegenüber zu erfüllen«, sagte Cordoban ruhig. Ein kleiner Hefok war in seiner rechten Hand erschienen und zeigte auf Valdorian. »Erinnern Sie sich an unser Gespräch darüber? Sie müssen dort weitermachen, wo der andere Valdorian aufgehört hat.« Etwas leiser fügte er hinzu: »Wenn Sie nicht freiwillig dazu bereit sind, werde ich Sie *zwingen*. Gehen wir.«

Die beiden Soldaten griffen nach Valdorians Armen und zogen ihn durch die Tür. Der Kantaki rührte sich nicht, ebenso wenig seine Pilotin.

»Lidia ...!«, platzte es aus Valdorian heraus. »Lidia, bitte helfen Sie mir!«

»Ich heiße nicht Lidia, sondern Diamant«, sagte sie kühl und ging los. Vater Jorrn setzte sich ebenfalls in Bewegung, und beide gingen fort. Ihr Ziel: der schwarze asymmetrische Koloss, der jenseits der Fenster in den Nachthimmel von Fernandez ragte.

»Lidia! Ich habe Ihnen das Leben gerettet! Ohne mich hätten Sie den Angriff im Haus Ihrer Eltern nicht überlebt!« Valdorian überlegte fieberhaft, während die Soldaten an seinen Armen zerrten. »Sie brauchen meine Informationen!«

Lidia warf einen Blick über die Schulter. »Wir wissen genug, um der Sache auf den Grund zu gehen.«

Valdorian glaubte das Wort zu hören, das sie nicht aussprach: *Mörder*.

»Es wartet viel Arbeit auf uns«, sagte Cordoban zufrieden, als sie zum Levitatorwagen zurückkehrten.

12

Sakriumperspektiven

Blau: Munghar, 3. März 571 SN

Eine vertraut wirkende rotbraune Felslandschaft erstreckte sich unter der roten Sonne, die wie ein glühender Rubin am Himmel hing: Munghar im Urirr-System, Heimatwelt der Kantaki. Diamant war schon einmal hier gewesen, vor mehr als zweihundertsechzig Jahren, zusammen mit Mutter Krir, um durch die Linse ins Plurial zu blicken und zu sehen, *was sein könnte.* Damals hatte ihr Interesse zwei Kindern gegolten, die in einem Paralleluniversum aus ihrer Ehe mit Valdorian hervorgegangen waren, Leonard und Francy. Diesmal kam sie nicht aus persönlichen Gründen.

Die viel ältere Esmeralda zeigte sich von dem Ödland ebenso wenig erstaunt wie Diamant; vermutlich war sie in ihrem langen Leben schon des öfteren hier gewesen. Doch wer zum ersten Mal nach Munghar kaum, für den stellte der Anblick dieser Welt sicher eine Überraschung dar, wenn er ein altehrwürdiges kulturelles Zentrum mit vielen Tempeln, Pagoden und Meditationsorten erwartete. Stattdessen präsentierte sich dem Besucher eine wüstenartige Welt, auf der es außer in Felsspalten wachsendem Gestrüpp kaum Leben zu geben schien. Die insektoiden Kantaki hatten sich in unterirdischen Nestern entwickelt; Dunkelheit bedeutete für sie Schutz und Behaglichkeit.

Hier und dort standen Kantaki-Schiffe auf der weiten, felsigen Ebene, ohne Transportblasen. Und in der Nähe eines jeden schwarzen Kolosses gab es eine große Öffnung im Boden, die Zugang zu den subplanetaren Grottennestern gestattete.

Kalter Wind wehte, und Diamant fröstelte, als das Energiefeld sie aus dem Schiff herausgetragen und zusammen mit Esmeralda und Vater Grar auf dem Boden abgesetzt hatte. Sie sah zur roten Sonne auf.

»Ein Komet könnte den Ausschlag geben ...«

Grar klickte. »Wie meinst du das?«

»Das hat mir Ihre Mutter damals gesagt, als sie mich hierher brachte«, erklärte Diamant. »Sie meinte, dass Urirrs Masse genau im Grenzbereich liegt: Entweder kühlt die Sonne immer weiter ab, bis alle thermonuklearen Reaktionen in ihr aufhören; oder es kommt zu einem Kollaps, der sie zur Nova werden lässt. ›Ein Komet könnte den Ausschlag geben‹, sagte Mutter Krir.«

»Urirr ist alt«, klickte Grar, und eine seiner Gliedmaßen berührte Diamant sanft an der Schulter. »Meine Mutter hatte Recht. Unsere Wissenschaftler wissen noch immer nicht, was einmal mit Urirr geschehen wird.« Eine kurze Pause. »Du warst wie eine Tochter für meine ehrenwerte Mutter.«

Diamant nickte. »Sie nannte mich ›Kind‹. Sie ließ mich bei Ihnen und Ihren vier Geschwistern schlafen, als Sie noch in Ihren Eiern ruhten und von den Großen Kosmischen Zeitaltern träumten.«

»Ich erinnere mich«, klickte Grar, und es klang sehr ernst. »Ich erinnere mich an alles. Und darum geht es auch jetzt, nicht wahr? Um die fünf kosmischen Zeitalter und ihr drohendes vorzeitiges Ende.«

»Wenn wir keine Hilfe bekommen, wenn sich die Dinge weiterentwickeln wie bisher ...« Diamant sah erneut zum Rubin am Himmel. »Dann erhält Urirr vielleicht gar keine Gelegenheit, sich für das eine oder andere Ende zu entscheiden.«

Es summte in der großen Öffnung neben Vater Grars Schiff, und ein aus mehreren dunklen Modulen bestehender Transporter erschien und schwebte ihnen entgegen. Die Kontrollen bediente ein auffallend kleiner Kantaki, kaum größer als Diamant, doch Flecken an seinem Ektoskelett, Anordnung und Farbe der am Zentralkörper baumelnden Stofffetzen und Metallstreifen sowie die matten Fluoreszenzen bei den Bewegungen deuteten auf ein hohes Alter hin.

»Ein Gesandter der Neutren«, flüsterte Esmeralda, und Diamant wusste sofort, was sie meinte: fünfundzwanzig Kantaki, die sich um die Angelegenheiten der Großen Fünf kümmerten, Munghar nie verließen und nur sehr selten an die Oberfläche kamen, meistens dann, wenn eine oder einer der Fünf zurückkehrte.

Grar klickte.

»Uns wird große Ehre zuteil«, sagte er und knickte die Gliedmaßen vor dem viel kleineren Kantaki im Transporter. Diamant und Esmeralda deuteten eine Verbeugung an.

Das Klicken des Gesandten klang anders, langsamer und gleichzeitig schärfer, und die Linguatoren der beiden Pilotinnen konnten nichts damit anfangen.

»Die Ehre ist noch größer, als ich dachte«, sagte Grar und knickte erneut die Gliedmaßen, eine Geste, die Respekt und Demut zum Ausdruck brachte. »Man begrüßt uns mit dem Alten Dialekt, den die Neutren sonst allein den Großen Fünf gegenüber verwenden – ein Hinweis darauf, für wie wichtig man unseren Besuch hält. Dies ist Es-Mrl. Es wird uns zu den Fünf bringen, die bereits auf uns warten.«

Es, dachte Diamant und verstand. Die Neutren hatten nie ein Geschlecht entwickelt.

Grar trat auf den Transporter, gefolgt von den beiden Pilotinnen. Es-Mrl betätigte die Kontrollen, und die einzelnen Segmente des Gefährts verschoben sich ineinander, als es in die Öffnung im Boden zurücksank, aus der es gekommen war.

Düsternis verschluckte den Transporter, die Dunkelheit der Kantaki.

Sie flogen durch einen der Hauptschächte, die tiefer hineinführten in den Planeten, und mattes Glühen brachte ein wenig Licht in die Dunkelheit. Es ähnelte ein wenig dem Fluoreszieren, das die Bewegungen der Kantaki begleitete, und stammte von flechtenartigen Gewächsen, die das Felsgestein der Schacht- und Tunnelwände mit einem dicken Teppich überzogen. Diamants letzter Besuch auf beziehungsweise in Munghar lag mehr als zweieinhalb Jahrhunderte zurück, aber sie bemerkte keine Veränderungen. Sie wusste, dass die subplanetaren Nester von einst seit vielen Großzyklen Museen und Gedenkstätten waren; nur noch wenige Kantaki lebten auf Dauer in Munghar, vor allem die Kustoden, die dafür sorgten, dass alles erhalten blieb, und die Zeitwächter, die in der Höhle mit dem Kanal nach temporalen Manipulationen Ausschau hielten. Hinzu kamen die Neutren und der Horcher, der den Gedanken des Geistes lauschte, der Materie geworden war und die Großen Kosmischen Zeitalter durchlebte, um zu lernen und zu erfahren. Tief im längst erkalteten Inneren des Planeten gab es einen vollautomatischen Industriekern, der all die Dinge produzierte, die die Kantaki brauchten, auch Komponenten für ihre riesigen Raumschiffe, aber er hatte längst seine einstige Bedeutung verloren und wurde auch nicht mehr weiterentwickelt, soweit Diamant wusste. Die wichtigsten Produktions-, Entwicklungs- und Innovationszentren der Kantaki befanden sich längst auf anderen Planeten und Raumstationen, nicht nur in der Milchstraße, sondern auch in den beiden Magellanschen Wolken, in Andromeda und einigen anderen nahen Galaxien – dort wurden neue K-Maschinen konzipiert und konstruiert. Munghar war eigentlich ein planetares Denkmal.

Der Flug ging durch mehr oder weniger horizontale Tunnel weiter, immer begleitet vom Glühen der Flechten. Sie kamen durch Höhlen und Grotten, deren Wände fünfeckige Nischen aufwiesen, wie Waben oder Alkoven für Eier. Stege aus Stein spannten sich zwischen ihnen, wie Pfade, auf denen einst große Kantaki und ihre geschlüpften Kinder unterwegs gewesen waren. Hier und dort, wo weniger Flechten wuchsen, zeigten sich teilweise monumental große Piktogramme mit Szenen aus dem Kantaki-Leben während der dritten Ära, Mythen, die eine Verbindung schufen zwischen Anfang und Ende nicht nur der Kantaki selbst, sondern des ganzen Universums.

Schließlich erreichten sie die Grotte, in der die Großen Fünf der Kantaki warteten. Fünf große Säulen aus Obsidian ragten in ihr auf, bedeckt von in Fünfer-Gruppen angeordneten Kantaki-Symbolen, die im Glühen der Flechten ein gespenstisches Eigenleben entwickelten, hin und her zu kriechen schienen. Jede dieser mehr als dreißig Meter hohen Säulen trug eine Plattform, und auf jeder Plattform ruhte ein Kantaki: drei Mütter und zwei Väter, alle mindestens zwanzig Großzyklen oder zweitausend Standardjahre alt. Brücken aus Felsgestein verbanden die Plattformen mit einer offenen Galerie, die sich an den Wänden der Höhle entlangzog und Zugang zu Tunneln und anderen Grotten in der Nähe erlaubte. In dem Kreis, den die fünf Säulen bildeten, ragte eine sechste auf, ebenfalls aus Obsidian, aber ohne Symbole, etwas dünner als die anderen und nicht ganz so hoch. Auch dort gab es eine Plattform, aber sie war leer, und Diamant wusste, auf wen sie wartete: *Auf mich, auf uns.*

Der Transporter hielt an, und sie stiegen aus. Grar beugte noch einmal die Gliedmaßen vor dem Gesandten, und die beiden Pilotinnen verneigten sich, folgten Grar dann über den Steg, der zur leeren Plattform auf der sechsten Säule führte. Diamant bemerkte, dass die Großen Fünf in Nährpilzen ruhten, die die untere Hälfte ihrer Körper ganz umschlossen, Zeichen dafür, dass sie sich schon seit geraumer Zeit in dieser Grotte aufhielten, vielleicht seit Monaten.

Grar und die beiden Pilotinnen traten auf die Plattform, und dort warteten sie.

Zeit verging.

Zeit außerhalb des Zeitstroms, denn diese Grotte, wie der größte Teil der Neststädte und anderen subplanetaren Einrichtungen von Munghar, gehörte zur Hyperdimension der Kantaki. Diamant hatte sich so sehr an die perspektivischen Verzerrungen gewöhnt, dass sie sie kaum mehr bewusst bemerkte, aber als sie sich jetzt darauf konzentrierte, gewann sie sie den Eindruck, dass sich die Grotte korkenzieherartig verzog; die Säulen wurden krumm, und eine Wand wich in weite Ferne, während eine andere so nahe rückte, dass Diamant nur die Hand ausstrecken musste, um die Leuchtflechten dort zu berühren ...

Kantaki-Kiefer klickten, und verzerrte Konturen ordneten sich wieder zu Formen an, die das menschliche Auge für normal hielt.

»Wir grüßen euch, Diamant und Esmeralda«, ertönte es aus einem Linguator. »Und wir grüßen auch ihn, Vater Grar.«

»Die Fünf erweisen uns eine große Ehre«, sagte Grar und streckte seine Gliedmaßen in Richtung der Kantaki auf den anderen Säulen.

Wieder klickte es, und Diamant konnte nicht feststellen, von welcher Säule die Laute kamen. »Vater Grar hat uns einen sehr beunruhigenden Bericht übermittelt«, sagte einer der Großen Fünf. »Wir bitten dich, ihn zu erläutern, Diamant.«

Diamant trat vor, an Grars Seite. Sie hatte sich die Worte schon während des Flugs nach Munghar zurechtgelegt und zögerte nicht, begann ihre Schilderungen mit den Ereignissen im Nexus zwischen den Galaxien. Sie beschrieb den Flug durch den Ozean der Zeit, die Geschehnisse im Refugium Amyldema, ihre Rückkehr in die blaue Zeit und zum Nexus, wo es ihr gelungen war, einen Teil dieser Realitätslinie zu verändern und Esmeralda zu retten.

»Ich habe gesehen, was in der ... realen Realität passiert«, sagte Diamant. »In der braunen, objektiven Zeit. Ich habe die Milchstraße gesehen, zur Hälfte vom Omnivor verschlungen. In der *Wirklichkeit* ist er längst hier, der Abissale, und er schickt sich an, den großen kosmischen Kreis zu schließen, *bevor* der Geist, der einst Materie wurde, alle Antworten gefunden hat.«

Diamant holte tief Luft, und in dieser kurzen Pause vernahm sie ein dumpfes Summen in der Grotte, das sie zuvor nicht gehört hatte. Fluoreszenzmuster huschten über Körper und Gliedmaßen der Großen Fünf, obwohl sie sich nicht bewegten.

»Ein zweiter Zeitkrieg hat stattgefunden, und die Temporalen haben ihn gewonnen«, sagte Diamant. »Die Welt, die wir als real wahrnehmen, ist manipuliert, wie so viele andere ...«

»Wie ist das möglich?«, klickte einer der alten Kantaki. »Unsere Zeitwächter haben nichts bemerkt.«

»Vielleicht haben die Temporalen Mittel und Wege gefunden, die Zeitwächter zu täuschen«, sagte Diamant. »Ich weiß es nicht. Aber ich *weiß*, dass die Temporalen den Sieg errungen haben und sich anschicken, das Fünfte Kosmische Zeitalter einzuleiten, die Ära der Vergeistigung, und damit endet das Universum *mitsamt dieser Realitätslinie.*«

Es kam zu einem Klicken, das die Linguatoren nicht übersetzten – die Großen Fünf schienen sich in einer eigenen Sprache zu verständigen.

»Die Zeitwächter haben nichts bemerkt«, wiederholte einer von ihnen, und diesmal glaubte Diamant, den Sprecher identifizieren zu können: die alte Mutter auf der Säule direkt vor ihr. »Aber es gibt ... seltsame Vorkommnisse, die uns veranlasst haben, hier in uns zu gehen und nach Hinweisen zu suchen.«

»Die Nährpilze«, flüsterte Esmeralda Diamant zu. »Das Problem muss ziemlich groß sein, wenn es die Aufmerksamkeit der Großen Fünf so lange erfordert.«

»Die Linse hat sich verdunkelt«, klickte ein anderer der Großen Fünf. »Wir können nicht mehr ins Plurial sehen.«

»Es gibt unerklärliche Lücken in den Archiven.«

»Einige unserer Schiffe sind spurlos verschwunden.«

»Der Horcher fürchtet sich.«

Stille folgte diesen letzten Worten. Nur das Summen in der Grotte schien anzuschwellen und gewann einen Rhythmus, wie ein Pulsschlag.

»Der Horcher *fürchtet* sich?«, wiederholte Vater Grar ungläubig.

»Etwas geschieht«, sagte die alte Kantaki auf der Säule vor Diamant. »Etwas, das wir noch nicht verstehen. Und jetzt kommst du und bringst uns solche ... Neuigkeiten, Diamant.«

»Ich bin sicher, dass es einen Zusammenhang mit den Temporalen und dem Abissalen gibt«, sagte Diamant, und eine ferne, leise Stimme in ihr raunte: *Dein Valdorian hat dies alles angerichtet.* »Wenn wir Kontakt mit dem so genannten Kastell aufnehmen könnten, dem Zentrum des Widerstands gegen die Temporalen ...« Plötzlich fiel ihr etwas ein. »Die Feyn. Vielleicht können sie helfen. Mit ihrem Sporn war es damals möglich, die Temporalen beim ersten Zeitkrieg zu besiegen.«

»Die Feyn?«, wiederholte einer der Fünf.

Unbehagen beschlich Diamant. »Die Feyn von Feyindar auf der anderen Seite der Galaxis.« Sie sah die Pilotin an ihrer Seite an. »Du bist einmal dort gewesen, vor Jahrhunderten.«

Verwirrung zeigte sich in Esmeraldas Gesicht, die gleiche Verwunderung wie im Nexus, als Diamant Valdorian erwähnt hatte. »Ich bin nie bei einem Volk namens Feyn gewesen«, sagte sie langsam.

»Es gibt keine Feyn«, klickte Grar. »Und die Temporalen wurden vor fast tausend Jahren nicht von einem ›Sporn‹ besiegt, sondern vom Schlund, den der Horcher erdachte.«

Sein dreieckiger Kopf mit den beiden multiplen Augen neigte sich kurz Diamant entgegen, und dann sah der junge Kantaki wieder zu den Großen Fünf. »Vielleicht sollten wir mit dem Horcher sprechen.«

Grüner Glanz erfüllte die Höhle, heller als das Glühen der Flechten an den Wänden, und er stammte von einem See, der nicht aus Wasser bestand, sondern ... aus einem Teil des Transraums. Diesen Eindruck gewann Diamant, als sie die Grotte tief im Inneren von Munghar betraten, nicht weit entfernt vom industriellen Kern mit den automatischen Produktionsanlagen. Ihre Gabe spürte die Nähe der Fäden, die alles im Universum miteinander verbanden, und sie fühlte auch noch etwas anderes, die Präsenz eines starken kollektiven Selbst. Sie verglich es mit einer großen alten Eiche in einem Wald aus jungen Birken: Dieser Baum, dieses alte, weise Bewusstsein, überragte alles in seiner Nähe, war bis in den Transraum hineingewachsen und berührte dort den Geist, der einst Materie geworden war.

Selbst die Großen Fünf beugten respektvoll ihre Gliedmaßen, als sie die Grotte betraten und auf einer Plattform über dem grünen See verharrten, in dem Leuchterscheinungen wie Schlangen aus Energie hin und her krochen, den Fluoreszenzen der Kantaki nicht unähnlich. Grar folgte ihrem Beispiel, und auch Diamant und Esmeralda verbeugten sich.

Mitten im See, unter einem Gerüst – es sah aus wie ein Zelt ohne Planen – ruhte ein monströses Wesen im grünen Wabern, ein Kantaki mit mehr als doppelt so vielen Gliedmaßen wie die anderen, viele davon verkrüppelt. Diamant betrachtete ein Ektoskelett, das den Eindruck erweckte, geborsten und dann wieder zusammengewachsen zu sein. Sie wusste, dass der Horcher so etwas wie ein Hohepriester der Kantaki war, beziehungsweise der Hüter ihrer Philosophie und die bestimmende Autorität in Hinsicht auf den Sakralen Kodex, doch sie sah ihn jetzt zum ersten Mal. Mehrere lange, mehrgelenkige Beine ragten tief in den See, wie die Wurzeln der metaphorischen Eiche, und berührten dort Fäden, die ... Etwas prickelte in Diamants Gabe, und sie glaubte, fremde Gedanken zu spüren, die so langsam dahinglitten wie Wolken über einen sommerlichen Himmel.

Die Großen Fünf klickten, schneller als sonst, und wieder konnten die Linguatoren der beiden Pilotinnen nichts mit den Lauten anfangen. Nach etwa einer Minute hörte das Klicken auf, und Stille kehrte in die grüne Grotte zurück. Diamant glaubte zu beobachten, dass mehr Leuchterscheinungen als zuvor durch den See huschten und schneller aufeinander folgten.

Im deformen Körper des Kantaki bewegte sich etwas, und ein ledriger Hals streckte sich, brachte einen dreieckigen Kopf mit trüben multiplen Augen nach oben. Kiefer klickten, und diesmal reagierten die Linguatoren.

»Ich habe gehört und verstehe«, ertönte es. »Tritt vor, Pilotin namens Diamant. Ich weiß, dass Dinge geschehen, dass sich Rätselhaftes häuft, aber du willst etwas gesehen haben, das mir verborgen geblieben ist.«

Zwei der Großen Fünf rückten beiseite, und Diamant trat durch die Lücke zwischen ihnen zum vorderen Rand der Plattform. Sie hielt den Kopf gesenkt, sah aber, wie eine lange Gliedmaße aus dem Körper des Horchers kam, sich ihr entgegenstreckte und sie ganz sanft am Kopf berührte.

»Lass mich in deine Seele blicken«, klickte es. »Öffne dich mir so, wie du deinen Geist einem unserer Schiffe öffnest, wenn du es in den Transraum bringst.«

Diamant kam auch diesmal der Aufforderung nach und gewann für einige Sekunden den Eindruck, sich geistig auszudehnen; alle Gedanken, alle Gefühle und alle Erinnerungen ihres langen Lebens schienen nacheinander aufgereiht. Etwas strich über sie hinweg, verharrte, um genauer hinzusehen, griff mit unsichtbaren Händen nach Fragmenten, betrachtete und prüfte. Und dann fügten sich die Splitter wieder zusammen, und Diamant beobachtete, wie der Horcher zu zittern begann. Fluoreszenzen zuckten wie kleine Blitze über die fünf Körper, Zeichen von Erregung.

»Du hast gesehen, was du gesehen hast«, klickte der Horcher. »Jedenfalls bist du davon überzeugt. Und wenn du Recht hast, wenn wirklich geschah und geschieht, wovon deine Erinnerungen berichten, so droht eine schreckliche Gefahr. Lass uns im Sakrium nach der Wahrheit suchen, Diamant.«

Von einem Augenblick zum anderen stand Diamant auf einem Podium im Nichts, umgeben von einem Funkeln und Gleißen, das nicht blendete und von zahllosen kleineren und größeren Kugeln ausging. Sie schwebten hin und her, wie von einem Wind getrieben, der sich nur auf sie auswirkte.

»Es ist wunderschön, nicht wahr?«

Diamant sah zur Seite und stellte fest, dass sie nicht allein war an diesem Ort ohne Raum und Zeit, in jenem Teil des Transraums, den die Kantaki für ihre Meditationen nutzten und der Ausblick gewährte ins Plurial. Esmeralda stand neben ihr und hob die Hände, streckte sie den Kugeln entgegen.

»Jede einzelne Kugel ist ein Universum«, sagte Esmeralda voller Ehrfurcht. »Und wie viele sind es? Millionen? Milliarden? Und jedes Universum ist voller Galaxien, voller Leben ...«

»Nein, nicht alle«, erklang eine andere Stimme, und die beiden Pilotinnen drehten sich um.

Ein Kantaki stand auf der anderen Seite des Podiums, weder Vater noch Mutter: ein Neutrum, die physische Darstellung der Essenz des Horchers. Das Klicken seiner Kiefer verwandelte sich ohne die Hilfe eines Linguators in verständliche Worte. »Manche Universen sind dunkel und leer, weil die Anfangsbedingungen in ihnen keine Verklumpung von Materie ermöglichten. Dadurch konnten keine Sonnen und Planeten entstehen.«

»Ganze Universen ohne Leben?«, fragte Esmeralda. »Welche eine Vergeudung.«

»Aus der Sicht des materiellen Lebens, vielleicht«, erwiderte der Horcher. »Doch selbst in ihnen gibt es Antworten auf die Fragen, die den Geist bewogen, Materie zu werden, um alles zu lernen, was es zu lernen gibt.« Der Kantaki hob den Kopf, und das Fluoreszieren, das bei dieser Bewegung über Körper und Gliedmaßen glitt, war wie eine visuelle Symphonie, Ausdruck vielleicht der Gemütsruhe und des inneren Friedens des Horchers.

»Stehen Sie wirklich mit ihm in Verbindung?«, fragte Esmeralda. Das Leuchten der vielen Kugeln schien ihr glattes blondes Haar in Silber zu verwandeln. »Hat Er dies alles erschaffen, der Geist der Kantaki-Mythologie?«

Die Sakrium-Manifestation des Horchers hob die vorderen Gliedmaßen und bewegte sie in komplexen Mustern, als wolle er sich durch Gesten mitteilen. Das Gleißen der Kugeln verblasste, und zwischen ihnen zeigten sich dünne Linien, an denen glühende Punkte entlangkrochen. Diamant wusste, dass das Sakrium vor allem eine Meditationssphäre war, der man eine beliebige Struktur geben konnte – Floyd hatte es ihr damals gezeigt –, aber jetzt fühlte sie, wie etwas in diesem Teil des Transraums in Bewegung geriet. Der Horcher nutzte seinen speziellen Kontakt, um ihr und Esmeralda etwas zu zeigen, das sonst verborgen blieb.

»Das Wesen des Geistes, der Materie wurde, verbindet alle Universen des Plurials, so wie die Fäden des Transraums alle Dinge in unseren Universum miteinander verbinden«, sagte der Horcher. »Was ihr hier seht, sind seine Gedanken, die Fragen, die von Universum zu Universum ziehen und Antworten sammeln.«

Weitere Gesten veränderten das Sakrium. Ein Faden, der zwei Universen miteinander verband, kam näher, und mit ihm der glühende Punkt, der wie ein Leuchtkäfer ganz besonderer Art daran entlangkroch. Er schwoll immer mehr an, zu einer Blase mit zahllosen glühenden Punkten, und jeder von ihnen erwies sich seinerseits als eine Blase, die glühende Punkte enthielt …

»Ein Gedanke, der aus Billionen von weiteren Gedanken besteht, und jeder von diesen setzt sich aus ebenso vielen Folgegedanken zusammen, und so geht es weiter, auf der einen Seite bis in die kleinsten Bereiche des mentalen

Mikrokosmos, und auf der anderen bis in die größten des geistigen Makrokosmos«, erklärte der Horcher ruhig. »Ohne Anfang und Ende, das ist allein ein Gedanke des Geistes, und das ist der Geist selbst. Aus ihm kommt alles, und alles wird zu ihm zurückkehren, am Ende des Fünften Kosmischen Zeitalters.«

»Die Temporalen sind dabei, das Ende schon jetzt einzuleiten«, sagte Diamant. »Wenn wir nichts unternehmen, wird der Geist keine Gelegenheit erhalten, alle Antworten zu finden.«

»Dann wäre das Werk der Schöpfung unvollständig, für immer, denn der Geist hat in diesem Vierten Kosmischen Zeitalter, der Ära des Verstehens, noch nicht alles gelernt und erfahren, das es zu lernen und erfahren gibt.« Diesmal erklang deutlicher Kummer in der klickenden Stimme des Horchers, die nicht übersetzt werden musste. »Dann hätten Jahrmilliarden der Entwicklung keinen Sinn.«

Der Kantaki bewegte sich, umgeben von einer Wolke aus fluoreszierenden Streifen, und das Plurial kehrte zurück. Eine Kugel schwebte ihnen entgegen, wie eine Seifenblase, mit Außenflächen, die in allen Farben schimmerten. Sie öffnete sich für Diamant, Esmeralda und den Horcher, offenbarte aber kein schwarzes All und darin die Flecken von Galaxienhaufen, sondern eine ... Struktur aus zahllosen Segmenten, die an ein Baugerüst erinnerte – *das Baugerüst für ein Universum,* dachte Diamant – und aus bunten Einzelteilen bestand, aus geometrischen Figuren, die trotz ihrer vielen unterschiedlichen Formen genau zueinander passten.

Das Gerüst nahm sie auf, glitt an ihnen vorbei und offenbarte dabei eine Komplexität, die Diamants Verstand überforderte. Es war wie mit den Gedanken des Geistes, der Materie geworden war: Jedes »Bauteil« des Universums enthielt seinerseits eine unüberschaubare Vielzahl von Elementen, und in jedem von ihnen steckten weitere Komponenten.

»Es sieht alles normal aus«, befand die klickende Stimme des Horchers. »Nichts deutet auf Manipulationen hin. Es gibt nur einige schwarze Stellen dort, wo der Abissale vor Jahrmilliarden Realität fraß, bevor ihn das Konziliat zur Splitterung zwang.«

Diamant schwebte in der bunten Struktur des Universums, im Baugerüst des Kosmos. Sie gab den Versuch auf zu *verstehen*, was sie sah, öffnete stattdessen alle ihre Sinne und auch die Gabe, um Eindrücke zu empfangen.

»Esmeralda?«, fragte sie leise.

»Ich bin hier, neben dir.«

Etwas bewegte sich neben Diamant, kaum mehr als ein Schatten vor dem farbigen Leuchten der Strukturteile. Eine andere Hand berührte die ihre und schloss sich darum.

Diamant schob alle bewussten Gedanken beiseite, schuf im Zentrum ihres Bewusstseins ein leeres Becken, das sich mit ersten Eindrücken füllte. Sie *wusste*, dass es Manipulationen gab und gegeben hatte, so gut getarnt, dass die Zeitwächter auf Munghar nicht argwöhnisch geworden waren, und wirksam genug, um selbst die Kantaki zu beeinflussen.

Fort mit den Gedanken. Weg auch mit eigenen Empfindungen. Diamants Bewusstsein wurde zu einem Sammelbecken fremder Impressionen, und sie maß vor allem ihren *emotionalen* Gehalt, trennte Passendes von Unpassendem, untersuchte Ursachen und Wirkungen, ohne dabei bewusst zu denken. Sie erinnerte sich an die Feyn, die in diesem veränderten, manipulierten Universum nie existiert hatten, an die wichtige Rolle der Kausalität in ihrer Philosophie, und *danach* begann sie Ausschau zu halten nach den Verbindungen zwischen Ursache und Wirkung, verblieb dabei im emotionalen Spektrum ihrer Wahrnehmung.

Etwas veränderte sich im strukturellen Muster des Universums; an einigen Stellen verloren Details an Schärfe und erschienen plötzlich verschwommen, als ob ...

Als ob ein vager Schleier den Blick auf Einzelheiten verwehrte. Diamant streckte die Hand ihrer Intuition danach aus, zupfte sanft, und als nichts geschah, zerrte sie mit größerem Nachdruck …

Der Schleier zerriss, und dahinter zeigte sich eine gebrochene Stelle dort, wo zuvor eine Verbindung existiert hatte.

Ein Ton schrillte durch das kosmische Gerüst, ein Pfeifen wie von einer Saite, die enormer Spannung nachgab und riss. Lauter und lauter wurde es und zwang Diamant, die Hände zu heben und an die Ohren zu pressen. Das Pfeifen schwoll zu einem Heulen an, das in jeder einzelnen Körperzelle vibrierte und einen Schmerz verursachte, der die beiseite gedrängten Gedanken und Gefühle zerfetzte. Diamant schrie, fügte den Schrei dem kreischenden Tosen hinzu, und dann herrschte plötzlich die tiefe, finstere Stille völliger Wahrnehmungslosigkeit.

Der deforme Horcher sank tiefer in den grünen See, als Diamant die Augen öffnete. Schlangen aus Licht erreichten ihn und krochen am Ektoskelett empor.

Esmeralda erschien in Diamants Blickfeld und lächelte ihr sanftes, weises Lächeln. »Wir haben es gesehen«, sagte sie ruhig. »Wir haben es alle gesehen.«

Gefahr, flüsterte es durch Munghar, durch Tunnel und Grotten, bis hin zum industriellen Kern. *Gefahr,* raunten die ätherischen Stimmen der Kantaki, die sich auf und in ihrem Ursprungsplaneten befanden. *Gefahr,* wisperte es durch die Transverbindungen mit Schiffen, Planeten und Raumstationen. *Gefahr. Man hat uns getäuscht. Die Temporalen sind unter uns. Wir leben in einer manipulierten Realität. GEFAHR! Der alte Feind schickt sich an, das Vierte Kosmische Zeitalter zu beenden und das Fünfte einzuleiten. Er will den Kreis schließen, obwohl der Geist, der einst Materie wurde, noch nicht alles gelernt und erfahren hat.*

Diamant ruhte in einem Rekonvaleszenzsessel und spürte, wie sich … Dinge aus ihr zurückzogen: medizinische Mikronauten und Nanosonden, die ihre Biofunktionen überwacht und gesteuert hatten.

»War es sehr ernst?«, fragte sie.

Esmeralda trat an sie heran. »Ernst genug. Mentale Überladung. Eine Art geistiger Kurzschluss, verursacht vom Kontakt mit einem Tarnelement.«

Diamant erinnerte sich an den zerreißenden Schleier, an das entsetzliche Pfeifen.

Sie hob den Kopf und stellte fest, dass sie nicht allein in der Grotte des Horchers waren. Grar weilte bei ihnen, und außerdem die Großen Fünf und Dutzende von anderen Kantaki in Tunnelöffnungen. Ihr leises Klicken blieb ohne Übersetzung, aber Diamant fühlte ihre Emanationen so, wie sie ein Kantaki-Schiff fühlte, das sie durch den Transraum steuerte. *Gefahr! Gefahr!*

Neutren eilten an dem Rekonvaleszenzsessel vorbei, sprangen in den See und umringten den Horcher, kümmerten sich um ihn. Er wirkte ... erschöpft.

»Wie lange ...«, begann Diamant.

»Zwei Tage.« Esmeralda deutete zum Horcher. »Er hat verhindert, dass sich dein Selbst im Plurial verlor. Es war eine ziemlich große Anstrengung, selbst für den Hüter des Sakralen Kodex.«

Eine Kantaki näherte sich, eine der Großen Fünf. Dicht neben Diamant verharrte sie, duckte sich und neigte den Kopf, bis er mit dem der Pilotin fast auf einer Höhe war. »Du hattest Recht. Du hast den Vorhang der Täuschung zerrissen und uns die Blindheit genommen. Auf mehreren Welten haben sich Temporale zu erkennen gegeben, und einige unserer Schiffe wurden angegriffen. Auch hier, in dieser manipulierten Realität, droht ein neuer offener Konflikt mit dem alten Feind. Doch du hast uns gezeigt, dass es um mehr geht, dass die Auseinandersetzung viel größer ist. Unsere Zeitwächter sehen jetzt, was sie bisher nicht sehen konnten. Einer von ihnen wird dich, Esmeralda und Vater Grar begleiten und euch den Weg zeigen.«

»Den Weg?«, fragte Diamant und ahnte die Antwort. »Wohin?«

»In den Ozean der Zeit, von dem du uns berichtet hast. Zum Widerstand. Zum Kastell. Bringt ihm den Schlund, den wir einst erfolgreich gegen die Temporalen eingesetzt haben.«

»Wann sollen wir aufbrechen?«

Der dreieckige Kopf kam noch etwas näher. »Wie fühlst du dich?«

Diamant stand auf. »Wir machen uns sofort auf den Weg.«

13

Konziliatsspuren

Magenta: Namenlos, 4. März 5501

Die schimmernde, destruktive Energie des gewaltigen Keils flackerte durchs All, traf die Kapsel, zerfetzte sie und tötete alle Personen in ihr.

Allerdings ...

Eklund fühlte, wie er starb, doch einen Moment später – oder gleichzeitig – wurde er wieder geboren. Etwas presste Körper und Geist zusammen, knetete ihn dann so, dass er seine ursprüngliche Form zurückgewann. Kühle schwappte ihm entgegen, und er hieß sie willkommen, denn sein Leib schien zu brennen. Unmittelbar darauf stieß er gegen etwas Hartes, rollte sich ab und fühlte trockenen, kalten Staub. Neben ihm gleißte etwas, dicht über dem *Boden*, und das Licht spuckte zwei weitere Körper aus: KiTamarani und Raimon. Beide blieben reglos liegen.

Etwas – vermutlich die Kraft der Konziliantin – hatte sie durch Raum und Zeit versetzt. Wo befanden sie sich jetzt?

Das Gleißen verschwand, und Düsternis kroch heran, brachte Eklund Erleichterung und Müdigkeit. Er fühlte sich so erschöpft wie nach einem langen Tag als Heiler auf Kerberos, und er schloss die Augen, nur für einige wenige Sekunden, froh darüber, noch am Leben zu sein ...

Als er die Lider irgendwann später wieder hob, begriff er, dass er eingeschlafen war. Kälte fraß sich in seinen Leib, da er nur eine weite Hose und ein lockeres Hemd trug, und er stellte fest, dass Raimon und KiTamarani noch immer dort lagen, wo er sie zuletzt gesehen hatte.

Es war nicht mehr ganz so dunkel wie bei ihrer Ankunft, als Eklund aufstand und zu Raimon und KiTamarani eilte. Das Geschöpf, das aussah wie eine schöne, braunhaarige Frau, lag halb auf der Seite, und der Körper hatte sich auf sonderbare Weise verändert. Die Konziliantin trug keine Kleidung mehr - vielleicht hatte sie nie welche getragen -, und ihre *Haut* war silbergrau, kräuselte sich wie Wasser. Eklund berührte sie vorsichtig, hörte ein leises Knistern und fühlte eine Kälte, die ihn veranlasste, die Hand schnell wieder zurückzuziehen. Als er sie vor die Augen hob, sah er Raureif an den Fingerspitzen. Bei einem Menschen hätte Eklund nicht am Tod dieses Wesens gezweifelt, aber er fragte sich, ob KiTamarani überhaupt sterben konnte, im klassischen Sinn.

Raimon stöhnte leise, und Eklund wandte sich ihm sofort zu, dem Jungen, der jenseits von Kerberos zu einem Mann geworden war.

Raimon zitterte, fast so heftig wie zuvor KiTamarani in der Kapsel.

Eklund sah sich um, suchte nach etwas, mit dem er Ramon zudecken konnte, und zu seiner großen Überraschung fand er zwei kleine Behälter, die sich ebenfalls an Bord der Kapsel befunden hatten und deren Inhalt eigentlich für ihn bestimmt gewesen war, den schwachen, empfindlichen Menschen: ein wenig Proviant und synthetisches Gewebe, das jede gewünschte Struktur annehmen konnte. Er nahm eine Gewebepackung, kehrte zu Raimon zurück und versuchte, sich ganz auf eine dicke, warme Decke zu konzentrieren, als er Druck auf die Gewebepackung ausübte. Dabei spürt er etwas Seltsames, das seine Gedanken ablenkte, sie anzog wie ein Magnet Eisen.

Anstatt der gewünschten Decke erhielt er ein wirres Stoffbündel mit mehreren Knoten und Löchern. Aber wenigstens war es groß genug, um Raimon darin einzuhüllen, und es blieb noch genug übrig, um daraus einen Ballen zu formen, der als Kopfkissen dienen konnte.

Eine zweite Gewebepackung verwandelte sich in eine Jacke, die zu lang geriet und fast schon die Bezeichnung »Mantel« verdiente – bei dem Versuch, sich zu konzentrieren, tastete erneut etwas nach seinen Gedanken und versuchte, Anspruch auf sie zu erheben. Anschließend machte er sich auf die Suche nach Dingen, die sich dafür eigneten, ein Feuer anzuzünden.

Nur wenige Sterne leuchteten am dunklen Himmel, und Eklund fragte sich, auf welchem Planeten sie sich befanden, in welcher Galaxis. »Namenlos«, sagte er leise. »So nenne ich dich: Namenlos.« Seine Schritte führten ihn über einen Boden, der aus hartem Felsgestein bestand, und kalter Wind empfing ihn, als er die Mulde verließ, in der ihr Retransfer stattgefunden hatte. Sein leises Zischen war die einzige Stimme weit und breit. Hier und dort lagen Dinge verstreut, und Eklund betrachtete sie im matten Sternenlicht: Sie schienen aus Metall zu bestehen und eigneten sich vermutlich nicht für ein Feuer. Er ging weiter, setzte vorsichtig einen Fuß vor den anderen und hielt in der Dunkelheit nach Hindernissen Ausschau. In der Nähe eines mehrere Meter hohen Gebildes aus stangenartigen Objekten, das wie eine Kristallstaude aussah, aber aus einer weichen Substanz bestand, entdeckte Eklund Schalen auf dem Boden, die sich fast wie Holz anfühlten. Er sammelte genug von ihnen ein, kehrte in die Mulde zurück und formte einen Haufen aus ihnen, zwischen KiTamarani und Raimon, der inzwischen nicht mehr ganz so stark zitterte. Dem Proviantbehälter entnahm er eine der Energieoblaten, die er normalerweise dazu verwendete, seine von der Konziliantin synthetisierten Speisen zu erwärmen, schob sie in den Haufen aus Schalen und aktivierte sie mit einem kurzen Druck. Dann wartete er voller Hoffnung.

Diffuses Grau zeigte sich an einem fernen Horizont, und

grau war auch der Rauch, der von dem Schalenhaufen aufstieg. Eklund hüllte sich in die zu lange Jacke, sah zu KiTamarani, die noch immer völlig reglos am Boden lag, und zu dem in die Decke gehüllten Raimon.

Erste kleine Flammen leckten aus dem Haufen, und Eklund streckte ihnen die Hände entgegen, erhoffte sich Wärme.

Aus den kleinen Flammen wurden große, und sie vereinten sich zu einem Feuer, dessen flackernder Schein die Dunkelheit zurückdrängte. Etwas weniger Rauch stieg jetzt auf, und oberhalb der Mulde wurde er vom kalten Wind gepackt und fortgetragen. Die Schalen brannten schnell, schneller als Holz, und Eklund brach zweimal auf, um Nachschub zu holen und eine kleine Reserve zu haben. Dann rückte er näher ans Feuer heran, ließ sich Füße, Hände und Gesicht wärmen, während der Rücken kalt blieb. Er blickte in die Flammen, die hin und her sprangen, sich ständig veränderten und zur Musik des Knisterns und Knackens zu tanzen schienen.

Muster bildeten sich im Flackern und Glühen, dehnten sich ihm entgegen, berührten nicht seinen Körper, sondern den Geist ...

Plötzlich stand er in einem saalartigen Raum, dessen steinerne Wände in eine Aura des Alters gehüllt waren. Die hohe Decke verlor sich in Dunkelheit. Fackeln brannten an den uralten Mauern und flackerten wie das Feuer, dessen Muster ihn hierher gebracht hatten.

Etwas erwachte in Eklund. Etwas, das während der vergangenen zwei Jahre, seit dem Aufbruch von Kerberos, geschlafen hatte.

»Ist hier jemand?«, fragte er in die Stille, obgleich er eigentlich gar keine Antwort erwartete. Er ging los und näherte sich einer der Treppen, die einige Meter weit nach oben führten, zu einer offenen Galerie, die sich an allen vier Wänden entlangzog. Dort gab es Türen, schwarze Rechtecke, in regelmäßigen Abständen.

Oben an der Treppe brannte eine der Fackeln, und als Eklund sie erreichte, blieb er kurz stehen, um sie zu betrachten. Sie brannten, ohne zu verbrennen. Was auch immer sie züngeln ließ: Die Fackel selbst, ihre Substanz, blieb davon unbeeinträchtigt.

»Ein Symbol«, sagte Eklund leise zu sich selbst und lächelte, als er in seiner Stimme einen Klang hörte, der ihn an das Staunen eines Kinds erinnerte, an die Verwunderung des Jungen, der er einmal gewesen war, vor achtzig und mehr Jahren. »Das ich allerdings nicht zu deuten weiß. Noch ist mir dieser Ort fremd«, fügte er hinzu.

Er schritt durch die Galerie, näherte sich der ersten schwarzen Tür, streckte die Hand nach dem Knauf aus …

Mit einem leisen Knarren schwang die Tür auf, ohne dass er sie berührt hatte.

Dahinter …

Tief in Eklund erschrak ein dreizehnjähriger Junge, der aus dem Raumhafen geflohen war, als seine Adoptiveltern Kerberos verlassen wollten. Dort standen sie, umgeben von den Datenservi, die sie zum Inhalt ihres allein von Rationalität bestimmten Lebens gemacht hatten: Miliana und Primor, beide mit strengen Mienen. Sie schienen sich überhaupt nicht verändert zu haben – ihre Blicke waren so kalt wie der Wind von Namenlos.

»Wir wussten, dass du eines Tages zurückkehren würdest«, sagte seine Adoptivmutter Miliana.

»Wie dumm von dir, einfach wegzulaufen«, sagte Primor, der dieses Wort immer benutzt hatte, um all die Dinge zu beschreiben, die ihm nicht gefielen: *dumm*. »Was hast du dir nur dabei gedacht? Hast du auch nur für eine Sekunde überlegt, was aus deinem Leben werden sollte?«

Der alte Eklund lächelte, während der Junge in ihm furchtsam blieb. »Ich habe mein Leben selbst in die Hand genommen und bin ein Heiler geworden.«

Das ist es, flüsterte es in ihm. *Genau das ist der Punkt.*

»Wir sind bereit, dir noch eine letzte Chance zu geben«,

sagte Miliana kühl. »Wenn du jetzt zu uns zurückkehrst, verzeihen wir dir.«

»Was wollt ihr mir verzeihen?«, erwiderte Eklund sanft. »Dass ich auf Kerberos ein zufriedenes, erfülltes Leben gelebt habe?«

Primors Miene blieb streng, aber in Milianas Gesicht veränderte sich etwas, und sie streckte die Hand aus ...

»Ich frage mich, was dies symbolisiert«, murmelte Eklund und winkte knapp, woraufhin sich die schwarze Tür mit einem Klacken schloss, das dumpf von den alten Mauern widerhallte. Hier gab es kein verwittertes Portal, das ihm Zugang zur Welt über der Welt gewährte. Hier gab es viele Türen, und er musste erst noch die richtige finden. Aber eines stand fest: Jene Gabe, die ihn auf Kerberos zum Heiler gemacht hatte, war wieder erwacht, denn ...

»Hier gibt es ein Elysium«, sagte er zum vor ihm brennenden Feuer.

Raimon lag nicht mehr neben den Flammen, und hinter sich hörte Eklund ein Knurren.

Für einen Sekundenbruchteil regte sich Angst in ihm, aber sie verschwand sofort wieder, als er an den Jungen dachte, den er in Elisabeths Hospital in Chiron gesehen hatte, an den Knaben mit der Schusswunde, die so schnell geheilt war – an das *Kind*, das Hilfe brauchte, das gezwungen worden war zu töten, obwohl es Leben bewahren wollte. Raimon, jetzt ein Mann, konnte unmöglich eine Gefahr für ihn darstellen.

Eklund drehte sich um.

Raimon hatte die halb zerrissene Decke beiseite geworfen, öffnete gerade ein Proviantpaket und verschlang den Inhalt regelrecht, während sein Körper anschwoll und die Kleidung zerfetzte.

Eklund war mit einigen raschen Schritten bei ihm. »Was ist los mit dir?«

Raimon knurrte erneut, stopfte den Rest des Pakets in einen Mund, der zum riesigen Maul geworden war, kaute und schluckte gierig. »Ich habe ... Hunger. Ich brauche ... Kraft.«

»Was geschieht mit dir, Raimon? Dein Körper ...«

Der Metamorph drehte den Kopf, und Eklund sah ein Gesicht, das sich rasend schnell veränderte. Er hatte dies schon einmal beobachtet, während Raimons Identitätskrisen auf Kerberos: Hunderte von Personen wohnten in ihm, jede von ihnen mit Pseudoerinnerungen an ein Pseudoleben. Raimon hatte sie alle unter Kontrolle bringen müssen, um sich selbst zu finden. Jetzt schien er die Kontrolle zu verlieren.

Etwas quoll aus dem aufgedunsenen Leib, nahm Gestalt an.

Ein Mann stand dort, ganz nackt, unwirklich im Schein der schrumpfenden Flammen. Als er den gesenkten Kopf hob ...

Eklund sah ein Gesicht, das er kannte: die Nase gerade, der Mund dünnlippig, das Kinn flach, die Augen grau und ihr Blick stechend. »Lutor ...« Der Mann, der auf Kerberos versucht hatte, Raimon umzubringen.

»Ich bin ... zurück«, sagte Lutor langsam, und in seinen Augen blitzte es, als er sich Raimon zuwandte, der den Inhalt des letzten Proviantpakets in sich hineinstopfte. Er hob die Hände, die plötzlich ein Schwert hielten, einen langen Zweihänder, dessen Klinge im Licht des Feuers blutrot blitzte. »Und ich bin nicht Lutor, ich bin ... Kordun.«

Er schlug zu, und das Schwert schnitt tief in den wie aufgeblähten Leib des Metamorphs.

Raimon drehte ruckartig den Kopf, und sein Mund verwandelte sich in einen fauchenden Rachen. Er streckte einen Arm aus, der schnell länger wurde und dessen Hand sich zu einer Klaue verformte ...

Lutor/Kordun schlug erneut zu, und die Klinge des Zweihänders durchschlug den Arm. Das abgetrennte Stück fiel zu Boden, und die Finger der Klauenhand zitterten.

Eklund glaubte, einen Albtraum zu erleben. Raimon war

ganz offensichtlich zu schwach, um sich zu wehren. Lutor, den er auf Kerberos in sich aufgenommen hatte, schickte sich an, ihn in Stücke zu schlagen.

Eklund sah nur eine Möglichkeit.

Er sprang vor, berührte den blutenden, stöhnenden Metamorph ...

Für einen Moment, nur für den Hauch eines Augenblicks, stand er wieder in dem Saal mit den uralten Mauern. Dann heulte ein Sturm, heftiger als jeder Orkan, den er auf Kerberos erlebt hatte, und riss ihn fort, und gleichzeitig fühlte er, wie die Kraft aus ihm wich, wie er schnell schwächer wurde. Schon nach wenigen Sekunden spürte er den Körper nicht mehr, und es fiel ihm schwer, einen klaren Gedanken zu fassen. *Zu schnell,* dachte er. *Raimon, du nimmst die Kraft ... zu schnell auf. Es ... bleibt nichts für mich übrig. Ich ... sterbe ...*

Als Eklund die Augen öffnete, hatte ein Grau, das alle Farben verschluckte, die Dunkelheit der Nacht abgelöst. Hochnebel filterte das Licht der Sonne, die sich nur durch ein vages Glühen am Himmel verriet. Kalter Wind wehte über die Mulde im Felsgestein hinweg, und es roch nach der Asche eines erloschenen Feuers.

»Raimon?«

Eklund setzte sich auf und stellte fest, dass er in die Decke gehüllt war, die er so ungeschickt strukturiert hatte. Raimon trat auf ihn zu, wieder ein Mann von etwa dreißig Standardjahren, unverletzt und mit beiden Armen. Er trug Kleidung, die entweder aus einer weiteren Gewebepackung stammte oder aus einem Teil seines Körpers bestand: eine dicke Hose aus einem lederartigen Material und eine Pelzjacke mit Kapuze. Sein Gesicht wirkte etwas schmaler als sonst, und die Augen lagen tiefer in den Höhlen.

»Lutor ...«

»Er ist wieder in mir.«

 »Ich wäre ... fast gestorben«, sagte Eklund und erinnerte

sich an das schreckliche Gefühl einer Schwäche, die sich rasend schnell in ihm ausbreitete.

»Es tut mir Leid.«

»Die Kraft ... Du hast sie zu schnell in dich aufgenommen. Es gibt hier ein Elysium, wie auf Kerberos. Eine Welt über der Welt.« Bei den letzten Worten erklang Hoffnung in Eklunds Stimme.

»Ich weiß«, erwiderte Raimon. Sein Gesicht blieb ernst.

Eklund stand auf und merkte, dass er unter der Decke die zu lange Jacke trug. »Im Fall von Kerberos ging das Elysium auf die Kraft der schlafenden KiTamarani zurück.« Er sah kurz zu der Frau, die sich noch immer nicht gerührt hatte. »Hier ... Haben wir das Konziliat gefunden?«

»Meine Mutter stirbt«, sagte Raimon, ohne auf die Frage einzugehen.

»Aber ich dachte ...«

»Es ist kein Tod, wie du ihn dir vorstellst.« Raimon sprach fast monoton, aber trotzdem hörte Eklund in seiner Stimme eine Trauer, die seine Augen feucht werden ließ. »Durch die Vernichtung des Sterns hat sie ihr primäres Selbst verloren. Ihr sekundäres Selbst allein kann auf Dauer nicht stabil bleiben, und außerdem hat sie keine Möglichkeit, ihre Kräfte zu erneuern. Wenn wir ihr nicht helfen können, kehrt sie zu dem zurück, was sie einmal war, bevor alles begann.«

»Bevor ... alles begann?«

»Sie wird sich in Schöpfungsenergie zurückverwandeln. In einen winzigen Bruchteil davon. Vielleicht reduziert sich ihr Sein schließlich auf die Schwingung einer kosmischen Saite.« Raimon seufzte. »Was mich betrifft ... Ich bestehe aus Basismasse. Damit meine ich den Kern meines Selbst, die Formationsmatrix. Dieser Körper war tot, als ich ihn übernommen habe. Es war letztendlich die Kraft meiner Mutter, mit der ich ihm neues Leben geben und ihn wachsen lassen konnte. Normalerweise zerfällt Basismasse, wenn sie Kerberos verlässt. Bei mir ist das nur deshalb nicht der Fall gewesen, weil KiTamarani bei mir war. Ohne sie ...«

»Ich verstehe.« Eklunds Gedanken wirbelten durcheinander. »Aber die Kraft, die es hier gibt ... Dir hat sie geholfen. Könnte sie nicht auch KiTamarani helfen?«

»Ich hätte dich fast getötet, als ich sie in mich aufnahm«, erwiderte der Metamorph. »Bei meiner Mutter wäre der Energiestrom um ein Vielfaches stärker. Tausendmal. Zehntausendmal. Du würdest innerhalb eines Sekundenbruchteils verbrennen.«

»Kannst du die Kraft nicht direkt aufnehmen, ohne meine Hilfe, und sie dann an KiTamarani weitergeben?«

»Nein. Sie ist mir fremd. Deine Heilergabe muss eine Brücke bauen.« Raimon sah erneut zu der reglosen Frau mit der Haut wie kräuselndes Wasser. »Meine Mutter hat nur dann eine Chance, wenn wir das Zentrum *dieses* ... Elysiums erreichen, wie du es nennst.«

»*Was* ist es? Woraus besteht diese Welt über der Welt? Und wieso kann ich die hiesige Kraft ebenso nutzen wie die von KiTamarani auf Kerberos?«

»Komm.« Raimon drehte sich um und verließ die Mulde mit einigen Schritten. Eklund folgte ihm, und der kalte Wind schien nur auf diese Gelegenheit gewartet zu haben, zischte lauter und zerrte an ihm, ohne etwas gegen den Hochnebel auszurichten, der noch immer die ferne Sonne verschleierte. Er sah sich um und bemerkte Dinge, die ihm in der Dunkelheit der Nacht verborgen geblieben waren. Das vermeintliche Felsland erwies sich als ein mehrere Dutzend Meter breiter Bergrücken, und Eklund stellte fest, dass er in der vergangenen Nacht die Schalen in der Nähe des einen Rands gesammelt hatte, dicht vor einem tiefen Abgrund – noch einige weitere Schritte in jener Richtung, und er wäre hinabgestürzt. Unten, so weit entfernt, dass man das Donnern der Brandung nicht einmal als Flüstern hörte, erstreckte sich ein pechschwarzes Meer, ebenso auf der anderen Seite des breiten Grates, bis hin zum Horizont.

Abgesehen von den Stangengebilden, die wie Kristallstauden aussahen, bemerkte Eklund zahlreiche Objekte auf dem Felsgestein. Nicht eines von ihnen glich einem anderen, aber etwas hatten sie gemeinsam: Sie bestanden aus Metall oder einer metallartigen Substanz.

»Trümmer?«, fragte Eklund leise, und der Wind riss ihm das Wort von den Lippen. »Was ist hier geschehen?«

Raimon streckte den Arm aus, und Eklund sah in die Richtung, in die er deutete.

Über viele Kilometer hinweg führte der Grat leicht nach oben, und an seiner höchsten Stelle sah Eklund ...

»Gebäude?«

Raimon schüttelte langsam den Kopf. »Das hiesige ... Elysium besteht aus der Residualenergie von Konzilianten. Dies hier ...« Er deutete auf die vielen unterschiedlichen Objekte. »Es sind die Reste einer Sphäre, nicht die eines Konziliantensterns.«

Plötzlich begriff Eklund den Grund für die Trauer, die er zuvor bei Raimon gespürt hatte. Sie bezog sich nicht allein auf KiTamaranis Zustand.

»Soll das heißen ...«

»Um deine vorherige Frage zu beantworten: Ja, wir haben das Konziliat gefunden. Beziehungsweise das, was von ihm übrig ist. Es fand hier sein Ende.«

14

Veränderungen

***Braun:* Akida**

Als Agoron das Ovum des Brutschiffs *Akida* betreten wollte, kam es zum vierten Attentat auf ihn.

Er wusste schon seit geraumer Weile, dass in ihm eine neue Veränderung begonnen hatte, vielleicht ebenso drastisch wie jene, die den einfachen Eternen, den Suggestor namens Agorax, in den Säkularen Agoron verwandelt hatte, Mitglied des Zirkels der Sieben und Äonar, damit das Oberhaupt aller Eternen. Einige seiner Hautschuppen waren weicher geworden, andere härter, und sie glänzten nicht mehr silbern, sondern gelb und zinnoberrot, und er glaubte zu spüren, wie neue Organe in ihm wuchsen, deren Zweck ihm noch verborgen blieb. Manchmal verschob sich seine Wahrnehmung, und dann schien es zu einer Art Phasenübergang zu kommen, der es ihm erlaubte, Dinge zu sehen, die erst noch geschehen mussten. Dies hatte nichts mit der Fähigkeit der Eternen zu sein, sich in der Zeit so zu bewegen wie im Raum und Einfluss auf die Kausalität zu nehmen, die keineswegs ehern war, wie sie seit Tyragon wussten. Bei den Visionen, die sich gelegentlich in den Mittelpunkt von Agorons Aufmerksamkeit schoben, handelte es sich in meisten Fällen um Warnungen, die Aktionen des Widerstands galten – oder Attentaten.

Vor ihm glühte und gleißte es. Agoron wich einige Schritte zurück und sagte: »Separation des vierten Segments.«

Das halbintelligente Maschinenselbst des Brutschiffs reagierte sofort, und glühende Energievorhänge fielen vor dem Äonar herab.

Dahinter blitzte und donnerte es. Dunstschwaden wogten zwischen den energetischen Barrieren, vermutlich Giftgas.

Agoron spürte das Äquivalent von Schmerz im Maschinenselbst, aber er verschwand sofort wieder, als die *Akida* ihre Wunden unverzüglich heilte. Die autonomen Einheiten von Erneuerern und Reparateuren kamen aus den überall verlaufenden Wartungskanälen, stellten die strukturelle Integrität dort wieder her, wo Sprengkapseln und Strahlbündel sie zerstört hatten, und neutralisierten das Gas. Es dauerte nicht lange, bis die Energiefelder wieder verschwanden und den Zugang zum Ovum freigaben.

»Es wird Zeit, diese Sache zu beenden«, sagte er, und die Worte schufen eine Resonanz in seinem Inneren, harmonierten mit den dortigen Veränderungen. »Kommunikation.«

Ein kleines graues Dreieck sprang wie aus dem Nichts herbei und verharrte vor Agorons Mundöffnung. »Eine Versammlung des Zirkels der Sieben«, sagte er in jenem Tonfall, den er für Anweisungen benutzte. »In meinem Ruhebereich. Sofort.«

Das neue Waffen produzierende Ovum konnte noch etwas warten – erst musste dafür gesorgt werden, dass keine weiteren Attentate mehr stattfanden.

Sie saßen an einem einfachen runden Tisch, umgeben von Fensterwänden, durch die man den Vortex sehen konnte, wo zahlreiche Eternen damit beschäftigt waren, falsche Zeit und falsche Geschichte zu generieren. Dahinter löste sich das Feuerrad der Galaxis auf, schon halb vom Omnivor verschlungen.

»Wir sind mit wichtigen Dingen beschäftigt gewesen«, sagte einer der sechs anderen Säkularen. Natürlich kam der Hinweis von Hogaron, der von Anfang an dagegen gewesen war, dass Agorax zum neuen Äonar Agoron wurde.

»Es ist zu einem vierten Attentat auf mich gekommen«, erwiderte Agoron. »Wissen Sie etwas davon?« Er blickte weiterhin nach draußen und beobachtete, wie sich der Vortex langsam drehte. Jede Rotation brachte das Universum dem Ende näher …

Seltsam. Dieser Gedanke weckte Unbehagen in Agoron, tief in seinem Selbst, dort, wo nie das Licht des bewussten Intellekts erstrahlte, an den Wurzeln des Ichs.

»Wieso sollten wir etwas davon wissen?« Wieder Hogaron. Er sprach fast mit kindlichem Trotz, und dadurch verriet er sich. Wie dumm er doch war, obwohl er sich so intelligent und verschlagen wähnte.

Agoron drehte den Kopf und musterte die anderen Säkularen der Reihe nach. Sie waren geschlechtslos wie er selbst und ebenso unsterblich – was sie natürlich nicht vor einem Ende durch Gewalt schützte. Bei fünf von ihnen hatte sich die Mimik inzwischen geändert. Ihre Gesichter zeigten nicht mehr die Skepsis dem jungen Nachfolger Pergamons gegenüber, sondern Anerkennung und auch Respekt – immerhin war es Agoron gelungen, die Eternen aus dem Null zu befreien. In einem Gesicht aber sah Agoron das verborgen geglaubte Feuer von Hass.

Und er sah noch mehr. Dünne weiße Linien umgaben die Säkularen, verbanden sie miteinander, mit der *Akida* und dem Vortex, mit der nur noch zur Hälfte existierenden Galaxis dahinter, mit der Struktur der objektiven Zeit dieses Universums.

»Eigentlich sollten Sie in der Lage sein, diese Frage selbst zu beantworten, Hogaron.«

»Was wollen Sie damit sagen?« Diesmal ließ sich ein Hauch Unsicherheit in Hogarons Stimme vernehmen, für Agorons verbesserte Wahrnehmung ganz deutlich zu hören.

Etwas brannte in Agoron, und die zarten Gespinste bei den sechs anderen Säkularen begannen zu glühen. Er betrachtete sie fasziniert und sagte gleichzeitig: »Sie stecken dahinter, Hogaron.«

Der Eterne sprang auf, und seine Schuppen knisterten. »Wie können Sie so etwas behaupten? Das ist eine Unverschämtheit!«

»Warum wollen Sie mich aus dem Weg räumen, Hogaron? Um meinen Platz einzunehmen?«

»Das ist doch absurd!«

»Sie waren von Anfang an gegen mich, als ich zu Pergamons Nachfolger wurde, und dann auch bei der Wahl, die mich zum Äonar machte. Warum?«

»Haben Sie den Verstand verloren?«

Agoron stand ebenfalls auf, wandte sich vom Tisch ab und trat zu einem der Fenster, während das Brennen in ihm noch etwas stärker wurde.

»Ich habe es uns ermöglicht, das Null zu verlassen«, sagte er. »Der Mensch namens Valdorian war das richtige Werkzeug, und *ich* habe ihn gelenkt. *Ich* habe ihn nach Kerberos gebracht, wo er den Keim des Omnivors weckte. *Meine* Gedanken waren es, die Valdorian veranlassten, den Omnivor zum Null zu bringen und uns zu befreien. *Meine* Planungen waren es, die uns den Sieg im zweiten Zeitkrieg brachten. Das dort draußen ist maßgeblich *mein* Werk.« Er deutete auf den Vortex, drehte sich dann um. »Aber Sie haben viermal versucht, mich umzubringen. Warum?«

Die fünf sitzenden Zirkelmitglieder regten sich ebenso wenig wie Hogaron. In der sich ausdehnenden Stille war nur ein leises Summen zu hören, das aus den Tiefen der *Akida* kam.

»Sie haben keine Beweise!«, brachte Hogaron schließlich hervor.

»Glauben Sie?« Agoron holte eine kleine Kugel hervor, silbern wie die Schuppen der anderen Eternen, und warf sie den anderen Mitgliedern des Zirkels der Sieben entgegen. Sie stieg auf, verharrte über der Mitte des Tisches und flackerte.

Ein Bild entstand, zeigte den Korridor vor dem Ovum der *Akida*. Die Farben stimmten nicht, und manche Konturen wirkten ein wenig verzerrt, aus gutem Grund: Die Aufnahmen stammten aus einem winzigen Bereich geschickt manipulierter Zeit. Hogaron erschien wie aus dem Nichts im vierten Segment – ein temporaler Transfer –, öffnete kleine Zugangsklappen und versteckte Dinge im Boden, in den Wänden und in der Decke.

»Sprengkapseln«, sagte Agoron. »Gefüllt mit Giftgas. Auf meine psychophysische Signatur programmiert.«

Hogaron starrte nur. Die fünf anderen Säkularen flüsterten miteinander.

»Hat es Ihnen plötzlich die Sprache verschlagen, Hogaron?«

»Das ... können unmöglich echte Aufnahmen sein, denn ich habe keine Sprengkapseln versteckt.«

»Sie wissen selbst, dass sich die Echtheit der Bilder leicht verifizieren lässt. Und temporale Manipulationen hinterlassen Spuren, Hogaron, so geschickt sie auch sind – die Aktionen des Kastells weisen uns immer wieder darauf hin.«

Hogarons Tentakelfinger zuckten.

Und dann erstarrte er plötzlich, ebenso wie die anderen Säkularen. Ein Gedanke des veränderten Agoron riss den Raum aus dem *Jetzt* und platzierte ihn abseits der Zeit, in einer kleinen Nische, die allein ihm zur Verfügung stand, sich nur seinen neuen Sinnen öffnete. Er trat an Hogaron heran, sah ihm in die großen dunklen Augen, die mehr gesehen hatten als er – Hogaron war viel, viel älter –, setzte den Weg fort, ging an den anderen Säkularen vorbei und musterte sie nacheinander. Er wusste: Wenn er sich nur ein wenig bemüht hätte, wäre er in der Lage gewesen, sie zu sondieren, als bestünden ihre Körper aus transparentem Kristall. Er hätte alles sehen können, Gedanken und Gefühle, Hoffnungen und Ängste. Aber diese Dinge interessierten ihn nicht. Nicht jetzt, und nicht hier.

Wie einfach plötzlich alles wurde. Ein Gedanke an der richtigen Stelle. Oder eine Berührung. Und dann fehlte nur noch der *Wunsch*, die *Absicht*.

Agoron hob die Hand, und ein Tentakelfinger berührte einen der glühenden Fäden, die Hogaron umgaben, und der Säkulare, der ihm viermal nach dem Leben getrachtet hatte – aus Hass, Neid und Ehrgeiz – verschwand. Von einem Moment zum anderen war er nicht mehr da, hatte nie existiert, und die Wunden in der Zeit, hervorgerufen von dieser Manipulation, schlossen sich.

Ohne eine Narbe.

Agoron begriff nicht sofort, was das bedeutete, und als ihm die Erkenntnis dämmerte, staunte er über sich selbst und seine neuen Fähigkeiten.

Er konnte die Zeit manipulieren, ohne dass Spuren zurückblieben.

Du kannst noch viel mehr.

Agoron horchte in sich selbst hinein und befürchtete für einen endlos langen Moment, dass sich sein Selbst spaltete und er die Hilfe eines Psychotrons in Anspruch nehmen musste. In letzter Zeit geschah es immer häufiger, dass Eterne an geistiger Instabilität litten – man vermutete zu häufige und zu komplexe temporale Manipulationen als Ursache. Den vom Ovum der *Akida* geschaffenen Psychotrons gelang es in den meisten Fällen, solche geistigen Erkrankungen zu heilen.

Hogaron war von Anfang an dein Gegner gewesen, raunte es in seinem Inneren, aus dem Zentrum des brennenden Wandels. *Aber auch die fünf anderen Säkularen stellen eine Gefahr dar. Jeder von ihnen könnte Anspruch auf deinen Platz erheben und zum Äonar werden.*

»Was geschieht hier?«, fragte Agoron leise, während sich der Raum noch immer abseits der Zeit befand. »Was geschieht *mit mir*?«

Nutze die Gelegenheit, forderte ihn die Stimme auf. *Du kannst dafür sorgen, dass sie nie existiert haben, und keine Spur wird jemals darauf hindeuten, dass es sie gab. Mach dich zum einzigen Unsterblichen.*

 »Warum?«, fragte Agoron und fühlte gleichzeitig, wie die

Versuchung immer größer wurde. Erneut ging er an den fünf anderen Zirkelmitgliedern vorbei und beobachtete ihre leuchtenden Fäden. Er streckte die Hand aus ...

Ein Teil von ihm wollte sie zurückziehen, war aber nicht stark genug. Die Tentakelfinger berührten einen schimmernden dünnen Strang, ein Wunsch ...

Ein weiterer Säkularer verschwand, ohne jemals einen Platz in irgendeiner Realitätslinie gehabt zu haben.

Und jetzt die anderen.

»Aber warum? Sie sind keine Gefahr für mich.«

Sie könnten zu einer Gefahr für dich werden.

Agoron begann zu zittern, als der innere Konflikt an Intensität gewann, aber die Beine trugen ihn zu den restlichen vier Säkularen, und seine Tentakelhand, von der inneren Stimme gesteuert, löschte ihre Existenzen aus. Schließlich stand er allein in einem Raum, in dem sich außer ihm nie andere Säkulare aufgehalten hatten. Es hatte nie andere Säkulare gegeben, nur ihn, den einzigen Äonar, jetzt und für immer.

Es ist vollbracht. Der erste Schritt.

»Der erste Schritt?«

Begib dich ins Informationsjunktim.

»Das Ovum muss neu programmiert und überprüft werden.« Das war wichtig. Zweifellos handelte es sich um eine seiner wichtigsten Aufgaben überhaupt, denn der Druck auf das Kastell musste mit neuen, verbesserten Waffen verstärkt werden. Gleichzeitig galt es, eine zu starke Belastung des Ovums zu verhindern, denn immerhin war die *Akida* das einzige Brutschiff, das den Eternen noch zu Verfügung stand.

Das Ovum ist *bereits neu programmiert und überprüft.*

Tatsächlich: Als Agoron darüber nachdachte, erwachten plötzlich entsprechende Erinnerungen in ihm.

Das Junktim ...

»Ja.« Das dumpfe Summen aus den Tiefen der *Akida* kehrte zurück. Er, Agoron, früher der Observant und Suggestor

Agorax, war das alleinige, unumschränkte Oberhaupt der Eternen.

Im Junktim erwartet dich das alte Wissen.

Agoron machte sich auf den Weg.

Es war warm im Informationsjunktim der *Akida*, so warm, dass sich Agorons gelbe und zinnoberrote Schuppen aufrichteten, mehr Blut aufnahmen und die Funktion von Kühlrippen erfüllten. Die Höcker zahlloser Datenmodule ragten aus Boden, Decke und Wänden, und Agoron trat an ihnen vorbei in die Mitte des Raums, verband sich dort mit zwei biomechanischen Nervenbahnen und ließ sich von einem Ruhefeld erfassen, das ihn nach oben trug, ins Zentrum des Junktims.

Das Brennen der Veränderungen in ihm war nicht mehr ganz so stark, und es geriet noch weiter in den Hintergrund, als ihm erste Eindrücke entgegenströmten, wie Bilder aus Träumen, vage und doch vertraut. *Ich bin jetzt auch der alleinige Hüter des Wissens meines Volkes,* dachte er, nicht unbeeindruckt von dieser zusätzlichen Verantwortung.

Aber es gibt Lücken in diesem Wissen, flüsterte es in ihm. *Das weißt du längst, nicht wahr?*

Agoron erinnerte sich daran, beim Aufenthalt im Informationsjunktim von Äon so etwas gefühlt zu haben, Leere dort, wo eigentlich alles mit Daten gefüllt sein sollte, mit der Geschichte der Eternen seit dem Initialkonflikt und dem Erscheinen des Erhabenen.

Die Buckel der Datenmodule verschwanden vor Agorons Augen, als die mentale Verbindung hergestellt wurde, und Bilder umgaben ihn. Einmal mehr erlebte er die Geschichte seines Volkes entlang der Kausalitätsstränge, die über all die Äonen hinweg stabil und unversehrt geblieben waren. Myriaden Stimmen raunten von Ereignissen und Plänen, von individuellen Gedanken und Hoffnungen. Es fiel Agoron inzwischen nicht schwer, die Struktur in diesem vermeintlichen Chaos aus Informationen zu erkennen und sich zu orientieren. In die Vergangenheit fiel er, in die eine objektive Vergangenheit, tief im Ozean der Zeit verborgen, auf der Suche ... wonach?

Die anderen Säkularen haben es nie erkannt, sagte die innere Stimme. *All die Äonaren vor dir, die ihre relative Unsterblichkeit während der Epochen an den Tod verloren ... Niemand von ihnen hat etwas geahnt. Niemand hat etwas gemerkt.*

»Gemerkt?«, fragte Agoron, und seine Stimme hallte seltsam verzerrt und brüchig durchs Informationsjunktim. Und dann stellte er die Frage, die ihn schon die ganze Zeit über beschäftigte, die er aber nicht zu formulieren gewagt hatte, weil er die Antwort fürchtete. »Wer bist du?«

Eine Zeit lang herrschte Stille in seinem Inneren, und er hoffte schon, wieder Frieden gefunden und die beunruhigende Spaltung seines Selbst überwunden zu haben, doch dann kehrte das Flüstern zurück.

Ich bin du und doch viel mehr als du, lautete die rätselhafte Antwort. *Du bist das Ende einer langen Kette. In dir erreichen die Veränderungen ihre Vollendung. Mit dir - mit* uns - *geht Tyragons Saat auf.*

»Tyragons Saat?«

Neue Bilder schwebten Agoron entgegen, aus der fernsten Vergangenheit, aus der Zeit des Initialkonflikts unmittelbar nach dem Bruch. Und er sah den legendären Tyragon, einen der ersten Säkularen überhaupt, beobachtete ihn dabei, wie er seinen Schülern zeigte, dass die Kausalität keineswegs ehern war, wie die Philosophen und Mathematiker der Ahnen behauptet hatten.

Er sah als Erster - und als Einziger - die Wahrheit hinter der großen Täuschung.

Agoron fiel in einen Spalt zwischen zwei Bildern, und plötzlich umgab ihn Dunkelheit. Es strömten ihm keine Informationen mehr entgegen, und er dachte an die Möglichkeit eines Defekts im Informationsjunktim der *Akida*. Dann fiel ihm etwas anderes ein.

»Dies ist eine der Lücken im alten Wissen, nicht wahr?«

Weit vorn formten sich neue Bilder, aber Agoron merkte sofort, dass sie sich durch eine ganz andere Struktur auszeichneten.

Tyragon erkannte die Wahrheit und begriff, welche Gefahr ihm dadurch drohte. Er versteckte seine Erkenntnisse in den Informationen, die von Generation zu Generation weitergegeben wurden und schließlich zum alten Wissen der Eternen wurden. Und er stattete die erste und letzte Gebärende der Eternen mit dem Keim des Wandels aus, der in ferner Zukunft dazu führen sollte, dass ein Säkularer seine Botschaft im überlieferten Wissen erkannte. Tyragon war der Anfang, und du bist das Ende. Und gleichzeitig ein neuer Anfang.

»Wie lautet die Wahrheit?«, fragte Agoron, während er die fremden Bilder betrachtete, die ihn umgaben.

Die Stimme zögerte kurz.

Der Erhabene hat uns betrogen, flüsterte sie. *Das alte Wissen, unsere Bestimmung … Alles Lügen. Wir sind missbraucht worden, von Anfang an.*

Tausend Bilder erklärten Tyragons Erkenntnis und zerstörten Agorons Weltbild.

Während Agoron erfuhr, was es wirklich mit dem Bruch und dem Initialkonflikt der Eternen auf sich hatte, produzierte das Ovum der *Akida* weitere Morulae, kleinere als die, die für das Wachstum neuer Zeitschiffe erforderlich waren, aber größer als jene, aus denen Spürhunde, Würmer, hyperdimensionale Singularitäten und Destruktoren hervorgingen. Eine neue Waffengeneration entstand, weitaus leistungsfähiger als die alte, dazu imstande, im Ozean der Zeit Dinge aufzuspüren, die bisher verborgen geblieben waren: die Refugien des Widerstands, vielleicht sogar das Kastell.

15

Fünfundsechzig

Ultramarin: Refugium Corrian, 14. Dezember 569 SN

Diamant fühlte sich besser, als sie im Besprechungszimmer Platz nahm, zusammen mit fast fünfzig anderen Personen. Das Gefühl der Leere, das sie gelegentlich trotz der einundzwanzig aufgenommenen anderen Leben beschlich, war verschwunden, vielleicht unter dem Berg aus neuen Erinnerungen, und sie wusste aus Erfahrung, dass sie jetzt eine Zeit lang mit innerer Ruhe rechnen durfte. Nicht mit Freude, erst recht nicht mit Glück, nur mit Ruhe. Sie hatte längst gelernt, sich mit solchen Dingen zufrieden zu geben.

Ihr Blick glitt über die Personen, die am großen, kreisförmigen Konferenztisch saßen. Die meisten von ihnen waren Kognitoren aus verschiedenen Völkern, und Diamant kannte sie alle - einige von ihnen hatte sie bei gefährlichen Einsätzen begleitet. Wie üblich waren auch mehrere der Planer zugegen, die immer neue Missionen vorbereiteten, eine riskanter als die andere. *Es hat keinen Sinn,* flüsterte die Hoffnungslosigkeit in Diamant, und sofort versuchte sie, diese Stimme zu verdrängen.

General Naifeh stand abseits des Tisches, die Beinwurzeln in einem kleinen Nährbecken, und neben ihm ragte Mutter Xarrh auf, eine Gesandte der Großen Fünf, was darauf hinwies, dass es diesmal um eine sehr wichtige Sache ging. Das Klicken der Kantaki und das leise Rascheln in

Naifehs Blättern wies auf ein Gespräch hin, bei dem erstaunlicherweise keine Linguatoren benutzt wurden. Der Carythai Hominx war ebenfalls zugegen und ließ sich von einem Levitatorgürtel tragen.

Die meisten Anwesenden sprachen miteinander, aber Diamant nahm nicht an der Konversation teil. Sie wusste, dass sie immer mehr zu einer Außenseiterin wurde, und manchmal lastete die Einsamkeit schwer auf ihr. Aber wenn sie sich von ihrem Gewicht halb zerdrückt glaubte, dachte sie an Esmeralda, ihre beste Freundin, die sie gleich dreimal verloren hatte, und erinnerte sich an den schrecklichen Schmerz des Verlustes. Im Vergleich dazu war Einsamkeit nur ein leichtes Stechen, unangenehm, ja, aber zu ertragen.

Sie wandte ihre Aufmerksamkeit von den anderen Anwesenden ab und konzentrierte sich auf die komplexe Darstellung im Zentrum des vom Konferenztisch gebildeten Kreises. Eine große pseudoreale Kugel schwebte dort, bestehend aus Milliarden von bunten Fäden, jeder einzelne von ihnen eine Realitätslinie. Sie durchmaß knapp fünf Meter, und ein Teil von ihr war aufgeschnitten, um den Blick ins Innere zu gestatten. Es handelte sich um eine grobe Vereinfachung, wusste Diamant. Der von den Temporalen geschaffene Ozean der Zeit war gewiss nicht kugelförmig; er gehorchte nicht den Regeln der Geometrie, sondern denen von Zeit und temporaler Manipulation. »Vergewaltigte Kausalität«, wie es die Feyn genannt hatten, ließ sich nicht durch eine bestimmte Form darstellen.

Zuerst hatte sich Diamant von den überaus komplexen Strukturen im Inneren der Kugel und ihren ständigen Veränderungen überwältigt und wie erschlagen gefühlt, aber inzwischen verstand sie es, die einzelnen Muster zu deuten und sie so miteinander zu verketten, dass sie einen Eindruck von der allgemeinen Situation gewann. Was ihre Augen sahen, ließ die Stimme der schwindenden Hoffnung erneut in ihr wispern und raunen. Weitere Linien mit blauen Tönungen – vergleichsweise stabile Realität – hatten sich verfärbt, den roten, gelben und grünen hinzugesellt. Daraus konnte nur ein Schluss gezogen werden: Die Manipulationen der Temporalen gingen weiter; sie fügten dem gewonnenen Zeitkrieg weitere Triumphe hinzu.

Die Tür öffnete sich, und herein kam ein Geschöpf, von dem Diamant gehört, das sie aber noch nie gesehen hatte. Es wirkte wie ein Schatten, losgelöst von dem Körper, zu dem er gehörte: ein Schemen, schwarz wie die Nacht, mit zwei Beinen und zwei Armen, einem Rumpf, Hals und Kopf. Mit seltsam knisternden Schritten ging das Wesen durch den Raum, und auf dem Weg zum Sessel der Vorsitzenden kam es so nahe an Diamants Platz vorbei, dass sie Einzelheiten erkennen konnte. Der »Schatten« bestand aus zahllosen winzigen, käferartigen Kreaturen, die sich zu einem humanoiden Kollektivwesen mit gemeinsamer Intelligenz zusammengeschlossen hatten. Ein Segmenter.

Die Vorsitzende bei dieser Besprechung, eine menschliche Kognitorin, die im Widerstand den Rang eines Admirals bekleidete und Leloa hieß, stand auf und wandte sich dem Neuankömmling zu. »Ich grüße Sie, General Lukas«, sagte sie und deutete auf den freien Sessel an ihrer Seite. An die Versammlung gerichtet fügte sie hinzu: »General Lukas kommt direkt vom Kastell.«

Diese Besprechung ist *wichtig*, dachte Diamant beeindruckt.

Der Segmenter nahm mit einem etwas lauteren Knistern Platz, und Stille breitete sich aus. Einige Sekunden lang war nur das leise Summen der pseudorealen Darstellung in der Mitte des Tischkreises zu hören.

Ein Mund bildete sich in Lukas' Kopf. »Die Lage ist ernst«, sagte er mit einer Stimme, die fast normal klang. »Die Refugien sind nicht mehr sicher.«

Das Murmeln kehrte zurück, und Diamant spürte die plötzliche Sorge der Kognitoren und Planer.

»Wir haben Amyldema verloren«, fügte General Lukas

hinzu. In seinem aus kleinen, schwarzen Kollektivelementen bestehenden Gesicht gab es nur den Mund, aber keine sichtbare Mimik. Und seine Stimme blieb neutral, ohne emotionale Untertöne.

»Wie konnte das geschehen?«, fragte ein Akuhaschi.

»Der Führungsstab des Widerstands im Kastell vermutet, dass es den Temporalen gelungen ist, mithilfe ihres Brutschiffs *Akida* eine neue Waffengeneration herzustellen, die ihnen größeres Einsatzpotenzial im Ozean der Zeit gibt.«

»Bessere Spürhunde?«, fragte jemand.

»Mehr als nur das. Die neuen Waffensysteme sind offenbar in der Lage, Refugien zu lokalisieren und gezielt auf die Zeitlinien einzuwirken, aus denen sie stammen.«

»Sie können den Bau der Refugien verhindern«, sagte ein Kognitor. »Dann haben diese nie existiert.«

»Schlimmer noch: Sie können gezielt manipuliert werden, was die Infiltration von Temporalen und ihrer Agenten ermöglicht.«

Die letzten Worte des Segmenters schufen eine geradezu gespenstische Stille im Versammlungssaal. Die Anwesenden wechselten stumme Blicke und schienen sich zu fragen, ob sie einander noch trauen konnten.

»Aber wenn wir nicht einmal mehr in den Refugien sicher sind …«, sagte jemand, ohne den Satz zu beenden.

Dann ist der Krieg tatsächlich verloren, flüsterte es in Diamant, und diesmal versuchte sie nicht, jene Stimme zu verdrängen.

»Das Kastell trifft Vorbereitungen für eine Evakuierung der übrigen hundertachtzehn Refugien«, fuhr der Segmenter fort und klang noch immer ungerührt. »Corrian wird dabei wichtige logistische Aufgaben übernehmen; die Planer haben bereits alle notwendigen Daten bekommen. Allerdings hoffen wir nach wie vor, dass es nicht so weit kommt. Unseren Kognitoren ist es gelungen, zwei Kausalitätspunkte zu lokalisieren, beide in einer grünen Realitätslinie gelegen, von denen die Manipulationen ausgegangen sind, die uns Amyldema gekostet haben – wir werden uns bemühen, sie rückgängig zu machen. Gleichzeitig wollen wir versuchen, von dort aus Informationen über die neuen Waffensysteme der Temporalen zu gewinnen und sie zu neutralisieren. Dieser Einsatz ist sehr wichtig. Und auch gefährlich, wie ich wohl nicht extra betonen muss.«

Viele der grünen Linien befanden sich vollständig unter der Kontrolle der Temporalen, und Kognitoren wurden dort sofort eliminiert. Diamant schauderte innerlich. Zwei der drei Esmeraldas hatte sie in grünen Zeitlinien verloren.

Sie beobachtete, wie sie die rechte Hand hob.

»Diamant?«, fragte Admiral Leloa.

Und sie hörte sich sagen: »Ich melde mich freiwillig für die grüne Mission.« Und sie dachte: *Warum mache ich das? Es geschieht nicht zum ersten Mal!*

Wieder wurde am runden Tisch gemurmelt, und Diamant fühlte Leloas Blick auf sich ruhen. Die Admiralin war etwa sechzig Standardjahre alt und trug eine graubraune, uniformartige Kombination. Das graue Haar bildete kaum mehr als einen Flaum auf ihrem Kopf. Leloa war keine Schönheit, und ihr normalerweise sehr streng wirkendes Gesicht ließ niemanden auf die Idee kommen, sie attraktiv zu finden. Man konnte sie für abweisend und sogar emotionslos halten, aber dieser Eindruck täuschte, wie Diamant sehr wohl wusste. Leloa zeichnete sich nicht nur durch eine überragende Intelligenz aus, sondern auch durch große Sensibilität und ein ausgeprägtes Einfühlungsvermögen. Ihr nachdenklicher Blick sagte jetzt: *Ich verstehe dich, Diamant. Du neigst dazu, dich gefährlichen Situationen auszusetzen, weil etwas in dir hofft, dadurch dir selbst und deinem Kummer zu entkommen. Aber man kann nicht vor sich selbst fliehen.*

Laut sagte sie: »Ihre Tapferkeit ehrt Sie, Diamant, aber ich habe Sie bereits für eine andere, noch wichtigere Mission vorgesehen – Ihr Einverständnis vorausgesetzt. General?«

Es knisterte, als sich der Segmenter ein wenig vorbeugte. »Bevor wir Amyldema verloren, erhielten wir die temporalen Koordinaten des Vortex und der *Akida*.«

Jähe Hoffnung leuchtete wie das Licht eines Sonnenaufgangs in Dutzenden von Gesichtern.

»Leider waren sie nicht vollständig«, fuhr General Lukas fort. »Derzeit werden sie im Kastell ausgewertet. Die gerettete Vitalin der Feyn, Xadelia, könnte dabei helfen, sie zu vervollständigen. Wenn wir wissen, wo sich der Vortex der Temporalen und ihr Brutschiff befinden, wenn wir die eine Realitätslinie mit objektiver Zeit entdecken ...«

»So könnten wir mit einem massiven Schlag gegen die Temporalen das Blatt wenden«, sagte ein menschlicher Kognitor.

»Das Blatt wenden?«, wiederholte der Segmenter. Admiral Leloa beugte sich zu ihm und erklärte die Bedeutung dieser Redewendung.

»Ja«, bestätigte General Lukas.

Wir schaffen es nie, alle Linien des Ozeans der Zeit miteinander zu verschmelzen und der manipulierten Realität ihren ursprünglichen Zustand zurückzugeben, dachte Diamant und war froh, dass es ihr gelang, diese Worte von Zunge und Lippen fern zu halten. Sie sah zur pseudorealen Kugel mit den Milliarden von bunten Fäden. Selbst wenn es gelang, die temporalen Koordinaten des Vortex und der *Akida* zu vervollständigen, selbst wenn ein Angriff und sogar ein Sieg möglich waren ... Nur ein einziger Temporaler brauchte zu überleben und den richtigen Kausalitätspunkt zu finden, um alles ungeschehen zu machen. *Es hat keinen Sinn,* dachte Diamant niedergeschlagen. *Was auch immer wir unternehmen ... die Temporalen sind uns gegenüber im Vorteil. Sie haben den Krieg gewonnen, und es gelingt ihnen mit großem Erfolg, ihren Sieg zu verteidigen.*

Sie fühlte einen Blick, drehte den Kopf und stellte fest, dass sich der Segmenter ihr zugewandt hatte. Für ein oder zwei Sekunden befürchtete sie, ihren Gedanken laut ausgesprochen zu haben, aber ihr Mund war geschlossen geblieben – sie wollte sich nicht vorwerfen lassen, die Moral des Widerstands zu beeinträchtigen.

Es fehlten noch immer Augen im »Gesicht« von General Lukas, aber Diamant spürte trotzdem, dass seine Aufmerksamkeit ihr galt.

Welche Mission erwartet mich?, fragte sie sich plötzlich.

»Ich kann verstehen, wenn einige von Ihnen nahe daran sind zu verzagen«, sagte der Segmenter. »Wir haben viele Rückschläge hinnehmen müssen, und Amyldema ist nur der letzte Punkt auf einer langen Liste. Aber bitte denken Sie daran: Wir sind die einzige Chance, die dieses Universum noch hat. Ohne unseren Widerstand ist alles verloren. Ich gehöre zu seinen Gründungsmitgliedern.« Eine knisternde Hand berührten die Kontrollen des Datenservos, und neben der pseudorealen Kugel entstand ein zweites Gebilde, ein Knäuel, wie Diamant es aus dem Transraum kannte, bestehend aus nicht mehr als vierzig oder fünfzig bunten Farben. »So war der Ozean der Zeit damals beschaffen, als der Widerstand begann. Mein Volk kennt keinen natürlichen Tod, nur periodische Erneuerung. Seit inzwischen fünfzehntausend Jahren meiner subjektiven Zeit kämpfe ich gegen die Temporalen und ihre Manipulationen, und während dieser Zeit musste ich erleben, wie die Situation immer schlechter wurde. Trotzdem gebe ich die Hoffnung nicht auf. Ich höre erst dann auf zu hoffen, wenn die physische Integrität meines Selbstkollektivs zerstört wird. Oder wenn eine weitere Manipulation der Temporalen bewirkt, dass mein Volk nie existiert hat. Ich werde den Kampf fortsetzen, solange ich lebe.«

Seine Stimme blieb unverändert, während er diese Worte sprach; er verlieh ihnen keinen besonderen emotionalen Nachdruck. Und doch fühlte sich Diamant tief in ihrem Inneren von ihnen berührt, zumal sie nach wie vor den Eindruck hatte, dass die Aufmerksamkeit des Segmenters vor allem ihr galt.

»Selbst wenn wir alle Refugien aufgeben müssen, und sogar das Kastell ...«, fügte General Lukas hinzu. »Bis zum Schluss, bis zum endgültigen Triumph der Temporalen, besteht die Möglichkeit, dass wir den originären Manipulationspunkt finden.«

Diamant erinnerte sich an ihr Gespräch mit General Naifeh. »Xadelias Kausalitätssinn und die Netzechos der Feyn ...«

»Ja«, bestätigte der Segmenter, während die neben ihm sitzende Leloa ziemlich ernst nickte. »*Darum* haben die Temporalen versucht, die Feyn zu eliminieren, und zwar in *allen* Zeitlinien. Aber es ist uns gelungen, eine Vitalin zu retten. Sie könnte uns nicht nur dabei helfen, die temporalen Koordinaten von Vortex und Brutschiff zu vervollständigen. Mit ihrer Hilfe sind wir vielleicht auch in der Lage, den originären Manipulationspunkt zu lokalisieren. Xadelia könnte uns die Möglichkeit geben, den Zeitkrieg rückgängig zu machen, den ursprünglichen Zustand der Realität wiederherzustellen und die Temporalen zu schlagen, *bevor* sie den Zeitkrieg führen und gewinnen können.«

»Das ist Ihre Mission, Diamant«, sagte Admiral Leloa. »Bringen Sie Xadelia zum Kastell. Wir wissen, dass es die Temporalen auf sie abgesehen haben. Halten Sie alle Gefahren von ihr fern. Das Zentrum des Kastells verfügt über die notwendigen Ressourcen, um das Potenzial der Vitalin voll zu nutzen, und dort ist sie sicher.«

»Warum ausgerechnet ich?«, fragte Diamant.

»Sie haben Xadelia gerettet«, antwortete Leloa. »Und die Vitalin bat ausdrücklich darum, von Ihnen begleitet zu werden.«

»Ich eskortiere Sie mit meiner Kampfgruppe«, sagte General Lukas.

»Wann brechen wir auf?«

»In zwei Ihrer Stunden.«

Das pseudoreale Fenster zeigte noch immer das All und nicht den Ozean der Zeit, als Diamant ihr Quartier verließ, zwei Räume, denen sie nie eine persönliche Note gegeben hatte. Sie sah kurz zurück und entdeckte keinen Hinweis darauf, dass die beiden Zimmer ihr Zuhause gewesen waren.

»Sie sind bestrebt, keine Spuren zu hinterlassen«, sagte jemand. »Warum?«

Diamant drehte den Kopf und sah Admiral Leloa im Gang, der durch den Habitatbereich des Refugiums Corrian führte. Sie zuckte mit den Schultern.

Leloa trat etwas näher, und in ihrem sonst so ernsten, abweisenden Gesicht erschien etwas Weiches und Sanftes. Die Strenge wich aus ihren Augen. »Werden Sie nicht zu einem Schatten, Diamant. Damit helfen Sie niemandem, am wenigsten sich selbst.«

»Wie meinen Sie das?«, erwiderte Diamant, hörte den defensiven Klang in ihrer Stimme und ärgerte sich darüber. Hinter ihr glitt die Tür des Quartiers mit einem leisen Summen zu. Alle ihre persönlichen Dinge – soweit sie diese Bezeichnung verdienten – fanden Platz in einem kleinen Rucksack, den sie bereits auf dem Rücken trug.

Leloa winkte. »Ich begleite Sie zum Hangar.«

Darauf hätte Diamant lieber verzichtet, aber sie wollte die Admiralin nicht brüskieren und nickte nur. Auf dem Weg durch die Korridore des Refugiums begegneten sie anderen Kognitoren und Logistikern. Leloa grüßte mehrmals, während Diamant still blieb.

»*Das* meine ich«, sagte Leloa nach einer Weile. »Seit Esmeraldas Tod gehen Sie keine persönlichen Beziehungen mehr ein. Sie verschließen sich immer mehr.«

»Fast zweihundert Jahre lang war sie meine beste Freundin«, sagte Diamant knapp und fühlte ein Echo des Schmerzes.

»Sie gehen keine neuen Bindungen ein – ganz gleich welcher Art –, weil Sie fürchten, erneut zu leiden, nicht wahr?«

Diamant wäre am liebsten schneller gegangen, um zu entkommen. Sie wollte nur in Ruhe gelassen werden. Sie erfüllte ihre Pflichten als Kognitorin und Kämpferin des Widerstands – genügte das nicht?

Admiral Leloa berührte sie am Arm und blieb stehen, was Diamant zwang, ebenfalls anzuhalten.

»Einsamkeit ist nicht die Lösung«, sagte sie mit mehr Anteilnahme, als Diamant bei ihr für möglich gehalten hätte. »Wir alle brauchen mehr im Leben als nur uns selbst.«

»Warum sagen Sie mir das?«

»Um Ihnen zu helfen. Sie glauben, eine Möglichkeit gefunden zu haben, dem Kummer zu entfliehen und sich vor weiteren Schmerzen zu schützen. Sie merken nicht, dass Sie sich selbst vergiften. Glauben Sie mir: Ich weiß, wovon ich rede.«

Diese Worte weckten Neugier in Diamant, und sie musterte die Admiralin mit neuem Interesse. Welche alten Wunden gab es in ihr?

»Ich habe vor einigen Jahren in einer gelben Linie meinen Partner verloren«, sagte Leloa leise, und für einige Sekunden glitt ihr Blick in die Ferne. »Und mit ihm vierzig Jahre meines Lebens.« Sie lächelte matt. »Ich bin keine Kantaki-Pilotin wie Sie. Ich habe nie relative Unsterblichkeit genossen. Aber es waren vierzig *wichtige* Jahre. Als Joren starb ... Ich dachte, dass alles seinen Sinn für mich verlor. Später begriff ich: Gerade jenen gegenüber, die ihr Leben verloren, sind wir verpflichtet, unser Leben so gut wie möglich zu leben.«

Die Admiralin setzte sich wieder in Bewegung, schritt durch den Korridor zum Hangar, und Diamant folgte ihr, nachdenklich geworden.

»Es gibt ein Geschöpf, das noch weitaus mehr gelitten hat als wir, ein Wesen, das noch immer leidet und schrecklicher Einsamkeit ausgesetzt ist«, sagte Leloa.

Diamant verstand. »Xadelia.«

 »Ja. Sie ist die Mutter eines ganzen Volkes, oder eines

großen Teils davon. Die Temporalen haben ihr mehr genommen als einen Partner oder eine gute Freundin. Sie nahmen ihr tausende von Kindern. Eine Vitalin wie sie ist daran gewöhnt, in einem engen sozialen Verbund zu leben, in ständigem Kontakt mit zahllosen Feyn. Und jetzt muss sie sich mit der Gesellschaft von nur drei Erntern begnügen. Ich glaube, es gibt niemanden, der sich auch nur annähernd so allein fühlt wie Xadelia. *Und* ich glaube, dass Sie sich gegenseitig helfen können.«

Vor dem Hangarschott blieb die Admiralin erneut stehen und streckte die Hand aus. Diamant ergriff sie.

»Xadelia ist wichtig für uns«, sagte Leloa. »Wir *alle* sind wichtig. Viel Glück, Diamant.« Das Sanfte verschwand aus ihrem Gesicht, und die kühle Strenge kehrte zurück.

»Danke«, erwiderte Diamant.

Das Schott vor ihr glitt beiseite, und mit dem nächsten Schritt begann Diamants fünfundsechzigster Einsatz für den Widerstand. Im Hangarschacht wartete ein K-Schiff, eines von der Art, deren Konfiguration sich beliebig verändern ließ. In einem der dunklen Segmente hatte sich eine Öffnung gebildet, und davor schwebte die einem Partussessel nachempfundene Vorrichtung, in der die Feyn-Vitalin ruhte. Die drei zarten Ernter schwebten daneben, in der für sie zu hohen Schwerkraft von Levitatoren getragen, und schlugen gelegentlich mit ihren silbernen Flügeln. Zwei Angehörige aus Hominx' Abteilung steuerten den Partussessel auf die Öffnung im K-Schiff zu.

Diamant trat zu ihnen, sah sie an und rang sich ein Lächeln ab. »Ich kümmere mich um sie.«

Die beiden Menschen nickten knapp und gingen.

Diamant wandte sich der Vitalin zu, und als sie in ihr so menschlich wirkendes Gesicht sah, fühlte sie sich von einer Trauer berührt, die ihren eigenen Kummer winzig erscheinen ließ. In den Augen bemerkte sie die unvergossenen Tränen einer Wehmut, die schwerer war als all jene Gefühle, von denen sie sich jemals belastet gefühlt hatte.

Die Feyn öffnete den Mund, und zirpende Laute erklangen. Diamants Linguator übersetzt sofort.

»Sie sind es«, sagte sie leise. »Diamant. Sie haben mich gerettet. Ihnen verdanke ich mein Leben.«

»Ja. Von jetzt an werde ich mich persönlich um Sie kümmern«, sagte sie, und es waren nicht nur Worte, die ihre neue Aufgabe beschrieben. Sie kamen aus der Tiefe, und erstaunt stellte Diamant fest, dass sich etwas zu füllen begann, das bisher schrecklich leer geblieben war.

Sie griff nach den Kontrollen des Partussessels, während die drei kleinen Ernter darüber hin und her flogen, dabei knarrende Laute von sich gaben, die der Linguator nicht übersetzte. Der symbiotische Umhang der Vitalin bewegte sich wellenförmig, und Diamant glaubte, eine gewisse Synchronizität mit den Lauten und Bewegungsmustern der drei viel kleineren Feyn zu erkennen.

»Durch Sie hat mein Volk noch eine Chance«, sagte Xadelia sanft, als Diamant den Partussessel auf seinem Levitatorkissen ins K-Schiff steuerte. Vertraute, angenehme Desorientierung erwartete sie dort, und etwas in Diamant passte sich ihr instinktiv an.

»Ich helfe Ihnen gern«, sagte sie und hörte erneut den *wahren* Klang ihrer Stimme. »Hat man Ihnen mitgeteilt, wohin die Reise geht? Sind Sie über die Hintergründe informiert?«

»Ja, man hat mir alles erklärt«, erwiderte die Vitalin, während der Partussessel durch einen Korridor glitt, der in sich verdreht zu sein schien. »Ich werde versuchen, mich nützlich zu machen.«

Ein in einen Direal gekleideter Akuhaschi kam ihnen entgegen. »Ich bin Mrlgrrd, der Pilot«, sagte er mit einem sonoren Bass, und es klang wie *Mrilgrid.* Er benutzte keinen Linguator. »Das Quartier ist vorbereitet, und wir sind startklar. Die Kampfgruppe von General Lukas hält sich draußen bereit.«

 Draußen. Nicht im All, sondern im Ozean der Zeit. Neuer

Kummer regte sich in Diamant, als sie sich daran erinnerte, wie gern sie Kantaki-Kolosse durch den Transraum gesteuert hatte, das jeweilige Schiff ein Teil von ihr, und sie ein Teil von ihm. Die Navigation von Zeitschiffen aller Art erforderte nicht die Gabe, nur einen guten Navigationsservo und korrekte temporale Koordinaten. So etwas ließ sie unbefriedigt, und daraus war schnell eine derartige Frustration geworden, dass sie es normalerweise anderen Personen überließ, K-Schiffe durch die Farben zu fliegen, wie auch in diesem Fall.

Das Quartier bestand aus mehreren Räumen, alle mit Gravitations- und Ambientenservi ausgestattet, damit sich die Feyn eine Umgebung schaffen konnten, die ihren physischen Bedürfnissen entsprach. Ein Zimmer war für Diamant vorgesehen. Der Hauptraum befand sich in einem externen Element des K-Schiffes, und durch eine Wand, die sich transparent gestalten ließ, konnte man hinaussehen in ein Wogen, das aus Millionen von eingefangenen Regenbogen zu bestehen schien. Dort ließ Diamant den Partussessel auf den Boden sinken und beobachtete, wie die drei Ernter hin und her schwirrten, vorbei an künstlich geschaffenen Filigranen. Sie betätigten die Kontrollen, und Diamant spürte, wie sie leichter wurde, als die Intensität des lokalen Gravitationsfelds nachließ.

»Wir starten«, tönte Mrlgrrds tiefe Stimme aus dem Lautsprecher eines Kom-Servos.

Das bunte Wogen auf der anderen Seite der durchsichtigen Wand veränderte sich. Das Refugium Corrian geriet in Sicht, und daneben die Kampfgruppe des Generals: sieben Schiffe, jedes von ihnen fast so groß wie das Refugium und geformt wie eine Hand, deren fünf Finger nach vorn wiesen. Aus der Mitte des Handtellers wuchs eine lange Spitze: der Waffendorn.

Es waren ebenfalls K-Schiffe, und Diamant wusste vom Hörensagen, dass es bei den Kantaki durch ihren Bau fast zu einem neuen Konflikt hinsichtlich der Konzepte gekommen wäre. Trotz allem gab es auf Munghar noch immer eine einflussreiche Gruppe, die Gewalt ablehnte. Doch die Großen Fünf hatten entschieden, dass die besonderen Umstände den Einsatz von offensiven Mitteln rechtfertigten. *Zum Glück,* dachte Diamant, während sie nach draußen sah. *Ohne die Technik der Kantaki könnten wir noch viel weniger gegen die Temporalen ausrichten.*

Die großen sieben Schiffe umgaben den viel kleineren Transporter wie mit einem schützenden Kokon und beschleunigten. Das Refugium fiel hinter ihnen zurück und verschwand. Blinkende Lichter begannen mit einem sonderbaren Tanz: die Spürhunde der Temporalen. Aber sie kamen nicht nahe genug, um die K-Schiffe zu orten.

»Setzen Sie sich, Diamant«, sagte Xadelia, und ein Sessel wuchs aus dem Boden. Diamant nahm Platz und beobachtete, wie die drei kleinen Ernter sich der Vitalin näherten und an sie schmiegten. Wieder ertönten die knarrenden Laute, und die Lippen der Feyn-Mutter deuteten ein Lächeln an.

»Kennen Sie den Ursprung der Temporalen?«, fragte Xadelia.

»Nein«, sagte Diamant. »Aber ich habe mich oft gefragt, woher sie stammen und was sie antreibt.«

Die Vitalin gurrte, und die drei Ernter – ihre Kinder, drei von vielen, die einzigen, die ihr geblieben waren – drückten sich noch enger an sie.

»Ich möchte Ihnen eine Geschichte erzählen, Diamant«, sagte Xadelia. »Ich möchte Ihnen erzählen, wie alles begann. Hören Sie vom Bruch ...«

16

Bruch

Ultramarin: Ozean der Zeit, 14. Dezember 569 SN

Jenseits der transparenten Wand wogten tausend und mehr Regenbogen, während der Transporter zum Kastell flog, umgeben von den sieben K-Schiffen, aus denen die Kampfgruppe von General Lukas bestand. Doch Diamants Interesse galt nicht der Eskorte oder den bunten Strömungen des Ozeans der Zeit, sondern der Vitalin im Partussessel, der letzten Feyn, die neues Leben gebären konnte. Während sich die drei kleinen Ernter an sie schmiegten, erzählte sie die Geschichte ihres Volkes und des Bruchs. Xadelias symbiotischer Mantel bewegte sich immer wieder, reagierte damit vielleicht auf die Emotionen der Vitalin.

»Wir waren ein Volk auf dem Boden unserer Welt, tausend Großgenerationen bevor sich Talaha, die Brennende, aufblähte und die inneren Planeten verschlang, bevor wir Feyindar mithilfe der Kantaki in eine neue Umlaufbahn brachten«, zirpte Xadelia, und Diamants Linguator übersetzte. Ein Schatten des Kummers lag auf dem so erstaunlich menschenähnlichen Gesicht der Feyn. »Eine Mutation verwandelte uns in eine polymorphe Spezies, gab uns Flügel und unterschiedliche Bestimmungen im Leben. Einige von uns wurden zu Vitalinnen, andere zu Erntern ...« Dem Zirpen folgten einige knackende Laute, die der Linguator nicht übersetzte, da sie den drei kleineren Feyn galten. »... wieder andere zu Inventoren, Helfern, Technikern, Mathematikern, Philosophen und so weiter. Wir schufen die Filigrane, und das Fliegen wurde zu einem wichtigen Bestandteil unseres Lebens.«

Das alles wusste Diamant, aber sie hörte geduldig zu, davon überzeugt, dass wichtige Informationen auf sie warteten.

»Wir glaubten fest an die eherne Kausalität«, fuhr Xadelia fort und sah die Kantaki-Pilotin aus ihren großen, glänzenden Augen an. »Einige unserer Philosophen entwickelten die Fähigkeit, durch die Zeit zu sehen, in Vergangenheit und Zukunft, und noch mehr: Sie lernten zu sehen, *was hätte sein können.*«

Was hätte sein können, wiederholte Diamant, und diese Worte schufen ein sonderbares mentales Echo in ihr. Sie selbst hatte einmal gesehen, *was hätte sein können*, beim Blick durch die Pluriallinse auf Munghar. Dabei hatte sie ein Mädchen und einen Jungen gesehen, Leonard und Francy, Kinder einer anderen Diamant, nein, einer Frau namens Lidia DiKastro, die mit einem Mann namens Rungard Avar Valdorian verheiratet war, nicht in dieser Welt und nicht in dieser Zeit, sondern in einem Paralleluniversum.

»Sie bestätigten die Doktrin von der Ehernen Kausalität, denn sie sahen, dass selbst winzige Veränderungen in den ungeheuer komplex miteinander verzahnten Strukturen von Ursache und Wirkung enorme Konsequenzen nach sich ziehen konnten. Die ursprüngliche, eine, wahre Kausalität musste unbedingt geschützt werden, um allem Existierenden, Belebtem wie Unbelebtem, seine natürliche Entwicklung zu gestatten.« Xadelia lächelte so, als wolle sie um Verzeihung bitten. »Ich muss mich bei Ihnen entschuldigen, Diamant. Ich bin nur eine Vitalin. Ein Philosoph könnten Ihnen dies alles viel besser erklären.«

»Sie sind nicht ›nur‹ eine Vitalin, Xadelia«, erwiderte Diamant sanft und fühlte, wie sich das emotionale Band zwischen ihnen verfestigte. »Sie sind *die* Vitalin, und Sie werden das Überleben Ihres Volkes gewährleisten.«

Der Kummer kehrte zurück, und Diamant fragte sich, ob sie die richtigen Worte an Xadelia gerichtet hatte.

»Eines Volkes, das letztendlich doch noch Opfer des Bruchs geworden ist«, sagte die Feyn traurig. Die Ernter streichelten sie. »Etwa fünfhundert Großgenerationen vor dem Aufblähen von Talaha gebar eine Vitalin besonders viele Philosophen, und was zunächst wie ein Anlass zur Freude aussah, erwies sich als Tragödie, denn unter jenen Philosophen befand sich auch Tyragon.«

Diamant wartete, während Xadelia ihre Gedanken sammelte.

»Tyragon war schon in jungen Jahren ein sehr unruhiger Geist und stellte alles infrage, auch die Eherne Kausalität. Seine Lehrer gingen zunächst davon aus, dass es sich um eine individuelle Art von Dialektik handelte, dazu bestimmt, neue Erkenntnisse zu gewinnen, aber das war nicht der Fall. Tyragon behauptete, es gäbe keine *eherne* Kausalität, und die Zeitseher unter den Philosophen der Feyn hätten sich selbst Fesseln angelegt. Er schlug vor, sie sollten ihre Fähigkeiten nutzen, gezielt auf die Kausalität einzuwirken. Um die Welt, in der wir lebten, zu verbessern. Um unsere Vorstellungen von Ästhetik durchzusetzen. Um alles so zu gestalten, wie wir es wollten. Er hielt allein die Existenz der Zeitseher für einen Hinweis des Schicksals darauf, dass wir bestimmenden Einfluss auf unsere eigene Evolution und die aller anderen Dinge nehmen sollten. Lange Diskussionen fanden statt, und es gelang Tyragon, andere junge Philosophen und Mathematiker von seinen Ansichten zu überzeugen. Die Lehrer ließen ihn zunächst gewähren und hofften, dass die eigene Dialektik Tyragon schließlich von der Richtigkeit des Konzepts der Ehernen Kausalität überzeugen würde. Doch als er heranreifte, entwickelte er sich selbst zum Zeitseher, und schlimmer noch: Er konnte nicht nur die Kausalitätspunkte in der Zeit erkennen, sondern sich sogar im Zeitstrom bewegen.«

Xadelia schwieg nach diesen Worten, drehte den Kopf

und blickte durch die transparente Wand hinaus auf den Ozean der Zeit. Diamant fragte sich, was jetzt in ihr vorging.

»Ich schätze, dadurch ergaben sich einige Probleme«, sagte sie nach einer Weile.

Die Vitalin ahmte das menschliche Nicken nach, und ihr Blick kehrte zu Diamant zurück.

»Es gelang Tyragon, etwas zu öffnen, das er damals ›Zeitschacht‹ nannte«, setzte Xadelia ihren Bericht fort. »Durch ihn unternahm er erste Reisen in bestimmte Epochen des Universums, zunächst ohne direkten Einfluss auf das Gefüge der Kausalität zu nehmen. Wir wissen nicht, ob jene Reisen die physischen Veränderungen in ihm bewirkten, oder ob diese auf die genetische Programmierung seines Körpers zurückgingen. Wie dem auch sei: Er veränderte sich stärker als jemals zuvor ein Feyn. Seine Haut wurde zu einem silbernen Schuppenkleid, er verlor die Flügel, seine Hände bekamen Fingertentakel ...«

Diamant hatte einmal das Bild eines Temporalen gesehen, im Archiv eines Kantaki-Nexus, und ihr Interesse wuchs abrupt. »Soll das heißen ...«

»Und seine Anhänger, die die Stimmen unserer Philosophen und Mathematiker missachteten und ihn durch den Zeitschacht begleiteten, veränderten sich ebenfalls. Sie wurden, wie er, zu einer neuen Subspezies unseres polymorphen Volkes.«

»Die ersten Temporalen?«, hauchte Diamant. »Sie stammen aus *Ihrem* Volk?«

»Eine seltsame Ironie des Schicksals, nicht wahr?«, erwiderte Xadelia. »Aus den Bewahrern der Kausalität gingen jene hervor, die ihr den größten Schaden zufügten.«

Während Diamant noch versuchte, das gerade Gehörte zu verarbeiten, fuhr die Vitalin fort: »Wie sich herausstellte, alterte Tyragon nicht – der neuer Körper schenkte ihm relative Unsterblichkeit. Er nannte sich ›Eterner‹, und diesen Namen übernahmen auch die anderen Veränderten, obwohl sie seine relative Unsterblichkeit nicht teilten. Sie wurden zu den ›Eternen‹. Die Philosophen, Inventoren und Techniker versuchten, den Zeitschacht zu schließen, um zu verhindern, dass die Eternen durch die Zeit reisten, und damit begann der so genannte Initialkonflikt, die erste gewaltsame Auseinandersetzung zwischen den Eternen und uns Feyn.«

Diamant nahm zur Kenntnis, dass Xadelia jetzt zwischen den Temporalen und ihrem eigenen Volk unterschied, sie nicht mehr zu den Feyn zählte.

»Unter Einsatz von Waffen verhinderten die Eternen die Schließung des Zeitschachtes und bauten seinen Zugang zu einer Festung aus. Während der Zeit von zwei Kleingenerationen …«

Etwa zehn Standardjahre, dachte Diamant.

»… fand ein Propagandakrieg auf Feyn statt. Die Eternen stellten alle Prinzipien unserer Kultur infrage, vor allem aber die Eherne Kausalität, und erstaunlicherweise bekamen sie großen Zulauf. Wir vermuten heute, dass es sich dabei um das Ergebnis einer schleichenden Mutation handelte, die bereits große Teile unseres Volkes erfasst hatte. Durch den Initialkonflikt schlug genetische Quantität in Qualität um. Die Eternen entstanden, und dadurch kam es in unserem Volk zum Bruch. Während sich die Feyn unter der Leitung ihrer besten Philosophen, Mathematiker und Inventoren auf den großen Schlag gegen die Kausalitätssünder vorbereiteten – die Vitalinnen brachten damals wieder Soldaten zur Welt, was seit vielen Großgenerationen nicht mehr geschehen war –, erweiterten die Eternen den Zeitschacht und schickten Kundschafter in die Epochen, die sich durch ihn erreichen ließen. Dabei fand Tyragon ein … Wesen.«

»Ein Wesen?«, fragte Diamant, als Xadelia erneut schwieg und in sich zu gehen schien. »Was für ein Wesen?«

Die große und gleichzeitig so zarte Feyn im Partussessel seufzte leise. Die drei kleinen Ernter an ihrer Seite schienen zu schlafen. »Er fand den Erhabenen, eine Entität aus der Dominanz. Einen Prävalenten.«

Diamant hob die Hand. »Ich glaube, an dieser Stelle sind einige Erklärungen nötig.«

»Es gibt Lücken in den Überlieferungen, und die Informationen gelangten auf Umwegen zu uns«, sagte Xadelia. »Wir wissen nicht, ob die Einzelheiten stimmen, aber wir gehen davon aus, dass das allgemeine Bild einen Eindruck von der Realität vermittelt. Die Prävalenten sind die Schöpfer dieses Universums und vieler anderer ...«

»*Götter*?«, entfuhr es Diamant ungläubig.

»Nein, keine Götter. Das erste Leben. Das erste intelligente Leben überhaupt. Im ersten Universum. Und als jenem ersten Universum das Ende drohte, brachen sie auf und ließen sich in der Dominanz nieder, einer von ihnen selbst geschaffenen Sphäre. Dort planten die Prävalenten ein neues Universum, während sich das ihre immer schneller ausdehnte, ein Vorgang, der Galaxien, Sonnen, Planeten und schließlich sogar Atome zerriss ...«

Diamant staunte und versuchte, sich Geschöpfe vorzustellen, die ein ganzes *Universum* schufen. So etwas kam der Definition von *Gott* beziehungsweise *Göttern* sehr nahe.

Als Xadelia fortfuhr, bekam ihre zirpende Stimme einen anderen Rhythmus, den der Linguator bei der Übersetzung unberücksichtigt ließ. »Die Prävalenten begriffen nicht, dass sie damit gegen den Willen des Geistes handelten, der einst Materie geworden war ...«

»Moment mal«, warf Diamant ein. »Die Prävalenten hatten den gleichen Glauben wie die Kantaki? Teilten auch sie die Geschichte des Universums und alles Existierenden in Fünf Kosmische Zeitalter ein?«

»Davon gehen wir aus. Der Urknall des zweiten, von der Dominanz aus erschaffenen Universums war bereits erfolgt, als die Prävalenten – oder der Erhabene, an dieser Stelle gibt die Geschichte keine klare Auskunft – begriffen: Das Ende ihres Universums hätte auch das Ende des Fünften Kosmischen Zeitalters sein und dem Geist, der einst Materie geworden war, Gelegenheit geben sollen, wieder Geist zu werden.«

»Der Kreis hätte sich schließen sollen ...«, sagte Diamant leise.

»Ja. Durch die Erschaffung des zweiten Universums blieb der Geist gefangen.« Xadelia bewegte ihre zarten Hände – eine Geste, deren Sinn Diamant verborgen blieb. Aber sie spürte den Kummer der Vitalin, eine Trauer, die nicht nur ihre eigene Situation betraf. »Deshalb schufen die Prävalenten – oder der Erhabene, auch an dieser Stelle herrscht Unklarheit – den Omnivor, eine Kreatur, die Realität frisst. Sie sollte dafür sorgen, dass das zweite Universum nur von kurzer Dauer blieb. Die Kantaki nennen dieses Geschöpf den Abissalen, wie Sie wissen.«

Diesmal nickte Diamant.

»Doch der Omnivor stieß auf eine Entität namens Konziliat, die ihn bekämpfte und zur Splitterung zwang. Er platzte auseinander, um der Vernichtung zu entgehen, und seine Splitter verteilten sich in Raum und Zeit.« Xadelia seufzte erneut, tiefer als zuvor. »Das alles erfuhren die Eternen vom Erhabenen, und er gab ihnen den Auftrag, die Splitter des Omnivors zu finden und ihm die Möglichkeit zu geben, die Realität dieses Universums zu annulieren, um den in Materie gefangenen Geist zu befreien. Und so entstand die Legende vom Finalkonflikt, von der letzten Auseinandersetzung, die das Fünfte Kosmische Zeitalter beendet und den Kreis der Schöpfung schließt. Der Erhabene gab den Eternen die *Akida*, das erste Brutschiff, das zur Mutter einer großen Zeitflotte wurde.«

Xadelia schwieg, und eine Zeit lang war nur das leise Summen des Transporters zu hören. Die drei kleinen Ernter gaben im Schlaf leise, klackende Geräusche von sich.

Wie können sie schlafen angesichts einer Geschichte von so ungeheurer Bedeutung?, dachte Diamant und erinnerte sich dann daran, dass die Worte, die sie gerade von der

Vitalin gehört hatte, zu den Überlieferungen der Feyn gehörten.

»Der Initialkonflikt endete damit, dass unsere Soldaten die Bastion am Zugang des Zeitschachts eroberten«, fügte Xadelia hinzu. »Wir schlossen den Schacht und verbannten Tyragon und die Eternen für immer aus unserem Volk. Wir wussten um die von ihnen ausgehende Gefahr für die Kausalität und mussten unsere Bemühungen als deren Hüter und Bewahrer verstärken. Immer wieder kam es zu Manipulationsversuchen, die wir verhindern und rückgängig machen konnten. Aber die Eternen hielten sich zunächst zurück. Ihren ersten großen Angriff auf uns begannen sie, als aus der *Akida* und den anderen Brutschiffen eine starke Zeitflotte hervorgegangen war.«

»Damit begann der erste Zeitkrieg«, sagte Diamant.

»Ja. Wir gewannen ihn mithilfe der Kantaki. Aber jetzt ...«

»Beim zweiten Zeitkrieg errangen die Eternen den Sieg, die Temporalen, und in der einen Linie objektiver Zeit ...«

»Dies ist der Finalkonflikt«, sagte Xadelia. »Und in der einen Linie objektiver Zeit schicken sich der Omnivor und die Eternen an, das Ende des Fünften Kosmischen Zeitalters herbeizuführen.«

Längere Stille folgte diesen Worten, und Diamant versuchte, ihre Gedanken zu ordnen. Sie fühlte sich wie überwältigt von den Dingen, die sie gehört hatte, aber während ihres langen Lebens hatte sie viel Überwältigendes gesehen und gelernt, schnell damit fertig zu werden. Ganz deutlich sah sie Lücken in den beschriebenen Ereignissen, und sie begann, Fragen zu stellen.

»Wenn die Prävalenten nur ein Universum schufen – dieses –, wieso sieht man im Sakrium dann so viele? Die Anzahl der Universen des Plurials lässt sich nicht einmal abschätzen.«

»Es sind alles Paralleluniversen, die auf *dieses* Universum zurückgehen«, sagte Xadelia. »Jede alternative Möglichkeit, die dieser Kosmos bietet, hat sein eigenes Universum. Und wenn *dieses* Universum endet, enden auch alle anderen – so will es die Kausalität.«

»Wenn die Temporalen Erfolg haben, wenn sie und der Omnivor das Ende des Fünften Kosmischen Zeitalters herbeiführen ... Es bedeutet das Ende *von allem*?« Diamant dachte an die vielen großen und kleinen Kugeln, die sie oft im Sakrium gesehen hatte, jede von ihnen ein Universum ... Das alles sollte *aufhören zu existieren*?

»Ja«, sagte die Vitalin schlicht.

»Und ... die Dominanz? Was ist damit gemeint?« Diamant stellte diese Frage, um einer anderen auszuweichen, einer gemeinen, heimtückischen Frage, die all das bedrohte, woran sie glaubte.

»Die Überlieferungen beschreiben sie nicht«, antwortete Xadelia. »Wir nehmen an, dass es sich um eine Daseinssphäre außerhalb dieses Kosmos und der Paralleluniversen handelt.«

»Aber wenn etwas *außerhalb* davon existiert ...«, begann Diamant und sprach nicht weiter, weil ihr plötzlich die Worte fehlten.

»Uns fehlen die ideellen und philosophischen Werkzeuge, um uns eine Vorstellung davon zu machen.«

Diamant spürte, wie die gehässige Frage nach Worten für die Formulierung suchte. »Warum hat sich der Erhabene nur mit Tyragons Eternen und nicht auch den Feyn in Verbindung gesetzt? Wenn er Ihr Volk überzeugt hätte, wäre er in der Lage gewesen, sein Ziel viel schneller zu erreichen. Und warum brauchte er überhaupt Hilfe? Ein so mächtiges Wesen ...«

»Wir wissen nur ein Teil von dem, was damals geschah. Vielleicht unterlag der Erhabene irgendwelchen Beschränkungen. Vielleicht verfügte er nicht über seine ganze Macht. Vielleicht musste er sich vor dem Konziliat in Acht nehmen, der dritten stabilisierenden Kraft in diesem Universum, viel stärker als die Kausalitätshüter der Feyn oder die Zeitwächter der Kantaki.«

»Das Konziliat«, sagte Diamant nachdenklich und erinnerte sich daran, bei den Kantaki einmal etwas darüber gehört zu haben. Sie beschloss, Erkundigungen einzuholen, sobald sich ihr Gelegenheit dazu bot.

Und dann überlistete die gemeine Frage sie, sprang zu Zunge und Lippen, bevor Diamant sie zurückhalten konnte.

»Und wenn der Erhabene Recht hat?«

Xadelia bewegte sich, und die drei Ernter erwachten aus ihrem Schlaf, klickten und klackten, krochen unruhig umher.

Diamant lauschte dem Klang der Worte, die sie gerade ausgesprochen hatte, und hörte entsetzt, wie weitere hinzukamen.

»Was ist, wenn der Geist das erste, ursprüngliche Universum schuf, um Materie zu werden? Und wenn das Ende jenes Universums tatsächlich das Ende des Fünften Kosmischen Zeitalters bedeuten sollte? Es würde bedeuten ... dass der Geist tatsächlich gefangen ist, in diesem Kosmos und seinen vielen Paralleluniversen.«

»Ich habe mir diese Frage mehr als tausendmal gestellt«, sagte Xadelia. »Und ich kann sie nicht beantworten.«

Diamant glaubte, in eine unergründliche Tiefe zu stürzen. »Es würde bedeuten, dass die Kantaki mit ihrer Philosophie und dem Sakralen Kodex *Unrecht* haben, dass sie seit Äonen genau das Gegenteil von dem bewirken, was sie beabsichtigen. Sie verhelfen dem Geist nicht zu weiteren Erkenntnissen, indem sie Stabilität gewährleisten und damit das Vierte Kosmische Zeitalter verlängern – sie *halten ihn in Materie gefangen, obwohl er längst wieder Geist werden sollte!*« Sie atmete schwer. »Die Temporalen wären die Guten und *wir* die Bösen.«

»Ich glaube nicht, dass es hier um Gut und Böse geht«, sagte Xadelia sanft.

»Nein, es geht um viel, viel mehr.« Der lange Kampf, Esmeraldas Tod, ein Leben, das aus illusionären Erinnerungen bestand, weil sie sich auf Ereignisse bezogen, die nach den Manipulationen der Temporalen gar nicht mehr stattgefunden hatten ... und das alles aus den *falschen* Gründen? »Es geht um die Frage, ob wir auf der richtigen Seite stehen.«

Xadelia sah sie aus ihren großen und so menschenähnlichen Augen an. »Wir setzen uns dafür ein, dass das Leben, das sich überall in diesem Universum nach den Gesetzen der Kausalität entwickelte, die Möglichkeit erhält, sein ganzes Evolutionspotenzial zu entfalten. Das kann nicht plötzlich falsch sein. Und die Kantaki ... Halten Sie es wirklich für möglich, dass sie seit Jahrmillionen an die falschen Dinge glauben?«

Diamant erinnerte sich. »Der Erste Konflikt der Konzepte ... Vor fast vier Millionen Jahren forderten einflussreiche Kantaki eine Veränderung des Sakralen Kodex, und dabei ging es nicht nur um eine aktivere Rolle der Kantaki im galaktischen Geschehen. Sie verlangten eine wichtige Änderung der philosophischen Prinzipien, mit dem Ziel, das Vierte Kosmische Zeitalter nicht länger zu stabilisieren, sondern dafür zu sorgen, dass es möglichst bald ins Fünfte übergehen konnte. Jene Kantaki vertraten die Ansicht, dass der Materie gewordene Geist genug erfahren und gelernt hatte, und dass es an der Zeit war, den Kreis der Schöpfung zu schließen. Damals kam es zu heftigen ideellen Auseinandersetzungen, und schließlich sprach sich die Mehrheit der Kantaki gegen entsprechende Änderungen in Philosophie und Sakralem Kodex aus. Das Ergebnis war: Unter der Führung von Mutter Krorah, einer der Fünf Großen ihrer Zeit, brach ein Teil des Kantaki-Volkes auf, um die Milchstraße für immer zu verlassen. Die Exilanten galten als Abtrünnige, aber sie waren fest davon überzeugt, den richtigen Weg zu beschreiten. Für immer kehrten sie der Heimat den Rücken, und man hörte nie wieder etwas von ihnen.«

»Das beweist nur, dass auch die Weisheit der Kantaki nicht perfekt ist«, sagte Xadelia.

»Genau darum geht es.« Diamant sprach jetzt mit einem gewissen Nachdruck. »Es *könnte* sein, dass sie sich irren.«

»Alles *könnte* sein, Diamant. Sie haben Sakrium und Plurial erwähnt. Die Paralleluniversen enthalten *alle Möglichkeiten*, die die Gesetze der Kausalität zulassen.«

»Ich meine etwas anderes, und das wissen Sie auch!«, sagte Diamant mit einer Schärfe, die sie selbst überraschte. Nach zwei oder drei Sekunden fügte sie hinzu: »Bitte entschuldigen Sie, Xadelia.«

»Ich weiß, was Sie empfinden«, sagte die Vitalin mit mütterlicher Einfühlsamkeit. »Ich empfange Ihre Emotionen fast wie das Echo einer meiner vielen Töchter, die ...« Sie unterbrach sich, und die Schatten kehrten in ihr Gesicht zurück, als *sie* sich erinnerte, an ein Volk, das nicht mehr existierte.

Diamant beugte sich vor und berührte Xadelias Arm, der unter dem symbiotischen Mantel hervorragte. »Es tut mir Leid.«

»Warum sollten wir ernsthaft die Dinge infrage stellen, an die wir bisher geglaubt haben, nur weil ein in Überlieferungen auftauchender ›Erhabener‹ etwas anderes behauptet?«, sagte die Feyn im Partussessel. »Kann er die Wahrheit allein für sich in Anspruch nehmen? Was wissen wir von seinen Motiven? Wir wissen nur, dass er die Eternen unterstützt hat, dass er ihnen die Mittel gab, gegen uns Krieg zu führen. Warum sollten wir *ihm* glauben?«

»Aber die Saat des Zweifels ist ausgebracht.«

»Sie sind Kantaki-Pilotin und Jahrhunderte alt«, sagte Xadelia. »Sie sollten wissen, dass es im Leben keine absoluten Sicherheiten gibt.«

Wer therapiert hier wen?, dachte Diamant und entsann sich an das kurze private Gespräch mit Admiral Leloa. *Wer spricht wem Mut zu?*

»Und ich weise noch einmal darauf hin, dass dies der zentrale Punkt ist«, fügte die Vitalin hinzu. »Das Leben. Die Eternen vernichten es, löschen es einfach aus. Wir versuchen mit allen uns zur Verfügung stehenden Mitteln, es zu schützen. Wenn man diesen Maßstab anlegt, wer sind dann ›die Guten und die Bösen‹, wie Sie es nannten?«

Diesmal war es Diamant, die seufzte. »Sie sind sehr weise, Xadelia.«

»Leider bin ich auch sehr allein.«

»Ich weiß. Und deshalb bin ich hier und für Sie da. Lassen Sie mich Ihnen aus meinem Leben erzählen ...«

Drei Tage später erreichten der Transporter und seine Eskorte das Kastell.

Strudel und schnelle Strömungen gab es an dieser Stelle im Ozean der Zeit, die wie ein Wildwasser wirkten, das bunte Bänder zerfaserte und ihre Farben durcheinander wirbelte, ohne dass sie sich ganz miteinander vermischten. Aber es existierte auch ein ruhiger Bereich, wie hinter einem großen, inmitten von Stromschnellen aufragenden Felsen, und dorthin glitt General Lukas' Kampfverband, mit dem Transporter in der Mitte.

In der ruhigen Zone schwebte das Kastell, und der erste Eindruck war tatsächlich der eines Schlosses oder einer Burg: Zinnen, Türme, Wehrgänge auf hohen Mauern ... Doch dem ersten Eindruck gesellten sich schnell weitere hinzu, die ihn relativierten. Diamant, die aus dem Panoramafenster von Xadelias Quartier blickte, sah eine gewaltige Raumstation, die *gewachsen* wirkte, und das war sie auch, in gewisser Weise. Manche Völker, so wusste sie als Mitglied des Widerstands, führten seit Jahrtausenden Krieg gegen die Temporalen, und sie hatten diese erste Zuflucht immer weiter ausgebaut, bis ein Gebilde daraus entstanden war, das an der breitesten Stelle fast vierzigtausend Kilometer durchmaß und langsam im ruhigen Bereich hinter den Strudeln und Wirbeln rotierte. Als sich die Schiffe dem Kastell näherten und es nicht mehr als Ganzes zu sehen war, sondern nur noch ausschnittweise, fühlte sich Diamant kaum noch an eine Feste erinnert, sondern an die asymmetrische modulare Struktur eines Kantaki-Schiffes.

»Es ist riesig«, sagte Xadelia bewundernd.

Diamant nickte. »Und es ist unsere letzte Hoffnung.«

Dutzende von Schiffen huschten General Lukas' Flottille entgegen, und zahlreiche weitere Schemen und Schatten schwirrten in der Nähe des Kastells umher: unterschiedlich konfigurierte Kampfschiffe in verschiedenen Verteidigungsgürteln. Selbst wenn die Temporalen das Zentrum des Widerstands eines Tages entdecken sollten – es würde ihnen nicht leicht fallen, die defensiven Zonen zu durchbrechen und das Kastell selbst zu erreichen. Die eigentliche Gefahr drohte von einer anderen Seite, durch eine Zeitmanipulation, die die *Konstruktion* des Kastells verhinderte. Deshalb versuchte der Widerstand, alle damit in Zusammenhang stehenden Kausalitätspunkte zu schützen.

»Ein Verbund aus Raumstationen, größer als ein Planet«, staunte die Vitalin. »Wie viele Personen leben dort?«

»Nicht annähernd so viele, wie Sie vielleicht glauben. Nur etwa drei Millionen. Es waren einmal doppelt so viele, aber die Einsätze fordern immer wieder Opfer, und wir können nicht mehr so viele Kognitoren retten wie früher.«

»Der Widerstand ... nutzt sich ab?«

»So könnte man sagen. Sie sind unsere große Hoffnung, Xadelia. Vielleicht gelingt es uns mit Ihrer Hilfe, die temporalen Koordinaten des Vortex zu ermitteln oder gar den originären Manipulationspunkt zu finden.«

»Und wenn ich den in mich gesetzten Erwartungen nicht gerecht werden kann?«

»Jeder von uns muss den Beitrag leisten, den er leisten *kann*, Xadelia. Es wäre töricht, mehr zu erwarten. Wir können nur hoffen, dass es genügt.«

Während der nächsten beiden Stunden gab es so viel zu tun, dass Diamant weitgehend von nagenden Gedanken verschont blieb – andere Dinge erforderten ihre Aufmerksamkeit. Zusammen mit Xadelia, Mrlgrrd und General Lukas suchte sie die zentralen Bereiche des Kastells auf, um dort ausführlich Bericht zu erstatten und die neue Heimstatt der Vitalin vorzubereiten: eine spezielle Biosphäre in einem Modul des Stationskomplexes, in der zahlreiche Servi ein Feyindar-Ambiente nachzuahmen versuchten. Diamant hoffte, es reichte aus, dass sich Xadelia nicht zu einsam fühlte, verloren an einem fremden Ort. General Lukas lud sie zu mehreren kurzen Einsatzbesprechungen ein, die ihr eine Vorstellung von der aktuellen Lage vermittelten. Zusammengefasst ließ sie sich so beschreiben: Es sah mies aus. Eine neue Waffengeneration der Temporalen war in der Lage, die Refugien des Widerstands ausfindig zu machen, deren Evakuierung bereits begonnen hatte. Bald würde die Einwohnerzahl des Kastells wieder steigen, aber aus den falschen Gründen. An allen Fronten – wenn man davon sprechen konnte – fanden Rückzugsgefechte statt, und Diamant erinnerte sich an das, was sie im Refugium Corrian zu General Naifeh gesagt hatte: *Wir haben den Krieg verloren. Wir versuchen nur noch zu retten, was zu retten ist.*

Alles deutete darauf hin, dass Xadelia tatsächlich die einzige Hoffnung des Widerstands war.

Und das lenkte Diamants Gedanken zurück zu den Dingen, von denen Xadelia erzählt hatte. Allein in ihrem Quartier tief im Inneren des Kastells wandte sie sich einem Kom-Servo zu und aktivierte ihn.

»Sind derzeit externe Transverbindungen möglich?«, fragte sie.

Einige Sekunden verstrichen, und eine synthetische Stimme antwortete: »Ein abgeschirmter Kommunikationsschacht ist derzeit stabil.«

»Ich bin Diamant, Kantaki-Pilotin. Ich wünsche eine Transverbindung mit dem nächsten erreichbaren Archiv der Kantaki.«

»Bitte warten Sie.«

Diamant wandte sich vom Kom-Servo ab, durchquerte das Zimmer und trat an die Panoramawand heran, die in ein pseudoreales Fenster verwandelt werden konnte. Sie wählte eine Außenansicht und sah eine Zeit lang hinaus auf den Ozean der Zeit, beobachtete die Schatten der zahlreichen Wachschiffe und die ersten eintreffenden Evakuierungskonvois. Dann veränderte sie die Justierung der Wand, und der Weltraum erschien, wie sie ihn kannte und liebte, voller Sterne und Galaxien, voller Welten mit Leben, voller Wunder. Sie versuchte sich vorzustellen, dass *all dies* nicht auf natürliche Weise entstanden war, durch die Evolution der Dinge auf der Grundlage klar definierbarer Naturgesetze, geschaffen vielleicht vom Materie gewordenen Geist, sondern durch das Einwirken intelligenter Wesen. Was unterschied solche Geschöpfe von Göttern?

Diamant schüttelte den Kopf, als sie ihre ganze Vorstellungskraft strapazierte, die doch hoffnungslos überfordert war. Bilder von Universen erschaffenden Entitäten gingen weit über den Horizont ihrer Imagination hinaus; dafür gab es einfach keinen Platz in ihrer Erfahrungswelt.

Immer wieder dachte sie an die Geschichte von Tyragon und dem Erhabenen, und inzwischen stellte sie sich dabei nicht mehr die Frage, ob sie bei diesem Konflikt auf der richtigen Seite standen, denn Xadelia hatte Recht: Die Seite des Lebens war immer richtig. Je länger sie in den Überlieferungen der Feyn nach zusätzlichen Informationen für den aktuellen Kampf gegen die Temporalen Ausschau hielt, desto mehr wuchs ein Knoten der Anspannung in ihr, so als hätte ihr Unterbewusstsein etwas bemerkt, das ihr Bewusstsein erst noch erkennen musste. Vielleicht lag es daran, dass die alten Berichte lückenhaft waren, wie Xadelia selbst eingestanden hatte. Was auch immer der Fall sein mochte: Diamant wurde das Gefühl nicht los, dass bei dieser Sache etwas nicht stimmte. Während sie auf die Kom-Verbindung wartete und in ein pseudoreales All hinaussah, konzentrierte sie ihre Gedanken noch einmal darauf. Der Erhabene hatte den Eternen unter Tyragon das erste Brutschiff gegeben, die *Akida*, mit dem Auftrag, die Keime des gesplitterten Omnivors zu finden und zusammenzuführen, damit der in der Materie dieses zweiten und *falschen* Universums gefangene Geist befreit werden konnte. Angeblich ging es darum, den Kreis der Schöpfung zu schließen, aber wenn das stimmte, so begriff Diamant mit schmerzhafter Deutlichkeit, machten sich die Kantaki nach den Definitionen ihres eigenen Sakralen Kodex der Häresie schuldig, da sie dem Urgeist nicht etwa halfen, sondern dazu beitrugen, ihn gefangen zu halten – eine absurde Vorstellung. Aber wenn dies alles *nicht* stimmte, wenn der Erhabene Tyragon belogen hatte ... Wo lag dann die Wahrheit? Warum hatte er den Eternen die Möglichkeit gegeben, eine starke Zeitflotte zu schaffen, die Feyn anzugreifen und mit der Suche nach den Omnivorkeimen zu beginnen? Was hatte dies alles für einen *Sinn*?

Ein leises Piepen kam vom Kom-Servo. »Verbindung hergestellt«, ertönte die synthetische Stimme.

Diamant kehrte zum Servo zurück und sah einen alten Kantaki-Kustos. Die Symbole in der Informationszeile wiesen auf seinen Namen hin.

Diamant deutete eine Verbeugung an. »Ehre Ihnen, Vater Pirhl.«

»Ehre auch dir, Pilotin Diamant. Diese Transverbindung ist ungewöhnlich und potenziell gefährlich. Die Temporalen und ihre Helfer lauschen und spähen überall.«

»Dies ist ein abgeschirmter Kontakt«, erwiderte Diamant. »Selbst wenn es dem Feind gelingen sollte, die Signale zu empfangen: Er wäre nicht imstande, das Kastell zu lokalisieren.«

Der Kustos hob kurz die vorderen Gliedmaßen und ließ sie wieder sinken. »Was ist dein Anliegen, Pilotin?«

»Ich brauche Informationen über das Konziliat und die so genannten Prävalenten.«

Der alte Kantaki neigte den dreieckigen Kopf zur Seite. »Eine solche Anfrage hatte ich schon lange nicht mehr. Es muss viele Großzyklen her sein, seit ...« Es folgte ein Klicken, das der Linguator des Kom-Servos nicht übersetzte. Diamant wusste es zu deuten: Es waren Laute, die Erstaunen zum Ausdruck brachten. »Dieses Archiv enthält nicht viele Daten darüber. Ich übermittle sie.«

»Danke, Vater Pirhl.«

Das Bild des alten Kantaki verschwand vom Display, und es erschienen Kolonnen aus Kantaki-Symbolen, jeweils in Fünfergruppen angeordnet. Diamant nahm vor dem Kom-Servo Platz und las. Und während sie las, löste sich der Knoten der Anspannung in ihr, denn sie begriff, was an der Geschichte des Erhabenen nicht stimmte.

Das Konziliat war tatsächlich die dritte stabilisierende Kraft im Universum, aber es handelte sich nicht um eine Entität, die den Plänen der Prävalenten zuwiderhandelte. Sie war vielmehr von den Prävalenten selbst erschaffen worden, wie der Omnivor.

Zehn Minuten nach dem Beginn der Datenübertragung lehnte sich Diamant sehr nachdenklich zurück. Auf der einen Seite gab es also den Omnivor, dazu erschaffen, die Realität des zweiten Universums zu fressen, damit das Fünfte Kosmische Zeitalter schnell erreicht wurde und der in Materie gefangene Geist nach dessen Ende wieder ganz Geist werden konnte. Aber auf der anderen Seite gab es das Konziliat, dazu erschaffen, den Omnivor daran zu *hindern*, Realität zu fressen, eine Kraft, die das zweite Universum schützen sollte. Und beide Wesenheiten gingen auf die Prävalenten zurück. Der Omnivor war in der einen objektiven Zeit aktiv, doch das Konziliat, zu dem die Kantaki einst Kontakte unterhalten hatten, war seit Äonen verschwunden.

»Warum hat der Erhabene Tyragon nicht darauf hingewiesen, dass auch das Konziliat auf die Prävalenten zurückgeht?«, murmelte Diamant, und etwas in ihr begriff, dass dieser Frage beim Kampf gegen die Temporalen zentrale Bedeutung zukam.

17

Realitätssprünge

Indigo: Xandor, 20. Oktober 5521

Hinter Valdorians Stirn wirbelten tausend Gedanken, und es gelang ihm nicht, einen einzigen von ihnen festzuhalten. Das Summen des Levitatorwagens schien immer lauter zu werden, als er den Raumhafen hinter sich zurückließ und sich der lokalen administrativen Niederlassung des Konsortiums unweit des Stadtzentrums näherte; mit dem lauter werdenden Brummen wuchsen auch die Lichter, verdrängten immer mehr die Nacht, bis es in Valdorians Ohren donnerte und grelles Gleißen ihn blendete.

Und dann plötzlich herrschte gespenstische Stille, eine Stille, die nur für ihn existierte, und aus dem blendenden Schimmern wurde vages Grau, in dem sich ein haarloser, ovaler Kopf zeigte, das Gesicht runzlig, mit einer weit vorspringenden spitzen Nase und großen grünbraunen Augen. Olkin.

Ich finde dich, Dorian. Wohin auch immer du geflohen bist: Ich werde dich finden und zurückbringen ins Spiel.

»Nein!«

Die Realität kehrte zurück, eine falsche, manipulierte Realität, eine Welt, die nicht seine Welt war und in der er sich nicht zu Hause fühlte, die ihm jedoch eine Chance bot. Aber Cordoban ...

Der Stratege saß neben ihm im Fond des Levitatorwagens, auf der Ablage vor ihm den aktivierten Infonauten.

Er sprach unablässig, nicht schnell und hastig, sondern ruhig und geduldig, erklärte die Termine, die es wahrzunehmen galt, die Entscheidungen, die getroffen werden mussten. Valdorian hörte nur die Stimme, nicht die Worte, als er versuchte, zwischen seinen Schläfen Ordnung zu schaffen. Er stellte fest, dass ein Soldat den Levitatorwagen steuerte und ein zweiter neben ihm saß.

Er wandte sich halb um und sah Cordoban an, den alten Cordoban, der volles Haar hatte und keine Mikronautenknoten auf dem Kopf, dessen Gesicht nicht leichenhaft blass und eingefallen war. Auch die Farbe der Augen war anders, aber der kalte Blick verriet die gleiche eisige Rationalität, die Valdorian von seinem Chefstrategen kannte. Auch dieser Mann fand Befriedigung und Erfüllung darin zu planen, zu entwerfen, komplexe Szenarien zu entwickeln und sie nach und nach Wirklichkeit werden zu lassen.

»Wie *können* Sie es wagen?«, fragte Valdorian, und Zorn glühte in jeder einzelnen Silbe. »Bringen Sie mich *sofort* zurück!«

Cordoban musterte ihn zwei oder drei Sekunden lang, seufzte leise und berührte ein Schaltelement auf der kleinen Fondkonsole. Der Schleier eines Energiefelds trennte den vorderen Bereich des Levitatorwagens vom Fond. Die beiden Soldaten sahen weiterhin, was hinter ihnen geschah, aber sie hörten nicht mehr, worüber Cordoban und Valdorian sprachen.

»Wissen Sie, wie lange ich schon für das Konsortium arbeite?«, fragte Cordoban leise.

Valdorian starrte ihn an und dachte an Lidia, die an Bord des Kantaki-Schiffes zurückkehrte und sich zusammen mit Jorrn auf den Weg nach Munghar machen würde, ohne ihn.

»Seit fast siebzig Jahren«, gab Cordoban selbst die Antwort. »Seit fast sieben Jahrzehnten setze ich mich mit meiner ganzen Kraft für das Konsortium ein, und es waren *meine* Pläne, *meine* Strategien, die es zu dem gemacht haben, was es heute ist.«

»Ihr Konsortium ist lächerlich klein und unbedeutend im Vergleich mit meinem«, hörte sich Valdorian sagen.

»Mag sein«, erwiderte Cordoban ungerührt. »Aber ich bin stolz auf das, was ich geleistet habe, und ich weiß, dass noch viel mehr möglich ist, wenn *jetzt* die richtigen Entscheidungen getroffen werden. Der kranke Valdorian war dazu nicht imstande. Sie sind es.«

»Sie wollen *mich* zum Werkzeug *Ihres* Ehrgeizes machen?«, fragte Valdorian verblüfft. »Was maßen Sie sich an? Ich bin ein Magnat, und Sie ...«

»Sie sind ein Mörder«, sagte Cordoban schlicht, und das Eis in seinen Augen ließ Valdorian frösteln. »Ich habe die Leiche des anderen Valdorian nicht beseitigen lassen. Der Leichnam befindet sich in Stasis, mit den Würgemalen am Hals. Und es gibt Bilder, die zeigen, wie Sie den kranken Valdorian erwürgen. Glauben Sie mir: Ich kann Sie jederzeit als Täter entlarven, und jedes Tribunal würde Sie verurteilen.«

Eine Gerichtsverhandlung? Mit *ihm* als Angeklagten? Und eine eventuelle Verurteilung? Solche Dinge galten nur für die Figuren auf dem Schachbrett des Lebens, nicht aber für den ...

... *Spieler?*, flüsterte es irgendwo in der Ferne. *Möchtest du spielen, Dorian?*

»Ich kenne die meisten Ihrer persönlichen Kodes und habe sie inzwischen geändert«, fuhr Cordoban fort. »Heuristische Algorithmen arbeiten daran, auch die restlichen Sicherheitssequenzen zu ermitteln, und es wird nicht lange dauern, bis ich vollen Zugriff darauf habe und sie ebenfalls der neuen Situation anpassen kann.«

»Ist dies eine Art ... Staatsstreich?«, fragte Valdorian. »Sie wollen an meine Stelle treten, nicht wahr?«

»An *Ihre* Stelle? Höchstens an die Stelle des Valdorian, den Sie umgebracht haben.«

»Sie wollen die Macht, die mir zusteht!«

»Ihnen steht überhaupt nichts zu«, sagte Cordoban, und diesmal lag Schärfe in seiner Stimme. »Sie stammen aus einer anderen Zeit und gehören eigentlich gar nicht hierher. Als Sie hier eintrafen, hatten Sie nichts Besseres zu tun, als einen wehrlosen Kranken zu töten.« Der Stratege legte eine kurze Pause ein, und der Glanz seiner blauen Augen – *blau*, nicht braun – veränderte sich. »Ich habe Sie darauf hingewiesen, dass sich das Konsortium in einer schwierigen Situation befindet. Die Blassen weiten ihren Einfluss immer mehr aus. Wir brauchen einen tatkräftigen Mann an der Spitze des Konsortiums, jemanden mit der Kraft, wichtige Entscheidungen schnell zu treffen. Nur dann kann das Bündnis unserer dreiundzwanzig AÖKs von Bestand bleiben und sogar wachsen.«

Cordoban deutete erneut auf seinen Infonauten. »Morgen erwartet Sie nicht nur ein Gespräch mit dem persönlichen Gesandten Viktors. Ich habe auch einen Termin mit dem Akuhaschi vereinbart, der den Konversionsfonds der Kantaki hier im Mirlur-System repräsentiert. In Bezug auf beide Personen habe ich mehrere Vorschläge für neue Vereinbarungen entwickelt; von den jeweiligen Umständen hängt ab, welches Angebot wir unterbreiten. Ich empfehle Ihnen dringend, sich noch heute Abend in Ihrer Unterkunft eingehend mit den Plänen zu befassen.«

Er reichte den Infonauten Valdorian, der ihn mit fast tauben Händen entgegennahm. Er blickte auf Zahlen, Worte und grafische Darstellungen, die für ihn überhaupt keinen Sinn ergaben. Einmal war dies seine Welt gewesen, erinnerte er sich, aber jetzt nicht mehr.

»Übermorgen findet eine Konferenz statt, an der die Führungskräfte unserer dreiundzwanzig Autonomen Ökonomischen Einheiten teilnehmen«, fuhr Cordoban fort. »Der Infonaut enthält auch einen detaillierten Bericht über die aktuelle politisch-wirtschaftliche Situation im Konsortium. Wir präsentieren Sie als neuen, verjüngten, vitalen Valdorian, der allen Herausforderungen gewachsen ist und voller Optimismus in die Zukunft sieht. Wenn wir morgen bei den Verhandlungen mit Viktors Gesandtem und dem Akuhaschi Erfolge erzielen, können wir bei der Konferenz vielleicht erreichen, dass Sie zusätzliche Vollmachten bekommen.«

»Ich?«, fragte Valdorian. »Oder Sie?«

»Wenn Sie weitere Vollmachten bekommen, kann ich noch kühner planen«, sagte Cordoban mit kühler Ruhe. Mehr schien er sich nicht zu wünschen.

»Und wenn ich mich weigere?«

»Das ist eine Möglichkeit, die Sie besser nicht in Erwägung ziehen sollten«, sagte Cordoban, und Gletschereis knarrte in seiner Stimme. »Mord kann auf unterschiedliche Weise geahndet werden, zum Beispiel mit einer psychischen Restrukturierung. Wie würde es Ihnen gefallen, eine neue Persönlichkeit zu bekommen, mit neuen Erinnerungen?«

Unter dem Infonauten wurde Valdorians rechte Hand zur Faust.

»Und die Temporalen?«, erwiderte er. »Haben Sie daran gedacht? Muss ich Sie an den Zwischenfall erinnern, zu dem es im Haus von Lidias Eltern kam? Ein Angreifer erschien aus dem Nichts, wahrscheinlich aus einer anderen Zeit. Das kann erneut geschehen, und in Gefahr wäre nicht nur ich, sondern auch die Personen in meiner Nähe.«

»Ich habe bereits verstärkte Sicherheitsmaßnahmen angeordnet«, sagte Cordoban gelassen. Der Schatten eines Lächelns flog über seine Lippen. »Sie sind sehr wertvoll; ich möchte Sie nicht durch irgendeinen unerfreulichen Zwischenfall verlieren.« Er streckte die Hand nach den Kontrollen für das Energiefeld aus, doch bevor er es aktivierte, fügte er hinzu: »Freuen Sie sich, Valdorian. Immerhin zählen Sie zu den mächtigsten Männern im vom Menschen besiedelten Teil der Galaxis.«

Mitten in der Nacht schreckte Valdorian aus einem unruhigen Schlaf hoch, froh darüber, dem Albtraum entkommen zu sein, der ihn geplagt hatte. Er versuchte, die grässlichen Bilder festzuhalten, um sie zu deuten, aber sie lösten sich rasch auf. Nur an Olkins Augen erinnerte er sich, und an die näselnde Stimme, aber die Worte hatte er nicht verstanden.

Er schlug das schweißfeuchte Laken beiseite, stand auf, trat zum Fenster und blickte hinaus. Jenseits der Stadt ragten Berge auf, und hinter ihnen zeigte sich das erste Licht des neuen Tages, ließ nach und nach die Sterne am Himmel und die Lichter von Fernandez verblassen. In der Nacht war Schnee gefallen und bedeckte alles mit reinem, glitzernden Weiß, nur nicht die Verkehrskorridore auf dem Boden. Die Stadt bot einen so friedlichen Anblick, dass Valdorian für einige Sekunden tatsächlich glaubte, in Sicherheit zu sein.

Doch er wusste es besser.

Was so unbewegt, ruhig und friedlich wirkte, konnte sich jederzeit in tödliches Chaos verwandeln. Wenn jemand – Olkin? – in einer anderen Realität im *Hier* den richtigen Ort und den richtigen Zeitpunkt fand ... Valdorian schauderte, wandte sich vom Fenster ab, fand seine Sachen und zog sich an. Er sah keinen Sinn darin, ins Bett zurückzukehren; Ruhe hätte er nicht mehr gefunden. Es erstaunte ihn ohnehin, dass er geschlafen hatte. Er verbrachte eine Viertelstunde in der Hygienezelle, kehrte dann in den Wohnbereich der Unterkunft zurück und trat erneut zum Fenster, während die Unruhe in ihm wuchs. Sein Quartier befand sich im fünften Stock eines Gebäudes, das unscheinbar wirkte neben den vier Verwaltungstürmen des Konsortiums, die schräg nach oben ragten und in einer Höhe von hundert Metern zu einer einzigen Säule verschmolzen. Cordoban hatte darauf hingewiesen, dass die Wände aus armierter Stahlkeramik bestanden und Hefok-Entladungen mittlerer Intensität mühelos standhalten konnten. Hinzu
 kamen Kraftfeldprojektoren mit autonomer Energieversor-

gung, die zusätzlichen Schutz gewährten, falls einem Angreifer ein größeres destruktives Potenzial zur Verfügung stand. Der Stratege hatte auch offensive Systeme erwähnt, aber keine Einzelheiten genannt.

Trotzdem nahm die Unruhe in Valdorian immer mehr zu. Er fühlte sich wie jemand, der bereits in der Falle saß und nur darauf wartete, dass der Fallensteller kam, um die Beute zu holen. Die Vorstellung, erneut in die Gewalt des seltsamen Gnoms Olkin zu geraten, weckte in ihm ein Entsetzen, das sogar die schwarze Kreatur in seinem Inneren veranlasste, sich voller Angst zu ducken. Vor jener Stimme, die absoluten Gehorsam verlangte, schützten weder armierte Stahlkeramik noch hochenergetische Schutzschilde. Nur abseits des Zeitstroms durfte er hoffen, einigermaßen sicher zu sein, in der Hyperdimension der Kantaki, die Lidia ihre Jugend erhalten hatte und nicht direkt von temporalen Manipulationen erreicht werden konnte.

Der Gedanke an Lidia warf weitere Fragen auf und erweiterte die Unruhe in Valdorian mit einem emotionalen Zittern. Die Begegnung mit ihr hatte etwas geweckt, das nicht tot gewesen war, nur geschlafen hatte, eine Mischung aus Hoffnung, Sehnsucht, Verlangen und Enttäuschung, und aus diesem konfusen Empfinden gingen weitere Gedanken hervor, die sich mit seinem alten Leben befassten, mit dem Leben des Mannes, der fast als schwacher Greis auf Mirror gestorben wäre, und mit dem des neuen Valdorian, wieder jung und voller Kraft, aber nach seiner Flucht erneut ein Gefangener. In welche Zukunft sollte er *von hier aus* die Schritte lenken? Es ging nicht nur darum, in seinem neuen Leben die Fehler zu vermeiden, die er im alten gemacht hatte. Wichtiger war eine grundsätzliche Entscheidung, oder gleich mehrere, jede von ihnen von fundamentaler Bedeutung für die nächsten Jahre und Jahrzehnte. Sollte er versuchen, ein Leben mit Lidia zu führen, ihr Konfident zu werden und mit ihr abseits des Zeitstroms zu stehen? Was fühlte er für sie? War das, was sich erneut in ihm regte, nach langem Schlaf, wirklich *Liebe*? Oder versuchte er nur, nach mehr als hundert objektiven Jahren, doch noch die Frau zu besitzen, die sich ihm, dem Magnaten, verweigert hatte? Wollte er sich selbst beweisen, seinem verletzten Stolz Genugtuung verschaffen? Und *spielte dies alles überhaupt eine Rolle?* Was auch immer er empfand: Lidia war eine echte Alternative. Das Leben an ihrer Seite bot genau das, wovon sie damals, als Studentin in Bellavista, so geschwärmt hatte: Abenteuer, die Wunder des Kosmos, *die Ewigkeit berühren* ... und ein Leben in relativer Unsterblichkeit.

Valdorian sah hinaus, ohne zu sehen. Sein Blick blieb nach innen gerichtet und erforschte Dinge, die sich langsam in den Fokus seiner Aufmerksamkeit schoben. Das Leben als Magnat und als Primus inter Pares des Konsortiums *hatte* er bereits gelebt, mit all seinen Nuancen und Schattierungen. Er kannte den Geschmack von Reichtum und Macht; er wusste, was man sich damit kaufen konnte und was nicht. Er hatte an der letzten Schwelle gestanden, an der Grenze zwischen Leben und Tod, und er erinnerte sich an das Nichts auf der anderen Seite, daran, dass man jene dunkle Tür nackt durchschreiten musste, ohne etwas mitnehmen zu können, und allein diese Gewissheit hätte es ihm leicht machen sollen, sich für den Versuch zu entscheiden, Konfident der Kantaki-Pilotin Diamant zu werden. Aber er war wieder jung, der Tod, der *natürliche* Tod weit entfernt, hundert Jahre und mehr, und es gab noch andere Möglichkeiten. Er konnte mit Cordoban zusammenarbeiten und sich mit ihm an die Spitze *dieses* Konsortiums stellen, erneut das Spiel der Macht spielen ...

Valdorian lenkte seine Gedanken abrupt in eine andere Richtung, fort von dem Wort *Spiel* ...

Und wenn er sich ein wenig in Geduld übte ... Bestimmt fand er eine Möglichkeit, Cordoban zu überlisten und sich unabhängigen Zugriff auf die Ressourcen des Konsortiums
 zu verschaffen. Er stellte sich als superreichen König irgend-

eines abgelegenen, paradiesischen Planeten vor, mit warmen Meeren, sanften Winden, endlosen Stränden und ewigem Sonnenschein ...

Nein. Olkin würde ihn finden. Früher oder später. Er oder die Temporalen.

Sollte er versuchen, etwas gegen die Zeitmanipulationen der Temporalen zu unternehmen? Valdorian dachte über diese Möglichkeit nach, während er in den beginnenden Tag hinausblickte und das Licht der aufgehenden Sonne glitzernd über Schnee und Eis tanzte. Er stellte sich in der Rolle eines Idealisten vor, der sich anschickte, die Welt – in diesem Fall sogar das ganze Universum – zu retten. Die Bewohner dieser Realität wussten nicht, dass sie in einer manipulierten Zeit lebten, und vermutlich gab es an zentralen Punkten getarnte Temporale, die wachten und weitere Manipulationen vorbereiteten. Sollte er versuchen, etwas gegen sie zu unternehmen?

Nein, dachte er. *Die Frage lautet: Soll ich den Kantaki helfen, die mir einst Hilfe verweigerten?*

Das schwarze Ungeheuer des Hasses reckte den Hals ...

Valdorian wandte sich abrupt vom Fenster ab und begann mit einer unruhigen Wanderung durch das Quartier, das außer der Hygienezelle und dem Wohnraum nur noch aus dem Schlafzimmer bestand. Lächerlich klein und absurd schlicht, einem Magnaten alles andere als angemessen. Ein weiterer Affront Cordobans. Oder nur eine Gedankenlosigkeit?

Den Datenservo im Wohnraum hatte er schon am vergangenen Abend ausprobiert und festgestellt, dass er nur allgemeine Daten abrufen konnte. Auf seine persönlichen Kodes reagierte das Gerät nicht, was darauf hindeutete, dass Cordobans Behauptungen der Wahrheit entsprachen – er schien die Kodesequenzen tatsächlich geändert zu haben. Valdorian war nicht einmal imstande gewesen, die Tür zu öffnen, nachdem sie sich hinter ihm geschlossen hatte.

Nein, er sah sich nicht in der Rolle des einsamen, idealistischen Kämpfers für die wahre Realität, was auch immer das unter den gegenwärtigen Umständen sein mochte. Wenn man aus einem Traum erwachte und nach einer Weile begriff, dass man noch immer träumte, und wenn man *dann* erwachte, sich in der Wirklichkeit glaubte und irgendwann feststellte, dass auch sie nur ein Traum war ... Mit jedem Erwachen zweifelte man mehr daran, wach zu sein, und schließlich verlor man sich in den Traumgespinsten vermeintlicher Realität ...

Valdorian blieb stehen, im kurzen Flur, der Wohnraum und Schlafzimmer miteinander verband, rieb sich die Schläfen und trachtete danach, die letzten Gedanken – und vor allem die damit einhergehenden emotionalen Eindrücke – aus sich zu verbannen. Es *gab* unleugbare Gewissheiten in seinem Leben. Er wusste, dass er aus der ursprünglichen Wirklichkeit kam, aus einer grässlichen Realität, die Olkin und den Omnivor enthielt. Er wusste, dass er sich in einer *falschen* Zeitlinie befand, die das Resultat temporaler Manipulationen war. Auf *dieser* Grundlage galt es, für seine eigene Zukunft zu planen, und das bedeutete vor allem: Er musste eine Möglichkeit finden, seine Spuren zu verwischen, damit Olkin ihn nicht fand.

Ein seltsames Geräusch kam aus dem Schlafzimmer, und Valdorian drehte sich um, lauschte und hörte ein ... Knistern und Knacken, als würde etwas langsam zerreißen.

Er trat zur Tür, und plötzlich fiel ihm ein, dass er ein solches Geräusch schon einmal gehört hatte: im Haus von Lidias Eltern.

Neben dem Bett zeigte sich eine schwarze vertikale Linie, wie ein Riss in der Luft. Das Knistern und Knacken hörte auf, als die Linie etwa zwei Meter lang geworden war, langsam zu Boden sank ...

In der Mitte wurde sie breiter, und zwei Gliedmaßen kamen aus ihr, schwarz wie der Riss selbst, dessen Mittelteil sich immer mehr wölbte, wie der Bauch eines schwangeren Wesens kurz vor der Niederkunft. Weitere Gliedmaßen kamen zum Vorschein, berührten mit einem metallenen Klacken den Boden, begleitet vom leisen Surren mehrerer Servomotoren.

Eine Drohne, begriff Valdorian. Wie eine schwarze Spinne.

Er wirbelte herum und lief zur Tür, erreichte sie wenige Sekunden später und erinnerte sich dann daran, dass sie verschlossen war – auch diesmal reagierte der Öffnungsmechanismus nicht auf ihn.

»Hilfe!«, rief Valdorian, wandte sich erneut um und sah, wie die pechschwarze Spinnendrohne in der Tür des Schlafzimmers erschien. Eine Gliedmaße richtete sich wie ein Arm auf ihn ...

Er sprang durch die Tür des Wohnraums, und ein Strahl kochte über ihn hinweg, bohrte sich in die Wand.

»Datenservo!«

»Bereitschaft«, erklang eine synthetische Stimme.

»Ein Notfall! Melde einen Notfall! Ich werde angegriffen und brauche dringend Hilfe.«

Angst umklammerte Valdorians Herz wie mit einer Klaue aus Eis, die sich langsam schloss. Von einem Augenblick zum anderen war er wieder da, der Tod, schrecklich nahe.

Der Datenservo gab keine Antwort.

Valdorian sah sich nach einem anderen Ausgang um, aber es gab keinen. Das Fenster bestand aus transparenter Stahlkeramik, und seine Kraft reichte bei weitem nicht aus, es zu zertrümmern. Und selbst wenn ihm das gelungen wäre: Ein Sprung aus dem fünften Stock in die Tiefe hätte das Ende für ihn bedeutet.

Die Drohne erschien im Zugang des Wohnraums ...

Es geschahen so viele Dinge gleichzeitig, dass es Valdorian schwer fiel, sie alle wahrzunehmen. Ein Ballett des Todes und der Zerstörung begann, und die schwarze Drohne war nicht die einzige Tänzerin, wohl aber die Primaballerina. Fächer in Decken und Wänden öffneten sich, Projektoren und Waffen kamen zum Vorschein, ein Energievorhang waberte plötzlich zwischen Valdorian und der Drohne, hinter der sich die Tür des Quartiers öffnete. Soldaten des Konsortiums eröffneten das Feuer, ebenso zwei Hefoks in der Decke des Wohnzimmers, und die Drohne platzte auseinander, aber jedes »Trümmerstück« rekonfigurierte sich zu einer kleineren, käferartigen Drohne, ausgestattet mit Metallklingen und energetischen Messern ...

Ein Soldat starb, das erste Opfer in dieser Choreografie des Wahnsinns.

Strahlen fauchten wie Geschöpfe aus Energie, die zerstörten, was sie berührten, einige von ihnen auf der Suche nach Valdorian, der sich hinter eine Couch aus billigem synthetischen Leder duckte, während es um ihn herum krachte und donnerte ...

Etwas berührte ihn am Arm, und er schreckte voller Furcht zurück. Aber es war nicht etwa einer der Drohnenkäfer, sondern die Hand eines Soldaten.

»Kommen Sie!«, drang eine dumpfe Stimme unter dem Helmvisier hervor. »Wir bringen Sie fort.«

Die andere Hand des Soldaten hielt einen kompakten Hefok und feuerte fast pausenlos. Blitze schossen aus dem Lauf, trafen Komponenten der geborstenen Spinnendrohne und zerfetzten Einrichtungsgegenstände. Das schlichte Quartier hatte sich in ein Schlachtfeld verwandelt, und Valdorian stellte fest, dass sie auf dem Weg zum Ausgang an drei Leichen vorbeikamen. Zwei weitere Soldaten waren noch auf den Beinen und schossen auf Käfer aus schwarzem Metall.

Im Korridor warf Valdorian einen Blick über die Schulter in Richtung Schlafzimmer. Der dunkle Riss in der Luft, zwei Meter lang und vertikal, existierte noch immer, und seine Wölbung in der Mitte gebar einen noch gefährlicheren Angreifer: eine humanoide Gestalt, gekleidet in einen schwarzen Kampfanzug.

 So wie der Fremde im Haus von Lidias Eltern.

Zwei Blitze gleißten, und die beiden anderen Soldaten im Flur fielen.

Der letzte noch lebende Konsortiumssoldat lief los und zog Valdorian mit sich, der den Kopf einzog, als Feuer über sie hinwegloderte.

Hinter ihnen entfesselten die Sicherheitssysteme des Quartiers einen regelrechten Krieg.

Sie nahmen nicht den Lift, sondern die Treppe, setzten über mehrere Stufen gleichzeitig hinweg, vorbei an weiteren Wächtern, die mit gezückten Waffen nach oben eilten, vorbei auch an Zivilisten, die Valdorian mit großen Augen anstarrten, mit Augen fast so groß wie die Olkins ...

Und Valdorian begriff, dass ihm die Umstände eine weitere Chance gaben.

Auf einem Treppenabsatz gab er vor, das Gleichgewicht zu verlieren, ließ sich gegen den Soldaten fallen, der daraufhin sein Gewicht verlagerte und versuchte, den Mann an seiner Seite zu stützen. Valdorian riss sich los, schlug zu und traf den Soldaten unter dem Helm an der Kehle. Während der Uniformierte noch fiel, griff Valdorian nach seinem Hefok, richtete sie auf den Mann und ...

... zögerte. Das Visier war hochgeklappt, zeigte das Gesicht eines jungen Mannes, nicht älter als dreißig Standardjahre, das Gesicht eines Mannes, der sein ganzes Leben noch vor sich hatte, Verwirrung und Furcht in den Augen ...

Valdorian sprang fort von dem Soldaten, der nicht verstand, was mit ihm geschehen war, brachte die letzten Stufen der Treppe hinter sich, trat nicht durch die breite Tür, die ins Foyer führte, wo sich vermutlich weitere Soldaten und Zivilisten befanden, sondern eilte durch einen Seitengang, in der Hoffnung, eine andere Tür zu finden, die nach draußen führte.

Er entdeckte tatsächlich einen Nebenausgang, öffnete die Tür vorsichtig und spähte nach draußen.

Mehrere gepanzerte und bewaffnete Levitatorwagen mit

den Insignien der Sicherheitsabteilung des Konsortiums standen vor dem Gebäude, einer von ihnen mit geöffnetem Cockpit. Valdorian zögerte nicht – jede Sekunde war kostbar –, trat in den kalten Morgen, näherte sich dem Levitatorwagen und stieg ein. Ohne dass protestierende Stimme erklangen. Ohne dass ihn jemand aufzuhalten versuchte. Er schloss das Cockpit, blickte auf die Kontrollen, aktivierte das Triebwerk ...

Wohin?, dachte er. Wohin sollte er fliegen? Er führte keinen Identer bei sich, konnte auf keine Konten zugreifen, keine interplanetaren Flüge buchen, nicht einmal in einem Restaurant bezahlen. Was nützte einem die Freiheit ohne Geld und Macht? Und ohne Sicherheit? Wo sollte er Unterschlupf finden?

Seine Hände ruhten auf den Navigationskontrollen. Die sich unter ihnen auflösten ...

Der ganze Levitator verlor an Substanz, wurde zu einem Schatten und verschwand. Valdorian fiel nicht, er ... stand auf einem weißen Boden, der sich bis zum grauen Horizont erstreckte, und darüber wölbte sich ein grauer Himmel, und für einen schrecklichen, entsetzlichen Moment glaubte er, dort oben Olkins Gesicht zu sehen, vom Inneren des Spiels aus gesehen, und die der anderen, unter ihnen die aufgeschwemmte Fratze seines Sohnes Benjamin.

Vor ihm flirrte die Luft wie von großer Hitze, und das Flimmern dehnte sich schnell aus, bewegte sich wie ein Vorhang im Wind, und als es ihn berührte ...

... befand er sich wieder in Fernandez. Es musste die Hauptstadt von Xandor sein, denn er erkannte die Berge wieder, auch wenn sie ein wenig verändert wirkten, aber die größte Veränderung betraf die Stadt selbst, die fast ausschließlich aus Türmen bestand, die wie silberne Stahlkeramikstacheln in die Höhe ragten. Valdorian stand am Rand eines Platzes, umringt von Menschen und anderen Geschöpfen. Ein Donnern kam aus der Ferne, schwoll rasch an, und Blitze gesellten sich ihm hinzu, aber sie kamen nicht aus dunklen Gewitterwolken, sondern zuckten aus den Kanonen von deltaförmigen Angriffsschiffen, und Valdorian wusste, wer sie flog, ohne zu ahnen, woher er sein Wissen bezog: Blasse unter dem Befehl des vierhundertjährigen Viktor saßen dort an den Kontrollen und schickten sich an, die Stadt auszuradieren, nicht etwa deshalb, weil sie irgendeine strategische Bedeutung hatte, sondern um dem Konsortium zu zeigen, was geschehen würde, wenn es sich weiterhin weigerte, auf die Bedingungen der Horgh und der Blassen einzugehen ...

Jemand packte ihn und zerrte ihn mit sich, und Valdorian sah in das entstellte Gesicht eines anderen Cordoban, der mehr Maschine als Mensch war. Die eine Hälfte seines Gesichts bestand aus Metall, mit mehreren integrierten Sensorsystemen. Visuelle Servi ersetzten die Augen. Unter dem mit zahlreichen Bio- und Datenservi ausgestatteten Overall wölbten sich andere maschinelle Erweiterungen, die alten Abscheu in Valdorian weckten.

»Kommen Sie!«, rief dieser Cordoban. »Kommen Sie in den Bunker. Dort können wir vielleicht lange genug ausharren, bis die Kampfschiffe der Kantaki eintreffen!«

»*Kampf*schiffe der Kantaki?«, brachte Valdorian ungläubig hervor. Die Raumschiffe der Kantaki waren *nie* bewaffnet; das war Teil ihres Sakralen Kodex.

Und dann sah er etwas anderes, etwas, das die Bedeutungen in dieser neuen Realität so sehr verschob, dass die Zeit unterschiedlich schnell verging. Von der Mitte des Platzes her näherte sich der Gnom, den er so sehr fürchtete: Olkin, den Blick aus einer Entfernung von fast hundert Metern auf ihn gerichtet, ein selbstbewusstes, siegesgewisses Lächeln auf den Lippen.

»Ich habe gesagt, dass ich dich finden würde«, sagte der Hominide, und seine Stimme übertönte mühelos das dumpfer gewordene Donnern und Krachen berstender Türme. Strahlen fauchten aus den Bordkanonen der angreifenden Schiffe, langsamer als sonst, viel langsamer, Valdorian konnte sehen, wie sie aus den Geschützen kamen und nach unten *krochen*, und er sah Trümmerstücke, die umherflogen, als hätte die Luft die Konsistenz von Öl gewonnen. Und die Zivilisten und Soldaten ... Sie bewegten sich wie in Zeitlupe. Weil sie unwichtig waren, nichts weiter als namenlose Statisten auf der Bühne dieses Geschehens, die jetzt nur zwei Protagonisten hatte: Valdorian und Olkin.

Valdorian riss sich von Cordoban los und lief fort von Olkin, er lief ...

... über einen weißen Strand, einer lächelnden Frau entgegen, die die Arme für ihn öffnete, und ihre Lippen trafen sich, und er spürte ihren warmen Leib, jung und fest, und doch an den richtigen Stellen weich, und sie flüsterte ihm Zärtlichkeiten ins Ohr, und er wusste, dass es falsche Worte waren, die nicht von Herzen kamen, denn er bezahlte diese Schönheit, wie auch die vielen anderen, die ihm sein Leben versüßten, die jederzeit für ihn bereit waren, ihn nie zurückwiesen, die ihm jeden Wunsch von den Lippen ablasen, weil er sie *bezahlte*, weil sie von ihm all die Dinge bekamen, die *sie* wollten, und dafür gaben sie ihm das, was *er* wollte, es war ein Geschäft, von dem beide Seiten profitierten, es war ... *falsch.*

Die Zufriedenheit, die ihn all die Jahre auf diesem paradiesischen Planeten erfüllt hatte, schmolz wie Schnee in tropischer Sonne, und darunter öffnete sich eine grässliche Leere, die ihn immer begleitet hatte und sich einfach nicht füllen ließ, nicht mit Macht und nicht mit Geld. Diese Leere, so wusste er jetzt, hatte ihn auch während seines ersten Lebens begleitet, oft ohne sein Wissen, und erst die Nähe des Todes hatte sie ihm mit gnadenloser Deutlichkeit gezeigt.

Als König des Planeten blickte er über ein smaragdgrünes Meer, das ihm gehörte, wie *alles* auf diesem Planeten, doch es genügte nicht, es war nicht genug. Die Leere in ihm wuchs, verschlang seine Gedanken und auch seine Gefühle, ließ nur eines übrig: Verzweiflung ...

... Und die Realität wechselte, und dies war der Cordoban, den er kannte, der *richtige* Cordoban, der aussah wie ein wandelnder Leichnam, auf dem Kopf Mikronautenknoten und symbiotische Fasern, die Energie aus dem Licht aufnahmen und dem Körper zuführten, in seinen Augen die kühle, unbeirrbare Rationalität eines Datenservos.

»Es ist vollbracht«, sagte Cordoban. »Die erste operative Phase des Projekts Doppel-M ist erfolgreich abgeschlossen.«

»Wie viele?«, fragte Valdorian, atmete tief durch und genoss den Triumph, als er nach draußen sah, ins All über Tintiran. Die Raumstation des Konsortiums drehte sich langsam, und mehrere Kantaki-Kolosse gerieten in Sicht: Wie schwarze Berge stiegen sie vom Planeten auf und traten ihre nächste interstellare Reise an, gesteuert von ...

»Siebzehn Kantaki-Piloten sind durch Metamorphe ersetzt«, sagte Cordoban. »Die Führung der Allianz ist ebenfalls übernommen.«

»Und damit stehen wir erst am Anfang.« *Doppel-M,* dachte Valdorian. *Menschenmacht.* Und die Macht prickelte in ihm, bis in die Fingerspitzen. Gab es ein herrlicheres Gefühl? Und doch ... Irgendwo in dem hellen Schein des Triumphes gab es einen Schatten. Er versuchte, sich zu konzentrieren, während er nach draußen sah, und beobachtete, wie die Kantaki-Schiffe – gesteuert von Metamorphen, die ihre Befehle vom Konsortium bekamen – große Transportblasen hinter sich her zogen. Der Schatten verdichtete sich, bekam zwei große Augen und eine lange, spitze Nase ...

Valdorian stand wieder auf der weißen Ebene, die weit vor ihm an einen grauen Horizont stieß, und diesmal heulte Wind, zerrte an Kleidung und Haaren, an seiner Gestalt. Vor ihm flirrte es, aber das Flimmern konnte nicht von aufsteigender heißer Luft stammen, denn die Böen hätten einen solchen Vorhang sofort zerrissen. Das Flirren näherte sich ihm, und als es zum Kontakt kam ...

Valdorian hatte die Treppe hinter sich gebracht, hastete durch einen Seitengang, erreichte kurz darauf eine Tür, öffnete sie vorsichtig und spähte nach draußen. Mehrere gepanzerte und bewaffnete Levitatorwagen mit den Insignien der Sicherheitsabteilung des Konsortiums standen vor dem Gebäude, einer von ihnen mit geöffnetem Cockpit. Valdorian zögerte nicht – jede Sekunde war kostbar –, trat in den kalten Morgen, näherte sich dem Levitatorwagen ...

»Bleiben Sie stehen.«

Valdorian verharrte, drehte sich langsam um und sah in das Gesicht des Cordoban mit den *blauen* Augen. Der Stratege des Konsortiums hielt keine Waffe in der Hand, aber das war auch gar nicht nötig. Mehrere Soldaten begleiteten ihn, vermutlich Angehörige einer auf ihn eingeschworenen Sondertruppe.

»Cordoban ...« Valdorian trat näher und sprach leise. »Ich habe mehrere Realitätswechsel hinter mir. In meinem Quartier, das Sie für so sicher hielten, kam es zu einem Anschlag auf mein Leben, wahrscheinlich durchgeführt von den Temporalen. Genügt Ihnen das als Beweis? Glauben Sie mir jetzt?«

Cordoban zögerte kurz, bevor er antwortete, und in seinen Augen zeigte sich nicht nur kühle Distanziertheit, sondern auch noch etwas anderes. Verletzter Stolz vielleicht? Und so etwas wie starrer Eigensinn? »Es geht nicht darum, ob ich Ihnen glaube oder nicht, Primus«, erwiderte er schließlich und betonte das letzte Wort, gab ihm fast einen spöttischen Klang. »Es ist mir gleichgültig, aus welcher Welt Sie kommen und was dort geschieht. *Dies* ist meine Welt, auch wenn sie Ihrer Meinung nach falsch ist. Ich kenne keine andere. Für mich *gibt* es keine andere. Und in dieser meinen Welt will ich nicht all das verlieren, wofür ich fast siebzig Jahre gearbeitet habe. Kommen Sie.«

Er führte Valdorian fort von dem Gebäude, in dem es noch immer gelegentlich donnerte und krachte, zu einem nahen Konsortiumsshuttle, dessen Luke aufschwang, als sie sich näherten.

»Es wird zu weiteren Angriffen kommen«, sagte Valdorian.

»Wir werden Sie schützen.«

»Wie denn? Das Quartier ...«

»Ich bin durchaus fähig, aus Fehlern zu lernen«, sagte Cordoban. »Wir werden Sie *besser* schützen. Solange Sie mir nützlich sind.«

Valdorian blieb vor dem Shuttle stehen und sah Cordoban an. »Und wenn ich Ihnen bei Ihren Plänen nicht mehr behilflich sein kann?«

Der Stratege hob und senkte andeutungsweise die Schultern. »Wie lange *können* Sie mir nützlich sein?«

18

Wie ein Schmetterling

Blau: Transraum, 29. März 571 SN

»Ich habe das Gefühl, als hätte mir jemand das Leben gestohlen«, sagte Diamant.

»Du bist hier. Wir beide sind hier. Und wir leben.« Esmeralda kam nackt aus der Hygienezelle des großen Pilotenquartiers an Bord von Vater Grars Schiff, das mit einem Vielfachen der Lichtgeschwindigkeit durch den Transraum raste, ausnahmsweise einmal von ihm selbst gesteuert – er wollte den beiden Pilotinnen Gelegenheit geben, sich auszuruhen und Kraft zu schöpfen für die Suche nach dem Kastell. Der Zeitwächter, ein alter Kantaki namens Brrin, meditierte seit fast vier Wochen im Sakrium und bereitete sich so auf die Suche vor.

Esmeralda blieb vor einem Wandsegment stehen, das sich in einen Spiegel verwandelte. Sie drehte sich von einer Seite zur anderen und nickte. »Man sieht dir deine fast tausend Jahre nicht an, Mädchen.«

Diamant schien sie kaum zu hören. Sie ruhte in einem weichen Sitzelement, das ihren Leib wie mit einer großen zärtlichen Hand hielt. »Was sind wir, wenn nicht die Summe unserer Erinnerungen und Erfahrungen?«, fragte sie, ohne zu ahnen, dass sich Valdorian einmal die gleiche Frage gestellt hatte. »Und was sind wir, wenn unsere Erinnerungen und Erfahrungen falsch sind?«

Esmeralda trat auf Stufen, die nur sie sah, und in einer

Höhe von etwa einem Meter nahm ein Kraftfeld sie auf, hüllte ihren Körper in warme Energie und drehte sie langsam. Das glatte blonde Haar flatterte in dem Luftstrom, wurde zu einer gelben Wolke. »Denk nicht an das, was geschehen ist«, sagte sie. »Denk daran, was vor uns liegt.«

Auch diesmal ging Diamant nicht auf ihre Worte ein. »Ich erinnere mich an Dinge, die in dieser Realitätslinie nie geschehen sind. Zum Beispiel Valdorian, der einmal eine wichtige Rolle in meinem Leben gespielt hat. Du hast mir gesagt, ich hätte dir nie von ihm erzählt, aber das *stimmt nicht*. Wir haben über ihn gesprochen, vor vielen Jahren. Es ist alles ganz klar in meinem Gedächtnis.« Diamant hob die Hände zu den Schläfen. »Und die Feyn. Ich erinnere mich deutlich daran, wie du von deinem Besuch auf Feyindar berichtet hast. Aber in dieser Welt ist das alles nicht passiert. Bestimmt ist mein Kopf voll von solchen Dingen. Und wenn ich die Erinnerungen, die nicht aus dieser Realität stammen, irgendwie löschen könnte ... Was bliebe dann von mir übrig?«

Esmeralda richtete sich halb auf. »Mir gefällt nicht, in welche Richtung deine Gedanken zielen.«

»Die blauen Linien sind die stabilsten, habe ich im Refugium Amyldema mehrmals gehört«, sagte Diamant. »Weil die Manipulationen teilweise rückgängig gemacht werden konnten. Aber die Temporalen sind nach wie vor am Werk, manipulieren, verändern, und der Widerstand kontert mit Gegenmanipulationen der Zeit und mit Rekonfigurationen der Realitätsstruktur. Was bleibt unter solchen Umständen von der *Wirklichkeit* übrig?« Sie sah auf. »Können wir jemals wieder sicher sein, *wer wir sind*, was wahr ist und was nicht?«

Esmeralda verließ den energetischen Kokon, trat die Treppe herunter, die nur für sie existierte, und näherte sich Diamant. »Komm«, sagte sie, nahm ihre Hand und zog sie mit sich.

Im Nebenzimmer stand ein prächtiges Himmelbett, das

vier oder fünf Personen ausreichend Platz geboten hätte. Esmeralda gab einen verbalen Befehl, woraufhin Wände und Decke idyllische Szenen einer unberührten Natur präsentierten. Ruhige, unaufdringliche Musik erklang, dazu geschaffen, zu entspannen, der Seele Frieden zu geben und den Gedanken Raum. Diamant ließ sich von Esmeralda auf das große Bett ziehen und von ihr entkleiden, obwohl sie nicht ganz bei der Sache war und auch nicht wusste, ob das, was jetzt geschah, wirklich ihrem Wunsch entsprach. Während der vergangenen Jahrzehnte war es mehrfach passiert, und sie hatte immer großen Gefallen daran gefunden. Die Liebe zu einer Frau engte sie nicht ein, sondern erweiterte ihren erotischen Horizont und bereicherte ihr Leben auf eine Weise, die sie zuvor vielleicht nicht für möglich gehalten hätte. Eine gewisse Poesie kam darin zum Ausdruck, gerade mit Esmeralda, und dieser Aspekt gefiel ihr sehr. Diesmal *ließ* sie sich lieben, begnügte sich mit der passiven Rolle, konzentrierte sich auf Esmeraldas Liebkosungen und erlaubte es ihnen, ihre Wahrnehmungswelt zu füllen und die Ungewissheiten daraus zu vertreiben, die ihr die jüngsten Erlebnisse beschert hatten. Wie herrlich, sich umarmen und küssen zu lassen! Wie herrlich, zarte Berührungen dort zu spüren, wo sie am meisten erregten und den größten Genuss brachten! Der erste Orgasmus zerriss die dunkle Wolke über Diamants Gemüt, und Sonnenschein erreichte wieder den Kern ihres Selbst. Es folgen weitere, jeder anders, jeder ein Schritt fort von der Düsternis, die sich in ihr ausgebreitet hatte, und schließlich blieb sie auf der Seite liegen, das Gesicht Esmeralda zugewandt, auf sehr angenehme Weise erschöpft.

»Wozu brauchen wir Männer?«, fragte die lächelnde Esmeralda.

»Oh, ich weiß nicht. Für gewisse Dinge sind sie durchaus nützlich.« Diamant lachte leise, drehte sich auf den Rücken und sah zur Decke hoch, ließ den Blick über eine Berglandschaft mit einem See und mehreren Wasserfällen gleiten.

Nach einer Weile fragte Esmeralda: »Geht es dir jetzt besser?« Sie rückte etwas näher, streckte eine Hand aus und ließ die Fingerkuppen über Diamants Haut wandern.

»Ja.« Ruhe herrschte wieder in ihrem Inneren, eine Gelassenheit, die auf den Erlebnissen von Jahrhunderten basierte, aber bestimmte Gedanken ließen sich nicht vertreiben.

Diamants Blick löste sich von der herrlichen Berglandschaft, als sie gestand: »Ich habe den Großen Fünf und dem Horcher nicht alles gesagt.«

Esmeralda wartete einfach, und ihre Finger blieben in Bewegung, hielten Anspannung fern.

»Valdorian ermöglichte den Temporalen die Rückkehr aus dem Null, in dem sie nach dem ersten Zeitkrieg gefangen waren«, sagte Diamant langsam. »Ich habe ihn auf Mirror zurückgelassen, ihn für tot gehalten. Sein Leben ging zu Ende, und er bat mich darum, gegen den Sakralen Kodex zu verstoßen, ihm mehr Lebenszeit zu geben.« Diamant erzitterte. »Das konnte ich nicht. Er hatte einen Kantaki erschossen. Er ...«

Esmeralda blieb geduldig, ließ die Finger kreisen.

»Du weißt ja, wie es damals war zwischen uns, wie er sich unser gemeinsames Leben vorstellte ...«

»Nein«, sagte Esmeralda sanft. »Nein, das weiß ich nicht. Du hast mir nie von ihm erzählt.«

»Oh, ja ... natürlich.« Diamant berichtete vom jungen Dorian, der zu den Leuten hatte gehören wollen, die außerhalb des Schachbretts des Lebens standen und die Figuren darauf verschoben; er hatte sich ein »Leben ohne Kompromisse« gewünscht. Sie beschrieb ihre unterschiedlichen Lebenswege und die wenigen Begegnungen, zu denen es im Lauf der Jahre gekommen war.

»Dein Valdorian hat dies alles angerichtet«, sagte sie schließlich. »Diese Worte richtete die maschinelle Kognitorin Amyldema an mich. Von ihr *habe* ich dir erzählt.«

 Esmeralda nickte.

»Kennst du die Geschichte vom Schmetterling, der auf der einen Seite des Planeten mit den Flügeln schlägt, wodurch es auf der anderen zu einem Wirbelsturm kommt?«, fragte Diamant.

Das Nicken wiederholte sich.

»Die Feyn in meiner Erinnerung hätten viel dazu sagen können«, fuhr Diamant fort. »Die Kausalität war ihnen enorm wichtig. Es bedeutet dies: Selbst sehr kleine Dinge können enorm große Wirkung haben. Wenn ich damals bereit gewesen wäre, einen Ehekontrakt mit Valdorian einzugehen, wäre dies alles nicht geschehen.« Sie vollführte eine Geste, die weit über das Quartier hinausreichte, in dem sie sich befanden.

»Machst du da nicht einen kleinen Denkfehler?«, fragte Esmeralda. »Du kennst die Ereignisse, die letztendlich zum derzeitigen Durcheinander geführt haben, und du siehst deinen Platz in dieser Verkettung von Geschehnissen. Aber wenn du dich in deiner Vorstellung an einen anderen Platz der Kette setzt, wenn du das veränderst, was dich und Valdorian betrifft, so heißt das noch lange nicht, dass wir jetzt *nicht* hier lägen und darüber sprächen. Die Kausalität funktioniert nicht so direkt, wie du glaubst. Sie hat Dutzende, hunderte von Verästelungen. Durch deine Entscheidung, Valdorian zu heiraten, wäre vielleicht alles noch viel schlimmer geworden.«

»Schlimmer als das drohende Ende des Universums?«

»Schwer vorstellbar, zugegeben. Aber vielleicht hätte es trotz deiner Ehe mit diesem Valdorian Ursachen gegeben, die schließlich dazu geführt hätten, dass er den Temporalen half, aus dem Null zu entkommen. Oder jemand anders hätte ihnen dabei geholfen. Oder ihnen wäre von ganz allein die Flucht gelungen. Solche Überlegungen führen zu nichts, Diamant. Du hast dich gefragt, was wir ohne unsere Erinnerungen wären, ohne die vielen Dinge, die wir erlebt und die uns geprägt haben, und ich gebe dir Recht: Wir wären *weniger* als das, was wir sind. Aber der Umstand, dass sich in dieser Realitätslinie bestimmte Ereignisse nicht zugetragen haben, bedeutet nicht, dass sie *nie* geschehen sind. Deine Erinnerungen sind *real*, auch wenn sie aus einer anderen Wirklichkeit stammen. Du bist Diamant, nicht mehr und nicht weniger. Ähnlich ist es mit der aktuellen Situation: Wir müssen uns mit ihr abfinden, *so wie sie beschaffen ist*. Und wenn sie uns nicht gefällt, müssen wir mit unseren Mitteln versuchen, sie zu ändern.« Der Schatten eines Lächelns huschte durch Esmeraldas Gesicht. »Deshalb sind wir unterwegs.«

Sie setzte sich auf, und das Lächeln wurde heller. »He, warum können wir nicht ein Schmetterling sein, der einen neuen Wirbelsturm bewirkt? Einen Orkan, der die Temporalen hinwegfegt?«

»Ich fürchte, ganz so einfach ist es nicht.« Diamant lächelte ebenfalls. »Aber die Vorstellung gefällt mir.«

Genau in diesem Moment ertönte ein Klicken, das sofort von einem Linguator übersetzt wurde. »Wir haben den Transferpunkt erreicht«, teilte Vater Grar den beiden Pilotinnen mit.

Das Podium im Pilotendom von Vater Grars Schiff war erweitert worden und wies zwei Sessel auf, die in einem Konsolenhalbkreis standen. Mehrere Akuhaschi saßen an den Pulten vor den gewölbten Wänden des großen Raums tief im Inneren des Kantaki-Schiffes. Vater Grar war ebenso zugegen wie der Zeitwächter: Brrin ruhte in einem Nährpilz auf einer Levitatorplattform; er war so alt, dass er nicht mehr gehen konnte. Moos wuchs an den verkümmerten Gliedmaßen, die aus dem Pilz ragten, und seine Fluoreszenzen zeigten sich nur als kurzes, mattes Aufflackern.

In den Wänden schienen sich ovale Fenster zu öffnen: pseudoreale Darstellungen, die zeigten, was das Schiff sah und hörte. Es war in den Normalraum zurückgekehrt und schwebte etwa hunderttausend Lichtjahre über der Milchstraße und ihren Begleitern. Diamant betrachtete die Darstellung und dachte dabei an eine andere, an eine zur Hälfte vom Abissalen verschlungene Galaxis, davor der Vortex der Temporalen, das Zentrum der Manipulation, und daneben das Brutschiff *Akida*.

Klickende Geräusche kamen von Brrin. »Wir sind da«, sagte der uralte Zeitwächter. »Der Bruchpunkt befindet sich in unmittelbarer Nähe.«

Eine der getarnten Stellen, die nach dem Zerreißen des Schleiers sichtbar geworden waren.

»Jetzt hängt alles von euch ab«, sagte Vater Grar. Er stakste zum Podium, streckte die vorderen Gliedmaßen aus und berührte beide Pilotinnen.

Diamant wechselte einen kurzen Blick mit Esmeralda, registrierte ihr zuversichtliches Lächeln, legte die Hände in die Sensormulden, schloss die Augen und ... wurde zum Schiff. Nach all den Jahren kannte sie jede einzelne der über dreihundert Hauptkomponenten, aus denen es bestand, zusammengehalten von den Bindungskräften existenzieller Harmonie; die energetischen Ströme in ihnen waren wie leise Stimmen, die zusammen einen perfekt aufeinander abgestimmten Chor bildeten. Und sie war die Dirigentin dieses Chors, gab dem Gesang Richtung und Struktur. Sie sah mit den Augen des Schiffes, hörte mit seinen Ohren, spürte die Kälte des Vakuums und fühlte die Strahlung im intergalaktischen All wie ein angenehmes Prickeln. Andere Präsenzen weilten in der Nähe: Esmeralda, warm und ruhig; Grar, stolz auf seine Pilotin und erwartungsvoll; und Brrin, umgeben von der ätherischen Gelassenheit des Alters, einer Aura der Würde und Weisheit. *Sieh mit meinen Sinnen, mit meiner Erfahrung, Diamant,* flüsterte seine Seele, und als Diamant hinausblickte ins All, sah sie etwas, das wie ein Riss wirkte, eine Linie, die noch schwärzer war als das Schwarz das sie umgab. Dahinter ...

Sie ahnte, was sich dahinter befand: die wogenden Farben des Ozeans der Zeit.

Und die Spürhunde der Temporalen.

Zusammen mit Esmeralda griff sie ins Schiff hinein, mitten in die brodelnde Kraft des Energiekerns, und schob Grars Koloss dem Riss entgegen, der viel zu klein wirkte, um ihn passieren zu lassen. Als die erste Komponente des Schiffes ihn berührte, fühlte Diamant ein sanftes Zupfen an ihrem Geist. *Jetzt,* flüsterte Brrin.

Sie öffnete ihre Gabe, unterstützt von Esmeraldas Präsenz, griff so nach der Linie wie nach einem Faden im Transraum, und zog ihn in die Länge, während Esmeraldas Selbst an seinen Seiten zerrte, ihn breit genug werden ließ, um Grars Schiff aufzunehmen. Im gleichen Augenblick kanalisierten Diamants Gedanken die Transferenergie und gaukelten dem Schiff einen Sprung in den Transraum vor. Der Koloss sprang tatsächlich, aber nicht in die Dimension jenseits des Zeitstroms, sondern mitten in ihn hinein.

Die fensterartigen Projektionslinsen an den Wänden zeigten nicht mehr das Feuerrad der Milchstraße und ihre Satellitengalaxien, sondern die schimmernden Farben des Ozeans der Zeit.

»Transfer ist erfolgt«, meldete einer der Akuhaschi an den Pulten.

Nun nahmen die beiden Pilotinnen unterschiedliche Aufgaben wahr. Esmeralda kümmerte sich um die Aktivierung der defensiven Systeme, mit denen Vater Grars Schiff ausgestattet worden war, während Diamant die Navigation übernahm. Die Sensoren des Schiffes, seine Augen und Ohren, übermittelten Daten, mit denen sie und die K-Datenservi kaum etwas anfangen konnten, aber Diamant ließ sich nicht von ihnen ablenken. Erneut griff sie nach der Kraft des Energiekerns, ließ das Schiff schneller werden und versuchte, es in den blauen Bereichen zu halten, den stabileren Zonen. Weit voraus zogen blinkende Punkte durch die Farben, und die Kommunikationssignale zwischen ihnen nahm Diamant als raunende Stimmen wahr.

 Wir sind entdeckt.

Das ließ sich kaum vermeiden, erwiderte Esmeralda. *Ich bin bereit.*

Spürhunde der Temporalen rasten dem Kantaki-Schiff entgegen, Duzende, hunderte. Immer näher kamen die blinkenden Punkte, und aus den Punkten wurden maschinelle Geschöpfe. Sie erinnerten Diamant an die Xandor-Hornissen, die in den Sumpfregionen während des kurzen Sommers schlüpften und zu einer echten Plage werden konnten. *Ein zorniger Hornissenschwarm.*

Sie werden uns nicht stechen, keine Sorge.

Der Kantaki-Koloss hüllte sich in mehrere Schutzfelder, und kleine Dimensionsfallen bildeten sich überall dort, wo Spürhunde – *Hornissen* – dem Schiff zu nahe kamen. Erschütterungen liefen durchs Schiff, nicht stärker als ein Zittern, und Diamant fühlte Veränderungen in der hyperdimensionalen Struktur. An der Peripherie wurden die Verzerrungen stärker, wenn es zum Kontakt mit einem der maschinellen Wesen kam, und dann verschwanden die Spürhunde hinter dem Ereignishorizont winziger Singularitäten. Esmeraldas Bewusstsein lenkte und steuerte alle defensiven Maßnahmen, hockte wie die Spinne in einem Netz, das die Hornissen einfing und unschädlich machte.

Unterdessen zeigte Diamants Gabe dem Schiff einen Weg durch den Ozean der Zeit. Es schwamm in den blauen Strömungen, während besondere Sensoren Ausschau hielten, verbunden jetzt mit dem Selbst des alten Zeitwächters Brrin. Er suchte nach Hinweisen auf den Widerstand, nach den Refugien und dem Kastell.

Die Zuversicht, die Diamant noch wenige Momente zuvor gespürt hatte, drohte sich aufzulösen. Wie konnten sie hoffen, im gewaltigen Ozean der Zeit das Kastell zu finden, nach dem die Temporalen so lange erfolglos gesucht hatten? Und wenn sie es fanden und zu ihm flogen ... Zeigten sie dem Feind dann nicht den Weg?

»Was ist das?«

Esmeralda sprach die Worte laut aus, und Diamant öffnete kurz die Augen und sah zu den Projektionslinsen, die ihr viel weniger zeigten als die Sensoren des Schiffes. Sie senkte die Lider wieder, blickte in die wogenden Farben und beobachtete, wie weitere Spürhunde in den Singularitäten verschwanden. An einigen Stellen kam es zu Entladungen bei den Schutzfeldern des Kantaki-Schiffes, wenn die Maschinengeschöpfe energetische Anker auswarfen. Hinter ihnen ...

... schnellte etwas anderes aus den grünen, gelben und roten Bändern und näherte sich dem Schiff, ein Schwarm aus dünnen, spitzen Objekten, die wie Pfeile aussahen, jeder von ihnen etwa fünf Meter lang und nur einen halben Meter dick. Die Ohren des Schiffes hörten das Wispern ihrer elektronischen Systeme, als sie heranjagten.

Ich weiß es nicht, Esmeralda, antwortete Diamant. *Als ich mit Aida durch den Ozean der Zeit geflogen bin, gab es so etwas nicht.*

»Ich verstärke die Schirme«, sagte Esmeralda, und Diamant fühlte, wie sie in den Energiekern des Schiffes griff und dort Kraft schöpfte, während die Akuhaschi an den Pulten und in anderen Sektionen hektische Aktivität entfalteten.

Die ersten Pfeile waren heran, und es stellte sich sofort heraus, dass die Singularitäten der Dimensionsfallen nichts gegen sie ausrichten konnten. Die Objekte rasten einfach an ihnen vorbei und bohrten sich in die Schilde, ohne ihre physische Integrität zu verlieren. Sie wurden langsamer, viel langsamer, aber sie lösten sich in den energetischen Schlieren, die das Kantaki-Schiff umgaben, nicht auf, und sie kamen auch nicht völlig zum Stillstand. Unbeirrbar und hartnäckig krochen sie weiter, durch die Energie, die sie eigentlich vom Schiff fern halten sollte.

Esmeralda?

»Das sind keine Entwicklungen der Temporalen.« Esmeralda sprach erneut laut. »Es ist K-Technik!«

Die Renegaten! Die Kantaki, die sich damals auf die Seite der Temporalen geschlagen haben ...

Der erste Pfeil erreichte eine Komponente des Schiffes und fraß sich hinein.

Das Äquivalent von Schmerz heulte durch Diamants erweiterte Wahrnehmung, und der ganze Koloss erbebte, heftiger als zuvor. Sie spürte seine Absicht, den Kurs zu ändern, und es kostete sie nicht unerhebliche Mühe, ihn in der blauen Strömung zu halten.

Die Aura der Ruhe, die sie umgeben hatte, zerfaserte; Schwäche breitete sich darin aus.

Vater Brrin?

Etwas stört meine ... Gedanken, erwiderte der alte Kantaki. *Ich kann nicht mehr ... richtig denken ... Ich ...* Der Rest verlor sich in einem mentalen Stammeln, dem Diamant keinen Sinn entnehmen konnte.

»Ich versuche, die Schilde zu verstärken«, sagte Esmeralda. »Aber ich bezweifle, ob ich die ... Objekte zurückhalten kann.«

Ein zweiter Pfeil erreichte eine andere Komponente des Schiffes, dann ein dritter und ein vierter. Und Diamant sah, wie ein weiterer Schwarm aus einer nahen grünen Strömung kam.

Der schwarze Berg des Kantaki-Schiffes neigte sich zur Seite, verließ das blaue Band und pflügte durch rotes und orangefarbenes Wogen. Diamant konzentrierte sich auf die Navigationssysteme, aber sie schaffte es nicht, das Schiff zum Blau zurückzusteuern – es hörte einen lockenden Ruf und folgte ihm.

»Wir sind in Schwierigkeiten.« Sie sprach jetzt ebenfalls laut.

Esmeralda beanspruchte einen großen Teil des im Energiekern des Schiffes lodernden Fusionsfeuers für ihre defensiven Maßnahmen, deren Einzelheiten sich Diamant entzogen, da sie auf das Bemühen konzentriert blieb, das Schiff zu steuern.

»Es ist K-Technik«, betonte Esmeralda noch einmal. »Extra für diesen Zweck geschaffen: um die Schirmfelder eines

Kantaki-Schiffes zu durchdringen und in sein Inneres vorzustoßen.«

Analyse der Eindringlinge, wies Diamant die internen Systeme an und versuchte gleichzeitig, das Schiff in eine blaue Zone zurückzubringen. Es gehorchte ihr nicht, folgte noch immer dem fernen Ruf, den die Navigationssysteme mit der leitenden, dirigierenden Stimme eines Piloten verwechselten. *Sind sie mit Sprengsätzen ausgestattet? Sollen sie explodieren und das Schiff vernichten?*

»Negativ«, meldete ein Akuhaschi.

»Aber wenn man uns nicht vernichten will ...«, sagte Esmeralda.

Der Schlund, erklang die mentale Stimme des Zeitwächters. *Er darf auf keinen Fall in die Hände des Feindes fallen. Er muss ... den Widerstand erreichen ... oder ...*

Brrins Stimme wurde immer leiser und schwächer.

Eine heftige Erschütterung erfasste das Schiff und schien es zerreißen zu wollen. Diamant fühlte die Belastung der Bindungskräfte zwischen den einzelnen Komponenten so, als wäre jemand bestrebt, ihren Leib auseinander zu ziehen. Feuer loderte dem Teil ihres Selbst entgegen, in dem die Pilotengabe wohnte, und sie musste jenes Fenster ihres Bewusstseins schließen.

Das Schiff fiel aus dem Ozean der Zeit, noch immer angezogen von dem fernen Ruf, kehrte in den Normalraum zurück ...

Braun

»... sollen wir gefangen genommen werden«, beendete Esmeralda den begonnenen Satz.

Diamant sah noch immer mit den Augen des Schiffes und hörte mit seinen Ohren. Sie vernahm ein Donnern auf zahlreichen Frequenzbereichen, das Rauschen und Knistern von Signalen, die Zeit und Raum manipulierten, kontinuierlich seine Struktur veränderten – dies war die Quelle des Ozeans der Zeit.

Vater Grars Schiff schwebte vor dem gewaltigen Vortex der Temporalen im All, und dahinter hatte der Abissale, der Omnivor, die halbe Milchstraße vernichtet. Mehrere Kantaki-Schiffe näherten sich langsam, wie schwerfällig, aber Diamant wusste, dass sie keine Hilfe von ihnen erwarten durfte, denn es waren Schiffe der Renegaten.

»Man hat uns erwartet«, sagte Esmeralda leise.

Tausend Möglichkeiten rasten durch Diamants Vorstellung, eine schlimmer als die andere, und die schlimmste von ihnen zeigte ihr Spione der Temporalen auf Munghar. *Ich habe ihnen den Weg nach Amyldema gewiesen, ohne es zu wollen,* dachte sie. *Liefere ich ihnen jetzt eine Waffe aus, die eine Gefahr für sie bedeutet? Ging es darum, um den Schlund?*

Plötzlich heulte etwas durch ihren Geist, schrill und grässlich, und sie riss ihre Hände aus den Sensormulden, als wären sie plötzlich glühend heiß geworden.

Die Projektionslinsen an den Wänden des Pilotendoms verblassten und verschwanden. Das leise Summen, die Stimme des Schiffes, verklang.

Esmeraldas Gesicht war eine Grimasse, als sie hervorstieß: »Ein von den Eindringlingen ausgehendes Prioritätssignal. Es legt den Energiekern still. Das Schiff ... schläft ein.« Und dann flogen auch ihre Hände aus den Sensormulden.

Die Akuhaschi an den Pulten bedienten die Kontrollen, aber das Schiff reagierte nicht mehr. Stille dehnte sich aus; Düsternis kroch heran.

Vater Brrin war auf seinem Nährpilz in sich zusammengesunken. Nur seine Kiefer bewegten sich, als er klickte: »Der Schlund ... die Temporalen dürfen ihn nicht bekommen ... er muss ... zerstört werden ...«

»Er stirbt«, sagte Esmeralda leise. »Er hat sich zu sehr verausgabt.«

Vater Grar stakste durch den Pilotendom, begleitet von Fluoreszenzen, die die Schatten kurz zurückdrängten. »Ich kümmere mich um ihn«, klickte er. »Ihr kennt eure Aufgabe.«

Diamant lief bereits, gefolgt von Esmeralda.

Dunkelheit erwartete sie im Inneren des Schiffes, dessen energetisches Potenzial weiter sank. Diamant kannte sich in Grars Schiff so gut aus, dass sie selbst mit geschlossenen Augen den Weg gefunden hätte, und sie vergewisserte sich, dass Esmeralda dicht hinter ihr blieb. In der Düsternis machten sich die perspektivischen Verzerrungen nicht so stark bemerkbar, aber Diamant hatte ohnehin gelernt, sich nicht von ihnen stören zu lassen. Im Dauerlauf eilten die beiden Pilotinnen durch die inneren Segmente des Schiffes, vorbei an Akuhaschi, die an einigen Stellen versuchten, ein begrenztes energetisches Potenzial wiederherzustellen. Ihre Bemühungen blieben nicht überall erfolglos: Hier und dort glühten Leuchtelemente, und K-Aggregate brummten, erwachten aus dem Schlaf, zu dem die Prioritätssignale der pfeilförmigen Eindringlinge sie gezwungen hatten. Diamant und Esmeralda verzichteten darauf, die noch funktionierenden internen Transportmittel des Schiffes zu benutzen; sie wollten nicht irgendwo stecken bleiben, wenn plötzlich keine Energie mehr zur Verfügung stand.

In einem vieleckigen Raum mit schiefen, buckligen Wänden und zahlreichen unterschiedlich großen Tunnelöffnungen verharrte Diamant, um sich zu orientieren. Dieser Teil des Schiffes hatte sich erst vor kurzer Zeit verändert – manchmal kam es bei den einzelnen Komponenten zu individuellen Rekonfigurationen.

Ihr hechelnder Atem klang seltsam laut in der Stille, die Diamant fast gespenstisch erschien. Über viele Jahre hinweg hatte sie immer die Stimme des Schiffes vernommen, und jetzt hörte sie nicht einmal mehr ein Flüstern.

Dann hallte dumpfes Donnern durch den Kantaki-Riesen.

»Ich fürchte, uns bleibt nicht mehr viel Zeit«, sagte Esmeralda.

»Dort entlang.« Diamant setzte sich wieder in Bewegung und eilte durch einen Korridor, der mehrmals abzuknicken schien, obwohl er in Wirklichkeit einen weiten Bogen beschrieb. Während sie liefen, wiederholte sich das Donnern, und Erschütterungen ließen die Komponenten des Schiffes erzittern. Sie wurden immer stärker.

»Ich glaube, jemand ist hierher unterwegs«, sagte Esmeralda, und daraufhin liefen die beiden Pilotinnen noch schneller, dem matten Glühen am Ende des langen Korridors entgegen.

Einige Minuten später erreichten sie ein Aggregatmodul an der Peripherie des Schiffes, in einem Bereich, der glücklicherweise noch nicht von einem der Pfeile getroffen worden war. Es enthielt den Schlund: ein Gebilde, das wie ein verbogener schwarzer Zylinder aussah, der aus mehreren unterschiedlich dicken und gegeneinander verkanteten Segmenten bestand. Während Diamants Blick über ihn hinwegglitt, schienen an manchen Stellen Erweiterungen zu *wachsen*, während an anderen Dinge verschwanden.

»Wie die Spitze eines Eisbergs«, sagte Esmeralda, als sie zu den Kontrollen hasteten, die sich auf einer Konsoleninsel über dem Gebilde befanden. »Wir sehen nur das, was wir mit unseren Sinnen wahrnehmen können; alles andere bleibt in der Hyperdimension verborgen.«

Diamant öffnete vorsichtig das Fenster ihrer Gabe ... und sah etwas so ungeheuer Komplexes, dass sie es sofort wieder schloss. Eine Waffe gegen die Temporalen, unter maßgeblicher Mitwirkung der Zeitwächter auf Munghar entwickelt ...

Sie erreichten die Kontrollen, und Diamant erkannte das Bereitschaftssymbol – der Schlund verfügte natürlich über eine eigene, unabhängige Energieversorgung. Etwas erbebte tief in ihrem Inneren, als sich ihr eine Idee präsentierte, die im Unterbewusstsein herangereift war. »Wenn es uns gelingt, den Schlund gegen den Vortex einzusetzen ...«

Esmeralda vollführte eine Geste, die den Systemen des Schiffes galt. »Von hier aus können wir uns nicht mit Vater Brrin in Verbindung setzen. Und nur er weiß, wie man diese Waffe einsetzt und worauf es dabei ankommt.«

Diamants Hände huschten bereits über die Kontrollen. »Dies ist eine einzigartige Chance!«

Esmeralda trat neben sie, sah auf die Anzeigen und interpretierte die Zeitsymbole der Kantaki: fünf dünne Balken, ineinander verzahnt wie die Komponenten eines Kantaki-Schiffes. »Die Aktivierungsphase nimmt fast zehn Minuten in Anspruch. So viel Zeit haben wir vielleicht nicht. Und als Vater Grar ›Ihr kennt eure Aufgabe‹ gesagt hat ... Ich bin sicher, er meinte die Zerstörung des Schlunds. Damit er den Temporalen nicht in die Hände fällt.«

Diamants Aufregung nahm immer mehr zu, als sie die Initialsequenz einleitete. »Von Aida weiß ich, dass der Widerstand vergeblich nach dem Vortex gesucht hat. Sie meinte, das Kastell würde zu einem massiven Schlag ausholen, wenn ihm die temporalen Koordinaten des Vortex bekannt wären. Wenn wir ihn vernichten ...« Sie sah von den Kontrollen auf. »Dadurch könnte es zu einer entscheidenden Wende in diesem Konflikt kommen. Wir *müssen* es versuchen!«

Ein Summen ertönte vom gebogenen schwarzen Zylinder, und Kantaki-Symbole wanderten durchs Display.

Esmeralda blieb skeptisch. »Wir wissen nicht, wie man diesen Apparat ...« Sie deutete auf das Gebilde unter der Konsoleninsel. »... auf ein Ziel ausrichtet. Wir haben überhaupt keine Ahnung von der Funktionsweise des Schlunds.«

»Ich lerne so viel wie möglich«, erwiderte Diamant, sah aufs Display und ließ die Kantaki-Zeichen schneller scrollen.

Das Summen wurde lauter, und energetische Finger tasteten über die Außenflächen der Waffe, verschwanden an einigen Stellen, kehrten an anderen zurück. Gleichzeitig veränderte sich weiter vorn die Struktur des Aggregatmoduls, und unmittelbar unter der Konsoleninsel erschien der graue Schleier eines Schirmfelds.

»Es bildete sich eine Öffnung in der Außenhülle. Die Ausschleusung beginnt.«

Wieder hallte ein Donnern durchs schlafende Schiff.

»Draußen warten die Temporalen, Diamant«, warnte Esmeralda. »Vielleicht spielen wir ihnen den Apparat direkt in die Hände.«

Diamant hob kurz den Blick und sah die Sorge in Esmeraldas Augen. »Wir müssen diese Chance nutzen! Sie könnte über Sieg oder Niederlage im Kampf gegen die Temporalen entscheiden!«

Das Summen des Schlunds bekam einen pulsierenden Rhythmus, und die Außenwand des Aggregatmoduls teilte sich in fünf Segmente, die langsam auseinander glitten. Auch in Diamant gab es Sorge, aber ihre Hoffnung war größer. Ihr Blick kehrte zum Display zurück, erfasste dort die Bedeutung der Schriftzeichen.

Jähes Heulen übertönte das Summen des Schlunds, zerfetzte die fünf Segmente und schuf eine große Öffnung, hinter der sich das Vakuum des Alls erstreckte. Pumpen hatten bereits die Luft aus dem Aggregatmodul unterhalb des Schirmfelds gesaugt, und deshalb kam es nicht zu einer explosiven Dekompression. Nichts strömte hinaus, aber etwas kam herein: Dutzende von kleinen pfeilförmigen Gebilden, die sich sofort auf den gebogenen Zylinder stürzten und an ihm haften blieben – innerhalb weniger Sekunden verklang das Summen, und aus den energetischen Fingern wurden einige wenige Funken, die sich schnell auflösten.

Grässliche Stille herrschte, und in dieser Stille schwebte ein größeres Pfeilobjekt durch die Öffnung, glitt am Schlund vorbei, näherte sich dem Schirmfeld unter der Konsoleninsel und durchdrang es so mühelos, als existierte es überhaupt nicht. Diamant und Esmeralda ließen es unbeachtet – beide betätigten die Kontrollen und versuchten, die Selbstzerstörungssequenz der Waffe einzuleiten. Aber sie reagierte nicht mehr.

Es war zu spät.

Aus Diamants Hoffnung wurde Entsetzen, als sie begriff, dass sie einen Fehler gemacht hatte, der zu fatalen Konsequenzen für den Widerstand führen konnte.

Die beiden Pilotinnen wichen von der Konsoleninsel zurück, als das größere Pfeilobjekt dicht daneben verharrte. Eine Luke schwang auf.

»Du hattest Recht«, flüsterte Diamant. »Es wäre besser gewesen, die Waffe zu zerstören.«

Sie wirbelten herum und liefen los, fort von der Konsoleninsel, dem Tunnel entgegen, der ins Aggregatmodul führte. Doch sie kamen nicht weit. Noch mindestens ein Dutzend Meter trennte Diamant vom Korridor, als *etwas* sie ... *anhielt*. Aus den Augenwinkeln sah sie, wie Esmeralda neben ihr verharrte, mitten im Sprung, beide Füße in der Luft, und dann verengte sich ihr Blickfeld so sehr, dass sie nur noch die Dunkelheit in der Mitte der Tunnelöffnung sah. Und diese Finsternis wogte ihr entgegen, als das, was ihren Körper angehalten hatte, auch alle Gedanken und Gefühle anhielt – sie erstarrte mit Leib und Seele in einem Moment ohne Zeit.

19

Ein neuer Weg

Indigo: Orbit Tintiran, 7. November 5521

Das Gefühl drohender Gefahr verdichtete sich mit jeder verstreichenden Sekunde, ließ Valdorian nicht zur Ruhe kommen und wurde zu einem zweiten, einem *inneren* Schatten, der ihn überallhin begleitete. Während er sich von Cordoban wie eine Marionette führen ließ, in der Öffentlichkeit auftrat und an Konferenzen teilnahm, dabei die Statements abgab, die der Stratege für ihn vorbereitet hatte, fand um ihn herum ein gewaltiger kosmischer Konflikt statt. Die Welt, in der er sich bewegte, hätte ohne den zweiten von den Temporalen gewonnenen Zeitkrieg nie existiert, aber für alle, die in ihr lebten, war es die einzige Welt, die sie kannten, ihre einzige Realität. Valdorian wusste, dass sie sich ändern konnte, selbst gewaltige Veränderungen dauerten nicht länger als ein Blinzeln, und deshalb fürchtete er sich davor, auch nur die Augen zu schließen; er fürchtete sich vor dem, was er sehen würde, wenn er sie wieder öffnete, wenn er nach kurzem, unruhigem Schlaf erwachte. Er fürchtete die Fremdartigkeit, die hinter der Fassade des Vertrauten lauerte, in dem Leben, das der andere Valdorian in dieser Welt geführt hatte, die Fremdartigkeit, die in den besonderen politischen und wirtschaftlichen Konstellationen zum Ausdruck kam. Er versuchte, nicht den Überblick zu verlieren, aber zwischen den Bildern seiner Erinnerung und denen dieser Realität gab es teilweise große, verwirrende Unterschiede. Er fürchtete selbst die Momente, in denen nichts geschah, denn jeder von ihnen brachte ihn jenem Moment näher, in dem etwas geschehen *würde.*

»Primus?«, flüsterte Cordoban an seiner Seite.

Seine Lider zuckten, ein kurzes Blinzeln, *ohne* dass sich die Welt veränderte. Valdorian hatte sich von den eigenen Gedanken forttragen lassen, aber jetzt kehrte er zurück ... in den Konferenzraum einer Raumstation, die Tintiran in einer Höhe von fast tausend Kilometern umkreiste und zu einem ausgedehnten Werft- und Habitatkomplex gehörte – einen Teil davon konnte man durch die Wand aus transparenter Stahlkeramik sehen. Valdorians Blick streifte über die am ovalen Tisch sitzenden Delegierten und verharrte kurz an den pseudorealen Darstellungen von Personen, die per Transverbindung an diesen Besprechungen teilnahmen. Fremde Gestalten, fremde Gesichter. Ein Ambientalfeld auf der anderen Seite des Tisches enthielt einen Nichtmenschen, dessen Spezies er nicht einmal kannte. Wie sollte er sich allein in dieser Welt zurechtfinden?

Aber er brauchte auch gar nicht allein in ihr zurechtzukommen. Er hatte Cordoban.

Nein, dachte er. *Cordoban hat mich.*

Er blickte auf den Infonauten, erinnerte sich an die Worte und richtete sie an die Gesandten der dreiundzwanzig Autonomen Ökonomischen Einheiten, insgesamt fast hundert Personen, sprach mit der Stimme des Mannes, der er immer gewesen war, des Mannes, der außerhalb des Schachbretts stand und die Figuren darauf so bewegte, wie er wollte. Und während er sprach, dachte er: *Wie lautet die Stimme des Mannes, der ich* nicht *gewesen bin?*

Dies hatte er in den vergangenen mehr als zwei Wochen gelernt: zu sprechen und dabei an ganz andere Dinge zu denken. Das war nicht unbedingt ein Vorteil, denn es ermöglichte ihm, an seine Furcht zu denken, an all die Dinge, die passieren konnten.

Nach dem kurzen Vortrag übernahm Cordoban die Leitung der Konferenz, präsentierte Entwicklungspläne und erlauterte sie. Es mangelte ihm nicht an Kompetenz, stellte der politisch-wirtschaftliche Experte in Valdorian fest, und er ging ganz offensichtlich in seiner Rolle auf. *Er benutzt mich als Werkzeug. So wie mich auch Agoron und Olkin als Werkzeug benutzt haben.*

Olkin ...

Valdorian schauderte innerlich, und sein Blick glitt wieder zur durchsichtigen Wand. Irgendwo dort draußen lauerten er und der Omnivor, nicht in diesem Kosmos, in einem anderen, aber mit der Möglichkeit, überall dort Tunnel durch Raum und Zeit zu bohren, wo es ihnen beliebte.

Zwei Kampfshuttles des Konsortiums schwebten an den Flanken des Habitatbereichs vorbei, der hell das Licht Mirlurs reflektierte, und sie erinnerten Valdorian an die Sicherheitsmaßnahmen. Wo auch immer er sich aufhielt, es standen immer schwer bewaffnete Levitatorwagen oder Fluchtschiffe bereit. Mobile Schildprojektoren warteten ebenso auf den Einsatz wie Mikronauten, Kampfdrohnen und Soldaten aus Cordobans Eliteeinheiten. Natürlich blieb alles dezent und im Hintergrund, nicht einmal dann leicht zu erkennen, wenn man genau hinsah, aber der Aufwand war groß.

Es zeigt, wie viel ich Cordoban wert bin, dachte Valdorian und fragte sich, ob es mithilfe solcher Sicherheitsvorkehrungen möglich war, einen Angriff wie den auf Xandor zu vereiteln. Er hätte es gern für möglich gehalten, auf einer rein rationalen Ebene, doch der Umstand, dass er die Furcht nicht los wurde, verriet, was er wirklich davon hielt.

Er versuchte, den Gesprächen am großen Konferenztisch zu folgen, und war selbst über sein geringes Interesse an ihnen erstaunt. So seltsam die Umstände angesichts von Chaoskorridor, Viktors Blassen und anderen ihm exotisch erscheinenden Dingen auch sein mochten: Hier wurde ein Spiel gespielt, an dem er immer großen Gefallen gefunden hatte, das Spiel der Macht. Als er sich konzentrierte, gelang es ihm, die Delegierten der dreiundzwanzig Autonomen Ökonomischen Einheiten in vier verschiedene Interessengruppen aufzuteilen, die um Einfluss rangen und buhlten, und er erkannte auch die geschickte Strategie, die Cordoban verfolgte und vor allem dazu diente, die Position des Primus inter Pares des Konsortiums zu festigen. *Am Ende dieser Konferenz werde ich mehr Macht haben als vorher,* dachte Valdorian. *Aber es wird nicht meine Macht sein, sondern die Cordobans.* Doch selbst das interessierte ihn kaum. Er erinnerte sich an die Ereignisse in Fernandez, sah sie noch einmal ganz deutlich vor dem inneren Auge, entsann sich mit fast schmerzhafter Intensität an die Angst zu sterben, an die Angst vor dem Tod, nachdem er um hundert Jahre verjüngt worden war. Er hatte sich der dunklen Tür, hinter der das Nichts lauerte, fern geglaubt, doch der Angriff hatte ihn daran erinnert, dass sich jene Entfernung nicht unbedingt in Lebensjahren messen ließ. Die dunkle Tür konnte schnell ganz dicht an ihn heranrücken. Er hatte schon einmal auf ihrer Schwelle gestanden – *bevor dies alles begann,* dachte er –, und wenn das noch einmal geschah, zeigte ihm vermutlich niemand den Weg zurück zur hellen Seite. Wieder jung zu sein, ein neues Leben vor sich zu haben, mit allen Erfahrungen des alten, und dann sterben zu müssen ... Er konnte sich nichts Schlimmeres vorstellen.

Während der Konferenz kam Valdorian noch einige Male zu Wort, beantwortete mehrere direkt an ihn gerichtete Fragen – geeignete Antworten erschienen auf dem Display des Infonauten – und richtete schließlich einen von Cordoban vorbereiteten Appell an die Delegierten. Die Abstimmung erbrachte das vom Strategen angestrebte Ergebnis: Der Primus inter Pares des Konsortiums bekam neue Vollmachten für Verhandlungen mit den Kantaki und den Blassen.

»Beim nächsten Mal sollten Sie mehr Interesse zeigen«, sagte der sichtlich zufriedene Cordoban, als sie nach der

Verabschiedung der Delegierten das Büro neben dem Konferenzraum betraten. Der Stratege nahm sofort am Schreibtisch Platz, ein deutlicher Hinweis auf die neue Rollenverteilung. »Einige Male haben Sie fast geistesabwesend gewirkt.«

»Und wenn schon.« Valdorian trat zum Fenster und sah auf Tintiran hinab. Mirlurs Licht glitzerte übers Scharlachrote Meer.

»Sie sollten sich bemühen, so wie auch ich mich bemühe – um Ihre Sicherheit etwa.«

Valdorian drehte sich ruckartig um.

»Wie soll es weitergehen?«

»Wir haben einige wichtige Erfolge erzielt, die uns eine gute Ausgangsbasis geben.«

»Eine Ausgangsbasis wofür?«

Der hinter dem Schreibtisch sitzende Cordoban lehnte sich zurück und richtete einen sondierenden Blick auf Valdorian.

»Morgen trifft Viktor höchstpersönlich hier ein. Sie werden eine Vereinbarung mit ihm treffen.«

»Mit den Blassen? Aber wollten Sie nicht mit den Kantaki ...«

»Wir werden auch mit ihnen Verträge schließen. Wir brauchen nur noch etwas mehr Zeit, das ist alles.«

Zeit, dachte Valdorian. »Als Sie mir die politisch-wirtschaftliche Situation im von Menschen besiedelten Teil der Galaxis erklärten, klangen Sie anders.«

»Inzwischen hat sich die Situation geändert.«

Valdorian beobachtete verblüfft, wie Cordoban lächelte. Er konnte sich nicht daran erinnern, dass der Cordoban seines Universums jemals gelächelt hatte.

»Es wird nicht mehr lange dauern, bis wir alles unter Kontrolle haben: die dreiundzwanzig Autonomen Ökonomischen Einheiten, das Konsortium, die Allianz, die Welten des Chaoskorridors ...«

»Das dürfte Viktor nicht gefallen.«

»Viktor wird uns dabei helfen. Besser gesagt: jemand, der wie Viktor aussieht.«

Cordoban deutete auf den leise summenden Datenservo im Schreibtisch. »Ich habe heute Morgen einen sehr interessanten und viel versprechenden Bericht erhalten, von einem Planeten namens Kerberos ...«

Valdorian ächzte so laut, dass Cordoban sich unterbrach. »Stimmt was nicht?«

»Lassen Sie mich raten: das Projekt Doppel-M.«

»Nicht einmal der Primus wusste davon«, sagte Cordoban nach einer kurzen Pause, und seine Stimme war jetzt deutlich kühler. »Das Projekt geht allein auf meine Initiative zurück, und es gibt nur wenige Eingeweihte ...«

»Ich bin auf Kerberos gewesen, in meinem Universum«, sagte Valdorian, und er dachte: *Aber ich habe mich dort gar nicht für den Metamorph interessiert. Agoron hat mich dort zum Omnivorkeim geführt und endgültig zum Sklaven gemacht.* Er fragte sich, ob es auch in diesem Kosmos zwei Artefakte auf Kerberos gab, beide etwa zwanzig Millionen Jahre alt.

Wieder schwieg Cordoban einige Sekunden lang und maß Valdorian dabei mit einem nachdenklichen Blick. »Die ersten Metamorphe sind einsatzbereit. Wir können mit der operativen Phase des Projekts Menschenmacht beginnen.«

»Viktor?«

Diesmal blieb Cordobans Gesicht ausdruckslos. »Ja. Wir bekommen auf einen Schlag die Kontrolle über die Blassen. Viktor wird die neuen Verträge unterzeichnen, die ich bereits vorbereitet habe, und anschließend stehen uns hunderte von Horgh-Schiffen zur Verfügung. Natürlich wird er nicht sofort ganz auf unsere Seite wechseln, das würde Verdacht erregen und auch die Kantaki verärgern – beides gilt es zu vermeiden. Mit der nach und nach erfolgenden Übernahme der Piloten gewinnen wir auch Kontrolle über die Kantaki-Raumfahrt.«

 Es konnte gelingen, wusste Valdorian. Es konnte tatsächlich gelingen. Aber was spielten solche Erfolge für eine Rolle, wenn sich jederzeit *alles* verändern konnte, wenn eine Zeitmanipulation der Temporalen die historische Struktur dieses Universums änderte, was dazu führte, dass es hier vielleicht nie ein Projekt Menschenmacht gegeben hatte? Nichts war stabil. Es gab keine Garantie dafür, dass die Dinge so blieben, wie sie jetzt waren. So sah Valdorian die Situation, aber er stand außerhalb dieser Welt, in der Cordoban sein ganzes Leben verbracht hatte.

Und dann sah Valdorian noch etwas anderes. Eine ganz neue Gefahr, mit der er nicht gerechnet hatte.

Er versuchte, sich nichts anmerken zu lassen, aber Cordoban wäre nicht Cordoban gewesen, wenn er die subtilen Veränderungen in Valdorians Gesicht nicht bemerkt und gedeutet hätte.

»Wie nützlich *können* Sie mir sein, Primus?«, fragte der Stratege.

»Sie wollen mich ebenfalls durch einen Metamorph ersetzen, nicht wahr? So wie Viktor.«

Cordoban zögerte gerade lange genug, um den Zweifel nicht aus Valdorian zu verbannen. »Das wäre eine ungeheure Verschwendung von Ressourcen. Sie helfen mir bereits. Viktor nicht. Und es dauert ziemlich lange, einen Metamorph heranwachsen zu lassen. Wir brauchen sie für lohnendere Ziele.«

Mit einem Ruck stand Cordoban auf. »Sie haben mir heute gute Dienste geleistet, und morgen empfangen wir Viktor. Bis dahin haben Sie sich etwas ... Entspannung verdient.«

»Entspannung?«

»Ich habe eine Überraschung für Sie, Primus. Ihre Frau ist da.«

»Meine Frau?« Valdorian erinnerte sich daran, von Lidia einen Hinweis gehört zu haben. *Ihre Frau hat sich bestimmt sehr über Ihre Genesung gefreut, nicht wahr?*

»Und natürlich auch Ihr Sohn.«

Die aus insgesamt sieben Zimmern bestehende Suite an Bord der Orbitalstation bot den Luxus, den Valdorian gewohnt war und dem er jetzt überhaupt keine Beachtung schenkte. Seine Aufmerksamkeit galt allein der hoch gewachsenen Frau, die gerade den zentralen Salon betreten hatte, in Begleitung eines Mannes, der kaum älter als zwanzig Standardjahre sein konnte und in dessen Augen ... ein seltsames Funkeln lag. Er hatte Madeleine Kinta erwartet, doch diese Frau hier war nicht dunkelhaarig, sondern blond, und das lange Haar reichte ihr glatt bis zum verlängerten Rücken. Die großen blauen Augen dominierten ein Gesicht, in dem hohe Jochbeine auffielen. Es zeigten sich keine Falten in Augenwinkeln und Stirn, und die vollen Lippen deuteten ein Lächeln an, das freundlich wirken sollte, doch Valdorian erkannte es auf den ersten Blick als Teil einer Maske. *Ich kenne nicht einmal ihren Namen,* dachte er.

»Wie *schön*!«, sagte die Frau mit falscher Freude und kam näher. Der junge Mann blieb ein wenig hinter ihr zurück. »Ich habe die Bilder gesehen und konnte es kaum glauben. Die letzte Resurrektion ist *endlich* erfolgreich gewesen.«

Sie blieb dicht vor ihm stehen und wartete vielleicht darauf, dass er sie mit einem Kuss begrüßte. Doch Valdorian sah sie nur an.

Die Frau zögerte zwei oder drei Sekunden und drehte sich dann halb um. »*Sieh* nur, Roland, deinem Vater geht es wieder gut.«

»Ich habe Augen im Kopf.«

Mein anderes Selbst scheint kein besonders gutes Verhältnis zu seinem Sohn gehabt zu haben, dachte Valdorian und erinnerte sich an Benjamin, der mehrmals versucht hatte, ihn umzubringen und jetzt im Omnivor zu den Spielern des Spiels zählte.

Die Frau wandte sich wieder ihm zu, und in ihren Augen sah er etwas, das er kannte, aber nie im Gesicht von Madeleine und schon gar nicht in dem von Lidia gesehen hatte:

einen kalten, berechnenden Glanz, erkennbar nur für jemanden wie ihn. *Weil sie so ist wie du selbst, oder wie ein Teil von dir.*

»Es freut mich *sehr*, dass du dich erholt hast, Dorian«, sagte sie und hob die Hand. Sie zögerte kurz, nicht länger als eine halbe Sekunde, schien ihrer Sache nicht ganz sicher zu sein, berührte ihn dann mit der Kuppe des Zeigefingers am Kinn. »Jetzt können wir ein *neues* Leben beginnen.«

Valdorian stand noch immer starr und unbewegt da. Nicht nur, dass sie ihn »Dorian« genannt hatte – zwischen ihnen gab es das Du, dessen herrliche Intimität er sich immer bei Lidia gewünscht hatte. *Nein,* verbesserte er sich. *Nicht zwischen* uns. *Zwischen ihr und dem anderen Valdorian.*

»Wir?«, fragte er leise.

Das Glitzern in den blauen Augen veränderte sich. »Wenn du dich fragst, warum wir dich so selten besucht haben ...«

»Was wollen Sie?«, fragte Valdorian und begann zu ahnen, was die namenlosen Frau hierher geführt hatte.

Sie trat wie verletzt zurück. »*Sie*? Dorian ...«

»Lass nur, Mutter«, sagte der junge Mann. »Jemand hat es ihm gesagt. Er weiß Bescheid.« Wenn ein Gletscher imstande gewesen wäre zu sprechen – so hätte seine Stimme geklungen.

»Worüber?«, fragte Valdorian.

Ein Teil der Berechnung verschwand aus den Augen der Frau und wich Sorge. »Nun, die Ärzte hatten dich aufgegeben, und ich musste für die Zukunft ohne dich planen. Ich habe dabei natürlich in erster Linie an Roland gedacht ...«

»Als Sie dem Tode näher waren als dem Leben, hat Ihnen Alexandra die Treuhandschaft über das Valdorian-Vermögen abgeschwatzt.« Cordoban betrat den Salon. »In etwas mehr als einem Monat ist es ihr gelungen, zweihundert Millionen Transtel auszugeben.«

Die Frau warf Cordoban einen finsteren Blick zu und sah dann wieder Valdorian an.

»Du hast es *nicht* gewusst?«

»Ich weiß es jetzt. Die Treuhandschaft ist hiermit annulliert.«

»Darüber wollte ich mit dir reden, Dorian«, sagte Alexandra. »Ich meine, zweihundert Millionen sind eigentlich gar nicht so viel, wenn man bedenkt, wie groß das Valdorian-Vermögen ist, und ich habe *wirklich* vor allem an Roland gedacht. Der arme Junge, du hast nie ...«

»Cordoban?«

»Das Essen ist aufgetragen, Primus. Im kleinen Salon. Für Sie drei.«

»Eine Mahlzeit für eine Person hätte genügt. Bringen Sie ... Alexandra und Roland hinaus.«

»Was?«, entfuhr es der Frau.

Valdorian winkte.

»Kommen Sie«, sagte Cordoban.

»Aber Dorian, jetzt wo du wieder gesund bist, ich meine, wir könnten ...«

»Gehen Sie.« Valdorian sah Entrüstung und Erschrecken in den Augen der Frau, und in denen des jungen Mannes ... Seine Augen brannte, mit einem kalten Feuer. Als sich Roland umdrehte und die Suite zusammen mit seiner Mutter verließ, fragte sich Valdorian, womit sein Selbst in dieser Zeit es verdient hatte, dass sein Sohn ihn so sehr hasste.

Kurze Zeit später kehrte Cordoban zurück.

»Benötigen Sie noch etwas?«, fragte er.

Wer ist hier der Herr und wer der Diener?, dachte Valdorian. »Warum hat der Valdorian dieser Realität eine solche Frau geheiratet? Und warum hasst sein Sohn ihn so sehr?«

»Das hätten Sie ihn fragen sollen, bevor Sie ihn umbrachten.« Cordoban ging wieder zum Ausgang und blieb in der offenen Tür stehen. »Ich rate Ihnen, gut auszuruhen. Morgen ist ein wichtiger Tag.«

Er ging, und die Tür schloss sich hinter ihm.

Valdorian wartete vielleicht eine halbe Minute, bevor er zur Tür schritt und versuchte, sie zu öffnen. Sie blieb geschlossen.

Es bedeutete, dass er erneut in der Falle saß, wenn es zu einem Angriff auf ihn kam, aber seltsamerweise brachte dieser Gedanke nur einen Hauch Unruhe. Seine Überlegungen, begleitet von sonderbar wirren Gefühlen, die es zu ordnen galt, gingen in eine ganz andere Richtung.

Er begann mit einer unruhigen Wanderung durch die Suite, wie auf der Flucht vor sich selbst und gleichzeitig auf der Suche nach ... Selbsterkenntnis? Etwas tief in seinem Inneren war in Bewegung geraten, schon vor einer ganzen Weile, und hatte seinerseits andere Dinge in Bewegung gesetzt, und aus dieser kleinen Lawine im Unterbewusstsein wuchs nun etwas, das sein Bewusstsein erreichte. Er dachte an Madeleine Kinta, die Frau, mit der er in seiner Welt fast dreißig Jahre verheiratet gewesen war, dachte an ihre letzte Begegnung, an die Aura der Trauer, die sie immer umgeben hatte. Trauer darüber, ihr Leben vergeudet zu haben, ihr Leben mit ihm? Eigentlich hatte sie ihm nie etwas bedeutet, und als er sich nun fragte, warum er damals einen Ehekontrakt mit ihr eingegangen war, fand er keine Antwort. Und der Valdorian dieser Welt ... Warum hatte er eine Frau wie Alexandra geheiratet, die ganz offensichtlich nur an sich selbst dachte?

Nein, dachte Valdorian, als er den kleinen Salon betrat. *Das sind die falschen Fragen.* Die *richtige* Frage, die den Kern der Sache traf, lautete: *Warum haben wir, mit all den Möglichkeiten, die uns offen standen, ausgerechnet ein* solches *Leben geführt?*

Er kehrte den Blick von innen nach außen und sah einen Tisch, für drei Personen gedeckt, daneben eine zweiten und noch größeren Tisch mit kulinarischen Köstlichkeiten aus mehreren Welten. Meeresfrüchte von Tintiran, auf verschiedene Weisen zubereitet; Fleisch in süßsauren und pikanten Soßen; gebackenes Obst und Gemüse, zu Formen angeordnet, die auch das Auge des Gourmets erfreuen sollten. Genug Spezialitäten für ein Bankett. Und natürlich stammte alles aus Syntho-Maschinen.

Valdorian bediente sich – er wusste gar nicht mehr, wann er zum letzten Mal etwas gegessen hatte –, nahm am Tisch Platz und aß geistesabwesend, während er wieder hinaussah ins All, zum Planeten Tintiran, der sich unter der Orbitalstation drehte.

Cordoban. Er lebte für seine Pläne, für seine langfristigen Strategien, ging ganz in ihnen auf und *machte* sie zu seinem Leben. Einst hatte Valdorian ihn für sein rationales, kaltes Kalkül bewundert, aber jetzt bemitleidete er ihn – ganz abgesehen davon, dass er ihn hasste, weil er durch ihn erneut zu einem Gefangenen geworden war. Er hatte Mitleid mit ihm, weil sein Leben so schrecklich *beschränkt* war, so limitiert, so *arm*. Dieses Wort gefiel ihm. *Arm*. Man konnte reich sein, reich genug, um sich alle Wünsche zu erfüllen, und gleichzeitig *arm*. Man konnte glauben, sich außerhalb des Schachbretts zu befinden und das Geschehen darauf zu bestimmen, aber manchmal machte man sich dadurch selbst zur Figur in einem anderen Spiel. Man glaubte, frei zu sein, viel freier als andere, und doch trug man schwere Ketten, die Geist und Seele fesselten.

Valdorian hatte fast hundertfünfzig Jahre gebraucht, um das zu verstehen. Und diese Erkenntnis, aus dem Unbewussten gewachsen und endlich gereift, öffnete eine innere Tür, hinter der weitere Erkenntnisse warteten.

Die Hand mit der Gabel verharrte vor dem Mund, als Valdorian plötzlich begriff, was er wollte. Er kam sich wie jemand vor, der jahrelang mit verbundenen Augen herumgelaufen war und dem plötzlich die Binde fortgezogen wurde. Zum ersten Mal in seinem Leben, in seinem langen, wieder verjüngten Leben, konnte er das wirklich Wichtige vom Unwichtigen trennen. Es ging nicht um Macht und Reichtum, es ging nicht um ein Leben »ohne Kompromisse« – eine Vorstellung, die ihm plötzlich lächerlich erschien, denn nur ein Gott brauchte keine Kompromisse zu schließen.

Worum geht es letztendlich?, fragte sich Valdorian, die Gabel noch immer vor dem Mund; der von einer Syntho-Maschine geschaffene Leckerbissen darauf war kalt geworden. Ging es denn nicht um jenen besonderen Frieden in der Seele, den man »Glück« nannte? Alle Menschen – praktisch alle denkenden und fühlenden Wesen – suchten danach, und die wenigsten von ihnen *verstanden* wirklich, wonach sie suchten. Manche glaubten, dass ihnen Drogenträume oder die programmierten Visionen von Anderswelten geben konnten, was sie sich erhofften. Andere strebten in ihrem Leben bestimmte mehr oder weniger hoch gesteckte Ziele an, in der Erwartung, »glücklich« zu werden, sobald sie sie erreicht hatten. Andere suchten nach dem »Sinn des Lebens«, davon überzeugt, dass sie Transzendenz – ihre Form des Glücks – erlangten, wenn die Suche mit einem Erfolg endete.

Valdorian ließ langsam die Gabel sinken, und seine Gedanken verharrten, zitterten wie erschrocken, sprangen auf und stoben in alle Richtungen.

Ich habe mehr als hundertzwanzig Jahre meines Lebens als Erwachsener vergeudet!

Es fühlte sich an wie eine Befreiung. Die geistigen Ketten lösten sich, fielen ab.

Die Trauer in den Blicken seiner Mutter, der Kummer, der wie ein Schatten auf Madeleine gelegen hatte, die Tiefe in Lidias Augen und die Fragen darin ... Valdorian verstand das nun alles. Und mit diesem Verstehen präsentierte sich auch die Antwort auf die Frage, über die er schon so oft nachgedacht hatte, die Frage, was er mit seinem neuen Leben anfangen sollte.

Eigentlich gab es nur eine Möglichkeit, nur einen lohnenden Weg in die Zukunft. Wie dumm, auch nur in Erwägung zu ziehen, sich in dieser Realität erneut an die Spitze des Konsortiums zu setzen, denn damit hätte er einen Pfad beschritten, auf dem er bereits Fußspuren hinterlassen hatte. Er bot bestenfalls Altbekanntes in neuen Gewändern. Sich auf irgendeinem paradiesischen Planeten niederzulassen und Reichtum und Luxus zu genießen ... Er hatte seinen Sohn Benjamin dafür verachtet, diesen hedonistischen Weg eingeschlagen zu haben. Reichtum und Macht, beides war immer Teil seines Lebens gewesen, Reichtum schuf Macht, und Macht schuf Reichtum.

Die einzigartige, unwiederholbare Chance, die sich ihm bot, war diese: Er konnte zu der Abzweigung seines Lebensweges zurückkehren, von der er heute, nach vielen Jahrzehnten, wusste, dass sie in die falsche Richtung geführt hatte, und diesmal konnte er den *richtigen* Weg wählen.

»Lidia ...«, sagte er leise, stand auf, trat zum Fenster und sah auf den Planeten hinab. Olkin, der Omnivor, die Temporalen, der zweite Zeitkrieg, Cordoban, der ihn in dieser Realität zu einem Gefangenen gemacht hatte ... Er steckte in einem heillosen Durcheinander fest, das jeden Augenblick noch schlimmer und vor allem tödlich werden konnte. Aber wenn er innerlich all diese Dinge beiseite ließ, nur für einige wenige Sekunden, um zu entscheiden, wohin er seine Schritte lenken sollte, wenn es *möglich* gewesen wäre, sie frei in eine bestimmte Richtung zu lenken ...

Er würde sich für Lidia entscheiden.

Das war der Gedanke, der die geistigen Ketten löste, auch wenn andere Fesseln blieben, von der Situation geknüpft und verknotet. Er sollte sich dafür entscheiden, Lidias Konfident zu werden und mit ihr abseits des Zeitstroms eine Reise zu beginnen, die weit, weit in die Zukunft führte. Und selbst die Aussicht auf relative Unsterblichkeit rückte vor etwas anderem in den Hintergrund. Manchmal, so begriff er, war ein Lächeln mehr wert als alles andere. *O ja, natürlich,* flüsterte der Zyniker in ihm, der alte, bittere und hasserfüllte Valdorian, *und das glaubt jemand, dem es nie an Geld und Macht gefehlt hat.*

»Jetzt habe ich nichts mehr«, sagte er, während er weiterhin auf den Planeten hinabblickte und plötzlich Tintirans Schönheit sah. »Weder Geld noch Macht. Und ich bin völlig allein.«

Die Frage war beantwortet, die Entscheidung gefallen.

Und dann folgte Verzweiflung dem Gefühl der Befreiung.

Wie konnte er unter den gegenwärtigen Umständen zu Lidia finden? Und selbst wenn es ihm gelungen wäre, sie irgendwie zu erreichen: Wie sollte er sie davon überzeugen, dass er sich ... geändert hatte? Wie sollte er sie dazu bringen, ihn als ihren Konfidenten zu akzeptieren?

Valdorian atmete tief durch und verbannte die Verzweiflung aus sich. Er hatte ein neues Ziel, auf das es hinzuarbeiten galt – mit der Entscheidung war der erste Schritt auf diesem Weg bereits getan.

Die Begegnung fand in einem kleineren Konferenzzimmer an Bord der Orbitalstation über Tintiran statt, und als die drei Blassen hereinkamen, erwachten in Valdorian Erinnerungen an seine Kindheitsphantasien von Horrorgeschöpfen. Zwei Frauen begleiteten Viktor, und sie trugen wie auch Viktor die beigefarbene uniformartige Kleidung von Sippenmitgliedern der Horgh. Sie wirkten zart und fragil, und das verstärkte vielleicht den zombiehaften Eindruck, den sie mit ihren rötlichen Augen und den weißen, blutleeren Gesichtern erweckten. Viktor überragte sie um einen halben Meter und war fast doppelt so breit. Auch sein Gesicht war leichenhaft blass, und es zeigten sich nur wenige Falten darin, trotz seiner mindestens vierhundert Lebensjahre. *Neue Menschen,* dachte Valdorian. *Ihr Erbgut von einem Virus verändert, das geschaffen wurde, um Kantaki zu töten.* Das war ein Aspekt dieser Realität, der ihn besonders erstaunte.

»Willkommen im Mirlur-System und an Bord dieser Station«, sagte Valdorian, trat den Blassen entgegen und streckte die Hand aus. Viktor ergriff sie, drückte kurz zu und ließ sie dann wieder los. Die Hände der beiden Frauen berührten

Valdorians Finger kaum. »Bitte nehmen Sie Platz.« Valdorian deutete zum Tisch.

Die Worte, die er sprach, seine Schritte, fast jede einzelne Bewegung – alles war sorgfältig von Cordoban choreographiert, der die Blassen ebenfalls begrüßte und dann am Tisch Platz nahm. Weiter hinten im Raum, dicht vor der Rückwand mit Syntho-Maschinen und Datenservi, standen zwei Soldaten aus Cordobans Garde. Valdorian fragte sich, ob einer von ihnen der Metamorph war.

Er versuchte sich zu konzentrieren, auf das Geschehen hier und jetzt, und während er die Ansprache hielt, die Cordoban für ihn ausgearbeitet hatte, fühlte er Viktors Blick mit einer sonderbaren Intensität auf sich ruhen. Er saß auf der anderen Seite des Tisches, mit einem Infonauten und ohne sichtbare Waffen, rechts und links an seiner Seite die so zart wirkenden Frauen, deren Alter sich ebenso schwer schätzen ließ wie das Viktors. Ihre Blicke verweilten nicht die ganze Zeit über auf Valdorian, sondern streiften wachsam umher, nahmen alles in sich auf.

»Ich glaube«, sagte Valdorian zum Abschluss seiner kurzen Einführungsrede, »dass die neuen Transportvereinbarungen zwischen den Dreizehn Hohen Welten und dem Konsortium beiden Seiten zum Vorteil gereichen und Grundlage für eine engere Kooperation sein könnten. Cordoban wird Ihnen die Einzelheiten erläutern ...«

»Sie gehören nicht hierher«, sagte Viktor mit einer Stimme wie splitterndes Eis. Seine rötlichen Augen blickten kalt, aber tief in ihnen, ganz tief unten, brannte etwas.

Valdorian stellte fest, dass sich jetzt auch die Blicke der beiden Frauen auf ihn richteten. In ihren Gesichtern veränderte sich etwas ...

»Ich verstehe nicht ganz.« Valdorian sah, wie Cordoban links von ihm die Kontrollen seines eigenen Infonauten betätigte; rechts setzten sich die beiden Soldaten in Bewegung, die zuvor an den Syntho-Maschinen hantiert hatten, und brachten Tabletts mit Erfrischungen.

»Sie gehören nicht hierher«, wiederholte Viktor. »Sie gehören nicht in diese Welt. Wer sind Sie?«

»Er ist der geflohene Wegfinder«, sagten die beiden Frauen wie aus einem Mund.

Drei Dinge geschahen gleichzeitig.

»Los«, sagte Cordoban und betätigte ein Schaltelement seines Infonauten.

Die beiden Frauen sprangen mit verblüffender Agilität den beiden Soldaten entgegen, schienen sich von einem Moment zum anderen in substanzlose Schemen zu verwandeln.

Gläser klirrten. Die Soldaten zogen ihre Hefoks und schossen.

Valdorian beobachtete das Geschehen, schockiert von den Worten der beiden Frauen. Er sah, wie die Strahlen die beiden Schatten erfassten, bevor sie über den Tisch hinweg waren und die Soldaten erreichten. Aus Schemen wurden wieder Körper, verletzliche und sterbliche Körper, die zu Boden fielen und liegen blieben. Aber es waren nicht die Körper von zwei Blassen.

Die beiden Geschöpfe hatten eine Haut, die aus silbernen, sich überlappenden Schuppen bestand, und ihre Hände endeten in Tentakelfingern.

Temporale.

»Was hat das zu bedeuten?«, fragte Viktor, und seine Stimme schien noch kälter zu werden, wenn das überhaupt möglich war.

»Das sind zwei Temporale«, wandte sich Valdorian an Cordoban. »Offenbar haben sie die Blassen infiltriert.«

»Interessant«, erwiderte Cordoban ohne eine sichtbare emotionale Reaktion. »Woraus sich die Frage ergibt: Ist Viktor wirklich das, was er zu sein scheint?«

Viktor erhob sich langsam, schenkte den Waffen der beiden Soldaten keine Beachtung und blickte auf die beiden Toten hinab. »Meine Sippenschwestern ...«

Cordoban schien davon überzeugt zu sein, dass Viktor

wirklich Viktor war. »Dies ist sogar noch besser«, sagte er ungerührt. »Wir können darauf hinweisen, dass sich ein Feind in die Reihen der Blassen eingeschlichen hat und mit unserer Hilfe entlarvt werden konnte. Hier ist der Beweis.« Er deutete auf die Toten. »Damit kann Viktor die ... ungewöhnlichen Maßnahmen rechtfertigen, die er in unserem Sinne ergreifen wird.«

»Welchen Viktor meinen Sie?«, fragte der große Blasse. »Ich weiß nicht, was Sie hier inszeniert haben, aber ... ich kehre jetzt zu meinem Schiff zurück. Die beiden Leichen werde ich abholen und untersuchen lassen. Und ich erwarte einen Erklärung von Ihnen. Ich möchte wissen, was es mit den ›Temporalen‹ auf sich hat. Und wer *er* ist«, fügte er mit einem Blick auf Valdorian hinzu.

»Sie bleiben hier«, sagte Cordoban.

Valdorian sah das vage Flirren eines abschirmenden Kraftfelds an den Wänden, und Viktor bemerkte es ebenfalls. Er wandte sich an Cordoban. »Ich kann mir kaum vorstellen, dass Sie so dumm sind, mich gefangen zu nehmen. Sie sollten wissen, dass Sie mich nicht als Druckmittel verwenden können, um den Dreizehn Hohen Welten Ihren Willen aufzuzwingen. Wenn ich nicht zurückkehre, wenn die Blassen nichts von mir hören ... In einem solchen Fall würde in wenigen Tagen eine Interventionsflotte im Mirlur-System eintreffen.«

»Ich weiß«, sagte Cordoban ruhig.

Viktor blieb dicht vor dem Kraftfeld stehen. »Lassen Sie mich gehen.«

Cordoban antwortete nicht und gab einem der beiden Soldaten ein Zeichen.

Der Gardist trat an den beiden toten Temporalen vorbei und legte seinen Hefok in Cordobans Reichweite auf den Tisch. Dann straffte er die Gestalt und ...

Die Uniform schien sich zu verflüssigen, wie auch der Körper, beides vermischte sich miteinander und wurde zu einer amorphen Masse, zu einem grauen, gallertartigen

Wesen ohne erkennbare Sinnesorgane. Aber es schien dennoch ein sehr klares Bild von seiner Umgebung zu haben, denn es näherte sich Viktor.

Zum ersten Mal zeigte sich so etwas wie Sorge in Viktors leichenhaftem Gesicht. Er stand bereits dicht vor der Tür, wich noch etwas weiter zurück und stieß gegen das Kraftfeld. Es kam zu einer flackernden, zischenden Entladung, die ihn nach vorn schleuderte, dem Metamorph entgegen ...

... der ihn in sich aufnahm. Das graue Geschöpf wuchs in die Breite, und die beiden Seiten wölbten sich nach vorn, schlossen sich um Viktor, dem gerade noch genug Zeit blieb, einen kurzen Schrei auszustoßen.

Mit fasziniertem Entsetzen beobachtete Valdorian den Vorgang. Einige dumpfe, knirschende Geräusche erklangen, und rhythmische Zuckungen liefen durch das graue Wesen, das sich langsam zusammenzog, wieder Gestalt und individuelle Merkmale gewann. Viktor schien es irgendwie zu gelingen, aus dem Grau des Metamorphs herauszuwachsen, das sich immer mehr auflöste und schließlich ganz verschwand.

Und dann stand nur noch das Oberhaupt der Blassen da, eine farblose Gewebemasse zu seinen Füßen. Der Schrecken wich aus seinen Zügen, und das bleiche Gesicht glättete sich.

Für einen Augenblick befürchtete Valdorian, dass die Übernahme nicht funktioniert hatte, dass Viktor aus irgendeinem Grund immun war gegen eine derartige Art von physischer Aufnahme.

»Wie lautet der Kode?«, fragte Cordoban.

Viktor sah ihn an und sagte: »Morgenröte ist ein neues Leben, grün schmeckt sauer, und bitterer Lärm bedeutet Tiefe ohne Ende.«

Tiefe Zufriedenheit erschien in Cordobans Gesicht. »Verfügst du über alle Erinnerungen?«

»Ich bin intakt«, sagte der Metamorph. »Meine jetzige

Körpermasse entspricht genau der der übernommenen Person. Ich bin bereit, meine Aufgabe zu erfüllen.«

»Ausgezeichnet!«

Der Metamorph in Viktors Gestalt trat zur Wand, blieb dicht vor dem Kraftfeld stehen und wartete.

Cordoban sah Valdorian an. »Und nun ...«

Der zweite Gardist setzte sich in Bewegung, legte seinen Hefok ebenfalls auf den Tisch, straffte die Gestalt ...

Die Uniform löste sich ebenso auf, wie zuvor beim ersten Soldaten, und aus dem vermeintlichen Menschen wurde ein künstliches Geschöpf, als Bio-Waffe von NHD auf Kerberos geschaffen.

»Aber Sie haben doch gesagt ...«, begann Valdorian, obwohl er wusste, wie dumm es war, solche Worte an den Strategen zu richten.

»Ich habe gelogen«, sagte Cordoban schlicht.

Valdorian wich vor dem näher kommenden zweiten Metamorph zurück. »Dies ist nicht nötig!«, stieß er hervor. »Ich bin bereit, mit Ihnen zusammenzuarbeiten!«

»Das sind Sie *jetzt*. Aber Sie würden die erste Gelegenheit nutzen, sich meiner Kontrolle zu entziehen.«

»Ich versichere Ihnen ...«

»Außerdem muss ich damit rechnen, dass es tatsächlich zu einem neuerlichen Angriff auf Sie kommt«, fuhr Cordoban fort, während Valdorian versuchte, den Tisch zwischen sich und der grauen Gestalt zu halten. »Ein Metamorph hätte dabei weitaus weniger zu befürchten als Sie. Er könnte sich selbst aus wenigen Geweberesten regenerieren, mit all Ihrem Wissen.«

»Sie können mich doch nicht einfach so ... *töten*.« Der Tod, begriff Valdorian mit kaltem Entsetzen, war nur noch wenige Sekunden entfernt.

»Warum sollte ich Rücksicht auf Sie nehmen?«, erwiderte Cordoban. »Sie sind ein Mörder.«

Der Metamorph sprang.

 Valdorian hechtete zur Seite, wusste aber, dass er das

Unvermeidliche nur hinauszögerte. Hass auf Cordoban quoll in ihm empor, und als er wieder auf die Beine kam, wandte er sich ihm zu.

Der Metamorph stand direkt vor ihm, eine graue humanoide Gestalt ohne irgendwelche Merkmale. Er wurde breiter, und die Seiten wölbten sich wie zu einer Umarmung nach vorn ...

Zu einer tödlichen Umarmung.

Valdorian wollte zurückweichen, aber der Metamorph berührte ihn bereits. Er spürte ein Brennen, und graues Gewebe wogte ihm entgegen, um ihn aufzunehmen und seine Existenz als bewusstes, unabhängiges Individuum auszulöschen.

Und dann geschah etwas, das ihn von der Realität trennte, von der Bühne aus Raum und Zeit, die der mitwirkende Darsteller namens Valdorian verließ, um zum Zuschauer zu werden. Er glaubte zu verstehen, was vor sich ging: Massive Veränderungen im Hier und Jetzt fanden statt, ausgelöst von weiteren Manipulationen der Temporalen. Er selbst gehörte nicht zu dieser Zeitlinie, war ein Fremdkörper in ihr, und deshalb blieb er abseits des Wandels, während die hiesige Realität eine neue Struktur gewann.

Eine Chance für ihn.

Das Brennen dauerte an und ließ erst nach, als Valdorian zurücktrat, fort von dem Metamorph, der versucht hatte, sich ganz um ihn zu stülpen. In dem kleinen Konferenzraum bewegte sich nichts mehr. Alles ruhte in Zeitlosigkeit: Cordoban, Viktor, beide erstarrt, beide mit ausdruckslosen Gesichtern. Valdorian trat am Metamorph vorbei, durch eine Luft, die sich viel dichter anfühlte und seinen Bewegungen fast so viel Widerstand entgegensetzte wie Wasser, blieb dicht vor Cordoban stehen und sah das eigene Spiegelbild in seinen Augen. Der Zorn kehrte zurück, heiß wie das Feuer einer Sonne, und er hob die Faust, holte aus ...

Ein Kantaki-Schiff hing neben der Orbitalstation im All

über Tintiran. Valdorian bemerkte es erst jetzt und war sicher, dass es *eben* noch nicht da gewesen war.

Das Überleben war wichtiger als der Zorn und diese Art von Genugtuung.

Er drehte sich um und eilte zur Tür, ging so schnell, wie es die Luft erlaubte – sie schien sich nicht vor ihm teilen zu wollen. Selbst das Flirren des Energiefelds war erstarrt, in einer zeitlosen energetischen Woge. Valdorian streckte vorsichtig die Hand aus und berührte es.

Eine Entladung blieb aus, und er fühlte nicht mehr als ein kurzes Prickeln, dann ein Anwachsen des Widerstands, auf den seine Bewegungen trafen, als er sich durch das Kraftfeld schob, die wie tonnenschwere Tür öffnete und in den Korridor trat. Zum Hangar. Er musste den Hangar erreichen, bevor das, was sich zwischen ihn und die in dieser Realität verstreichende Zeit geschoben hatte, verschwand und ihn wieder Teil der hiesigen Ereignisse werden ließ. Er versuchte zu laufen, kam aber nur wenig schneller voran als jemand, der in einem Albtraum einer schrecklichen Gefahr zu entkommen versuchte. Die Gefahr, die *ihm* drohte, konnte es mit allen noch so grässlichen Albtraumvisionen aufnehmen.

Als er sich dem Hangar näherte, wies ihn ein dumpfes, langsam anschwellendes Brausen darauf hin, dass es bisher völlig still gewesen war. Die Luft setzte ihm weniger Widerstand entgegen, und bei den Personen in seiner Nähe bemerkte er erste Bewegungen. Die Hinweise waren klar: Seine Distanz zu dieser Realität schrumpfte; die Zeit kehrte zurück.

Vor dem Hangarzugang wurde das Brausen zu einem ohrenbetäubenden Donnern, das abrupt verklang und dem Stimmengewirr der Personen wich, die aus dem großen Hangar kamen oder ihn betraten. Valdorian bemerkte, dass nicht nur die Zeit zurückgekehrt war, sondern auch die Farben – eine unsichtbare Hand schien einen Grauschleier von allen Dingen fortgezogen zu haben.

Eine Sirene stimmte ihr rhythmisches Kreischen an, mal leiser, mal lauter.

Eine Gruppe von Soldaten mit den Insignien des Konsortiums näherte sich. Valdorian winkte sie heran und deutete durch den Korridor in die Richtung, aus der er gekommen war. »Ein Zwischenfall im Konferenzbereich. Sie werden gebraucht.«

Die Soldaten erkannten den Primus inter Pares, salutierten kurz und liefen los.

Valdorian betrat den Hangar – und sah Lidia.

Sie hatte gerade einen kleinen Kantaki-Shuttle verlassen, der wie die großen Schiffe aus unterschiedlichen asymmetrischen Segmenten bestand. Valdorian lief ihr entgegen, bemerkte in ihrem Gesicht Überraschung und auch ... sonderbare Erleichterung.

»Bitte, Lidia ...!«, rief Valdorian schon von weitem und schenkte den anderen Anwesenden keine Beachtung. »Ich meine Diamant! Bitte ... nehmen Sie mich mit. Wir müssen weg von hier, sofort!

»Valdorian! Ich bin gekommen, um Sie ...«

Er ergriff ihre Hand, zog sie mit sanftem Nachdruck mit sich, in Richtung Shuttle. »Bitte, ich habe keine Zeit für lange Erklärungen. Wir müssen diese Station sofort verlassen, sonst ist mir der Tod sicher.«

Etwas in seinem Gesicht schien die Pilotin zu überzeugen. Im Laufschritt eilten sie zum Kantaki-Shuttle, stiegen ein und schlossen die Luke. Diamant nahm an den Kontrollen Platz, und wenige Sekunden später stieg das kleine Schiff auf, glitt dem Atmosphärenschild in der geöffneten Außenluke entgegen und durchdrang ihn mühelos.

»Ich habe den Großen Fünf Bericht erstattet«, sagte Diamant. »Sie möchten mit Ihnen reden.« Sie steuerte den Shuttle dem riesigen Kantaki-Schiff entgegen. »Was ist in der Orbitalstation geschehen?«

Valdorian sank in einen Sessel und merkte, wie sehr er zitterte. »Zwei Blasse haben sich als getarnte Temporale erwiesen. Und ich wäre fast gefressen worden.«

20

In die Tiefe

Magenta: Namenlos, 4. März 5501

Der Wind wurde stärker, als sie die Mulde hinter sich zurückließen und über den Grat stapften, durch ein Trümmerfeld, dessen Fragmente angeblich von den Resten des Konziliats stammten. Eklund spürte die Last der Jahre, als er sich mit gesenktem Kopf und hochgeklapptem Kragen den kalten Böen entgegenstemmte, nicht nur in die Jacke gehüllt, sondern auch in die Decke, an deren Fransen der Wind zerrte. Tausend Fragen beschäftigten ihn, ohne dass er eine einzige Antwort fand. Wenn das Elysium von Namenlos wirklich aus der Residualenergie von Konzilianten bestand, warum hatte Raimon dann keinen direkten Zugriff darauf? Immerhin war er imstande gewesen, die Kraft seiner »Mutter« aufzunehmen, einer Konziliantin. Woher wusste er überhaupt, dass es sich bei den vielen so unterschiedlichen Fragmenten um die Reste der Konziliatssphäre handelte, die er nie gesehen hatte?

Aber die wichtigste aller Fragen lautete: Wenn Raimon Recht hatte ... Welche Macht war imstande gewesen, nicht nur einen Konzilianten zu vernichten, sondern das ganze Konziliat? Die Temporalen kamen dafür sicher nicht infrage. Der Omnivor? Aus KiTamaranis Schilderungen wusste Eklund, dass es jener finsteren Entität gelungen war, einzelne Konzilianten auszuschalten. Aber das ganze Konziliat, seine geballte, aus der Schöpfungsenergie kommende Macht?

Eklund versuchte, sich im Windschatten von Raimon zu halten, der vor ihm ging und KiTamarani in einem organischen Rucksack trug, dessen Hautlappen bis zu ihrem Kopf reichten. Derzeit schien die physische Struktur des Metamorphs stabil zu sein, und Eklund hoffte, dass er genug Kraft aufgenommen hatte.

Weitere Fragen gesellten sich den tausend hinzu: *Haben wir eine Möglichkeit, diesen Planeten zu verlassen? Und selbst wenn wir irgendwie dazu imstande sind - wie soll es weitergehen, wenn das Konziliat nicht mehr existiert? Was soll aus KiTamarani werden, und aus Raimon und mir? Was soll aus dem* Universum *werden?*

Eklunds Magen knurrte und wies ihn auf ein ganz anderes Problem hin. Auf der verzweifelten Suche nach Energie hatte Raimon den Proviant geplündert, der eigentlich für Eklund bestimmt gewesen war. Und bisher hatte er auf diesem Planeten nichts gesehen, das ihm essbar erschien. Von Wasser ganz zu schweigen. Das schwarze Meer ...

Er sah zur Seite, über den Rand des Grates hinweg, und stellte fest, dass der schwarze Ozean nicht mehr ganz so weit entfernt zu sein schien.

»Er steigt an«, sagte Raimon, als hätte er Eklunds Blick bemerkt. »Mit einer Geschwindigkeit von zwei Metern pro Minute.«

Eklund sah zu den Objekten an der höchsten Stelle des Bergrückens, zu den Dingen, die er zunächst für Gebäude gehalten hatte. »Wie weit ist es noch?«

»In etwa zwei Stunden sind wir dort.«

Zweihundertvierzig Meter, dachte Eklund. Er schätzte, dass sie sich etwa einen Kilometer über dem Meer befanden. »Wir laufen also nicht Gefahr zu ertrinken.«

Raimons Rucksack, aus seinem Körper gewachsen, zog sich etwas enger um KiTamarani zusammen. »Das ist kein Wasser.«

Eklund blickte in die Tiefe, beobachtete den schwarzen Ozean und glaubte Wellen zu erkennen. Die Brandung hörte er noch immer nicht, aber wahrscheinlich wurde sie von der zischenden Stimme des Winds übertönt.

»Was ist es dann?«

»Ich weiß es nicht«, sagte Raimon.

Eklund blieb allein mit seinen Gedanken und den vielen bohrenden Fragen, als sie den Weg fortsetzten. Nach einer Weile ließ der Wind nach, als gäbe er den Versuch auf, die beiden Gestalten vom Grat zu stoßen, und daraufhin kam Eklund etwas leichter voran. Er überhörte das Knurren seines Magens, dachte nicht an den Durst und fragte: »Was hoffst du dort zu finden?«

»Ich weiß es nicht.«

Eklund brauchte sich jetzt nicht mehr in Raimons Windschatten zu halten, schloss zum Metamorph auf und ging an seiner Seite. »Das ist nicht viel.«

Raimon drehte den Kopf unter der Kapuze der Pelzjacke. »Fühlst du noch das ... Elysium?«

Eklund horchte kurz in sich hinein. »Ja. So stark wie vorher.«

Raimon deutete auf die vielen kleinen Trümmer. »Was auch immer hier passierte – es geschah vor langer Zeit. Die Residualenergie hätte sich längst verflüchtigen müssen.«

»Aber das ist ganz offensichtlich nicht der Fall, und das bedeutet *was*?«

»Es bedeutet, dass *etwas* sie erneuert.«

»Was käme dafür infrage?«

»Schlafende Konzilianten. So wie auch meine Mutter schlief, auf Kerberos, viele Millionen Jahre. Es könnte Überlebende geben.« Raimon zögerte kurz. »Oder ...«

»Oder?«

»Oder das, was die Konziliatssphäre zerstörte.«

Einige Sekunden lang gingen sie schweigend, begleitet von der Stimme des Winds, die jetzt nur noch ein Flüstern war.

»Hast du eine Ahnung, worum es sich dabei handeln könnte?«, fragte Eklund schließlich.

Raimon antwortete nicht sofort und wich einer größeren Ansammlung von Trümmern aus – es widerstrebte ihm aus irgendeinem Grund, sie zu berühren. »Meine Mutter hat viel von ihrem Wissen mit mir geteilt, aber sie ist nicht ... vollständig. Nach der Reduktion hat sie sich nicht ganz erneuern können; das wäre nur mithilfe des Konziliats möglich gewesen. Ich fürchte, auch sie weiß nicht, welche Macht in der Lage wäre, das ganze Konziliat auszulöschen.«

Unbehagen regte sich in Eklund, und er dachte an die alten Mythen, in denen sich Götter bekämpften. KiTamarani war gewiss keine Göttin, aber er hatte gesehen, was sie leisten konnte, selbst ohne »vollständig« zu sein, und dem Konziliat hatten sicher noch ganz andere Möglichkeiten zur Verfügung gestanden. Und doch gab es etwas, das noch mächtiger gewesen war. Etwas Unheilvolles.

Vielleicht wartete es am Ziel ihres Marsches auf sie.

Eklund fragte sich, was Elisabeth von einer solchen Situation gehalten hätte.

Nach einigen weiteren hundert Metern verlangten ein knurrender Magen und trockener Gaumen erneut Aufmerksamkeit.

»Es gibt da ein kleines Problem, das dir angesichts der allgemeinen Situation banal erscheinen mag, für mich aber alles andere als banal ist«, sagte Eklund. »Ich habe Hunger und Durst.«

Raimon blieb abrupt stehen. »Der Proviant. Ich habe alles gegessen, auf der Suche nach Energie.«

»Der Proviant ist nicht ganz so wichtig wie Wasser. Und hier scheint alles trocken zu sein.«

»Das ... Elysium kann dir nicht helfen?«

Eklund lächelte matt. »Ich bin nur ein ganz gewöhnlicher Sterblicher, weder ein Gestaltwandler, der verschiedene Arten von Energie aufnehmen kann, noch eine Weltseele. Wenn ich nichts zu trinken bekomme, verdurste ich.«

Raimon überlegte. »Ich könnte meine Mutter hier zurücklassen und nach Wasser suchen.«

Eklund seufzte leise. »Ich weiß nicht, ob das eine gute Idee ist. Hast du bemerkt, dass das schwarze Meer schneller steigt? Es scheint uns erreichen zu wollen, bevor wir dorthin gelangen.« Er hob die Hand und deutete zu den gebäudeartigen Strukturen.

Ein dumpfes Brummen kam vom finsteren Meer, wie von einem fernen Bienenschwarm, und Eklund sah ein Brodeln, als koche das Etwas, das kein Wasser war, wie Raimon gesagt hatte. Es stieg nicht mehr mit einer Geschwindigkeit von zwei Metern in der Minute, sondern viel, viel schneller.

»Beeilen wir uns«, sagte Raimon und setzte sich wieder in Bewegung. »Vielleicht finden wir dort oben Wasser.«

Anderthalb Stunden später war aus dem Brummen des fernen Bienenschwarms das Donnern eines nahen Gewitters geworden. Raimon ging so schnell, dass Eklund kaum mehr mit ihm Schritt halten konnte und trotz der Kälte zu schwitzen begann. Nur noch etwa hundert Meter Höhe trennte sie von dem schwarzen Meer, und woraus auch immer es bestand: Die Substanz sah massiver aus als Wasser, wie Metall, das zu kochen schien, obwohl die Temperatur nicht stieg.

Und dann erreichten sie die höchste Stelle des Grates und die ersten gebäudeartigen Sphärenfragmente. Neugierig streckte Eklund die Hand aus, um eines von ihnen zu berühren, und seine Finger drangen ein oder zwei Meter tief in das Trümmerstück ein, bevor sie auf Widerstand stießen. Der Kontakt bewirkte eine Veränderung: Das hausgroße, wie eine bizarre Glasscherbe aussehende Fragment leuchtete flackernd auf, und gleichzeitig erklang ein scharfer, schriller Ton, der zu den anderen Fragmenten sprang, sie ebenfalls gleißen ließ.

Eklund zog die Hand rasch zurück, schloss geblendet die Augen und hielt sich die Ohren zu.

Nach einigen Sekunden berührte ihn Raimon am Arm, und daraufhin hob er die Lider wieder und ließ die Hände vorsichtig sinken. Das Heulen hatte aufgehört, und die Fragmente zeigten wieder ihr ursprüngliches stumpfes Grau, das gleiche Grau wie der Hochnebel, der noch immer das Licht der Sonne schluckte.

»Komm«, sagte der Metamorph und deutete kurz in die Richtung, aus der sie kamen.

Das schwarze Meer war heran, schwappte dem ersten großen Fragment entgegen - und glitt dicht davor nach oben, als wäre es gegen ein unsichtbares Hindernis gestoßen. Auf der anderen Seite des Grates wiederholte sich dieser Vorgang. Der finstere Ozean hatte die »Stadt« erreicht, strömte aber nicht in sie hinein, sondern an etwas empor, das sie vom Rest der Welt trennte.

»Was geschieht hier?«, fragte Eklund leise. »Ich habe überhaupt nichts gespürt, keine Barriere oder dergleichen.«

Raimon war bereits weitergegangen, und er folgte ihm rasch, vorbei an hoch aufragenden, wie gläsernen Gebilden. Voller Verwunderung beobachtete er, wie die schwarzen Massen an dem unsichtbaren Schild emporkrochen, der das Draußen vom Drinnen trennte, immer weiter. In einer Höhe von einigen Dutzend Metern bildete sich ein dunkles Dach, mit einer Öffnung genau im Zenit, die allerdings immer kleiner wurde, immer mehr schrumpfte und sich schloss.

Völlige Finsternis herrschte. Eklund sah überhaupt nichts mehr. Ein Blinzeln brachte seine Lider nach unten, und als er sie wieder hob ...

... stand er in der Galerie des alten Saals, vor einer der Türen. Ruhig und ewig brannten die Fackeln, ließen Schatten in den Ecken des Saals hin und her huschen. Er erinnerte sich nicht daran, das Elysium dieser Welt berührt zu haben, und doch befand er sich hier, in der Welt über der Welt von Namenlos, an jenem *Ort*, der die von Raimon erwähnte Residualenergie enthielt.

Er wandte sich der Tür zu, und sie öffnete sich, ohne dass er die Hand nach dem Knauf ausstreckte. Dahinter ...

Er sah eine Wohnhöhle mit vertrauten Gegenständen: zwei einfache Stühle, zwei Liegen – auf einer hatte Raimon geschlafen, der zwölfjährige Raimon –, einige wenige Habseligkeiten, bunte Steine und kleine Muscheln, die er gern bei sich getragen und Kindern in Chiron geschenkt hatte ...

Eklund trat vor und stand in dem Quartier der Zitadelle, in dem er viele Jahrzehnte seines Lebens gewohnt hatte. Eine Chemolampe brannte an der Wand, und auch ihr matter Schein war vertraut. Nostalgie erfasste ihn, aber etwas anderes drängte sie beiseite, eine Erinnerung.

Mit raschen Schritten ging er zu einer kleinen Kommode aus Synthomasse, öffnete und fand darin eine Flasche Wasser. Er griff danach, öffnete sie, setzte sie an die Lippen, trank gierig und genoss die Flüssigkeit, die ihm durch die Kehle rang.

Dies ist nicht Kerberos, dachte er gleichzeitig. *Ich bin noch immer auf Namenlos.* Was trank er? Und ... Er setzte die Flasche ab, nahm einen Nahrungsriegel, biss ein Stück ab, kaute, schluckte und trank erneut. *Und was esse ich*?

Eklund wusste, dass er Metaphern erlebte, aber sein Durst war gelöscht, und er hatte weniger Hunger – nährte ihn die Energie des Elysiums? Gelang es ihm irgendwie, die Kraft dieser Welt über der Welt aufzunehmen?

Metaphern ...

Mit der Flasche in der einen Hand und dem dicken Nahrungsriegel in der anderen verließ er das Höhlenquartier und kehrte in den Tunnel zurück, der durch die Zitadelle führte, das weit verzweigte, von der Aufgeklärten Gemeinschaft bewohnte Höhlensystem im Pelion-Massiv. Nirgends regte sich etwas, und es herrschte eine Stille, die auch die von Eklund verursachten Geräusche zu dämpfen schien. Er blickte in andere Höhlen, kleinere und größere, sah Dinge und Objekte, aber nirgends einen Menschen. Offenbar hielten sich außer ihm keine anderen Personen in *dieser* Zitadelle auf.

Und dann stand er im Zugang einer Grotte, die er gut

kannte – seine Füße hatten von ganz allein den Weg hierher gefunden. Tausend und mehr Kerzen brannten in ihr, auf kleinen Vorsprüngen, in Nischen, auf den schmalen und breiten Stegen, die wie natürliche Brücken durch die Höhle reichten, auf stalagmitenähnlichen Vorwölbungen. Gut zwanzig Meter weiter unten, in der Mitte der großen Grotte und gesäumt von zwanzig Andachtssäulen, drehten sich langsam drei aufrechte Kreise aus goldgelbem Licht: das Mandala.

Eine Metapher in einer Metapher?, fragte sich Eklund, als er über ausgetretene Stufen nach unten ging, vorbei an den vielen Kerzen, deren Flammen mit kurzem Flackern auf den Luftzug reagierten. Die drei gelben Kreise bewegten sich, glitten durcheinander, lockten mit einem fast hypnotischen Rhythmus. Sie waren eine Tür, die Raimon den Zugang zum Agens der Konziliantenkapsel gestattet hatte.

Eine Tür ...

Eklund schob sich den letzten Rest des Nahrungsriegels in den Mund, stellte die leere Flasche beiseite und streckte langsam die Hand nach dem Mandala aus.

Es prickelte in seinen Fingerspitze, er fühlte Wärme, und dann ...

Er hob die Lider erneut, und es war nicht mehr dunkel. Die großen, scherbenartigen Sphärenfragmente hatten zu glühen begonnen, jedes von ihnen mit unterschiedlicher Intensität und in einem individuellen Farbton, der sich nirgends wiederholte, und Eklund gewann den Eindruck, in einem herabgestürzten Regenbogen zu stehen.

Weiter vorn hatte sich eine Öffnung im Boden gebildet, kreisrund, und Raimon blickte in die Tiefe.

»Ich bin erneut im Elysium dieser Welt gewesen«, sagte Eklund. »Ohne es zu wollen.«

»Was auch immer du dort berührt hast ...«, erwiderte Raimon langsam. »Es hat dies hier geöffnet.«

Eklund trat zu ihm, ohne Durst und ohne Hunger, und blickte in den grauen Abgrund eines Schachtes. Raimon nahm einen Stein, hielt ihn über die Öffnung und ließ ihn fallen. Er stürzte nicht in die Tiefe, sondern sank langsam und sanft wie eine Feder.

»Ich glaube, es gibt nur diesen einen Weg für uns«, sagte Raimon.

»Was erwartet uns dort unten?«

»Das werden wir bald feststellen.« Raimon trat über den Rand des Schachtes und sank so langsam wie zuvor der Stein nach unten.

Eklund seufzte und vertraute sich ebenfalls der Leere an.

21

Verändernde Gedanken

Indigo: Transraum, 7. November 5521

»Das ist furchtbar«, sagte Diamant.

»Cordoban wird weiterhin versuchen, das Projekt Menschenmacht voranzutreiben.« Valdorian wies nicht darauf hin, dass er in seiner eigenen Realität ebenfalls ein Projekt Doppel-M genehmigt hatte. »Sie sollten veranlassen, dass alle Kantaki-Piloten gewarnt werden.«

Diamant schüttelte den Kopf, schien es noch immer nicht fassen zu können. »Wir alle sollen übernommen werden?«

Valdorian nickte ernst.

»Was wäre mit uns geschehen? Mit unserer ... Persönlichkeit, meine ich?«

»Ich bin mir nicht ganz sicher, vermute aber, dass die ursprüngliche Persönlichkeit bei der Übernahme durch einen Metamorph ausgelöscht wird, während alle seine Erinnerungen und individuellen Fähigkeiten erhalten bleiben. Der betreffende Metamorph hätte Ihre Gestalt, Ihr Wissen, Ihre Erinnerungen und Ihre Pilotengabe, aber er wäre *er*. *Sie* würden nicht mehr existieren. Ich habe gesehen, wie es mit Viktor geschah. Und um ein Haar hätte es auch mich erwischt.«

Diamant stand auf und trat zum fünfeckigen Fenster des peripheren Segments, in dem sie sich befanden. Sie hatte das Schiff zuvor vom Pilotendom aus mit dem richtigen

Faden verbunden und es auf die Reise durch den Transraum geschickt. Das Ziel des Flugs war Munghar, Ursprungswelt der Kantaki.

»Ich … *wir* … sind Ihnen zu Dank verpflichtet«, sagte sie.

Valdorian erhob sich ebenfalls und erlebte dabei eine weitere perspektivische Verzerrung, wenn auch nicht so stark wie tiefer im Inneren des Schiffes. Es war eine Geste der Rücksicht, dass Vater Jorrn ihn hier untergebracht hatte, und Valdorian wusste das durchaus zu schätzen.

Er ließ sich nicht dazu hinreißen, sofort zu versuchen, Kapital aus Lidias Dankbarkeit zu schlagen. Die nächsten Schritte auf diesem neuen Weg führten vorbei an Treibsand und Glatteis, erforderten große Aufmerksamkeit; jeder Fehler konnte sich als fatal erweisen.

»So wichtig das Projekt Menschenmacht gerade für die Kantaki-Piloten sein mag …«, sagte er langsam. »Die beiden Blassen, die sich als Temporale herausstellten, sind noch wichtiger. Ihre Präsenz betrifft diese ganze Realitätslinie.«

»Ich weiß«, sagte Diamant leise.

Valdorian trat an ihre Seite – nicht zu nahe, aber auch nicht zu weit entfernt – und blickte wie sie hinaus in den Transraum. Diesmal zog das Kantaki-Schiff keine Transportblase mit Fracht- und Habitatmodulen hinter sich her. Es flog allein, ein schwarzer Berg, der sich in Bezug auf den Normalraum mit einem Vielfachen der Lichtgeschwindigkeit bewegte. Eine gewisse Faszination ließ sich nicht leugnen, und Valdorian bemühte sich, dieses Empfinden festzuhalten, die alte Abneigung in Hinsicht auf die Kantaki und alle Dinge, die sie betrafen, immer mehr zurückzudrängen. Denn er wusste: Wenn es ihm gelang, Lidia – Diamant – zu überzeugen, dass sie ihn irgendwann tatsächlich als ihren Konfidenten akzeptierte, so würde dies einen großen Teil seines Lebens ausmachen. Dann stand er wie sie außerhalb des Zeitstroms, so wie jetzt, hier an Bord dieses Schiffes, und konnte tausend Jahre und älter werden. Zeitlosigkeit … wie an Bord der Orbitalstation und doch ganz anders. Er überlegte kurze, wie die Zeit für den Körper anders vergehen konnte als für den Geist – in dieser Frage verbarg sich das Mysterium der relativen Unsterblichkeit von Kantaki-Piloten –, doch er schob die Frage fast sofort wieder beiseite. Andere Dinge waren viel wichtiger.

»Ich kann sie selbst so sehen, ohne mit den Systemen des Schiffes verbunden zu sein«, sagte Diamant und blickte in die Finsternis. »Die Fäden, die alles miteinander verbinden, von den kleinsten Objekten des Universums bis hin zu größten. Der Umgang mit der Gabe ist mir inzwischen so vertraut wie das Sehen mit den Augen und das Hören mit den Ohren.«

Valdorian schwieg, obwohl Fragen in ihm brannten, obwohl er Diamant gern von der Veränderung in seinem Inneren erzählt hätte. Doch der Valdorian, der über viele Jahrzehnte hinweg das Konsortium geleitet hatte, wusste, dass man nichts überstürzen durfte.

»Die Ältesten von uns meinen, dass man die Muster der Schöpfung erkennen kann, wenn man genau genug hinsieht«, fuhr Diamant fort. »Wie ist es möglich, dass dies alles ... falsch ist?«

»Falsch ist vielleicht nicht das richtige Wort«, erwiderte Valdorian vorsichtig und erinnerte sich an seine Gespräche mit Cordoban. »Für alle, die in dieser Realität leben, ist sie die einzige *richtige* Welt. Aber ich stamme aus einer anderen Zeitlinie ...«

»Genau das ist der Grund.«

Valdorian wartete, doch Diamant sprach nicht weiter, und so fragte er nach einer Weile: »Der Grund wofür?«

»Warum die Großen Fünf mit Ihnen reden wollen.« Sie seufzte leise, als trage sie eine Last, auf die sie lieber verzichtet hätte. »Ihre Präsenz in dieser Welt, in diesem Universum, stellt eine Verbindung mit der objektiven Zeit dar, in der die temporalen Manipulationen ihren Ursprung haben.«

»Die Kantaki glauben also, dass ich Recht habe?«

Diamant seufzte erneut, noch etwas leiser. »Ich habe den Kantaki auf Munghar berichtet, was geschehen ist und was ich von Ihnen weiß, und die Zeitwächter begannen mit genauen Untersuchungen. Dabei entdeckten sie tatsächlich Hinweise auf temporale Manipulationen, aus denen sich nur ein Schluss ziehen lässt: Dieses Universum, in dem ich mein ganzes Leben verbracht habe, ist nicht natürlichen Ursprungs. Ja, Sie haben Recht. Es fand ein Zeitkrieg statt, und ›wir‹ haben ihn verloren. Unsere Existenz ist der Beweis dafür.« Die letzten Worte klangen ziemlich bitter.

Valdorian widerstand der Versuchung, näher an Diamant heranzutreten. »Es fällt Ihnen schwer, sich an diese Vorstellung zu gewöhnen, nicht wahr?« Er deutete nach draußen in den Transraum, in dem sich gelegentlich schemenhafte Bewegungen zeigten, wie die Schatten gewaltiger Geschöpfe, die durch diese Nacht über den gewöhnlichen Dimensionen flogen. »Dieses Universum ist zwar das Ergebnis temporaler Manipulationen, aber das nimmt ihm nichts von seiner Realität.« Er fügte hinzu: »Cordoban ist sehr von der Wirklichkeit seiner Welt überzeugt.«

Diamant drehte den Kopf und sah ihn an. Die grünblauen Augen wirkten sehr vertraut, aber es lag auch etwas in ihnen, das Abstand schuf. »Die Großen Fünf möchten Sie um Hilfe bitten.«

Kantaki, die *ihn* um Hilfe baten? Eine seltsame Vorstellung. »Um Hilfe?«, wiederholte er verwundert.

»Die Zeitwächter glauben, dass sie mit Ihrer Hilfe einen Weg zur objektiven Zeit finden können.«

Du sollst erneut der Wegfinder sein, Dorian, flüsterte Olkins Stimme in Valdorians Erinnerung.

»Die Kantaki wollen versuchen, über Sie die objektive Zeit zu erreichen und weitere Manipulationen der Temporalen zu verhindern.«

Valdorian erkannte etwas in Diamants Gesicht. »Aber davon halten Sie nichts, oder?«

Sie blickte wieder aus dem fünfeckigen Fenster und schwieg.

Valdorian glaubte zu verstehen. »Fürchten Sie, dass die Kantaki erfolgreich sein könnten? Fürchten Sie … negative Konsequenzen für Ihre Welt, für dieses Universum?«

»Zeitmanipulationen müssen verhindern werden, das ist Teil der Kantaki-Philosophie und ihres Sakralen Kodex.«

Valdorian verstand plötzlich. »Es geht um mich, nicht wahr? Sie halten es für falsch, dass sich die Kantaki von mir helfen lassen wollen.« Tief in seinem Inneren schwankte der andere Valdorian auf dem neuen Weg, den er eingeschlagen hatte. »Sie trauen mir nicht.«

»Sie sind ein Mörder«, sagte Diamant. »Von den Dingen, die Sie als Primus inter Pares des Konsortiums angestellt haben, ganz zu schweigen.«

»Dafür bin nicht ich verantwortlich, sondern der andere Valdorian.«

»Und in Ihrem Universum? Haben Sie sich dort anders verhalten als der Valdorian hier?«

Valdorian dachte an den Aufstieg im Schatten seines Vaters, an die eigenen Strategien, die er nach Hovan Aldritt Valdorians Unfalltod entwickelt hatte, an seine ökonomische und auch militärische Politik erst als Oberhaupt der Valdorian-Unternehmensgruppe und dann als Primus inter Pares. Einmal mehr fiel ihm die Metapher mit dem Schachbrett ein: Er hatte die Figuren darauf ganz nach Belieben bewegt und geopfert, manchmal sogar die Regeln des Spiels so verändert, wie es ihm gefiel. Die Kosten – Material und Personen – hatten dabei immer weniger eine Rolle gespielt als die Ziele, die es zu erreichen galt. Skrupellosigkeit war weniger eine moralische Erwägung gewesen als eine machtpolitische, ein Mittel zum Zweck. Mit ethischen Problemen hatte er sich nie konfrontiert gesehen, denn die Ethik bestimmt der Sieger. Er erinnerte sich deutlich daran, mit welche Kühle er manchmal Entscheidungen getroffen hatte, durch die tausende direkt oder indirekt ums Leben gekommen waren, bei Konflikten, die sich auf ein Sonnensystemen beschränkten, bei Sabotageakten gegen die Einrichtungen von Rivalen, oder auch bei wirtschaftlichen Entscheidungen, die Konkurrenten gnadenlos in die ökonomische Enge und schließlich in den Ruin trieben. Nie, *nie* hatte dabei die Stimme des Gewissens in ihm geflüstert, denn er war davon überzeugt gewesen, *über* solchen Dingen zu stehen, von ihnen nicht betroffen zu sein. Er hatte damals, in dem anderen Leben, als der Mann, der er *gewesen* war, die richtigen Entscheidungen getroffen.

Aber das alles konnte er Diamant natürlich nicht sagen, und deshalb antwortete er: »Jetzt bin ich hier und bereit, Ihnen zu helfen. Das habe ich bereits bewiesen.« Er zögerte kurz. »Und ich habe Ihnen das Leben gerettet.«

»Ja, stimmt, das haben Sie. Und dafür gebührt Ihnen Dank.« Diamant drehte sich um und ging zur Tür, drehte sich dort noch einmal um. »Ich muss mich um das Schiff kümmern.«

Valdorian wollte über hundert Dinge sprechen, aber er brachte nur hervor: »Wann erreichen wir Munghar?«

»Morgen.« Für einen Moment erweckte Diamant den Eindruck, als wolle sie noch etwas hinzufügen, und Valdorian glaubte zu beobachten, wie in ihren Augen Hoffnung und Skepsis miteinander rangen. Doch dann ging sie ohne ein weiteres Wort.

Valdorians Geist weilte irgendwo im Niemandsland zwischen Schlafen und Wachen, gequält von Erinnerungen und gelockt von Bildern, die ihm eine mögliche Zukunft zeigten. Ein seltsamer Dualismus entfaltete sich in seinem Inneren, denn der andere Valdorian, der er bis vor kurzem gewesen war, gab sich nicht so ohne weiteres geschlagen, verspottete den neuen und versuchte, seine Kraft für sich zu beanspruchen. In jenem anderen Valdorian brannte noch immer das Feuer des Hasses, nicht mehr so heiß wie zuvor, aber weit davon entfernt zu erlöschen. Dieser Konflikt spiegelte sich auch in zahlreichen imaginären Gesprächen wider, die er in seinen Wachträumen mit Lidia führte.

»Glauben Sie an die Fähigkeit des Individuums, sich zu ändern, über sich selbst hinauszuwachsen?«, fragte er einmal, ohne zu wissen, wo das Gespräch stattfand. Sie standen in einem Raum ohne perspektivische Verzerrungen, befanden sich also vermutlich nicht an Bord eines Kantaki-Schiffes. Aber die Umgebung blieb vage, ohne klare Konturen.

»Ich glaube daran, dass sich mit gutem Willen viel erreichen lässt«, sagte Diamant.

Sie stand vor ihm, herrlich jung, körperlich jünger als er, obwohl sie in Wirklichkeit viel älter war, das schwarze Haar auf den Schultern, ein warmes Funkeln in den großen Augen, die den Glanz von Smaragd mit dem von Lapislazuli vereinten.

»Ich habe mich geändert.«

Diamant schwieg, sah ihn nur an.

Valdorian trat einen Schritt auf sie zu, aber die Distanz schien sich kaum zu verringern. »Wenn Sie in mein Inneres sehen könnten ... Sie würden erkennen, dass jetzt alles anders ist.« *Glaubst du?*, flüsterte der alte Valdorian. *Du machst dir etwas vor. Du bist nicht mehr als eine Laune, eine vorübergehende Deviation von Gefühlen.*

»Sie sind ein Mörder«, sagte Diamant, und die Wärme verschwand aus ihren Augen.

»Ich bereue es!«, stieß Valdorian hervor. »Ich bereue es wirklich«, wiederholte er, obwohl er wusste, dass es nicht stimmte, denn er hatte den alten, greisen, sterbenden, *schwachen* Valdorian gehasst, und er hasste ihn noch immer, das Erinnerungsbild, das er in sich trug. Er hasste ihn fast so sehr wie Olkin und ... und wie die Kantaki, weil sie es abgelehnt hatten, ihm zu helfen. Vater Grohs Weigerung, ihm mithilfe rekursiver Zeit zusätzliches Leben zu gewähren, hatte die Ereignisse in *diese* Richtung gelenkt, ihn zu einem Werkzeug von Agoron gemacht. Und ... ja, er hasste auch Lidia, die ihn auf Mirror im Stich gelassen hatte. Er hasste sie so sehr, dass er am liebsten die Hände um ihren Hals geschlossen und mit aller Kraft zugedrückt hätte ...

Valdorian blinzelte an diesem Ort ohne Umgebung. Er *hatte* Lidia die Hände um den Hals gelegt, und er *drückte* zu, mit aller Kraft ...

Lidias Gesicht war eine Fratze des Entsetzens, und ihre Augen quollen aus den Höhlen, als sie langsam und qualvoll starb ...

Valdorian schreckte hoch, in einem dunklen Quartier an Bord eines dunklen Schiffes. Das einzige Licht kam von einigen kleinen Leuchtpunkten in der Decke, genug um zu sehen, dass es in dieser Welt Konturen mit Substanz gab. Ein Traum. Nur ein schrecklicher Traum. Oder vielleicht etwas mehr, eine ... Vision?

Er zitterte am ganzen Leib und hatte das Gefühl, im Inneren eines Gletschers gelegen zu haben. Rasch stand er auf, streifte die Kleidung über, eilte zur Tür und war schon halb im Korridor, als er sich an etwas erinnerte und noch einmal in sein Quartier zurückkehrte. Nach kurzer Suche fand er die Brille, die Lidia ihm gegeben hatte, setzte sie auf und trat erneut in den Korridor. Die Linsen des K-Geräts reduzierten die perspektivischen Verzerrungen für ihn auf ein Minimum; sie blendeten einen Teil der Umgebung aus, zeigten ihm nur das, was er zur Orientierung benötigte.

Trotzdem musste er fünf Minuten später eingestehen, dass er sich verirrt hatte.

Er stand in einem halbdunklen, in sich gekrümmten Raum mit schiefem Boden und fünf Öffnungen, durch die sich andere Korridore und Tunnel erreichen ließen, und er wusste beim besten Willen nicht, welcher Weg tiefer ins Schiff führte, zum Pilotendom. In der Ferne hörte er ein dumpfes Pochen, das sich in regelmäßigen Abständen wiederholte, wie der Pulsschlag eines Titanen. Aufs Geratewohl wählte er eine der fünf Öffnungen, jene, die für ihn am leichtesten zugänglich war, und fand sich in einem korkenzieherartigen Gang, in dem es ihm trotz der Brille schwer fiel, sich zu orientieren. Summende und zirpende Geräusche begleiteten ihn, als er einen Fuß vor den anderen setzte, kamen aus den Buckeln und Vorwölbungen in den schwarzen Wänden. Er sah K-Geräte, deren Zweck ihm verborgen blieb, kam gelegentlich an glühenden Symbolen vorbei, die sich langsam drehten und ihn an pseudoreale Darstellungen erinnerten. Nichts bot einen Hinweis darauf, wo er sich befand, und schließlich blieb er stehen und begriff, dass er einen Fehler gemacht hatte – es wäre besser gewesen, in seinem Quartier zu bleiben, trotz der von den seltsamen Träumen geschaffenen Unruhe. Er lehnte sich an eine kantige Wand ...

Sie gab nach, und Valdorian fiel in dunkle Leere, aber nicht einmal einen Meter weit. Der Aufprall war dennoch unangenehm hart, und überrascht fand er sich vor den Füßen eines Akuhaschi wieder, in einem Raum mit brummenden, ineinander verschlungenen Aggregaten. Er stand auf und stellte fest, dass das Geschöpf vor ihm einen Direal trug, Kleidung, die es mit den Bordsystemen des Kantaki-Schiffes verband, ausgestattet mit Dutzenden von Servi, separaten Schnittstellen, Rezeptoren und Analysemodulen. In den beiden schwarzen Augen des Akuhaschi – vertikal, fünfzehn Zentimeter lang und schlitzförmig – spiegelte sich das matte Licht eines fünfeckigen Leuchtelements hinter Valdorian wider.

»Ich habe mich verirrt«, sagte er und merkte erst jetzt, dass er seinen Linguator im Quartier zurückgelassen hatte. *Wie dumm von mir, einfach so loszulaufen.*

»Nur Piloten und ihren Konfidenten ist der Aufenthalt in diesem Bereich des Schiffes gestattet«, sagte der Akuhaschi in einwandfreiem InterLingua. »Sie sind weder das eine noch das andere.«

»Ich bin ... Gast an Bord.«

»Ich weiß, wer und was Sie sind«, sagte der Akuhaschi

ungerührt. Seine Stimme klang rau, und er neigte dazu, das R zu rollen.

»Könnten Sie mir bitte den Weg zum Pilotendom zeigen?«

Der Akuhaschi schwieg einige Sekunden lang und sagte dann: »Vater Jorrn ist einverstanden. Folgen Sie mir.«

Valdorian war froh, dass er die Brille trug, denn ohne sie hätte er den Weg durch das große Kantaki-Schiff sicher nicht überstanden, ohne sich vom Inhalt seines Magens zu trennen. Selbst mit ihr fiel es ihm manchmal schwer, oben von unten zu unterscheiden, denn manchmal schien ihm sogar die Schwerkraft einen Streich spielen zu wollen.

Schließlich erreichten sie den Pilotendom, und dort kehrte fast so etwas wie Normalität für Valdorians Wahrnehmung zurück. Gleichzeitig erwachten Erinnerungen, die den anderen Valdorian in ihm weckten, Erinnerungen an die Kantaki-Pilotin Esmeralda und Vater Hirl, den er im Pilotendom jenes Schiffes erschossen hatte. *Wie würden die Kantaki dieser Welt reagieren, wenn sie es erfuhren?*, flüsterte es ganz tief in ihm. *Was hielte diese Diamant von einem* Kantaki-*Mörder? Warum sagst du es ihr nicht? Tritt einfach vor sie und sprich es aus: Ich habe in der Welt, aus der ich stamme, einen Kantaki umgebracht.*

Valdorian schwankte, nicht aufgrund von Orientierungsproblemen, sondern wegen des inneren Konflikts. Er versuchte, das Flüstern noch leiser werden zu lassen; auf keinen Fall durfte es Gelegenheit erhalten, Kontrolle über ihn zu bekommen.

Mehrere Akuhaschi saßen an den Konsolen vor den hohen, gewölbten Wänden. Diamant ruhte im Pilotensessel auf dem Podium, die Hände in den Sensormulden, die Augen geschlossen. Sie hob die Lider nicht, als Valdorian sich näherte, schien seine Präsenz aber trotzdem zu bemerken.

»Ich hatte Sie gebeten, in Ihrem Quartier zu bleiben.«

 »Ich habe mich ... allein gefühlt«, erwiderte er und

lauschte dem Klang dieser Worte. Sie hörten sich seltsam an.

»Wir sind fast da«, sagte Diamant ruhig. »Der Flug durch den Transraum ist beendet. Ich löse den Faden vom Schiff.«

Die großen pseudorealen Darstellungen an den Wänden wirkten wie Fenster, und Valdorian beobachtete, wie die Dunkelheit des Transraums dem Leuchten ferner Sterne wich. Eine kleine rote Scheibe wies auf eine recht nahe Sonne hin.

»Das ist Urirr«, sagte Diamant.

Weitere »Fenster« öffneten sich an den Wänden, zeigten nicht das All, sondern in Fünfergruppen angeordnete Kantaki-Symbole, die sich erst langsam veränderten, dann immer schneller. Unruhe erfasste die Akuhaschi, und Valdorian beobachtete, wie sich dünne Falten in Diamants Stirn bildeten.

»Stimmt was nicht?«

Neben dem Eingang zum Pilotendom bewegte sich etwas in der Düsternis, und Servomotoren summten leise, als der alte Vater Jorrn aus einer Nische kam. Matte Fluoreszenzen huschten über seine Glieder, während er in die Mitte des großen Raums stakste und unweit des Podiums verharrte. Einer der Akuhaschi eilte herbei und sagte etwas, aber auf Akuha.

Der alte Kantaki neigte den Kopf und antwortete mit klickenden Lauten.

»Was geht hier vor, Diamant?«, fragte Valdorian leise und sah dabei zu den pseudorealen Fenstern. Das Summen um ihn herum, die Stimme des Schiffes, veränderte sich.

»Temporale Signaturen«, sagte die Pilotin leise. Ihre Augen blieben geschlossen, während sie mit den Sensoren des Schiffes sah und hörte. »Hunderte.«

»Wo?«

»In unmittelbarer Nähe des Urirr-Systems. Es sind ...«

Vater Jorrn senkte den dreieckigen Kopf und klickte. Diesmal wurde ein Linguator aktiv und übersetzte die Laute.

»Lenk die Pilotin nicht ab. Sie muss sich um das Schiff kümmern.«

»Was geschieht?«

»Ich fürchte, es droht ein Angriff«, klickte der Kantaki.

Vor Vater Jorrn bildete sich ein dreidimensionales Projektionsfeld mit einer taktischen Darstellung des Urirr-Systems. Valdorian verglich sie mit den Symbolen, die in den pseudorealen Feldern an den Wänden zu sehen waren, und identifizierte ein schwarzes Fünfeck als das Schiff, in dem sie sich befanden: Es näherte sich einem Planeten, den die Fenster als matte Sichel zeigten – vermutlich Munghar. Plötzlich erschienen winzige helle Nadeln über und unter dem Sonnensystem, näherten sich ihm aus allen Richtungen.

Alle Akuhaschi sprachen gleichzeitig, und von den Konsolen kamen zirpende und klickende Geräusche. Es wurde noch etwas dunkler im Pilotendom, und die taktischen Darstellungen veränderten sich, als Vater Jorrn die vorderen Gliedmaßen hob und bewegte. Das Sonnensystem neigte sich zur Seite, und eine der Nadeln kam näher, entpuppte sich dabei als ein langer Keil. Eingeblendete Kantaki-Symbole gaben Auskunft über ihn, aber ihre Bedeutung blieb ein Rätsel für Valdorian, der nicht einmal die Größe des Keils abschätzen konnte, da ihm ein Vergleich fehlte.

Aber er ahnte, worum es sich handelte.

»Kampfschiffe der Temporalen«, sagte er.

»Der Feind, von dem du gesprochen hast ...«, klickte Vater Jorrn. »Er ist hier.«

Diamant öffnete die Augen. »Haben Sie ihn hierher geführt?«

»Was? Ich ...«

»Du stellst eine Verbindung zur objektiven Zeit dar, aus der die Temporalen kommen«, klickte der Kantaki.

Valdorian hob wie abwehrend die Hände. »Es steckt keine Absicht dahinter, bitte glauben Sie mir!«

 Vater Jorrn streckte ihm eine Gliedmaße entgegen, und

Valdorian widerstand der Versuchung zurückweichen. Er hatte tatsächlich nichts mit dieser Aktion der Temporalen zu tun, aber in seinem Inneren gab es andere dunkle Geheimnisse, die er lieber für sich behalten wollte. Er wusste, dass die Kantaki über gewisse telepathische Fähigkeiten verfügten, und mit seiner ganzen mentalen Disziplin versuchte er, seine Gedanken unter Kontrolle zu bringen und nicht an bestimmte Dinge zu denken.

Vater Jorrn berührte ihn, und etwas Fremdes erschien in ihm, nicht aufdringlich, sondern sanft und geduldig. Nach einigen Sekunden wich es wieder fort.

»Ich sehe keine direkte Verantwortung«, klickte der Kantaki. »Aber es gibt andere Schatten in dir ...« Vater Jorrn unterbrach sich, als aus dem Zirpen der Konsolen ein rasendes Klicken wurde. Winzige Lichter blinkten auf dem Planeten in der taktischen Darstellung, den Valdorian für Munghar hielt.

»Diamant ...«, drängte Valdorian.

»Auf Munghar starten Schiffe«, sagte sie. »Die Evakuierung hat begonnen. Die Großen Fünf und der Horcher müssen in Sicherheit gebracht werden. Es wird auch versucht, die alten Waffen einsatzbereit zu machen ...«

»Es wird *versucht* ...«, wiederholte Valdorian.

»Die Kantaki sind ein friedliches Volk. Ihre Schiffe sind nicht bewaffnet, und sie haben nicht mit einem Angriff gerechnet. Aber es gibt alte Waffen, geschaffen während eines lange zurückliegenden Konflikts der Konzepte.« Diamant schien erst jetzt in vollem Ausmaß zu begreifen, was sich abspielte. »Wenn es nicht gelingt, sie rechtzeitig für den Einsatz vorzubereiten ...«

»Dann ist dies das Ende von Munghar«, sagte Valdorian.

»Das darf nicht geschehen!«

Und dann schüttelte sich das Schiff wie ein Tier, das einen Tritt bekommen hatte, und Valdorian fand sich auf dem Boden vor dem Podium wieder, ohne sich an den Sturz zu erinnern. Das Summen um ihn herum veränderte sich erneut, wurde zu einem Ächzen, in dem ein Kantaki klickte und mehrere Akuhaschi auf Akuha knurrten und zischten. Diamant schwieg, hatte wieder die Augen geschlossen und sich auf die Systeme des Schiffes konzentriert. Valdorian zog sich an den Stufen des Pilotenpodiums hoch, nahm auf der zweiten Platz und begriff, dass er sich mit der Rolle des Beobachters begnügen musste, der nicht einmal Fragen stellen durfte, um niemanden zu stören.

In der taktischen Darstellung war zu sehen, wie sich bunte Punkte von den Nadeln lösten, die das ganze Urirr-System kugelförmig umgaben. An einigen Stellen tief im System blitzte es auf, als die bunten Punkte auf dunkle Fünfecke trafen, von denen Valdorian vermutete, dass es sich um andere Kantaki-Schiffe handelte. *Raketen,* dachte er und sah vor dem inneren Auge ein anderes Erinnerungsbild: Ein Kantaki-Schiff platzte auseinander, getroffen von den Raketen und Hefok-Strahlen der Flotte, mit der er Kerberos erreichen wollte. Die Schirmfelder der Kantaki-Schiffe waren geradezu lächerlich schwach, und es gab keine offensiven Systeme. Die Kantaki *hatten* keine Feinde, gegen die sie sich wappnen mussten. Ihr Sakraler Kodex genügte ihnen als Schutz: Wer dagegen verstieß, wer gar Kantaki angriff, wurde mit einem Bann belegt, der interstellare Reisen praktisch ebenso unmöglich machte wie die Kommunikation über Transverbindungen. Die Strafe hieß: Isolation.

Vater Jorrns vordere Gliedmaßen bewegten sich und bewirkten Veränderungen in der taktischen Darstellung. Bestimmte Bereiche des Urirr-Systems wurden vergrößert. Einmal rückte Munghar näher, und Valdorian sah eine Wolke aus aufsteigenden kleinen Fünfecken, wahrscheinlich die Evakuierungsschiffe der Kantaki. Soweit er es erkennen konnte, stießen die Angreifer nirgends auf Gegenwehr.

Valdorian wusste sich tief im Inneren eines schwarzen Kolosses, aber trotzdem kam er sich sehr verwundbar vor.

Plötzlich flackerte es in den pseudorealen Fenstern an den Wänden und auch im großen Projektionsfeld in der Mitte des Raums: Neue Symbole erschienen in der taktischen Darstellung, ein Schwarm aus kleinen Kreisen, kugelförmig angeordnet wie die Nadeln. Aber diese Kugel schrumpfte nicht etwa, mit Munghar im Mittelpunkt, sondern schwoll langsam an.

Blitze zuckten den Angreifern entgegen. Verteidiger. Jemand kam den Kantaki zu Hilfe. Der »Widerstand«, den Olkin erwähnt hatte?

Jähes weißes Licht gleißte von den pseudorealen Fenstern, und das Kantaki-Schiff schüttelte sich wieder. Neue Geräusche erklangen: ein Knacken und Knirschen. Diamants Hände zuckten aus den Sensormulden, als wären die dortigen Kontrollen glühend heiß geworden, und sie riss die Augen auf. »Das Schiff ist verletzt!«, sagte sie.

»Wir müssen uns ins Erste zurückziehen«, klickte Vater Jorrn, und die Akuhaschi waren sofort auf den Beinen. Einer von ihnen betätigte die Kontrollen einer Konsole, und das Knacken und Knirschen wurde lauter.

Eine Öffnung bildete sich im Boden, ein großes Fünfeck, das in die Tiefe führte. Die Akuhaschi sprangen ohne zu zögern hinein und verschwanden in der Finsternis.

Diamant stand auf einmal neben Valdorian und zog ihn auf die Beine. »Kommen Sie! Das Schiff ist instabil. Wir müssen uns in Sicherheit bringen.«

Vater Jorrn, begleitet von flackerndem Fluoreszieren, verschwand ebenfalls in der Öffnung. Weitere Erschütterungen erfassten das Schiff, und es fiel Valdorian schwer, das Gleichgewicht zu wahren, als Diamant ihn zum Loch im Boden zog. Am Rand der Öffnung zögerte er, denn er sah nur Schwärze, keine Leiter, keinen Boden, nichts. Doch ein weiterer Stoß nahm ihm die Entscheidung ab, ließ ihn taumeln und in die Leere fallen.

Er spürte ein kurzes Prickeln, als ihn ein Kraftfeld erfasste und langsam durch den breiten Schacht nach unten schweben ließ. Diamant befand sich neben ihm. »Was ist das Erste?«

»Das erste Segment des Schiffes, sein Herz und seine Seele«, antwortete Diamant, als wäre das Kantaki-Schiff eine lebendige Entität. »Alle anderen Elemente sind Erweiterungen. Im Notfall dient es auch als Überlebenszelle.«

Licht kehrte zurück, und mit ihm kam Substanz. Valdorian sah unter sich ein dunkles Objekt, wie ein schwarzer Kristall, etwa fünfzig Meter lang und zehn Meter dick. Zahlreiche Stangen, Dorne und Elemente, die wie Stege und Brücken aussahen, verbanden es mit den anderen Segmenten. Als Valdorian den Zugang in der Seite des Ersten erreichte, beobachtete er, wie sich die Verbindungsstellen lösten.

Es donnerte in der Ferne, und das Geräusch schwoll an, bis das ganze Kantaki-Schiff wie eine gewaltige Glocke dröhnte. Valdorian presste die Hände auf die Ohren und kniff aus einem Reflex heraus auch die Augen zu. Er spürte Bewegungen um sich herum – auch er selbst bewegte sich –, und als er die Lider wieder hob, befand er sich im Inneren des Ersten. Auf dem Weg hinein hatte er die Brille verloren, und starke perspektivische Verzerrungen erzeugten Übelkeit in ihm. Vater Jorrn hing vorn – beziehungsweise an einer schrägen Wand – in einem Netz, sah aus wie eine alte Gottesanbeterin, die in einer Spinnwebe gefangen war. Stachelartige Gebilde ragten darüber und darunter aus Decke und Boden, wie dazu bereit, sich in den Kantaki zu bohren. Die Wände schienen die ganze Zeit über ihre Struktur zu verändern, neigten sich nach vorn, kippten ...

»Es sind optische Täuschungen«, sagte Diamant. Sie befand sich direkt neben Valdorian, aber ihr Oberkörper schien wesentlich weiter entfernt zu sein als die Beine, und ihre Stimme klang seltsam gedämpft. »Hier verändert sich nichts; alles ist stabil.«

Ein Dutzend und mehr Akuhaschi krabbelten wie humanoide Insekten über die verwinkelten Wände und krochen in eine Wabe, die aus fünfeckigen Zellen bestand. Als die Akuhaschi in ihnen lagen, klappten lukenartige Verschlüsse vor die Zellen, die sich innerhalb weniger Sekunden mit einer hellgrünen gallertartigen Masse füllten, die zu erstarren schien.

»Hibernation«, sagte Diamant.

»Müssen auch wir ...«

»Nein. Wir würden im Gel ersticken. Es ist Nährmasse für die Akuhaschi.«

Vom Kantaki kam ein Klicken, und es klang selbst für Valdorians Ohren drängend.

»Vater Jorrn braucht mich.«

Valdorian fühlte sich von Diamant auf eine Sitzfläche gedrückt, an der er irgendwie festzuhaften schien. Die Pilotin eilte fort, und ein dumpfes Summen wies darauf hin, dass die Systeme des Ersten zu energetischem Leben erwachten. Valdorian drehte den Kopf von einer Seite zur anderen und entdeckte über sich schließlich etwas, das wie ein Fenster aussah und vielleicht tatsächlich eines war. Die Überlebenszelle glitt durch eine Wolke aus auseinander treibenden, teilweise glühenden Segmenten: die Reste des Kantaki-Schiffs. Lichter tanzten durch das Durcheinander aus voneinander gelösten und geborstenen Elementen, wie auf der Suche nach etwas, und eines von ihnen näherte sich dem Ersten ...

In den Transraum!, dachte Valdorian. *Wir müssen in den Transraum fliehen!*

Licht gleißte, sogar durch seine gesenkten Lider, und etwas fiel auf ihn herab und hielt ihn fest, als alle Richtungen einen Reigen des Chaos tanzten. Er fühlte sich nicht hin und her gezogen, als die energetische Druckwelle einer enormen Explosion das Erste durchs interplanetare All des Urirr-Systems schleuderte, aber etwas schien bestrebt zu sein, sein Inneres nach außen zu kehren, ihn umzustülpen. Er hörte, wie Diamant etwas rief, er hörte das Klicken von Vater Jorrn, er hörte auch ein Heulen, das offenbar von überlasteten Systemen stammte, und dann hörte er, irgendwie lauter als alles andere zuvor, völlige Stille, die seine Gedanken aufsaugte.

Valdorian kam wieder zu sich, als ihn etwas an der Stirn berührte. Eine Stimme erklang, doch es dauerte einige Sekunden, bis die Worte einen Sinn bekamen.

»Hören Sie mich, Valdorian?«

Er hob mühsam die erstaunlich schweren Lider – und sah direkt vor sich die Leere des Alls. Für ein oder zwei absurde Momente hielt er die Luft an, als könnte ihn das davor bewahren, sofort im kalten Vakuum zu sterben.

Diamant saß neben ihm auf einem schwarzen Buckel. »Wir leben«, sagte sie. »Noch.«

»Aber wie ...«, brachte Valdorian hervor und deutete nach vorn.

Auf der einen Seite war das Erste der Länge nach aufgerissen, und die klaffende Öffnung, ein Fenster makabrer Art, gewährte Ausblick auf eine Szene der Vernichtung. Eine erbitterte Schlacht tobte im All, völlig lautlos, geführt von zwei Gegnern, die beide nicht aus diesem Universum stammten, den Temporalen und ihren Feinden vom Widerstand. Die Raumschiffe selbst sah Valdorian nicht, wohl aber die Strahlblitze und vor allem die Explosionen, die wie tödliche Blumen im schwarzen Nichts erblühten.

Er fühlte sich an Kabäa erinnert, an die Flotte der Allianz, die dort auf seine Streitmacht gewartet hatte, an die bittere Niederlage.

»Eine hyperdimensionale Trennwand schützt uns vor dem Vakuum«, sagte Diamant. »Wir sind einfach noch nicht ganz dort.« Sie deutete in den Weltraum hinaus.

»Noch nicht?«, fragte Valdorian, beobachtete das Flackern in der Ferne und begriff plötzlich: All die stillen Lichter bedeuteten, dass Leben ausgelöscht wurde.

»Das Schiff ist zerstört, und jetzt stirbt auch seine Seele. Dadurch wird die Trennwand immer schwächer. Wenn sie verschwindet, wenn die Reste des Ersten ganz in die gewöhnlichen Dimensionen zurückkehren ... Dann sterben wir.«

 Valdorian blickte in den Teil des Segments, den er für

vorn hielt, und sah dort die reglose, in sich zusammengesunkene Gestalt des Kantaki. Es summten keine Servomotoren mehr, und es huschten auch keine Fluoreszenzen über die Gliedmaßen.

»Er ist tot«, sagte Diamant. »Er ist gestorben, ohne im Transraum mit dem Geist eins zu werden. So wie auch die andere Kantaki dort draußen sterben, ohne ihr Wissen dem Materie gewordenen Geist übermitteln zu können. Für die Kantaki gibt es nichts Schlimmeres.«

»Vielleicht doch«, sagte Valdorian leise, als sein Blick ins All zurückkehrte. Das Segment rotierte langsam, und der Planet, zu dem das Kantaki-Schiff unterwegs gewesen war, geriet in Sicht: Munghar. Er zeigte sich nicht mehr als matte Sichel wie zuvor in den pseudorealen Fenstern des Pilotendoms, sondern als glühende Kugel. »Ich fürchte, die Temporalen haben einen Planetenfresser oder eine ähnliche Waffe gegen Munghar eingesetzt. Die Ursprungswelt der Kantaki verbrennt.«

Diamant starrte mit stummem Entsetzen.

Eine Minute später verschwand der Planet aus ihrem Blickfeld.

»Wir können doch nicht einfach so sterben!«, sagte Valdorian, als die Stille zu lange andauerte und ihn zu zermalmen drohte.

Diamant schwieg.

»Ich meine ...« Er fühlte die Absurdität wie einen Strick am Hals. »Es muss ... irgendetwas passieren! Einfach so zu sterben ...« Plötzlich fiel ihm etwas ein. »Der Transraum! Bringen Sie uns in den Transraum, Lidia!«

Sie seufzte kaum hörbar.

»Ich bin Diamant«, sagte sie leise. »Und ich kann uns nicht in den Transraum bringen, jedenfalls nicht ohne Transferenergie. Das ist nicht die primäre Aufgabe des Piloten. Ich verbinde das Schiff im Transraum mit einem Faden und zeige ihm so den Weg.«

»Aber ...«

»Seit dem Auseinanderbrechen des Schiffes haben wir keine Transferenergie mehr. Und hier geht selbst die Energie für die Notsysteme zur Neige.« Diamant deutete kurz zu den Akuhaschi. »Sie überleben vielleicht im Hibernationsgel.«

Valdorian fühlte plötzlich herankriechende Kälte. »Aber es muss doch irgendeine Möglichkeit geben ... Wir können doch nicht *einfach so* sterben!«

»Glauben Sie, das Universum müsste eingreifen, um Sie vor dem Tod zu bewahren?«, fragte Diamant, aber ihre Stimme klang nicht spöttisch bei diesen Worten, sondern fast mitleidig. »Halten Sie sich selbst für so wichtig?«

In den finsteren Tiefen von Valdorians Selbst regte sich die dunkle Kreatur. Und je kälter es wurde, je näher der Tod rückte, desto lauter wurde jenes Flüstern des Zorns und des Hasses. *Du hast alles ihr zu verdanken. Warum rächst du dich nicht? Gibt es eine bessere Gelegenheit? Du wirst sterben, Valdorian. Gleich. In wenigen Minuten. Töte sie jetzt! Leg ihr die Hände um den Hals und drück zu! Erfülle dir diesen Wunsch!*

Valdorian zitterte, und es lag nicht nur an der Kälte.

Er sah die Frau an, die neben ihm saß, ruhig und gefasst. Selbst das Entsetzen angesichts der Vernichtung von Munghar war aus ihrem Gesicht gewichen.

Er merkte gar nicht, wie sich seine Hände zu Fäusten ballten.

»Wie können Sie nur so ...«

»Was erwarten Sie von mir? Dass ich die letzten Minuten meines Lebens damit verbringe, hysterisch zu schreien? Eines der ersten Dinge, die man als Kantaki-Pilotin lernt, ist Demut. Und dass wir alle nicht mehr sind als Staubkörner in der Unendlichkeit.«

Valdorian zitterte stärker. *Du bist kein Staubkorn,* flüsterte der andere, zornige Valdorian in ihm. *Du bist Rungard Avar Valdorian der Neunzehnte! Sag es ihr!*

»Haben Sie denn ... keine Angst vor dem Tod?«, fragte er.

»Oh, ich würde sehr gern am Leben bleiben, herzlichen

Dank«, erwiderte Diamant. »Aber Sie haben den Konflikt Ihrer Welt hierher gebracht. Sie ... Nein.« Sie unterbrach sich kurz und schüttelte den Kopf. »Nein, das ist Unsinn. Dieses ganze Universum, *meine* Welt, ist das Ergebnis des Konflikts.« Sie blickte wieder hinaus ins All. Munghar erschien erneut, ein brennender Planet. »Vielleicht sehe ich sie gleich wieder.«

»Wen?«

»Meine Eltern. Roald und Carmellina.«

»Ich ...« Valdorian hatte noch immer die Fäuste geballt. »Wir dürfen uns doch nicht einfach dem Tod fügen. Es muss doch irgendetwas geben, das wir tun können! Wenn wir einen Notruf senden, wenn wir irgendwie auf uns aufmerksam machen ...«

»Wir haben keine Energie mehr.«

Bring sie um!, heulte es in Valdorian. *Bring sie um, jetzt! Oder willst du sterben, ohne Rache zu nehmen?*

»Ich will nicht sterben!«

»Niemand von uns will das«, sagte Diamant. »Aber schließlich trifft es uns alle. Selbst uns Kantaki-Piloten. Schade. Ich hatte mir ein längeres Leben erhofft.«

»Wie können Sie so verdammt ruhig sein?«, entfuhr es Valdorian. Selbst die Fäuste zitterten jetzt.

»Weil ich mit mir selbst im Reinen bin. Glauben Sie an ein Leben nach dem Tod?«

»Ich glaube an *dieses* Leben!«

»Davon müssen Sie jetzt Abschied nehmen. Es ist gleich so weit. Ich spüre, wie sich die Trennwand auflöst.«

Ein leises Pfeifen erklang, und für ein oder zwei Sekunden gab sich Valdorian der wilden Hoffnung hin, dass es sich um das akustische Signal eines Kom-Servos handelte, dass jemand versuchte, Kontakt mit ihnen aufzunehmen. Doch der vermeintliche Hinweis auf nahe Rettung war genau das Gegenteil, die Stimme des Todes.

Die Luft entwich, als das, was sie vom Vakuum des Alls trennte, zu verschwinden begann.

Valdorian stellte fest, dass er die Hände gehoben hatte – sie befanden sich dicht vor Diamants Hals.

Das ist die letzte Gelegenheit!, kreischte der andere Valdorian.

Und dann, zu seiner eigenen Verblüffung, fand er die Kraft, die Hände wieder sinken zu lassen. »Ich bin nicht mehr der, für den Sie mich halten«, sagte er, obwohl er wusste, dass er nicht zu der Frau sprach, die er in seiner Welt vor hundertzwanzig Jahren kennen gelernt hatte. »Ich bin ...«

Aus dem Pfeifen wurde ein jähes Heulen, und die plötzliche Dekompression war wie eine unsichtbare Faust, die Valdorian packte und ins All riss. Er schrie, aber der lautlose Schrei bewirkte nur, dass auch aus seinen Lungen die Luft entwich.

Dies war er, der letzte Moment.

Die dunkle Tür öffnete sich, und auf der anderen Seite ...

Braun

Ein Humanoide, klein und dürr, schritt durch seine Domäne, nicht im Inneren des Zapfens, der das Spiel enthielt, sondern am Ende eines großen grauen Trichters, dort, wo Zeit manipuliert und dem Geflecht falscher Realitäten hinzugefügt wurde. Olkin betrat Räume, von dessen Existenz er allein wusste und die selbst von den Temporalen nicht betreten werden konnten. In einem von ihnen verharrte er und betrachtete den Nabel der Möglichkeiten, den Uterus, aus dem seine Gedanken neue Entwicklungen schaffen konnten. Die bunten Muster befriedigten ihn nicht nur auf einer rationalen Ebene, sondern auch auf einer ästhetischen. Komplexe Pläne, Stimulationen in der Genese der Dinge, sanftes Steuern und kreative Handhabung des Unerwarteten, das *immer* eine Chance hatte, wie es die Unschärfe im Quantenfundament des Seins wollte – das alles sah *gut* aus, wenn es sich in die gewünschte Richtung entwickelte. Ein kleines Detail, das zuvor wichtig gewesen war, inzwischen aber einiges von seiner Bedeutung verloren hatte, erregte seine Aufmerksamkeit, und ein Lächeln erschien auf den Lippen des buckligen Humanoiden.

»Soll ich dich zurückholen, Dorian? Soll ich euch *beide* hierher holen, um euch bei mir spielen zu lassen?« Für einen Moment, der in dieser Domäne ohne Zeit blieb, untersuchte er diese Idee, entschied sich dann aber anders. Es wäre dumm gewesen, ausgerechnet jetzt, während der finalen Phase, einen Fehler zu machen und dem Unerwarteten zu viel Spielraum einzuräumen. Valdorian konnte noch immer den von Anfang an beabsichtigten Zweck erfüllen, auch wenn sich seine Funktion bei den vielen Wechselwirkungen der Dinge vielleicht erübrigte. Immer gewappnet und auf alles vorbereitet sein, so lautete eines von Olkins Prinzipien. Und deshalb wirkte er mit einem weiteren verändernden Gedanken auf den Nabel der Möglichkeiten ein.

Indigo

Ein Kampfschiff des Widerstands, geformt wie eine Hand, deren Finger nach vorn deuteten, erschien an einer bestimmten Stelle im Urirr-System und flog einen Kurs, den es schon *die ganze Zeit* geflogen war, obwohl dieser Bereich abseits des Kampfgebietes lag. Es ortete das Erste von Vater Jorrns Schiff, näherte sich und erreichte das aufgebrochene Segment genau in dem Augenblick, als sich die hyperdimensionale Trennwand auflöste und entweichende Luft zwei Personen ins All riss. Der Pilot begriff, dass er sofort handeln musste, und zum Glück verfügte er über das notwendige Geschick. Er öffnete einen Hangar und rejustierte Atmosphärenschild und lokale Gravitation, während er das Schiff so vor die beiden Sterbenden steuerte, dass ihr Bewegungsmoment sie durch die schwache energetische Barriere des Schilds in den Hangar trug. Der Vorgang hatte nur wenige Sekunden gedauert, doch diese Sekunden konnten über Leben und Tod entscheiden.

Kurze Zeit später erhielt der Pilot die Meldung, dass die beiden Personen gerade noch rechtzeitig gerettet worden waren. Daraufhin setzte er den Flug zufrieden fort, während weiter im Inneren des Urirr-Systems das Gros der Flotte die Temporalen in die Flucht schlug. Leider zu spät: Munghar, auch in dieser Realitätslinie Heimat der Kantaki, war zu einem Glutball geworden.

22

Offenbarungen

***Braun:* Akida**

Agoron befand sich noch immer im Informationsjunktim des Brutschiffs *Akida*, und gleichzeitig weilte er ganz woanders, in einer Lücke zwischen zwei Bildern, die zum alten Wissen der Eternen zählten, in einem mentalen Raum, den er nur deshalb sah, weil seine Veränderungen ein bestimmtes Stadium erreicht hatten.

Weiße Wände neigten sich einer kuppelförmigen Decke entgegen, und ein Wunsch allein genügte, um dort Bilder entstehen zu lassen, so wie ein Wunsch genügt hatte, die anderen Säkularen zu eliminieren. Agoron sah Szenen aus der Vergangenheit, die vertraut erschienen, weil er sie aus Beschreibungen kannte, aber seine Aufmerksamkeit galt nicht den Bildern, sondern der Gestalt, die in der Mitte des Raums in einem Meditationsgerüst ruhte, das ihren Körper mit allen notwendigen Nährstoffen versorgte und gleichzeitig die metabolischen Abfallprodukte aufnahm. Der Eterne war uralt, seine Schuppen farblos, die Glieder dürr. Als sich Agoron näherte, öffnete er die Augen.

»Ich habe lange auf dich gewartet, Agoron.« Die Stimme war leise und rau.

»Du bist ... Tyragon?«

»Ich bin ... seine Erinnerungen«, sagte der alte Eterne. »Tyragon existiert längst nicht mehr. Er opferte seine Unsterblichkeit, um dir diese Botschaft zu überbringen. Er starb, um seine Erinnerungen dem alten Wissen hinzuzufügen, sie darin zu verbergen und vor dem Erhabenen zu schützen.«

Agoron empfing nicht nur Worte, sondern auch Fragmente von Gedanken und Gefühlen, einen Strom aus Reminiszenzen, die gesammelten Erfahrungen nicht eines Gehirns, sondern tausender. Sie berichteten vom Bruch und dem Initialkonflikt, von der Begegnung mit dem Erhabenen und der Aufgabe, die sie von ihm bekommen hatten: *Helft mir, den Fehler zu korrigieren. Helft mir, in diesem falschen Universum das Fünfte Kosmische Zeitalter so schnell wie möglich einzuleiten und zu Ende zu bringen. Helft mir, den Geist zu befreien, der alles erschaffen hat, auch uns Prävalente, das Leben des ersten Kosmos. Helft mir, und ich helfe euch. Wenn dieses Universum seine gesamte Realität verliert und kollabiert, wenn seine Materie wieder Geist wird, so nehme ich euch mit in die Dominanz, die einzige Spezies aus diesem Kosmos, die überleben wird.*

Die Gestalt im Meditationsgerüst sprach noch immer, aber Agoron hörte keine einzelnen Worte mehr, sondern nahm ganze Abschnitt eines Geschehens auf, das sich vor Äonen zugetragen hatte. Einmal glaubte er, kurz den Erhabenen zu sehen, aber er erkannte keine Einzelheiten, fühlte nur ... Feuer, so heiß wie im Zentrum eines Sterns, und eine Tiefe tiefer als das All. Ein vager Kontakt, der Hauch einer Berührung ... und dahinter erstreckte sich noch mehr Macht aus Gedanken, die Leben auslöschen und der Materie neue Struktur geben konnten. *Allmacht* ... Nein, nicht ganz. Dem Prävalenten waren Grenzen gesetzt, spürte Agoron, Grenzen, die für Eterne wie ihn keine Rolle spielten, weil sie sich weit jenseits ihrer Möglichkeiten erstreckten. Aber er stand über der Kausalität, konnte sie ganz nach Belieben formen, sie zerreißen und die Fetzen neu verknüpfen. Seine Existenz allein bewies, dass die Eternen Recht hatten, jubilierte etwas in Agoron, dass es tatsächlich keine Eherne Kausalität gab, wie die Ahnen glaubten. Er ...

»Nein!«, sagte die Erinnerungsgestalt Tyragons scharf. »Konzentriere dich! Lass dich nicht von den falschen Bildern ablenken. Oder soll ich mich etwa umsonst geopfert haben? Deine Veränderungen sind das Ergebnis einer kumulativen genetischen Manipulation und machen dich zum ersten Säkularen, der die Wahrheit erkennen kann. Öffne die Augen des Geistes und empfange meine Botschaft!«

Die Präsenz von Hitze und Tiefe wich zurück, und der Informationsstrom reduzierte sich wieder auf Worte.

»Und dann, eines Tages, begriff ich, dass alles falsch war«, sagte Tyragon, und die Schwere von Trauer lag in seiner Stimme. »Es geschah während einer Phase der Abwesenheit des Erhabenen – gelegentlich verschwand er, manchmal so lange, dass gewöhnliche Eterne geboren wurden und starben, ohne ihn jemals zu sehen. Ich nutzte solche Phasen für die Meditation, um meine innere Kraft zu erneuern, und dabei stellte sich heraus: Je länger der Erhabene fortblieb, desto klarer wurden meine Gedanken. Und dann habe ich sie gesehen, so wie sie vielleicht unsere Urahnen sahen: die Eherne Kausalität.«

»Aber ...«, begann Agoron.

»Meine Gedanken waren so klar, dass ich das *gesamte* Muster erkennen konnte, zum ersten und einzigen Mal in meinem Leben, denn als der Erhabene zurückkehrte, gewannen meine Meditationen nie wieder solche Tiefe. Aber jenes eine Mal genügte mir. *Oben,* im Transraum, verbinden Fäden alles Existierende, vom Kleinsten bis zum Größten, und *unten,* im Fundament des Seins, erstreckt sich das Gespinst der Kausalität, und seine Fäden verbinden all das, was gewesen ist und jemals sein wird. Und in der Schönheit dieses Gespinstes sind wir ein schmutziger Fleck, ein hässlicher Makel.«

Agoron sah in die trüben Augen des alten Eternen und glaubte, in ihnen das zu erkennen, was Tyragon einst gesehen hatte, im Moment seiner tiefsten Meditation: die sakrale Schönheit all der Dinge, die durch *unbeeinflusste* Kausalität einen Platz im Universum finden konnten. Jede noch so kleine Veränderung tilgte etwas, das *vielleicht einmal existiert hätte*.

»Es ist falsch«, sagte er leise, und jedes einzelne dieser Worte schien mit dem Gewicht eines Berges auf ihm zu lasten. »Es ist alles falsch gewesen, von Anfang an.«

»Und ich habe auch uns selbst gesehen, unseren Platz in den Mustern der Kausalität«, fuhr Tyragon. »Wir sind wie ein böses Geschwür im gesunden Körper des Universums. Wir sind eine Mutation, zu der es nie hätte kommen dürfen.«

Der alte Eterne unterbrach sich, ließ den Kopf sinken schwieg eine Zeit lang, während Agoron flüsternde Stimmen aus der Vergangenheit hörte und jede einzelne von ihnen verstand. Die Bilder an den Wänden, die zu seinen Erinnerungen wurden, erzählten ihm von weiteren Brutschiffen, vom Bau der Zeitflotte, vom Prävalenten, der den Eternen dabei half, den Krieg gegen die Feyn vorzubereiten – die Bewahrer der Kausalität mussten ausgelöscht werden, wenn der zweite Kosmos schneller sterben sollte.

»Vielleicht«, sagte Tyragon und hob den Kopf wieder, »sind wir selbst das Ergebnis einer Manipulation. Vielleicht geht unsere Existenz auf das Einwirken des Erhabenen zurück.«

Agoron hörte die Worte, sah die Bilder und schmeckte das Aroma der Wahrheit. Einer bitteren, schrecklichen Wahrheit. In einem seltsamen Moment der Introspektion überlegte er, ob sich Valdorian *so* gefühlt hatte bei der Erkenntnis, die ganze Zeit über nur ein Werkzeug gewesen zu sein.

»Unter dem Gespinst der Kausalität ...« Tyragon klang sehr müde und schien zu schrumpfen. »*Unter* dem Fundament des Seins ... habe ich etwas gefühlt, etwas das ... das lernte, das überall in den Weiten des Universums Fragen stellte und Antworten bekam, aus denen sich neue Fragen ergaben ...«

»Du hast *ihn* gespürt?«, fragte Agoron. »Den Materie gewordenen Geist?«

»So nennen die Kantaki jenes Etwas. Aber wie auch immer man es auch nennen will: Es war *nicht* gefangen. Es sammelte Wissen.«

Tyragon holte tief Luft. »Der Erhabene hat gelogen. Er hat uns von Anfang an belogen und für seine Zwecke benutzt.«

Agoron stellte die offensichtliche Frage. »Was sind seine Zwecke?«

»Das weiß ich nicht. Ich weiß nur, dass wir Schreckliches getan haben. Wenn du diese Botschaft empfängst, so muss dir klar sein, dass alle meine anderen Versuche fehlgeschlagen sind, zumindest einen Teil des von uns angerichteten Schadens wieder gutzumachen. Ich weiß nicht, wie lange es dauern wird, bis ein zukünftiger Säkularer diese Nachricht empfängt, aber ich hoffe, dass es dann noch nicht zu spät ist.«

Tyragon beugte sich vor und blickte in Augen, die er gar nicht sehen konnte.

»Die so genannten Eternen durften nie existieren«, sagte er. »Und als die ersten von uns entstanden ... Wir hätten uns nicht von den Ahnen trennen und auf keinen Fall gegen sie Krieg führen dürfen. Ich beschwöre dich, Empfänger der Wahrheit: Nutze alle deine Möglichkeiten, um uns aus dem Gespinst der Kausalität zu eliminieren, auf dass wir keinen weiteren Schaden anrichten können.«

Die Gestalt des alten Eternen im Meditationsgerüst verblasste, verlor an Substanz.

»Warte!«, rief Agoron, obwohl er wusste, dass es nutzlos war. »Wo ist der Erhabene? Ich bin ihm nie begegnet, und die Säkularen vor mir ebenso wenig. Wo ...«

Das weiße Zimmer – eine Lücke zwischen zwei Bildern des überlieferten alten Wissens – verschwand, und Agoron fand sich im Informationsjunktim der *Akida* wieder, umgeben von den Buckeln der Datenmodule. Ihm war kalt, trotz der Wärme, die seine Schuppen veranlasst hatte, sich aufzurichten und die Funktion von Kühlrippen zu erfüllen. Etwas in ihm wünschte sich, all die Dinge, die er gerade gesehen, gehört und erfahren hatte, einfach zu vergessen und an dem festzuhalten, was ihm sein ganzes Leben lang vertraut gewesen war. Aber Tyragons Erinnerungen hatten einen festen Platz in seinem Gedächtnis gefunden, und das Schlimme war: Sie ließen sich nicht infrage stellen. Agoron *wusste* mit jeden Zweifel ausschließender Gewissheit, dass Tyragon während jener langen, ungestörten Meditationen die richtigen Erkenntnisse gewonnen hatte.

Er taumelte wie unter dem schrecklichen Gewicht der Offenbarungen. Zorn und Entsetzen rangen in ihm miteinander, als er versuchte, Ordnung in das Chaos zu bringen, das ihn heimgesucht hatte. *Warum ich?*, dachte er, als er an den Datenmodulen vorbeiwankte und das Informationsjunktim verließ. *Warum ausgerechnet ich? Nach so vielen Großgenerationen … Warum musste es ausgerechnet mich treffen?* Er fragte sich, ob Pergamon irgendetwas von dieser Sache gewusst oder zumindest geahnt hatte. *Hat er deshalb alles so arrangiert, dass ich zu seinem Nachfolger wurde, um diese enorme Last nicht selbst tragen zu müssen?*

Doch dies war nur ein Gedanke von tausenden, und jeder einzelne von ihnen verlangte Aufmerksamkeit, jeder einzelne von ihnen wollte beachtet und analysiert werden. Und hinter diesen Gedanken, die wie aufgeschreckte Vögel hin und her stoben, bewegten sich die memorialen Bilder, die nun Bestandteil seiner Erinnerung geworden waren, so als hätte er direkt an jenen Ereignissen teilgenommen und alles miterlebt.

Wir sind belogen und betrogen worden.

Dieser Gedanke schaffte es, sich mithilfe des Zorns ganz nach vorn zu schieben und alle anderen beiseite zu drängen. Agoron richtete den Blick von innen nach außen und stellte fest, dass er das Brutschiff verlassen hatte und sich an Bord eines kleines Transporters befand. Er blickte ins All, bemerkte einige neue Zeitschiffe in der dunklen Wachstumsphase und voraus den riesigen Vortex, Quelle des Ozeans der Zeit und koordinierendes Zentrum des Kampfes gegen den Widerstand. Jenseits davon verschlang der Omnivor die Galaxis.

Wir sind dafür verantwortlich, dachte Agoron.

Du hast eine Mission zu erfüllen. Dies war mehr als ein Gedanke, fast eine Stimme. Sie erinnerte ihn an die geistige Stimme, die er vor dem Aufenthalt im Informationsjunktim gehört und ihn veranlasst hatte, die anderen Säkularen ... nicht zu töten, sondern sie nie existieren zu lassen. Er hatte geglaubt, dass es sich um ein Echo von Tyragons Stimme handelte, aufgenommen mit dem überlieferten Wissen, aber jetzt begriff er, dass sie einen anderen Ursprung haben musste.

»Wer bist du?« Die Worte tönten seltsam hohl durchs Innere des kleinen Transporters, der sich dem Rand des Vortex näherte.

Das hast du mich schon einmal gefragt, erwiderte die Stimme. *Und ich habe dir geantwortet, dass du das Ende einer langen Kette bist. Du weißt jetzt Bescheid. Beginne mit deiner Mission.*

Über dem Rand des Vortex verharrte der Transporter, und Agoron sah in den dunklen Schlund. Tief unten waberte das Grau der Zeit, dem Gedanken tausender von Eternen neue Struktur gaben. Sie ruhten in den Blasen an den Innenwänden des gewaltigen Trichters, in den silbernen Manipulationsknoten, die in einer langen, engen Spirale nach unten reichten. Jeder einzelne von ihnen war zuständig für ein Farbband im Ozean der Zeit, für eine Realitätslinie und den Kontakt mit den Eternen in ihr. Hier wurde das Netz gesponnen, das ein ganzes Universum umspannte.

Jeder einzelne von ihnen muss aus dem Gespinst der Kausalität entfernt werden, flüsterte die Stimme.

Agoron schauderte so heftig, dass seine Schuppen laut knisterten. Er sollte sein ganzes Volk auslöschen?

Wir hätten nie existieren dürfen, raunte die Stimme, aber das »wir« fühlte sich ... seltsam an.

Er schloss die Augen, nur für einen Moment, um Kraft zu schöpfen, und als er sie wieder öffnete, befand er sich in der Kontrollblase, im ersten Manipulationsknoten ganz am Anfang der langen Spirale. Es waren bereits alle Verbindungen hergestellt; das von seinem Nervensystem übermittelte Prickeln deutete auf die Bereitschaft aller Systeme hin.

Agoron wusste, dass er sie gar nicht brauchte. Die Veränderungen in ihm genügten für das, was jetzt vollbracht werden musste. Er lehnte sich im Sessel zurück und dachte aus irgendeinem Grund erneut an Pergamon und das Null, an die Gefangenschaft im temporalen Kerker.

»Warum hat uns der Erhabene nicht aus dem Null befreit?«, fragte er. »Warum musste ich den Menschen namens Valdorian benutzen, um den Omnivorkeim zu retten und zu uns zu führen?«

Solche Fragen nützen jetzt nichts. Konzentrier dich auf deine Aufgabe. Wir Eternen haben genug Schaden angerichtet.

Wieder *klang* das »wir« sonderbar, aber dieser Eindruck verlor sich in Tyragons Erinnerungen, die von allen Seiten auf sein Selbst einströmten, begleitet von der mentalen Textur absoluter, unbestreitbarer Wahrheit.

»Und wie gelang es ihm, Tyragon damals zu überzeugen?«, fragte Agoron und hörte die eigene Stimme so, als käme sie aus den Tiefen des Trichters. »Wieso setzten die Eternen nach ihm sein Werk fort? Das Ende dieses Universums wäre auch ihr Ende gewesen.«

Der Erhabene versprach ihnen einen Platz in der Dominanz.

»Und das genügte?« Aus Agorons Stimme wurde ein Flüstern, kaum lauter als das mentale Raunen zwischen den zahlreichen Bildern, die von einem unvorstellbaren Verbrechen an der Kausalität und zahllosen davon betroffenen Lebensformen im Universum kündeten. »Das genügte, um sie dazu zu bewegen, dem Erhabenen zu helfen? Es muss doch ...«

Konzentrier dich auf deine Aufgabe!

Und ein etwas anderes Wispern: *Du bist das Ende einer langen Kette. Mit dir geht Tyragons Saat auf. Er erkannte die Wahrheit. Er setzte alle seine Hoffnungen auf dich. Handle jetzt!*

»Aber ...«

Skepsis und Bestürzung wichen aus Agoron, als er die Augen schloss und sich konzentrierte. Es durften *keine weiteren* Verbrechen an der Kausalität geschehen. Darauf kam es jetzt an; alles andere war unwichtig.

Wir hätten nie existieren dürfen. Wir sind eine Monstrosität!

Die externen Verbindungen erleichterten seine Aufgabe, waren aber nicht unbedingt nötig. Agoron schickte seine Gedanken zur nächsten Blase der Spirale, zum Eternen in ihr, und ein Wunsch allein genügte, um seine Existenz auszulöschen, in *allen* Zeiten, nicht nur jetzt und in der Zukunft, sondern auch in der Vergangenheit. Wie zuvor bei den Säkularen schloss sich die Wunde in der Zeit sofort, *ohne eine Narbe.*

Während Agorons Gedanken weiterwanderten und nach dem nächsten Eternen in der Spirale tasteten, kam unweit der *Akida* ein Kantaki-Schiff aus dem Transraum. Sofort fielen Schildfresser darüber her, und es dauerte nicht lange, bis das Kommunikationssystem der Kontrollblase aktiv wurde.

»Wir haben ein Kantaki-Schiff aufgebracht, Äonar«, meldete eine Stimme. »Alle Personen sind gefangen genommen, unter ihnen zwei Pilotinnen namens Diamant und Esmeralda. Und noch etwas.« Die Stimme gewann einen triumphierenden Klang. »An Bord befindet sich ein vollständiges, einsatzfähiges Exemplar des Schlunds.« Eine kurze Pause. »Äonar?«

Agoron hörte die Stimme nicht. Er hörte nur das Flüstern, während seine Gedanken die Existenz von Eternen auslöschten.

Er hatte befürchtet, dass es schwer sein würde, aber genau das Gegenteil war der Fall. Jeder einzelne Temporale hatte die Möglichkeit, neue Zeitlinien zu schaffen, was ein enormes Veränderungspotenzial bedeutete. Wenn sie merkten, was geschah, wenn sie Verdacht schöpften und sich gegen die Bedrohung zusammenschlossen ...

Aber wie sollten sie ahnen, dass sich ihr Ende anbahnte? Es war wie bei den Säkularen des Zirkels, die Agoron nacheinander ... nicht getötet, sondern *eliminiert* hatte. Als sie verschwanden, einer nach dem anderen, waren die anderen nicht argwöhnisch geworden, denn wie sollte man jemanden vermissen, der *nie existiert hatte*? Auf diese Weise geschah es auch jetzt, nur in einem größeren Maßstab. Die Temporalen, die den Ozean der Zeit mit seinen vielen bunten Realitätslinien geschaffen hatten, verschwanden einer nach dem anderen, und niemand schöpfte Verdacht, da es die Verschwundenen nie gegeben hatte. Agoron löschte ihre Existenz aus, und wie zuvor schlossen sich die Wunden in der Zeit, ohne dass Narben zurückblieben. Diese Fähigkeit hatte ihm Tyragon gegeben, für die bitterste aller Bußen, die Auslöschung des eigenen Volkes.

Ein Eterner nach dem anderen verschwand aus den Buckeln an den Innenwänden des Vortex, und nach jeder Elimination dieser Art nahm sich Agoron die Eternen vor, die in den betreffenden Zeitlinien an den Manipulationspunkten wachten und nach Kognitoren Ausschau hielten. Es war eine langwierige Aufgabe, und Agoron hoffte, sie zu Ende bringen zu können, ohne dass der Erhabene eingriff.

23

Der Schuldige

Abseits der Farben: Kastell, 8. November 5521

»Ihr gesundheitlicher Zustand ist einwandfrei«, pfiff das vogelartige Wesen, das die Kontrollen der verschiedenen medizinischen Servi bediente. »Sie brauchen keine weitere Behandlung.«

»Wie geht es Lidia?«, fragte Valdorian. »Ich meine, Diamant? Und wo bin ich hier? Ich weiß noch, dass wir ins All gerissen wurden ...«

Ein schnabelartiges Gebilde im Gesicht des Doktors klapperte kurz. »Die Fragen wird jemand anders beantworten. Sie erhalten bald Auskunft.« Die Stimme kam nicht aus einem Linguator, sondern von den Sprechwerkzeugen des Wesens. Es beherrschte InterLingua, doch Valdorian konnte sich nicht daran entsinnen, jemals ein solches Geschöpf gesehen zu haben. War er in eine andere Realitätslinie gewechselt?

Mehrere kleine Medo-Drohnen umschwirrten Valdorian noch einmal, wie um sich zu vergewissern, dass sie nichts übersehen hatten, folgten dann dem Arzt, der zum nahen Datenservo ging. Sein Zwitschern ließ lange Kolonnen von Symbolen durch einen pseudorealen Darstellungsbereich wandern.

Valdorian schwang die Beine von der Untersuchungsliege und stellte fest, dass er nackt war.

»Neue Kleidung liegt neben der Tür für Sie bereit«, pfiff

der Doktor. »Anschließend können Sie im Nebenzimmer warten. Dort gibt es eine Ihnen vertraute Syntho-Maschine, falls Sie etwas wünschen. Gleich wird jemand kommen, um Sie abzuholen.«

Valdorian fühlte sich erstaunlich ausgeruht und kräftig, als er zu der Ablage ging, auf der die Kleidung lag, während der Doktor wieder in der Sprache seiner Spezies zwitscherte - vielleicht zeichnete er einen Krankenbericht auf. Graue Unterwäsche, darüber Hose und Pulli aus einem synthetischen Material, das er nicht identifizieren konnte, sich aber angenehm weich anfühlte. Halbstiefelartige Schuhe und eine leichte Jacke mit erstaunlich vielen Taschen. Alles passte perfekt, war wie nach Maß gefertigt.

»Äh ... danke«, sagte Valdorian, und der Doktor zwitscherte etwas, das er nicht verstand.

Das Nebenzimmer war kleiner als der Behandlungsraum, und seine Einrichtung bestand aus einer Sitzecke mit justierbaren Sesseln und der versprochenen Syntho-Maschine, die an der einen Wand darauf wartete, kulinarische Wünsche zu erfüllen. In der Wand auf der gegenüberliegenden Seite gewährte ein Fenster Blick in einen weiteren Raum. Valdorian trat neugierig näher.

Das Halbdunkel hinter der Scheibe verbarg die fernen Konturen, aber es gab genug Licht, um die Gestalt auf der Ruheliege zu erkennen.

»Lidia ...«, murmelte Valdorian.

Ihre Augen waren geschlossen, und sie wirkte recht blass.

Valdorian wollte in das andere Zimmer zurückkehren, um den Arzt zu fragen, wie es Lidia ging, als sich die zweite Tür öffnete und ein Wesen hereinkam, das er ebenso wenig wie zuvor den vogelartigen Doktor einem ihm bekannten Volk zuordnen konnte. Es war schwarz und humanoid, bestand aus zahlreichen käferartigen Komponenten, die sich offenbar zu einer Art Kollektivgeschöpf zusammengeschlossen hatten. Sichtbare Kleidung trug das Geschöpf nicht, und ein Gesicht fehlte, doch Valdorian beobachtete, wie sich eine Mundöffnung bildete.

»Ich bin General Lukas«, sagte das Wesen mit fast normal klingender Stimme. »Ich gehöre zum militärischen Kommandostab des Widerstands.«

Hinter Lukas kam eine zweite Person herein, eine Frau mit schulterlangem schwarzen Haar und grünblauen Augen, die Valdorian gut kannte.

»Und ich bin Diamant, einst Kantaki-Pilotin und jetzt Kognitorin des Widerstands«, sagte sie. »Was ich Ihnen verdanke, Rungard Avar Valdorian der Neunzehnte. Dies *alles* verdanken wir Ihnen.«

Valdorians Blick huschte beunruhigt zum Fenster, zu der anderen Lidia auf der Ruheliege.

Die Diamant neben General Lukas rieb sich die Schläfe. »Ich fürchte, es beginnt bereits. Ich sollte nicht länger mit der Verschmelzung warten.«

»Gehen Sie«, sagte Lukas. »Wir warten hier auf Sie. Wenn Sie anschließend nicht ausruhen möchten.«

»Nein. Ich begleite Sie zum Triumvirat. Ich möchte dabei sein, wenn der Schuldige präsentiert wird.«

Damit verließ sie das Zimmer.

Und erschien wenige Sekunden später in dem halbdunklen Raum. Valdorian trat wieder zum Fenster, und General Lukas folgte ihm, stand wie ein Substanz gewordener Schatten an seiner Seite. Ein leises Knistern kam aus seinem schwarzen Leib.

»Es geht ihr nicht besonders gut«, sagte Lukas, und Valdorian vermutete, dass er die Lidia auf der Ruheliege meinte. »Das Vakuum hat ihr mehr zugesetzt als Ihnen. Wir hätten sie wecken können, aber ... manchmal ist es so leichter.«

»Wie meinen Sie das?«

»Es ist ein altes Problem«, sagte Lukas, und das leise Knistern aus seinem Leib klang fast wie ein Seufzen. »Seit wir vor langer, langer Zeit damit begonnen haben, Kognitoren aus den verschiedenen Zeitlinien zu retten, kam und kommt es immer wieder vor, dass in einer Realität mehrere ... Versionen der gleichen Person existieren. Da es aber für jedes Individuum in diesem Universum, zu dem alle Zeitlinien gehören, nur eine Urexistenz gibt, sind psychische Konflikte die Folge, wenn jemand seinem Pendant aus einer anderen Zeitlinie begegnet. Für die Betreffenden bedeutet das eine besondere Form von mentalem Stress, der schließlich zum Wahnsinn führt, wenn nichts unternommen wird.«

»Wenn nichts *unternommen* wird?«

»Ganz zu Anfang, als der Widerstand gegen die Temporalen begann, führte dieses Problem immer wieder dazu, dass wir Kognitoren verloren. Die erste Absorption zeigte uns den Ausweg. Wenn verschiedene Versionen der gleichen Person für eine gewisse Zeit zusammen gewesen sind, macht sich ein Phänomen bemerkbar, das wir ›Unifikationsdrang‹ nennen. Die eine Urexistenz des Individuums führt die verschiedenen Selbstvarianten zusammen, so wie die Gravitation Masse zusammenführt – die größere Masse nimmt die kleinere auf. Und was die Gravitation in der räumlichen Welt bewirkt, das leistet die Kraft der Urexistenz in der psychisch-physischen Welt des Individuums: Die Person mit der stärkeren Realitätsstruktur nimmt die mit der schwächeren auf.« Lukas drehte kurz den Kopf, obwohl er keine sichtbaren Augen hatte. »Aus den verschiedenen Versionen wird wieder eine Person. Der Vorgang lässt sich auch bewusst steuern, wenn man einmal gelernt hat, worauf es dabei ankommt. Diamant hat bereits einundzwanzig Versionen von sich aufgenommen. Dies ist ihr zweiundzwanzigstes Selbst, dem sie begegnet.« Nach einer kurzen Pause fügte er hinzu: »Es ist nicht leicht für sie.«

Verschmelzung, dachte Valdorian. *Sie hat von Verschmelzung gesprochen.* Verschmelzung, Absorption.

Entsetzen kroch in ihm empor, und damit einher ging

eine Verzweiflung, die er besiegt geglaubt hatte. Er beobachtete, wie Diamant – die andere Diamant, die ihn den *Schuldigen* genannt hatte – an die Ruheliege herantrat und auf die reglose Frau hinabsah. Einige Sekunden lang geschah nichts, zumindest nichts, das sich durchs Fenster beobachten ließ, dann beugte sich die andere Diamant vor, streckte der Reglosen beide Hände entgegen ...

Valdorian fühlte sich von kurzem Schwindel erfasst, und er hatte das seltsame Gefühl, als striche eine Feder über die Innenseiten seines Kopfes. Er glaubte zu sehen, wie die beiden Frauen kurz flackerten, wie in einem stroboskopartigen Licht, das nur sie traf, und dann löste sich die ruhende Lidia auf. Ihre Gestalt verlor an Substanz und verwandelte sich in den Schatten eines Schattens, der der anderen Diamant entgegenstrebte und *in ihr verschwand.*

»Es ist vollbracht«, sagte General Lukas leise, und dabei erklang so etwas wie Anteilnahme in seiner Stimme.

Die eine Frau jenseits des Fensters schwankte, hielt sich an der Ruheliege fest und verharrte einige Momente in dieser Haltung, wobei ihr Gesicht Valdorian verborgen blieb. Dann straffte sie die Gestalt, drehte sich um und verließ den Raum.

Die Diamant, die Valdorian dazu hatte überreden wollen, ihn als Konfidenten zu akzeptieren, existierte nicht mehr.

»Ich weiß, was Sie jetzt denken«, sagte General Lukas im gleichen sanften Tonfall. »Es ist niemand gestorben. Sie existiert nach wie vor. Als ein Teil von Diamant.«

Die Frau kehrte in den Warteraum zurück, ein wenig blasser als vorher. Ein sonderbarer Glanz zeigte sich in ihren grünblauen Augen, als sie Valdorian ansah. »Sie haben ihr nichts gesagt«, stellte sie fest. »Sie hatte keine Ahnung, wer Sie *wirklich* sind. Jetzt weiß sie es.«

»Ich bin ...«

»Sie sind der Schuldige«, sagte Diamant kalt. »Sie haben den Omnivorkeim auf Kerberos geweckt. Sie haben die Temporalen aus dem Null befreit. Sie haben ihnen die Möglichkeit gegeben, einen zweiten Zeitkrieg zu beginnen und ihn zu gewinnen.«

»Agoron ...«, begann Valdorian und wollte darauf hinweisen, auf welche Weise er manipuliert worden war. Aber Diamant achtete nicht mehr auf ihn und sah General Lukas an.

»Lassen wir das Triumvirat nicht länger warten.«

Während der Reise durchs »Kastell« versuchte Valdorian, mit seiner neuen Situation und dem zurechtzukommen, was er gerade beobachtet hatte, aber gleichzeitig bemühte er sich, nicht nur mit sich selbst beschäftigt zu sein, sondern auf das zu achten, was um ihn herum geschah. Zusammen mit General Lukas und Diamant saß er in einer transparenten Kapsel, die sie mit hoher Geschwindigkeit durch etwas trug, das ihm wie eine gewaltige schwebende Stadt erschien. Vier andere, etwas größere Kapseln eskortierten sie, zwei vorn und zwei hinten, und in jeder von ihnen saßen fünf Personen, die uniformartige Kleidung und vermutlich auch Waffen trugen – Valdorian hielt sie für Wächter.

Sie wissen, wer ich bin, und sie wissen auch, was auf Kerberos geschehen ist, dachte Valdorian. *Sie kennen meinen ganz persönlichen Hintergrund.* Aus irgendeinem Grund überraschte ihn das, obwohl das eigentlich nicht der Fall hätte sein dürfen. Es gab genügend Personen, die ihn auf Kerberos gesehen hatten und *nicht* von Olkin zum Teil des Spiels oder zu Spielern gemacht worden waren. Zum Beispiel Edwald Emmerson. Und es gab andere Leute, die weitere Informationen liefern konnten. Es dauerte sicher nicht lange, alle kleinen Fragmente zu einem einheitlichen Bild zusammenzusetzen, das ihn als Schuldigen zeigte. Doch in diesem Bild fehlte ein Name: Agoron. Der Widerstand wusste nicht, dass ihn der Temporale manipuliert und zu seinem Werkzeug gemacht hatte. Über das, was ihm hier

 Kastell bevorstand, konnte Valdorian nur mutmaßen, aber

er hoffte, dass er Gelegenheit bekam, Agorons Rolle in dem Drama zu erklären.

Und wenn ihm das nicht gelang, wenn General Lukas, Diamant und all die anderen ihn für alles verantwortlich machten ... Was würde dann mit ihm geschehen? Erwartete ihn Strafe?

Diese beiden Fragen gesellten sich vielen anderen hinzu, und eine von ihnen lautete: Wie waren er und Diamant gerettet worden? Es hatte sich kein Schiff in der Nähe befunden ...

Diamant ... Die Frau, deren Eltern er auf Xandor kennen gelernt und sterben gesehen hatte ... Es gab sie nicht mehr. Nicht der Tod hatte sie ihm genommen, sondern eine andere Diamant, die ihm noch distanzierter und abweisender gegenüberstand. Sie saß links vor ihm, neben General Lukas, und Valdorian musterte sie, während die Kapsel durch die Verkehrskorridore des Kastells raste. Diese Diamant schien einige Jahre älter zu sein als die andere Diamant, wirkte wie Ende zwanzig oder Anfang dreißig, obwohl sie als Kantaki-Pilotin natürlich viel älter war. Ihr Gesicht blieb verschlossen, und es lag keine Wärme in den grünblauen Augen. Diese Diamant schien viele erschütternde Dinge gesehen zu haben, und irgendwann hatte sie sich hinter eine Barriere zurückgezogen, in der Hoffnung, dort vor all den Dingen geschützt zu sein, dir ihr wehtun konnten. Wie sollte er sie dort erreichen? Wie sollte er eine Diamant, die ihn hasste, dazu bewegen, ihn zu ihrem Konfidenten zu machen?

Der neue Valdorian blieb stehen auf dem unvertrauten Weg, der ihn in eine andere Zukunft führen sollte, erinnerte sich an das Glatteis und den Treibsand zu beiden Seiten. Ein Taumeln an der falschen Stelle, ein falscher Schritt ...

Würde er überhaupt Gelegenheit zu weiteren Schritten auf diesem Weg bekommen?

»Was soll jetzt mit mir geschehen?«, fragte er, und der Fokus seiner Aufmerksamkeit verlagerte sich nach außen. Die fünf Transportkapseln flogen gerade durch einen langen Tunnel, der durch einen gewaltigen Maschinensaal mit riesigen Aggregaten auf allen Seiten führte. Hier herrschte etwas weniger Verkehr als in den Bereichen des Kastells, die sie passiert hatten, und die an den Navigationskontrollen sitzende Diamant beschleunigte. Licht und Schatten wechselten einander ab, wurden zu einem irritierenden Flackern. Geräusche drangen durch die transparente Außenhülle der Kapsel: das Pfeifen verdrängter Luft, dahinter ein dumpfes Brummen und Stampfen.

»Wenn es nach mir ginge ...« Diamant sprach den Satz nicht zu Ende und schüttelte den Kopf.

»Das Triumvirat möchte einen Eindruck von Ihnen gewinnen«, sagte General Lukas. »Anschließend wird es eine Entscheidung treffen. Aber ich glaube, ich weiß schon jetzt, wie sie beschaffen sein wird.«

Es klang neutral, doch dieser Eindruck täuschte vielleicht, denn immerhin kam die Stimme von einem ihm völlig unbekannten Wesen.

»Das Triumvirat?«, fragte Valdorian, als die Kapsel und ihre Eskorte an mehreren pulsierenden Energiesäulen vorbeihuschten. Dahinter öffneten sich gewaltige Grotten und Höhlen aus grauem Metall, an ihren Wänden die Lichtertrauben von Städten.

Diamant schwieg.

»Die drei Oberhäupter des Widerstands«, erklärte General Lukas geduldig. »Sie sind sehr neugierig auf Sie.«

Von Diamant kam ein Geräusch, das nach einem Schnauben klang.

»Nicht alle freuen sich, wie Sie vielleicht verstehen«, fuhr die schwarze Gestalt neben Diamant fort. »Immerhin *sind* Sie Valdorian. *Der* Valdorian, möchte ich betonen. Manche machen Ihre Präsenz in der Indigo-Zeitlinie sogar für die Vernichtung von Munghar verantwortlich.«

»Es *ist* alles seine Schuld«, sagte Diamant.

»Aber durch ihn bekommen wir auch eine Chance, wie Ihnen klar sein sollte«, erwiderte Lukas.

»Eine Chance?« Valdorian glaubte, nicht richtig gehört zu haben.

»Gedulden Sie sich noch ein wenig.« Lukas hob einen leise knisternden Arm und deutete nach vorn. »Wir sind gleich da.«

Diamant steuerte die Kapsel in einen weiteren Tunnel, an dessen von Leuchtstreifen erhellten Wänden automatische Mechanismen auf schienenartigen Strängen unterwegs waren. Es schien sich um Servi zu handeln, aber solche hatte Valdorian noch nie gesehen.

Und während er sich noch fragte, was General Lukas mit Worten wie »freuen« und »Chance« meinte, flüsterte tief in seinem Inneren, nicht weit von der dunklen Kreatur entfernt, eine Stimme, die er fürchtete: *Finde das Zentrum des Widerstands.*

Der Tunnel führte in eine dunkle Sektion des Kastells, in der das einzige Licht von einer bühnenartigen Plattform stammte, die auf einem langen Dorn aus porösem Material ruhte. Dort landete die Kapsel und öffnete sich wie der Kelch einer Blume. Diamant deaktivierte die Systeme und trat dann ins Licht, das aus der Plattform selbst kam. General Lukas und Valdorian folgten ihr. Die vier Kapseln der Eskorte verharrten summend in der Nähe.

Lukas hob den Kopf. »Wir haben ihn gebracht. Er ist hier.«

Ein seltsames Geräusch kam aus der Finsternis, wie eine Mischung aus Seufzen und Stöhnen, und ein Teil der Dunkelheit zog sich zurück. Die gewölbten Wände des großen Raumes wurden sichtbar, und Valdorian stellte fest, dass sie Öffnungen enthielten, wie Logen, in denen Personen saßen, halb im Schatten verborgen. Hunderte mussten es sein, vielleicht sogar tausende. Einzelheiten konnte Valdorian kaum erkennen, aber er glaubte, dass Menschen in diesem Publikum eine kleine Minderheit darstellten.

Von oben kam etwas herab, eine zweite Plattform, kleiner als die auf dem Dorn. Auf einem Levitatorkissen schwebte sie und glühte ebenfalls - vielleicht war es ihr Licht, das die Finsternis zurückweichen ließ.

Die zweite Plattform verharrte neben der ersten, und drei Wesen zeigten sich darauf. Eines von ihnen befand sich im Inneren einer Ambientalblase, die mit einer Flüssigkeit oder vielleicht auch sehr dichtem Gas gefüllt war; darin bewegten sich gelegentlich dunkle Schlieren. Einen Körper in dem Sinne sah Valdorian nicht. Die Ambientalblase ruhte in einem Gerüst, und Teile davon ragten in sie hinein, gaben dem Geschöpf im Inneren vermutlich Gelegenheit, verschiedene externe Servi zu kontrollieren.

Das zweite Mitglied des Triumvirats wirkte wie ein aufrechter, anderthalb Meter hoher schwarzer Keil, der von der spitzen Seite betrachtet keine Einzelheiten preisgab. Erst wenn er sich auf hundertfüßerartigen Beinen zur Seite neigte, zeigten sich in den Flanken Öffnungen und Verdickungen, bei denen es sich um Sinnesorgane handeln mochte. Gürtelähnliche, silberne Stränge hingen an den Flanken und klirrten leise, wenn sich das Wesen bewegte.

Das dritte Geschöpf bot einen verblüffend vertrauten Anblick und weckte unangenehme Erinnerungen in Valdorian, Erinnerungen an Schmerz, Tod und Flucht. Valdorians Blick strich über drei lange, gummiartigen Beine, einen ovalen, knapp einen Meter hohen braunen Zentralleib, so ledrig und verschrumpelt wie eine halb verfaulte und dann getrocknete Frucht. Drei lange, ebenfalls braune Arme ragten aus diesem Leib und endeten in fünfzehn Zentimeter langen Bündeln aus Greiffäden. Das zentrale Oval trug lange, bunte Haarbüschel, wie Federkämme, verziert mit broschenartigen Schmuckstücken. Halb durchsichtige, seidig glänzende Tücher umgeben die oberen Teile der Beine und die untere Hälfte des Zentralleibs, dessen Flanken zahlreiche Schnittstellen und biotechnische Module aufweisen. Während Valdorian noch verblüfft starrte, bildet sich in der oberen Hälfte des Leibs die Parodie eines menschlichen Gesichts: eine verschrumpelte Fratze, mit aus den Höhlen tretenden, zu eng beieinander stehenden Augen, einer krummen, schnabelartigen Nase und einem Mund mit spitzen, schiefen Zähnen.

»So sieht man sich wieder«, zwitscherte Gijül, einst Sippenoberhaupt des *Kühnen Reisenden* und jetzt Mitglied des Triumvirats im Kastell.

»Sie?«, brachte Valdorian hervor. »Sie haben mich betrogen! Und dadurch kam es zur Vernichtung von Orinja!«

»Ich weiß nicht, was Sie meinen«, trillerte Gijül. »Ich weiß nur, dass nicht ich hier unter Anklage stehe.«

»Unter Anklage?«, wiederholte Valdorian langsam. »Ist dies eine Art Gerichtsverhandlung?«

»Es ist eine ... Vorstellung, eine *Präsentation*«, ertönte eine leicht verzerrte, synthetische Stimme. Sie kam von dem mobilen Gerüst mit der Ambientalblase. Metallene Beine bewegten sich und trugen die Blase bis fast zum Rand der Plattform. »Ich bin Kahall aus dem Volk der Tiefe. Ich zähle zu den Gründungsmitgliedern des Widerstands, wie der Segmenter General Lukas. Seit fünfzehntausend Jahren kämpfen wir gegen die Temporalen, und es heißt, dass Sie geholfen haben, das Null aufzubrechen. Stimmt das?«

»Fünfzehntausend Jahre? Nein, unmöglich, ich ...«

»Wir sprechen von subjektiver Zeit«, sagte Lukas sanft.

Das keilförmige Geschöpf bewegte sich, und Valdorian fühlte einen vagen Druck auf den Ohren, wie von Infraschall. Der Linguator, den er an Bord der Kapsel von General Lukas erhalten hatte, übersetzte die für ihn unhörbaren Worte.

»Ich bin Ix-Imharrad-Ixtelion von jenen, die den Stürmen trotzen. Seit neunzehn windlosen Phasen gehöre ich zum Triumvirat, weil man meine über alle Winde hinausgehende Weisheit zu schätzen weiß. Ich frage Sie: Sind Sie der Wegfinder des Omnivors?«

»Ich bin benutzt worden«, sagte Valdorian. »Ich wusste nicht, was ...«

»Sind Sie der Wegfinder des Omnivors?«

Valdorian sah zu den Geschöpfen auf der anderen Plattform, blickte dann an den Wänden des großen Raums empor. Tausende lauschten in ihren Logen und erwarteten eine Antwort, die ... vielleicht über seine Zukunft entschied.

Er holte tief Luft. »Ja, der bin ich.«

Ein kollektives Seufzen kam von den Wänden, wie das erste Säuseln eines Winds, der zu einem Sturm werden konnte.

»Dann *sind* Sie also der Schuldige«, sagte Ix-Imharrad-Ixtelion und kippte seinen keilförmigen Leib nach vorn. Stimmen ertönten in den Logen, wortlose Stimmen voller Zorn, die zu einem lauten Brausen wurden. Valdorian widerstand nur mit Mühe der Versuchung, sich die Ohren zuzuhalten. Diamants Gesicht, so stellte er fest, wirkte noch verschlossener als vorher, und kalte Bitterkeit glänzte in ihren Augen.

»Dies sind seine Verbrechen«, zwitscherte Gijül. Ein kleiner pseudorealer Darstellungsbereich entstand vor ihm, und der Horgh verlas den darin enthaltenen Text.

Valdorian fühlte sich wie auf einem Scheiterhaufen, der langsam unter ihm zu brennen begann. Noch spürte er nicht die Hitze des Feuers, aber heißer Schrecken kroch in ihm empor, und er fühlte sein Gesicht glühen, während Gijül erstaunlich detailgenau beschrieb, wie Valdorian mit seiner Flotte aus interplanetaren Kampfschiffen einen Kantaki-Koloss vernichtet hatte und dann ins Hades-System nach Kerberos vorgestoßen war, um dort den Omnivorkeim aus seinem Jahrmillionen langen Schlaf zu wecken.

»Er hat mehrfach gegen den Sakralen Kodex der Kantaki verstoßen«, beendete Gijül seinen Vortrag und hob die trillernde Stimme. »Er hat Vater Hirl erschossen. Er hat beim Hades-System Mutter Yurrls Schiff vernichtet. Er hat auf Kerberos den Omnivorkeim geweckt, der die Temporalen aus dem Null befreite und sich dann mit den anderen Keimen vereinte. Er gab unserem Feind die Möglichkeit zu triumphieren!«

Stille folgte, und in dieser Stille klang Diamants Stimme seltsam laut, als sie sagte: »Er ist der Schuldige. Die Frage lautet: Was soll jetzt mit ihm geschehen?«

Das Brausen kehrte zurück, noch lauter als vorher. Valdorian verstand kein Wort, aber er konnte sich durchaus vorstellen, was die Wesen in den Logen verlangten, welche Strafe sie forderten.

General Lukas hob einen aus kleinen schwarzen Komponenten bestehenden Arm, und sofort wurde es wieder still. Offenbar brachte man dem Segmenter großen Respekt entgegen.

»Wir sollten ihn anhören.« Lukas wandte sein leeres Gesicht Valdorian zu.

»Ich bin benutzt worden«, sagte Valdorian langsam und hob den Kopf. »Der Temporale Agorax, der später zu Agoron wurde, hat mich manipuliert. Alles begann mit zwei Diamanten von der Taruf-Welt Ksid, zwischen denen eine mentale Brücke existierte. Nach einem davon benannte sich Lidia DiKastro, als sie Kantaki-Pilotin wurde.« Bei diesen Worten sah er Diamant an und spürte, wie sich Erinnerungen in ihm regten, viele von ihnen bitter, manche schmerzhaft. Er berichtete, wie der damalige Agorax die kognitiven Kristalle benutzt hatte, um Einfluss auf ihn auszuüben, und wie die Manipulationen immer stärker geworden waren. Er erzählte, wie er von Agoron zum Omnivorkeim geführt worden war, wo ihn Olkin zum Teil des Spiels gemacht hatte, zum Wegfinder.

»Schließlich gelang es mir zu fliehen«, sagte er zum Schluss. »Ich bedauere sehr, was ich getan habe; es geschah nicht aus freiem Willen.«

Wieder folgte Stille, und wieder war es Diamant, die sie beendete. »Wer soll Ihnen das glauben?«

General Lukas kam einem weiteren Sturm aus Stimmen zuvor, indem er erneut den Arm hob. Er wandte sich dem

Triumvirat auf der anderen Plattform zu. »Rungard Avar Valdorian mag schuldig sein oder auch nicht – hier und heute spielt das keine Rolle. Wichtig ist nur die einzigartige Chance, die er uns bietet. Mit ihm haben wir eine Verbindung zur objektiven Zeit, denn von dort kommt er: aus der ursprünglichen, wahren Zeitlinie, in der alles begann. Und in der alles enden wird, wenn wir nicht doch noch einen entscheidenden Erfolg erzielen. Unsere militärische Situation hat sich vor kurzer Zeit sehr verschlechtert: Die Temporalen setzen neue Waffensysteme ein, die in der Lage sind, die Refugien zu lokalisieren und anzugreifen. Die Evakuierung findet gerade statt, wie Sie alle wissen. Unsere Kognitoren sind bei ihren Einsätzen durchaus erfolgreich. Sie entlarven Temporale in den verschiedenen Zeitlinien und finden Manipulationspunkte, wodurch wir in der Lage sind, manche Zeitlinien zumindest teilweise zu rekonvertieren. Aber unsere Anstrengungen laufen auf etwas hinaus, das die Menschen ›Sisyphusarbeit‹ nennen. Damit sind enorme Anstrengungen gemeint, die letztendlich sinnlos bleiben. Die schlichte, bittere, niederschmetternde Wahrheit lautet: Wir sind dabei, den zweiten Zeitkrieg endgültig zu verlieren.«

Valdorian beobachtete, wie Diamant einen erschrockenen Blick auf General Lukas richtete. Vielleicht hatte sie die Situation nicht so schlimm eingeschätzt.

»Aber es gibt noch eine letzte Hoffnung, und dieser Mann hier verkörpert sie.« Der Segmenter deutete auf Valdorian. »Wir haben eine Vitalin der Feyn retten können, bevor die Temporalen ihr ganzes Volk auslöschten. Wir brachten sie hierher, weil wir dachten, mit ihrer Hilfe die fragmentarischen Koordinaten zu vervollständigen, die wir vom Vortex in der objektiven Zeit bekommen haben. Manche von uns glauben sogar, dass Xadelia in der Lage sein könnte, den originären Manipulationspunkt zu finden. Bisher sind ihre Bemühungen vergeblich gewesen, aber jetzt ...« Lukas legte

 eine kurze Pause ein, um seinen Worten mehr Gewicht zu

verleihen. »Aber jetzt haben wir hier jemanden, der aus jener einen objektiven Zeit stammt. Eine direkte Verbindung! Wenn Xadelia mit seiner Hilfe die Koordinaten des Vortex vervollständigt, so können wir einen Schlag gegen das Zentrum der Macht der Temporalen führen und verhindern, dass sie das Ende des Fünften Kosmischen Zeitalters herbeiführen. Und wenn es ihr gar gelingt, durch Valdorians Verbindung mit der objektiven Zeit den Manipulationspunkt zu finden, von dem alles ausging ... Dann wäre es möglich, den ganzen zweiten Zeitkrieg ungeschehen zu machen. Valdorian könnte erneut zum Wegfinder werden – für uns!«

Diesmal folgte kein Brausen, kein Sturm aus Stimmen, sondern ein Flüstern und Raunen, in dem Valdorian Skepsis und Hoffnung zu hören glaubte.

Dann erklang die synthetische, leicht verzerrte Stimme des Wesens in der Ambientalblase. »Klugheit höre ich in Ihren Worten, General Lukas«, sagte Kahall. »Angesichts einer solchen Möglichkeit verlieren Schuld oder Unschuld tatsächlich an Bedeutung.«

»Ich schließe mich dieser Meinung an«, zwitscherte Gijül.

Die Hundertfüßerbeine trugen Ix-Imharrad-Ixtelion bis fast zum Rand der zweiten Plattform. Valdorian fühlte erneut den Infraschalldruck an den Ohren, und sein Linguator übersetzte:

»Ich fühle schlechte Winde von jenem«, sagte das keilförmige Wesen. »Er ist voller wechselhafter Böen, die es schwierig machen, das Gleichgewicht zu wahren. Aber ich nehme auch den Geruch von Hoffnung wahr, den sein Wind zu uns trägt. Lassen Sie mich ihn selbst fragen: Ist er bereit, uns zu helfen?«

Auf diese Frage gab es nur eine Antwort. »Ja.«

»Dann steht die Entscheidung des Triumvirats fest«, sagte Kahall. »Bringen Sie ihn zu Xadelia, General. Er soll mit ihr und Diamant zusammenarbeiten. Natürlich werden wir nicht auf angemessene Sicherheitsmaßnahmen verzichten.«

»So sei es«, pflichtete Ix-Imharrad-Ixtelion dem Geschöpf in der Ambientalblase bei.

»So sei es«, trillerte Gijül.

Die zweite Plattform setzte sich in Bewegung und glitt nach oben. Die Dunkelheit kehrte in den großen Raum zurück, und die Logen mit den vielen Beobachtern verschwanden in der Finsternis. Valdorian hörte ein letztes vielstimmiges Flüstern, dann herrschte Stille.

Der Segmenter drehte sich mit einem leisen Knistern um. »Kommen Sie«, sagte er und schritt zur Kapsel.

Als Diamant an Valdorian vorbeiging, raunte sie ihm zu: »Glauben Sie nur nicht, dass Sie so leicht davonkommen.«

Valdorian hatte das Gefühl, ins Nichts zu treten, als er die Tür passierte. Er stand auf etwas, das aussah wie eine Wolke hoch am Himmel einer fremden Welt. Tief unten ragten Berggipfel aus einem Nebel, der wie ein graues Meer wirkte, und auf einigen von ihnen sah er Strukturen, bei denen es sich offenbar um Gebäude handelte. Dutzende von Sonnen, die zweifellos künstlichen Ursprungs waren, leuchteten weit oben, und ihr Licht glitzerte an zahlreichen Gebilden, die wie auseinander gerissene Wattebäusche aussahen. Kleine Gestalten kletterten an ihnen und flogen zwischen ihnen hin und her.

»Dies ist Feyindar«, sagte Diamant. »Eine pseudoreale Nachbildung. Wir versuchen, Xadelia den Aufenthalt bei uns so angenehm wie möglich zu machen.«

»Wo ist sie?«

Diamant hob den Arm. »Sehen Sie das kokonartige dunkle Objekt dort oben beim Hauptfiligran? Darin haben wir sie untergebracht. Sie und die drei kleinen Ernter. Die letzten Feyn. Die Temporalen haben sie in allen Zeitlinien ausgelöscht.« Sie deutete auf eine Art Steg, der zum Hauptfiligran führte. »Eine Orientierungshilfe für uns.«

»Was passiert, wenn man daneben tritt?«, fragte Valdorian, während sie über den Steg gingen.

»Ich habe es noch nicht ausprobiert. Möchten Sie einen Versuch wagen?«

»Vermutlich wäre es Ihnen ganz lieb, wenn ich in die Tiefe stürzen würde?«, sagte Valdorian, während er vorsichtig einen Fuß vor den anderen setzte. »Sie sind mir gegenüber ziemlich feindselig.«

»Wundert Sie das?«

»Sie sind anders als die Diamant, mit der ich hierher gekommen bin.«

»Vielleicht habe ich mehr gesehen. Mehr scheußliche Dinge.«

Valdorian beobachtete, wie simulierter Wind mit ihrem schwarzen Haar spielte. Diese Diamant wirkte aggressiver und selbstbewusster, aber auch voller Zynismus.

»Ich habe viel verloren«, fügte sie hinzu, als er schwieg.

»Ich auch«, sagte er leise.

Diamant lachte humorlos. »Trauern Sie Ihrem Reichtum nach? Ihrer Macht?«

»Mir ist erst vor kurzer Zeit klar geworden, was ich verloren habe. Und ich empfinde den Verlust als enorm.«

»Und woraus besteht er?«, fragte Diamant mit unverhohlenem Spott.

»Aus Ihnen«, sagte Valdorian und fühlte eine Wahrheit hinter diesen Worten, deren Tiefe ihn überraschte. Dies ging weit über Rhetorik hinaus. »Ich weiß, dass ich damals eine Fehler gemacht habe. Ich hätte mich für Sie entscheiden sollen.«

Dies verblüffte Diamant so sehr, dass sie auf dem Steg stehen blieb. »Das sagt der Mann, der ... ich weiß nicht wie viele Leben auf dem Gewissen hat.«

Valdorian stellte eine Frage, die aus einem Traum kam. »Glauben Sie an die Fähigkeit eines Individuums, sich zu ändern, über sich selbst hinauszuwachsen?«

Diamant musterte ihn einige Sekunden lang, und ihr

Blick huschte dabei zwischen seinen beiden Augen hin und her. »Ich habe Chaos gesehen«, sagte sie schließlich. »Chaos, Zerstörung und Tod. Ich glaube an Verantwortung und Schuld.«

Sie ging weiter, und es blieb Valdorian nichts anderes übrig, als ihr zu folgen.

»Hat es in Ihrer Vergangenheit einen Valdorian gegeben?«, fragte er.

»Ja. Ich komme aus einer der blauen Zeitlinien, die sich nur unwesentlich von der objektiven Zeit unterscheiden.«

Das erleichterte Valdorian aus irgendeinem Grund. Dies *war* Lidia.

»Hat Ihnen Ihr Valdorian etwas bedeutet?«

Diamant schüttelte den Kopf, als hielte sie die Frage für absurd. »*Mein* Valdorian war ein arroganter, egoistischer Mistkerl, der glaubte, dass sich alles und jeder seinen Wünschen fügen musste. Ich habe mich ihm nicht gefügt. Beantwortet das Ihre Frage?«

Sie erreichten das Hauptfiligran und den daran klebenden Kokon, der an einer Seite eine schmale Öffnung aufwies. Diamant trat hindurch, und Valdorian folgte ihr. Kühle erwartete ihn im halbdunklen Inneren, und daraufhin merkte er erst, wie warm es draußen am simulierten Himmel von Feyindar war, im Licht der vielen künstlichen Sonnen.

Knarrende Laute kamen weiter vorn aus dem Halbdunkel, dann ein leises Gurren. Valdorian bemerkte ein großes Gerüst und wusste aus Diamants und General Lukas' Schilderungen, worum es sich handelte: den Partussessel der Vitalin.

Als sie näher kamen, gewöhnten sich seine Augen an die Düsternis, und er sah die Gestalt, die im Partussessel ruhte, unter einem graubraunen Symbionten, der sie wie eine Decke umhüllte und der Feyn bei der Regulierung ihrer Körpertemperatur half – das war wichtig für die noch unbefruchteten Eier in ihr, wie er während der kurzen Einweisung gehört hatte. Xadelia hob den Kopf und überraschte Valdorian mit ihrem so menschenähnlichen Gesicht. Sie zirpte, und ein Linguator übersetzte die Worte.

»Ich freue mich, dass Sie zurück sind, Diamant«, ertönte es. »Und Sie haben jemanden mitgebracht.«

Valdorian bemerkte Bewegungen und beobachtete, wie sich drei viel kleinere Feyn, die er für Ausbuchtungen im Gerüst des Partussessels gehalten hatte, von der Vitalin lösten. Die knackenden Laute, die schon einmal erklungen waren, wiederholten sich, als die drei Ernter hochsprangen, ihre Flügel ausbreiteten und fortflogen.

»Ich wollte sie nicht verscheuchen«, sagte Diamant, und Valdorian nahm zur Kenntnis, dass sie »ich« und nicht »wir« sagte.

»Sie haben etwas gespürt«, erwiderte Xadelia. Sie richtete den Blick ihrer großen Augen auf Valdorian. »Und ich fühle es ebenfalls.«

»Das ist der Mann, über den wir gesprochen haben – Valdorian«, sagte Diamant. »Er kommt aus der objektiven Zeit. Fühlen Sie das?«

»Bitte kommen Sie näher.«

Valdorian trat zum Partussessel und stellte fest, dass Xadelias Körper unter dem Symbionten wie aufgedunsen wirkte. An einigen Stellen sah er fast durchsichtige Haut, darunter Blutgefäße, Sehnen und atrophiertes Muskelgewebe. Der Kopf erschien ihm zu klein im Vergleich mit dem Rest des Körpers, und dem so menschlichen Gesicht war eine sonderbare Schönheit zu Eigen. Eine Aura des Kummers umgab die Vitalin.

Ein dünner Arm kam unter der Decke des Symbionten hervor, und knochige Finger berührten Valdorians Hand. Die großen Augen schlossen sich.

Valdorian fühlte etwas in seiner Tiefe, aber es war nicht die dunkle Kreatur, die sich regte, sondern etwas in ihrer Nähe, etwas, das fremd in ihm war und bisher geruht hatte.

»Ich ... sehe die Verbindung zur objektiven Zeit«, sagte

Xadelia leise. »Und ja, er könnte mir bei der Suche helfen. Aber es gibt da noch etwas anderes. Seine Präsenz an diesem Ort wirft ein fernes Echo ...«

Die Feyn riss die Augen auf.

»Ich nehme das Echo bei den Temporalen wahr. Und sie hören ihn hier. Sie haben das Kastell gefunden!«

Diamant richtete einen finsteren Blick auf Valdorian. »Ich *wusste*, dass man Ihnen nicht trauen kann!« Sie berührte ein kleines Gerät an ihrem Gürtel.

»Lidia ... Diamant, ich versichere Ihnen, dass ich nicht weiß, was ...«

Zwei Gardisten aus Lukas' Truppe kamen herein.

»Er ist ein verdammter Verräter!«, sagte Diamant und deutete auf Valdorian. »Xadelia hat festgestellt, dass er mit den Temporalen in Verbindung steht. Vermutlich sollte er das Kastell für sie finden.«

Finde das Zentrum des Widerstands, flüsterte es in Valdorians Tiefe, und diesmal war es Olkins Stimme, so wie er sie nach dem Erwachen aus der Starre im Kokon gehört hatte. *Du sollst erneut der Wegfinder sein.* Aber nicht für den Omnivor. Seine Aufgabe hatte darin bestanden, für die Temporalen den Weg zum Kastell zu finden.

Eine Erkenntnis bahnte sich mit brutaler Gnadenlosigkeit einen Weg ins Zentrum seines Bewusstseins. Die Flucht, die vermeintlichen Anschläge auf ihn ... alles war inszeniert, um ihn zum Kastell zu bringen, zum Zentrum des Widerstands. Er war erneut manipuliert und als Werkzeug missbraucht worden.

Sein Gesicht musste etwas von dem gezeigt haben, was sich in ihm abspielte, denn ein Schatten von Zweifel huschte kurz durch Diamants Zorn.

Valdorian schwankte.

Und dann schwankte auch Diamant.

Der Kokon erbebte, und Xadelias Partussessel vibrierte so heftig, dass ein dumpfes Brummen erklang. In den Hin-
 tergrundgeräuschen veränderte sich etwas, das Valdorian

nicht zu deuten wusste, aber er erkannte Diamants plötzliche Sorge.

Die beiden Gardisten, ein Mensch und ein Akuhaschi, empfingen Meldungen von den allgemeinen Kom-Servi des Kastells.

»Zeitschiffe der Temporalen sind erschienen«, sagte der Akuhaschi kehlig. »Eine aus fast tausend Einheiten bestehende Flotte. Ein Angriff auf das Kastell steht unmittelbar bevor.«

Braun

In seiner Domäne im Inneren des Zapfens betrachtete Olkin den Nabel der Möglichkeiten, deren bunte Muster von seinen verändernden Gedanken bewegt wurden. Und er sah, dass die Muster gut waren. Sie gewannen die Strukturen, die seinen Wünschen entsprachen, wiesen darauf hin, dass all seine komplexen Pläne der Vollendung entgegengingen. Eine besondere Ironie des Schicksals – ein Gedanke, bei dem Olkin lächelte, denn *er* glaubte gewiss nicht an eine Kraft namens Schicksal – wollte, dass die Pläne sogar *zu gut* gelangen. Der Wegfinder Valdorian hatte erneut den Weg gefunden und das Kastell lokalisiert; eine Angriffsflotte der Temporalen war bereits unterwegs, um das Zentrum des Widerstands auszulöschen und den Sieg im zweiten Zeitkrieg vollständig zu machen.

Aber gleichzeitig setzte Agoron sein Bemühen fort, das eigene Volk auszulöschen. Die von ihm bewirkten Veränderungen gingen über Manipulationen der Zeit hinaus und nahmen direkten Einfluss auf die Kausalität. Eterne verschwanden, ohne jemals existiert und Spuren in der Realität hinterlassen zu haben. Dadurch geriet der vom Vortex gespeiste Ozean der Zeit in Unruhe; ein kausaler Orkan fegte darüber hinweg. Olkin fragte sich, was zuerst geschehen würde: die Vernichtung des Kastells durch die Zeitflotte oder das Verschwinden des Ozeans der Zeit, weil seine Quelle versiegte. Doch wie auch immer die Antwort auf diese Frage aussehen mochte – bald würde es keine Temporalen und auch keinen Widerstand mehr geben.

24

Superfaden

Abseits der Farben: Kastell, 9. November 5521

Die Temporalen griffen das Kastell auf die gleiche Weise an wie Munghar: Sie kamen aus allen Richtungen. Und ihre immense Flotte bestand aus vielen unterschiedlichen Schiffen: große und kleine Keile, die der letzten Bastion des Widerstands grelle Blitze entgegenschleuderten; stab- und pfeilförmige Schiffe; tanzende Lichtpunkte, die Verteidiger berührten und dadurch einfach verschwinden ließen; dornenbesetzte Kugeln, rotierende Hanteln, aus mehreren Blasen bestehende Gebilde und gewaltige Mutterschiffe, die sich vom eigentlichen Kampfgeschehen fern hielten und offenbar als fliegende Stützpunkte fungierten.

Valdorian beobachtete den Kampf in einem großen pseudorealen Darstellungsbereich, der sich jenseits seines energetischen Käfigs wölbte. Nur wenige Meter trennten ihn von Diamant, General Lukas und einigen anderen Personen, unter ihnen ein Geschöpf, das wie ein uralter, mobiler Olivenbaum aussah und von den anderen »General Naifeh« genannt wurde. Gelegentlich tauchte das Pflanzenwesen seine Beinwurzeln in Bodenrinnen, die offenbar Nährflüssigkeit enthielten. Die ovalen Blattschalen raschelten, und ein Linguator übersetzte:

»Wir sind gewappnet. Wir können diesem Angriff standhalten.«

»Aber wenn dies nur die erste Welle ist ...«, sagte General Lukas.

»Wir haben alle unsere Schiffe zurückbeordert, auch die der Kognitoren, die nach Manipulationspunkten suchen«, raschelte Naifeh. »Das Licht gibt uns Kraft. Wir können standhalten.«

»Sie sind sehr optimistisch, General Naifeh«, sagte Diamant.

»Wir dürfen die Hoffnung nicht aufgeben.«

»Das habe ich oft von Ihnen gehört. Angesichts der jüngsten Entwicklungen fällt es mir schwer, Ihren Rat zu beherzigen.«

Valdorian hörte die Stimmen ganz deutlich. Die Energiebarrieren, die ihn vom Rest des Raums trennten, hielten akustische Informationen ebenso wenig von ihm fern wie visuelle. Was aber nichts daran änderte, dass er gefangen war.

»Das Problem ist: Die Temporalen haben uns gefunden«, sagte ein Humanoide, dessen Haut wie roter Schorf wirkte, über den Dutzende von madenartigen Geschöpfen hinwegkrochen. Er sprach InterLingua, aber seine Stimme klang wie das Grollen eines ausbrechenden Vulkans. »Selbst wenn es uns gelingt, diese Flotte abzuwehren, und auch eine eventuelle zweite Welle ... Früher oder später werden die Temporalen unsere Verteidigung durchbrechen. Ihnen stehen größere Ressourcen zur Verfügung als uns. Das Brutschiff wird weitere neue Waffengenerationen kreieren, und dann ...« Er ließ das Ende des Ende des Satzes offen.

Der dreidimensionale Darstellungsbereich zeigte etwas, das Valdorian im Urirr-System gesehen hatte: Raumschiffe explodierten lautlos, verwandelten sich in Feuerbälle, in kleine Sonnen, die jedoch schnell verglühten. Vernichtung und Tod – und er hatte beides hierher gebracht.

In Diamants Augen blitzte Zorn, als sie ihn ansah.

»Ich bin erneut benutzt worden«, brachte Valdorian hervor.

Diamant starrte ihn weiterhin an, aber die anderen schenkten ihm keine Beachtung. General Naifeh verharrte an einer Nährrinne, und seine Blattschalen raschelten, ohne dass der Linguator etwas übersetzte. Eine Zeit lang herrschte Stille, während die pseudorealen Bilder die Schlacht im All zeigten. Nur ein Teil des Kastells war zu sehen, geschützt vom Glühen starker Schilde, die gelegentlich von Strahlen und Geschossen getroffen wurden, aber nicht einmal flackerten.

»Was jetzt passiert, ändert nichts an der Tatsache, dass er aus der objektiven Zeit kommt«, sagte General Lukas schließlich. Die käferartigen Wesen, aus denen sich sein Körper zusammensetzte, bewegten sich schubweise – man gewann den Eindruck, dass der Segmenter aus einer schwarzen Flüssigkeit bestand, durch die Wellen liefen. »Er kann uns noch immer helfen.«

Diamant wandte sich ihm zu. »Selbst wenn Valdorian Recht hat und er tatsächlich benutzt wurde ... Wir wissen nicht, welche anderen unangenehmen Überraschungen seine Anwesenheit hier noch zur Folge haben kann. Ich halte es für besser, ihn ... fortzubringen.«

»Nein«, sagte ein Akuhaschi, der neben dem Humanoiden mit dem roten Schorf stand. Er trug einen Direal und gehörte vielleicht zur Besatzung eines Kantaki-Schiffes. »Emotionen beeinträchtigen Ihre Rationalität, Diamant, was vielleicht verständlich ist, wenn man Ihren besonderen Hintergrund berücksichtigt. Die derzeitigen Ereignisse machen Valdorian noch wichtiger für uns. Tsalatz hat Recht mit seiner Einschätzung: Wir können die Temporalen nicht auf Dauer abwehren, und eine Evakuierung des Kastells wäre sinnlos – wohin sollten wir all die vielen Personen bringen, die hier leben und bei uns Zuflucht gesucht haben? Die Entscheidung fällt hier und jetzt, nach fünfzehntausend Jahren. Entweder kann uns Xadelia mit Valdorians Hilfe zum Vortex oder zum originären Manipulationspunkt führen, oder die Temporalen zerstören das Kastell und damit auch den Widerstand.«

»Ich *bin* bereit, Ihnen zu helfen!«, warf Valdorian ein.

Mehrere große Keile der Temporalen näherten sich dem Kastell, und akkumulierende Energie zuckte über die Buckel in seiner Außenhülle. Aber bevor es zu Entladungen kommen konnte, raste ein ganzer Schwarm vom Kampfschiffen des Widerstands heran. Sie sahen aus wie Hände, deren fünf Finger nach vorn wiesen, und aus der Mitte des Handtellers wuchs die lange Spitze eines Waffendorns. Ein Hagel aus Raketen und kleinen Kugeln aus destruktiver Energie traf die Keile, und für einige Sekunden verschwanden sie hinter einem lodernden Plasmavorhang. Als sie wieder sichtbar wurden, war ein großer Keil in der Mitte auseinander gebrochen, und die anderen traten den Rückzug an.

General Lukas näherte sich dem energetischen Käfig und deaktivierte ihn mit einem Gerät, das plötzlich in seinem Körper erschien. »Es sind keine weiteren Entscheidungen des Triumvirats erforderlich«, sagte er. »Valdorian hat strategische Bedeutung für uns, und wir dürfen keine Zeit verlieren. General Naifeh?«

»Einverstanden«, raschelte das Pflanzenwesen. »Meine Einheiten sind weiterhin in Bereitschaft, ebenso wie Ihre Zweite Flotte. Admiral Leloas Kampfgruppen genügen, um den Feind abzuwehren. Noch.«

»Xadelia hat sich optimistisch geäußert, nicht wahr?«, wandte sich der Segmenter an Diamant. »Sie glaubt sich imstande, die von uns benötigten Koordinaten zu ermitteln?«

»Ja«, räumte Diamant widerstrebend ein.

»Dann bringen Sie Valdorian sofort zu ihr zurück und leiten Sie alles Notwendige in die Wege. Die Zweite Flotte unter meinem direkten Befehl und General Naifehs Schiffe sind für einen Vorstoß in die objektive Zeit bereit. Es geht um *alles*, Diamant«, betonte General Lukas.

Valdorian trat vor – und hatte plötzlich das Gefühl, als zöge ihm jemand den Boden unter den Füßen weg, als sich die künstliche Schwerkraft verlagerte. Er stürzte, zusammen mit Diamant und den Mitgliedern des Kommandostabs. Nur Naifeh blieb an Ort und Stelle, er hielt sich mit den Beinwurzeln in der Nährrinne fest. Lukas verlor seine physische Integrität: Die tausenden von kleinen schwarzen Geschöpfen, die seinen humanoiden Leib gebildet hatten, stoben auseinander, was dazu führte, dass mehrere kleine Geräte und Servi zu Boden fielen. Eines von ihnen piepte leise, und der große pseudoreale Darstellungsbereich wurde noch größer. Die Wänden schienen an Substanz zu verlieren, als er sich immer mehr ausdehnte und Verblüffendes zeigte.

Die Kampfschiffe der Temporalen stellten ihre Angriffe plötzlich ein, ergriffen aber nicht die Flucht, sondern verhielten sich vollkommen passiv. Sie setzten sich nicht zur Wehr, als sie von den Verteidigern unter Beschuss genommen wurden, und mehrere von ihnen zerbarsten.

Und dann fegte *etwas* alle Schiffe beiseite, erreichte das Kastell und ließ den gewaltigen, fünfzigtausend Kilometer durchmessenden Komplex, in dem hunderte von unterschiedlichen Technologien zusammenwirkten, so heftig erzittern, dass sich an mehreren Stellen hinter den Schilden Risse in externen Komponenten bildeten. Die bunten Bänder des Ozeans der Zeit bewegten sich nicht mehr ruhig und sanft, sondern peitschten wie Gummibänder, die jemand lang gezogen und dann losgelassen hatte. Während Valdorian noch versuchte, wieder auf die Beine zu kommen, beobachtete er verblüfft, wie die Farben verblassten und zu einem wogenden, brodelnden, pulsieren Grau wurden, das über die Schiffe der Temporalen und die der Verteidiger hinwegschwappte, den Schutzschirmen des Kastells entgegenkochte und sie aufsaugte ...

Dumpfes Donnern kam aus der Ferne, die Stimme einer Katastrophe, und Kom-Servi pfiffen und summten. Valdorian hörte Stimmen, achtete aber nicht auf sie. Inzwischen stand er wieder, starrte ins dreidimensionale Bild der pseudorealen Darstellung und sah, wie das Kastell auseinander brach. An Dutzenden von Stellen entwich Gas, und gelegentliches Flackern wies auf Explosionen hin, so weit entfernt, dass sie hier tief im Inneren des Kastells nicht zu hören waren.

»Verdammt, es ist alles *seine* Schuld!«, entfuhr es Diamant, die ebenfalls auf die Beine gekommen war. Auch die anderen standen wieder, und der Segmenter Lukas hatte zu seiner semistabilen humanoiden Gestalt zurückgefunden.

»Dies wohl kaum«, sagte er und nahm die Geräte, die er verloren hatte, wieder in sich auf. »Etwas geschieht mit dem Ozean der Zeit ...«

Das Grau verschwand schlagartig, und dafür erschien das Schwarz des Weltalls, durchsetzt von den vagen Flecken ferner Galaxien. Von den Raumschiffen war nichts mehr zu sehen.

Eine Tür öffnete sich, und aus einem leisen Pfeifen wurde das Heulen eines Alarms. Der Akuhaschi eilte hinaus, gefolgt von Tsalatz, General Naifeh und den anderen. Der Segmenter wandte sich noch einmal an Diamant.

»Bringen Sie Valdorian zu Xadelia. Sie wissen, worauf es ankommt.«

»Lukas hat Recht«, sagte Diamant, als sie die Navigationskontrollen der Kapsel bediente. »Ich sollte mich nicht so sehr von meinen Emotionen leiten lassen. Dafür steht zu viel auf dem Spiel.«

»Warum hassen Sie mich so sehr?«, fragte der neben ihr sitzende Valdorian.

»Meine Güte, da *fragen* Sie noch? Haben Sie keine Augen im Kopf? Sehen Sie sich das an!« Sie deutete nach draußen.

Vorher hatte das Kastell wie eine gewaltige Stadt auf ihn gewirkt, aber jetzt war es eine Trümmerwolke im All, irgendwo und *irgendwann* zwischen den Galaxien. Die Luft war aus den Verbindungsbereichen zwischen den einzelnen Komponenten entwichen, und allein das musste den Tod von tausenden bewirkt haben. Viele interne Sektionen waren nicht ausreichend gegen Kälte und Vakuum geschützt; zahlreiche plötzliche Dekompressionen hatten weitere Leben ausgelöscht und erhebliche Schäden angerichtet. Hinzu kamen Explosionen in instabil gewordenen Reaktor- und Aggregatkomplexen, die einen verheerenden Dominoeffekt einleiteten: Plötzlich überlastete Verteilerstationen fielen aus, was die Energieversorgung des Kastells beeinträchtigte, und dadurch ergaben sich zusätzliche Probleme bei Rettungseinsätzen.

Das Kastell, Zentrum des Widerstands, starb.

Hell und Dunkel wechselten sich ab, als Diamant die Kapsel zu der Sektion mit dem simulierten Feyindar-Ambiente steuerte. Mehrmals mussten sie Trümmern ausweichen, und einmal sahen sie einen Transporter mit geborstenen Kuppeldächern; für seine Passagiere kam jede Hilfe zu spät.

Während Diamant flog, nahm sie mithilfe eines mobilen Kom-Servos Meldungen entgegen.

»Mit Xadelia ist alles in Ordnung«, sagte sie nach einer Weile, als sie wieder durch eine dunkle Zone flogen. Die Lichtfinger der Kapselscheinwerfer tasteten vor ihnen durch die Finsternis und strichen über die Flanken eines Habitatsegments, in dem sich ein langer Riss zeigte. Zwei Leichen schwebten in seiner Nähe, umgeben von einem Halo aus gefrorenen Bluttropfen. »Wir sind gleich da«, fügte sie hinzu und lenkte die Kapsel durch einen Tunnel, der durch einen einigermaßen intakt gebliebenen Bereich des Kastells führte. Lichter blinkten an den Wänden und schufen gespenstisch flackernde Schattenmuster.

»Warum sind Sie so darauf fixiert, mir die Schuld an allem zu geben?«, fragte Valdorian.

»Weil ich Sie kenne. Zweiundzwanzigmal habe ich ein anderes Selbst in mich aufgenommen, und fast jede Diamant kannte ihren eigenen Valdorian. Ihre Erinnerungen sind in mir. Ich bin mit allen Ihren Versionen vertraut. Kommen Sie mir also nicht auf die unschuldige Tour.«

»Mit der derzeitigen Ereignissen habe ich nichts zu tun.«

»Ich hoffe nur, dass Lukas und die anderen Recht haben, dass wir durch Sie an die Informationen gelangen, die wir brauchen. Wenn nicht ...«

»Ist das eine Drohung?«

Diamant wandte für eine Sekunde den Blick von den Kontrollen ab und sah ihn an, und was Valdorian in ihren Augen erkannte, nahm ihm jede Hoffnung darauf, von *dieser* Diamant als Konfident akzeptiert zu werden.

Die Kapsel wurde langsamer, als voraus das Glühen eines funktionierenden Atmosphärenschilds erschien. Diamant steuerte die Kapsel behutsam hindurch und lenkte sie zur Andockstelle dahinter. Dort bemerkte Valdorian mehrere tropfenförmige Schiffe, offenbar mit Waffensystemen ausgestattet. Humanoide Gestalten in Kampfanzügen warteten bei ihnen. Die Markierungen an ihren Armen und Beinen sagten ihm nichts, aber Diamant wusste sie zu deuten.

»Das sind Soldaten aus General Naifehs Verbänden. Und das Schiff stammt aus General Lukas' Zweiter Flotte.« Sie deutete auf eines der Schiffe, die wie eine Hand mit nach vorn gestreckten Fingern aussahen.

Eine Gestalt trat ihnen entgegen, als sie ausstiegen. »Wir halten uns hier in Bereitschaft und können Sie sofort zur Zweiten Flotte bringen, wenn Sie die Koordinaten haben«, sagte der Humanoide auf InterLingua.

Diamant nickte.

»General Naifehs Optimismus ist unerschütterlich«, murmelte sie, als sie durch den Korridor eilten, der zum Quartier der Vitalin führte. »Nicht ›falls‹, sondern ›wenn‹.«

Sie erreichten die Tür, und dahinter erstreckte sich der simulierte Himmel von Feyindar. »Jetzt haben Sie die Chance, einen Teil von dem wieder gutzumachen, was Sie angerichtet haben«, sagte Diamant, als sie mit langen Schritten über den Steg zum Kokon gingen.

 »Wenn es allein nach mir ginge ...«, begann Valdorian.

»Wären wir alle längst tot, nicht wahr?« Diamant sah ihn noch einmal an, bevor sie den Kokon betraten. »Ich hoffe für uns alle – auch für Sie –, dass es keine weiteren bösen Überraschungen gibt.«

»Was ist geschehen? Was ist geschehen?«, fragte Xadelia, als sie sich durchs Halbdunkel dem Partussessel näherten. Die drei kleinen Ernter flogen diesmal nicht davon, sondern klammerten sich an der Vitalin fest. Eine unglaublich zart gebaute und sehr fragil wirkende Frau – sie konnte unmöglich ein Mensch sein, fand Valdorian – erhob sich neben Xadelia.

»Wir sehen uns später wieder«, sagte sie mit einer tiefen, melodischen Stimme, die gar nicht zu ihr zu passen schien. Als sie an Valdorian vorbeiging, fühlte er eine Aura tiefen Friedens, und der Teil von ihm, der noch immer fliehen wollte, hätte am liebsten bei ihr Zuflucht gesucht. Er vermutete, dass die Unbekannte eine psychologische Betreuerin war, die sich um die Feyn kümmerte.

»Was ist geschehen?«, fragte Xadelia erneut, mit tiefer Sorge in ihrem puppenhaften menschlichen Gesicht.

»Die Temporalen haben das Kastell gefunden und angegriffen.« Diamant trat ganz nahe an den Partussessel und ergriff Xadelias Hand. »Kurze Zeit nach dem Angriff verschwand der Ozean der Zeit. Wir befinden uns in einer Zeitlinie. Die Kognitoren sind damit beschäftigt herauszufinden, in welcher.«

»Nein«, gurrte die Vitalin. »Nein, dies ist nicht irgendeine Zeitlinie. Ich fühle, dass wir ...«

Braun

»... in der objektiven Zeit sind.«

»Sind Sie ganz sicher?«, fragte Diamant, und die Finger ihrer freien Hand tanzten über die Kontrollen des Kom-Servos am Gürtel.

»Ja. Und ich spüre noch etwas anderes, in der Ferne, wie ein Schemen vor dem Licht ...«

Diamant hob den Kom-Servo und lauschte einer Stimme, die Valdorian nur als wortloses Flüstern hörte.

»Offenbar befinden wir uns zwischen zwei großen Galaxienhaufen«, sagte sie. »Unsere Position ist noch nicht klar, und damit meine ich die in Raum *und* Zeit. Aber wenn Sie Recht haben, wenn wir wirklich in der objektiven Zeit sind, so fällt es Ihnen vielleicht leichter, an die benötigten Informationen zu gelangen.«

Ein vages Lächeln erschien auf Xadelias Gesicht, und der Symbiont, der eine Art Decke um ihren Leib bildete, bewegte sich wie aufgeregt. »Dies ist die Zeit, in der sich die Dinge tatsächlich zugetragen haben. Dies ist die Zeit, in der die Kausalität wurzelt. Die Netzechos der Feyn, die einst lebten, sind stärker geworden. Ich höre sie in weiter Ferne, und sie gehen von einem Punkt aus, der ...«

Der Partussessel geriet in Bewegung, als sich Xadelia etwas weiter aufsetzte. Mechanismen summten und surrten, und mehrgelenkige Arme aus einem hornartigen Material berührten die Vitalin an den Schultern und am Kopf. »Der originäre Manipulationspunkt ... Ich sehe ihn wie einen Fleck im reinen Muster der Kausalität.«

Diamant sah Valdorian an. »Vielleicht brauchen wir Sie gar nicht«, sagte sie kalt.

»Aber ...«

»Er ist nicht nur mit dieser Zeit und dieser Realität verbunden.« Xadelia sprach wie in einem Traum. »Ich sehe eine Linie, die zu dem ... Schemen führt.«

Sie löste ihre Hand von der Diamants, berührte Valdorian ...

Die externe Welt verschwand, löste sich in Dunkelheit auf, doch es war eine Finsternis, die auf das Fehlen von visueller Wahrnehmung zurückging. Auch die anderen Sinne versagten: Er hörte und fühlte nichts, roch und schmeckte nichts.

Er schwebte, stand oder saß in einer Welt, die ihm vollkommen verborgen blieb, die, soweit es ihn betraf, überhaupt nicht existierte. Nur seine Gedanken waren real, aber er fürchtete, dass er schon sehr bald an ihrer Realität zweifeln würde, wenn dieser Zustand länger andauerte.

»Haben Sie keine Angst«, ertönte eine Stimme, und er wäre selbst dann erleichtert gewesen, wenn sie »Detonation in zehn Sekunden« gesagt hätte. Er war nicht allein, und es *gab* eine Welt da draußen.

»Xadelia?«

»Ja. Ich kann Ihre Verbindungen besser erkennen, wenn Ihre ganze Aufmerksamkeit nach innen gerichtet ist. Lassen Sie sich von mir leiten.«

»Ich bin bereit«, sagte Valdorian und hoffte, dass auch Diamant diese Worte hörte.

Die Stille kehrte zurück, und seltsame Wahrnehmungen stellten sich ein – falls sie nicht nur dem Wunsch seines Bewusstseins entsprangen, *irgendetwas* von draußen zu empfangen. Er glaubte, Stimmen zu *fühlen*, zahllose leise Stimmen, und sie erinnerten ihn an seine kindlichen Vorstellungen von einem Bienenstock: Als kleiner Junge hatte er geglaubt, dass es sich im Inneren eines Stocks so anhören musste, wenn man eine Biene war und die Sprache der Bienen beherrschte. Worte verstand er nicht, aber eine seltsame Gewissheit begleitete das Gefühl von den Stimmen, die absolute Sicherheit, dass sie Muster bildeten, deren Bedeutung über die von verständlichen Worten hinausging. Hinter den Stimmen waren ... Dinge miteinander verbunden, und in jenen Verbindungen gab es eine *Gewichtung* von Ursache und Wirkung. In dem Netz jenseits des geisterhaften wortlosen Flüsterns existierte kein Zufall; alles ließ sich auf die komplexen Wechselwirkungen von Ursache und Wirkung zurückzuführen. Die Muster bestanden aus Kausalität, eines über dem anderen, millionen- und milliardenfach, alles miteinander verknüpft und verwoben.

Kummer überfiel ihn, eine Trauer, die in jede Zelle seines Körpers zu kriechen schien: der Kummer, der Xadelias Gedanken begleitete, seit sie Feyindar verlassen hatte, seit es den Temporalen gelungen war, die Feyn in allen Zeitlinien auszulöschen. Bis auf diese letzten vier, drei Ernter und eine Vitalin. Der unerfüllte Wunsch zu fliegen hatte im Vergleich mit dieser Trauer nicht mehr Bedeutung als eine Schneeflocke für eine polare Eiskappe. Das Flüstern und Raunen ... Valdorian begriff, dass es sich um die Echos von Stimmen handelte, die einst lauter und deutlicher gewesen waren, die Stimmen all der vielen Kinder der Vitalin, und der Nachkommen der anderen Vitalinnen - ein gewaltiger, voller Leben steckender Chor. Doch jetzt war die Bühne leer, auf der dieser Chor einst gesungen hatte, und nur noch Xadelia saß dort, letzte Mutter ihres Volkes ... Wie konnte sie mit der Bürde einer derartigen Trauer leben?

Etwas wuchs aus ihm heraus, ohne ihm Masse zu nehmen, ein dünner Faden, gesponnen von Xadelias Bewusstsein. Er wurde länger und länger, gesellte sich den Mustern hinzu, und dann kam ein Gefühl von plötzlich Bewegung. Etwas packte Valdorian, ohne ihn in dem Sinne zu berühren, und schleuderte ihn ... wohin? Richtungen blieben ohne Sinn in dieser Finsternis.

»Wir haben es gleich geschafft«, *sagte* Xadelia. »Sie stecken in einem eigenen kleinen Kausalitätsmuster, das überraschend komplex ist, wenn man bedenkt, dass es sich auf nur zwei Personen beschränkt, auf Sie und Agoron.« Eine kurze Pause. »Nein, das stimmt nicht. Die Verbindung geht weiter, betrifft auch noch ein drittes Selbst, das ...«

Die Stille kehrte zurück, und Valdorian gewann den Eindruck, dass *etwas* an ihm zerrte, ihn in verschiedene Richtungen zu ziehen versuchte. Dumpfer Schmerz bohrte sich wie ein Wurm durch seinen Schädel und schien dabei gleichzeitig die Dunkelheit zu fressen, denn es kam ein wenig Licht in die Schwärze.

 Es stammte vom Feuerrad einer Galaxis, das zur Hälfte

vom Omnivor verschlungen war, und davor schwebte ein gewaltiger grauer Trichter, der Vortex der Temporalen. Er sah dies alles zum ersten Mal, wusste aber genau, was es war. Und er wusste auch, dass Olkin dort auf ihn wartete.

Aus dem bohrenden Wurm des Schmerzes wurde ein Ungeheuer, das nach seinem Gehirn schnappte und es zwischen spitzen Zähnen zermalmte. Einen solchen Schmerz hätte Valdorian nicht für möglich gehalten – er schnappte nur nach Luft, zu schwach, um zu schreien.

Er sah Xadelia in ihrem Partussessel, die Augen weit aufgerissen, und er sah Diamant, die sich besorgt vorbeugte, nicht zu ihm, sondern zur Vitalin.

Dann schwanden ihm gnädigerweise die Sinne.

»Nach den letzten Berechnungen bleiben dem Kastell noch etwa drei Wochen Ihrer Zeit«, sagte General Lukas, und seine Worte galten der neben ihm sitzenden Diamant. »Dann gehen die energetischen Reserven in den Hauptkomplexen zur Neige.«

»Können die Reaktoren und Vakuumenergie-Wandler nicht repariert werden?«

Lukas schüttelte den Kopf, eine Bewegung, an der Dutzende von schwarzen käferartigen Wesen beteiligt waren.

»Evakuierung?«

»Wohin?«, erwiderte der Segmenter und deutete nach draußen.

Valdorian drehte den Kopf und sah durchs breite Fenster des Transporters, der sich einem Kantaki-Schiff näherte, gesteuert von einem Akuhaschi. Sein Blick strich über ein Trümmerfeld im All. Einzelne Teile des Kastells – manche von ihnen tausende Kilometer breit, andere mit einem Durchmesser von nur wenigen Dutzend Metern – drifteten im All, jedes von ihnen mit einem individuellen Bewegungsmoment, was dazu führte, dass die Abstände an einigen Stellen immer mehr wuchsen, während es woanders zu Kollisionen kam, die weitere Schäden verursachten und noch mehr Leben auslöschten. Lichter blinkten und blitzten in und an den Trümmern, zwischen denen Rettungsschiffe auf Plasmastrahlen ritten.

Jenseits dieses Trümmerfelds erstreckte sich ... Leere. Valdorian sah nicht einen einzigen Stern, nur die verwaschenen Flecken von Galaxienhaufen.

»Die nächste Galaxis ist fast sechshundert Millionen Lichtjahre entfernt und nur von Kantaki-Schiffen erreichbar, unter hohen Risiken, die Sie besser kennen als ich«, sagte General Lukas. »Wir haben siebzehn Horgh-Springer, aber deren Reichweite ist nicht annähernd so groß. Und die Kapazität der Transportblasen unserer achtzig Kantaki-Schiffe ist begrenzt. Die Evakuierung der Refugien hat die Bevölkerung des Kastells auf fast zehn Millionen Personen anschwellen lassen.«

»Und die Verluste?«, fragte Diamant.

»Fast fünfhunderttausend haben das Auseinanderbrechen des Kastells nicht überlebt.«

Diamant drehte den Kopf und sah Valdorian an, als wollte sie sagen: *Die gehen ebenfalls auf Ihr Konto.*

Es befanden sich noch andere Personen in dem Passagiertransporter, fast zwanzig, und Valdorian glaubte, einige Mitglieder des Kommandostabs wieder zu erkennen. Der schreckliche Schmerz am Ende des Kontakts mit Xadelia hatte ihn weder psychisch noch physisch verletzt, aber die den Schock dämpfenden Medikamente nahmen seinen Gedanken etwas von ihrer ... Schärfe und Klarheit. Er hörte Dinge und verstand sie, musste sie aber ganz bewusst mit seiner Situation in Zusammenhang bringen, damit sie einen konkreten Sinn ergaben. Zwei Tage waren seit der geistigen Agonie vergangen, doch er erinnerte sich nur an die letzten Stunden. Und er entsann sich an eine ... Präsenz. Den Ursprung des schrecklichen Schmerzes.

»Wie geht es Xadelia?«, fragte er plötzlich.

»Sie hat den Schock schneller überstanden als Sie und befindet sich bereits an Bord des Kantaki-Schiffes«, antwortete General Lukas. »Es ist ihr gelungen, die Koordinaten des Vortex zu bestimmen.«

»Und sie hat den originären Manipulationspunkt entdeckt«, fügte der in der Nähe sitzende Tsalatz grollend hinzu. Zwei Maden krochen durch sein feuerrotes Gesicht. »Kein Wunder, dass wir ihn bisher nicht entdeckt haben: Er befindet sich im Inneren des Vortex.«

Valdorians Gedanken krochen noch immer wie durch Sirup. »Der Schmerz ... Wie kam es dazu? Was hat Xadelia berührt?«

»Sie sprach von Ihrem individuellen Kausalitätsmuster«, sagte Lukas. »Es verbindet Sie mit dem Temporalen Agoron und mit einer anderen ... Präsenz, die Xadelia ›Schemen‹ nannte.«

Olkin, dachte Valdorian. »Was ... geschieht jetzt?«, fragte er.

»Wir machen uns auf den Weg«, sagte Diamant. »Endlich kann ich wieder ein Kantaki-Schiff fliegen!« Und zu Lukas: »Dies ist mit Abstand die wichtigste Mission der Widerstands, General. Wenn wir erfolgreich sind, wird der zweite Zeitkrieg nie stattgefunden haben. Dann sind all die Personen dort draußen nicht gestorben.« Sie deutete zum Trümmerfeld im All. »Wir stehen kurz vor der endgültigen Niederlage, aber wir haben eine letzte Chance, sie in einen Sieg zu verwandeln. Warum etwas riskieren? Warum Valdorian mitnehmen?«

»Xadelia hat darum gebeten.«

»Wir haben die Informationen, die wir wollten. Und er könnte eine lebende Zeitbombe sein. Was mit dem Kastell geschah, ist Beweis genug.«

»Xadelia hat in seinem Kausalitätsmuster etwas gesehen, das ihr wichtig genug erschien, seine Teilnahme an diesem Einsatz zu erbitten.«

Diamant seufzte. »Na schön.«

Weitere Gespräche fanden statt. Wortfetzen und Teile von Sätzen wehten durch den Transporter, während dieser sich vom auseinander gebrochenen Kastell entfernte und dem schwarzen Koloss des Kantaki-Schiffes immer näher kam. Valdorian hörte nicht mehr hin, denn die Benommenheit in ihm machte es zu anstrengend, sich zu konzentrieren. Er sah aus dem Bugfenster und beobachtete das, was hinter dem Kantaki-Riesen geschah, im Inneren der aus Kraftfeldern und Monofaser-Leinen bestehenden Transportblase: Sie nahm hunderte von Kampfschiffen des Widerstands auf. Ein letzter verzweifelter Schlag gegen die Temporalen. Wenn es gelang, die am originären Manipulationspunkt vorgenommenen Veränderungen zu verhindern ... Diamant hatte Recht. Dann war es nie zu einem Zeitkrieg gekommen. Dann hatte sich die derzeitige katastrophale Situation des Widerstands nie ergeben. Dann *gab* es gar keinen Widerstand.

Valdorian fragte sich, wie dieser Manipulationspunkt beschaffen sein mochte, von dem *alles* ausgegangen war, all das Chaos, das dem ganzen Universum das Ende zu bringen drohte. Was hatten die Temporalen verändert, um den zweiten Zeitkrieg zu gewinnen? Aber vielleicht war das die falsche Frage. Vielleicht lautete die richtige: Was musste der Widerstand verändern, um den zweiten Zeitkrieg ungeschehen zu machen?

Als der Transporter wie ein kleines Insekt an einem peripheren Segment des Kantaki-Giganten klebte und sich die Schleuse öffnete, fiel Valdorian etwas anderes ein, und er blieb beim Verlassen des kleinen Schiffes neben Diamant.

»Sie haben von der wichtigsten Mission des Widerstands gesprochen«, sagte er. »Und die Möglichkeit dazu verdanken Sie mir.«

Er trat in einen Korridor, der sich zu drehen schien, noch dazu an einigen Stellen unterschiedlich schnell. Übelkeit stieg in ihm empor, und er bedauerte es, nicht mehr die Brille zu haben, die ihn vor den perspektivischen Verzerrungen an Bord eines Kantaki-Schiffes schützte. Andere Personen glitten um ihn herum wie Schatten und entfern-

 ten sich, bis nur noch Diamant, der leise knisternde General Lukas und er in dem Korridor standen, der mal wie ein leeres Blutgefäß aussah, mal wie ein Liftschacht ohne Lift.

»Bitte ziehen Sie zumindest in *Erwägung*, dass ich die Wahrheit sage«, fügte Valdorian mit Nachdruck hinzu, als Diamant nicht antwortete.

»Warum sollte das für Sie irgendeine Rolle spielen?«

»Es *ist* mir wichtig.«

»Und mir ist diese Mission zu wichtig, als dass ich es riskieren dürfte, Ihnen zu vertrauen.« Diamant zögerte kurz, und für eine Sekunde erschien ein humorloses Lächeln auf ihren Lippen. »Ich schätze, wir werden bald sehen, ob wir Ihnen trauen können. Wenn wir unseren Einsatzort erreichen. Dort wird sich Ihr wahres Gesicht zeigen, so oder so.« Sie berührte ein Kantaki-Symbol an der Wand, und eine Öffnung entstand, führte in ein kleines Quartier. »Warten Sie dort, bis wir Sie brauchen.«

Valdorian betrat seine Unterkunft, und hinter ihm schloss sich der Zugang. Er war erneut ein Gefangener.

Es fiel Valdorian schwer, ohne Daten- oder Kom-Servi und ohne Kontakt mit anderen Personen sein Zeitgefühl zu bewahren. Seine Benommenheit verflüchtigte sich relativ schnell, aber etwas anderes nahm ihren Platz ein, etwas wie ein mentales Schwerkraftzentrum, das den Raum seiner Innenwelt krümmte und die Gedanken in eine bestimmte Richtung lenkte. Während er in seinem Quartier umherging – oft mit geschlossenen Augen, um nicht von den perspektivischen Verzerrungen irritiert zu werden –, erwachten Kindheitserinnerungen in ihm. Er entsann sich plötzlich an Dinge, die er längst vergessen glaubte. Oft sah er seinen Vater vor dem inneren Auge, zu dem er als Kind und Heranwachsender ein schwieriges Verhältnis gehabt hatte und der später sein Vorbild geworden war, dem es nachzueifern galt. Er sah auch seine Mutter Madeleine Kinta, ihr Gesicht immer traurig, die Augen immer voller Kummer, und er begriff plötzlich, wie sehr sie während ihrer Ehe mit Hovan Aldritt

Valdorian gelitten hatte. Viele Dinge ergaben aus der neuen Perspektive einen ganz anderen Sinn. Nach der Benommenheit schien ein zweiter Schleier von ihm genommen zu werden. Mehr als hundert Jahre lang hatte er sich für jemanden gehalten, der außerhalb des Schachbretts stand und die Figuren darauf bewegte, doch jetzt musste er sich der bitteren Wahrheit stellen, dass er die ganze Zeit über nur eine Figur auf einem *anderen* Schachbrett gewesen war. Er hatte sich frei geglaubt, mit all dem Reichtum und der Macht sogar freier als die meisten anderen, aber in Wirklichkeit war er nur ein Instrument gewesen: der Wegfinder, für Agoron und Olkin, die beiden Personen, mit denen ihn sein individuelles Kausalitätsmuster verband.

Das ungeheure Ausmaß und die enorme Komplexität des Plans, in dem er eine Schlüsselrolle gespielt hatte – erst ohne es zu ahnen, dann ohne es zu wollen –, erfüllte ihn mit Ehrfurcht. In gewisser Weise konnte er Diamants Feindseligkeit ihm gegenüber verstehen. Durch ihn war dies alles möglich geworden. Aber jemand anders hatte für ihn die Entscheidungen getroffen, ihn *so* handeln lassen und nicht anders. Erst Agoron und dann Olkin hatten an den Fäden der Marionette namens Valdorian gezogen.

Und der Schmerz beim mentalen Kontakt mit Xadelia hatte jene Fäden zerschnitten.

Valdorian blieb stehen, öffnete die Augen und blickte auf eine dunkle Wand seines Quartiers – die Mitte schien sich vorzuwölben, ihm entgegen, während die anderen Bereiche kleiner wurden und zurückwichen. Er versuchte, nicht darauf zu achten, konzentrierte sich stattdessen auf eine wichtige Erkenntnis. Er konnte seine Unterkunft nicht verlassen, war in ihr gefangen, aber gleichzeitig wusste er sich zum ersten Mal in seinem Leben wirklich frei. Die Marionette hatte ihre Fäden verloren. Er wurde nicht mehr manipuliert, konnte frei über sein Tun entscheiden. Mehr noch: Endlich, nach mehr als einem Jahrhundert, bekam er Gelegenheit, er selbst zu sein.

Diese Überlegungen gaben dem Mann auf dem Weg zwischen Glatteis und Treibsand Kraft. Die dunkle Kreatur blieb in ihm, denn sie war ein Teil von ihm, gewachsen aus Bitterkeit und Enttäuschung. Aber er verstand sie jetzt, er wusste, woher sie kam, und dieses Verstehen gab ihm bessere Möglichkeiten, sie zu kontrollieren. Wenn er doch nur in der Lage gewesen wäre, Diamant die Veränderungen in seiner Innenwelt zu zeigen! Dann hätte sie gesehen, dass es Licht dort gab, wo vorher Finsternis gewesen war, dass *wirklich* Veränderungen stattgefunden hatten. Sie verwechselte ihn mit dem schwarzen Geschöpf in seinen Tiefen ...

Ich bin noch immer da, flüsterte die dunkle Kreatur des Zorns. *Du machst dir etwas vor. Wie frei kann jemand sein, der sich selbst täuscht?*

Ein leises Summen weckte Valdorians Aufmerksamkeit, und erstaunt beobachtete er, wie sich eine Öffnung in der Wand bildete. Es war noch nicht Zeit für die nächste Mahlzeit - oder hatte sein Zeitgefühl inzwischen so sehr gelitten?

Doch der Akuhaschi, der das Quartier betrat, kam mit leeren Händen. »Mutter Crhyl bittet Sie in den Pilotendom«, sagte er kehlig und reichte ihm eine Augenspange.

Valdorian nahm sie entgegen und setzte sie auf.

Der Weg durchs Kantaki-Schiff kam ihm vor wie der Marsch durch ein immer verwirrender werdendes Labyrinth, und er war sehr dankbar für die Spange vor den Augen, die seine visuelle Wahrnehmung auf das Notwendigste beschränkte. Tiefer im Inneren des Schiffes erwartete ihn nicht das erwartete dumpfe Brummen, sondern ein Summen, das wie ein Flüstern klang und bedeutete: Es fand kein Transfer statt; das Schiff ruhte.

»Haben wir das Ziel erreicht?«, wandte er sich neugierig an den Akuhaschi.

»Ich bin nicht angewiesen, Ihnen irgendwelche Auskünfte zu erteilen. Warten Sie mit Ihren Fragen, bis wir den Pilotendom erreichen.«

Als sie ihn kurze Zeit später betraten, hörte Valdorian Diamants Stimme:

»... dass ich ausgerechnet auf ihn angewiesen sein muss ...«

»Er könnte das Risiko erheblich verringern.« Diese Worte kamen von Xadelia.

Valdorian nahm die Augenspange ab. Der Partussessel befand sich direkt neben dem Pilotenpodium, und die Feyn saß aufrecht darin, der Oberkörper von einem fragil wirkenden Gerüst gestützt. Diamant stand auf dem Podium, neben den Sensormulden, die sie während des Flugs mit den Systemen des Schiffes verbanden, und für ein oder zwei Sekunden erschien sie Valdorian wie eine Königin, die über ihr Reich blickte. General Lukas sprach vorn an der gewölbten Wand mit einem Akuhaschi. Die pseudorealen Darstellungen über ihnen zeigten nicht den Transraum, sondern die Schwärze der intergalaktischen Leere.

Eine Kantaki näherte sich mit leise knarrenden Gliedmaßen, und Valdorian bemerkte, dass die fluoreszierenden Leuchterscheinungen bei ihr recht stark ausgeprägt waren. Unter dem Zentralleib von Mutter Crhyl sah er fünf kleine Geschöpfe, die aussahen wie einen halben Meter lange Gottesanbeterinnen mit Flügeln.

»Ich habe dich hierher bringen lassen, weil wir eine wichtige Entscheidung treffen müssen«, klickte die Kantaki-Mutter.

»Worum geht es?« Valdorian deutete zu den wie Fenster aussehenden Darstellungsbereichen. »Warum haben wir den Flug unterbrochen?«

»Weil wir so wie bisher nicht weiterkommen.« Lukas trat näher, und sein leeres schwarzes Gesicht wirkte inzwischen sonderbar vertraut. »Das heißt, wir kommen weiter, aber nicht schnell genug.«

Diamant ließ sich in den Pilotensessel sinken. »Vielleicht bekommen Sie eher als erwartet Gelegenheit, Ihr wahres Gesicht zu zeigen, Dorian.«

Dorian ..., dachte er.

»Ich verstehe nicht ganz ...«

Mutter Crhyl neigte den langen Hals und brachte ihren dreieckigen Kopf mit den multiplen Augen näher an Valdorian heran. »Mein Schiff ist durchaus imstande, intergalaktische Entfernungen zurückzulegen, und wenn der Pilot – oder die Pilotin – einen guten Faden findet, dauert der Flug manchmal nur wenige Tage oder Wochen. Aber wir sind hier noch immer fast sechshundert Millionen Lichtjahre von der nächsten Galaxis entfernt, die nicht einmal unser Ziel ist. General?«

Lukas knisterte. »Die Entfernung zur Milchstraße beträgt etwas mehr als eins Komma eins *Milliarden* Lichtjahre«, sagte der Segmenter. »Selbst wenn wir einen guten Faden finden, würde der Flug Jahrzehnte oder gar Jahrhunderte dauern. So viel Zeit haben wir nicht einmal rein theoretisch – fast tausend Kampfschiffe befinden sich in der Transportblase, und unsere energetischen Reserven sind begrenzt.«

»Ich weiß nicht recht, wie ich bei dieser Sache helfen kann«, sagte Valdorian unsicher.

»Die Pilotin muss sich und das Schiff mit einem Superfaden verbinden«, klickte Mutter Crhyl, während die kleinen Kantaki unter ihrem Zentralleib hin und her krabbelten. »Und das ist sehr gefährlich, weil die Superfäden zwischen den Galaxienhaufen durch die nichtlineare Zeit oszillieren. Wir könnten ganz in die nichtlineare Zeit geraten, und das wäre mit ziemlicher Sicherheit unser Ende.«

»Aber wenn Diamant dabei etwas hat, an dem sie sich festhalten kann ...«, erklang Xadelias Stimme. »Dann wäre sie imstande, uns mit dem oszillierenden Faden zum Ziel zu bringen, ohne dass ein Kontakt mit der nichtlinearen Zeit droht.«

Valdorian zählte zwei und zwei zusammen. »Meine Verbindungen zu Agoron und ... dem Schemen?«

»Ja«, bestätigte General Lukas. »Wir haben lange darüber gesprochen. Es könnte funktionieren.«

»Die Verbindungen Ihres Kausalitätsmusters sind wie ... Fäden, die Diamant Halt bieten und ihr den Weg zeigen«, sagte Xadelia.

Soll ich erneut der Wegfinder sein?, dachte Valdorian. »Es gibt einen Haken bei der Sache, nicht wahr?«

»Gut geraten.« Die Antwort stammte direkt von Diamant. »Wenn wir zusammen mit dem Superfaden in die nichtlineare Zeit hineingeraten, wäre es möglich, dass wir beide rapide altern. Sie könnten wieder zu einem Greis werden. Wie gefällt Ihnen diese Aussicht, Dorian? Sind Sie unter diesen Umständen bereit, mir zu helfen?«

Das Blut in Valdorians Herz erstarrte zu Eis, und er verharrte schwankend auf dem Weg, der in eine neue Zukunft führte. Er wurde vor ihm zu einem schmalen Steg, der über eine klaffende Gletscherspalte führte. Ein falscher Schritt, und er würde in die Tiefe stürzen ...

»Warum zögern Sie, Dorian? Sind Sie nicht bereit, einen solchen Preis als Wiedergutmachung für all das zu zahlen, was Sie angerichtet haben? Ihr Leben für die Zukunft des Universums – wie *können* Sie zögern?«

Im Keller von Valdorians Ich richtete sich die dunkle Kreatur auf und fauchte.

»Ich bin bereit«, sagte er, obwohl etwas in ihm versuchte, diese drei Worte zurückzuhalten und zu zerreißen, in so kleine Fetzen, dass sie nie wieder zusammengesetzt werden konnten.

25

Lügen und eine Wahrheit

Braun: Vortex/Akida

Agoron kam aus der Tiefe des Vortex, verharrte im letzten silbernen Manipulationsknoten und sah durch die transparenten Wände in die Tiefe des Trichters, der jetzt seine Bedeutung verloren hatte. Er war nicht mehr Quell des Ozeans der Zeit, denn jenes Meer aus zahllosen Zeitströmen existierte nicht mehr. Es war mit jenen verschwunden, die es geschaffen hatten, mit tausenden von Eternen. Agoron hatte ihre Existenz ausgelöscht, so gründlich, dass sie *nie existiert hatten*. Stille herrschte nun im Vortex. Es war hier auch zuvor still gewesen, aber jetzt hatte die Stille eine neue Qualität gewonnen, denn es fehlte sogar das Flüstern von Gedanken, die Einfluss auf die Zeit nahmen.

Agoron hob den Blick und sah über den Rand des Vortex hinaus zur Galaxis, von der nur noch ein schmaler Randbereich übrig war. Der Omnivor hatte ihre Realität verschlungen und schickte sich an, auch den Rest zu eliminieren. Anschließend würde es zum Kaskadeneffekt kommen, der alle Schwarzen Löcher des Universums in Omnivore verwandelte, und wenn das geschah, ging das Vierte Kosmische Zeitalter ins Fünfte über, das dann endete, wenn die multiplen Omnivore den letzten Rest von Realität ausgelöscht hatten, die letzte Sonne und den letzten Planeten, das letzte Staubkorn.

Es war zu spät, und diese Erkenntnis ließ die auf Agoron

lastende Bürde noch schwerer werden. Er hatte gehofft, dass die Eliminierung der Temporalen auch die von ihnen geschaffenen Manipulationen der Zeit neutralisierte, doch das war ganz offensichtlich nicht der Fall. Die ihm von Tyragon verliehene Kraft hatte ausgereicht, sein eigenes Volk auszulöschen, aber sie genügte nicht, die an vielen Stellen verbogenen und zerrissenen Strukturen von Ursache und Wirkung zu reparieren. Es war etwas in Bewegung geraten, das zu groß war, um aufgehalten zu werden.

Agoron wandte sich um, müde bis in die letzte Faser seines Körpers, kehrte in die Kapsel zurück und aktivierte die bereits programmierten Navigationssysteme. Nur eine halbe Lichtsekunde entfernt wartete die *Akida* auf ihn. Die Wachschiffe in der Nähe wahrten ihre Positionen, aber Agoron wusste, dass sie ebenso leer waren wie der Vortex und auch das Brutschiff. Er hatte seine Aufgabe erfüllt und gleichzeitig versagt.

Du hättest mir die Wahrheit eher offenbaren sollen, Tyragon, dachte er, während ihn die Kapsel durchs All trug. Er spürte weitere Veränderungen in sich, ein Brennen, das mal stärker und mal schwächer wurde, aber nie mehr ganz verschwand. Er wusste, dass sein Körper inzwischen kaum mehr Ähnlichkeit mit dem eines Säkularen aufwies, doch das interessierte ihn nicht.

Komm ins Junktim, sagte die Stimme. Auch sie hatte sich verändert, mit jedem weiteren Eternen, der aus dem Gespinst der Kausalität verschwand. Sie war fester geworden, stärker, und er hörte weniger Tyragon in ihr und mehr … Er wusste es nicht. Manchmal schien es die eigene Stimme zu sein, als hätte sich sein Selbst aufgespalten, um mit der enormen Verantwortung besser fertig zu werden. Bei anderen Gelegenheiten erschien sie ihm wie etwas Fremdes, das sich wie eine Hand in seinem Kopf ums Gehirn schloss und zudrückte, um Gedanken und Gefühle zu kanalisieren.

Komm ins Junktim und empfange den Rest der Wahrheit.

Dieser Hinweis erstaunte Agoron ein wenig und vertrieb

einen Teil seiner Müdigkeit. Gab es etwas, das Tyragon ihm noch nicht mitgeteilt hatte?

Er stemmte sich hoch und ging auf drei Beinen zur Luke, als die Kapsel das Brutschiff erreichte und sich mit einer Andockstelle verband. Das dritte Bein war ihm tief unten im Vortex gewachsen, als er die letzten Eternen eliminiert hatte, unweit des originären Manipulationspunktes, und er wusste nicht, welchem Zweck das zusätzliche Bein diente. Eigentlich interessierte es ihn auch gar nicht. An anderen Stellen seines Körpers begannen Zellkomplexe zu wuchern und neue Organe zu wachsen, doch er schenkte ihnen ebenfalls keine Aufmerksamkeit.

In der *Akida* hörte er eine Stimme.

»Ein Kantaki-Schiff ist aufgebracht. Alle Personen an Bord sind gefangen genommen, unter ihnen zwei Pilotinnen namens Diamant und Esmeralda.«

Zwei Frauen, in einem Nanomoment gefangen, zwischen Leben und Tod. Agoron entsann sich daran, ihre Gesichter gesehen zu haben, aber sie hatten ihm nichts bedeutet ...

Sie bedeuten auch jetzt nichts. Erneut schloss sich im Inneren des Kopfes die Hand ums Gehirn. *Komm ins Junktim!*

Und so achtete Agoron nicht auf die Stimme und ging weiter, durch die stillen, leeren Korridore der *Akida*, vorbei an den Psychotronen, die jetzt niemand mehr brauchte. Kurze Zeit später stand er neben den Datenbuckeln des Informationsjunktims, dessen Konturen sich um ihn herum auflösten, weißen Wänden und einer kuppelförmigen Decke wichen. Diesmal ruhte Tyragon nicht in einem Meditationsgerüst, sondern stand in der Mitte des Raums, und er wirkte auch nicht mehr so alt und gebrechlich.

»Der Kaskadeneffekt beginnt, und damit ist dein Werk vollbracht«, sagte Tyragon mit der Stimme, die in Agorons Gedanken erklungen war. Seltsamerweise hatte der andere Tyragon, der alte und schwache, anders geklungen.

»Ich verstehe nicht ...« Agoron kämpfte gegen die Müdigkeit an.

»Du bist mir ein gutes Instrument gewesen. Es gibt einen Ort, eine Art Pinakothek ...« Tyragon schien zu überlegen. »Aber nein. Der Aufwand wäre zu groß. Ich fürchte, wir müssen hier voneinander Abschied nehmen, für immer.«

»Der Rest der Wahrheit ...«, brachte Agoron mühsam hervor.

Tyragon kam langsam näher. »Der Rest der Wahrheit lautet: Ich habe gelogen.«

Die Gestalt vor Agoron schrumpfte, wurde zu einem kleinen, dürren, buckligen Gnom, in dessen runzligem Gesicht zwei große Augen leuchteten.

»Du bist nicht ... Tyragon.«

»Welch eine Erkenntnis!«, spottete die kleine Gestalt. »Nein, ich bin nicht Tyragon. Aber ich bin ihm begegnet, damals, als dies alles begann.«

Agoron stockte der Atem. »Du bist ...?«

»Ja, ich bin der Erhabene.« Er näherte sich, verharrte dicht vor Agoron und hob eine Hand, deutete mit den langen Fingern auf den letzten Eternen. »Lug und Trug, Manipulation und Täuschung. Lügen innerhalb von Lügen. Und doch gibt es eine letzte Wahrheit, und die lautet: Du hast deinen Zweck erfüllt.«

Die Hand zuckte nach vorn, als wollte sie Agoron packen.

Etwas in dem Säkularen reagierte, und sein veränderter Körper sprang blitzschnell zurück. Tausend Lanzen aus Schmerz durchbohrten Agoron, doch die neuen organischen Schutzmechanismen bewahrten ihn vor dem Tod. Als er die Membranen vor den Augen wieder hob, die sich ebenso verändert hatten wie der Rest seines Körpers, sah er nicht wie erwartet die Datenbuckel des Informationsjunktims, sondern erneut jenen Raum mit den weißen Wänden, und in der Mitte stand Tyragon, der Tyragon, den er zuvor gesehen hatte, alt und schwach und voller Kummer.

»Wenn du diese Nachricht empfängst, Säkularer«, sagte der greise Eterne, »geht die Saat auf. Ich habe versucht, bei der genetischen Programmierung alle Faktoren zu berücksichtigen, aber über so viele Großgenerationen hinweg ... Ich weiß nicht, wer du bist, der du – hoffentlich – diese Worte hörst, aber du wirst zumindest ein Säkularer sein, und die Veränderungen in dir sollten dich zumindest vor den direkten Manipulationen des Erhabenen schützen. Er hat uns von Anfang an missbraucht! Aber ich habe von etwas erfahren, das ›Flix‹ heißt und zur Dominanz gehört. Wenn du ...«

Der alte Eterne erstarrte, und seine Stimme verklang.

Olkin trat aus dem Nichts, richtete einen finsteren Blick auf Tyragon und gestikulierte – der Greis verschwand.

»Und ich dachte, alle seine Mitteilungen gefunden zu haben. So kann man sich irren. Selbst ich.« Olkin lachte leise. »Und jetzt zu dir ...«

Wieder reagierte Agoron ohne einen bewussten Gedanken, trat einen Schritt zurück und fand sich im Junktim wieder. Aus seinen drei Beinen war ein Bündel langer Tentakel geworden, die er nach Belieben bewegen und auch versteifen konnte – sie erlaubten ihm weite Sprünge. Der erste, noch zögernde Sprung brachte ihn aus dem Informationsjunktim, und draußen spürte er, wie sich auf seinem Rücken etwas regte. Flügel entfalteten sich, die Flügel eines Feyn, und sie trugen ihn viel schneller als Füße durch einen Tunnel.

Die Aggregate der *Akida* schwiegen, und selbst das Summen des Ovums war verstummt. Das Brutschiff starb und begann sich aufzulösen. Als Agoron zurücksah, mit Augen, die auch in der Dunkelheit sehen konnten, beobachtete er, wie die Wände des Tunnels transparent wurden und sich auflösten. Hinter ihm knallte es plötzlich, und wieder kam es zu einer Reaktion, an der Agorons bewusstes Denken nicht beteiligt war. Er faltete die Flügel zusammen und presste sich an die Tunnelwand – Dutzende von Saugnäpfen hielten ihn fest. Doch sie genügten nicht. Eine explosive Dekompression führte zu einem jähen Orkan an Bord der *Akida*, als die Luft ins All entwich. Ein Zerren wie von tausend Händen riss Agoron von der Wand und schleuderte ihn fort, hinaus ins All. Er drehte sich um die eigene Achse und stellte verblüfft fest, dass er am Leben blieb – Vakuum und Kälte machten ihm nichts aus. Seine Lungen leerten sich, aber er brauchte nicht mehr zu atmen.

Dem Staunen folgte die Erkenntnis, dass er nicht lange im Weltraum überleben konnte. Sein Körper hatte die peripheren Zellen geopfert und eine Art Panzerung aus ihnen gebildet. Weitere Zellen, die keine unbedingt notwendigen Funktionen erfüllten, wurden als Brennstoff für einen vollkommen veränderten Stoffwechsel verwendet. Agoron begriff, dass er in ein geschütztes Ambiente zurückkehren musste, wenn er am Leben bleiben wollte.

Und es gab einen Grund, am Leben zu bleiben.

Der originäre Manipulationspunkt. Dort liefen alle Kausalitätsfäden zusammen.

Es existierte noch eine letzte Möglichkeit, die Pläne des Erhabenen zu durchkreuzen.

Die Verwertung eigener Körperzellen versorgte Agoron mit Energie, als er an seinen Gürtel griff und die Kontrollen eines kleinen Geräts betätigte. Das akustische Bestätigungssignal konnte er im Vakuum natürlich nicht hören, aber schon kurze Zeit später sah er etwas, das die korrekte Funktion des Instruments bestätigte. Als durch die Eigendrehung erneut das Brutschiff in seinem Blickfeld erschien, hatte es sich bereits zur Hälfte aufgelöst – der Erhabene nahm sich das zurück, was er einst den abtrünnigen Feyn gegeben hatte. Ein runder Schatten schob sich vor den übrig gebliebenen Teil der *Akida* und schwoll allmählich an: die Kapsel. Das Gerät an Agorons Gürtel hatte sie gerufen.

Kurze Zeit später befand er sich an Bord und konnte wieder atmen. Er spürte nicht mehr die Müdigkeit, die auf dem Weg zum Informationsjunktim auf ihm gelastet hatte, und es fehlte auch die fremde *Stimme* in ihm. Er war er selbst, ganz allein, der letzte seiner Art in einem Universum, in dem der Kaskadeneffekt begann:

Der Omnivor eliminierte die letzten Sterne der Galaxis, das schwarze Nichts dehnte sich aus.

Der graue Vortex nahm die Kapsel auf, und Agoron war plötzlich dankbar dafür, jene Dunkelheit nicht mehr sehen zu müssen. Eine letzte Chance, die Pläne des Lügners und Betrügers zu vereiteln.

Aber er fühlte, dass ihm, dem Eternen und Säkularen, nicht mehr viel Zeit blieb. Er verstand noch immer nicht ganz, was der wirkliche Tyragon vor vielen, vielen Großgenerationen mit den Genen eines Vorfahren angestellt hatte. Es war ihm gelungen, Olkin zu entkommen, und darin bestand sicher *ein* Zweck der genetischen Manipulation, die seine körperliche und geistiges Widerstandskraft dem Erhabenen gegenüber erhöht hatte. Aber der Rest ... Es gab keine Eternen mehr, die ihm helfen konnten, zumindest einen Teil des Schadens wieder gutzumachen, den sie in gutem Glauben angerichtet hatten.

Ich sterbe.

Es war nicht die andere geistige Stimme, sondern seine eigene, und sie klang ruhig, gefasst. Er durfte weder Zeit noch mentale Energie an Trauer, Reue und Ähnliches vergeuden.

»Bring mich zum Kern«, wies er die Kapsel an und spürte dabei ein Kratzen im Hals. Seine Sprechwerkzeuge, so merkte er jetzt, verformten sich ebenfalls. Ja, er hatte die direkte Konfrontation mit dem Erhabenen überlebt, aber jetzt begann er sich aufzulösen, so wie die *Akida*.

Die Kapsel sank in die Tiefe, vorbei an den Wänden des Vortex und der langen Knotenspirale, die bis ganz nach unten reichte, bis zum ersten Manipulationspunkt. Unterwegs wurde es mehrmals schwarz vor Agorons Augen, und er nahm seine Umgebung mit neuen Sinnen wahr, die ihm Informationen übermittelten, mit denen er nichts anfangen konnte. Doch nach wie vor fürchtete er sich vor Olkins Rückkehr, und auch davor, dass er sterben könnte, bevor er Rache genommen und Sühne geleistet hatte. Ihm wurde klar, dass es jetzt auch auf Willenskraft ankam: Er musste durchhalten, sich am Leben festklammern.

Jenseits der transparenten Außenwand glitten Keile vorbei: Wachschiffe der letzten Verteidigungsbarriere. An Bord gab es kein Leben mehr, nur noch das Flüstern von Maschinen, die vergeblich auf Anweisungen warteten.

Energetische Siegel summten, als die Kapsel am letzten Knoten anlegte, der Zugang zum Ende des Vortex gestattete, einem großen Zylinder, aus dessen Aggregaten die Quellenergie für den Ozean der Zeit gekommen war. Agoron wankte auf seinem Tentakelbündel durch die Schleuse und merkte kaum, dass Kleidungsfetzen und Schuppenreste von ihm abfielen. In einem kurzen Tunnel, der zwei große Räume miteinander verband, blieb er stehen, erinnerte sich an etwas Wichtiges und betätigte die Kontrollen des Signalgebers an seinem nun viel zu weiten Gürtel – die Sicherheitsbarrieren mussten deaktiviert werden.

Als er den Weg in den Zylinder fortsetzte, wurden seine Wahrnehmungen immer verwirrender. Er gewann den Eindruck, die Temperaturen seiner Umgebung zu schmecken, Gerüche zu hören, die noch durch den Vortex fließende Energie zu fühlen und Geräusche zu sehen. Es fiel ihm schwer, sich in diesem Durcheinander zu orientieren, doch schließlich stand er im Kern, einem kleinen Raum, dessen Wände aus temporalen Aggregaten bestanden. In der Mitte dieses Raums schwebte eine weiße vertikale Linie, dünn und etwa zwei Meter lang: die Tür zu dem Moment, der den Eternen Gelegenheit gegeben hatte, einen zweiten Zeitkrieg zu führen und zu gewinnen.

Einzelne Tentakel bewegten sich und brachten Agoron näher an die weiße Linie heran. Er beugte sich vor, um den Kontakt herzustellen und in die Zeit der originären Manipulation zu wechseln, doch plötzlich stieß er gegen ein Hindernis, einen Schild, der ihn von der Linie trennte.

Olkin hatte ihm einen letzten schrecklichen Streich gespielt.

26

Pinakothek

Braun: Transraum

Es fühlte sich auf eine sonderbare, wundervolle Weise wie eine Umarmung an, die Wärme und Geborgenheit vermittelte, etwas, das Valdorian nur während kurzer Phasen seiner Kindheit kennen gelernt hatte. Er erinnerte sich daran, wie er als Zwei- oder Dreijähriger auf dem Schoß seiner Mutter gesessen und sie ihre Arme um ihn geschlungen hatte, im Licht der Sonne Mirlur und am Ufer des Scharlachroten Meers von Tintiran – ein Moment tiefen, glücklichen Friedens, wie man ihn vielleicht nur als Kind erleben konnte. Einen Hauch dieses Friedens erlebte er jetzt, wie die Verheißung des wahren Glücks eines Lebens, das in den richtigen Bahnen verlief. Aber dieser emotionale Eindruck verschwand sofort wieder, so schnell, dass Valdorian keine Gelegenheit bekam, ihn festzuhalten. Es waren keine zärtlichen Arme, die ihn berührten, sondern Diamants Gabe, und die Nähe zu ihr versprach keine Intimität. Seine Bedeutung beschränkte sich auf die eines Ankers, der es ihr ermöglichte, das Kantaki-Schiff mit einem Superfaden zu verbinden und es durch den Transraum zu steuern, ohne in Kontakt mit der nichtlinearen Zeit zu kommen.

Er nahm ihre Gabe wie eine Art zweiten Körper wahr, der aus Gedankenketten bestand. Eine Hand dieses mentalen Leibs hielt sich an dem fest, das ihn mit Agoron und Olkin verband, und die andere strich weit vor dem Schiff über den pendelnden Superfaden und versuchte, ihn zu ... glätten, seine oszillierenden Bewegungen auszugleichen. Valdorian sah den Faden wie eine unendlich lange, dünne Schlange, die versuchte, etwas abzuschütteln, das an ihr klebte. Wenn er seine ganze Kraft zusammennahm und sich konzentrierte, zeigte sich ihm der Pilotendom von Mutter Crhyls Schiff wie durch einen dichten grauen Schleier, aber nach dem ersten Versuch verzichtete er auf weitere, denn er merkte, dass er Diamant damit störte.

Zeit verging, Zeit außerhalb des gewöhnlichen Zeitstroms, Zeit, die das Bewusstsein für den Bau geistiger Welten nutzen konnte, den Körper aber kaum betraf. Ein Paradoxon – und der Grund für die relative Unsterblichkeit der Kantaki-Piloten. *Und ihrer Konfidenten,* dachte der Teil Valdorians, der den neuen Weg beschritt und hoffen wollte. Während der Superfaden das Kantaki-Schiff und seine Transportblase mit unvorstellbarer Geschwindigkeit dem fernen Galaxienhaufen entgegenjagen ließ, zu dem auch die Milchstraße gehörte, sah Valdorian mit den Augen von Diamants Mentalkörper die Schatten, die hier und dort durch den Transraum huschten, und er fragte sich, ob es wirklich Gedanken des Geistes waren, der einst Materie geworden war. Er fragte sich auch, vielleicht zum ersten Mal, ob der Glaube der Kantaki, ihre Philosophie von den Fünf Kosmischen Zeitaltern, tatsächlich die Wirklichkeit reflektierte.

Die zuckenden Bewegungen des Superfadens wurden stärker, und Valdorian spürte, dass es Diamant schwerer fiel, die unregelmäßigen Bewegungen auszugleichen. Der Kantaki-Koloss tanzte mit dem Faden hin und her, ohne dass sich diese Bewegungen auf das Innere des Schiffes übertrugen. Dieser Tanz fand in bedrohlicher Nähe von etwas statt, das Valdorian nicht durch Diamants Augen sah, aber durch ihre Gabe *fühlte*, etwas Kaltes, nicht wie kalte Luft, sondern wie ... Eis ohne Substanz. Die nichtlineare

Zeit. Ein Begriff, der ihm nicht viel sagte, mit dem er keine eigenen Erfahrungen verknüpfte, nur das Wissen, dass sie gefährlich war. Ein Chaos aus möglichen und unmöglichen Welten ...

Als sich das Kantaki-Schiff dem Galaxienhaufen bis auf hundert Millionen Lichtjahre genähert hatte, spürte Valdorian einen störenden Faktor. Er versuchte, Diamant nicht abzulenken, als er in sich hineinhorchte und ... das Echo eines Schmerzes hörte, den er schon einmal empfunden hatte und der ihn fast umgebracht hätte. Jähe Furcht packte ihn. Er sah ein Lächeln in der Ferne, in einem runzligen Gesicht, aus dem eine lange, spitze Nase ragte, und er glaubte, Worte wahrnehmen zu können: »Findest du jetzt den Weg zu mir?« Der Schmerz wurde stärker, begann zu brennen und sprang auf Diamant über ...

Sie schrie, und Valdorian hörte ihren Schrei im Pilotendom, sah ihre Hände, die aus den Sensormulden zuckten und das Schiff für zwei oder drei Sekunden sich selbst überließen.

Das genügte.

Die Schlange des Superfadens krümmte sich, und Valdorian glaubte, in Kälte zu erstarren, in diesem Eis ohne Substanz. *Wir sind in der nichtlinearen Zeit!*

Neben ihm, auf dem Podium im Pilotendom von Mutter Crhyls Schiff, wurde Diamant zu einer Greisin.

Nichtlinear

Valdorian öffnete die Augen.

Er stand auf weißem Dunst, in einer weißen Welt, unter einem weißen Himmel. Langsam hob er die Hand und beobachtete, wie sie einen vagen weißen Schweif hinter sich herzog. Er hielt sie vors Gesicht, drehte sie, krümmte und spreizte die Finger, überzeugte sich so von der eigenen

Lebendigkeit. Und es bewegte sich auch noch etwas anderes, etwas, das nicht Teil von ihm war.

Diamant stand neben ihm im weißen Nichts, keine Greisin, aber auch keine junge Frau mehr: Falten zeigten sich in ihrem Gesicht, vor allem in den Augen- und Mundwinkeln. Sie schien die Veränderung zu spüren, tastete mit den Fingen über die Wangen und erkundete die Zeichen des Alters.

»Wo sind wir?«, ertönte eine Stimme, und es dauerte einige Sekunden, bis Valdorian begriff, dass es seine eigene war. Sie klang hohl und verzerrt.

»Wir sind in der nichtlinearen Zeit«, sagte Diamant. »Dies hier ...« Sie drehte sich. »Es erinnert mich ans Sakrium. Doch jene Sphäre lässt sich gestalten, während dies ...«

Eure Gedanken spielen hier keine Rolle, nur meine.

Das Weiß des »Bodens« teilte sich, und Valdorian fiel, hatte dabei erneut das Gefühl, in Eis zu erstarren.

Ein Pfeifen in der Ferne weckte ihn, und als er die Lider hob, sah er einen Himmel, der zum größten Teil aus einem Planeten bestand. Eine riesige, braun und gelb gestreifte Kugel beanspruchte weitaus mehr als die Hälfte des sichtbaren Firmaments, umgeben von Ringen, die im Licht eines Zwillingsgestirns glitzerten.

Als er aufstand, bemerkte er die Trümmer des abgestürzten Raumschiffs.

Die ersten Trümmerstücke lagen etwa hundert Meter entfernt, halb in den staubigen, sandigen Boden gebohrt. Eine Gestalt bewegte sich dort, und Valdorian ging los, ohne zu überlegen. Schon nach einigen Schritten erkannte er Diamant neben einem besonderes großen geborstenen Segment, in dem sich verwitterte, aber vertraute Symbole zeigten – die Trümmer stammten von einem Kantaki-Schiff.

»Dieses Schiff ist vor langer, langer Zeit abgestürzt«, sagte sie, als Valdorian neben sie trat. »Aus irgendeinem Grund geriet es in die nichtlineare Zeit und fand hier sein Ende.«

»Haben Sie die Stimme gehört?«, fragte er. »Bevor wir … hierher gelangten? Wo auch immer *hier* ist.«

»Ja.«

»Es war Olkins Stimme.«

»Der große Manipulator, nicht wahr?«, erwiderte Diamant, kühl wie der Wind. »Aber es gehören immer zwei dazu. Derjenige, der manipuliert, und die Person, die sich manipulieren lässt.«

»Eine Marionette kann nicht entscheiden, wohin sie von den Fingern geführt wird, die an den Fäden ziehen.«

»Und wenn schon.« Stärker werdende Böen zerrten an Diamants schwarzem Haar, und Valdorian bemerkte noch mehr Falten in ihrem Gesicht – sie war seit ihrem Aufenthalt im weißen Nichts gealtert.

Sie deutete an den dunklen Trümmern vorbei zum Horizont, wo eine graue Wand in die Höhe wuchs. Das Pfeifen, das Valdorian geweckt hatte, kam von dort und wurde lauter. »Sieht nach einem Sandsturm aus. Wir sollten in einem der größeren Wrackteile Zuflucht suchen.«

Diamant wartete keine Antwort ab und vergewisserte sich auch nicht, ob Valdorian ihr folgte. Sie eilte los, in Richtung eines schwarzen Haufens, der aus mehreren ineinander verkeilten Segmenten bestand. Unterwegs fielen ihm neben den Trümmern mehrmals weiße Dinge auf, die aus dem Boden ragten, und schließlich begriff er, dass es sich um Knochen handelte.

»Ich habe sie ebenfalls gesehen«, sagte Diamant, als er zu ihr aufschloss und den Mund öffnete. »Es sind nicht die Ektoskelette von Kantaki. Vielleicht die Knochen von Passagieren. Aber es gibt hier keine Überreste einer Transportblase oder ihres Inhalts. Und die Trümmer des Kantaki-Schiffes zeigen starke Verwitterungsspuren. Welche Tragödie auch immer sich hier ereignet hat – sie liegt Jahrtausende zurück.«

Das Pfeifen wurde zu einem Heulen; der Wind blies nun so stark, dass sie sich ihm entgegenstemmen mussten. Valdorian reichte Diamant die Hand, und nach kurzem Zögern griff sie danach und ließ sich von ihm ziehen. Ein mehrere Meter breiter Riss in dem schwarzen Trümmerhaufen nahm sie auf, und als sie den Böen entkommen waren, ließ Diamant Valdorians Hand sofort wieder los. Sie folgten dem Verlauf eines Korridors, in dem Valdorian keine perspektivischen Verzerrungen auffielen, und erreichten nach einigen Metern einen großen Raum, in dem hunderte von Skeletten lagen. Diamant zögerte im Zugang.

»Menschen und Akuhaschi«, sagte sie leise. »Und ... andere.«

Sie wich in den Korridor zurück, setzte sich und lehnte den Rücken an die dunkle Wand. Valdorian nahm auf der gegenüberliegenden Seite Platz und lauschte dem Heulen des Sandsturms. Manchmal kam ein dumpfes Knacken aus den Tiefen des Wrackteils und bot einen Hinweis auf die Kraft des Windes.

Schließlich wurde das Schweigen zu einer Last. »Was passiert mit dem Schiff, während wir hier sind?«, fragte Valdorian. »Und sind wir überhaupt hier, oder ist dies alles eine Art ... Traum?«

»Oh, wir sind hier, kein Zweifel. Und was mit Mutter Crhyls Schiff ist ... Ich fürchte, die Antwort liegt auf der Hand.«

»Sie meinen ...?«

Diamant vollführte eine kurze Geste, die dem Wrack galt. »Wir sind in seinem Inneren. In dem, was davon übrig ist.«

Valdorian versuchte zu verarbeiten, was er gerade gehört hatte, während das Heulen des Sturms noch lauter wurde und sich das bedrohliche Knacken mehrmals wiederholte. Die vielen Kampfschiffe des Widerstands in der Transportblase, fast tausend, General Lukas, all die anderen ... tot. Seit Jahrtausenden. Und mit ihnen war die letzte Hoffnung des Widerstands gestorben.

»Sie ... nehmen das erstaunlich gefasst hin«, sagte er nach einer Weile und blieb emotional wie betäubt.

»Ich wusste, dass es ein Fehler war, Sie mitzunehmen: Aber die anderen haben darauf bestanden.«

»Wollen Sie erneut *mir* die Schuld geben?«

»Jenes Geschöpf, das Sie Olkin nennen und das Sie angeblich manipuliert hat ... Es nutzte die Verbindung zu Ihnen, um uns in die nichtlineare Zeit zu transferieren.«

»Aber dafür können Sie doch nicht *mich* verantwortlich machen!«

Diamant seufzte so leise, dass es sich fast im Heulen des Sturms verlor. »Ein Gespräch darüber hat jetzt überhaupt keinen Sinn mehr. Es ist alles vorbei. *Alles.*« Sie schüttelte den Kopf. »Haben Sie sich jemals gefragt, was geschehen wäre, wenn Sie nie das Licht der Welt erblickt hätten? Wie das Universum aussähe, wenn nie ein Rungard Avar Valdorian geboren worden wäre? Wir hätten ein Team von Kognitoren in die Vergangenheit schicken und Ihre Geburt verhindern sollen.«

Bei diesen Worten horchte die dunkle Kreatur im Keller von Valdorians Selbst auf, und ihr dumpfes Fauchen gesellte sich der Stimme des Sturms hinzu.

Es knackte erneut, diesmal direkt über ihnen.

Valdorian stand auf. »Wir sollten uns tiefer ins Innere dieses Wrackteils zurückziehen. Ich fürchte, der Sandsturm ist heftig genug, um die peripheren Komponenten aufzureißen.«

»Sie hängen noch immer am Leben, nicht wahr?«, fragte Diamant, als sie sich ebenfalls erhob. »Darum geht es Ihnen vor allem: um Ihr Leben. Das kam immer an erster Stelle; alles andere war zweitrangig. Und als Sie das Ende Ihres Lebens erreichten, als sich die dunkle Tür des Todes vor Ihnen öffnete, da wollten Sie am Leben *bleiben*. Und zwar *um jeden Preis*. Daraus ergab sich alles andere.«

Valdorian hätte gern widersprochen, doch dazu sah er sich außerstande, denn so formuliert entsprach es durchaus der Wahrheit.

Das Knacken veränderte sich, wurde zu einem Geräusch,

das sich anhörte, als zerrisse jemand ganz langsam eine alte Folie aus Synthomasse.

»Wir *sollten* versuchen, so lange wie möglich zu überleben«, sagte Valdorian. »Kommen Sie.«

Sie eilten durch den Korridor und in den Raum mit den vielen Skeletten, traten vorsichtig an ihnen vorbei und über sie hinweg. Menschen und Akuhaschi, hatte Diamant gesagt. Und andere. Valdorian identifizierte mindestens zwanzig verschiedene Spezies, und als er einmal gegen einen Knochen stieß, zerbrach er sofort und zerfiel teilweise zu Staub.

»Beim Absturz muss sich die Transportblase aufgelöst haben«, murmelte Diamant, während ihr Blick umherglitt. »Vermutlich sind einige Kampfeinheiten zusammen mit dem Kantaki-Schiff an diesem Ort niedergegangen, und die Überlebenden haben sich hier Sicherheit erhofft. Ich nehme an, die anderen Kampfschiffe zerschellten weit entfernt auf der Oberfläche dieses Planeten. Oder Mondes.«

Sie erreichten die gegenüberliegende Seite des Raums und setzten den Weg durch einen weiteren Gang fort. Wieder blieben perspektivische Verzerrungen aus, bemerkte Valdorian. Dieses Kantaki-Schiff war seit langer Zeit tot, ebenso tot wie die Wesen, die sich einst in seinem Inneren und an Bord der vielen Kampfschiffe befunden hatten.

»Wenn die gesamte Oberfläche dieses Mondes so öde ist, kann niemand lange überlebt haben.« Dieser Gedanke ließ Valdorian verharren. »Moment mal, da stimmt was nicht.«

Diamant sah ihn fragend an.

»Die Luft ist atembar. Sie enthält genug Sauerstoff für uns. Woher kommt er?«

»Was weiß ich.«

»Eine sauerstoffhaltige Atmosphäre entsteht nicht einfach so. Sie ist in fast allen Fällen das Ergebnis von biologischer Aktivität.«

»Fangen Sie jetzt an, nach *Gründen* danach zu suchen, warum Sie noch am Leben sind?«

 Diamant trat an Valdorian vorbei und kam ihm dabei so

nahe, dass er selbst im Halbdunkel sah: Die Falten in ihrem Gesicht waren länger und tiefer geworfen – sie alterte, und zwar schnell.

Was ist mit mir?, dachte er, als er ihr folgte, und versuchte eine halbe Sekunde später, diesen Gedanken beiseite zu schieben, weil er zu sehr dem Valdorian entsprach, den Diamant zuvor beschrieben hatte.

Hinter ihnen krachte es dumpf, als die peripheren Segmente des großen Wrackstücks dem Wüten der Böen nachgaben. Ein kalter Luftzug strich durch den Gang. Sie kamen an weiteren Skeletten vorbei; manche von ihnen lagen in den Korridoren, andere in Räumen und Nischen. In einem grottenartigen Raum, von dem fünf Korridore ausgingen, blieb Diamant neben einigen Knochenhaufen stehen, zwischen denen auch Kleidungsfetzen sowie die Reste von Geräten und Instrumenten lagen. Sie ging in die Hocke, berührte hier und dort etwas, richtete sich dann wieder auf und deutete zu den Symbolen an den Wänden. »Dieses Wrackteil gehörte zu den Bereichen des Kantaki-Schiffes, die Mutter Crhyl und ihren Kindern vorbehalten waren. Wenn wir viel, viel Glück haben, finden wie im zentralen Kern vielleicht noch nutzbare Energiereserven.«

Nutzbar wofür?, dachte Valdorian und fragte stattdessen: »Fällt Ihnen bei den Skeletten etwas auf?«

»Dass sie tot sind?«

»Die meisten von ihnen liegen in Haufen zusammen.«

»Und?«

»Was auch immer die Überlebenden des Absturzes damals getötet hat – es muss sehr schnell gegangen sein. Und es traf fast alle gleichzeitig.«

Sie blickten durch die Düsternis, während in der Ferne der Sturm heulte. Nach einigen Sekunden nahm Valdorian aus den Augenwinkeln eine Bewegung wahr.

»Haben Sie das gesehen?«, flüsterte er.

»Was?«

»Etwas hat sich bewegt.«

Ein undefinierbares Geräusch kam von Diamant. »Glauben Sie an Geister?«

Valdorian blickte ins Leere und konzentrierte sich auf seine periphere visuelle Wahrnehmung, ohne den Blick zu fokussieren. Da war es wieder: ein kurzes grauschwarzes Wirbeln in der Luft, ein huschender Schemen, vor dem dunklen Hintergrund der Wände kaum zu erkennen.

»Ich glaube, dass *etwas* die Überlebenden umgebracht hat, innerhalb kurzer Zeit. Ich schlage vor, dass wir uns auf die Suche nach den Energiereserven machen, die Sie erwähnt haben.«

Diamant wählte einen der fünf Gänge, und sie stellten bald fest, dass sich der Boden nach unten neigte – ein großer Teil dieses Segments schien sich im Boden des Himmelskörpers zu befinden. Es wurde immer dunkler, und als Valdorian kaum mehr etwas sehen konnte, fragte er sich besorgt, ob es ein Fehler war, diese Richtung eingeschlagen zu haben.

»Ich weiß nicht, ob es klug ist, den Weg fortzusetzen«, sagte er nach einer Weile, als sie stehen blieben. »Hier sieht man kaum mehr die Hand vor Augen. Eine Öffnung im Boden würden wir erst dann erkennen, wenn wir hineinstürzen.«

Vor ihm blieb alles still.

»Diamant?«

»Ich bin hier.« Ihre Stimme kam von der nahen Wand. »Ich verschnaufe nur ein bisschen.«

Diese Worte machten Valdorian auf die eigene Müdigkeit aufmerksam. Er hatte das Gefühl, viele Kilometer gelaufen zu sein, obwohl sie sicher nicht mehr als zwei- oder dreihundert Meter im Inneren des Wracks zurückgelegt hatten.

Hinter ihm kratzte etwas in der Finsternis, gefolgt von einem leisen Zischen, das eindeutig nicht zur Stimme des fernen Sturms gehörte.

»Haben Sie das ...«, begann er.

 »Ja, ich habe es gehört. Ihr Geist scheint uns zu folgen.«

»Ich fürchte, es ist mehr als nur ein Geist.« Valdorian tastete mit den Fingerkuppen über die Wangen, fühlte aber nichts. Er hätte gern in einen Spiegel gesehen. »Sind Sie noch immer mit dem Superfaden verbunden?«

Diamant zeichnete sich als vage Silhouette in der Düsternis ab, als sie aufstand. »Nein, natürlich nicht.«

»Die Müdigkeit, die wir beide spüren ... Sie ist nicht normal. Sie steht in keinem Verhältnis zu unseren physischen Belastungen während der vergangenen Viertelstunde.«

»Worauf wollen Sie hinaus?«

»Etwas saugt uns die Kraft aus. Das könnte auch die Erklärung für den schnellen Tod der Überlebenden sein.«

Das Kratzen und leise Zischen in der Dunkelheit hinter ihnen wiederholte sich. Und es kam näher.

Der Schatten namens Diamant drehte sich um und verschwand in der Finsternis weiter vorn. Valdorian setzte sich ebenfalls in Bewegung und eilte durch die Düsternis, ließ sich dabei von den Geräuschen leiten, die Diamant verursachte. Der Korridor führte noch steiler nach unten, und aus der Tiefe kam ... Licht?

»Etwas glüht dort unten!«, schnaufte Valdorian. Vor ihm zeichnete sich Diamant wieder etwas deutlicher als Silhouette ab. »Vielleicht gibt es tatsächlich noch Energie.«

Das Kratzen und Schaben folgte ihnen, als sie nicht mehr gingen, sondern liefen und sich dem fahlen Glimmen näherten, das gerade genug Licht in die Dunkelheit brachte, um ihr die Konturen der Umgebung zu entreißen. Valdorian sah wieder, wohin er trat, und als er einen Blick über die Schulter warf ...

Kleine Trichter aus Staub folgten ihnen, nicht größer als einen halben Meter, wie Miniaturtornados, die sich draußen vom Muttersturm gelöst hatten und ins Wrack vorgedrungen waren.

Ein lebender *Orkan*?, dachte Valdorian, während er darauf achtete, dass der Abstand zu Diamant nicht zu groß wurde. *Und dies sind seine Kinder?*

Der lange Korridor mit den unregelmäßig geformten Wänden endete an einem halb geöffneten Zugang, und das Glühen kam aus dem Raum dahinter. Diamant schob sich durch den Spalt, und als Valdorian sich ebenfalls durch die schmale Öffnung zwängte, fragte er: »Lässt sich dieses Ding irgendwie schließen?« Er warf sich von der anderen Seite dagegen, aber das lukenartige Etwas rührte sich nicht von der Stelle.

Diamant ging zur Wand und begann damit, Kantaki-Symbole zu berühren.

Ein Staubtrichter huschte durch die Öffnung, und als Valdorian sah, dass er sich Diamant näherte, handelte er ohne einen bewussten Gedanken. Er sprang, stürzte sich mitten hinein in das graue Wogen – und glaubte zu verbrennen. Heißer Schmerz durchzuckte ihn, ein Feuer, das seine inneren Organe aufzulösen schien. Er schlug um sich, als könne er auf diese Weise etwas gegen die Pein ausrichten, und tatsächlich ließ sie nach, viel zu langsam. Und dort, wo das Brennen schwächer wurde, fühlte er etwas anderes, wie eine Leere, die sich wünschte, gefüllt zu werden ...

Eine Hand berührte ihn, zog ihn fort.

Valdorian hob die Lider und sah dorthin, wo er den Korridor vermutete. Er glaubte zu beobachten, wie ihm eine Wand entgegenwuchs, während gleichzeitig der ganze Raum um ihn herum langsam pulsierte.

»Die Öffnung ist geschlossen«, sagte Diamant.

»Ich nehme perspektivische Verzerrungen wahr«, stellte Valdorian fest. »Hier kann nicht alles tot sein.«

»Nein.« Diamant deutete nach unten. »Ich glaube, ich sollte mich bei Ihnen bedanken.«

Staubfäden krochen wie kleine Tentakel über den Boden, wurden aber immer langsamer und verharrten schließlich ganz. Valdorian blickte auf seine Hände hinab, sah jedoch nicht die befürchteten Brandblasen. »Ich hatte das Gefühl zu verbrennen ...«

Er unterbrach sich, als er merkte, dass er neben den sterblichen Überresten von fünf Kantaki-Kindern lag. Sie bildeten einen Haufen und schienen in den letzten Momenten ihres Lebens versucht zu haben, sich gegenseitig zu schützen. Hinter ihnen ragte das wesentlich größere Ektoskelett von Mutter Crhyl auf, die halb in einer aus der Wand ragenden Apparatur steckte.

»Wir sind hier in Mutter Crhyls Nest«, sagte Diamant. »Dies war ihr Quartier an Bord des Schiffes.«

Valdorian stand mühsam auf und fühlte sich noch immer geschwächt, spürte aber, wie seine Kräfte langsam zurückkehrten. Er ließ den Blick durch einen Raum streichen, der überall Kanten und fünfeckige Strukturen präsentierte, die sich zu bewegen schienen, wenn er sich auf sie zu konzentrieren versuchte. Der Boden wölbte sich an einigen Stellen nach oben, wies an anderen flache Mulden mit geometrischen Elementen auf, die zu Fünfergruppen angeordnet waren. Balken und Verstrebungen ragten aus den Wänden und bildeten sechs oder sieben Meter weiter oben ein komplexes Gittermuster. Das Licht kam von dort, von einigen gewölbten, an den Enden wie Blütenkelche geöffneten Elementen. Und es kam auch von einem etwa zwei Meter durchmessenden Ring, der dicht vor der gegenüberliegenden Wand schwebte.

»Was ist das?«, fragte Valdorian.

»Der Ring? Ich weiß es nicht. Ich bezweifle, ob er zur Ausstattung des Kantaki-Schiffes gehörte. So etwas sehe ich zum ersten Mal.«

»Wie kam er dann hierher?«

Diamant stand an einer der Mulden. »Sehen Sie sich das hier an.«

Valdorian trat zu ihr und blickte hinab. Dutzende, hunderte von seltsamen kleinen ... Hülsen füllten einen großen Teil der Mulde. Als er genauer hinsah, stellte er fest, dass es sich um die Reste von käferartigen Geschöpfen handelte.

»Glauben Sie ...«

»Dies sind die Reste von General Lukas.« Diamant ging in die Hocke, zog etwas aus dem schwarzen Durcheinander und richtete sich wieder auf. »Das hier ist ein Speichermodul, wie es von den Kantaki verwendet wird.« Sie hob einen fünfeckigen Gegenstand, der aussah wie ein alter, von Rissen durchzogener grauer Kristall.

Ein Knirschen kam von oben und kroch langsam über die Wand. Valdorian versuchte, sich trotz der perspektivischen Verzerrungen zu orientieren – das Knirschen wanderte dorthin, wo sich der versiegelte Korridor befand. »Was auch immer sich da draußen befindet – ich glaube, es hat nicht aufgegeben.«

Ein Pochen am geschlossenen Zugang schien seine Worte zu bestätigen. In der Ferne erhob der Sturm seine Stimme, wie zornig darüber, dass ihm jemand entkommen war.

Das von oben kommende matte Licht flackerte, und damit einher ging ein leises Summen.

»Wenn etwas aufgezeichnet wurde ...«, sagte Diamant, die an einer Wand stand, neben einer mit Kantaki-Symbolen bedeckten Säule, die schief nach oben ragte. »Vielleicht können wir die Daten abrufen. Von der vitalen Energie des Schiffes ist noch ein kleiner Rest vorhanden, denn sonst wären auch die letzten Komponenten auseinander gebrochen.«

Das Summen veränderte sich, und vor Diamant bildete sich eine Lücke in der Wand. Sie legte das Speichermodul hinein, während Valdorian einem leisen Kratzen lauschte, das aus dem Korridor kam. Waren jene seltsamen Lebensformen imstande, den Zugang zu öffnen?

Ein plötzliches Flackern weckte seine Aufmerksamkeit. Eine pseudoreale Darstellung entstand, ein dreidimensionales Bild. Diamant trat beiseite, und sichtbar wurde der Segmenter Lukas.

»... weiß nicht, ob es Sinn hat, diese Aufzeichnung anzufertigen«, ertönte eine brüchig klingende Stimme. »Für wen ist sie bestimmt? Hier gibt es nur noch mich und die Staubgeschöpfe dort draußen. Offenbar sind es Mentalparasiten. Welchen Sinn das auf einem Planeten – beziehungsweise Mond – macht, auf dem es offenbar kein anderes Leben gibt, weiß ich nicht. In der nichtlinearen Zeit machen viele Dinge keinen Sinn. Die Überlebenden des Absturzes sind ihnen innerhalb kurzer Zeit zum Opfer gefallen. Ich scheine aus irgendeinem Grund widerstandsfähiger zu sein, aber jetzt, zwei Jahre nach dem Tod von Mutter Crhyl und ihrer Kinder, schwinden auch meine Kräfte, und ich fürchte ...«

Lukas' Stimme verklang, und Streifen von Interferenzmustern zerrissen die Gestalt des Segmenters. Das Licht trübte sich, und Valdorian befürchtete plötzlich eine Rückkehr der Dunkelheit. Er nahm zur Kenntnis, das sich der seltsame Ring dicht vor der einen Wand nicht veränderte; sein Glühen blieb beruhigend konstant.

Diamant betätigte Kantaki-Kontrollen. »Das Speichermodul ist beschädigt. Ich versuche, den Inhalt zu rekonstruieren.«

Das Bild stabilisierte sich kurz.

»... was aus ihnen geworden ist. Niemand hat sie gesehen. Vielleicht zählen Diamant und Valdorian zu den Opfern des Absturzes. Denkbar wäre auch, dass es sie in einen anderen Bereich der nichtlinearen Zeit verschlagen hat ...«

Wieder zerfetzten Störungen das Bild.

»Wie kommt es, dass wir nicht bei den anderen waren, als das Schiff hier abstürzte?«, fragte Valdorian. »Und wieso der große zeitliche Abstand? Offenbar sind wir Jahrtausende später hier eingetroffen.«

»Im Gegensatz zu den anderen war ich mit dem Superfaden verbunden – und Sie durch mich.« Diamants Finger verharrten kurz auf den Kontrollen. »Ich frage mich, wie es Xadelia ergangen sein mag ...«

»Lukas hat sie nicht erwähnt.«

»Das bedeutet gar nichts.«

Es kratzte wieder an dem Wandsegment, das den Korridor verschloss, mit etwas mehr Nachdruck als vorher.

Lukas erschien erneut in der pseudorealen Darstellung – er schien nun Mühe zu haben, seine körperliche Integrität zu bewahren.

»Vielleicht ist es den Mentalparasiten gelungen, sich auf meine geistige ... Frequenz einzustellen«, sagte der Segmenter, und Valdorian musste genau hinhören, um die einzelnen Worte zu verstehen. »Möglicherweise lag es daran, dass ich dieses Wrackteil mehrmals verlassen musste, um meinen Individualkomponenten Gelegenheit zu geben, für die Nährstoffsynthese benötigte Substanzen aufzunehmen. Ich spüre, dass meine Kraft schnell schwindet, und ich fürchte, letztendlich bleibt mir nur noch der Weg durch den Ring.«

Lukas legte eine Pause ein, und Valdorian beobachtete, wie die käferartigen Geschöpfe, aus denen der Körper der Generals bestand, sich immer schneller bewegten. Einige von ihnen schienen bestrebt zu sein, das Kollektiv zu verlassen. »Ich habe vor mehreren Tagen einige meiner Komponenten hindurchgeschickt«, fuhr der Segmenter fort. »Sie hätten längst zurück sein müssen. Ihr Instinkt zwingt sie nach einer gewissen Zeit zur Rückkehr zum gemeinsamen Selbst. Ich muss daraus den Schluss ziehen, dass eine Rückkehr nicht möglich ist. Der Ring ... Er erschien vor einigen Wochen, und ich habe versucht, mehr über ihn herauszufinden. Ich weiß nicht, was ihn hierher brachte, aber ich vermute, dass er mit der Hyperdimension der Kantaki verbunden ist, denn einige der noch funktionierenden K-Geräte reagieren so auf ihn, als wäre er mit dem Schiff ... verwandt? Ist das der richtige Ausdruck? Ich habe versucht, mit Sensoren und Sonden durch und *hinter* den Ring zu sehen, aber es werden keine Signale übermittelt – die transferierten Mechanismen bleiben ebenso verschwunden wie meine individuellen Komponenten. *Alles* könnte sich auf der anderen Seite befinden: das Innere einer Sonne, ein Schwarzes Loch, leeres All, der Kern eines Gasriesen, der Omnivor ... Deshalb zögere ich, mich dem Ring anzuvertrauen. Aber jetzt ... Die Müdigkeit lastet immer schwerer auf mir. Die mentalen Parasiten saugen meine Kraft auf ... Ich darf nicht länger zögern. Ich *muss* durch den Ring, mir bleibt keine Wahl ...«

Das Bild verschwand aus der pseudorealen Darstellung, und es wurde still. Diamants Hände tasteten über die Kontrollen, doch nach einigen Sekunden schüttelte sie den Kopf. »Mehr wurde nicht aufgezeichnet.«

»Er hat es nicht geschafft«, sagte Valdorian leise und blickte auf die Reste der käferartigen Wesen hinab. »Die Kräfte müssen ihn zu schnell verlassen haben. Er hätte nicht so lange warten sollen.«

»Ja.« Diamant trat wieder zur Mulde. »Ich schätze, das gilt auch für uns.«

Valdorian hob den Blick und sah eine Frau, die um zwanzig oder dreißig Jahre älter wirkte als die Diamant, mit der er in dem Kantaki-Schiff unterwegs gewesen war. »Sie sind gealtert.«

»Sie ebenfalls. Sie verlieren Ihre so mühsam wiedergewonnene Jugend, Dorian.«

Er sah ihr in die Augen, und die erzählten von Bitterkeit, von Zorn und enttäuschter Hoffnung. Valdorian verstand sie, ohne weitere Erklärung.

»Sie haben schon vor langer Zeit aufgegeben«, sagte er langsam. »Etwas in Ihnen ist ... gestorben.«

Damit schien er etwas zu berühren, denn Diamant senkte kurz den Kopf. Als sie ihn wieder hob, hatten sich die Türen und Fenster in ihren Augen geschlossen. »Der Rest wird ihm bald folgen, wenn kein Wunder geschieht.«

Valdorian fiel etwas ein, und er sprach es aus, obwohl es in der gegenwärtigen Situation überhaupt keinen Sinn hatte. »Wenn es mir gelingt, uns zum Vortex der Temporalen zu bringen, und wenn wir dort den originären Manipulationspunkt erreichen und dafür sorgen können, dass nie ein zweiter Zeitkrieg stattgefunden hat, wenn das alte Universum wiederhergestellt wird ...« Er atmete tief durch.

»Sind Sie dann bereit, mich als Ihren Konfidenten zu akzeptieren?«

Diamant starrte ihn ungläubig an. »Habe ich da gerade richtig gehört?«

»Sind Sie dazu bereit?«

»Erlauben Sie sich einen geschmacklosen Scherz mit mir?« In Diamants Gesicht veränderte sich etwas. »Oder haben die mentalen Parasiten Ihnen bereits den Verstand geraubt?«

»Beantworten Sie meine Frage.«

»Na schön. Wenn Sie wirklich eine Möglichkeit finden, den zweiten Zeitkrieg ungeschehen zu machen ... Ja, dann wäre ich bereit, Sie als meinen Konfidenten zu akzeptieren.« Mit kaum verhohlenem Spott fügte Diamant hinzu: »Ich halte es für sehr unwahrscheinlich, dass ich dieses Versprechen einlösen muss.«

Valdorian deutete zum Ring. »Das dort ist kein Zufall. Wir waren mit dem Superfaden verbunden, der uns zur Milchstraße bringen sollte, und Olkin hat uns in die nichtlineare Zeit geworfen, *hierher*. Sie haben seine Stimme gehört. Es existiert noch immer eine Verbindung zwischen ihm und mir; vielleicht manifestiert sie sich auf diese Weise.«

»Durch die Hyperdimension der Kantaki?«

»Wir *sind* hier in der nichtlinearen Zeit. Sie haben selbst darauf hingewiesen, dass hier alles möglich ist.«

Es kratzte laut am Wandsegment, das den Korridor verschloss, und als Valdorian den Blick darauf richtete, glaubte er zu sehen, wie Staub durch einen haarfeinen Riss rann. Gleichzeitig spürte er einen Druck im Kopf, so als versuche etwas, seine Gedanken und Gefühle in einen geistigen Schraubstock zu pressen.

»Lukas hat davon gesprochen, dass es den Parasiten gelang, sich auf seine mentale Frequenz einzustellen. Ich glaube, das passiert gerade bei uns.«

Diamant schnitt eine Grimasse, hob die Hände an die Schläfen und wankte zum Ring. Einen Meter vor dem Glühen blieb sie stehen. Valdorian trat an ihre Seite und fühlte, wie der Druck zunahm, während das Kratzen immer hektischer klang und in der Ferne der Sturm seine Stimme erhob.

»Das Innere einer Sonne«, murmelte Diamant. »Oder ein Schwarzes Loch ...«

»Hier erwartet uns der sichere Tod. Wir müssen *jetzt sofort* handeln.« Valdorian ergriff ihr Hand, duckte sich in den Ring und zog Diamant hinter sicher her.

Der Boden unter seinen Füßen verschwand, und er fiel durch Raum und Zeit.

Dies ist der Ort, wo Fragen flüstern und Antworten raunen. Dies ist der Ort, wo der Wind der Erkenntnis weht und Gedanken wachsen wie zarte Blumen, aus deren Pollen neues Leben wächst. Dies ist der Ort des Flix.

Das Flix hat die endlose Stadt geschaffen, so groß, dass es nicht von den Gedanken eines ganzen Lebens durchquert werden kann. Das Flix schöpft Kraft aus der Schwingungsenergie dieses Universums, das wirklich ein Universum *ist. Das Flix ist sowohl Masse, die Gestalt gewinnt, als auch die Hand, die sie formt.*

Tief in der endlosen Stadt, dort wo das kreative Denken der Weltenschöpfer neue Strukturen schafft und alte bewahrt, rollt eine winzige Welle durch das Flix, das alles durchdringt, und Augen öffnen sich an einem Himmel, sehen hinab auf eine Welt, die aus Myriaden von Welten besteht, in denen das Flix eine feste, starre Form gewonnen hat.

Die dennoch verändert werden kann ...

Diamant und Valdorian wanderten durch eine Welt aus Glas.

Ihr Retransfer schien in einer Art Gebäude stattgefunden zu haben, so hoch, dass sich die Decke in der Dunkelheit verlor, und viele, viele Kilometer lang, aber nur etwa hundert Meter breit. Der Boden bestand aus einem spröden, halb durchsichtigen Material, ebenso die in einzelne Fächer unterteilten Wände. In diesen Fächern befanden sich ... Objekte. Manche ließen sich nicht identifizieren, und bei anderen schien es sich um Körperteile fremder Wesen zu handeln. Einmal glaubte Valdorian sogar, einen menschlichen Kopf zu sehen, der mit geschlossenen Augen in einem der kleineren Fächer ruhte. Die größeren enthielten manchmal komplette Körper.

Alles blieb still. Nichts rührte sich.

»Was ist dies für ein Ort?«, fragte Diamant schließlich. »Eine Art ... Gruselkabinett?«

»Es sieht mir eher nach einem ... organischen Ersatzteillager aus.« Valdorian füllte seine Lungen mit kühler Luft und war *froh*, dass er atmen konnte.

»Aber wofür? Welchem Zweck dient es? Und wer hat es angelegt?«

Nach einigen weiteren Schritten blieb Diamant vor mehreren kleinen Objekten auf dem Boden stehen. Sie sahen aus wie die Panzer kleiner Käfer.

»Lukas' Individualkomponenten«, sagte Valdorian. »Sie haben es bis hierher geschafft und konnten nicht zurückkehren.«

»Weil es von hier kein Zurück gibt«, ertönte es hinter ihnen.

Valdorian erkannte die Stimme, und vielleicht wäre er sofort losgelaufen, um zu fliehen, irgendwohin, aber etwas hielt ihn fest. Er konnte sich plötzlich nicht mehr bewegen, und Diamant neben ihm stand ebenfalls wie erstarrt.

Ein Hominide, nur etwa einen Meter zwanzig groß und unglaublich dürr, trat in ihr Blickfeld. Die großen Augen in dem runzligen Gesicht mit der langen, spitzen Nase funkelten.

Valdorian stellte fest, dass er sprechen konnte. »Das ist Olkin.«

Ein Lächeln erschien im Gesicht des Gnoms. »Du hast mir gute Dienste geleistet, Dorian. Eigentlich bin ich dir dafür zu Dank verpflichtet.«

Von Diamant kam ein Geräusch, das nach einem leisen Schnaufen klang.

»Und du ebenfalls, Lidia.« Olkin trat näher an Diamant heran. Valdorian konnte den Kopf nicht drehen, und so sah er nicht genug von Diamant, um ihren Gesichtsausdruck zu erkennen.

»Hat dir der Diamant gefallen, nach dem du dich benannt hast? Ein kognitiver Zwillingskristall von der Taruf-Welt Ksid. Angeblich. Dorian hat versucht, dich damit zu manipulieren, einmal zu einem sehr ungünstigen Zeitpunkt: Du hast von ihm geträumt und konntest nicht rechtzeitig reagieren, als Floyd starb und Mutter Krirs Schiff in die nichtlineare Zeit geriet. Alle Passagiere in der Transportblase kamen ums Leben. Weil *er* dir seinen Willen aufzwingen wollte.«

Olkin wich etwas zurück, musterte sie beide und lächelte erneut.

»Hören Sie nicht auf ihn«, brachte Valdorian hervor. »Er ...«

»Sie kennt die Wahrheit bereits, Dorian«, sagte Olkin. »Und sie hasst dich. Aber es ist natürlich nur die halbe Wahrheit. Während er versucht hat, dich mithilfe der Kristalle für sich zu gewinnen, hat Agoron seine Gedanken und Gefühle gelenkt, was meinem Wunsch entsprach. Vielleicht interessiert es euch zu erfahren, dass die Zwillingskristalle gar nicht von Ksid stammen, sondern aus dem Flix. Aber mit diesem Begriff könnt ihr natürlich nichts anfangen.«

Der Hominide hob Arme, die nur aus Knochen und einer dünnen, ledrigen Haut zu bestehen schienen. »Gefällt es euch hier?«

»Wo sind wir?«, fragte Diamant.

»Dies ist meine ... Pinakothek, könnte man sagen«, antwortete Olkin. Er drehte sich, zeigte dabei auf die vielen Fächer in den gläsernen Wänden. »Hier bewahre ich meine Trophäen und Souvenirs auf. All jene Geschöpfe, von denen diese Teile stammen, haben mir einmal wichtige Dienste geleistet. Wichtig genug für eine gewisse … Nostalgie. Dies ist meine Art, sie in Ehren zu halten.«

»In Ehren …«, ächzte Valdorian.

»Jetzt müsste eigentlich die nächste Frage kommen«, sagte Olkin munter. »Ihr seid doch intelligent genug. Oder sollte ich mich in euch getäuscht haben?«

»Was haben Sie mit uns vor?«, fragte Diamant.

Der Hominide, der auch diesmal nur eine Art Lendenschurz und ein zerschlissenes Hemd trug, lächelte einmal mehr. »Na bitte. Und die Antwort dürfte offensichtlich sein, wenn ihr die Informationen berücksichtigt, die ihr gerade bekommen habt.«

»Sie wollen …«, begann Valdorian.

Etwas verschob sich.

»… uns zu Trophäen machen!«, beendete er den Satz und stellte fest, dass sie plötzlich direkt an einer der beiden Wände standen, vor zwei *leeren* Fächern.

»Wie *konntest* du das nur erraten, Dorian?«

Olkin hob die Hand, schnippte mit langen Fingern …

… und dann lag Valdorian in einem der beiden Fächer. Er bewegte Arme und Beine, versuchte aus einem Reflex heraus, sich zu befreien, aber das transparente Material um ihn herum gab nicht nach. In dem Fach unter ihm lag Diamant, und zwar auf dem Rücken, sodass sie zu ihm aufsehen musste – ein letzter grausamer Scherz des Gnoms. Entsetzen entstellte ihr Gesicht, und seines sah bestimmt nicht besser aus.

Etwas Fremdes dehnte sich in ihm aus, betäubte Gedanken und Gefühle.

Nein! Die dunkle Kreatur in Valdorian bäumte sich auf, und diesmal versuchte er nicht, sie zu bändigen. Er nahm ihre Kraft, presste die Hände gegen das Fenster, das ihn von Olkin trennte, drückte …

Etwas geschah, und Valdorian begriff sofort, dass es nichts mit seinen Bemühungen zu tun hatte. Der lähmende

Einfluss wuchs in seinem Selbst, und er kämpfte mit Willenskraft dagegen an, während er beobachtete, wie Olkins Gesicht plötzlich Verwunderung und Verblüffung zeigte, dann sogar so etwas wie Furcht.

Risse bildeten sich im gläsernen Boden und setzten sich fort, erreichten die Wände. Es knisterte - ein Geräusch, das Valdorian an General Lukas erinnerte -, als die Sprünge ein immer größeres Linienmuster der Zerstörung formten. Erste Fächer in der Wänden barsten, und weitere folgten.

Olkin wirbelte herum, lief los und ... verschwand.

Die gewaltige Wand, in der Valdorian und Diamant gefangen waren, schüttelte sich wie ein riesiges Tier und platzte. Das lähmende Etwas verschwand, und Valdorian fiel, aber nicht sehr tief, kaum mehr als fünfzig Zentimeter. Plötzlich lag er auf Diamant und sah ihr Erstaunen, und dann fielen sie gemeinsam, als Teil eines gewaltigen Splitterregens im Nichts.

27

Der Übergang

Braun: Vortex/Akida

Agoron erwachte aus einem komaartigen Zustand, voller Kummer und Verzweiflung, emotional leer gebrannt. Vage Erinnerungsbilder durchzogen seinen inneren Kosmos, verbanden sich miteinander und zeigten ihm schließlich, was geschehen war.

Er öffnete die Augen und sah ein sonderbares Zerrbild der weißen Linie, die zum originären Manipulationspunkt führte. Nach einigen Momenten der Verwirrung begriff er, dass er den Übergang nicht im gewöhnlichen visuellen Spektrum wahrnahm – er sah *vielmehr die davon ausgehenden energetischen und temporalen Emissionen, hier ein feines Glitzern, das auf besondere quantenmechanische Effekte hinwies, dort das beständige Glühen von Dunkler Materie, die sich in Nutzenergie verwandelte und die schmale Tür in Raum und Zeit einen – auf dieser Seite weißen – Spalt breit geöffnet hielt.*

Agoron hob einen steifen Arm und berührte das unsichtbare Hindernis, das ihn von der weißen Linie trennte. Nur noch wenig Zeit ... der Tod kam immer näher. Und er war schwach. Allein schaffte er es nicht, die Barriere zu durchdringen. Er brauchte Hilfe.

Aber er war allein. Es existierten keine anderen Eternen mehr. Er hatte ihre Existenz ausgelöscht.

Eine Stimme flüsterte aus seinem Gedächtnis: »Wir haben

ein Kantaki-Schiff aufgebracht, Äonar. Alle Personen sind gefangen genommen, unter ihnen zwei Pilotinnen namens Diamant und Esmeralda.«

Er brauchte Hilfe …

Licht flutete Diamant entgegen, und mit dem Gleißen kam das Wissen zu existieren. Der Moment ohne Zeit ging zu Ende.

Sie kniff die Augen zu. »Es ist zu hell!«

»Diamant?«

Das war Esmeraldas Stimme. Sie hob die Lider wieder, und diesmal wurde sie nicht geblendet. Etwas hatte auf ihre Worte reagiert und das Licht gedämpft.

Esmeralda richtete sich neben ihr in einer gepolsterten Bodenmulde auf und sah sich um. »Wir sind nicht mehr an Bord von Vater Grars Schiff.«

»Warten«, erklang eine kratzige Stimme.

Diamant hatte das Maschinenwesen bereits bemerkt und hielt den Blick darauf gerichtet, als sie langsam aufstand. Ein Berg aus Metall ragte vor der Tür empor, zusammengesetzt aus Rohren, Kugeln, langen rechteckigen Elementen, Kabeln und summenden Motoren. Sie glaubte, das Wort richtig verstanden zu haben, und fragte sich erstaunt, wie eine Drohne der Temporalen InterLingua sprechen konnte.

»Worauf sollen wir warten?«, fragte Esmeralda, die ebenfalls aufgestanden war und an Diamants Seite trat.

»Auf den Äonar«, antwortete das Maschinenwesen. »Er wird gleich hier sein.«

»Wer oder was ist der Äonar?«

Stille.

»Was ist mit Vater Grar und Vater Brrin?«, fragte Diamant. »Was ist mit Kurlrrt und den anderen Akuhaschi an Bord des Kantaki-Schiffes?«

Keine Antwort.

Diamant bemerkte Esmeraldas Blick und verstand die Botschaft in ihren Augen: *Wir müssen irgendwie versuchen, den Schlund zu zerstören. Die Temporalen dürfen auf keinen Fall Gelegenheit erhalten, ihn zu untersuchen.*

Esmeralda trat vor – und erstarrte. In dem Maschinenwesen glühte etwas, ein Blitz traf die Frau ... und ließ sie verschwinden.

Diamant riss entsetzt die Augen auf.

Ein Geräusch hinter ihr veranlasste sie, den Kopf zu drehen. Esmeralda lag wieder in der Bodenmulde, öffnete die Augen und setzte sich auf. »Wir sind nicht mehr an Bord von Vater Grars Schiff.«

»Rekursive Zeit«, ertönte die kratzige Stimme des Maschinenwesens. »Ich bin angewiesen, Sie warten zu lassen. Bitte fügen Sie sich.«

Rekursive Zeit ... Diamant fragte sich, wo sie diesen Begriff schon einmal gehört hatte. Sie musste hundertfünfzig Jahre in ihre Vergangenheit zurückkehren, um eine Antwort zu finden. Rekursive Zeit. Davon hatte sich Valdorian ein längeres Leben erhofft.

»Was ist geschehen?«, fragte Esmeralda verwirrt.

»Ich glaube, du bist ein oder zwei Minuten in der Zeit zurückversetzt worden.« *Ohne dass sich in* meiner *Zeit etwas verändert hat,* fügte Diamant in Gedanken hinzu.

Die Tür hinter der Drohne öffnete sich, und ein seltsames Wesen wankte auf einem Bündel aus Tentakelbeinen herein. Hautfetzen lösten sich von den Seiten, und der Kopf schwankte auf dem viel zu dünn wirkenden Hals. Die Augen bestanden aus Dutzenden von Hornlinsen, und die steifen Arme sahen aus wie die Äste eines verkrüppelten Baums.

Das Geschöpf versuchte etwas zu sagen, aber es klang nach einer Mischung aus Gurgeln und Röcheln.

Esmeralda und Diamant wechselten einen kurzen Blick.

Das Wesen wankte, stützte sich mit einem Arm an der Drohne ab und versuchte es erneut.

»... bin Agoron, der Äonar.«

Es war sehr schwer zu verstehen – man musste genau hinhören.

»Ich brauche ... Ihre Hilfe«, brachte das Wesen hervor.

»Gehören Sie zu den Temporalen?«, fragte Esmeralda misstrauisch.

»Ich bin der Äonar«, sagte das Geschöpf, und wieder musste sich Diamant ganz auf die Worte konzentrieren, um sie zu verstehen. »Dies alles ist mein Werk. Ich habe den zweiten Zeitkrieg ermöglicht und gewonnen. Aber ich bin getäuscht worden.«

»Und wir sollen *Ihnen* helfen?«, zischte Esmeralda.

»Ich bin der Letzte meiner Art«, fuhr Agoron fort, und Diamant beobachtete, wie sich weitere Hautfetzen lösten. »Ich habe die Existenz aller anderen Eternen ausgelöscht, aber auch darin bin ich getäuscht worden. Der Erhabene hat mich ... betrogen und belogen.«

»Erwarten Sie *Mitgefühl* von uns?«, fragte Esmeralda.

Agoron achtete gar nicht auf ihre Worte. Auf Diamant wirkte er wie jemand, der in einer eigenen, zerbröckelnden Welt aus Schmerz und tiefem Kummer weilte. »Aber es gibt eine letzte Möglichkeit. Der Ort und die Zeit, wo alles begann ... Wenn wir die erste temporale Manipulation verhindern, so hat es nie einen zweiten Zeitkrieg gegeben.«

Diamant sah, wie Zorn und Abscheu aus Esmeraldas Gesicht verschwanden und plötzlichem Interesse wichen. Die beiden Kantaki-Pilotinnen wechselten erneut einen Blick.

»Das lässt sich bewerkstelligen?«, fragte Diamant.

»Ich brauche ... Hilfe.«

»Wer sagt uns, dass wir Ihnen trauen können? Vielleicht ist dies alles ein Trick, um ...« Esmeralda suchte nach Worten.

»Warum sollte ich jetzt noch versuchen ... Sie zu täuschen? Ich ... sterbe ...«

»Schicken Sie dieses Ding fort.« Diamant deutete auf das Maschinenwesen. »Zeigen Sie uns, dass wir keine Gefangenen mehr sind.« *Obwohl es eigentlich nicht viel bedeutet. Vielleicht genügt eine knappe verbale Anweisung, um irgend-*

welche Waffensysteme zu aktivieren. Oder uns in der Zeit zu versetzen – das ist besser als jede Waffe.

Agoron stieß sich mit einem steifen Arm von der Drohne ab und gurgelte etwas. Die Motoren des Maschinenwesens summten lauter, als es sich umdrehte, durch die Tür trat und verschwand. Der Äonar wankte und schien sich kaum auf den Tentakelbeinen halten zu können.

»... eine letzte Möglichkeit ... alles ungeschehen zu machen ... Der Erhabene hat den Übergang ... mit einer Barriere geschützt, die ich ... nicht durchdringen kann.«

»Wenn sich tatsächlich alles ungeschehen machen lässt ...«, begann Diamant.

»... sollten wir diese Möglichkeit unbedingt nutzen«, ergänzte Esmeralda. »Zeigen Sie uns den Weg.«

Agoron wandte sich mühsam um und wankte durch die Tür. Die beiden Pilotinnen folgten ihm durch einen halbdunklen Korridor, kamen an einem Fenster vorbei und stellten fest: Sie befanden sich im Inneren des Vortex, und zwar ziemlich weit unten – die gegenüberliegende Wand war nicht weit entfernt.

»Wenn Sie die beiden Kantaki und die Akuhaschi von Vater Grars Schiff freilassen, so hätten wir noch mehr Hilfe ...«

»Keine ... Zeit«, antwortete Agoron mühevoll. »Wir müssen den Übergang erreichen, bevor ich ... sterbe.«

Sie setzten den Weg fort, durch stille Korridore und Tunnel.

Nach einer Weile fragte Esmeralda leise: »Wirst du schlau aus der Sache?«

»Das mit dem ›Erhabenen‹?«, flüsterte Diamant. »Ich habe keine Ahnung, was er damit meint. Und ehrlich gesagt, die Hintergründe sind mir völlig gleich. Hauptsache, wir bekommen wirklich Gelegenheit, all dies ungeschehen zu machen.«

»Aber kann es wirklich so einfach sein? Eine kleine Manipulation *verhindern*, und der ganze zweite Zeitkrieg hat nicht stattgefunden?«

»Denk an den Schmetterling, dessen Flügelschlag auf der anderen Seite des Planeten einen Tornado erzeugt. Man hindere ihn an jenem entscheidenden Flügelschlag, und der Wirbelsturm bleibt aus.«

»Das mit den Schmetterlingen hat es dir angetan, nicht wahr?« Ein flüchtiges Lächeln huschte über Esmeraldas Lippen. »In diesem Fall müsste sich der Flügelschlag auf das ganze Universum auswirken. Ein verdammt kräftiger Schmetterling, wenn du mich fragst.«

Vor ihnen verharrte Agoron in einem kurzen Tunnel, der zwei große Räume miteinander verband, und hantierte an einem der Geräte seines schief sitzenden Instrumentengürtels.

»Die Sicherheitsbarrieren ... sind ... deaktiviert ...« Das Tentakelbündel unter ihm gab nach, und er rutschte zu Boden. Einige Sekunden lang blieb er zuckend liegen, kam dann wieder hoch. »Es ist ... nicht mehr ... weit.«

Kurze Zeit später erreichten sie einen Raum, dessen Wände aussahen, als bestünden sie aus Dutzenden Maschinenwesen, die zusammen komplexe Aggregate bildeten, und in der Mitte des Raums schwebte eine weiße, vertikale Linie, etwa zwei Meter lang.

Diamant erinnerte sich an den Kantaki-Nexus zwischen der Milchstraße und Andromeda, an ihr freies, unbeschwertes Leben – *bevor* die schwarze Linie entstanden war und eine dunkle Gestalt geboren hatte. Bis auf die Farbe sah diese Linie genauso aus.

Esmeralda erinnerte sich ebenfalls. »Wie im Nexus«, sagte sie leise und trat langsam vor. »Wenn es wirklich die Möglichkeit gibt ...«

Sie unterbrach sich, blieb abrupt stehen und hob die Hände, tastete damit über ein unsichtbares Hindernis, das sie von der weißen Linie trennte. Diamant trat an ihre Seite und fühlte ebenfalls eine Barriere, die für die Augen nicht existierte. Sie klopfte an den nicht sichtbaren Schild, aber es ertönte kein Geräusch.

»Irgendeine Art von Energie?«, fragte Esmeralda. »Aber es gibt keine Entladungen, und das Etwas fühlt sich eher kühl an. Außerdem sehe ich hier nichts, das ein Schildgenerator sein könnte. Agoron, haben Sie eine Ahnung, was ...«

Esmeralda unterbrach sich erneut, als sie den Kopf drehte und sah, dass der Äonar wieder zu Boden gesunken war und sich nicht mehr bewegte.

Diamant war bereits bei ihm und berührte ihn vorsichtig. »Agoron?« Einer der beiden steifen Arme löste sich vom Körper, und der andere zerbrach in der Mitte. Die Hornlinsen der Augen trübten sich und splitterten. Ein leises Zischen kam aus der Mundöffnung, wie ein letzter, seufzender Atem. Der Instrumentengürtel rutschte zur Seite, und mehrere kleine Geräte klackten auf den Boden.

Dann war es still.

»Er ist tot«, sagte Diamant leise.

»Ausgerechnet jetzt!«, entfuhr es Esmeralda. »Hätte er nicht noch eine Minute am Leben bleiben können? Oder dreißig *Sekunden*?«

»Meinst du, wir hätten es mit ihm zusammen in so kurzer Zeit geschafft, die Barriere zu durchdringen?«

»Das vielleicht nicht. Aber er hätte uns sagen können, was sich auf der anderen Seite der weißen Linie befindet. Wir wissen nicht, welche temporale Manipulation verhindert werden muss, um den zweiten Zeitkrieg ungeschehen zu machen.«

Diamant stand langsam auf und spürte, wie sich ein hohles Gefühl in ihr ausbreitete. Sie hatte wieder zu hoffen begonnen, und jetzt diese Enttäuschung ... Ihr Blick glitt zur weißen Linie, so verlockend nah.

»Wir müssen es auf jeden Fall versuchen«, sagte sie mit fester Stimme.

»*Das* ist klar«, bestätigte Esmeralda, und die beiden Pilotinnen machten sich an die Arbeit.

Drei Stunden später unterbrachen sie ihre erfolglosen

Bemühungen und begannen mit der Suche nach Vater Brrin, Vater Grar und den Akuhaschi.

Der Raum befand sich in der Spitze des längsten Bugsegments von Vater Grars Schiff, und eine transparente Wand gewährte Ausblick ins All, über den Rand des Vortex hinweg. Diamant sah, wie der Abissale – der Omnivor – die letzten Reste der Milchstraße eliminierte, und für ein oder zwei Sekunden fragte sie sich erneut, wieso sie den Vorgang sehen konnte, obgleich die Galaxis tausende von Lichtjahren entfernt war. Vater Grar und der Akuhaschi Kurlrrt hatten von einem *temporalen Kognitionsfeld* gesprochen, das den Vortex umgab und ihn mit all den Veränderung verband, die von den Temporalen herbeigeführt worden waren – offenbar handelte es sich um eine spezielle Verschränkung, die Echtzeit-Beobachtungen ermöglichte.

Diamant beobachtete die Leiche von Vater Brrin, die gerade ausgeschleust worden war und fortschwebte, und dabei erinnerte sie sich an Mutter Krir. Aber jene Kantaki war im Transraum gestorben und hatte ihr Wissen dem Geist übergeben können.

»Er hat es nicht verdient, auf diese Weise zu enden«, sagte Esmeralda.

Vater Grar klickte, und der Linguator übersetzte: »Niemand von uns hat es verdient, auf diese Weise zu enden. Ein langes Leben ... Doch all seine Erfahrungen gingen verloren, ohne den Geist zu erreichen, der einst Materie wurde.«

»Er muss nicht tot sein«, sagte Diamant und beobachtete, wie der Leichnam des alten Kantaki draußen in der Dunkelheit des Alls verschwand.

Einer der Akuhaschi sah sie fragend an. »Wie meinen Sie das?«

»Es liegt auf der Hand«, sagte Esmeralda. »Vielleicht können wir dafür sorgen, dass er hier gar nicht gestorben ist. Willst du aufgeben, Diamant?«

»Ich? Auf keinen Fall. Wir haben noch gar nicht richtig angefangen. Wir finden bestimmt eine Möglichkeit, die Barriere zu durchdringen und die weiße Linie zu erreichen.«

Sie verließen den Raum und kehrten in die zentralen Bereiche des Schiffes zurück, das gelitten hatte, sich aber noch sehr lebendig anfühlte. Diamant lauschte nach den Bindungskräften existenzieller Harmonie und gewann dabei den beruhigenden Eindruck, dass sie Vater Grars Schiff jederzeit zu einer Erweiterung ihres Körpers machen konnte, um es zu steuern und in den Transraum zu bringen. Die Akuhaschi eilten fort und kümmerten sich um die notwendigen Reparaturen. Es dauerte nicht lange, bis nur noch Vater Grar, Esmeralda und Diamant durch einen zentralen Tunnel unterwegs waren.

»Mehrere Temporale kamen ins Zentrum des Schiffes«, klickte Vater Grar. »Aber dann verschwanden sie plötzlich. Habt ihr eine Erklärung dafür?«

»Ja«, sagte Diamant und berichtete von Agorons Bemühungen. »Wie schnell geht es?«, fragte sie dann und sah zum Kantaki auf. »Wie viel Zeit bleibt diesem Universum noch?«

»Schwer zu sagen«, erwiderte Vater Grar. »Vielleicht findet der Kollaps erst in einigen Jahrmillionen statt, vielleicht auch in wenigen Stunden. Wir wissen zu wenig über den Omnivor.«

»Er hat fast die ganze Milchstraße vernichtet«, sagte Esmeralda leise. »Milliarden von Sonnen und noch mehr Planeten. Auch Munghar. Myriadenfaches Leben, einfach ausgelöscht.«

»Was hat es mit dem ›Erhabenen‹ auf sich, den Agoron erwähnte?«, fragte Diamant.

Grar neigte den dreieckigen Kopf von einer Seite zur anderen, und dabei umgab ihn ein fluoreszierender Halo. »Darüber weiß ich leider nicht viel. Ich habe Geschichten über das so genannte Konziliat gehört, das vor vielen Großzyklen Kontakte mit den Kantaki unterhielt und den Omnivor und seine Splitter jagte. Das Konziliat wiederum wusste von einer Sphäre jenseits des Plurials, der ›Dominanz‹, Heimat der Prävalenten. Es gibt Berichte darüber, dass der erste Zeitkrieg nur möglich wurde, weil die Temporalen damals Unterstützung durch einen Prävalenten bekamen, von dem sie die Brutschiffe erhielten. Vielleicht hat Agoron jenen Prävalenten gemeint, als er vom Erhabenen sprach.«

Beide Pilotinnen nickten. Sie waren lange genug in den Diensten der Kantaki, um ihre Legenden zu kennen, und sie hatten auch vom Konziliat gehört. »Aber ergibt das einen Sinn?«, fragte Esmeralda. »Angeblich haben die Prävalenten das Konziliat erschaffen, um den Omnivor zu eliminieren. Warum sollte einer von ihnen dem Omnivor helfen?«

»Vielleicht bekommen wir nie eine Antwort auf diese Frage«, klickte Vater Grar.

»Die Antwort auf eine andere Frage ist viel wichtiger«, warf Diamant ein. »Sie lautet: Wie durchdringen wir die Barriere vor der weißen Linie?«

Mit einer der vorderen Gliedmaßen deutete Grar auf ein sich öffnendes Segment des Schiffes; dahinter erstreckte sich der Bereich, der eigentlich nur ihm vorbehalten war. »Wir werden alle technischen Möglichkeiten meines Schiffes nutzen.«

Einige Tage später hatte sich ganz unten im Vortex ein bestimmter Raum mit K-Technik gefüllt. Energiezellen summten. Analysemodule tasteten das unsichtbare Hindernis ab, hinter dem die weiße Linie des Übergangs glühte. In einem Halbkreis aufgestellte Emitter richteten unterschiedliche Strahlungen auf die Barriere, und spezielle Sensoren maßen alles, sammelten Daten und leiteten sie an mehrere Servi weiter.

»Auch von den Seiten und von oben oder unten ist die Linie nicht erreichbar«, stellte Esmeralda fest und sah auf ein Display. Es zeigte Kantaki-Symbole, aber damit war sie seit Jahrhunderten vertraut. »Der Schild ist kugelförmig, mit der Linie in der Mitte. Seltsamerweise scheint er keine Energie zu empfangen, weder von innen noch von außen. Er ist lichtdurchlässig, denn sonst könnten wir die Linie nicht sehen.«

Diamant brachte einen Projektor in Position, und ihre Gabe spürte die in dem K-Gerät brodelnde Energie – sie hätte ausgereicht, um einen von Menschen erbauten Shuttle durch ein ganzes Sonnensystem zu schicken. »Versuchen wir es mit einem lokal begrenzten Belastungstest. Ist alles in Position?«

»Ja.«

»Zehn Sekunden Verzögerung. Du solltest besser zurücktreten, Esmeralda.« Diamant aktivierte ein Schutzfeld, das einen flirrenden Vorhang vor den beiden Pilotinnen bildete. Die Sekunden verstrichen, und dann ging ein heller, nadeldünner Strahl vom Projektor aus und traf die Barriere, die weiterhin unsichtbar blieb – der Strahl schien mitten in der Luft zu verharren.

Diamant wandte sich den Kontrollen zu. »Das ist die geringste Energiestärke. Ich erhöhe sie jetzt.«

Die Farbe des Strahls veränderte sich, und bei maximaler Energie wurde er so weiß wie die Linie auf der anderen Seite des Schilds.

Und dann sah Diamant etwas. Sie hob den Blick von den Kontrollen, und für den Bruchteil einer Sekunde zeigte sich direkt vor dem Strahl ein runzliges Gesicht mit großen Augen und einer langen, spitzen Nase. Die Lippen formten ein spöttisches Lächeln, und dann öffnete sich der Mund, nahm den Strahl auf.

Der Projektor zerfiel zu Staub.

Für einige Sekunden blieb es still.

»Hast du es ebenfalls gesehen?«, fragte Diamant.

»Ja. Was war das?«

»Vielleicht hat sich uns gerade der ›Erhabene‹ gezeigt.«

Sie befanden sich erneut an Bord von Vater Grars Schiff, in einem Raum, dessen Struktur sich immer wieder veränderte und der hell erleuchtet war, obwohl Kantaki düsteres Halbdunkel bevorzugten. Staub ruhte in einer halbtransparenten Schale und war gerade untersucht worden.

»Natürlicher Zerfall«, sagte Diamant und deutete auf die Anzeigen. »Das Alter beträgt siebzehn Komma vier Millionen Jahre.«

»Der Schild hat den Projektor also mit beschleunigter Zeit außer Gefecht gesetzt«, erwiderte Esmeralda nachdenklich. »Weil er eine Gefahr darstellte? Oder war es nur eine ... Demonstration der Macht.«

»Das Gesicht ...«

»Ja. Wenn es wirklich der Erhabene war ... Warum hat er nur etwas gegen den Projektor unternommen und nicht gegen uns?«

»Weil wir ihm nicht wichtig genug sind? Weil er Besseres zu tun hat?«

Hinter ihnen klickte es. »Spekulationen bringen uns nicht weiter«, sagte Vater Grar. Es wurde dunkler im Raum, als er durch eine Öffnung in der Wand trat, dunkel genug, um die Fluoreszenzen sichtbar zu machen, die wie Elmsfeuer über seine Glieder tanzten. »Was habt ihr herausgefunden?«

Diamant deutete auf die Displays. »Wir wissen noch immer nicht, woraus die Barriere besteht. Es scheint keine Materie zu sein, aber auch keine Energie.«

»Eine dimensionale Membran?«

»Dafür haben wir keine Hinweis gefunden«, sagte Esmeralda. »Interessant ist die Lichtdurchlässigkeit des Schilds. Vielleicht gibt uns das einen Anhaltspunkt.«

Diamant blieb skeptisch. »Oder auch nicht. Möglicherweise stecken allein Schalk und Gehässigkeit dahinter. Das spöttische Lächeln in dem Gesicht ...«

»Irgendwie werden wir dafür sorgen, dass ihm das Lachen vergeht«, sagte Esmeralda voller Entschlossenheit. »Wir *finden* einen Weg durch die Barriere!«

»Optimismus allein genügt leider nicht.« Diamant sah auf. »Was ist mit dem Schiff?«

»Alle Schäden lassen sich reparieren«, klickte der große Kantaki. »Die energetischen Reserven sind ausreichend. Die Synthesemaschinen arbeiten einwandfrei; ihr braucht also nicht zu befürchten, dass die Nahrungsmittel knapp werden.«

Dünne Falten bildeten sich in Esmeraldas Stirn. »Das klingt so, als rechneten Sie mit einem längeren Aufenthalt an diesem Ort.«

»Ich habe es für angebracht gehalten, mich mit allen Aspekten unserer Situation zu befassen«, klickte Vater Grar. »Unsere unmittelbare Situation ist gut. Wir verfügen über ausreichend Ressourcen, um mindestens ein Jahr eurer Zeitrechnung hier zu verbringen und zu versuchen, den Übergang zu erreichen.«

»Aber?«, fragte Diamant, die einen Unterton in Grars Stimme gehört hatte.

»Die Augen und Ohren des Schiffes haben festgestellt, dass sich das Universum verändert«, fuhr der Kantaki bedrückt fort. »Mit dem Verschwinden der Milchstraße scheint ein Vorgang begonnen zu haben, der sich mit positiver Rückkopplung vergleichen lässt. Der Realitätsverlust setzt sich fort und wird dabei immer schneller. Es ist ein Prozess in Gang gekommen, der sich nicht mehr aufhalten lässt.«

»Ein Kaskadeneffekt«, warf Esmeralda ein.

»Ja. Angefangen hat es mit einer Veränderung der Konstante, die ihr unter der Bezeichnung ›Plancksches Wirkungsquantum‹ kennt. Es folgten Veränderungen beim Bohr- und Kernmagneton – ich verwende erneut die euch geläufigen Begriffe –, bei der Rydberg-Konstante, der Compton-Wellenlänge und der Ruhemasse des Elektrons. Seit kurzer Zeit setzen sich die fundamentalen Veränderungen auch bei der Gravitationskonstante, der Vakuumenergie und den Avogadro- und Faraday-Konstanten fort. Und die Lichtgeschwindigkeit verringert sich.«

»Der Kollaps hat begonnen«, sagte Diamant ernst.

»Ich fürchte, das ist der Fall. Wenn es so weitergeht wie bisher, müssen wir bald mit Beeinträchtigungen bei der Funktion unserer technischen Systeme rechnen.« Der Kantaki senkte kummervoll den Kopf. »Das Fünfte Kosmische Zeitalter hat begonnen und nähert sich einem schnellen Ende.«

»Ein Grund mehr zu versuchen, die verdammte Barriere zu durchdringen und dies alles *ungeschehen* zu machen!«, sagte Esmeralda mit Nachdruck.

Aber was auch immer sie versuchten: Die Barriere vor der weißen Linie des Übergangs blieb stabil. Mehrere Tage lang führten sie Experimente durch, wobei ihnen der Erste Techniker Kurlrrt und die anderen Akuhaschi von Vater Grars Schiff halfen. Kinetische Energie, unterschiedliche Strahlungsarten, Phasensprung-Emissionen – nichts durchdrang den Schild. Als sich Diamant und Esmeralda von den Projektoren abwandten, kam ein akustisches Prioritätssignal aus den Kom-Servi der beiden Pilotinnen, gefolgt von Kurlrrts Stimme. »Diamant, Esmeralda, bitte kehren Sie zum Schiff zurück. Vater Grar ... Es geht ihm schlecht.«

Die beiden Frauen wechselten einen kurzen Blick und liefen los.

Vater Grar, einer von Mutter Krirs Söhnen, lag in einer Mulde, die halb mit schneeweißer Flüssigkeit gefüllt war – der von ihr ausgehende Geruch erinnerte Diamant an Safran.

Kurlrrt empfing die beiden Pilotinnen am Rand des Beckens, das sich im privaten Quartier des Kantaki befand – selbst Diamant und Esmeralda, nach Jahrhunderten an Bord von Kantaki-Schiffen, sahen den größten Teil davon nur als vage Schemen, die ständig die Struktur veränderten. An diesem Ort war der geometrische Abstand zur Hyperdimension am geringsten.

»Was ist passiert?«

Vater Grar hob den Kopf und tauchte den Körper gleichzeitig noch etwas tiefer in die Flüssigkeit. »Ich habe während der tiefsten Phase der Meditation den Kontakt zum Sakrium verloren«, klickte der Kantaki. »Etwas hat mich *hinausgeworfen.*«

Diamant trat ganz nah an die Mulde heran, streckte die Hand aus berührte ein langes Glied. Sie spürte tiefe Trauer und die Nachwirkungen eines großen Schocks. Für die Kantaki war das Sakrium ein heiliger Ort, wo sie meditierten. Ohne diese Meditationen, ohne die Möglichkeit, dem Materie gewordenen Geist nahe zu sein, verlor ihre Existenz an *Bedeutung.*

»Ich habe keinen Zugang mehr«, klickte Vater Grar. »Und die letzten Eindrücke, die ich empfing ...« Der dreieckige Kopf senkte sich etwas. »Sie berichteten von Chaos und Auflösung, in der Struktur des Universums ebenso wie im Ozean der Zeit.«

Diese Worte weckten einen Gedanken, der schon seit Wochen in Diamant schlummerte. »Wie weit sind wir hier vom Bruchpunkt entfernt?«

»Das lässt sich kaum feststellen«, antwortete der Akuhaschi Kurlrrt. »Die für die Berechnung notwendigen Bezugspunkte in der Milchstraße existieren nicht mehr. Wir müssen neue bestimmen, in den Galaxien der Lokalen Gruppe ...«

»Sie verändern sich«, klickte Vater Grar. »Der Kaskadeneffekt verändert alles.«

»Vielleicht haben wir schon zu lange gewartet«, sagte Diamant besorgt.

»Womit?«, fragte Esmeralda.

»Das Schiff muss den Flug zum Kastell fortsetzen. Der Schlund spielt jetzt keine Rolle mehr, aber ... Wir brauchen Spezialisten. Ich fürchte, allein kommen wir hier nicht weiter.« Es blubberte und gluckerte, als der große Kantaki tiefer in die weiße Flüssigkeit sank, bis nur noch sein Kopf zu sehen war.

Esmeralda schüttelte den Kopf. »Es würde mir ganz und

gar nicht gefallen, den Übergang hier einfach so zurückzulassen. Er ist unsere einzige Chance. Wir könnten *alles* rückgängig machen ...«

»Wir wissen nicht, wie viel Zeit uns noch bleibt«, wandte Grar ein. »Und das bedeutet: Wir müssen weiterhin versuchen, die Barriere zu durchdringen. Es gibt keinen Zugang mehr zum Sakrium; bald könnten die Veränderungen in der kosmischen Struktur sogar Flüge durch den Transraum unmöglich machen. Das Schiff muss so schnell wie möglich zum Bruchpunkt aufbrechen und von dort aus in den Ozean der Zeit zurückkehren.«

»Wenn er noch existiert«, warf Kurlrrt ein. »Die bisherigen Untersuchungen der hiesigen Anlagen haben die Informationen bestätigt, die Diamant aus dem Refugium Amyldema mitbrachte: Der Vortex war der Ursprung des Ozeans der Zeit. Jetzt finden hier keine temporalen Aktivitäten mehr statt, vielleicht mit der Konsequenz, dass der Ozean der Zeit gar nicht mehr existiert.«

»Was wäre in einem solchen Fall mit dem Kastell geschehen?«, fragte Diamant.

»Schwer zu sagen«, erwiderte der Akuhaschi. »Wir gehen von einem Rückfall ins Normalkontinuum aus.«

»Wo?«

Kurlrrt vollführte eine vage Geste. »Irgendwo im Universum.«

»Ich breche auf, sobald die Koordinaten des Bruchpunkts berechnet sind und ich mich erholt habe, was nicht lange dauern wird«, klickte Vater Grar. »Ich hole Hilfe.«

»Wenn das Kastell noch erreichbar ist«, sagte Esmeralda leise. »Und ohne einen Piloten ...«

Der Kantaki richtete sich auf. Flüssigkeit tropfte von seinem grauschwarzen Ektoskelett. »Ich bin durchaus in der Lage, mein Schiff selbst zu fliegen. Bisher habe ich es nur vorgezogen, im Sakrium der Weisheit des Geistes zu lauschen.«

 »Aber jetzt können Sie es nicht mehr erreichen, um dort

zu meditieren.« Diamant hob die Hände zu den Schläfen. »Seltsam, ich habe manchmal das Gefühl, dass mir konzentriertes Denken schwer fällt. Vielleicht hat es etwas mit diesem Ort zu tun. Das Schiff hätte schon vor Wochen aufbrechen sollen. Wir haben Zeit vergeudet.«

»Mir ergeht es ähnlich«, sagte Esmeralda. »Ich habe gelegentlich Mühe, mich an bestimmte Dinge zu erinnern.«

»Eine weitere Folge der Veränderungen bei den kosmischen Konstanten«, erklärte Vater Grar. »Der Kaskadeneffekt betrifft nicht nur die Struktur des Universums, sondern auch das Leben in ihm.«

»Ein Grund mehr, keine Zeit mehr zu verlieren«, sagte Diamant. »Bitte lassen Sie die Koordinaten des Bruchpunkts ermitteln, Vater Grar. Und machen Sie sich so schnell wie möglich auf den Weg.«

28

Vor dem Hammer

Indigo: Erde, 3. August 2073 (alte Zeitrechnung)

Valdorian erwachte, setzte sich ruckartig auf und sah etwas, das in seiner rechten Armbeuge steckte. Aus einem Reflex heraus riss er es ab, und Blut quoll aus einer kleinen Wunde.

In der Nähe erklang eine Stimme, und der Linguator an Valdorians Halskette übersetzte sofort. »Immer mit der Ruhe.«

Er schien sich in einer Art Lazarett zu befinden. Dutzende von einfachen Betten standen in einem langen Raum unter einer hellbraunen Plane, manche abgeschirmt von mobilen Raumteilern; neben einigen Betten waren altertümliche Geräte aufgebaut. Es war unangenehm warm, und der Geruch von Desinfektionsmitteln hing schwer in der Luft. Hier und dort drehten sich die Rotorblätter primitiver Klima-Servi, aber sie brachten kaum Erleichterung, verteilten die schwüle Luft nur gleichmäßig. Fast alle Betten waren belegt; Ärzte, Pfleger und Krankenschwestern gingen umher, schienen es aber nicht sehr eilig zu haben.

Valdorian starrte auf die kleine Wunde in seiner rechten Armbeuge, hob dann den Blick und sah den Mann, der zu ihm gesprochen hatte: etwa sechzig, das Gesicht eher schmal und von der Sonne gebräunt, die Augen ebenso dunkel wie das Haar. Er trug einen weißen Kittel, und auf dem Namensschild an der Brusttasche stand »Dott. Alessandro Carosi«.

»Wo bin ich hier?«, fragte Valdorian. Er erinnerte sich an Olkins Pinakothek und schauderte innerlich.

Der Arzt deutete auf den Linguator. »Interessantes Gerät. Sehr nützlich bei Fremdsprachen, nehme ich an. Ich sehe so etwas zum ersten Mal. Eine Neuentwicklung?«

»Wo bin ich hier?«, fragte Valdorian erneut, diesmal ein wenig schärfer.

Carosi hob eine Braue. »Sie gehören zu den Ungeduldigen, wie?« Er nahm einen kleinen Druckbehälter, sprühte etwas Kaltes auf die Wunde in Valdorians Armbeuge und drückte einen Wattebausch darauf. »Hier, halten Sie das fest. Sie brauchen ohnehin weder intravenöse Antibiotika noch sonstige Medikamente. Zwar haben wir Anzeichen von psychischem und physischem Stress festgestellt, aber Ihre Konstitution ist erstaunlich gut, wenn man die Umstände bedenkt. Den meisten Flüchtlingen geht es viel schlechter. Und bevor Sie zum dritten Mal fragen: Sie befinden sich im zentralen Auffanglager.« Ein Hauch von Sorge erschien im Gesicht des Arztes. »Haben Sie Gedächtnislücken? Erinnern Sie sich nicht daran, wie Sie hierher gelangt sind? Man hat Sie ganz hinten im letzten Schiff gefunden, neben zwei anderen, die es nicht geschafft haben.«

Ganz hinten im Schiff?, dachte Valdorian verwirrt. »Wie heißt dieser Planet?«

Carosi sah ihn groß an. »Wie dieser *Planet* heißt?« Er lachte, verstummte aber, als sein Patient ernst blieb. »Ihnen scheint es doch nicht ganz so gut zu gehen. Dies ist die *Erde.*«

Die Erde? Valdorian sah sich erneut im Lazarett um, und diesmal galt sein Interesse vor allem den antiquierten medizinischen Geräten. Er hätte gern nach dem aktuellen Jahr gefragt, doch der Arzt schien auch so schon argwöhnisch genug zu sein, und er wollte nicht mehr Aufmerksamkeit erregen als unbedingt nötig.

Carosi trat um das Bett herum und deutete auf Valdorians linken Unterarm. »Was ist das? Eine seltsame Mischung aus Gewebe und Elektronik.«

Er meinte den Bio-Servo. Valdorian zog den Pulliärmel darüber und stellte fest, dass er noch immer die Kleidung trug, die er im Kastell erhalten hatte. Er schwang die Beine über den Rand des Bettes, vergaß den Wattebausch in der rechten Armbeuge, suchte nach den halbstiefelartigen Schuhen und fand sie.

Plötzlich fiel ihm etwas ein, und von einer Sekunde zur anderen raste sein Puls.

»Hat man noch eine andere Person bei mir gefunden? Neben den ... beiden anderen, die es nicht geschafft haben?«

Carosi zuckte mit den Schultern. »Ich schätze, das erfahren Sie in der Registratur.« Er deutete zu einer der Öffnungen in den Wänden des Lazarettzelts.

Valdorian eilte sofort los. Hinter ihm brummte der Arzt etwas, aber so leise, dass der Linguator es nicht übersetzte.

Die Erde, dachte er. Hatte der Sturz durch Zeit und Raum nur ihn hierher gebracht, oder war Lidia – Diamant – beim Retransfer bei ihm gewesen? In welcher Zeitlinie befand er sich? Wie nahe kam ihre Realität jener Welt, aus der er stammte?

Diese Fragen gingen Valdorian durch den Kopf, als er nach draußen trat, in grellen Sonnenschein und Hitze. Er wankte und glaubte sich von kurzem Schwindel erfasst, merkte dann aber, dass sich der Boden unter ihm bewegte. Den Grund dafür sah er unmittelbar darauf, als er seinen Blick hob und über das ganze »Auffanglager« schweifen ließ: Eine große Stadt aus Zelten, Unterständen, Buden und Baracken erstreckte sich auf zahllosen Pontons, die in einer Meerenge zwischen zwei Landmassen verankert waren. Das Lazarett, in dem Valdorian zu sich gekommen war, befand sich an der Peripherie dieser schwimmenden Stadt, und mehrere große, rostige Schiffe lagen an den Landungsstegen. Ihre Fahnen flatterten in einem Wind, der ein wenig Erleichterung von der Hitze brachte, zeigten Farben und Symbole, die Valdorian nicht zu deuten wusste. Eine lange Hängebrücke reichte hoch über das Lager hinweg und verband die beiden Landmassen miteinander.

Nicht weit entfernt, auf einem anderen Ponton, stand ein weiteres großes Zelt hinter einer Ansammlung aus improvisiert anmutenden Unterkünften, und Valdorian machte sich in der Hoffnung auf den Weg, dort die »Registratur« zu finden.

Er ging durch eine Welt voller Lärm. Überall erklangen Stimmen, und die meisten Menschen schienen sich schreiend zu verständigen. Hier und dort stieg Rauch von offenen Feuern auf, die offenbar der Zubereitung von Mahlzeiten dienten; an anderen Stellen wurde mithilfe von elektrischen Geräten gekocht. Brummende Generatoren lieferten den notwendigen Strom. Musik plärrte aus Lautsprechern. Kinder sausten hin und her. Frauen wuschen Wäsche in großen, halbautomatischen Bottichen. Und von oben, von der langen Brücke zwischen den Landmassen, kam das Donnern des Verkehrs. Endlose Schlangen aus großen und kleinen Fahrzeugen *rollten* über die Brücke, anstatt mit Levitatoren zu fliegen. Valdorian bemerkte nur vereinzelt Levitatorwagen, und sie erschienen ihm sehr klobig.

Welche Zeit ist dies?, dachte er, während er sich einem Menschenstrom anschloss, der ihn in die richtige Richtung brachte. Abgesehen von der allgemeinen regen Betriebsamkeit, die überall herrschte und vor allem alltägliche Dinge zu betreffen schien, gab es noch eine andere Art von Unruhe. Valdorian sah sich aufmerksam um und gewann den Eindruck, dass all diese Leute darauf warteten, *aufbrechen* zu können. Ganze Familien saßen auf Koffern, während andere ihre Sachen zusammenpackten. Helfer waren unterwegs, die meisten von ihnen in grünen und blauen Uniformen, verteilten Lebensmittel und Wasser, beantworteten Fragen, erklärten, gestikulierten. Ihre Hautfarbe war fast immer heller als die der anderen Menschen im schwimmenden Lager. *Flüchtlinge?*, dachte Valdorian. *Aber wovor fliehen sie?*

In der Nähe des anderen großen Zelts, in dem er die
 Registratur vermutete, verließ er den Strom der Menschen

und trat in den Schatten unter der großen Plane. Er hielt nach Diamant Ausschau, und der Umstand, dass hier fast alle Frauen schwarze Haare hatten, erleichterte die Suche nicht. Warteschlangen standen vor Dutzenden von Pulten, an denen Leute in Grün und Blau die Kontrollen einfacher Datenservi bedienten. Offenbar wurden hier persönliche Daten erfasst. Er griff in die Taschen seiner Hose und stellte fest, dass sie leer waren – ohne einen Identer würde es ihm schwer fallen, auf eventuelle Konten des Konsortiums zuzugreifen. *Auf der Erde?*, dachte er. *Die gehört zur Allianz. Falls es in dieser Zeit, in der ich mich befinde, überhaupt ein Konsortium und eine Allianz gibt.*

In einer der vielen Jackentaschen fand er einen Zettel, holte ihn hervor und starrte auf Schriftzeichen, die für ihnen keinen Sinn ergaben. Vielleicht eine Art von Identifizierungsschein, den er im Lazarett erhalten hatte, hoffte er.

Einer der Helfer kam an ihm vorbei, und Valdorian nutzte die Gelegenheit, hielt ihn am Arm fest. »Bitte entschuldigen Sie.«

Der recht junge Mann richtete einen verärgerten Blick auf ihn. »Stellen Sie sich an wie die anderen. Wir haben Zeit genug, Zeit genug.«

»Ich habe nur eine Frage«, sagte Valdorian hastig und zeigte den Zettel. »Ich war ohne Bewusstsein, als ich hierher kam. Man fand mich an Bord des letzten Schiffes. Ich bin in der Begleitung einer Frau unterwegs gewesen ...«

»Versuchen Sie es bei einem der Wer-ist-wo-Scouts«, erwiderte der junge Mann, warf einen neugierigen Blick auf den Linguator, löste seinen Arm aus dem Griff und ging weiter. Draußen verschwand er sofort in der Menge.

Valdorian fühlte sich trotz der vielen Menschen sehr allein. Er steckte den Zettel ein, kehrte nach draußen zurück, in den grellen, heißen Sonnenschein, und fragte sich, was er unternehmen sollte. Er war mittellos, ein anonymer Fremder in einem Durcheinander, das überhaupt keinen Sinn zu ergeben schien, noch dazu auf der Zentralwelt der

Allianz. Oder auf dem Planeten, der einmal zu ihrer Zentralwelt werden sollte – die primitive Technik deutete auf einen ziemlich tiefen Sturz in die Vergangenheit hin.

Der Instinkt veranlasste ihn, wieder in Richtung Lazarett zu gehen. Vielleicht wusste Diamant, dass man ihn dort behandelt hatte, und beabsichtigte, später dorthin zurückzukehren. Oder konnte sie ganz bewusst beschlossen haben, ihren Weg auf eigene Faust fortzusetzen, wohin auch immer?

Es gab noch zwei andere Möglichkeiten, und es behagte Valdorian nicht, über sie nachzudenken. Die erste: Möglicherweise hatte Diamants Retransfer an einer ganz anderen Stelle in der Raum-Zeit stattgefunden. Die zweite: Sie gehörte zu den »beiden anderen«, die es nicht geschafft hatten.

Er folgte einer anderen Route zurück zum Lazarett und bekam dabei Gelegenheit, durch Lücken zwischen den Baracken übers Meer zu sehen. Weißblaue Patrouillenboote glitten in einem Abstand von einigen Dutzend Metern an den Pontons vorbei, und die Männer an Bord beobachteten die schwimmende Stadt mit großer Aufmerksamkeit. Wächter?

Eine große Gruppe Menschen drängte sich vor einem einfachen zweidimensionalen Display.

»Nur noch zwei Tage!«, rief ein Zuschauer, und die anderen stimmten mit ein, trugen den Ruf weiter. »Nur noch zwei Tage!«

»Nur noch zwei Tage ... bis was?«, fragte Valdorian eine vorbeieilende Frau.

»In zwei Tagen fällt Gottes Hammer!«

Valdorian sah der Frau verwundert nach und spürte, wie das Durcheinander um ihn herum noch chaotischer wurde, als sich eine Unruhe ausbreitete, die an Panik grenzte. Uniformierte in der Menge bemühten sich, Ordnung zu schaffen, und es kam keine Musik mehr aus den Lautsprechern, sondern eine Stimme, die dazu aufforderte, die Ruhe zu bewahren.

»Entfernen Sie sich nicht aus den Ihnen zugewiesenen Sektionen«, donnerte es übers Lager hinweg. »Sie werden rechtzeitig evakuiert.«

Valdorian ging weiter und blieb in unmittelbarer Nähe der Baracken, wo das Gedränge nicht ganz so schlimm war. Als ihn noch etwa fünfzehn Meter vom Lazarettzelt trennten, bemerkte er vor dem Haupteingang eine Frau, deren Kleidung nicht so abgenutzt und zerrissen war wie die vieler anderer Menschen. Sie kehrte ihm den Rücken zu, und lockiges schwarzes Haar fiel über ihre Schultern.

»Lidia!«, rief Valdorian. Und dann, noch lauter und hoffnungsvoller: »Diamant!«

Sie drehte sich um, sah ihn und gestikulierte. Voller Erleichterung bahnte er sich einen Weg zu ihr. »Ich befürchtete schon, Sie verloren zu haben!« Er sah keine junge Frau, aber auch nicht die Greisin, zu der sie für kurze Zeit an Bord von Mutter Crhyls Schiff geworden war. Diese Frau schien gut fünfzig Standardjahre alt zu sein.

Diamant ging nicht darauf ein. »Wir müssen weg von hier.«

Die Kantaki-Symbole an Hemd und Hose wirkten sonderbar in dieser Umgebung. Erstaunlicherweise nahm niemand Notiz von ihnen.

»Was ist los?«, fragte Valdorian. »Diese Leute scheinen vor etwas Angst zu haben.«

»Die meisten von ihnen sind Flüchtlinge aus dem Nahen und Mittleren Osten«, erwiderte Diamant. »Wir sind hier auf der Erde, falls Sie das noch nicht wissen sollten. Und heute ist der 3. August 2073, alte Zeitrechnung.«

Sie schien auf eine Reaktion zu warten, aber Valdorian sah sie nur groß an.

»Zwei Tage vor dem Hammerfall«, fügte Diamant hinzu.

»Was ist damit gemeint?«

»Haben Sie sich nie mit der Geschichte der Erde beschäftigt?«

»Doch, natürlich, aber …«

»Aber offenbar nicht sehr gründlich«, sagte Diamant. »Kommen Sie. Ich erkläre es Ihnen unterwegs. Wir dürfen keine Zeit verlieren. Ich habe bereits alles arrangiert.«

»Arrangiert?«

»Wir müssen dieses schwimmende Flüchtlingslager verlassen, und auf normalem Weg ist das nicht ohne weiteres möglich.«

Valdorian musste darauf achten, nicht den Anschluss zu verlieren, als Diamant mit langen Schritten durch eine brodelnde Masse ging, die aus tausenden von Menschen bestand.

»Deshalb hat man die Lager auf Pontons errichtet«, fuhr die Kantaki-Pilotin fort. »Um die Flüchtlingsmassen besser unter Kontrolle zu halten. Dies ist die Zweite Große Völkerwanderung. Millionen von Menschen sind seit Monaten unterwegs. Sie fliehen aus dem Nahen und Mittleren Osten in die westliche Welt und auch die Staaten des Fernen Ostens.«

»Warum?«

Diamant sprach über die Schulter hinweg. Außer Valdorian verstand niemand ihr InterLingua, und die Linguatoren übersetzten nicht, solange das Gespräch allein sie beide betraf. »Christliche Fundamentalisten unter der Führung des so genannten ›Erleuchteten‹, eines Mannes namens Jonas Jacob Hudson, haben vor einem Jahr einen kleinen Asteroiden auf Kollisionskurs mit der Erde gebracht, um das Zentrum der moslemischen Welt im Mittleren Osten zu vernichten. Alle Versuche, das kosmische Geschoss zu neutralisieren, sind nicht nur gescheitert, sondern haben alles noch schlimmer gemacht. Der Asteroid ist in mehrere Teile zerbrochen. Aus der von den Neuen Illuminaten des Erleuchteten für die islamische Welt geplanten Katastrophe wird nun ein globales Desaster, das vor allem die Amerikanische Hegemonie treffen wird. In zwei Tagen stürzt das erste Bruchstücke auf der Erde.«

 »Wo?«, fragte Valdorian besorgt.

»In der Nähe von Hawaii. Ein gewaltiger Tsunami wird die Folge sein.«

»Ist Hawaii sehr nahe? Sind wir direkt betroffen?«

Diamant wich mehreren Gestalten aus, die trotz der Hitze von Kopf bis Fuß in dicke schwarze Gewänder gehüllt waren. Valdorian musste sich durch eine schmale Lücke zwischen zwei Männern schieben, um ihr zu folgen.

»Hawaii befindet sich praktisch auf der anderen Seite des Planeten«, sagte Diamant. »Der erste Brocken ist nicht unser Problem. Aber was diese Leute hier nicht wissen: Ein kleineres Bruchstück wird sechs Stunden nach dem ersten Fragment genau hier niedergehen, in der Meerenge zwischen Sizilien und Kalabrien.«

»Woher wissen *Sie* das?«

»Ich weiß es von Vivian.«

»Und wer ist Vivian?«

»Eine Kantaki-Pilotin und Kognitorin. Ich habe sie während einer meiner Missionen für den Widerstand kennen gelernt. Sie gehörte zu einem Team von Korrektoren, die Zeitmanipulationen der Temporalen in verschiedenen Zeitlinien rückgängig machten. Vivians Gruppe kam am 4. August um dreiundzwanzig Uhr Ortszeit nach Reggio Calabria.« Diamant deutete über die Pontonstadt hinweg zu der Landmasse, die jenseits der Meerenge im Hitzedunst aufragte.

»Am vierten August?«, fragte Valdorian. »Das ist morgen.«

»Ja. Vivian hat mir alles erzählt. Ich weiß, wo sich die hiesige Ausgangsbasis des Widerstands befindet. Wir müssen sie bis morgen Abend erreichen – dann können wir mit Vivian und ihrer Gruppe in die Zukunft zurückkehren.«

Eine Zeit lang schwiegen sie, und Valdorian dachte über Diamants Worte nach, während er ihr durch das riesige Lager folgte. Nach einer Weile schien sich die Aufregung um sie herum zu legen, und aus dem Chaos wurde gewöhnliches Durcheinander. Valdorian achtete kaum auf seine Umgebung, denn ihn beschäftigten mehrere Fragen gleichzeitig, und eine davon lautete:

»In welche Zukunft?«

Daraufhin blieb Diamant so plötzlich stehen, dass er fast gegen sie geprallt wäre. Männer, Frauen und Kinder schoben sich an ihnen vorbei und drängten zu einem Markt, der weiter vorn auf mehreren großen Pontons eingerichtet war.

»Wie meinen Sie das?«

»Es gibt kein Kastell mehr und auch keine Refugien. Wohin sollten wir mit Vivians Gruppe zurückkehren?« Tief in Valdorian, hinter dicken Mauern und verriegelten Türen, knurrte zufrieden die dunkle Kreatur.

Diamant ging weiter, ohne zu antworten, am Rand des Marktes entlang, wo ekelhafte organische Waren angeboten wurden, wie Valdorian sah. Teilweise schienen die Dinge sogar noch *lebendig* zu sein.

Trotzdem knurrte ihm der Magen.

»Daran haben Sie nicht gedacht, oder?«, hakte er kurze Zeit später nach, als Diamant sich vom Hauptstrom der Flüchtlinge abwandte und über einige kleinere, stärker schwankende Pontons ging, vorbei an besonders armselig wirkenden Baracken. Alte saßen dort im Schatten und fächerten sich Luft zu, während sie Nachrichtensendungen auf einfachen Videoschirmen verfolgten.

»Wir könnten Vivians Gruppe warnen und mit ihr einen einigermaßen sicheren Ort aufsuchen, hier auf der Erde. Wir könnten warten.«

»Worauf?«

»In zwei Jahren, im September 2075, erreicht ein Kantaki-Schiff das Sol-System. Nicht das erste überhaupt, aber das erste, das einen Kontakt mit der Erde herstellen wird. Mutter Rrirks Schiff. Wir könnten uns mit ihr in Verbindung setzen und ... uns mitnehmen lassen.«

»Damit wäre *vielleicht* unser Problem gelöst, aber nicht das des Widerstands.« Valdorian zögerte. »Und Sie kämen nie in die Verlegenheit, Ihr Versprechen einlösen zu müssen.«

Diamant blieb erneut stehen, neben einigen Kindern, die vor einem Spalt zwischen zwei Pontons hockten und dort versuchten, mit improvisiertem Angelzeug Fische zu fangen. »Oh, kein Problem. Bringen Sie uns zum originären Manipulationspunkt. Machen Sie den zweiten Zeitkrieg ungeschehen. Nur zu, ich warte.«

Die Kinder sahen neugierig zu ihnen auf, die Gesichter unschuldig und ohne Furcht. Sie lenkten Valdorians Gedanken in eine ganz andere Richtung. »Was passiert mit all diesen Menschen?«

»Fünfundneunzig Prozent von ihnen kommen ums Leben, wenn das Asteroidenfragment unweit von hier ins Meer stürzt«, antwortete Diamant auf InterLingua. »Ebenso wie mehr als achtzig Prozent der Bewohner der Küstenabschnitte. Der hiesige Tsunami wird nicht annähernd so stark sein wie der im Pazifik, aber die Flutwelle wird trotzdem enorme Verwüstungen im östlichen Sizilien und westlichen Kalabrien anrichten. Außerdem wird es zu heftigen Erdbeben und zu Ausbrüchen der Vulkane Ätna, Stromboli und Vesuv weiter im Norden kommen. Die Brücke über uns, vor sechzig Jahren dieser Zeit als Jahrhundert- oder gar Jahrtausendbauwerk gefeiert, wird einstürzen. Aber interessiert Sie das, Dorian? Sie sind doch daran gewöhnt, immer nur an sich selbst zu denken.«

Eine scharfe Erwiderung lag auf Valdorians Zunge, doch er schluckte sie hinunter und deutete nach vorn. »Sie sprachen davon, etwas arrangiert zu haben. Wie wollen Sie diese schwimmende Stadt verlassen und rechtzeitig die Ausgangsbasis des Widerstands erreichen?«

»Wir können nicht so einfach ins Meer springen und schwimmen – die Patrouillenboote würden uns sofort wieder aus dem Wasser fischen. Also tauchen wir.«

»In Situationen wie dieser gibt es immer Leute wie Sie, die kein Gewissen haben und die Lage ausnutzen, um Geld zu verdienen«, sagte Diamant, als sie ihren Weg durch die Peripherie des großen Lagers fortsetzten, vorbei an Zelten und kleineren Baracken. Die Sonne brannte heiß vom Himmel, und nur die hohe Brücke mit dem brummenden Verkehr spendete ein wenig Schatten. »Einen solchen Mann habe ich gesucht und gefunden, während Sie im Lazarett lagen.«

Valdorian ließ sich auch diesmal nicht ködern und schwieg.

»Es ist nicht mehr weit«, sagte Diamant nach einer Weile, als das Schweigen ihres Begleiters andauerte.

Valdorian nickte nur und dachte an die Katastrophe, zu der es in zwei Tagen kommen würde. Inzwischen erinnerte er sich wieder an bestimmten Dinge, an historische Fakten aus Memo-Schulungen, denen er sich vor etwa hundertdreißig Jahren als Junge hatte unterziehen müssen. Doch jene Basisinformationen, die alle Schüler mithilfe memorialer Lektionen in sich aufnahmen, waren im Lauf der Zeit von anderen Dingen zurückgedrängt worden, an die es sich zu erinnern galt – die meisten von ihnen betrafen das Konsortium und seine Geschäfte. Was übrig geblieben war, erwachte zu geisterhaftem Leben und zeigte ihm eine halb verwüstete Erde, die jedoch bald darauf zur Wiege einer neuen Menschheit wurde, denn mit dem Eintreffen des ersten Kantaki-Schiffes im Jahr 2075 der alten Zeitrechnung begann das Zeitalter der Großen Expansion.

»Wir sind da«, sagte Diamant und deutete auf ein unscheinbares weißes Zelt. Neben dem Eingang standen mehrere junge Männer, die den Eindruck erweckten, entspannt miteinander zu plaudern, ohne auf ihre Umgebung zu achten. Aber Valdorian erkannte die subtilen Anzeichen von wacher Aufmerksamkeit. Wächter.

Diamant trat an einen von ihnen heran. »Ich habe mit Antonio gesprochen. Er weiß Bescheid.«

Der junge Mann, den sie angesprochen hatte, drehte den Kopf, streifte Valdorian mit einem Blick, sah Diamant an und lächelte. Er sagte etwas, das wie »Wabene« klang, und der Linguator übersetzte: »In Ordnung.«

Als sie das Zelt betraten, kam ihnen ein Mann in mittleren Jahren entgegen, so schlank, dass er fast ausgemergelt wirkte, das faltige Gesicht fast so dunkel wie die Augen, in denen Valdorian die gleiche Wachsamkeit sah wie bei den jungen Leuten draußen. Außerdem bemerkte er jene Hinweise, die er schon in jungen Jahren zu erkennen gelernt hatte: Dieser Mann hatte Autorität, in seiner eigenen kleinen Welt.

Er nickte Valdorian kurz zu und wandte sich dann an Diamant. »Sie haben mir noch nicht gesagt, warum Sie so dringend nach Reggio wollen.«

»Uns ist es hier zu eng.«

Antonio wölbte ein Braue, die ebenso grau meliert war wie das Haar. »In Reggio sieht es nicht viel anders aus.«

»Aber dort gibt es andere Möglichkeiten.«

Antonio nickte langsam.

»Zehntausend«, sagte er.

»Wir hatten von achttausend gesprochen.«

»Inflation.« Er streckte die Hand aus. »Im Voraus.«

»Auch *darüber* haben wir gesprochen«, sagte Diamant, ohne sich aus der Ruhe bringen zu lassen. »Sie bekommen das Geld, wenn wir am Ziel sind. Versprochen.«

»Versprechen sind heutzutage leider nicht mehr viel wert.«

»Auf *meine* Versprechen ist Verlass«, sagte Diamant mit Nachdruck und warf Valdorian bei diesen Worten einen kurzen Blick zu. Dann holte sie ein kleines K-Gerät hervor, einen dünnen, zehn Zentimeter langen Stab, und aktivierte ihn mit einem kurzen Drehen. Wie von unsichtbaren Händen getragen schwebte der Stab empor, rotierte und projizierte pseudoreale Bilder fremder Welten.

Antonio starrte. Nach einigen Sekunden hob er langsam die Hand, aber Diamant kam ihm zuvor, ergriff den Stab und steckte ihn wieder ein. »Wenn wir am Ziel sind«, wiederholte sie. »Achttausend. Und einige Geräte dieser Art.«

Bevor Antonio antworten konnte, kam einer der jungen

Männer ins Zelt. »Eine Patrouille«, sagte er schnell. »Sie durchsucht die Zelte.«

»Na schön. Kümmert euch hier um alles. Ich mache eine kleine Fahrt.« Und zu Diamant und Valdorian: »Kommen Sie.«

Im Nebenzimmer zog er eine Bodenplane beiseite und löste ein Segment aus dem Ponton darunter – zum Vorschein kamen Leinen und eine schmale Luke. »Schnell, steigen Sie ein.«

»Was soll das sein?«, fragte Valdorian.

»Ein Tauchboot.«

Diamant zwängte sich bereits durch die Luke, und Valdorian erinnerte sich plötzlich an eine andere Tauchfahrt, auf dem Planeten Kerberos, hinab zum Grund des Riffmeers, zum Omnivorkeim.

»Schnell, schnell!«, drängte Antonio.

Valdorian folgte Diamant durch die Luke ins Innere, das nur aus einer metallenen Hülle, einigen Sitzen und einem Antriebsaggregat zu bestehen schien. Von Sicherheitssystemen war weit und breit nichts zu sehen. Mehrere kleine Fenster gewährten Ausblick in die dunkle Wasserwelt unter der schwimmenden Stadt.

»Nein, nicht nach vorn, nach hinten!«, sagte Antonio, als Valdorian auf einem der vorderen Sitze Platz nehmen wollte, in unmittelbarer Nähe von Diamant. »Nach hinten! Sonst wird das Boot kopflastig!«

»Verfügt es nicht über automatische Stabilisatoren?«, fragte er, als er ins Heck des Tauchbootes *kroch*, das mit einem deutlichen Schwanken auf seine Bewegungen reagierte.

»Stabilisatoren?« Antonio lachte, schloss die Luke und setzte sich an die einfache Konsole in der Bootsmitte. »Was haben Sie erwartet, einen Luxusdampfer?«

Das Summen des Antriebsaggregats wurde lauter, und das Boot ging so sehr in die Schräglage, dass Diamant sich vorn an der gewölbten Wand abstützen musste, um nicht
 aus ihrem Sitz zu rutschen. Die Fenster zeigten nur schwar-

zes Nichts, boten keine Hinweise auf Geschwindigkeit und Tiefe. Einige Minuten verstrichen, und dann begann es im Rumpf zu knacken.

Valdorian sah sich beunruhigt um. »Wie tief sind wir?«

»Tief genug, um den Schwimmankern des Lagers zu entgehen«, sagte Antonio und brachte das Tauchboot in die Horizontale. Er überprüfte den Kurs auf einem kleinen Display, nickte zufrieden und beugte sich vor. »Jetzt haben Sie Zeit genug, mir zu sagen, wer Sie sind.« Er richtete die Worte an Diamant, warf aber auch einen kurzen Blick über die Schulter.

»Wann erreichen wir Reggio Calabria?«, fragte Valdorian.

»Dorthin sind wir gar nicht unterwegs.«

Diamant drehte den Kopf. »Ich dachte, wir hätten eine Vereinbarung.«

»Die haben wir auch, keine Sorge. Aber der direkte Weg nach Reggio ist versperrt. In dieser Meerenge gibt es vier schwimmende Auffanglager, und südlich von ihnen befindet sich ein Horchposten mit Unterwassermikrofonen, die uns sofort entdecken würden.«

»Wohin bringen Sie uns stattdessen?«

»Nach Villa San Giovanni«, sagte Antonio. »Von dort aus nehmen wir die Magnetbahn nach Reggio. Wie lautete noch die dortige Adresse, die Sie mir genannt haben?«

»Ich habe Ihnen keine Adresse genannt.«

»Oh, ja, stimmt.« Antonio lächelte. »Nun ... wer sind Sie?«

Diamant lächelte ebenfalls, aber sehr kühl. »Wir sind ... Touristen.«

Valdorian hatte das Gefühl, jeden Augenblick ersticken zu müssen, als das Tauchboot endlich aufstieg, Antonio seinen Platz an der Konsole verließ und die Luke öffnete. Herrlich kühle und frische Luft strömte herein, aber nur wenig Licht. Den Grund dafür sah Valdorian knapp eine Minute später, als er nach Antonio und Diamant ausstieg.

Sie befanden sich in einer Höhle, die durch einen Kanal

unter dem Felsgestein mit dem Meer verbunden war. Auf der rechten Seite bemerkte er eine Anlegestelle, und dahinter war die natürliche Kaverne erweitert worden. Mehrere Lampen brannten dort, und eine steile Treppe führte nach oben.

Vor der Treppe standen zwei grimmige Männer. Die Waffen in ihren Händen wiesen nicht die geringste Ähnlichkeit mit Hefoks auf – Valdorian vermutete, dass es sich um automatische Projektilschleudern handelte. Archaisch, aber trotzdem gefährlich.

»Alles in Ordnung«, sagte einer der Wächter.

Antonio nickte ihm zu. »Wie sieht es oben aus?«

»Wie immer. Die üblichen Patrouillen. Nichts Außergewöhnliches.«

Antonio wandte sich an Diamant: »Das bedeutet, wir können die Reise fortsetzen. Bitte, steigen Sie aus.« Und an einen der beiden Wächter gerichtet: »Bring das Tauchboot zurück zum Hauptlager. Vielleicht wird es erneut gebraucht.«

Valdorian kletterte hinter Diamant die Stufen hoch. »Menschenschmuggler?«, flüsterte er ihr zu.

»Und noch mehr als das«, erwiderte sie ebenso leise. »Machen Sie auf keinen Fall den Fehler, diese Leute zu unterschätzen.«

»Oh, das ist gar nicht freundlich«, sagte Antonio hinter und unter ihnen. »So zu tuscheln, dass ich nichts verstehe. Man könnte meinen, Sie hätten etwas vor mir zu verbergen.«

»Was sollten zwei Touristen schon vor Ihnen verbergen?«, erwiderte Diamant und trat beiseite, als sie am Ende der Treppe eine Tür erreichte. Valdorian verharrte ebenfalls.

Antonio schob sich an ihnen vorbei. »Zwei Touristen mit Technik, wie ich sie noch nie gesehen habe.«

»Ich schätze, selbst jemand wie Sie kennt nicht alles.«

»Mag sein.« Antonio trat zu Tür und gab einen Kode am elektronischen Schloss ein. »Aber glauben Sie mir: Ich kenne eine ganze Menge.«

»Nicht *annähernd* so viel wie ich, und das können Sie *mir* glauben«, sagte Diamant in einem Tonfall, der jeden Zweifel ausschloss.

Antonio musterte sie kurz. »Ja ...«, entgegnete er langsam. »Ja, das halte ich sogar für möglich. In Ihren Augen sehe ich etwas, das ...«

Er beendete den Satz nicht, wandte sich ab und öffnete die Tür. Verkehrslärm schlug ihnen entgegen, begleitet von einem Durcheinander aus Stimmen. Der kleine Mann mit dem grau melierten Haar wechselte einige Worte mit jemandem, öffnete die Tür etwas weiter und trat nach draußen, in etwas, das für Valdorian wie eine Mischung aus Verkehrsterminal und Wochenmarkt aussah. Dutzende von Händlern priesen an wackligen Ständen ihre Waren an, und dahinter rollten schwere Transporter und Individualwagen über eine breite Straße, die zur Bücke über der Meerenge zwischen Sizilien und Kalabrien führte. Einige Dutzend Meter entfernt ragte eine riesige Statue auf und spendete Schatten. Valdorian blickte an ihr empor und sah die Darstellung eines väterlich wirkenden Mannes, der die Hand gehoben hatte, als wollte er den Verkehr auf der Brücke grüßen.

»Wer ist das?«, fragte er.

»Berlusconi«, sagte Antonio. Er musste laut sprechen, um das Brummen des Verkehrs und die Stimmen der Marktschreier und ihrer Kunden zu übertönen. »Silvio Berlusconi. Erst Minister- und dann Staatspräsident von Italien. Vor gut sechzig Jahren hat er sich hier gleich zwei Denkmäler gesetzt. Mit dieser Statue und mit der Brücke über die Straße von Messina. Wollte immer hoch hinaus und ist schließlich an sich selbst erstickt.«

»An sich selbst ...«

Antonio lächelte. »An seinem eigenen Größenwahn. Er starb 2014 in einer psychiatrischen Klinik.« Er deutete auf eine nahe Unterführung. »Kommen Sie.«

Die Magnetbahn befand sich auf der anderen Seite der

Straße: mehr als zwanzig weiße Wagen, von denen der Lack abblätterte. Antonio nickte einigen Männern zu, die sie so unauffällig begleitet hatten, dass sie Valdorians Aufmerksamkeit entgangen waren. Sie betraten einen Wagen, erschienen kurze Zeit später an einem Fenster und gaben Antonio ein Zeichen.

»Gerade ist ein Abteil für uns reserviert worden«, sagte der kleine Mann. »Es zahlt sich aus, Freunde zu haben.«

Wenige Minuten später saßen sie in einem klimatisierten, angenehm kühlen Raum, mit zwei »Freunden« vor der Tür. Antonio überließ die Fensterplätze Diamant und Valdorian, nahm in einer Ecke an der Tür Platz. »Wenn Sie etwas brauchen ...«

»Etwas zu essen und trinken wäre nicht schlecht«, sagte Valdorian, bevor Diamant ablehnen konnte. Er war hungrig genug, um selbst organische Dinge zu akzeptieren.

Antonio öffnete die Tür, murmelte etwas, und schloss sie wieder. »Kein Problem«, sagte er und breitete kurz die Arme aus. »Nennen Sie einfach Ihre Wünsche. Ein paar kleine Muntermacher gefällig?«

»Nein, keine Drogen, danke«, erwiderte Diamant.

»Drogen? Wer hat etwas von Drogen gesagt?« Antonio lehnte sich zurück, suchte eine bequeme Position und schloss die Augen. »Ich schlage vor, Sie machen es sich gemütlich. Die Fahrt kann eine Weile dauern.«

»Wieso?«, fragte Diamant erstaunt. »Es sind doch nur ... dreißig oder vierzig Kilometer bis nach Reggio Calabria.«

»Eher die Hälfte.« Antonio öffnete die Augen wieder. »Aber diese Bahn ist alt, wissen Sie. Oft fällt der Strom aus. Defekte. Materialermüdung. Zum Glück haben wir es nicht eilig. Sie sagten mir, dass Sie bis morgen in Reggio sein wollen, und das schaffen wir ganz bestimmt.«

»Aber wenn es nur zwanzig Kilometer sind ...«, sagte Valdorian. »Warum nehmen wir nicht einen Wagen? Am besten einen, der mit Levitatoren ausgestattet ist.«

»Oh, da ist jemand an mehr Luxus gewöhnt, wie?«

Antonio lächelte sein hintergründiges Lächeln. »Auf den hiesigen Straßen sind häufig Patrouillen unterwegs, die immer wieder Kontrollen vornehmen. Und irgendetwas sagt mir, dass Sie keine Papiere haben, stimmt's?«

»Papiere?«, fragte Valdorian verwirrt.

»Ausweise«, sagte Diamant. »Identer.«

»Die Magnetbahn wird nie kontrolliert«, fügte Antonio hinzu.

»Freunde?«, fragte Valdorian.

Antonio lächelte einmal mehr. »Freunde sind eine schöne Sache.«

Es war dunkel geworden, als die Magnetbahn Reggio Calabria erreichte, vier Stunden nachdem sie das Terminal von Villa San Giovanni verlassen hatte.

»Vier Stunden für zwanzig Kilometer«, sagte Valdorian. »Wir hätten auch zu Fuß gehen können.«

»Ja, aber das wäre nicht so komfortabel gewesen, oder?« Antonio sah sich um. »Bitte warten Sie hier. Ich bin gleich wieder da.«

Er verschwand in der lauten, quirligen Menschenmenge. Dies schien eine Art Bahnhof zu sein, aber wie beim anderen Terminal wurde er auch als Marktplatz genutzt. Valdorian und Diamant traten aus dem Schein der Lampen, in einen abseits gelegenen Bereich, wo sie nicht ständig von jemandem angerempelt wurden. Die vielen Lichter der Stadt spiegelten sich auf dem nahen Meer wider, und in der Ferne zeigte sich das glitzernde Band der Brücke. Es war jetzt nicht mehr drückend heiß, nur noch heiß, und der vom Meer her wehende Wind brachte Erleichterung. Die Szene lud zum Verweilen ein, fand der neue Valdorian, trotz des Lärms.

»Sehen Sie«, sagte Diamant.

Sie deutete gen Himmel, und er folgte ihrem Blick, sah Sterne ... Einer von ihnen bewegte sich.

»Der Asteroid?«

»Ja.«

»Wir könnten versuchen, diese Leute zu warnen«, sagte Valdorian nachdenklich. »Antonio scheint ein Mann mit Einfluss zu sein ...«

»Die lokalen Ordnungskräfte würden uns für Panikmacher halten und einsperren. Dann hätten wir keine Gelegenheit, Vivian zu treffen, mit dem Ergebnis, dass wir übermorgen zusammen mit diesen Menschen sterben. Und *dann* könnten Sie mich nicht mehr zum originären Manipulationspunkt bringen.«

Antonio erschien wie aus dem Nichts vor ihnen. »Meine Güte, ich dachte schon, Sie hätten sich auf und davon gemacht, ohne an die versprochenen neuntausend zu denken.«

»Achttausend«, sagte Diamant.

Der kleine Mann verzog das Gesicht. »Obwohl ich Ihnen einen so guten Service biete? Ein Wagen steht bereit. Kommen Sie.«

Sie kehrten ins Gewühl zurück, bahnten sich einen Weg durchs Gedränge und erreichten eine breite Straße, auf der ebenso dichter Verkehr herrschte wie auf der Brücke. Ein bleigrauer, ziemlich heruntergekommener Wagen stand am Straßenrand. Antonio nahm auf dem Beifahrersitz Platz, Diamant und Valdorian im Fond.

»Jetzt sollten Sie mir die Adresse nennen«, sagte Antonio.

»Falls Sie glauben, ohne uns an das Geld zu kommen, erwartet Sie dort eine unangenehme Überraschung«, erwiderte Diamant kühl. »Die Adresse lautet: Via Certosa 54.«

Antonio nickte dem Fahrer zu, der daraufhin den Wagen in den Verkehrsstrom steuerte und nicht auf die akustischen Signale achtete, mit denen andere Fahrer warnten und protestierten.

Während der Fahrt sprachen der Mann am Steuer und Antonio miteinander – offenbar ging es um irgendwelche »Geschäfte«. Valdorian hörte nicht hin, sah aus dem Fenster und beobachtete die vorbeigleitende Stadtlandschaft.

Im Licht der vielen Lampen sah er eine Mischung aus barocken Altbauten und hohen Gebäuden, die jüngeren Datums zu sein schienen und weniger schmuckvoll waren. Kein Architekt schien sich gefragt zu haben, ob das auch alles zusammenpasste. Und doch zeichnete sich diese Stadt durch eine sprudelnde, brodelnde Vitalität aus. Rechts war manchmal das Meer zu sehen, jetzt nicht mehr blau wie am Tag, sondern silbern. Erinnerungen erwachten in Valdorian, an ein anderes Meer mit einer anderen Farbe.

»Denken Sie manchmal an Tintiran, Diamant?«

»Derzeit denke ich an Vivian und die Zeitkapsel ihrer Kognitorengruppe. Und ich denke an die immense Katastrophe, die dieser Welt bevorsteht.«

Weiter vorn blitzte es, und es folgte ein Donnern, in dem sich das Brummen des Motors verlor. Es flackerte mehrmals hinter einigen hohen Gebäude.

Diamant beugte sich vor. »Was war das?«

»Eine Explosion«, sagte Antonio. Und zum Fahrer: »Bring uns so nahe wie möglich heran.«

»Wir haben ein anderes Ziel.«

»Ich glaube, da irren Sie sich, Verehrteste. Der Lichtblitz kam aus dem Viertel mit der Via Certosa.«

Nach einigen hundert Metern stockte der Verkehr. Sirenen heulten, und mit Levitatoren ausgestattete Rettungsfahrzeuge sausten in einer Höhe von etwa zehn Metern über die Straße hinweg.

»Mit dem Wagen kommen wir jetzt nicht mehr weiter«, sagte Antonio.

Sie stiegen aus, ebenso wie viele andere Fahrer und Passagiere. Alle drängten dorthin, wo Flammen gen Himmel loderten, und innerhalb kurzer Zeit entstand eine große Menge aus Schaulustigen. Wieder erschienen einige von Antonios »Freunden« – vermutlich waren sie ihnen in einem anderen Wagen gefolgt – und sorgten mit sanftem Nachdruck dafür, dass ihre kleine Gruppe ohne größere Probleme vorankam. Sie erreichten eine schmale Straße und dann eine

Absperrung, hinter der Uniformierte standen. Löschfahrzeuge waren im Einsatz und versuchten, den Brand unter Kontrolle zu bringen.

»Ich fürchte, die unangenehme Überraschung, die Sie vorhin erwähnten, betrifft Sie«, sagte Antonio und deutete auf das brennende Gebäude. »Das ist Via Certosa Nummer Vierundfünfzig.«

»Aber ... das kann nicht sein!«, erwiderte Diamant verblüfft. »Vivian hat mir erzählt, dass sie am vierten August hier eintraf und mit ihrer Mission begann. Und ihre Ausgangsbasis befand sich dort.« Sie deutete auf das Haus, aus dessen Fenstern Flammenzungen leckten.

Valdorian bemerkte, wie sich ihr Gesichtsausdruck plötzlich veränderte, als sie zur Seite blickte. Er drehte den Kopf und sah einen eher unscheinbaren Mann, der ebenfalls an der Absperrung stand, auf der anderen Straßenseite, etwa zwanzig Meter entfernt und durch Dutzende von Schaulustigen von ihnen getrennt.

»Ein getarnter Temporaler!«, stieß Diamant hervor und lief los.

29

Kaskade

Braun: Vortex

Die weiße Linie des Übergangs lockte, zum Greifen nahe und doch unerreichbar hinter dem unsichtbaren Schild. Einige schwebende Lichter markierten die Barriere: eine unsichtbare Kugel mit der Linie in ihrer Mitte.

»Vielleicht bieten Boden, Decke und Wände eine Möglichkeit«, sagte Diamant nachdenklich. »Die strukturelle Integrität der dortigen Materialien ist nicht beeinträchtigt.«

Esmeralda programmierte den Datenservo, der die K-Geräte steuerte, die stationären ebenso wie die mobilen. Metallkäfer unterschiedlicher Größe krabbelten zwischen den Markierungslichtern über die Barriere und nahmen unermüdlich Messungen vor. »Das könnte ein Ansatzpunkt sein. Hier sind wir so weit fertig. Die aktuellen Messreihen nehmen mindestens eine Woche Zeit in Anspruch. Anschließend sehen wir weiter. Was hältst davon, wenn wir uns ein wenig umsehen?«

Diamant nickte. Sie verließen den Raum mit dem Übergang durch eine schmale, unregelmäßig geformte Tür, mit aktivierten Notfallservi. Finstere Korridore nahmen sie auf, nur erhellt von den fliegenden Lampen, die sie vorausschickten und die nicht nur Licht in die Dunkelheit brachten, sondern mit ihren Sensoren auch nach Gefahren Ausschau hielten.

»Hast du dich jemals gefragt, was in ihren Köpfen vor sich ging?«, murmelte Diamant und sah sich immer wieder um. Der Tunnel wand sich wie eine hohle Schlange durch die inneren Mechanismen eines gewaltigen Aggregats.

Esmeralda beantwortete die rhetorische Frage nicht, richtete nur einen stummen Blick auf Diamant.

»Die Bösen sind nie nur böse. Zwischen Schwarz und Weiß gibt es viel Grau. Vielleicht glaubten die Temporalen aus irgendeinem Grund, *richtig* zu handeln.«

»Mach aus den Tätern keine Opfer.«

»Agoron sprach von Manipulation.« Diamant blieb stehen und blickte an etwas empor, das wie ein Kabelbündel aussah und weiter oben in einem Wirrwarr aus ineinander verschachtelten Würfeln verschwand. Ihre Kanten glühten und erinnerten an die Fluoreszenzen, die Kantaki bei ihren Bewegungen begleiteten. »Und du hast das Gesicht gesehen.«

»Der grinsende Knilch, der den Strahl schluckte? Wir *werden* dafür sorgen, dass ihm das Grinsen vergeht!«

»Und wenn du versuchst, dich mit einem Gott anzulegen?«

Esmeralda schnaubte leise. »Ich bin fast tausend Jahre alt und bisher noch keinem Gott begegnet. Es gibt keine Götter, meine Liebe. Es gibt nur Leute, die an einem Allmachtswahn leiden. Arroganz ist das erste Symptom. Und Leute, die spöttisch lächeln, während sie einen Energiestrahl schlucken, sind mir suspekt. Beim nächsten Mal verschluckt sich der Bursche.«

Diamant lachte unwillkürlich. Esmeralda stimmte mit ein, und die beiden Frauen umarmten sich, während die Schatten der Sorge kurz von ihnen wichen.

»Ich glaube, das vermisse ich am meisten«, sagte Diamant, als sie sich voneinander lösten und den Weg fortsetzten. »Die Unbeschwertheit, die wir genossen haben, als ... Meine Güte, ich habe das Gefühl, als wären Jahrzehnte vergangen, seit wir Kantaki-Schiffe geflogen haben, ohne etwas von all diesen Dingen zu ahnen. Ob ich mich jemals wieder so leicht fühlen kann?«

»Nimm dir ein Beispiel an mir«, sagte Esmeralda. »Ich bin gestorben und durch dich wieder zum Leben erwacht.

Zweifellos ein traumatisches Erlebnis. Und ich habe dennoch meinen Humor behalten. Wobei mir einfällt ... Was passiert, wenn es uns schließlich gelingt, den Übergang zu erreichen und die Manipulation zu verhindern, der wir diesen ganzen Unsinn verdanken? Ich meine, was passiert dann mit uns? Bleiben wir die, die wir jetzt sind, oder kehren wir in ein anderes Leben zurück, ohne uns daran zu erinnern, was geschah, seit wir den Nexus zwischen der Milchstraße und Andromeda verließen?«

»Wenn der zweite Zeitkrieg nie stattfand ... Dann gäbe es nur eine temporale Realität. Ich schätze, die Esmeralda und Diamant darin wären herrlich ahnungslos.«

»Herrlich?«

»Ich *hoffe* es«, bekräftigte Diamant. »Zumindest wäre ich sehr froh, diese Erinnerungen los zu sein.«

»Aber jene Esmeralda und jene Diamant ... Sie wären nicht *wir*.«

»Ja, das stimmt. Seltsam, nicht wahr? Wir hoffen praktisch auf eine Gelegenheit, uns selbst auszulöschen.«

Sie erreichten einen runden Raum, der etwa zehn Meter durchmaß und offenbar eine Art Kontrollzentrum gewesen war. Sessel standen an hufeisenförmigen Konsolen, alle leer. Hier hing wieder ein leises Summen in der Luft, die Stimme der Maschinen, die Bereitschaft signalisierte. Zentrale Displays zeigten das Innere des Vortex; andere, kleinere Schirme blieben leer. Zeichenkolonnen stiegen wie ganz besondere Glasblasen in pseudorealen Zylindern auf.

»Wenn wir etwas vergessen ...«, sagte Esmeralda. »Sterben wir dann?«

»Ein kleiner Teil von uns schon, glaube ich.«

»Aber der Rest bleibt erhalten. Die Person. Das zentrale Selbst. Der Kern, der uns zu dem macht, was wir sind. Wenn wir Erfolg haben, vergessen wir etwas ... vielleicht, ich bin nicht ganz sicher. Aber wir bleiben wir.«

»Das alte Leben fortsetzen zu können, in einer ›reparierten‹ Welt ... Es wäre schön.«

»Wir werden wieder im Nexus zwischen den Galaxien sein, und es wird sich *keine* schwarze Linie zeigen, aus der ein Assassine der Temporalen kommt, mit dem Auftrag, uns zu töten.«

Diamant nickte wortlos, ging langsam durch den runden Raum, blickte auf fremdartige Kontrollen hinab und dachte dabei an jene andere Person, die sie vor nicht allzu langer Zeit gewesen war und die jetzt nur noch als Möglichkeit hinter der weißen Linie des Übergangs existierte. Nach einigen Sekunden fröstelte sie und stellte vor einem dunklen Display fest, dass ihr Atem kondensierte.

»Die hiesigen Lebenserhaltungssysteme funktionieren nicht mehr richtig. Es ist ziemlich kalt.«

»Wer weiß, was hier noch richtig funktioniert und was nicht? He, was hältst du davon, wenn wir getrennt auf Entdeckungstour gehen? Wir besorgen uns Proviant von der Synthesemaschine, die Vater Grar zurückgelassen hat, und sehen uns dann jeder einzeln in verschiedenen Bereichen des Vortex um. Vielleicht entdecken wir etwas, das uns dabei helfen könnte, den Schild zu durchdringen.«

Diamant nickte, obwohl ihr der Gedanke, allein in den Anlagen der Temporalen unterwegs zu sein, nicht sonderlich behagte.

Seit fast zwei Stunden wanderte Diamant, von Kopfschmerzen geplagt, durch bedrückende Stille, als Esmeraldas Stimme aus ihrem Kom-Servo kam. »Ich habe etwas entdeckt, in einer der oberen Sektionen. Ein kleines Fanal markiert den Ort.«

»Ich bin unterwegs.«

Diamant schickte einer der beiden Kapseln, die aus Vater Grars Schiff stammten, ein Rufsignal; kurze Zeit später befand sie sich an Bord und flog im Vortex empor. An seinen dunklen Wänden war das Fanal deutlich zu sehen: ein heller Punkt, der bei jedem Blinken die Farbe wechselte. Diamant steuerte ihre Kapsel darauf zu und bemerkte eine

 Ansammlung von mehreren Knoten, ein wenig abseits der

langen Spirale, die sich über die Wände des Trichters wand. Dort verankerte sie die Kapsel, passierte eine Schleuse der Temporalen und stand wenig später in einem dunklen Gang. Esmeralda kam ihr entgegen.

»Ich bin schon einmal hier gewesen«, sagte sie. »Und daher weiß ich, dass es erst vor kurzer Zeit entstanden ist.«

»Es?«, fragte Diamant.

»Eine ... Anomalie. Komm.« Esmeralda drehte sich um und ging mit langen Schritten los.

Diamant folgte ihr. Kurz darauf erreichten sie einen Raum, aus dem das Licht kam, und dort sah Diamant dicke, schlauchartige Gebilde, die in verschlungenen Bahnen vom Boden zur hohen Decke reichten und ein dichtes Geflecht bildeten, in dem ellipsoide Verdickungen auffielen. »Sieht aus wie eine Neuronengruppe.«

Zusammen mit Esmeralda trat sie näher. Die transparenten Schläuche schienen Flüssigkeit zu enthalten; darin bewegten sich kleine Blasen, und in ihnen noch kleinere, wie zusammengekrümmt wirkende Gestalten.

»Föten?«, fragte Diamant. »Sind dies ... Eier der Temporalen? Und ist dies so etwas wie eine ... Gebärmaschine?«

»Vielleicht«, sagte Esmeralda.

Diamant verstand. »Dies ist nicht die Anomalie, die du meinst, oder?«

»Nein. Sie befindet sich dort drüben.« Esmeralda deutete über die Schulter zu einer Tunnelöffnung auf der anderen Seite, konnte aber ihren Blick nicht von den transparenten Röhren lösen.

Langsam glitten die kleinen Blasen dahin, ohne dass sich eine der winzigen Gestalten in ihnen bewegte. »Dies sind, abgesehen von Agoron, die ersten Leichen, die wir hier finden.« Diamant runzelte unwillig die Stirn, als die Kopfschmerzen stärker wurden. »Tote, ungeborene Kinder.«

Sie gingen an den Schläuchen vorbei und näherten sich der gegenüberliegenden Wand. Dort verharrte Diamant kurz in der Tunnelöffnung, blickte noch einmal zurück und dachte an die vielen kleinen Augen, die sich nie öffnen würden. Für einen langen, bleiernen Moment schien darin der ganze Schrecken des Zeitkriegs und des kollabierenden Universums zum Ausdruck zu kommen.

Diamant folgte Esmeralda durch mehrere schmale Gänge. Nach einigen Minuten erreichten sie ein offenes Oval, in dessen Wänden inaktive Schaltelemente eingelassen waren. Auf der gegenüberliegenden Seite führte eine schmale Treppe nach oben in einen Raum mit mattem Licht. Diamant verharrte auf halbem Wege nach oben, als die Kopfschmerzen erneut an Intensität gewannen - zwei Nadeln schienen sich ihr langsam von innen durch die Augen zu bohren. Sie stützte sich an der Wand ab und atmete erleichtert auf, als das Stechen nach wenigen Sekunden nachließ.

»Alles in Ordnung?«

Sie hob den Blick und sah Esmeraldas Gesicht. »Ja. Kopfschmerzen, weiter nichts.« Lag es an den Belastungen durch die besondere Situation?, fragte sie sich, als sie die Treppe hochstieg. Oder reagierten Körper und Geist auf die Veränderungen im Universum?

Und dann vergaß sie das Stechen, als sie sah, was Esmeralda »Anomalie« genannt hatte.

Zwei gelbe Ringe, mit einem Durchmesser von etwa zwei Metern: Sie rotierten mit einem dumpfen Brummen und durchdrangen sich immer wieder, während ihr Inneres pechschwarz blieb, finster wie das All. Diamant beobachtete, wie Esmeralda einen Scannerstab ausstreckte, um damit einen der beiden Ringe zu berühren. Doch er glitt einfach durch das Glühen, ohne auf Widerstand zu stoßen.

»Ein energetisches Phänomen?«, fragte sie.

»Auch. Aber die beiden Ringe *haben* Substanz, darauf weisen die Anzeigen der Sensoren hin. Es handelt sich um eine Fluktuation zwischen Materie und Energie, ein Zwitterphänomen, sozusagen. Und eines steht fest: Die Energie stammt *nicht* von den Anlagen der Temporalen. Es gibt keine Verbindung zwischen diesem Phänomen und dem Vortex.«

»Vielleicht gibt es eine Verknüpfung mit dem Kaskadeneffekt?«, spekulierte Diamant und beobachtete, wie der gelbe Schein der Ringe Esmeraldas Haar in Gold zu verwandeln schien.

»Das halte ich für unwahrscheinlich. Die Veränderungen der kosmischen Konstanten – und auch die von uns beobachteten visuellen Auswirkungen – deuten darauf hin, dass das Universum Energie verliert. Man könnte den Kaskadeneffekt mit beschleunigter Entropie vergleichen. Hier haben wir es mit dem genauen Gegenteil zu tun: Dieses ... Objekt nimmt Energie auf. Sein energetisches Potenzial wächst.«

»Eine Gefahr für uns?«, fragte Diamant.

»Dafür gibt es bisher keine Anzeichen. Interessant ist dies.« Esmeralda nahm einen kleinen Sensor, trat etwas näher an die beiden Ringe heran und warf ihn so, dass er eigentlich durch die Schwärze in einem von ihnen fallen sollte. Doch er traf auf ein Hindernis, fiel zu Boden und blieb liegen. Mit dem Scannerstab holte Esmeralda den Sensor wieder heran und hob ihn auf. »Alles deutet darauf hin, dass das Innere der Ringe aus einer Nulldimension besteht. Weder Raum noch Zeit. Der Sensor konnte den Flug nicht fortsetzen, weil es nichts gab, *wohin* er fliegen konnte.«

»Du meinst ... Das Schwarz ist schwarz, weil es nicht existiert?«, fragte Diamant.

»In gewisser Weise.«

Diamant beobachtete, wie die Ringe kreisten. Sie schienen sich voneinander lösen zu wollen, verloren aber nie den Kontakt und fanden immer wieder zueinander.

»Ich habe etwas gehört«, sagte sie.

Esmeralda nickte. »Ich ebenfalls. Wie ... eine Dissonanz in einer Melodie.«

»Interessante Beschreibung.« Diamant lächelte flüchtig. »Aber wenn im Inneren der Ringe wirklich nichts existiert – wie kann der Kontakt mit dem Sensor dann eine wie auch immer geartete Reaktion bewirken?«

30

Splitternde Gesichter

Magenta: Namenlos, 6. März 5501

Im Innern des Planeten, den Eklund Namenlos genannt hatte, erstreckte sich ein schier endloses System aus Höhlen und Tunneln. Seit Stunden waren sie unterwegs, der Alte und der Metamorph, auf der Suche nach dem Zentrum des »Elysiums« dieser Welt, nach dem Ursprung der Kraft, der Eklund fast zum Opfer gefallen wäre. Nur dort, an ihrer Quelle, konnte Raimon hoffen, Energie ohne Eklunds Hilfe – und ohne die Gefahr, dass Eklund geistig verbrannte – aufzunehmen, für sich und vor allem für KiTamarani. Die Konziliantin ruhte noch immer dort, wo der tiefe Schacht endete, der sie ins Innere des Planeten gebracht hatte. Acht Stunden hatte diese Forschungstour bisher gedauert. Für die Rückkehr brauchten sie nicht so lange, wenn Raimon die ganze Strecke flog. Vorausgesetzt, er war kräftig genug dafür. Jeder von ihnen musste mit seinen Kräften haushalten.

Hunger und Durst forderten mit immer mehr Nachdruck Eklunds Aufmerksamkeit. »Uns bleibt nicht mehr viel Zeit. Vielleicht ...« Es fiel ihm schwer, die Worte auszusprechen, aber Vernunft und ihre Situation geboten es. »Vielleicht sollten wir einfach so lange suchen, bis wir das Zentrum des Elysiums finden, und erst dann zu KiTamarani zurückkehren.«

»Ich weiß, was du meinst«, sagte Raimon ernst. Er sah

nicht mehr wie ein dreißig Jahre junger Mann aus, sondern wie ein Fünfzigjähriger, der gewaltige Anstrengungen hinter sich hatte. »Aber meiner Mutter geht es immer schlechter. Ich spüre es. Ich kann sie nicht einfach sich selbst überlassen. Das bringe ich nicht fertig.«

Dieser zutiefst menschliche Aspekt beeindruckte Eklund, auch deshalb, weil er in einem künstlichen Wesen verwurzelt war.

»Versprich mir eines«, sagte er.

»Was?«

»Versprich es mir einfach, Raimon. Bei all den Dingen, dir wir gemeinsam erlebt haben.«

»Na schön.« Ein Lächeln huschte über die Lippen des Metamorphs. »Ich verspreche es.«

»Gut. Du hast mir gerade versprochen, nach unserer Rückkehr zu KiTamarani durch mich die Kraft des hiesigen Elysiums aufzunehmen.«

»Aber ...«

»Keine Widerrede. Versprochen ist versprochen.«

»Es wird dich vermutlich umbringen.«

»Was bedeutet der Tod für einen Alten wie mich? Ich bin fast hundert. Ich habe mein Leben gelebt.« Es sollte ein wenig scherzhaft klingen, aber Eklund hörte Wahrheit in seinen Worten. Tief in seinem Innern fühlte er den Frieden, den ein *richtig gelebtes Leben* brachte. Er genoss die ruhige Gelassenheit eines Greises, der wusste, dass er die wichtigsten Dinge in seiner Existenz richtig gemacht hatte. Jetzt stand er am Ende des langen Weges, der durch fast zehn Jahrzehnte reichte, und er fürchtete sich nicht vor dem Ende. Ein Ende *musste* es geben, früher oder später. In seinem Fall vermutlich früher.

Sie gingen weiter, durch eine riesige Höhle, deren Decke sich in der Dunkelheit verlor. Raimon schien überhaupt keine Probleme zu haben, sich zu orientieren, und Eklunds Augen hatten sich längst an die Düsternis gewöhnt. Dass es so tief im Innern des Planeten nicht völlig finster war, verdankten sie bestimmten Adern im Felsgestein, von denen ein mattes Glühen ausging. Sie sahen wirklich wie *Adern* aus, wie Arterien und Venen eines gewaltigen Geschöpfs, in dessen Inneren sie sich befanden.

Am Ende der Höhle, noch einige hundert Meter entfernt, ragte etwas auf, das Eklund zunächst für eine besondere Felsformation hielt. Doch als sie näher kamen, entdeckten sie, dass es eindeutig künstlichen Ursprungs war: eine riesige Statue.

Staunend blickte der Alte daran empor, sah weit oben ein kantiges Gesicht mit Augen und Nase, das annähernd humanoid wirkte. Doch am Hinterkopf zeigte sich eine sonderbare Beule, als wäre dort etwas aus dem Kopf herausgewachsen.

»Ist das Innere dieser Welt einst bewohnt gewesen?«, fragte Eklund. »Wer mag diese Statue geschaffen haben? Und wen stellt sie da?«

Raimon blickte ebenfalls nach oben, und sein Gesicht glättete sich. Ein Teil der Erschöpfung wich daraus. »Dies ist das Werk von Wesen, die sich auf der Bühne des Kosmos bedeutungslos fühlten und versuchten, Größe zu erreichen, indem sie Großes leisteten. Ich habe solche Statuen schon einmal gesehen. Sie befanden sich an Bord der Weltenschiffe, mit denen die Doghon von Galaxis zu Galaxis reisten. Vor zweieinhalb Millionen Jahren deiner Zeitrechnung erreichten sie die Andromeda-Galaxie und auch die Milchstraße ...«

Der Metamorph unterbrach sich, und Eklund begriff nur eine Sekunde später.

»Woher weißt du das? Selbst wenn du KiTamaranis Wissen aufgenommen hast: Sie schlief zwanzig Millionen Jahre auf Kerberos. Woher soll sie wissen, dass die Doghon – wer auch immer sie sind – vor zweieinhalb Millionen Jahren Andromeda und die Milchstraße erreichten?«

Zwei oder drei Sekunden stand Raimon völlig reglos da und starrte ins Leere.

»Meine Mutter ...«, brachte er dann hervor. »Sie ist wach! Etwas hat sie geweckt!«

Und wir sind Stunden von ihr entfernt, dachte Eklund betroffen.

»Sie nimmt die Residualenergie des Konziliats und damit auch einen Teil seines Wissens auf!« Raimon schien alles um sich herum zu vergessen, lief los und verwandelte sich von einem Humanoiden in ein großes, graziles Flugwesen, das mit jedem Flügelschlag Dutzende von Metern zurücklegte. Der Metamorph war schon fast in der Dunkelheit der Höhle verschwunden, als er sich daran erinnerte, jemanden zurückgelassen zu haben. Er flog einen weiten Bogen und kehrte zurück: ein Wesen der Lüfte, die Haut graubraun, die Schwingen ledrig, der Kopf stromlinienförmig und spitz zulaufend, aber mit menschlichen Zügen ausgestattet. Gut zehn Meter vor Eklund streckte Raimon zwei muskulöse, in Greifklauen endende Beine aus und landete.

»Schnell, schnell, wir müssen zu ihr!«, rief er mit einer Stimme, die jetzt ein wenig schrill klang.

»Wenn du dich ohne mich auf den Weg machst ...«

»Auf meinen Rücken, auf meinen Rücken!«

Eklund kam der Aufforderung rasch nach.

Er hatte noch nicht richtig festen Halt gefunden, als Raimon auch schon in die Luft sprang und losflog, voller Ungeduld. Eklund schob die Beine in Hautlappen, die sich Raimon extra zu diesem Zweck auf dem Rücken wachsen ließ, fand dadurch zu einer einigermaßen bequemen Position und überlegte, warum sich der Metamorph jedes Mal in ein anderes Flugwesen verwandelte, auch wenn die Unterschiede manchmal nicht sehr groß waren. Wenn er einmal die Gestalt eines bestimmten Geschöpfs angenommen hatte ... Blieb sie ihm dann in Zukunft verwehrt? Oder griff er einfach wahllos hinein in ein gewaltiges Potenzial aus physischen Strukturen, jede von ihnen einzigartig?

Während Eklund auf dem Rücken des durch Höhlen und Tunnel fliegenden Metamorphs lag, breitete sich die Müdigkeit immer mehr in ihm aus, und bald driftete er ins geistige Niemandsland zwischen Schlafen und Wachen, und sein Geist öffnete sich dem Elysium dieses Planeten. Einmal mehr fand er sich in seiner kleinen, bescheidenen Wohnhöhle in der Zitadelle auf Kerberos wieder, und auch diesmal fand er dort Wasser, das seinen Durst löschte, und etwas zu essen. Rasch spürte er, wie seine Kräfte zunahmen. Zwar blieb sein Magen leer, und es strömte keine Flüssigkeit durch seine Kehle, trotzdem verdurstete und verhungerte er nicht. Oder war auch der Eindruck von Kraft eine Illusion? Zehrte er in Wirklichkeit von seinen letzten physischen Reserven? Seit mehreren Tagen hatte Eklund weder Darm noch Blase entleeren müssen, und er fragte sich, welche Folgen damit für die betreffenden Organe verbunden waren.

Wenn er doch nur in der Lage gewesen wäre, die Energie, die ihn am Leben erhielt, auch für Raimon und die Konziliantin zugänglich zu machen. Aber wenn eine Verbindung hergestellt wurde, wenn er die Kraft des Elysiums für Raimon kanalisierte, strömte sie so schnell, dass Eklunds Selbst zu verbrennen drohte.

Eklund begann durch die stille, leere Zitadelle zu wandern und dachte dabei mit ein wenig Melancholie an die Welt, die er vor zwei Jahren verlassen hatte. Dann kehrte er in seine Wohnhöhle zurück, streckte sich auf dem schmalen Bett aus, schloss die Augen und schlief ein, während sich sein Bewusstsein noch im Elysium von Namenlos befand. In einem seltsamen, unangenehmen Traum sah er Lutor, der Raimon mit einem Schwert angriff, und er flog erneut mit dem Metamorph, vom Kontinentalwald auf Kerberos nach Chiron. Er sah die gewaltige Nekropole zwischen den Galaxienhaufen, die Schiffe der Toten wie riesige Grabmale. Mehr noch: Er konnte das Universum wie ein riesiges lebendes Wesen wahrnehmen – ein Wesen in seinem Todeskampf. Es machte ihn so traurig, dass ihm Tränen über die Wangen rannen.

Als er die Augen öffnete, befand er sich nicht mehr in der Welt über der Welt, sondern in einer kleinen Höhle. Er setzte sich auf und sah im Glühen der Gesteinsadern einen in einer Ecke zusammengekauerten schmächtigen zwölfjährigen Jungen, der am ganzen Leib bebte.

Eklund war innerhalb weniger Sekunden bei ihm. »Raimon!« Es war wieder der Junge, den er zum ersten Mal in Elisabeths Hospital auf Kerberos gesehen hatte. Er ergriff ihn an den Schultern, und fast wären seine Hände zurückgezuckt, als er eisige Kälte berührte. Eklund umarmte den Knaben, drückte ihn fest an sich und gab ihm seine Wärme.

»Es ist noch ... weit«, brachte Raimon hervor. »Und ich bin ...«

»Du bist mit deinen Kräften am Ende, ich weiß«, sagte Eklund sanft und wiegte den Jungen in seinen Armen. Eine Entscheidung musste getroffen werden, und sie fiel ihm nicht schwer, trotz der Konsequenzen, die damit verbunden sein konnten. »Du musst Energie durch mich aufnehmen.«

»Aber ...«

»Keine Widerrede, Raimon.« Eklund fühlte, wie sich das Zittern des Jungen veränderte, zu einem Pulsieren wurde. Ein Teil der Gestalt in seinen Armen gab nach, schien weich und dann wieder fest zu werden – offenbar fiel es dem Metamorph schwer, seine derzeitige Körperstruktur stabil zu halten. »Du brauchst neue Kraft. Wenn du sie langsam aufnimmst, droht mir keine Gefahr ...«

Eklund wusste, dass er sich nur dem Elysium öffnen musste, um den Kontakt herzustellen, und er zögerte nicht, öffnete die Tür in seinem Innern ...

... und stand vor einer anderen, einer der schwarzen Pforten in dem saalartigen Raum mit den ewig brennenden Fackeln. Hier herrschte eine andere Art von Stille als im Inneren des Planeten, eine erhabene Ruhe, die Frieden versprach. Eklund blickte auf die schwarze Tür in der Felswand und wusste sehr wohl um ihre symbolische Bedeutung. Er streckte die Hand aus ...

Die dunkle Pforte sprang auf, noch bevor er sie berührte, und Flammen leckten ihm entgegen, verbrannten Körper und Geist. Eklund glaubte sich im Innern einer Sonne, mit dem einen Unterschied, dass er nicht sofort zu atomarer Asche zerfiel, sondern weiter existierte, während heiße Energie durch ihn loderte und jeden einzelnen Gedanken in Flammen aufgehen ließ. Bald wurde es zu viel – das Selbst des Alten löste sich im mentalen Feuersturm auf …

Eklund starb.

Eklund lebte.

»Ich kann das Versprechen nicht halten«, sagte das drachenartige Geschöpf, das Eklund mit Raimons Augen ansah. »So sehr ich mich auch bemüht habe – ich konnte den Vorgang kaum kontrollieren. Diesmal ist es mir gelungen, dich vor dem Tod zu bewahren, aber ich weiß auch, dass dieser Prozess dir irreparablen Schaden zugefügt hat. Ein dritter Transfer würde dich umbringen.«

Eklund, schwach und müde, horchte in sich hinein und stellte fest, dass er sich ein wenig vom Leben entfernt hatte und dem Tod näher gekommen war. Er hob den Kopf, der sich viel schwerer anfühlte, und sah an dem geflügelten Reptil vorbei, in das sich Raimon verwandelt hatte. Sie befanden sich nicht mehr in der kleinen Höhle, sondern in einem langen Tunnel. Die glühenden Adern in den Wänden schienen zu pulsieren …

»Wie lange …«, brachte Eklund mühsam hervor.

»Du bist mehrere Stunden bewusstlos gewesen.« Der Drache näherte sich, und Sorge zeigte sich in Raimons Schuppengesicht. »Wie geht es dir?«

»Wir sind geflogen?«

»Ja. Ich habe dich in einem warmen Bauchbeutel getragen. Du warst kalt.«

Ich habe dich gewärmt, dachte Eklund und versuchte, die Benommenheit abzustreifen, die jeden einzelnen Gedanken verlangsamte. Farblose Erinnerungsbilder zeigten ihm einen zitternden Jungen in einer Ecke, *eiskalt,* und er hatte die Arme um ihn geschlungen, ihm seine Wärme gegeben.

»Es geht mir ... schlecht«, sagte er.

»Das habe ich befürchtet«, erwiderte der Metamorph. »Deshalb habe ich dich geweckt. Ich spüre Veränderungen in der Residualenergie des Konziliats – in dem, was du Elysium nennst –, aber ich kann sie nicht deuten. Du solltest neue Kraft schöpfen, diesmal allein für dich, solange das noch möglich ist.«

Eklund ließ den Kopf wieder sinken – er war zu schwer –, schloss die Augen und besann sich auf das in ihm, was ihn auf Kerberos zu einem Heiler gemacht hatte. Es fühlte sich anders an, wund, und für einige sehr unangenehme Sekunden dachte er, seine Fähigkeit verloren zu haben. Dann spürte er einen subtilen Übergang, als ein Teil seines Selbst in die Welt über der Welt wechselte, und als er dort seine Augen öffnete ...

... fand er sich nicht im Saal mit den Fackeln wieder, sondern vor einer Bastion so schwarz wie die Pforten, die ihn zur Zitadelle und seiner Wohnhöhle gebracht hatten, wo immer Wasser und Nahrung auf ihn warteten. Die Mauern der Festung ragten Dutzende von Metern weit auf und bestanden nicht aus einzelnen Steinen oder Blöcken, sondern aus einer einheitlichen Masse, ohne Fugen. Langsam ging Eklund an einer Seite der Bastion entlang, bis er ein Portal fand, vier Meter hoch und halb so breit, aus einem Material, das wie Holz aussah, sich aber wie Metall anfühlte. Ein Ring war darin eingelassen, und er ergriff ihn und zog mit all seiner Kraft, aber das Portal rührte sich nicht von der Stelle.

Aus dem Augenwinkel nahm er eine Bewegung wahr, drehte den Kopf und sah, wie sich die Landschaft hinter ihm auflöste. Eine sandiges Ödland mit Dutzenden von schneeweißen Obelisken hatte sich eben noch bis zum Horizont erstreckt, aber dieser Horizont schien nun immer näher zu rücken, als das Land ... verschwand, in einem grauen Nichts, das nicht herankroch, sondern heran*raste.*

Eklund zog erneut an dem Ring, mit nicht mehr Erfolg als zuvor, und wenige Sekunden später erreichte ihn das sonderbare Etwas, das die öde Landschaft mitsamt den Obelisken fraß. Stechender Schmerz durchfuhr ihn ...

Ein Drache hielt ihn sanft in großen Händen mit vielen Fingern, die sich wie schützend um ihn schlossen. »Es ist also schon zu spät«, sagte der Metamorph.

»Ich konnte nicht hinein«, ächzte Eklund. »Ich blieb ausgesperrt! Was passiert mit dem Elysium?«

»Was auch immer geschieht – meine Mutter hat damit zu tun.« Raimons lange Finger schlossen sich etwas fester um Eklund, als er ihn in den Bauchbeutel schob. Dann verwandelten sich die großen Hände wieder in Klauen, die sich vom Boden abstießen – breite Schwingen trugen den Metamorph und seinen Passagier durch den Tunnel. »Es ist nicht mehr weit. Wenn ich so schnell fliege, wie es die Umgebung erlaubt, erreichen wir KiTamarani in weniger als einer Stunde.«

Die letzten Worte hörte Eklund gar nicht mehr. Er erlag erneut der Erschöpfung, und seine Gedanken zogen sich in einen wirren Traum zurück.

»Sie ist nicht mehr da.«

Eklund begriff erst nach einigen Sekunden, was diese Worte bedeuteten. Er lag auf dem warmen Boden einer kleinen Kaverne. Zwar wies der Raum keine besonderen Merkmale auf, aber etwas sagte ihm, dass sie an diesem Ort vor vielen Stunden KiTamarani zurückgelassen hatten. In der Nähe musste sich der Schacht befinden, der weit, weit nach oben führte, zur Oberfläche des Planeten.

Raimon – jetzt wieder in der Gestalt eines etwa dreißig Jahre alten Mannes – stand dort, wo die Konziliantin geruht hatte.

Eklund wollte fragen: »Wohin ist sie verschwunden?«, aber es wurde nur ein Krächzen daraus. Seine Kehle war wie ausgedörrt und brannte.

Raimon war mit einigen raschen Schritten bei ihm. »Sie ist weg«, sagte er noch einmal.

»Ich brauche ... Wasser ... dringend ...«, brachte Eklund hervor und wusste, dass dieser Wunsch unerfüllt bleiben musste – bisher hatten sie im Inneren von Namenlos nirgends Wasser gefunden.

Der Metamorph schien ihn gar nicht zu hören. »Meine Mutter ... sie hat die Residualenergie gefunden, das Zentrum des Elysiums. Und sie stellt irgendetwas damit an.«

»Ich habe ... Durst ...«

Eine Schmerzwelle aus der Magengegend überschwemmte Eklund. Er schloss die Augen, und seine Gedanken zogen sich in ein traumloses Nichts zurück.

Für unbestimmte Zeit wechselten kurze wache Phasen mit solchen des Schlafes oder der Bewusstlosigkeit ab. Eklund spürte einmal, dass sie erneut flogen – Raimon setzte die durch ihn aufgenommene Kraft in einem letzten verzweifelten Versuch ein, KiTamarani zu finden, und vielleicht auch das Zentrum des Elysiums. Er fühlte Hitze und Kälte, wusste aber nicht, ob er sich auf diese Empfindungen verlassen durfte, denn seine Sinne schienen nicht mehr richtig zu funktionieren.

Einmal glaubte er sich zurückversetzt auf den hohen Baum im Kontinentalwald und sah, wie der Divorator langsam emporkletterte, um alles Lebendige zu verschlingen, aber er fürchtete sich nicht, denn er wusste, dass es eine Vision war. Als ihn der Divorator schließlich erreichte und ihm seinen Magen entgegenstülpte, schloss er einfach nur die Augen, im Vertrauen darauf, dass die Kreatur verschwunden war, wenn er sie wieder öffnete. Und tatsächlich: Als er die Lider hob, befand er sich auf einer felsigen Lichtung, neben einem kleinen Wasserfall, der neben ihm rauschte.

Kühles Wasser berührte seine Füße, und als er sich vorbeugte, erleichtert und dankbar, kam eine wie Quecksilber glitzernde Hand aus dem Wasser und bot ihm zu trinken. Er beugte sich noch weiter vor, trank aus dieser hohlen, silbrigen Hand, die nur einer Person - beziehungsweise Entität - gehören konnte: KiTamarani.

Doch das wenige Wasser, das sie ihm gab, genügte nicht, um seinen Durst zu stillen. Das Brennen blieb im Hals, und als er sich bückte, um mit eigenen Händen Wasser zu schöpfen, verschwanden der kleine Katarakt und auch der See unter ihm. Aus der felsigen Lichtung wurde eine Wüstenlandschaft mit einer grell lodernden Sonne am Himmel.

»Ich möchte erwachen«, sagte Eklund. »Bitte lass mich erwachen.«

Die Realität kehrte zurück.

Aber es war keine vertraute Realität. Eklund vermutete zunächst, noch immer in einem Traum gefangen zu sein, den er nicht verstand, doch dann begriff er allmählich: Er wurde Zeuge von Vorgängen, die sich nur teilweise in der von ihm erfahrbaren Wirklichkeit abspielten. Und während er beobachtete, stellte er sich immer wieder die Frage, ob er den Sinnen seines erschöpften, überstrapazierten Körpers trauen durfte.

Eklund saß auf dem Boden, den Rücken an die Wand gelehnt, in einer Höhle mit Säulen, die eindeutig künstlichen Ursprungs waren und sich zu verflüssigen schienen. Die auflösende Kraft ging von breit gefächerten, bunt schimmernden Strahlen aus, die aus einem etwa zwanzig Meter durchmessenden Polygon kamen. Das kristallene Vieleck drehte sich langsam, und wo seine bunten Strahlen über die stummen Säulen strichen, verformten sie sich und wurden zu einem zähflüssigen Brei mit dem gleichen silbrigen Glanz wie die Hand, die sich Eklund aus dem See am kleinen Wasserfall entgegengestreckt hatte. Zwei Gestalten standen vor dem Polygon: eine elegante Frau mit langem braunem Haar und ein Mann um die Dreißig, Mutter und Sohn, KiTamarani und Raimon. Zwar strichen die Strahlen des Vielecks mehrmals über sie hinweg, aber ihre auflösende Kraft blieb bei ihnen wirkungslos.

In dem großen Kristall flackerte ein Blitz wie ein gefangenes Wesen aus Energie, umgeben von zahllosen Gesichtern, die alle KiTamarani ähnelten und doch anders waren. Mit jedem Flackern des Blitzes verschwand ein Gesicht, und gleichzeitig entstand ein anderes, voller Ruhe, mit wissend und zärtlich blickenden Augen. Als sich das Polygon schneller zu drehen begann, als auch die bunten Strahlen schneller über die Säulen strichen und dabei Stellen berührten, die bisher nicht berührt worden waren, veränderten sich die Gesichter, und Eklund erkannte immer mehr Trauer in ihnen.

Stimmen erklangen.

»Was ist geschehen?«, fragte Raimon.

»Das Universum stirbt. Der Omnivor und seine Helfer haben sich durchgesetzt.« Unsäglicher Kummer erklang in KiTamaranis Stimme.

»Was hat dich geweckt und die Residualenergie finden lassen?«

»Das Lied der Schöpfung verklingt. Vielleicht war es das.«

Immer schneller drehte sich das Polygon, und seine bunten Strahlen strichen durch die Höhle, lösten Säulen auf.

»Du verbrauchst die gesamte Energie, die vom Konziliat übrig ist, Mutter. Was geht hier vor?«

»Ich muss Verbindungen schaffen«, erwiderte KiTamarani verträumt.

»Verbindungen wohin? Und zu welchem Zweck? Mutter ….« Raimon schien nach geeigneten Worten zu suchen. »Wir müssen uns erneuern, du und ich. Wir brauchen die Energie. Und Eklund braucht sie. Hunger und Durst haben ihn sehr geschwächt.«

Eklund versuchte, sich zu konzentrieren. Die Stimmen schienen leiser und lauter zu werden, sich mal zu entfernen und dann wieder näher zu kommen. Er blinzelte mehrmals, als sich die wahrgenommenen Farben veränderten –

sie verschoben sich in den roten Bereich des Spektrums. Und die dunkle, breiige Masse, in die sich inzwischen fast alle Aggregate verwandelt hatten ... Sie bekam neue Strukturen. Etwas *wuchs* aus ihr.

»Dies ist die letzte Chance«, sagte KiTamarani, und irgendetwas an ihr gab Eklund zu verstehen, dass sie das Polygon steuerte, und auch die Energien des flackernden Blitzes darin. »Das Konziliat hat es erkannt, als es in eine Falle geriet.«

»Der Omnivor.«

»Nein.« KiTamarani schüttelte den Kopf, mit solchem Nachdruck, dass ihr braunes Haar flog. »Die Gefahr kam aus einer völlig unerwarteten Richtung. Ich ...« Die Konziliantin streckte dem Vieleck wie beschwörend eine Hand entgegen. »Ich bin nur ein Teil, ein Fragment. Mein Wissen bleibt bruchstückhaft. Aber ich weiß, dass das Konziliat verraten wurde.«

»Verraten?«

»Nicht der Omnivor hat die Sphäre zerstört, sondern ein Prävalenter. Mit der Kraft des Flix.«

Eklund versuchte, die Worte zu verstehen. Er fühlte, dass sie von entscheidender Bedeutung waren.

»Ein Prävalenter?«, wiederholte Raimon verwundert. »Aber ich dachte, die Prävalenten hätten das Konziliat geschaffen. Warum sollte es einer von ihnen zerstören?«

»Einer von ihnen *hat* es zerstört. Und ein anderer bewahrte die Residualenergie an diesem Ort, ebenfalls mit der Kraft des Flix.«

»Ein Interessenkonflikt in der Prävalenz?«

»Ich weiß es nicht. Ich weiß nur, dass wir eine Aufgabe haben: Es gilt, Leben zu bewahren, das Leben dieses Universums.«

Die Rotation des Polygons war inzwischen so schnell geworden, dass seine vielen Ecken scheinbar verschwanden. Erstaunlicherweise nahmen die Gesichter darin nicht an der Drehung teil, ebenso wenig der gefangene Blitz. Eklund blinzelte erneut, als sich sein Blickfeld einengte. Von rechts, links, oben und unten schoben sich die dunklen Mauern näher, schufen einen Tunnel mit dem Polygon, KiTamarani und Raimon am Ende.

»Mit dem Flix haben die Reste des Wir/Ich alle Entwicklungsmuster in der Zukunft dieses Universums gesehen und dieses Hier und dieses Jetzt für den letzten Versuch gewählt, den Omnivor zu besiegen.« KiTamarani schien hunderte von Metern entfernt zu sein, aber trotzdem hörte Eklund ihr Seufzen. »Fast alle Verbindungen sind geschaffen. Sie reichen durch Raum und Zeit, führen Elemente zusammen, deren Kombination die größte Wahrscheinlichkeit für einen Erfolg ergibt.«

»Welche Elemente?«, fragte Raimon.

KiTamarani, so fern und doch so nah, drehte den Kopf und sah den Metamorph an, den letztendlich ihr jahrmillionenlanger Einfluss auf die Biosphäre und Evolution von Kerberos geschaffen hatte. »Orte. Möglichkeiten. Uns bleibt nichts anderes übrig, als darauf zu vertrauen, dass das Wir/Ich die richtigen Zusammenhänge erkannt hat. Die Residualenergie fließt in vorbereitete Kanäle. Ich bin nur ... ein Katalysator.«

Das Polygon zerbarst.

Gesichter stoben davon, brachen dabei wie Glas auseinander, und die Bruchstücke gingen wie die Funken eines Feuers in der Nacht verloren. Eklund beobachtete den Vorgang und staunte über die Lautlosigkeit, mit der alles geschah. Sein Tunnelblick erweiterte sich wieder, und er wurde Zeuge, wie der dunkle Brei der ehemaligen Säulen ein großes, dunkles Tor zu formen begann. Als es fast fertig war, zerfiel auch der flackernde Blitz, und seine Bruchstücke verwandelten sich in goldgelbe Ringe, die nacheinander im Tor verschwanden.

Wind kam auf, blies durch die dunkle Öffnung – ein Sog, der an KiTamaranis Gestalt zerrte. »Es ist so weit.« Sie hob die Stimme, um das lauter werdende Heulen zu übertönen.

 »Komm.«

»Was ist mit Eklund?«

Raimon wartete keine Antwort ab, drehte sich um und lief los, wurde wieder zu einem Flügelwesen, das einige Dutzend Meter flog, dicht vor dem alten Menschen landete, ihn mit Klauenhänden ergriff und in eine beutelartige Hautfalte an seiner Brust steckte. Dann stieg er erneut auf, segelte dem Tor entgegen ...

KiTamarani wartete, und als Raimon fast herangekommen war, winkte sie und sprang durchs Tor. Der Metamorph schlug noch einmal mit seinen Schwingen, bevor er und Eklund ebenfalls in die Schwärze eintauchten.

31

Tröpfelnde, rasende Zeit

Braun: Vortex

Stechende, brennende Kopfschmerzen zerrissen Diamants Gedanken. Sie blieb stehen, stützte sich irgendwo ab, schloss die Augen und versuchte, sich teilweise von sich selbst zu lösen, wie sie es inzwischen gelernt hatte. Manchmal gelang es ihr, der Qual auf diese Weise zu entkommen.

Nach einer Weile ließ das Pochen nach, und als sie die Augen wieder öffnete, sah sie sich verwundert um. Sie hatte die Wanderung ganz oben begonnen, am Rande des Vortex, aber dieser langgestreckte Raum befand sich unweit des Zylinders am Ende des Trichters. Hundertmal und öfter hatte sie die Knoten und Gänge der Temporalen durchschritten, oft genug, um alle Details zu kennen.

»Esmeralda?«, sagte sie, und der Kom-Servo ihres Overalls leitete die Stimme weiter.

»Ja?«, ertönte die Antwort aus dem Audiomodul des K-Geräts.

»Es ist schon wieder passiert. Ich bin ganz unten, in der Nähe des Zylinders. Und ich weiß nicht, wie ich hierher gekommen bin.«

»Nach den letzten Messungen existiert dort unten eine Zone beschleunigter Zeit«, sagte Esmeralda. »Komm ihr nicht zu nahe.« Und dann: »Soll ich dich mit der Kapsel abholen?«

»Nein, schon gut. Ich kann meine eigene jederzeit hierher rufen.«

Kurze Stille folgte.

»Du bist besorgt, nicht wahr?«

Diamants bitteres Lachen hallte wie spöttisch von den Wänden wider. Trotz des wärmenden Overalls fröstelte sie in der Kälte. »Ich habe manchmal das Gefühl, dass noch eine andere Person in meinem Körper steckt. Gelegentlich – immer öfter! – übernimmt sie die Steuerung, und wenn sie mir dann wieder die Kontrolle überlässt, erinnere ich mich nicht daran, was sie gemacht hat.« Sie drehte sich um und ging in die Richtung, aus der sie gekommen war, ohne eine Erinnerung daran. Hinter ihr, im Zylinder – im Raum mit der weißen Linie – raste die Zeit. Vielleicht reichte die temporale Beschleunigung inzwischen noch weiter, ein Gedanke, der dem tiefen Unbehagen in Diamant Furcht hinzufügte.

»Seltsam. Ich spüre überhaupt nichts. Offenbar wirkt sich die Veränderung der kosmischen Konstanten auf dich weitaus stärker aus. Kehr zurück zum Segment, Diamant. Lass dich untersuchen. Ich bereite alles vor. Vielleicht können wir ... irgendeine Art von Abschirmung entwickeln.«

»Eine Abschirmung wovor?« Bewegung vertrieb die Kälte. Mit langen Schritten ging Diamant durch eines der knotenartigen Gebilde, von dem aus die Temporalen den Ozean der Zeit kontrolliert hatten. Offene Türen und Fenster gewährten zu beiden Seiten Blick in Unterkünfte mit persönlichen Gegenständen, die ihr nichts bedeuteten. »Wir sind Teil des sich verändernden Universum und können uns nicht von ihm trennen. Wir ...«

»Es lässt sich nichts feststellen«, sagte Esmeralda und blickte auf die Anzeigen der Datenservi, deren beständiges Summen irgendwie beruhigend klang. »Organisch ist mit dir alles in Ordnung. Keine strukturellen Veränderungen im Gehirn ...«

»Wenn die sich verändernden Konstanten dazu führen, dass ein Meter immer kürzer wird ... Kann man diesen Vorgang mit einem Metermaß messen, das ja ebenfalls schrumpft? Aus dem Blickwinkel der Messlatte bleibt alles unverändert.« Diamant blinzelte und hob eine Hand zur Stirn. »Habe ich das gerade gesagt?« Sie setzte sich auf und ließ einen erstaunten Blick umherwandern. Er strich über die Geräte in der medizinischen Station, die sie in dem von Vater Grar zurückgelassenen Segment eingerichtet hatten. »Wie lange bin ich schon hier?«

»Ist es *so* schlimm?«, fragte Esmeralda.

»Ich bin unten in der Nähe des Zylinders gewesen, und ich erinnere mich daran, dass ich mit dem Rückweg begonnen habe, aber der Rest ...« Sie schüttelte den Kopf. Etwas anderes fiel ihr ein. »Vater Grar wird nicht zurückkehren, oder? Wie lange warten wir jetzt schon?«

»Einige Monate.« Esmeralda kam näher und strich ihr das dunkle Haar aus der Stirn. »Vielleicht brauchst du nur ein wenig Ruhe.«

Zeit tröpfelte, raste.

Diamant verabscheute es, die Synthesemaschine ganz oben in einem Knoten am Rand des Vortex aufsuchen zu müssen, denn dies hätte einen mehrstündigen Marsch bedeutet – sie hatte vergessen, wie man die Kontrollen der Kapsel bediente. Aber alle zwei oder drei Tage (*Tage* – das verrieten ihr die Anzeigen des Chrono-Servos, die sie noch zu deuten wusste) musste sie sich auf den Weg machen, denn sie konnte nur eine bestimmte Menge an Nahrungsmitteln und Wasser tragen. Den Rest der Zeit verbrachte sie im Raum mit den Ringen, der sie vor den Kopfschmerzen schützte, von gelegentlichen Ausflügen in einen anderen Raum abgesehen, wo sie die sanitären Einrichtungen der Temporalen benutzte – sie hatte durch Zufall herausgefunden, wie sie funktionierten. Und es wunderte sie nicht, *dass* sie noch funktionierten, nach so vielen Jahren und in einem kollabierenden Universum. Manchmal saß sie dort vor einer großen spiegelnden Fläche, schnitt ihre Fingernägel und das Haar, musterte ein Gesicht, das ihr gehörte und doch fremd erschien.

Sie war erneut bei der Synthesemaschine gewesen, um Nahrungsmittel zu holen, doch diesmal hatte sie sich nicht sofort auf den Rückweg gemacht, sondern den Raum *ganz oben* aufgesucht, den mit der transparenten Wand. Dort war es so kalt, dass Diamant normalerweise nicht länger als zwanzig oder dreißig Sekunden blieb, aber diesmal veranlasste sie etwas, minutenlang an der Fensterwand zu verweilen, die Kälte zu ignorieren und den auf der anderen Seite schwebenden Körper zu betrachten, der ihr den Rücken zukehrte.

Völlig reglos hing der Leichnam in der Leere, in einer großen Schleuse, deren ambientale Systeme versagt hatten und in der es keine künstliche Schwerkraft mehr gab. Das Außenschott war geöffnet. Blondes Haar hatte sich wie eine gelbe Wolke um den Kopf ausgebreitet, und die Arme waren ausgestreckt, als hätten sie im Tod nach etwas greifen wollen. Die Gestalt trug keinen Schutzanzug.

Diamant versuchte, sich an den Namen der Frau mit dem blonden Haar und den blauen Augen zu erinnern, aber er fiel ihr nicht ein, und das fand sie schade. Sie fand es ebenso schade wie den Umstand, dass sie das Gesicht der Toten nicht sehen konnte. Der Ausdruck darin blieb ihr für immer verborgen. Es sei denn, sie nahm einen der Schutzanzüge und begab sich in den Raum …

Sie schauderte und wandte sich ab, sehnte sich mit jäher Intensität zu den Ringen zurück. Als sie die Tür erreichte, blieb sie noch einmal stehen und sah zur transparenten Wand, zu der Frau dahinter. Plötzlich entsann sie sich des Namens.

»Esmeralda«, flüsterte sie.

Das Gewicht der beiden Beutel mit den Nahrungsmitteln schien sich zu verdoppeln, als sie den langen Rückweg antrat, aber Diamant ließ sich von dem Gedanken trösten, dass sie anschließend drei Tage ruhen konnte. Erste Kopfschmerzen machten sich bemerkbar, und diesmal wurden sie schneller als sonst stärker, hämmerten hinter ihrer Stirn und legten einen Schleier nicht nur vor ihre Augen, sondern auch um die Gedanken. Die Dinge in ihrer Umgebung schienen sich dadurch zu verändern und irgendwie von ihr fortzurücken, obgleich sie ihre Position nicht veränderten. Sie verloren an ... Bedeutung und bekamen etwas Traumartiges, so als existierten sie nur dann, wenn sie ihnen genug Aufmerksamkeit schenkte. Übelkeit quoll in ihr empor, und sie stolperte ins nächste Temporalenquartier, das sich kaum von dem tiefer unten im Vortex unterschied, das sie so häufig besuchte. Sie fand den sanitären Raum, beugte sich dort über das, was sie für eine Recyclingmulde hielt, und erbrach sich mehrmals, bis ihr Magen praktisch leer war. Anschließend wankte sie an der Wand entlang, ertastete vertraut gewordene Kontrollen, drehte einen wie verkantet wirkenden Knauf und sah, wie eine kleine Säule aus violetter Flüssigkeit aus einem Becken stieg. Sie hielt den Kopf darüber, öffnete den Mund und trank.

Auch das zählte zu den Dingen, die sie irgendwann gelernt hatte. Normalerweise trank sie Wasser aus der Synthesemaschine, aber manchmal zog es sie zu dieser violetten Flüssigkeit, die viel zu süß war, aber gegen die Übelkeit half. Was sie veranlasst hatte, sie ohne einen toxischen Test zu probieren ... Sie wusste es nicht mehr. Es gehörte zu den vielen anderen Dingen, die sie vergessen hatte.

Später, im Raum mit den Ringen, stellte sie fest, dass sie einen der beiden Beutel oben zurückgelassen hatte, was bedeutete, dass sie viel früher als geplant zum Syntheseaggregat zurückkehren musste. Sie wünschte sich eine Möglichkeit, die Maschine hierher zu bringen, damit sie den Raum mit den Ringen nur noch verlassen musste, wenn Darm oder Blase entleert werden wollten. Aber sie wusste nicht, wie sie das anstellen sollte.

Diamant kroch ganz nahe an die beiden glühenden Ringe heran, bis ihr dumpfes Brummen lauter wurde als das Geräusch ihres Atems. Der Kopfschmerz verschwand, und mit ihm die Übelkeit. Sie nahm eine Packung aus dem Beutel, öffnete sie und aß etwas, das wie Gebäck aussah, aber ganz anders schmeckte, wie ... Garnelen aus dem Scharlachroten Meer von Tintiran.

Tintiran?

Nur ein Wort, drei Silben, weiter nichts. Diamant aß langsam, beobachtete dabei die beiden Ringe und gewann schon nach kurzer Zeit erneut den Eindruck, dass ihre Bewegungen Muster bildeten, die zu ihren Gefühlen sprachen. *Hab ein wenig Geduld. Wir kommen bald.*

Die Schwärze im Inneren der beiden goldenen Ringe ... Sie sah jetzt irgendwie anders aus, schien sich verändert zu haben. Diamant ließ die Gabel sinken und sah genauer hin, ohne feststellen zu können, worauf ihr Eindruck von Veränderung zurückging. Sie streckte die Hand aus, zögerte dann und sah nach rechts und links, suchte nach einem geeigneten Objekt und fand keins. Schließlich fiel ihr Blick auf die Gabel in ihrer Hand, und sie handelte sofort, ohne nachzudenken, holte aus und warf die Gabel ...

Sie prallte nicht am schwarzen Inneren des Rings ab wie einst der Sensor, sondern verschwand darin.

32

Hammerfall

Indigo: Erde, 3. August 2073 (alte Zeitrechnung)

»Bleiben Sie hier, Diamant!«, rief Valdorian, aber sie hörte nicht auf ihn und verschwand in der Menge der Schaulustigen. Es blieb ihm nichts anderes übrig, als ihr zu folgen.

Protestierende Stimmen wurden laut, als erst Diamants und dann Valdorians Ellenbogen eine Schneise durch die Menschenmasse stießen. Flüche folgten ihnen, hier und dort wurden Fäuste geschwungen. Valdorian achtete überhaupt nicht darauf, was um ihn herum geschah, ließ sich nur von einem Gedanken leiten: *Ich darf sie auf keinen Fall aus den Augen verlieren. Ich würde sie nicht wieder finden.* Und *dann* dachte er: *Dies ist Wahnsinn. Wir sind nicht bewaffnet. Und sie hat es auf einen Temporalen abgesehen!*

Er erreichte die andere Straßenseite, wo die Leute weniger dicht standen, und sah, wie Diamant hinter einer Ecke verschwand. Sofort hastete er weiter, vorbei an einer dicken, ganz in Schwarz gekleideten Frau, die die Arme gehoben hatte und sich laut beschwerte – offenbar war sie von Diamant beiseite gestoßen worden. So etwas wie solidarische Bosheit veranlasste Valdorian, ihr einen weiteren Stoß zu geben, und er hörte ihr Keifen. Dann erreichte er die Gasse, brachte ebenfalls die Ecke hinter sich und lief über unebenes Kopfsteinpflaster, vorbei an Mauern, von denen der Putz bröckelte. Das Licht der Lampen und der flackernde Schein der Flammen blieben hinter ihm zurück; in dieser neuen Welt regierten Düsternis und Schatten.

Valdorian ließ sich vom Geräusch der Schritte ein ganzes Stück vor ihm leiten, lief jetzt aber nicht mehr ganz so schnell, denn manchmal tauchten plötzlich Hindernisse in der Dunkelheit vor ihm auf: primitive zweirädrige Fahrzeuge, Müllbehälter ohne Recyclingmodul, einmal eine tief hängende Wäscheleine mit nassen Sachen.

Und dann herrschte Stille.

Er verharrte neben einer geschlossenen, aus rissigem Holz bestehenden Tür auf der rechten Seite, lauschte und wagte kaum zu atmen. Doch er hörte nur ein dumpfes Brummen – das Stimmengewirr der Schaulustigen – und die Geräusche der Einsatzgruppen, die den Brand zu löschen versuchten.

Langsamer setzte Valdorian den Weg fort, die Ohren gespitzt, und versuchte, die Dunkelheit mit den Blicken zu durchdringen. Schemen huschten hin und her, und nach dem ersten Schrecken stellte Valdorian fest, dass es sich um nachtaktive Tiere handelte. Gelegentlich vernahm er ein leises »Miau« und fragte sich, ob ihm von der hiesigen Fauna Gefahr drohte.

»Diamant?«

Einige Meter weiter vorn bog die Gasse nach links ab, und ein wenig Licht kam von dort, außerdem ein leises Kratzen. Valdorian blieb erneut stehen, gab sich dann einen Ruck, ging weiter, trat um die Ecke und ...

Ein Schlag traf ihn, so wuchtig, dass er zu Boden ging und einige Sekunden lang benommen liegen blieb – Zeit genug für jemanden, ihn nach einer Waffe abzutasten. Als er den Kopf hob, sah er im matten Schein einer Lampe weit oben an der Hauswand eine seltsame *flackernde* Gestalt. Die Tentakelfinger der rechten Hand hielten eine Waffe, die derzeit auf Diamant gerichtet war.

»Ich ... erkenne Sie«, brachte Valdorian hervor und spürte, wie seine Kräfte langsam zurückkehrten. Aber er gab sich weiterhin schwach.

Das Flackern hörte auf, und die Gestalt zeigte sich als das, was sie wirklich war: ein Temporaler. Ein Zischen erklang, und die Linguatoren übersetzten: »Zu welcher Kognitorengruppe gehört ihr?«

Eine andere Stimme kam aus der Dunkelheit der Gasse. »Wer oder was auch immer du bist, Freundchen: Lass die Waffe fallen!«

Der Temporale zögerte nur einen Sekundenbruchteil, wirbelte herum, hob den Strahler und feuerte. Ein roter Blitz fauchte durch die Düsternis, traf einen von Antonios Begleitern und ließ nur einen Haufen Asche von ihm übrig. Unmittelbar im Anschluss daran machte es mehrmals schnell hintereinander *Plopp*, und der Kopf des Temporalen platzte auseinander. Die Waffe löste sich aus dem Griff der Tentakelfinger und fiel auf den Boden. Das Geschöpf blieb noch ein oder zwei Sekunden stehen, als wollte es voller Trotz am Leben festhalten, dann kippte es zur Seite, prallte aufs Pflaster und blieb reglos liegen. Dunkles Blut floss.

Antonio starrte erst auf den Aschehaufen, trat dann zur Leiche des Temporalen und sah fassungslos auf sie hinab. »Und ich habe nie an Dämonen geglaubt.«

Valdorian stand auf und sah Diamant fragend an. Ihr Blick teilte ihm mit: *Nein, nichts unternehmen.*

Als Valdorian den Kopf drehte, bemerkte er den Grund: Zwei weitere bewaffnete Leibwächter kamen aus der dunklen Gasse.

Antonio drehte sich um und ließ seine Waffe, eine Projektilschleuder mit integriertem Schalldämpfer, langsam sinken. Bevor er auch nur ein Wort sagen konnte, geschah etwas Seltsames:

Die Leiche des Temporalen verschwand. Von einem Augenblick zum anderen war sie einfach nicht mehr da. Und mit ihr verschwanden das Blut auf dem Boden und die ans Mauerwerk gespritzte Hirnmasse.

Antonios Blick glitt kurz zwischen Valdorian und Diamant hin und her, verweilte dann bei der Kantaki-Pilotin. »Ich glaube, Sie sind mir eine Erklärung schuldig.«

Sie nickte. »Ja. Sobald wir einen sicheren Ort erreicht haben.«

»Wir kommen aus der Zukunft«, sagte Diamant.

Sie saßen an einem Tisch – Diamant, Valdorian, Antonio und zwei andere Männer – und aßen etwas, das fast wie synthetische Nahrungsmittel aussah: lange Bänder aus einer weißgelben Substanz in einer roten Soße aus Aromastoffen. Valdorian aß ohne die übliche Abneigung organischen Dingen gegenüber, überließ erneut Diamant die Initiative und hörte aufmerksam zu.

»Aus der Zukunft«, wiederholte Antonio, als fiele es ihm schwer, sich an den Klang dieser Worte zu gewöhnen.

»In unserer Zeit kämpfen wir gegen die so genannten Temporalen. Sie haben einen von Ihnen erschossen.«

»Aber was wollte er hier? Was wollen *Sie* hier? Und warum befanden Sie sich in einem Flüchtlingslager? Warum brauchten Sie meine Hilfe?«

Diamant antwortete nicht sofort. Valdorian beobachtete, wie sie langsam aß und dabei nach geeigneten Worten suchte. *Sie will nicht zu viel verraten,* dachte er und ließ den Blick durch den großen, salonartigen Wohnraum schweifen, wie auf der Suche nach etwas. Er entdeckte ein einfaches Klimaaggregat, aber Datenservi und andere Geräte fehlten. Dafür präsentierte der Raum viel Holz, das außerdem auch noch sehr alt zu sein schien. In der Küche klapperte Geschirr, und die Stimmen von Frauen erklangen dort – hier schien eine klare Rollenverteilung zu herrschen.

Valdorian drehte den Kopf, sah aus dem Fenster hinaus in die Nacht und über die Lichter der Stadt hinweg zum Meer. Sterne glitzerten am Himmel, aber es waren die Sterne der Vergangenheit.

»Während des Kampfes gegen die Temporalen sind wir in eine Falle geraten und ohne Ausrüstung in die Vergangenheit geschleudert worden«, sagte Diamant schließlich. »In Ihre Gegenwart. Wir fanden uns in jenem Flüchtlingslager wieder. Mein Begleiter war bewusstlos und kam ins Lazarett. Ich hatte den Transfer besser überstanden als er und machte mich sofort auf die Suche nach jemandem wie Ihnen.«

»Nach jemandem wie mir?«, fragte Antonio, und Valdorian glaubte, eine leise Warnung in seiner Stimme zu hören.

»Nach jemandem mit ... Einfluss und gewissen Ressourcen«, sagte Diamant glatt. »Nach jemandem, der uns helfen konnte.«

»Wobei?«

»Ich weiß, dass Verbündete von uns hier eintreffen werden, am 4. August um dreiundzwanzig Uhr Ortszeit, eine Einsatzgruppe unter der Leitung von Vivian.«

»Morgen?«

»Ja. Von einem vorbereiteten Stützpunkt aus wollen sie einen Schlag gegen die Temporalen in dieser Zeitlinie führen. Nur mit der Hilfe von Vivians Gruppe können wir in unsere Zeit zurückkehren. Aber dann ist etwas geschehen, das ich mir nicht erklären kann ...«

»Jener Stützpunkt ...«, murmelte Antonio. »Befand er sich zufälligerweise in der Via Certosa, Nummer Vierundfünfzig?«

»Ja. Aber der Brand ... die Explosion ... Dazu hätte es nicht kommen dürfen. Ich habe mit Vivian gesprochen, in unserer Zeit. Sie hat mir von ihrem Einsatz in dieser Epoche erzählt; nur dadurch wusste ich von der Basis.«

»Die Temporalen müssen von ihrer Aktion erfahren und Gegenmaßnahmen ergriffen haben«, warf Valdorian an. »Sie beschlossen, den Stützpunkt zu zerstören, *bevor* Vivian und ihre Leute ihn benutzen können.«

»Oder die Zeitdeformationen haben so sehr zugenommen, dass sich Zufälle in den Kausalitätsstrukturen bilden.«

Antonio schüttelte den Kopf, stand auf und wanderte

langsam durch den großen Wohnraum. Neben dem Kamin, den ein Topf mit Trockenblumen zierte, blieb er stehen.

»Eine verrückte Geschichte«, sagte er. »Klingt nach einem Haufen Unsinn.«

»Es ist die Wahrheit«, sagte Valdorian.

Antonio sah Diamant an. »Warum sollte ich Ihnen glauben?«

»Warum sollte ich Sie belügen?«

»Ja, warum? Das habe ich mich ebenfalls gefragt. Und eine andere Frage lautet: Was ist mit den versprochen neuntausend?«

»Ich biete Ihnen zehntausend, wenn Sie uns zum Haus bringen, so schnell wie möglich.«

»Die Flammen werden nicht viel davon übrig gelassen haben.«

»Mag sein«, sagte Diamant. »Es kommt darauf an, wie viel die Temporalen herausgefunden haben. *Ich* weiß, dass sich der Stützpunkt *unter* dem Keller des Hauses befand. Vielleicht ist er weitgehend intakt geblieben.«

Antonio rieb sich das Kinn. »Sie haben es selbst gesehen: Der Bereich ist abgesperrt. Morgen, nach der Löschung des Brandes, beginnen Spezialisten mit der Untersuchung. Es kann eine Woche und länger dauern, bis Leute wie wir Zugang zu der Ruine erhalten.«

Leute wie wir, dachte Valdorian. »Könnten Sie in diesem Zusammenhang nicht einige ... Freunde um Hilfe bitten?«

Antonio maß ihn mit einem nachdenklichen Blick, wandte sich dann wieder an Diamant. »›So schnell wie möglich‹, haben Sie gesagt. Das ist mir schon im Flüchtlingslager aufgefallen: Ihre Eile. Warum? Jemand, der aus der Zukunft kommt, sollte doch *Zeit* genug haben.«

Diamant seufzte. »Wir müssen in die Zukunft zurückkehren, bevor es zur Katastrophe kommt.«

»Zu welcher Katastrophe?«, fragte Antonio erstaunt.

»Der Asteroid ...«

 »Er wird die armen Kerle im Mittleren Osten treffen,

nicht uns. Beziehungsweise diejenigen, die dort zurückgeblieben sind.«

Diamant schüttelte den Kopf. »Morgen findet der Versuch statt, den Asteroiden mithilfe nuklearer Sprengsätze zu zerstören – so viel dürfte bekannt sein.« Sie wartete Antonios Nicken ab, bevor sie fortfuhr: »Was jetzt noch *nicht* bekannt ist: Der Asteroid wird nicht zerstört, sondern bricht in einzelne Teile auseinander. Am Morgen des 5. August fällt ein großer Brocken unweit von Hawaii in den Pazifischen Ozean und verursacht nicht nur einen verheerenden Tsunami, sondern auch Raum-Zeit-Verwerfungen, die uns daran hindern würden, in unsere Zeit zurückzukehren.«

Die Lüge kam ihr erstaunlich glatt über die Lippen, fand Valdorian. *Sie will das Asteroidenfragment, das* hier *zur Katastrophe führen wird, unerwähnt lassen. Antonio würde nicht mehr daran denken, uns zu helfen, sondern alles daransetzen, sich und seine Leute in Sicherheit zu bringen.*

»Das Zerbrechen des Asteroiden wird Ihnen beweisen, dass wir die Wahrheit sagen und tatsächlich aus der Zukunft kommen«, fügte Diamant hinzu.

»Hm«, brummte Antonio, kehrte zum Tisch zurück und nahm wieder Platz. »Und das Geld befindet sich in dem Stützpunkt?«

»Das Geld und andere Dinge. Aber glauben Sie mir: Ohne mich kämen Sie nicht hinein.«

Antonio nickte erneut, lächelte plötzlich und deutete auf die Teller. »Aber ich bitte Sie ... das Essen wird kalt. Vielleicht haben Sie Recht«, sagte er, und diesmal galten seine Worte Valdorian. »Vielleicht sollte ich einige Freunde um Hilfe bitten.«

»Warum ist der Temporale plötzlich verschwunden?«, fragte Valdorian.

Es war eine sonderbare Situation, fand er. Diamant lag in dem breiten Bett, das die eine Hälfte des großen Raums dominierte, während er sich in der anderen auf einer nicht besonders bequemen Couch ausgestreckt hatte. Im gleichen Zimmer mit Lidia DiKastro beziehungsweise der Kantaki-Pilotin Diamant zu schlafen ... Es fühlte sich seltsam an. Nicht wie die Erfüllung eines alten Traums, eher wie ein neues, vages Versprechen, das sich nicht unbedingt auf Diamant selbst bezog. Etwas in ihm sah in ihr ein Symbol für das, *was sein konnte*, für ein mögliches neues Leben, eine mögliche Zukunft. Er begehrte sie nicht – noch nicht? – körperlich. Wenn es in diesem Stadium so etwas wie *Begehren* gab, so war es geistig-emotionaler Natur. Seltsam: Es schmeichelte ihm, dass Antonio sie für ein Paar hielt und sie beide in einem Schlafzimmer untergebracht hatte.

»Ich weiß es nicht«, erwiderte Diamant.

»Ist so etwas schon einmal passiert? Bei früheren Einsätzen?«

»Nein. Nie.«

Valdorian hörte, wie sich Diamant im Bett bewegte. Ein kleines Orientierungslicht glühte an der Wand neben der Tür, und durchs Fenster kam der Lampenschein der Stadt, begleitet vom dumpfen Brummen des Verkehrs, der auch nachts nicht zum Erliegen kann. Immer wieder erklangen akustische Signale.

»Schläft diese Stadt nie? Wie heißt sie doch noch?«

»Reggio Calabria. Bald wird sie für immer schlafen.«

»Darauf haben Sie Antonio nicht hingewiesen.«

»Sie wissen, warum.«

Valdorian nickte, obwohl Diamant das nicht sehen konnte. »Ich kann es mir denken.«

»Wir brauchen seine Hilfe. Er darf nicht von Gedanken an seine Flucht abgelenkt sein.«

Vermutlich gab es versteckte Abhörgeräte – jemand wie Antonio verzichtete bestimmt nicht darauf, seine Gäste zu belauschen. Aber sie sprachen InterLingua, eine Sprache, die es in dieser Zeit noch gar nicht gab.

Einige Sekunden lang blieb es still. »Wir scheinen nicht mehr schnell zu altern«, sagte Valdorian.

»Das spielt keine Rolle, wenn wir übermorgen noch hier sind.«

»Wenn Vivian morgen Abend nicht um dreiundzwanzig Uhr eintrifft ... Wir könnten, wie von Ihnen selbst vorgeschlagen, eine sichere Region aufsuchen und auf das Eintreffen des ersten Kantaki-Schiffes warten.«

Wieder schwieg Diamant.

»Warum ist der Temporale einfach verschwunden? Und mit ihm das Blut?«

»Ich *weiß es nicht*«, betonte Diamant. »Sind Sie nicht müde? Wir sollten schlafen.«

»Ja«, sagte Valdorian. »Ja, Sie haben Recht.«

Er war müde, fand aber trotzdem keine Ruhe. Vielleicht lag es auch daran, dass er zum ersten Mal seit hundertzwanzig Jahren wieder eine gewisse Intimität mit Diamant teilte. Während er den Geräuschen der nächtlichen Stadt lauschte, kehrten immer wieder die gleichen Fragen zu ihm zurück. Warum war der Temporale verschwunden, so als hätte er nie existiert? Was steckte hinter der Explosion? Wie hatte es überhaupt zu dieser Aktion der Temporalen kommen können? Warum geschahen die Dinge in der Vergangenheit nicht so, wie Vivian sie Diamant geschildert hatte?

Schließlich schlief er ein – und träumte von Olkin.

»Sie hatten Recht«, sagte Antonio, als sie sich am frühen Nachmittag des nächsten Tages die Holo-Bilder einer Nachrichtensendung ansahen. Seine Frau hielt sich erneut im Hintergrund, ebenso ein Mädchen, das vermutlich seine Tochter war. Neben der Tür des Salons saßen die beiden Leibwächter vom vergangenen Abend.

Die Bilder wiederholten sich, von Satelliten aufgezeichnet: Es gleißte mehrmals im All, aber der heranrasende Asteroid wurde nicht zerstört, sondern brach auseinander. Und es war praktisch unmöglich zu berechnen, wo die einzelnen Bruchstücke einschlagen würden.

Valdorian beobachtete fasziniert den Beginn einer Katastrophe, die einen enormen Wandel für die Menschheit eingeleitet hatte – beziehungsweise einleiten würde.

»Aber vielleicht haben Sie nur gut geraten«, fügte Antonio hinzu.

»Glauben Sie?«

Der kleine Mann mit dem grau melierten Haar sah sie an und schüttelte nach einigen Sekunden den Kopf. »Nein. Offenbar haben Sie tatsächlich die Wahrheit gesagt. So verrückt auch alles klingt.«

»Wir müssen in den Keller jenes Hauses«, drängte Diamant. »Schnell. Vor morgen früh.«

»Ich habe bereits mit einigen Personen gesprochen«, sagte Antonio. »Aber es gibt Probleme.«

»Wenn es eine Frage des Geldes ist ...«

»Nun ... auch. Mit Geld geht alles leichter.«

»Die Ausgangsbasis, von der ich gesprochen habe ... Dort gibt es genug Geld in Ihrer Währung.«

»Echt?«, fragte Antonio.

Diamant lächelte. »Von echtem nicht zu unterscheiden.«

Der kleine Mann erwiderte das Lächeln. »Ich verstehe.« Er stand auf. »Ich werde sehen, was ich tun kann. Falls Sie etwas brauchen oder einen Ausflug in die Stadt unternehmen möchten ... Sergio und Ameglio begleiten Sie gern. *Ohne* sie sollten Sie diese Wohnung nicht verlassen.«

Diamant und Valdorian nickten.

Die Absperrung existierte noch immer, doch um diese Zeit gab es hinter ihr keine Spezialisten mehr, die Untersuchungen durchführten. Nur zwei Wachdrohnen patrouillierten: humanoide Geschöpfe aus Metall und primitiver Elektronik. Ihre Servomotoren surrten leise, als sie durch die Nacht stapften.

Diamant sah auf die Anzeige eines kleinen K-Gerätes, das unter anderem Auskunft über die lokale Zeit gab. »Noch zwei Minuten bis dreiundzwanzig Uhr«, sagte sie leise. »Es ist gleich so weit.«

Sie standen etwa zehn Meter von der Absperrung entfernt im tiefen Schatten eines Hauseingangs: Diamant, Antonio, die beiden Leibwächter und Valdorian. Vor und hinter dem niedergebrannten Haus glühten Lampen in der Via Certosa, aber bei Nummer Vierundfünfzig blieb alles dunkel. Valdorian hörte das Brummen des nahen Verkehrs, vernahm die Stimmen von Menschen und dachte daran, dass dies die letzte Nacht von Reggio Calabria war – am Nachmittag des nächsten Tages würde ein Fragment des Asteroiden in die Meerenge zwischen den beiden Landmassen stürzen, und dann wiederholte sich hier in einem etwas kleineren Maßstab die Katastrophe, die den Pazifischen Ozean sechs Stunden vorher heimgesucht hatte.

»Es passiert nichts«, stellte Antonio fest, der direkt neben Diamant stand, ein wenig zu nahe, fand Valdorian. »Dort drüben ist alles leer. Abgesehen von den beiden Robowächtern.«

Diamants Blick wechselte zwischen den Anzeigen des K-Geräts und der Ruine des Hauses hin und her. Zeit verstrich, während sie schweigend warteten; Sekunden wurden zu Minuten, ohne dass etwas geschah.

»Ich verstehe das nicht«, sagte Diamant schließlich. »Vivian hat sich bestimmt nicht geirrt. Sie hat mir erzählt, dass sie am vierten August dieses Jahres hier eintraf, um genau dreiundzwanzig Uhr.«

»Wenn es nach ihrem Einsatz eine Gegenaktion der Temporalen gegeben hat, kam es in dieser Zeitlinie zu neuerlichen Veränderungen«, sagte Valdorian. »Die Explosion könnte ein Zeichen dafür sein. Und vielleicht ...«

Er sprach nicht weiter, aber Diamant drehte kurz den Kopf, und in ihren Augen sah er, dass sie verstand. *Vielleicht hat sich die Zeitlinie so sehr verändert, dass Vivian nie zu einem Einsatz hierher kam. Und das könnte bedeuten, dass nie ein geheimer Stützpunkt unter dem Keller des Gebäudes eingerichtet wurde.*

Konnten sie innerhalb von nur achtzehn Stunden mit

den wenigen ihnen zur Verfügung stehenden Mitteln eine sichere Region erreichen? Und wie sollten sie Antonio erklären, warum sie es plötzlich so eilig hatten, die Gegend von Reggio Calabria so schnell wie möglich zu verlassen?

»Ich glaube, es hat keine Sinn, noch länger zu warten«, sagte Antonio zwanzig Minuten später.

»Wir müssen irgendwie an den beiden Drohnen vorbeikommen«, sagte Diamant. »Sind sie bewaffnet?«

»Ja. Außerdem stehen sie mit der Einsatzzentrale der Carabinieri in Verbindung und könnten sofort einen Alarm auslösen.«

»Was ist mit Ihren Freunden?«, fragte Valdorian.

»Auch die besten Freunde darf man nicht um etwas Unmögliches bitten«, sagte Antonio langsam. »Es würde bedeuten, dass man ihre Freundschaft schnell verliert.« Er sah auf den einfachen Chrono-Servo an seinem linken Handgelenk. »In etwa einer Stunde erwarte ich einen Anruf. Ich hoffe, dass wir morgen früh Gelegenheit bekommen, uns den Keller des Hauses anzusehen.«

Wie viele Stunden bleiben uns dann noch?, dachte Valdorian besorgt. *Zwölf oder weniger ...*

Die Uniformen waren dunkelblau und machten sie zu Schatten in der Schattenwelt des frühen Morgens. Im Osten begann sich der Himmel zu verfärben – es dauerte nicht mehr lange, bis die Sonne aufging.

Die Stadt schien genau diese Zeit zu wählen, um ein wenig zu verschnaufen und Atem zu schöpfen für den neuen Tag, der ihr letzter sein sollte. Es waren weniger Fahrzeuge auf den Straßen unterwegs, und es plärrte keine Musik aus offenen Fenstern oder den Eingängen von Geschäften und Tavernen.

Die beiden Drohnen ruhten nicht – mit unermüdlicher Wachsamkeit patrouillierten sie hinter der Absperrung.

»Wir sehen offiziell aus«, sagte Valdorian leise. »Aber genügt das, um die Drohnen zu täuschen?«

»Natürlich nicht«, antwortete Antonio. »Dies hier wird sie davon abhalten, einen Alarm auszulösen.« Er hob etwas, das gewisse Ähnlichkeit mit einem Identer aufwies. »Diese Kodekarte beweist, dass wir mit allen Befugnissen ausgestattet sind. Hoffe ich jedenfalls.«

»Sie *hoffen* es? Sind Ihre Freunde nicht zuverlässig?«

Antonio seufzte. »Ich weiß nicht, was Sie in der Zukunft gewesen sind beziehungsweise sein werden, aber Sie gefallen mir nicht, Baldorian.«

»Val...«, begann Valdorian.

»Sie strahlen eine Arroganz aus, die ich widerlich finde. *Hier* ist Ihre Art von Überheblichkeit völlig fehl am Platz – in dieser Welt würden Sie damit nicht lange überleben. Wissen Sie überhaupt, was Freundschaft ist? Meine Freunde sind nicht unzuverlässig, sondern in Schwierigkeiten – weil ich sie um die Karte und die Uniformen gebeten habe. Weil *Sie* in das Haus wollen. Ich habe viel in Bewegung gesetzt, mehr als Sie ahnen.« Er nickte Diamant zu. »Gehen wir.«

Antonio und die Kantaki-Pilotin gingen los, bevor Valdorian etwas sagen konnte. Rasch folgte er ihnen – nur die beiden Leibwächter, die keine Uniformen trugen, blieben im dunklen Hauseingang zurück.

Die Drohnen reagierten sofort, als sie über die Absperrung kletterten. Summend und brummend stapften die beiden Maschinenwesen an Trümmern vorbei, näherten sich und richteten die Linsen optischer Scanner auf sie.

»Bitte identifizieren Sie sich«, schnarrte einer von ihnen.

»Wir gehören zur Sondergruppe Certosa. Ich bin Ispettore Antonio, und das sind meine beiden Assistenten. Wir möchten uns das Innere des Gebäudes ansehen.« Antonio hielt die Kodekarte bereit.

Die Drohne, die zuvor gesprochen hatte, nahm sie entgegen, schob sie in einen Abtaster und gab sie nach wenigen Sekunden zurück.

»Identität bestätigt«, ertönte es zu Valdorians großer

Erleichterung. »Es waren keine Ermittlungen um diese Zeit vorgesehen.«

»Es geht um die Sicherstellung von Spuren im Kellergeschoss«, sagte Antonio. »Setzt eure Patrouille fort.«

Beide Drohnen piepten bestätigend und marschierten fort.

»Gibt es keine Aufzeichnungen?«, fragte Diamant leise, als sie die Ruine betraten und an Schutthaufen vorbeigingen. Das Treppenhaus befand sich weiter vorn, genau dort, wo die Schatten besonders dicht waren. Antonio schaltete eine Lampe ein und leuchtete. »Kommt später nicht alles heraus?«

Warum fragt sie das?, überlegte Valdorian. *Welche Rolle spielt das? Heute Abend existiert dies alles nicht mehr, und Antonio ebenso wenig.*

»Auch das meinte ich vorhin mit den ›Schwierigkeiten‹. Die Aufzeichnungen müssen manipuliert werden, und das ist alles andere als einfach.«

Die Aufräumer hatten zum Glück gute Arbeit geleistet: Das Treppenhaus war frei zugänglich. Antonio vollführte eine einladende Geste, die Diamant galt, und reichte ihr eine zweite, kleinere Lampe. Valdorian bekam keine.

»Nach Ihnen, Verehrteste.«

Kurze Zeit später befanden sie sich im Keller, der aus insgesamt fünf großen Räumen bestand. Vier von ihnen enthielten Gerümpel, das zum Teil verbrannt war. Im fünften Raum, am weitesten vom Brandherd entfernt, zogen sich hölzerne Gestelle an den Wänden entlang, und darin ruhten staubige Weinflaschen. Antonio nahm eine, wischte das Etikett ab und schüttelte bedauernd den Kopf. »Ein guter Roter. Vermutlich durch die starken Temperaturschwankungen ruiniert. Es wundert mich, dass die Flaschen nicht geplatzt sind. *Sehr* heiß kann es hier trotz der Flammen nicht geworden sein.«

Diamant stand in der Mitte des Raums und drehte sich langsam um die eigene Achse.

»Hier unten hat sich die Explosion kaum ausgewirkt«, stellte Valdorian fest. »Vielleicht dachten die Temporalen, dass sich der Stützpunkt im Haus befand, nicht darunter.«

»Nun?«, fragte Antonio und legte die Flasche ins Gestell zurück.

Diamant holte ein K-Gerät hervor, einen dünnen Stab nicht länger als ihr kleiner Finger, und aktivierte es. Ein bläuliches Glühen ging davon aus, und mit einem leisen, zirpenden Geräusch stieg der Stab auf, flog wie ein Vogel ohne Flügel im Raum umher. Schließlich verharrte er an der gegenüberliegenden Wand vor einer bestimmten Stelle des Gestells.

»Dort«, sagte Diamant.

Antonio begann sofort mit einer Untersuchung des Holzgerüsts und erwies sich dabei als überraschend geschickt. Nach nur einer Minute knarrte etwas, und es gelang ihm, einen Teil des Gestells an quietschenden Angeln nach vorn zu ziehen.

»Wenn das ein Zugang ist, so hat ihn schon lange niemand mehr benutzt«, sagte Valdorian.

»Vielleicht *soll* er diesen Eindruck erwecken.« Diamant trat an die Wand, in der sich keine Tür zeigte, winkte das K-Gerät heran und sprach ein Wort, das ihr Linguator nicht übersetzte. Das bläuliche Licht strich über die völlig normal aussehende Wand, und Valdorian beobachtete, wie Diamant kurz die Hände zu den Schläfen hob, sie dann wieder sinken ließ. Die Wand ...

... verschwand. Wo sie sich bis eben noch befunden hatte, führte eine Treppe in die Tiefe. Mattes Licht kam von schmalen Leuchtstreifen in den Wänden, die ihre Struktur veränderten, sich manchmal vorwölbten, dann zu schrumpfen schienen. Architektur und Technik der Kantaki, begriff Valdorian.

»Wie haben Sie das gemacht?«, fragte Antonio, als sie hinabgingen. »Und was hat es mit diesen ... Wänden auf sich? Mir wird ... übel.«

»Die Wand bestand aus Pseudomaterie«, antwortete Diamant ruhig. »Nur der Pilotengabe zugänglich, auch wenn Sie mit diesem Hinweis nichts anfangen können. Ihre Technik wäre nicht in der Lage, sie von gewöhnlicher Materie zu unterscheiden. Aber selbst wenn es Ihnen irgendwie gelungen wäre, die Pseudomaterie als solche zu erkennen und sich Zugang zu dieser Treppe zu verschaffen ...« Sie hob das kleine K-Gerät, von dem ein kurzer blauer Lichtblitz ausging. Öffnungen bildeten sich in den Wänden, und Waffensysteme wurden sichtbar. Ein zweiter Lichtblitz, und die Wände waren wieder so beschaffen wie vorher.

»Haben Sie das mit der ›unangenehmen Überraschung‹ gemeint?«, fragte Antonio, der recht blass wirkte.

»Ja.«

»Hier sieht alles unversehrt aus«, sagte Valdorian. »Die Temporalen scheinen nicht bis in den Stützpunkt vorgedrungen zu sein.«

Am Ende der Treppe erwartete sie ein kurzer Korridor, der zu einem kaum mehr als zwanzig Quadratmeter großen Raum führte. Als sie ihn betraten, wurden auch hier Lichtstreifen in den Wänden aktiv und vertrieben die Dunkelheit. Diese Basis des Widerstand schien von den Kantaki eingerichtet worden zu sein. Valdorian hatte sich zumindest teilweise an die perspektivischen Verzerrungen gewöhnt, aber Antonio machten sie sehr zu schaffen.

»Das Geld ...«, ächzte er.

»Ja, gleich«, sagte Diamant geistesabwesend und aktivierte mehrere Datenservi. Eine pseudoreale Darstellung entstand in der Mitte des Raums, über einer tischartigen Plattform, aus der grauschwarze Zapfen ragten, zu Fünfer-Gruppen angeordnet wie auch die Schriftzeichen der Kantaki. Farbige Muster bildeten sich darin und rotierten langsam, begleitet von blinkenden Symbolen und pulsierenden Linien.

»Was ist das?«, fragte Valdorian.

 »Eine temporale Karte.« Diamant betrachtete die Darstellungen mit großer Aufmerksamkeit. »Sie scheint nicht komplett zu sein. Wenn ich das hier richtig verstehe, gelang es den Temporalen, Mutter Rrirks Schiff zu vernichten, bevor es einen Kontakt mit den Menschen herstellen konnte. Eine Einsatzgruppe des Widerstands hat diese Manipulation mit einer Gegenaktion rückgängig gemacht, und zwar vor ... sechs Monaten nach dieser Chronologie. Dadurch kam es zu temporalen Störungen ...«

»Befindet sich eine Zeitkapsel in der Nähe? Oder gibt es eine andere Möglichkeit, diese Welt und diese Epoche zu verlassen?«

»Das Geld ...«, wiederholte Antonio mit unüberhörbar drohendem Unterton in der Stimme. Valdorian drehte sich um und sah eine kleine Projektilwaffe in der rechten Hand des schwankenden Mannes. »Geben Sie mir das Geld, und dann ... gehen wir. Ich ... ertrage diesen Ort nicht.«

Diamant machte Anstalten, ein K-Gerät hervorzuholen.

Antonio drückte ab.

Es knallte, und unmittelbar darauf, nur einen Sekundenbruchteil später, knallte es erneut, als die Kugel einen Datenservo auf der gegenüberliegenden Seite des Raums traf und abprallte, ohne Schaden anzurichten. Das kleine Geschoss heulte über ihre Köpfe hinweg, verschwand im Korridor.

»Geben Sie mir das Geld, das ganze Geld, jetzt sofort!«, stieß Antonio hervor.

»Es befindet sich nicht hier, sondern im Ausrüstungsraum. Dort«, sagte Diamant und deutete in einen dunklen Tunnel.

»Das ganze Geld!« Antonio winkte mit der Waffe. »Nach Ihnen. Und keine Tricks. Ich schieße sofort, glauben Sie mir.«

Valdorian glaubte es ihm, aber er befürchtete, dass Diamant trotzdem etwas unternehmen würde. Er behielt Recht.

Nach einigen Schritten durch den Tunnel, in dem ebenfalls Leuchtstreifen aktiv wurden, als sie ihn betraten, fühlte sich Valdorian plötzlich von Diamant zur Seite gestoßen. Fast im gleichen Augenblick knallte es, als Antonio tatsächlich schoss, und Valdorian spürte, wie etwas seinen linken Arm streifte. Während er fiel, sah er aus dem Augenwinkel, wie Diamant mit katzenhafter Agilität sprang, sich in der Luft drehte, von einem Vorsprung in der nahen Wand abstieß, gegen Antonio prallte und seinen rechten Arm nach oben riss. Eine halbe Sekunde später knallte es erneut, und nach einer weiteren halben Sekunde hielt Diamant die Projektilwaffe in der Hand.

»Sie dummer, kleiner, hirnloser Narr!«, fauchte sie, ließ die Waffe fallen und richtete den kleinen Stab darauf. Ein kurzes Blitzen, und die Projektilschleuder existierte nicht mehr.

Antonio hob beide Hände zum Kopf. »Ich ... halte es ... nicht mehr aus. Wir müssen ... fort von hier. Das Geld ... Sie haben mir Geld versprochen ...«

Valdorian stand auf und stellte fest, dass sein linker Ärmel zerrissen war. Unter den Fetzen zeigte sich ein roter Striemen am Unterarm.

Aber etwas anderes war jetzt wichtiger.

Er sah das Flackern in Antonios Augen, fühlte selbst ebenfalls den zunehmenden Druck im Hinterkopf.

»Ich glaube nicht, dass es die perspektivischen Verzerrungen sind, die ihm so zusetzen. Er reagiert auf etwas anderes.«

»Ich *halte es nicht mehr aus!*«, kreischte Antonio und lief los, zum nächsten Raum der unterirdischen Basis, in dem es automatisch hell wurde, als er ihn erreichte.

Valdorian erinnerte sich an etwas: an Raphael, die rechte Hand des Autokraten von Kerberos – er hatte Selbstmord begangen, indem er in der Station auf dem Meeresgrund mit dem Kopf voran gegen eine Wand gelaufen war. Ein ähnlicher Wahnsinn schien Antonio erfasst zu haben.

Und die Ursache ...

»Diamant ... Ich glaube, die Temporalen sind doch hier gewesen. Ich glaube ...«

Sie verstand sofort und lief ebenfalls los. Valdorian folgte ihr.

Regale und Gerüste zogen sich an den Wänden des Ausrüstungsraums entlang, und darin lagerte alles, was eine Einsatzgruppe aus der Zukunft in dieser Zeit auf dieser Welt brauchte: spezieller Proviant, unterschiedlichen Stoffwechselsystemen angepasst; Kleidung; modernes Gerät; und natürlich Geld, in verschiedenen Währungen, ebenso perfekt gefälscht wie die Identern ähnelnden Kreditkarten. Mit der derzeitigen Technik der Erde ließen sich weder das Geld noch die Karten als Fälschungen erkennen.

Antonio schenkte den Banknoten überhaupt keine Beachtung und stand vor dem Tisch in der Mitte des Zimmers, auf dem ein Fraktal glühte, ein Objekt, das aus kleineren Objekten bestand, die sich wieder aus kleineren zusammensetzten. Der kleine Mann streckte die Hand danach aus ...

Aus dem Druck in Valdorians Hinterkopf wurde ein schmerzhaftes Pochen.

»Rühren Sie das Ding nicht an!«, rief er und wusste doch, dass es bereits zu spät war.

Antonios Finger berührten das Fraktal, dessen Glühen sich daraufhin in ein flackerndes Schimmern verwandelte ...

»Weg von hier!« Valdorian nahm Diamants Hand und stürmte mit ihr durch den Tunnel, zurück in den Raum mit den Datenservi und dann in den kurzen Korridor, der zur Treppe führte. Hinter ihnen geschah etwas – Valdorian spürte es dort, wo es in seinem Hinterkopf pochte –, und er hörte, wie Diamant stöhnte.

»Eine Zeitwelle ...«

Sie eilten die Treppe hoch und durch die Öffnung, die noch vor kurzer Zeit durch Pseudomaterie getarnt gewesen war. Auch im Keller mit den Weinflaschen hielten sie nicht inne, setzten die Flucht vor der sich ausdehnenden temporalen Anomalie fort, hasteten eine zweite Treppe hoch und erreichten das Erdgeschoss des ausgebrannten Hauses. Etwas *strich über sie hinweg* …

Die Sonne neigte sich im Westen dem Horizont entgegen. Uniformierte wanderten zwischen den Trümmern; Spezialisten suchten nach Hinweisen.

Valdorian sah sich verblüfft um. »Es ist fast Abend …«

»Was machen Sie hier?« Einer der Uniformierten trat auf sie zu. »Wer sind Sie?«

Am Himmel leuchtete etwas auf - ein neuer Stern schien zu entstehen.

»Es ist so weit«, sagte Diamant.

Der Mann, der sich ihr und Valdorian genähert hatte, bemerkt das Leuchten ebenfalls und sah nach oben, wie auch die anderen Männer und Frauen in der Ruine des Hauses. Wie die Bewohner von Reggio Calabria. Wie die vielen Flüchtlinge auf den schwimmenden Inseln zwischen Sizilien und Kalabrien.

Im Pazifik war der Hammer bereits vor Stunden gefallen. Jetzt fiel er auch hier.

Einige Personen liefen los, als könnten sie dem Asteroidenfragment auf diese Weise entkommen. In den Gesichtern der anderen zeigte sich erst Verblüffung - sie hatten sich sicher gewähnt - und dann wachsendes Entsetzen.

Es dauerte nur Augenblicke. Das Licht am Himmel schwoll an, überstrahlte die Sonne, und dann jagte ein *Blitz* herab, ein Gesteinsbrocken, der sich mit einer Geschwindigkeit von etwa sechzig Kilometern in der Sekunde bewegte, ein kosmisches Geschoss mit der Sprengkraft hunderter Atombomben, das Vernichtung und Millionen von Menschen den Tod brachte. Der Himmel selbst schien in Flammen zu stehen, und es donnerte so laut, als drohe die Erde auseinander zu brechen.

Valdorian hatte sich die Augen abgeschirmt, und als er die Hand sinken ließ, sah er, wie sich Diamant wieder der Treppe zuwandte - dort lag ihre einzige Hoffnung auf Rettung.

Die Erschütterungen wurden heftiger, als Diamant und Valdorian in den Keller zurückkehrten und über die zweite Treppe wankten, hinab in den unterirdischen Stützpunkt, dessen Kantaki-Architektur normalerweise jedem Beben standgehalten hätte. Doch es zeigten sich erste Risse in den Wänden ...

»Hier unten hat sich die Zeitwelle am stärksten ausgewirkt«, sagte Diamant. »Sie hat alles um Jahrtausende altern lassen. Von Antonio ist lediglich Staub übrig geblieben.«

Im Tunnel zum Ausrüstungsraum funktionierte nur noch ein Leuchtstreifen. Es knackte und knirschte um sie herum, als sie durchs Halbdunkel rannten, und in der Ferne schwoll ein Donnern an.

»Wann wird die Flutwelle hier sein?«, fragte Valdorian.

»In wenigen Minuten.«

Graue Leere erwartete sie im Ausrüstungsraum. Wo sich zuvor Regale und Gestelle befunden hatten, wo *Substanz* gewesen war, erstreckte sich farbloses Nichts, und aus dieser Leere kam ein schlauchartiges Gebilde, braun wie fruchtbarer Boden. Wie eine Schlange wand es sich hin und her, und sein Ende öffnete sich einem Maul gleich.

Diamant seufzte erleichtert. »Diese Basis ist mit einem temporal unabhängigen Notsystem ausgestattet. Ich habe so etwas schon einmal benutzt. Kommen Sie. Der Durchgang führt uns zu einer Zeitkapsel oder zu einer anderen Basis in einer anderen Zeitlinie. Jeder Ort ist besser als *dieser*.«

Valdorian zögerte und spürte erneut das dumpfe Pochen im Hinterkopf, wie eine undeutliche Stimme, die ihn auf etwas hinweisen wollte.

»Was ist damit?«, fragte er und deutete zur anderen Seite des ehemaligen Raums. Ein goldgelber Ring leuchtete dort, mit einem Durchmesser von etwa zwei Metern, im Inneren völlig schwarz. Er wirkte vertraut, auf eine unheilvolle Art und Weise.

»Davon sollten wir uns fern halten. Der letzte Ring brachte uns in Olkins Pinakothek. Kommen Sie.«

»Nein. Warten Sie.« Das Donnern wurde noch lauter und schien nicht mehr ganz so fern zu sein, aber Valdorian ignorierte es ebenso wie die Erschütterungen. Langsam trat er an den goldenen Ring heran, getrieben von etwas, das an seinem Bewusstsein kratzte.

Und plötzlich *verstand* er.

»Eine Falle in einer Falle!« Er musste die Worte rufen, damit Diamant ihn verstand – so laut war das Tosen geworden. »Was Sie dort sehen ...« Er deutete auf die braune Schlange mit dem offenen Maul. »... ist als Notsystem *getarnt*.«

»Woher wollen Sie das wissen? Seit wann sind Sie ein Kognitor? Seit wann haben *Sie* die Gabe?«

»Ich bin kein Kognitor, aber irgendetwas verbindet mich mit Olkin, seit er mich in den Steuerungsmechanismus des Omnivors integriert hat. Und daher *weiß* ich: Dies ist der richtige Weg.« Er deutete auf den goldenen Ring.

Diamant zögerte.

»Ich habe Ihnen versprochen, Sie zum originären Manipulationspunkt zu bringen, und ich bin fest entschlossen, dieses Versprechen zu halten. Vertrauen Sie mir dieses eine Mal.«

»*Ihnen* vertrauen? Eher würde ich ...« Sie trat zur Öffnung des braunen Gebildes.

Valdorian fluchte lautlos, sprang vor, packte Diamant und zerrte sie zum Ring. Natürlich leistete sie sofort Widerstand, aber damit hatte er gerechnet. Er hielt sie fest, nur ein oder zwei Sekunden, lange genug für einige schnelle Schritte. Als sie sich losriss, gab er ihr einen wuchtigen Stoß, und Diamant verlor das Gleichgewicht, fiel in die Finsternis im Inneren des Rings ... und verschwand darin. Er folgte ihr genau in dem Moment, als eine Woge aus Schlamm und Wasser in den Raum mit der grauen Leere brandete.

33

Ultima Ratio

Braun: Vortex

Diamant verließ den Raum mit den Ringen nur noch, um ihre Notdurft zu verrichten oder Essen und Wasser aus der Synthesemaschine ganz oben im Vortex zu holen. Hier blieben ihre Gedanken unbeeinträchtigt von den Kopfschmerzen, die sie draußen erwarteten und die Proviantbeschaffung zu einem Martyrium machten, das sie alle paar Tage auf sich nehmen musste. Es *gab* eine externe Welt ohne diese Qualen, ohne das Gefühl, sich selbst zu verlieren. Besser gesagt, es *hatte* sie einmal gegeben, aber die Erinnerungen daran verblassten immer mehr. Der Raum mit den beiden goldenen Ringen dehnte sich aus, ohne an Volumen zu gewinnen, wurde mehr und mehr zu Diamants Universum.

Den größten Teil ihrer Zeit verbrachte Diamant damit, dem Summen der Ringe zu lauschen, das sich immer mehr in eine Melodie verwandelte. Manchmal flüsterten auch Stimmen aus der Schwärze im Inneren der Ringe, erzählten ihr Geschichten, die vage Erinnerungen an ein anderes Leben weckten, und forderten sie auf, sich in Geduld zu fassen. *Warte auf uns. Es dauert nicht mehr lange.* Gelegentlich antwortete Diamant, obwohl vermutlich niemand sie hören konnte, und dann sagte sie: »Ich warte. Ich habe Zeit.« Aber stimmte das? Hatte sie wirklich Zeit? Wenn sie aufbrach, wenn Blase oder Darm sie dazu zwangen, wenn sie sich dann in spiegelnden Flächen sah, glaubte sie, Veränderungen zu erkennen: schwarzes Haar, das an Glanz verlor; mehr Falten im Gesicht. Vor allem aber waren es die Augen, die sie manchmal erschreckten, denn sie schienen einer anderen Person zu gehören, einem *leeren* Ich, das viel vergessen hatte.

Etwas tief in ihr begriff, dass sie nicht mehr so viel Zeit hatte wie früher, als sie Kantaki-Pilotin gewesen war, aber dieser Gedanke war einer von vielen, die kaum Sinn ergaben. Wenn sie ihr Spiegelbild gesehen hatte, brachte die Rückkehr in den Raum mit den Ringen besondere Erleichterung, denn deren leiser Gesang erinnerte sie daran, was *wirklich* wichtig war.

Manchmal, wenn sie die Kopfschmerzen als besonders schlimm empfand und die Rückkehr nicht sofort Linderung brachte, vertraute sie sich der Finsternis in den Ringen an.

Sie wusste nicht, wie oft sie bereits in einen der beiden Ringe hineingetreten war, nachdem die Schwärze ihre Undurchdringlichkeit verloren hatte. Jedes Mal kam sie aus dem anderen Ring wieder heraus, als wären sie beide direkt miteinander verbunden. Der Durchgang schien nur wenige Sekunden – Sekunden? – zu dauern und bot den Vorteil, dass die grässlichen Kopfschmerzen sofort verschwanden.

Als Diamant diesmal dicht vor den Ringen stand, brannte es nicht zwischen ihren Schläfen, aber das leise Lied hatte sich erneut verändert und etwas Verlockendes bekommen. Es erklangen keine Stimmen in den sanften Harmonien, doch sie fühlte sich gerufen und trat in den ersten Ring.

Sofort spürte sie die Veränderung.

Normalerweise blieb das Verweilen in der Dunkelheit auf die Länge eines tiefen Atemzugs beschränkt, aber diesmal hatte Diamant schon mehrmals geatmet – schwarzes Nichts –, ohne dass der andere Ring sie in den Raum zurückbrachte. Unruhe erfasste sie, hervorgerufen von einem Gefühl der Weite, die sich an verschiedenen Stellen im uniformen Schwarz auszudehnen begann.

Wir kommen.

Voller Hoffnung trat Diamant einen Schritt vor. Und stand plötzlich vor dem zweiten Ring. Und schrie, als Schmerz sie überfiel.

»Was ist dies für ein Ort?«, fragte Valdorian.

»Das fragen Sie mich?«, erwiderte Diamant. »*Sie* wollten doch unbedingt durch den goldenen Ring. Und Sie haben mich gezwungen, Sie zu begleiten. Das Notsystem hätte uns in Sicherheit gebracht.«

»Das Notsystem war eine Falle.« In diesem Punkt war Valdorian ganz sicher, obgleich er diese Gewissheit nur mit einem instinktiven Gefühl erklären konnte, das jedoch keinen Platz für Zweifel ließ.

Nicht annähernd so viel Gewissheit verband sich mit seinem gegenwärtigen Aufenthaltsort. Und mit den Stimmen.

Seine Ohren glaubten, Diamants Stimme zu hören, doch er selbst war da nicht so sicher. Wenn er sie vernahm, schien sie aus allen Richtungen gleichzeitig zu kommen, ohne dass er den Eindruck gewann, ein Echo zu hören. Und vor allem: Diamant war nicht *hier*.

Valdorian saß auf einer Parkbank und beobachtete, wie manchmal Schatten übers nahe Gras huschten, projiziert von etwas, das ihm verborgen blieb. Einige Meter weiter vorn stand eine Tür mitten auf dem Weg, goldgelb wie der Ring, den sie passiert hatten. Er drehte den Kopf und sah sich um. Er war allein.

Neben ihm auf der Bank lag eine Gabel. Valdorian fragte sich, woher sie stammte, wer sie dorthin gelegt hatte.

»Und was ist dies?«, fragte Diamant.

Valdorian stand auf. »Eine Übergangszone. Sehen Sie eine gelbe Tür?«

»Ja. Einige Meter entfernt. Wo sind Sie?«

»In Ihrer Nähe, nur durch ein Phantasiebild von Ihnen getrennt. Wir interpretieren das, was uns umgibt, auf unterschiedliche Art. Ich bin in einer Art Park.«

»Ich bin an der Uferpromenade von Bellavista und sehe das Scharlachrote Meer. Die Stadt hinter mir ist seltsam ... leer.« Ein leises Schnaufen kam aus der anderen individuellen Welt. »Hören Sie, Dorian, wenn das irgendein Trick von Ihnen ist ...«

»Nein.« Er horchte kurz in sich hinein und hörte sie erneut, keine Stimme, eher eine ferne Vibration, die ihn mit Olkin verband und ihm den Weg wies. Wieder spürte er eine Gewissheit, die den Verstand ausklammerte. »Wir sind auf dem richtigen Weg. Bitte glauben Sie mir. Lassen Sie uns beide zu der Tür gehen, sie gleichzeitig öffnen und hindurchtreten.«

Valdorian näherte sich der gelben Tür und sah sie sich aus der Nähe an. Sie wies eine Klinke und reliefartige Muster auf.

»Diamant?«

»Ich schätze, mir bleibt nichts anderes übrig. He, da kommt jemand!«

Valdorian sah sich um und stellte fest, dass er noch immer allein war.

»Wer? Erkennen Sie die Person?« Wer außer ihnen hielt sich an diesem *Ort* auf, irgendwo mitten im Nichts?

»Er trägt einen Umhang und geht vornübergebeugt, sodass sein Gesicht unter der Kapuze verborgen bleibt.«

Aus der dumpfen Vibration in Valdorian wurde ein fast schmerzhaftes Prickeln.

»Es ist Olkin!«, rief Diamant von allen Seiten.

»Durch die Tür! *Jetzt!*«

Valdorian drückte die Klinke, öffnete die Tür und trat ins Nichts. Der Park verschwand, und er fühlte eine Kühle, die schnell durch Arme, Beine und Rumpf kroch, aber nicht unangenehm war. Etwas vermittelte ihm den Eindruck von Bewegung, doch nichts deutete darauf hin, mit welcher Geschwindigkeit er sich bewegte.

Diamant? Er sprach den Namen laut aus, aber diesmal erklang keine Stimme – die *Bedeutung* des Namens breitete sich in einem Äther aus, der von menschlichen Sinnen nicht wahrgenommen werden konnte. *Hören Sie mich?*

Ich bin hier.

Wo auch immer hier *ist,* sagte Valdorian. *Wir bewegen uns, nicht wahr? Sie sind mit der Hyperdimension der Kantaki vertraut. Können Sie etwas erkennen?*

Ich glaube, wir fallen durch einen Tunnel. Und dann: *Warum erschien Olkin in meiner Welt?*

Keine Ahnung, entgegnete Valdorian. *Vielleicht hat er versucht, uns erneut zu erreichen.*

Warum erschien er bei mir?

Valdorian lächelte. *Vielleicht mag er Sie.*

Diamant antwortete nicht, und für unbestimmte Zeit blieb er sich selbst überlassen. Aus dem Prickeln war wieder eine Vibration geworden, die ihm mitteilte, dass die Reise in die richtige Richtung ging. Einmal mehr dachte er daran, wie sehr sich diese Diamant von jener unterschied, die er als junger Mann kennen gelernt und später als sterbender Greis gesucht hatte. Selbst die andere Diamant, die ihn auf Mirror zurückgelassen hatte, war nicht annähernd so bitter und zynisch gewesen. Wir sind nicht nur die Summe unserer Erinnerungen, dachte er. Wir sind auch das Produkt unserer Erfahrungen.

Ihre Gedanken schreien, sagte Diamant, und diesmal schienen ihre Worte aus unmittelbarer Nähe zu kommen. *Vielleicht bin ich tatsächlich bitter und zynisch. Aber wenn Sie Recht haben, wenn wir das Produkt unserer Erfahrungen sind, so verdanke ich meine zynische Bitterkeit Ihnen, denn ohne Sie wäre dies alles nicht geschehen.*

Schon wieder die Schuldfrage?

Stille.

Diamant?

Wir bekommen Gesellschaft.

Die Vibration in Valdorian veränderte sich nicht – also konnte es sich kaum um Olkin handeln.

Können Sie Einzelheiten erkennen?, fragte er.

Es sind ... drei Personen, antwortete Diamant. *Nur eine von ihnen ist ein Mensch. Die anderen beiden ...*

Valdorian glaubte, in der Ferne mehrere Lichter zu sehen. Sie kamen schnell näher, rasten wie Sternschnuppen an ihm vorbei, ohne dass er Einzelheiten erkennen konnte.

Und dann gab ihm etwas einen Stoß.

Er fiel durch eine Öffnung, durch einen Ring, in einen stinkenden Raum voller Unrat. Schwer prallte er auf den Boden, schnappte nach Luft, rollte zur Seite und sah ... Diamant.

Eine andere Diamant. Sie hockte in einer Ecke, das Haar lang und zerzaust, das Gesicht blass und hohlwangig, die Kleidung schmutzig und abgerissen. Am schlimmsten waren die Augen: Sie blickten leer; das vitale Ich hinter ihnen war erloschen.

»Diamant?«, sagte Valdorian leise.

»Ich bin hier«, ertönte es, und die ihm vertraute Diamant trat aus einem der beiden summenden goldenen Ringe.

»Ich meine ...«

»Ja, ich weiß.«

Valdorian stand auf, als die Diamant, die ihn begleitet hatte, zu der anderen trat. Die Vibration in seinem Inneren war stärker geworden und bestätigte ihm: Sie befanden sich am richtigen Ort. »Wir sind am Ziel«, sagte er.

»Das arme Kind«, sagte Diamant und sprach von der anderen Version ihres Selbst wie von einer anderen Person, die Mitleid verdiente.

»Ich habe so lange gewartet«, sagte die andere Diamant leise und rau. »So lange. Die Kopfschmerzen ... Draußen sind sie unerträglich. Nur hier bin ich von ihnen verschont geblieben. Seid ihr die Stimmen, die ich gehört habe?«

»Ich weiß nicht, wen oder was du gehört hast, aber wir werden dir helfen. Jetzt bist du nicht mehr allein. Gleich wirst du ...«

Diamant sprach nicht weiter, aber Valdorian begriff sofort, was sie meinte: Absorption. Er hatte diesen seltsamen, unheimlichen Vorgang schon einmal beobachtet, im Kastell, und jetzt wiederholte er sich. Die Diamant, die zusammen mit ihm auf der Erde gewesen war, streckte ihrem anderen Selbst beide Hände entgegen, legte sie ihr wie tröstend auf die Wangen. Sie seufzte leise und ...

... löste sich auf!

Valdorian beobachtete, wie im letzten Sekundenbruchteil vor der Absorption Überraschung und Entsetzen in Diamants Augen aufleuchteten, als sie begriff: Dies war keine lästige Routine, die ihre Bürde aus unangenehmen Erinnerungen noch schwerer machte. Die bittere, zynische Diamant hatte ihr dreiundzwanzigstes Selbst aufnehmen wollen, davon überzeugt, dass ihre Realitätsstruktur stärker war.

Ein Irrtum, wie sich jetzt herausstellte. *Diese* Diamant war realer.

Wieder gewann Valdorian den Eindruck, dass eine Art Feder über die Innenseiten seines Schädels strich, und die ihm vertraute Diamant ... wurde zu einem Schatten, den die andere Frau in sich aufnahm.

Leben kehrte in leere Augen zurück.

Die Frau mit dem langen, zerzausten Haar stand langsam auf, sah sich verwundert um und verzog das Gesicht, als sie den eigenen Geruch zum ersten Mal seit langer Zeit wieder bewusst wahrnahm. »Wie habe ich mich nur selbst ertragen können?«

»Diamant?«, fragte Valdorian vorsichtig und hörte, wie sich das Summen der beiden goldenen Ringe hinter ihm veränderte.

»Dorian ...« Es klang nicht direkt sanft, aber auch nicht annähernd so bitter wie bei der anderen Diamant. »Das Gewicht so vieler Erinnerungen ...« Sie schwankte.

Valdorian war sofort bei ihr, stützte sie und achtete nicht auf den üblen Geruch.

»Ich habe das Gefühl, viele verschiedene Leben gelebt zu haben«, ächzte Diamant. Sie war schwach, und doch viel stärker und lebendiger als noch vor wenigen Sekunden. »Die vielen Einsätze, so viel Schmerz, Esmeralda ... Auch hier ist eine Esmeralda gestorben, vor langer Zeit. Ich habe gewartet, immer gewartet, viele Jahre lang. Und ich habe ... den Verstand verloren, glaube ich.« Sie hob beide Hände zum Kopf. »Weil das Universum um uns herum kollabiert. Die kosmischen Konstanten verändern sich, und das beeinflusst auch uns, und ...« Sie unterbrach sich, ließ die Hände sinken und sah Valdorian an. »Sie hat Ihnen die Schuld an allem gegeben.«

»Und sie hat mir etwas versprochen.« Valdorian wich ein wenig von dieser anderen Diamant zurück und blickte ihr in die Augen, die wieder voller Vitalität waren. Er sah dort nicht die Bitterkeit der anderen Diamant und fragte sich, ob er das für ein gutes oder schlechtes Zeichen halten sollte. Plötzliche Sorge erfasste ihn. »Wenn ich Sie zum Vortex bringe ...«

»Ich weiß. Ich erinnere mich. Eine Diamant in mir erinnert sich.«

»Sie *sind* Diamant und damit an das Versprechen gebunden.« Es klang fast trotzig, fand Valdorian.

»Und wieder geht es Ihnen vor allem um das eigene Schicksal, nicht wahr?«, fragte Diamant traurig. »Das steht immer im Vordergrund.«

»Ich habe mich geändert. Bitte glauben Sie mir. Bitte ... *erinnern* Sie sich.«

»O ja, ich erinnere mich, Dorian. An alles.«

Diamants Blick schien durch Valdorians Augen bis in die letzten Winkel seiner Seele zu reichen – bis hin zu dem Verlies, in dem die dunkle Kreatur lauerte und versuchsweise an ihren Ketten zerrte.

»Dies ist der Vortex, nicht wahr?«, fuhr Valdorian hastig fort, und sein altes Selbst, das noch immer existierte, kam sich wie ein Narr vor: Er, Rungard Avar Valdorian der Neunzehnte, stand wie ein Bittsteller vor dieser verwahrlosten, stinkenden Frau, die sich bis vor einigen Minuten in einer Art Delirium befunden hatte. Und doch hing er an diesem Moment wie an einem Rettungsseil über einem tiefen Abgrund. »Ich spüre es, durch das, was mich mit Olkin verbindet. Ja, dies ist der Vortex, und der ... originäre Manipulationspunkt befindet sich in der Nähe. Ich habe versprochen, uns hierher zu bringen, und ich habe mein Versprechen gehalten.«

»Aber es fehlt eine Möglichkeit, den zweiten Zeitkrieg ungeschehen zu machen. Der ursprüngliche Manipulationspunkt ist von einer Barriere umgeben. Wir haben immer wieder versucht, sie zu durchdringen. Vergeblich.«

»Wir?«

Diamants Blick ging plötzlich an ihm vorbei, und Valdorian drehte sich ruckartig um. Drei Personen kamen aus einem der beiden goldenen Ringe, zuerst ein Alter, dürr und wie ausgemergelt, das Gesicht eingefallen – kraftlos wankte er zur Seite und sank zu Boden. Diamant und Valdorian schenkte er keine Beachtung; vielleicht bemerkte er sie nicht einmal. Ihm folgten zwei weitere Personen: eine elegante Frau von unbestimmtem Alter, jung und gleichzeitig in die Aura großer Weisheit gehüllt, mit langem braunen Haar und ebenfalls braunen Augen, in denen Valdorian einen Glanz sah, der ihn sonderbarerweise an Olkin erinnerte. An ihrer Seite stand ein etwa dreißig Jahre alter Mann, dessen Körper und Kleidung den verwirrenden Eindruck erweckten, gerade erst wieder feste Struktur zu gewinnen.

»Wir sind da«, sagte die Frau. »An diesem Ort wird sich alles entscheiden.« Sie sah Valdorian und Diamant an. »Haben Sie etwas zu trinken und zu essen? Nicht für uns, sondern für den armen Eklund.« Sie deutete auf den entkräfteten Alten.

Diamant begann sofort mit einer Suche in all dem Unrat, und Valdorian schauderte innerlich bei der Vorstellung, etwas aus diesem Dreck zu sich zu nehmen. Doch bei dem Alten namens Eklund schien es eine Frage des Überlebens zu sein.

»Ich könnte ebenfalls einige organische Substanzen gebrauchen, aus denen sich Energie gewinnen lässt«, sagte der etwa dreißig Jahre alte Mann.

»Ich muss noch ein Nahrungspaket haben. Und eine Packung mit vitaminiertem Wasser.« Diamant kramte in dem Durcheinander aus Abfällen. »Meine Güte, wie sieht es hier aus! In den letzten Monaten scheine ich selbst die grundlegenden Dinge vernachlässigt zu haben. Hier!« Sie hob zwei fleckige Behälter. »Sie können es sich teilen.«

Der Mann neben der braunhaarigen Frau schüttelte den Kopf. »Das braucht Eklund. Für mich wäre es nicht annähernd genug. Um ausreichend Energie aufzunehmen, benötige ich mindestens zwanzig Kilo Protein.«

»Zwanzig *Kilo*?«, fragte Diamant, als sie zum halb bewusstlosen Eklund ging.

»Wer sind Sie?«, fragte Valdorian die elegante Begleiterin des jungen Mannes.

»Ich bin KiTamarani«, antwortete die Frau. Sie deutete auf den Mann an ihrer Seite. »Das ist Raimon, mein Sohn. In gewisser Weise.«

»In gewisser Weise?«, wiederholte Valdorian verwundert und sah aus dem Augenwinkel, wie Diamant dem Alten vorsichtig Wasser einflößte. Nach den ersten Tropfen wollte er gierig trinken, aber sie hinderte ihn daran.

»Meine Hoffnungen und Wünsche haben ihn geschaffen, auf einer Welt, die Sie Kerberos nennen«, sagte KiTamarani und richtete einen Blick auf Valdorian, von dem er sich wie aufgespießt fühlte. Vor dieser Frau, so begriff er, gab es keine Geheimnisse. Und er wunderte sich über ihre Stimme. Sie erreichte nicht nur die Ohren, sondern schien auch inmitten seiner Gedanken zu erklingen. Auch das verband sie mit Olkin.

»Kerberos«, brachte er hervor.

»Sie waren dort«, fuhr KiTamarani fort. »Ich habe Sie gespürt. Im Keim des Omnivors. Sie waren sein Wegfinder.«

Der goldene Stern, erinnerte sich Valdorian. Das zweite Artefakt, das die Wissenschaftler des Autokraten gefunden hatten.

»Das Universum kollabiert«, fügte KiTamarani hinzu. »Es gilt, die letzte Chance zu nutzen, die uns das Konziliat gegeben hat.«

Eklund hatte dankbar getrunken und knabberte nun an einem graubraunen Nahrungsriegel. Diamant wandte sich halb von ihm ab.

»Das Konziliat? Die Kantaki haben seit vielen Großzyklen keinen Kontakt mehr damit. Sind Sie ...?«

»Ich bin die letzte Komponente des Wir/Ich. Ich trage nur noch wenig Kraft in mir, die Reste der Residualenergie, und sie muss genügen. Eklund?«

Der Alte stand mühsam auf. »Es geht mir schon wieder besser.«

KiTamarani lächelte. »Du bist sehr schwach und solltest dich ausruhen. Aber leider haben wir auch dafür keine Zeit. Wir müssen sofort handeln.« Und an Diamant gerichtet: »Bringen Sie uns zum originären Manipulationspunkt.«

Diamant schüttelte traurig den Kopf. »Er ist unerreichbar. Eine undurchdringliche Barriere umgibt ihn.«

»Wir werden sehen, ob sie tatsächlich undurchdringlich ist.«

Auf dem Weg nach unten durch die Räume und Tunnel des Vortex sah sich Diamant immer wieder besorgt um. »Wie seltsam«, sagte sie einmal. »Diesmal spüre ich nichts. Wenn ich sonst das Zimmer mit den beiden Ringen verließ, bekam ich schon nach kurzer Zeit schreckliche Kopfschmerzen. Ich glaube, es lag an den Veränderungen der kosmischen Konstanten. Sie brachten mich schließlich um den Verstand.« Sie wechselte einen kurzen Blick mit Valdorian. »Es war schrecklich.«

»Meine Mutter schirmt uns ab«, erklärte Raimon. »Der Kollaps des Universums hat bereits die Phase der räumlichen und zeitlichen Diskontinuität erreicht. Organische Geschöpfe würden innerhalb weniger Sekunden ihre physisch-psychische Integrität verlieren. Selbst energetischen Entitäten droht jetzt die Desintegration. Wir müssen rasch handeln.« Besorgt fügte er hinzu: »Auch deshalb, weil KiTamaranis Kraft immer mehr zur Neige geht.«

Valdorian bildete den Abschluss, hörte stumm zu und beobachtete. Eine zynische, selbstsichere Diamant, die in einer anderen Version ihres Selbst verschwunden war, einer verwahrlosten Frau, die den Verstand verloren hatte. Dann das Erscheinen des seltsamen Trios, bestehend aus einem Alten, der sich kaum auf den Beinen halten konnte, einer Art Überwesen, das wie eine Frau aussah, und einem jungen Mann, dessen Erscheinungsbild seine wahre Natur ebenfalls verbarg. Valdorian bemerkte Veränderungen in der Struktur seines Körpers, wie das Zucken von Muskeln, wo es bei gewöhnlichen Menschen keine Muskeln gab. Jemand, der von Kerberos stammte, geschaffen von KiTamaranis »Hoffnungen und Wünschen«, wie sie es genannt hatte. Kein Mensch, sondern ...

Er dachte an den anderen Cordoban, an Viktor, erinnerte sich an das eigene Entsetzen. Die beiden Metamorphe, die Flucht ...

War dies der Prototyp des Projekts Doppel-M?

Sie kamen an technischen Installationen vorbei, deren Sinn ihm verborgen blieb, und einmal sah Valdorian, wie eine große Maschine in sich zusammensackte, dabei teilweise zu Staub zerfiel. Hatte KiTamarani das mit »Diskontinuität« gemeint? Raste die Entropie außerhalb des von ihr geschaffenen Schutzfelds?

Eine zentrale Frage beschäftigte Valdorian: War diese Diamant bereit, das Versprechen zu halten, das eine der von ihr absorbierten Persönlichkeiten gegeben hatte?

Er erkannte den Egoismus darin, und sein Wille, über die alten Schatten hinauszuwachsen und den Ballast einer dunklen Vergangenheit abzustreifen, bemühte sich, die egoistischen Aspekte aus dem eigenen Denken zu entfernen. Währenddessen wurde das seltsame Prickeln in ihm stärker.

»Olkin«, sagte er. »Er ist in der Nähe.«

»Wir sind gleich da«, fügte Diamant aufgeregt hinzu.

Schließlich, ganz unten im Vortex, erreichten sie einen Raum mit zahlreichen Geräteblöcken und Installationen. Vor der rückwärtigen Wand sah Valdorian eine weiße Linie, vertikal und etwa zwei Meter lang.

»Das ist der Übergang«, sagte Diamant. »Dahinter befindet sich der originäre Manipulationspunkt, der es den Temporalen ermöglichte, einen zweiten Zeitkrieg zu führen und zu gewinnen.«

KiTamarani trat an den uralt wirkenden Anlagen vorbei, verharrte einige Meter vor der weißen Linie und hob die Hände – offenbarte berührte sie ein unsichtbares Hindernis.

»Er ist hier«, sagte sie leise. »Hier drin.« Schmerz erschien in ihrem Gesicht. »Ich kann uns nicht mehr lange abschirmen.«

Diamant erschien an ihrer Seite, ballte die Fäuste und schlug damit gegen die Barriere. »Wir haben es mit allem versucht, aber es ist uns nicht gelungen, den Schild zu durchdringen.«

»Kein Wunder«, erwiderte KiTamarani. »Die Barriere besteht aus einer gekrümmten kosmischen Saite, und innerhalb ihrer Wölbung hat sich ein eigenes kleines Universum gebildet. Sehr schlau von ihm.«

»Von ihm?«, fragte Diamant.

»Er ist darin. Er hat die Saite gekrümmt.«

»Olkin«, sagte Valdorian.

»Ja. Er weiß, dass dies unsere letzte Chance ist, den Kollaps dieses Universums zu verhindern und alles rückgängig zu machen.«

»Können Sie die Barriere durchdringen?«, fragte Diamant hoffnungsvoll.

KiTamarani ging langsam an dem unsichtbaren Etwas

vorbei, das sie »kosmische Saite« genannt hatte, und dabei strichen ihre Fingerkuppen über kompakte Leere. »Das Konziliat wäre dazu imstande gewesen. Aber ich allein, so geschwächt wie ich bin ...«

»Wenn wir es nicht schaffen, die weiße Linie dort zu erreichen, ist es aus, endgültig aus«, sagte Diamant mit einem Ernst, der Valdorian frösteln ließ. »Vielleicht sind wir das letzte Leben im kollabierenden Universum. Alles hängt von uns ab.«

»Ja.« KiTamarani drehte sich um und richtete einen Blick auf Raimon und Eklund, in dem Trauer und Hoffnung miteinander rangen. »Wir müssen ... sterben«, sagte sie. »Um erneut zu leben.«

»Ich verstehe«, erwiderte Raimon, und der Alte namens Eklund nickte. In beiden Gesichtern zeigte sich nur Ruhe, keine Furcht.

»*Ich* verstehe nicht«, sagte Valdorian.

KiTamarani wandte sich ihm und Diamant zu. »Alles hängt von *Ihnen beiden* ab. Sie müssen den Übergang passieren, den originären Manipulationspunkt lokalisieren und die Manipulation verhindern, die den zweiten Zeitkrieg ermöglichte.«

»Sie wollen sich opfern«, sagte Diamant.

»Uns bleibt keine Wahl. Mein Sohn und ich ... In uns beiden steckt noch etwas von der Residualenergie des Konziliats. Und Eklund hat als Heiler von Kerberos eine besondere Gabe, die es ihm erlaubt, diese Kraft – er nennt sie Elysium – zu nutzen und zu fokussieren.«

»Dies ist es also«, sagte Eklund gefasst. »Das Ende.«

»Und der Anfang«, betonte KiTamarani. »Wenn wir Erfolg haben, ist dies alles nie geschehen. Wenn wir den zweiten Zeitkrieg verhindern, ist niemand von uns ... gestorben.« Sie gab dem Wort einen seltsamen Klang, als hätte es für sie eine andere Bedeutung.

Eklund nickte erneut, und Valdorian beneidete ihn um seine Gelassenheit. »Ich bin bereit.«

»Ich bin es ebenfalls«, fügte Raimon hinzu.

Diamant richtete einen skeptischen Blick auf Valdorian. »Die andere Diamant hat Ihnen nicht getraut.«

»Die andere Diamant war von Bitterkeit zerfressen«, erwiderten Valdorian scharf. »Ich habe ihr das Leben gerettet.«

KiTamarani musterte sie beide nacheinander. »Auf Kerberos hat sich ein Kreis geschlossen, aber er war klein im Vergleich mit dem, der sich hier schließen könnte. Ich sehe und fühle ... In den zerreißenden Kausalitätsstrukturen, in den zerfasernden Mustern aus Ursache und Wirkung ... nehmen Sie beide einen besonderen Platz ein. Mit Ihnen begann alles. Vielleicht endet auch alles mit Ihnen.«

Eklund und Raimon waren bereits zur Barriere getreten, und KiTamarani gesellte sich ihnen hinzu. »Beginnen wir.«

»Was ... sollen wir tun?«, fragte Valdorian unsicher.

»Ich gebe Ihnen ein Zeichen, wenn es uns gelingt, die kosmische Saite wenigstens für kurze Zeit in ihren ursprünglichen Zustand zurückzuversetzen. Laufen Sie dann zur weißen Linie.«

Valdorian spürte, wie seine Anspannung wuchs, als KiTamarani die Augen schloss. »Jetzt, Eklund«, sagte sie nach wenigen Sekunden.

Eklund erzitterte und ... *brannte.* Sein Körper glühte plötzlich wie ein Leuchtkörper, den jemand aktiviert hatte, und das von ihm ausgehende Licht wurde immer heller, während Raimon neben ihm ... zerfloss. Der Prototyp des Metamorphs von Kerberos verlor seine Gestalt und verwandelte sich in eine zähflüssige Masse.

»Jetzt!«, rief KiTamarani. Auch ihr Körper veränderte sich, schien zu Kristall zu werden – und platzte auseinander. Myriaden Splitter rasten durch den Raum, jeder von ihnen in einer anderen Farbe. Sie durchdrangen Diamant und Valdorian, ohne Schaden anzurichten, machten dann gemeinsam kehrt wie einzelne Geschöpfe, die sich zu einem Schwarm vereinten, prallten glitzernd gegen die Barriere und verbreiteten auf ihr einen milchigen Glanz. Dort, wo eben noch KiTamarani gestanden hatte, bildete sich eine Öffnung, schmal, aber nicht *zu* schmal.

Diamant lief los, dichtauf gefolgt von Valdorian. Sie sprangen über die Reste des Metamorphs auf dem Boden hinweg durch die Öffnung, die sich bereits wieder zu schließen begann, erreichten eine Sekunde später die weiße Linie, die anschwoll und sie aufnahm …

Gemeinsam stürzten sie in die Vergangenheit.

34

Seelenbilder

Blau: Tintiran, 6. Juli 301 SN

Die untergehende Sonne schien das Scharlachrote Meer in einen Ozean aus Blut zu verwandeln, und in der Stadt Bellavista gingen tausende von bunten Lichtern an. Es war ein vertrauter Anblick für Valdorian, doch er glaubte, die einzigartige, flüchtige Schönheit dieses Moments erst jetzt richtig genießen zu können.

»Tintiran«, sagte er.

»Aber *wann*?«

Diamants Augen wurden groß, als sich ein dunkler Koloss vom Himmel herabsenkte und dem Raumhafen von Bellavista entgegenschwebte: ein riesiges Kantaki-Schiff, eines der größten, die Valdorian je gesehen hatte. Er bemerkte wilde Freude in den Augen der Frau an seiner Seite, dann Sehnsucht und Kummer. Und aufkeimende Hoffnung. *Dieses* Universum kollabierte nicht. *Noch* nicht.

Der Retransfer war am Rand der Stadt erfolgt, hinter einigen Lagergebäuden aus Synthomasse, vor denen Drohnen und Servi damit beschäftigt waren, Container auf Levitatorplattformen zu verladen – vielleicht Fracht für die Transportblase des zur Landung ansetzenden Kantaki-Schiffes. Oder für eines der beiden zwiebelförmigen Horgh-Schiffe, die Valdorian auf dem Gelände des Raumhafens sah.

Sie blieben zwischen den ersten Bäumen des tropischen Waldes stehen, der sich hinter ihnen über die Hänge der

Hügel und Berge erstreckte, beobachteten das landende Schiff und den Verkehr. Alles wirkte herrlich normal. Im Vergleich mit dieser Szene erschienen die Erinnerungen an die jüngsten Ereignisse wie Bilder aus einem Albtraum.

Valdorian lächelte erleichtert, und Diamant sah es.

»Wir haben eine Aufgabe.«

»Natürlich«, sagte er, und das Lächeln verschwand von seinen Lippen. »Ich dachte nur ...«

»Ja, ich weiß. Mir geht es ebenso. Alles ist so ... friedlich. Und doch ... Irgendwo findet hier ein Ereignis statt, das den Temporalen einen zweiten Zeitkrieg und den Sieg ermöglicht. Die erste Manipulation, der Anfang vom Ende.«

»Was könnte es sein?«

»Ich habe keine Ahnung. Bei den früheren Kognitormissionen meiner anderen Selbstversionen gab es Hinweise auf die Manipulationen, die es rückgängig zu machen galt. Diesmal fehlt jeder Anhaltspunkt. Als Späherin bin ich nie für den Widerstand tätig gewesen. Ich kann nur hoffen, dass ich früher oder später etwas entdecke, das uns Aufschluss gibt.«

»Früher oder später ...«, wiederholte Valdorian nachdenklich und beobachtete, wie der dunkle, asymmetrische Kantaki-Gigant dicht über dem Landefeld des Raumhafens verharrte. »Wie viel Zeit bleibt uns? Wann findet das Schlüsselereignis statt?«

»Auch das weiß ich nicht. Aber wir sollten so schnell wie möglich handeln.«

»Wie gehen wir vor?« Valdorian hatte plötzlich eine Idee. »Können uns die Kantaki helfen? Wie wär's, wenn wir die Sakrale Pagode in Bellavista aufsuchen und ...«

Diamant schüttelte den Kopf. »Ausgeschlossen. Vermutlich gibt es hier getarnte Temporale, die die entscheidende Manipulation vorbereiten. Und bestimmt halten Sie nach Angehörigen des Widerstands Ausschau, nach Personen wie uns, die von ihren Plänen wissen und sie vereiteln könnten. Die Einrichtungen der Kantaki werden mit Sicherheit von ihnen beobachtet. Wir müssen unter allen Umständen Aufsehen vermeiden.«

Sie blickte an sich selbst herab, zog an ihrer zerrissenen Kleidung, fuhr sich durch das lange, struppige Haar. »In diesem Zustand kann ich mich in der Stadt kaum sehen lassen. Wir brauchen einen sicheren Ort, um notwendige Vorbereitungen zu treffen und alles Weitere zu planen. Die Frage ist: Wem können wir auf dieser Welt in dieser Zeit trauen? Wer kann uns helfen?«

Valdorians Blick wanderte über die Stadt hinweg, glitt an den Hängen empor und suchte nach einer ganz bestimmten Villa.

»Ich glaube, ich kenne jemanden, der unser Vertrauen verdient. *Ich* habe ihm jedenfalls immer vertraut.« Er sah Diamant an und erkannte die unausgesprochene Frage in ihrem Gesicht. »Warten Sie hier. Ich hole Hilfe.«

»Dorian ...«

»Bitte nehmen Sie sich kein Beispiel an der bitteren Diamant in Ihnen. Hören Sie auf, einen möglichen Gegner in mir zu sehen. Ich stehe auf Ihrer Seite. Bleiben Sie und haben Sie ein wenig Geduld.« Valdorian zögerte kurz, bevor er hinzufügte: »Ich werde Sie nicht enttäuschen.« Er meinte es ernst.

Er wartete ihr Nicken ab, eilte dann fort.

Valdorian schritt durch die Fußgängern vorbehaltenen Verkehrszonen an der Peripherie von Bellavista und stellte zufrieden fest, dass ihm niemand mehr als beiläufige Aufmerksamkeit schenkte. Er war Teil einer anonymen Masse, eine menschliche Ameise unter vielen anderen, und so seltsam ihm das auch erschien, nach einem langen Leben im Zentrum der Macht: Es erfüllte ihn mit Erleichterung. Etwas in ihm hatte befürchtet, dass sich sofort alle Blicke auf ihn richteten, wenn er in den Schein der ersten Levitatorlichter trat.

Er bemühte sich, nicht durch Eile aufzufallen, ging langsam an pseudorealen Vitrinen vorbei, betrachtete Auslagen, beobachtete vorbeischwebende Fahrzeuge und versuchte, einen Eindruck davon zu gewinnen, in welcher Zeit der Retransfer erfolgt war. Die Levitatorwagen erschienen ihm ein wenig antiquiert, aber er hatte sich nie für Modelle, Ausstattung und dergleichen interessiert, konnte auf diese Weise also nicht genau feststellen, welches Jahr man auf Tintiran schrieb.

Es dauerte nicht lange, bis er das erste Medienzentrum fand, am Rand eines Wohnviertels, in dem namenlose Menschen in einfachen Gebäuden aus Synthomasse und Stahlkeramik lebten: eine Mischung aus lokaler Finanzverwaltung, Café, Infonauten-Terminal, Versammlungsplatz und Andersweltenzugang. Valdorian ging an den Tischen vorbei, an denen hauptsächlich junge Leute saßen, hörte Gespräche und lauschte den sorglosen Stimmen von Leuten, die *nichts ahnten* von dem Unheil, das hier irgendwo seinen Anfang nahm.

In einer freien Terminalnische blieb er stehen, sah auf das zweidimensionale Display und versuchte sich daran zu erinnern, wie diese Technik funktionierte. Die Basisdienste waren gratis, erinnerte er sich und berührte ein Sensorfeld. Der Schirm erhellte sich.

»Aktuelles Datum«, sagte Valdorian und vertraute darauf, dass sich seine Worte in dem allgemeinen Stimmengewirr verloren. Aus den Augenwinkeln sah er die nahen Tische und anderen Nischen; niemand schien ihn zu beachten.

Zahlen und Buchstaben erschienen auf dem Schirm. Valdorian starrte darauf hinab und begriff erst nach einigen Sekunden ihre volle Bedeutung.

6. Juli 301 SN, 19.11 Uhr.

Von einem Augenblick zum anderen rasten seine Gedanken. Er hatte beabsichtigt, sich mit Jonathan in Verbindung zu setzen, seinem Sekretär, der ihm über Jahrzehnte hinweg treue Dienste geleistet hatte. Er war einfach davon ausgegangen, dass es einen Jonathan in dieser Realität gab, so wie er in all den Jahren als Primus inter Pares Jonathans Präsenz immer für selbstverständlich gehalten hatte.

Er ist noch gar nicht geboren, dachte er betroffen. Und andere Gedanken folgten, kamen ungebeten und brachten weitere Überraschungen. *Mein Vater lebt noch. Und ich, mein anderes Ich in dieser Welt, ist erst siebenundzwanzig Jahre alt.*

Und: *Es gibt hier eine Lidia DiKastro, die erst fünfundzwanzig und noch nicht Kantaki-Pilotin geworden ist.*

Valdorian wandte den Blick vom Display ab und sah zu den Hängen hinter der Stadt, an der jetzt ebenfalls viele Lichter leuchteten. Einige von ihnen gehörten zu einer Villa, in der Hovan Aldritt Valdorian der Achtzehnte wohnte, zusammen mit seiner Frau, die stumm litt an der Seite eines Ehemannes, der sie seit vielen Jahren ignorierte. Sie allein hatte ihren Sohn verstanden, als er die Absicht äußerte, eine Nonkonformistin zu heiraten, wodurch es zu einer heftigen Auseinandersetzung zwischen Valdorian und seinem Vater gekommen war.

Weitere Erinnerungen flüsterten und raunten in Valdorian. 6. Juli 301 ... Am siebten Juli hatte er in dieser Stadt einen Zwillingskristall gekauft, zwei Diamanten, und am 16. Juli hatte er einen von ihnen Lidia geschenkt. *Und an jenem Tag trennten sich unsere Wege,* dachte Valdorian und spürte ein fernes Echo jenes alten Schmerzes.

Er sah wieder auf das Display. Jonathan konnte die erforderliche Hilfe nicht leisten – wer kam sonst infrage? Eine der wenigen »Freunde«, die der jungen Valdorian damals gehabt hatte? Sie stammten praktisch alle aus Magnaten-Familien und würden jede Gelegenheit nutzen, einen Vorteil für sich selbst und die Unternehmen ihrer Eltern zu ziehen. Einer der Mitarbeiter seines Vaters? Wenn er ihnen die Geschichte vom zweiten Zeitkrieg und dem Kollaps des Universums erzählte, würden sie ihm glauben? Und wichtiger noch: Würden sie ihm helfen, *ohne dass jemand anders etwas erfuhr*?

Die Spione der Temporalen konnten überall stecken, und ganz abgesehen davon bestand die Gefahr erheblicher Zeitparadoxa, wenn in dieser Realität zu viel verändert wurde.

Valdorian blinzelte, als er feststellte, dass er schon seit einer ganzen Weile auf den Bildschirm starrte. Vielleicht gab es jemand anders, der helfen konnte und auch dazu bereit sein würde. Jemand, der schon einmal verstanden hatte.

»Persönliche Mitteilung an ...« Valdorian zögerte und empfand vages Unbehagen angesichts der Tatsache, dass er sich nicht sofort an den vollen Namen seiner Mutter erinnerte. Er fügte ihm den allgemeinen Valdorian-Kode hinzu.

»Wie lautet die Mitteilung?«, fragte der Datenservo.

Valdorian überlegte und entsann sich mit überraschender Deutlichkeit an ein Gespräch, das er einmal mit seiner Mutter geführt hatte. An den genauen Zeitpunkt erinnerte er sich nicht mehr, aber er wusste, dass es im Blauen Salon der Villa stattgefunden hatte. Vor dem inneren Auge sah er sie dort am Fenster stehen, wie so oft: Stumm blickte sie nach draußen, auf der Suche nach etwas, das ihm damals unverständlich gewesen war, von einer dunklen Aura des Kummers umgeben. Memoriale Stimmen erklangen aus der Vergangenheit ...

»Bist du glücklich, Rungard?«

»Warum fragen Sie das? Ich habe alles, das man sich wünschen kann, und irgendwann werde ich der Nachfolger meines Vaters.«

»Bist du glücklich?«, fragte Valdorians Mutter erneut.

»Wie meinen Sie das?«

Sie seufzte leise und sah ihren Sohn an. Ein Teil der Starre verschwand aus ihrem Gesicht und wich einem Hauch Zärtlichkeit. »Du verstehst die Frage nicht. Wie schade.«

»Natürlich bin ich glücklich!«

»Dein Vater vergeudet sein Leben«, sagte seine Mutter leise. »Und ich habe meins an ihn vergeudet. Und du ... Du bist nicht glücklich. Du bist allein, wie ich.«

 »Wie können Sie behaupten, dass Vater sein Leben ver-

geudet? Er lebt intensiver als viele andere Menschen, die ich kenne. Er lebt für seine Ideale ...«

»Ideale?«

»Ja, er hat Ideale, und er setzt sich für sie ein! Und ich bin glücklich!«

»Glück ist nicht mit Besitz oder Macht verbunden«, sagte Mutter wie resigniert. »Glück ist ... ein blauer Himmel. Der Duft des Frühlings. Tau auf den Blütenblättern einer Blume. Die endlosen Wellen des Meeres. Ein Lächeln. Glück ist das Licht in den Augen einer anderen Person. Das hast du einmal zu lernen begonnen, als Kind, es dann aber wieder vergessen.«

»Wie lautet die Mitteilung?«, wiederholte der Datenservo.

Valdorian blinzelte erneut und begriff, dass kostbare Zeit verstrich. »Der Text lautet: Jemand hat gelernt, wie man sein Leben vergeuden kann. Jemand hat gelernt, wie schön Tau auf den Blütenblättern einer Blume ist. Dieser Jemand braucht Hilfe. Dringend. Ich erwarte Sie bei ...« Er nannte Namen und Adresse des Medienzentrums, fügte dann hinzu: »Es handelt sich um eine vertrauliche Angelegenheit.«

»Mitteilung wird übermittelt«, sagte der Datenservo.

Valdorian verließ die Nische, trat erneut an den Tischen vorbei und blieb neben dem Zentrum stehen, im Schatten zwischen dem Glühen zweier hoher Lampen. Er dachte an Diamant und hoffte, dass sie nicht die Geduld verlor, dass sie weiterhin wartete. Fragen bedrängten ihn, während er den Verkehr und die Passanten beobachtete, nach verdächtigen Personen Ausschau hielt. Würde seine Mutter die Nachricht empfangen? Befand sie sich derzeit auf Tintiran? Er versuchte, sich daran zu erinnern, wo sie am 6. Juli 301 gewesen war, aber dieses Detail hatte in seinem Gedächtnis keinen Platz gefunden. Und wenn sie die Mitteilung empfing: Wie würde sie darauf reagieren? Glaubte sie, dass sich jemand einen üblen Scherz mit ihr erlaubte? Verständigte sie die Sicherheitsabteilung der Valdorian-Unternehmensgruppe, weil sie ein Manöver der Konkurrenz befürchtete?

Er musste sich eingestehen, dass er nicht wusste, in welchen Bahnen seine Mutter dachte.

Zeit verstrich. Junge Leute kamen und gingen, plauderten an den Tischen miteinander und fanden sich zu Gruppen zusammen. Valdorian beneidete sie plötzlich, obwohl er mehr als hundert Jahre lang diese Menschen bestenfalls als »Figuren auf dem Schachbrett« gesehen hatte.

Ein weiterer Levitatorwagen näherte sich dem Medienzentrum, ein unauffälliges Modell, das sich kaum von den vielen anderen unterschied, die gelegentlich von den höheren Flugschneisen herabkamen. Dieser verharrte dicht neben dem Fußgängerbereich, und die polarisierten Fenster verhinderten einen Blick ins Innere. Schließlich öffnete sich die Tür auf der Fahrerseite, und eine Frau stieg aus.

Valdorian blieb im Schatten stehen und beobachtete seine Mutter, die etwa ebenso alt zu sein schien wie er. Sie war kleiner, als er sie in Erinnerung hatte, das Haar anders frisiert, und sie trug unauffällige Kleidung. Sie trat einige Schritte fort vom Wagen, blieb vor den Tischen stehen und sah sich um.

Valdorian stellte erstaunt fest, dass sein Herz schneller schlug, als er sich aus dem Schatten löste. Die kleine Frau bemerkte ihn, aber ihr Blick glitt nur kurz über ihn hinweg, setzte die Suche fort. Nach einigen Sekunden kehrte er zurück, und im Gesicht der Frau veränderte sich etwas. Verblüffung erschien darin, und auch Erschrecken.

»Ich bin es wirklich«, sagte Valdorian, als er vor ihr stand.

»Aber ...« Sie sah zu ihm auf, hob die Hand und strich ihm mit dem Zeigefinger über die Wange. »Du bist älter ...«

Valdorian deutete zum Wagen. »Ich möchte Ihnen eine Geschichte erzählen, Mutter. Aber zuvor müssen wir jemanden abholen und einen sicheren Ort aufsuchen.«

Der »sichere Ort« war ein Apartment im dreizehnten Stock eines schlichten Hochhauses am Stadtrand von Bellavista, in dem vor allem Subalterne wohnten. Valdorians Mutter hatte es schon vor Jahren gemietet, unter falschem Namen. Hier wusste niemand, wer sie wirklich war. Viele Bilder hingen an den Wänden, von ihr selbst gemalt.

Valdorian betrachtete sie nachdenklich. Ein zentrales Motiv wiederholte sich: die Darstellung von idyllischen Familienszenen inmitten unberührter Natur. Man brauchte kein ausgebildeter Psychologe zu sein, um den Wunsch dahinter zu erkennen.

»Ich habe gar nicht gewusst, dass du gemalt hast«, sagte er und erkannte sofort die beiden Fehler in diesen Worten. Den ersten korrigierte er nicht – er duzte seine Mutter, womit er zwar die Magnatentradition verletzte, aber einem inneren Drang nachgab –, wohl aber den zweiten. »Ich meine, dass du malst.«

»Du bist es wirklich, nicht wahr? Als ich die Nachricht empfing ... Du warst nicht zu Hause, und die Worte ... Ich erinnere mich an das Gespräch. Du hast nicht verstanden, was ich meinte. Was ist mit dir geschehen, Rungard? Und wer ist die Frau?«

»Ich bin nicht der Rungard, für den du mich hältst, Mutter. Ich *bin* dein Sohn, aber ich komme aus einer anderen Zeit. Und die Frau ...« Diamant befand sich im Hygieneraum des Apartments. »Es ist Lidia. Ich ... glaube, ich habe dir von ihr erzählt«, fügte Valdorian hinzu und fand es peinlich, dass er sich nicht daran erinnerte.

»Die Xenoarchäologie-Studentin?«

»Ja.«

»Aber sie ist mindestens fünfzig, in meinem Alter!«

»Sie kommt aus der gleichen Zeit wie ich.« Valdorian betrachtete ein Bild, das sich von den anderen unterschied. Es war wesentlich abstrakter und düsterer, kündete von Angst und Zorn. Er betrachtete es einige Sekunden lang und fühlte sich an ein berühmtes Bild erinnert, an »Der Schrei« von Edvard Munch. Vielleicht kam es einem Fenster gleich, das Blick ins Unterbewusstsein seiner Mutter gewährte.

Er drehte sich um und sah einen kleinen biometrischen

Scanner auf sich gerichtet. Nein, dumm war seine Mutter nicht, und auch nicht so naiv, allein dem Erscheinungsbild zu vertrauen.

»Es ist keine Maske«, sagte sie. »Du bist es tatsächlich.«

»Ja.« Valdorian deutete zum Tisch im Wohnzimmer. »Es ist eine lange Geschichte. Lass uns Platz nehmen.« Und als sie saßen: »Weiß jemand, dass wir hier sind? Hast du jemandem von uns erzählt?«

»Nein«, antwortete seine Mutter. »Ich habe mit niemandem gesprochen. Und diese Wohnung ...« Sie lächelte zaghaft. »Niemand weiß davon. Sie ist meine kleine Zuflucht, ein Ort, an den ich mich zurückziehen kann.«

»Ich verstehe.«

Die kleine, schmächtige Frau beugte sich ein wenig vor, und in ihren Augen sah Valdorian freudige Überraschung. »Ja, ich glaube, du verstehst tatsächlich.«

Er sah durch die breite Fensterfront nach draußen zu den Lichtern der Stadt. »Hier hat alles angefangen, und hier wird es enden, auf Tintiran, in dieser Stadt ...« Er begann zu erzählen.

»Es ist eine traurige Geschichte«, sagte Valdorians Mutter eine halbe Stunde später, nachdem sie sich alles angehört hatte. »Es bedeutet, dass du den gleichen Weg einschlägst wie dein Vater.«

»Ich sitze hier, *weil* ich jenen Weg eingeschlagen habe«, erwiderte Valdorian und fühlte, dass er damit eine wichtige Wahrheit berührte. »Ich verstehe dich heute, *weil* ein vergeudetes Leben hinter mir liegt.«

Diamant kam aus dem Hygieneraum, und Valdorian wölbte erstaunt die Brauen, als er sie sah – sie schien sich in eine ganz andere Person verwandelt zu haben. Das lockige schwarze Haar war nicht mehr verfilzt, sondern sauber und auf Schulterlänge geschnitten. Anstatt der schmutzigen abgerissenen Kleidung trug sie einen beigefarbenen Hosenanzug, der ihre natürliche Eleganz betonte.

»Jetzt fühle ich mich besser«, sagte sie, und die beiden Frauen, die etwa gleichaltrig zu sein schienen, wechselten ein Lächeln. »Bitte entschuldigen Sie die Umstände, die wir Ihnen bereiten.«

»Es sind sehr besondere Umstände.«

Diamant sah Valdorian an. »Haben Sie ihr alles erklärt?«

»Ja, das hat er.« Die kleine Frau stand auf. »Ich glaube, wir können eine kleine Stärkung vertragen. Ich gehe in die Küche und programmiere die Syntho-Maschine.«

»Wird sie uns helfen?«, fragte Diamant leise, als Valdorians Mutter den Raum verlassen hatte.

»Ich denke schon. Sie hat es bemerkenswert ruhig aufgenommen. Für sie muss die Geschichte vollkommen verrückt klingen, aber ... sie stellt nichts davon infrage.«

Kurze Zeit später kehrte Valdorians Mutter mit einem Tablett zurück, stellte dampfende Teller und Gläser auf den Tisch. Eine Zeit lang aßen sie schweigend, und Valdorian bemerkte, dass der Blick seiner Mutter immer wieder zu Diamant ging. So unauffällig wie möglich musterte er die Frau, die ihn geboren hatte und von der er so wenig wusste. Eine Fremde schien dort zu sitzen, eine Person, die an der Seite von Hovan Aldritt nur Einsamkeit kennen gelernt und diese Wohnung gemietet hatte, um ein eigenes kleines Leben zu haben. Die Aura der Trauer, die sie umgab, schien sich zu verdichten, aber Valdorian spürte auch einen Hauch Hoffnung.

»Er ist ein guter Junge«, sagte die kleine Frau schließlich. »Ich weiß es.«

»Es geht um viel, viel mehr«, wandte Diamant vorsichtig ein.

Valdorians Mutter seufzte. »Das ist mir klar.«

»Sind Sie bereit, uns zu helfen? Können wir diese Wohnung als eine Ausgangsbasis bei der Suche nach dem Manipulationspunkt benutzen?«

»Ja. Ja, natürlich. Wie könnte ich Ihnen *nicht* helfen? Ich wünschte nur ... Wenn ich mit Rungard reden könnte, mit dem Rungard dieser Zeit, meine ich, wenn ich ihm Gelegenheit geben könnte, mit Ihnen zu sprechen, und mit *dir* ...«

Valdorian überraschte sich, indem er nach der Hand seiner Mutter griff. »Wir sind hier, weil du *nicht* mit mir gesprochen hast. Ich muss mein Leben so führen, wie ich es geführt habe«, betonte er, und dabei stellte sich erneut das Gefühl ein, etwas Wichtiges zu berühren. »Nur dieser Weg führt hierher. Ich muss all jene Fehler machen, um zu verstehen.«

Erneut erschien ein zaghaftes Lächeln auf den Lippen der kleinen Frau. »Aber letztendlich schaffst du es. Es gelingt dir schließlich, dich von all den Dingen zu befreien, die das Leben deines Vaters bestimmen.«

Valdorian widerstand der Versuchung, Diamant einen Blick zuzuwerfen, der so viel bedeutete wie: *Hast du gehört? Ich* habe *mich geändert.* Es ging wirklich um wichtigere Dinge, und die erforderten ihre volle Aufmerksamkeit.

»Wann wollt ihr mit der Suche beginnen?«, fragte seine Mutter. »Und was braucht ihr, abgesehen von dieser Wohnung?«

Diamant schob ihren Stuhl zurück. »Wir brauchen mindestens einen Identer, der uns Zugang zu den Kommunikations- und Datennetzen gibt. Und wir benötigen ein Fahrzeug.«

»Nehmen Sie meinen Levitatorwagen.« Die kleine Frau holte einen Identer und einen dünnen Kodestift hervor. »Damit könnt ihr auf die Magnatendienste in Bellavista zurückgreifen, falls es erforderlich werden sollte. Und der Prioritätskode stellt euch ein Konto mit einem Guthaben von hunderttausend Transtel zur Verfügung.«

Diamant – nicht Valdorian – nahm beides entgegen und stand auf. »Wir beginnen sofort mit der Suche.«

Valdorian dachte an die Begegnung mit seiner Mutter zurück, als Diamant den Levitatorwagen durch die nächtliche Stadt lenkte. So ruhig sie auch gewesen zu sein schien ...

 In ihrem Inneren musste ein riesiges Durcheinander geherrscht haben. Jetzt trug sie ein spezielles Wissen in sich, das sie mit niemandem teilen konnte. War es eine Last für sie, oder eine Gewissheit, die Hoffnung bereitete und alles leichter für sie machte? Wenn sie ihren Sohn sah, den jungen Valdorian dieser Zeit, und wenn sie dann daran dachte, was ihm bevorstand, was ihn in der Zukunft erwartete ... Würde sie in Versuchung geraten, ihm von der Begegnung mit dem anderen Valdorian zu erzählen? Und wenn sie sich tatsächlich dazu hinreißen ließ ... Konnte sich dadurch etwas an der aktuellen Situation ändern? Er erinnerte sich nicht daran, dass seine Mutter ihm gegenüber jemals irgendwelche Andeutungen gemacht hatte, aber war das ein Beweis dafür, dass es nicht geschehen würde? Er erinnerte sich ohnehin nur an wenige Dinge in Hinsicht auf seine Mutter. Sie war immer im Hintergrund geblieben, eine vage Person ohne eigene Persönlichkeit. In der Wohnung hatte er einen kleinen Teil ihres Lebens gesehen, und plötzlich bedauerte er zutiefst, dass er nicht mehr von ihr wusste. Er empfand diese Lücken in seinem Wissen als enormen Verlust, und die Worte, die sie an ihn gerichtet hatte, gewannen dadurch doppelte und dreifache Bedeutung. *Glück ist das Licht in den Augen einer anderen Person.* Ja, jetzt verstand er. Und er begriff plötzlich, dass Lidia damals ähnliche Worte an ihn gerichtet hatte, ohne dass der junge Valdorian in der Lage gewesen war, sie zu verstehen.

»Sie sind sehr schweigsam«, sagte Diamant nach einer Weile, während sie sich vom Navigationsservo dabei helfen ließ, den Levitatorwagen zu steuern. Um sie herum leuchteten die bunten Lichter der Innenstadt von Bellavista.

»Die Begegnung mit meiner Mutter hat mir zu denken gegeben«, sagte Valdorian und blickte nach draußen, beobachtete den Verkehr und die Passanten in den Fußgängerbereichen. Alles wirkte normal. Nichts deutete darauf hin, dass ein Ereignis von kosmischer Bedeutung bevorstand. Wie sollten sie ohne irgendwelche Hinweise den originären Manipulationspunkt finden?

»Warum?«

»Ich habe sie nie richtig gekannt, und das tut mir jetzt Leid. Ich bedauere es umso mehr, da mir klar ist, dass man manche versäumte Dinge nicht nachholen kann.«

Diamant warf ihm einen kurzen Blick zu.

»Ich hatte Jonathan um Hilfe bitten wollen«, fuhr Valdorian fort. »Ich bin einfach davon ausgegangen, dass er zur Stelle sein würde, so wie er immer zur Stelle war, wenn ich ihn brauchte. Aber dies ist der sechste Juli 301 SN. Jonathan ist noch nicht einmal geboren. Seltsam.«

»Was ist seltsam?«

»Für wie selbstverständlich wir viele Dinge halten. Wir gehen einfach davon aus, dass sie da sind, ohne über sie nachzudenken. Und wenn etwas nicht mehr da ist ... Dann ist es zu spät.«

»Zu spät wofür?«

»Zu spät, um mehr über sie herauszufinden, sie zu schätzen und zu achten. Wieso ist man immer erst hinterher klüger? Warum müssen wir durch Fehler lernen, durch unangenehme, schmerzhafte Fehler? Wieso können nicht auch Erfahrungen in unseren Genen gespeichert sein?«

»Das sind sie.«

»Ich meine ...«

»Ich weiß, was Sie meinen. Erinnern Sie sich an unsere Gespräche über die Einbahnstraßen des Lebens?«

»Ja.«

»Das Leben zwingt uns manchmal, schwere Entscheidungen zu treffen, und anschließend gibt es kein Zurück.«

Valdorian atmete tief durch. »Für mich gab es ein Zurück. Ich habe ein langes Leben gelebt und alle Fehler gemacht, die man nur machen kann. Aber ich habe ein zweites Leben bekommen, und damit die Chance, jene Fehler nicht zu wiederholen.« Tief, tief in seinem Inneren knurrte leise ein Geschöpf, das er fast vergessen hatte: die dunkle Kreatur, angekettet in einem Verlies hinter dicken geistigen Mauern.

»Und der Preis für dieses zweite Leben ist ein Zeitkrieg, den die Temporalen gewinnen, und anschließend der Kollaps des Universums. Meinen Sie nicht, dass ein solcher Preis ein *bisschen* zu hoch ist?«

Diamants Stimme blieb sanft bei diesen Worten, aber in seiner Erinnerung hörte Valdorian die zynische Bitterkeit der anderen Diamant, die ihn für alles verantwortlich gemacht hatte.

Er beschloss, das Thema zu wechseln. »Wonach suchen wir?«

»Nach Temporalen. Wenn der Manipulationspunkt in der Nähe ist, und wenn die Manipulation bald erfolgt, sind bestimmt welche hier, natürlich getarnt. Ich kann sie mit meiner Gabe erkennen.«

»Und wenn Sie welche entdecken?«

»Dann folgen wir ihnen, in der Hoffnung, dass sie uns zum Ort der Manipulation führen.«

»Wir wissen nicht einmal, *wann* die Manipulation erfolgt! Und wir können nicht pausenlos unterwegs sein. Sie sind erschöpft. Wir sind beide müde. Irgendwann müssen wir schlafen. Und wenn die Temporalen genau dann aktiv werden ...« Valdorian schüttelte den Kopf. »KiTamarani hat davon gesprochen, dass sich ein großer Kreis schließt. Sie meinte, mit uns beiden hätte alles begonnen – und vielleicht könnten wir beide auch alles zu einem Ende bringen. Was kann in Bezug auf uns in dieser Zeit so wichtig gewesen sein? Auf welche Weise sind wir manipuliert worden, sodass es zu einem zweiten Zeitkrieg kommen konnte? Woraus bestand die Manipulation? Und wie hätten sich die Ereignisse normalerweise entwickelt, ohne eine Beeinflussung durch die Temporalen?«

Diamant versteifte sich plötzlich. »Da ist einer«, sagte sie und sprach leiser, als könne sie außerhalb des Levitatorwagens jemand hören.

Valdorian sah nach draußen und stellte fest, dass sie sich in der Nähe der Sakralen Pagode von Bellavista befanden.

Passanten gingen am Eingang vorbei. Andere Personen standen im Schein glühender Kugeln und sprachen miteinander. Alles deutete auf eine entspannte Atmosphäre hin.

»Wo?«, fragte er.

Diamant hielt den Wagen neben der Fassade eines Verwaltungsgebäudes an, in einer Höhe von etwa zehn Metern. Der Levitator summte leise, und hinzu kam das dumpfe Brummen der Stabilisatoren, die den Wagen an Ort und Stelle hielten, ungeachtet der Luftbewegungen.

»Das Paar neben der dritten Kugel.« Diamant deutete in die entsprechende Richtung, und Valdorian erinnerte sich daran, dass die Fenster des Wagens wieder polarisiert waren. »An der Ecke, von der aus man sowohl die Pagode sehen als auch die Straße überblicken kann ... Die Frau ist ein getarnter Temporaler. Zweifellos ein Wächter.«

Valdorian sah: eine Brünette, nicht älter als vierzig, elegant, aber nicht zu auffällig. Sie schmunzelte immer wieder, als sie mit einem etwas älteren Mann sprach. Ihre ganze Aufmerksamkeit schien ihm zu gelten; nicht einmal blickte sie zur Seite.

»Und der Mann?«

»Er ist das, was er zu sein scheint.«

»Aber merkt er nicht ...«

»Nein.« Diesmal klang Diamants Stimme fast gepresst; ihre Anspannung wuchs. »Die Tarnung der Temporalen ist perfekt, solange sie niemandem begegnen, der über besondere Fähigkeiten verfügt, so wie ich. Der Mann würde nicht einmal in den intimsten Momenten merken, dass er es mit einem fremden Wesen zu tun hat.«

Valdorian beobachtete das Paar eine Zeit lang. »Wie gut ist *unsere* Tarnung? Könnten die Temporalen erkennen, dass wir aus einer anderen Zeit kommen?«

»Ja«, sagte Diamant und bestätigte damit seine Befürchtungen. »Wir verursachen geringfügige Störungen in der Raum-Zeit. General Lukas nannte sie einmal ›temporale

Interferenzen‹. Deshalb dürfen wir nicht zu nahe heran, falls der Gegner über entsprechende Sensoren verfügt. Und die hat er *hier* ganz gewiss.«

Valdorian sah wieder zu dem Paar. »Was machen wir jetzt?«

Diamant zögerte. »Wir warten. Irgendwann wird der Wächter abgelöst. Oder vielleicht erscheinen andere Temporale.«

»Und dann?«

»Wir folgen ihnen unauffällig und versuchen herauszufinden, auf welchen Ort sich ihre Aufmerksamkeit konzentriert. Vielleicht erfahren wir dadurch, wo die Manipulation erfolgen soll.«

»Das klingt nicht sehr viel versprechend«, sagte Valdorian skeptisch.

»Haben Sie eine bessere Idee?«

Er überlegte. »Wenn der Wächter dort allein ist ... Wir könnten ihn uns schnappen. Wir fliegen nahe an ihn heran, überwältigen den Temporalen und setzen uns mit ihm ab. Und dann holen wir aus ihm heraus, wo die entscheidende Manipulation stattfinden soll.«

»Wir sind nicht einmal bewaffnet, und der Temporale wäre uns selbst in Hinsicht auf die Körperkraft überlegen. Außerdem würde seine Entführung die anderen alarmieren und darauf hinweisen, dass jemand vom Widerstand hier ist.«

Valdorian blickte erneut zu dem Paar und bemerkte einen großen Levitatorwagen, der in unmittelbarer Nähe hielt. Fast im gleichen Augenblick spürte er, wie sich Diamant erneut neben ihm versteifte. Er wusste, was das bedeutete: weitere Temporale. Zwei Männer in mittleren Jahren stiegen aus; die Frau verabschiedete sich mit einem letzten Lächeln von ihrem Gesprächspartner und stieg in den Wagen, der sich sofort in Bewegung setzte.

Diamant betätigte die Navigationskontrollen, und ihr Levitatorwagen kehrte in den Flugkorridor zurück. »Stellen

Sie sich vor, der Wagen wäre gekommen, während wir versucht hätten, den Temporalen zu überwältigen.«

Sie folgten dem anderen Fahrzeug in sicherem Abstand. »Ich verstehe eines nicht«, sagte Valdorian langsam. »Auch wenn die Temporalen getarnt sind ... Warum zeigen sie sich so unbekümmert? Ich meine, es würde genügen, dass einer von ihnen einem Kantaki-Piloten begegnet, oder jemand anders, der sie mit der Gabe erkennen kann. Dann würde alles auffliegen, nicht wahr?«

Diamant schüttelte kurz den Kopf, während sie sich bemühte, den anderen Levitatorwagen nicht aus den Augen zu verlieren. »Ganz so einfach ist das nicht. *Ich* weiß, worauf es zu achten gilt. Ich habe es vor langer Zeit gelernt, als ich zur Kognitorin des Widerstands wurde. Aber die Kantaki-Piloten dieser Zeit wissen gar nicht, dass es getarnte Temporale gibt. Ich habe darüber nachgedacht. Vielleicht rechnen die hiesigen Temporalen nicht einmal damit, dass jemand vom Widerstand erscheint. Immerhin haben Sie den Zugang zu dieser Zeit und damit zum originären Manipulationspunkt sorgfältig abgeschirmt.«

Diamant gab dem Navigationsservo neue Anweisungen, als der andere Levitatorwagen schneller wurde und die Gefahr bestand, dass sie ihn aus den Augen verloren. Das Zentrum der Stadt lag direkt voraus: ein Durcheinander aus Lichtern und pseudorealen Darstellungen, die um Aufmerksamkeit wetteiferten.

»Warum haben sie es so eilig?«, fragte Valdorian.

Diamant schaltete auf manuelle Steuerung um und wechselte abrupt den Flugkorridor, was andere Levitatorwagen zu automatischen Ausweichmanövern zwang. An den Navigationskontrollen leuchteten warnende Indikatoren auf.

Valdorian musterte die Frau an seiner Seite besorgt und fragte sich, welchen Einfluss die bittere, zynische Diamant auf sie hatte. Jene andere Diamant war zu allen Risiken bereit gewesen, vielleicht aufgrund einer verborgenen Todessehnsucht.

Das Fahrzeug mit den Temporalen befand sich zwei Bahnen weiter unten und etwa zweihundert Meter vor ihnen, und es beschleunigte weiter.

»Haben sie gemerkt, dass ihnen jemand folgt?«

Diamant antwortete nicht, konzentrierte sich jetzt ganz auf die Steuerung. Der Wagen der Temporalen glitt fort vom Stadtzentrum und hielt auf die Berge hinter Bellavista zu. In den peripheren Bereichen der Stadt ließ der Verkehr nach, und Diamant vergrößerte den Abstand vorsichtshalber. Valdorian bemerkte ein beharrliches Blinken bei den Kontrollen des Kom-Servos. Vielleicht versuchte die Verkehrsüberwachung, sich mit ihnen in Verbindung zu setzen – sie waren viel zu schnell geflogen.

Weit vor ihnen ging der Levitatorwagen mit den Temporalen tiefer und verschwand im dunklen offenen Zugang eines Lagerhauses, direkt neben einem Industrieschacht, der zu unterirdischen Fabriken führte. Einige von ihnen gehörten der Valdorian-Unternehmensgruppe, erinnerte sich Valdorian vage.

Diamant reduzierte die Geschwindigkeit, steuerte den Wagen in den langsamsten Flugkorridor nicht weit über dem Boden und näherte sich dem Gebäude. Valdorian stellte fest, dass die Anzeige des Kom-Servos noch immer blinkte.

Und dann gleißte es plötzlich vor ihnen.

Alles geschah ungeheuer schnell. Das Bugfenster des Levitatorwagens zerbarst, und grelles Licht *platzte* herein, zerschmetterte Instrumente und fauchte über Diamant hinweg. Im Sekundenbruchteil der Entladung sah Valdorian Gestalten im Zugang des Lagerhauses: die brünette Frau und ein Mann an ihrer Seite; beide hielten Waffen in den Händen.

Sie wussten, dass sie verfolgt wurden.

Der Wagen stürzte ab, prallte auf den Boden, und für unbestimmte Zeit verwandelte sich Valdorians Welt in Chaos. Als das Krachen und Donnern um ihn herum nachließ, als er nicht mehr hin und her geworfen wurde, wagte er es, die Augen zu öffnen. Sein Blick fiel auf Diamant, die in ihrem

Sicherheitsharnisch hing, der rechte Arm und die rechte Gesichtshälfte verbrannt. Ein von der Konsole vor ihr abgesprengtes Stück hatte sich ihr in die Seite gebohrt, und Blut rann darüber hinweg. Aber sie lebte noch – ihre Brust hob und senkte sich langsam.

Valdorian sah auf und starrte durch den Rauch, der von den Trümmern des Levitatorwagens aufstieg. Die Frau und der Mann – die beiden Temporalen – kamen näher, ihre Waffen schussbereit. Als sie nur noch wenige Meter vom Wrack des Wagens entfernt waren, blieben sie plötzlich stehen und hoben den Kopf. Ein rhythmisches Heulen kam aus der Ferne und schwoll an. Valdorian begriff, was es bedeutete: Patrouillen der Verkehrsüberwachung näherten sich.

Die beiden getarnten Temporalen wechselten einen kurzen Blick, richteten ihre Waffen auf die Trümmer. Sie wollten offenbar sicherstellen, dass es keine Überlebenden gab. Und dann ...

... verschwanden sie einfach. Von einem Augenblick zum anderen waren sie nicht mehr da. Valdorian erinnerte sich an den Angriff der Temporalen auf das Kastell, daran, dass ihre Schiffe plötzlich nicht mehr reagierten ...

Das Heulen der Sirenen kam näher.

Valdorian begriff, dass er nicht in dem Wrack des Levitatorwagens bleiben durfte. Die Leute von der Verkehrsüberwachung würden versuchen, seine Identität festzustellen, und daraus konnten sich nur Komplikationen ergeben; er musste unbedingt seine Handlungsfreiheit bewahren.

Auf halbem Wege aus den Trümmern – wie durch ein Wunder war er unverletzt geblieben – fielen ihm Identer und Kodestift ein. Rasch kehrte er zu Diamant zurück und nahm ihr beides ab. Sie war schwer verletzt, und er hoffte inständig, dass man sie rechtzeitig in ein Krankenhaus brachte. Er selbst konnte ihr nicht helfen, so sehr er das auch bedauerte.

Als er das Fahrzeugwrack mit der sterbenden Diamant verließ, hob die dunkle Kreatur tief in seinem Inneren ihren hässlichen Kopf und knurrte zufrieden.

35

Funkelnde Antwort

Blau: Tintiran, 7. Juli 301 SN

Ein privater Transporter brachte Valdorian in das Viertel der Stadt, in dem sich seine Mutter unter falschem Namen eine Wohnung gemietet hatte. Der Fahrer – ein ehemaliger Subalterner, der sich zu einem Autarken emporgearbeitet hatte – hatte einen argwöhnischen Blick auf ihn gerichtet und gefragt, ob er Hilfe brauchte. Valdorians Kleidung war zerrissen, das Haar angesengt, und sein Gesicht schien eine einzige große Schramme zu sein. Doch ein mit dem Identer vorgenommener Transfer von tausend Transtel beantwortete alle seine Fragen.

Im Apartment ließ sich Valdorian von den medizinischen Servi behandeln und begann anschließend mit einer unruhigen Wanderung, die Stunden dauerte. Mithilfe des Kodestiftes aktivierte er bestimmte Magnatendienste, woraufhin ihm der Kom-Servo Nachrichten zeigte, die normalerweise nicht in den öffentlichen Netzen erschienen. Mehrmals rief er mithilfe verschlüsselter Anfragen Patienten-Informationen ab und versuchte, dabei den Anschein zu vermeiden, dass es ihm um Diamant ging. Er zog Erkundigungen über den Zustand Dutzender von Personen ein, die bei Unfällen verletzt worden waren, obwohl es ihm in Wirklichkeit nur um eine bestimmte Frau ging. Diamant lebte, aber ihr Zustand blieb kritisch.

Während draußen die Stadt am Scharlachroten Meer zu

schlafen begann, blieb Valdorian auf den Beinen. Er kam einfach nicht zur Ruhe. Immer wieder ging er an den Bildern vorbei, die seine Mutter in den Stunden ihrer Einsamkeit gemalt hatte, und fühlte in ihnen eine Verzweiflung, die auch in ihm selbst zu wachsen begann. Mehrmals blieb er vor dem Bild stehen, das ihn an den »Schrei« von Munch erinnerte, und diesmal schien dieser *Schrei* von Diamant zu stammen.

Er aß eine Kleinigkeit, ohne sich dessen bewusst zu sein, und einmal erwachte er auf dem Sofa im Salon, ohne Erinnerung daran, sich hingelegt zu haben. Draußen kündigte erstes mattes Glühen am Horizont einen neuen Tag an. Der Kom-Servo brachte noch immer Meldungen, und Valdorian nahm am Display Platz, das ihm mitteilte: Der Zustand von Diamant hatte sich stabilisiert, aber die Ärzte befürchteten irreparable Hirnschäden. Er fragte sich, was schlimmer war: Diamants Tod, oder eine dahinvegetierende Diamant, die nicht mehr wusste, wer sie war.

Schließlich deaktivierte er den Kom-Servo, wechselte die Kleidung, nahm Identer und Kodestift und verließ die Wohnung seiner Mutter. Mit plötzlicher Gewissheit wusste er: Dies war der entscheidende Tag. Er nahm einen öffentlichen Transporter, der ihn in die Innenstadt brachte, setzte dort die unruhige Wanderung fort und versuchte, seine Gedanken zu ordnen, sie von allem emotionalen Ballast zu befreien. Das war sehr schwer. Immer wieder dachte er an Diamant, und in einem rund um die Uhr geöffneten Medienzentrum machte er erneut vom Kodestift Gebrauch, um Informationen über sie abzurufen – als hoffte er, dass sie sich innerhalb von Minuten oder Stunden von ihren schweren Verletzungen erholen konnte.

Als die Stadt um ihn herum aus ihrem kurzen Schlaf zu erwachen begann, als er wieder Teil einer anonymen Masse wurde, fiel es ihm etwas leichter, seine Gedanken zu kanalisieren.

 Der Angriff auf das Kastell war aus irgendeinem Grund

nicht nur für das Zentrum des Widerstands zur Katastrophe geworden, sondern auch für die Temporalen selbst – ihre Schiffe hatten plötzlich den Angriff eingestellt und nicht mehr reagiert. Anschließend war der von den Temporalen geschaffene Ozean der Zeit verschwunden. Und nun die beiden Temporalen, die den Levitatorwagen abgeschossen hatten, aber nicht dazu gekommen waren, noch einmal auf ihn zu schießen. Gab es ein gemeinsames Element, einen Zusammenhang? Und der Vortex ... Es hatten sich keine Temporalen in ihm aufgehalten. Warum wunderte ihn das erst jetzt?

Valdorian blieb an einer Ecke stehen, rieb sich kurz die Schläfen und ließ den Blick über die vielen Passanten schweifen. Er wäre nicht einmal dann imstande gewesen, einen getarnten Temporalen zu erkennen, wenn er direkt vor ihm gestanden hätte, aber etwas sagte ihm, dass es hier gar keine mehr gab, dass alle anderen Temporalen zusammen mit der brünetten Frau und dem Mann verschwunden waren. Ganz abgesehen von der Rätselhaftigkeit dieses Vorgangs: Welche Folgen ergaben sich daraus für das Hier und Heute? Wenn keine Temporalen mehr in dieser Zeit und an diesem Ort weilten ... Wie konnte es dann zu der Manipulation kommen, die den zweiten Zeitkrieg ermöglichte?

Valdorian ging weiter – und verharrte abrupt, als er begriff, dass sie einen Denkfehler gemacht hatten. Es stand gar keine Manipulation bevor, denn *sie hatte bereits stattgefunden.* Die Temporalen, die in Bellavista gewesen waren ... Ihre Aufgabe hatte nicht darin bestanden, die originäre Manipulation durchzuführen, sondern zu verhindern, dass jemand eingriff und sie rückgängig machte.

Die Welt, aus der ich komme, ich selbst ... Wir sind das Ergebnis einer erfolgreichen Zeitmanipulation durch die Temporalen.

Langsam ging er weiter, vorbei an soeben öffnenden Geschäften, tief in Gedanken versunken. Die vielen Kratzer in seinem Gesicht schmerzten nicht mehr; der ganze Körper fühlte sich taub an. Er achtete kaum auf die Umgebung, auf die Passanten, die ihm auswichen. Woher nahm er die Gewissheit, dass dieser Tag, der siebte Juli 301, die Entscheidung brachte? Lag es an seiner Verbindung mit Olkin? Aber jetzt schien sie nicht mehr zu existieren – das Prickeln war aus ihm verschwunden. Oder lag es an etwas, das in ihm selbst wurzelte, in seinem Leben, seiner Vergangenheit?

Wie hatte alles begonnen?

»Mach jetzt keine weiteren Denkfehler«, sagte er zu sich selbst, und eine Frau, die genau in diesem Augenblick an ihm vorbeikam, warf ihm einen seltsamen Blick zu. »Was hat den Ausschlag gegeben?«

Er blinzelte und stellte fest, dass er vor der Präsentationsnische eines Geschäfts stand. Schmuckstücke glitzerten hinter transparenter Stahlkeramik und einem farblosen energetischen Vorhang, unter ihnen zwei große Diamanten, die in einem pseudorealen Blütenkelch ruhten. Feuer schien in ihnen zu brennen.

Valdorian starrte darauf hinab und verstand plötzlich. Aber die Antwort brachte keine Erleichterung, sondern legte ihm eine schwere Last auf die Schultern. Erinnerungsstimmen flüsterten, eine von ihnen seine eigene.

»Dies ist etwas Spezielles: zwei Diamanten von der Taruf-Welt Ksid. Sie gehören zusammen.«

»Warum?«

»Es sind semivitale kognitive Kristalle, durch eine empathische Brücke miteinander verbunden. Wie groß auch immer die Entfernung zwischen ihnen ist, die Verbindung bleibt bestehen. Allerdings schwächt sie sich immer mehr ab, wenn die Diamanten über längere Zeit hinweg voneinander getrennt bleiben. Nähe hingegen erneuert die Brücke zwischen ihnen. Wenn Sie mir diese Bemerkung gestatten: das ideale Geschenk für ein junges Paar, das nach einem konkreten Symbol für seine Beziehung sucht. Der Preis ...«

»... spielt keine Rolle ...«

Das Ausmaß der Manipulation, die Weite des Netzes der Kausalität mit den zahllosen Maschen aus Ursache und Wirkung ... Für einige Sekunden stockte Valdorian der Atem. Personen mussten nicht bewusst handeln, um etwas zu bewirken. Manchmal genügten kleine Wechselwirkungen, um große Dinge in Bewegung zu setzen. Ein kleiner Stein, der über einen Berghang rollte, konnte eine Gerölllawine auslösen. *Diamant und ich, wir sind zwei kleine Steine gewesen*, begriff er. Vielleicht war ihre Begegnung in der »Großen Trockenheit« von Tintiran kein Zufall gewesen; vielleicht hatten die Manipulationen schon mit ihrer Geburt begonnen.

Was auch immer der Fall sein mochte: Dies war ein entscheidender Punkt. Heute, am siebten Juli, kam der junge Valdorian hierher, nach einer Auseinandersetzung mit seinem Vater und einer kurzen Begegnung mit seiner Mutter im Blauen Salon der Villa, und kaufte diese beiden Diamanten. Einer von ihnen war für Lidia bestimmt, und sie wählte ihren Namen als Kantaki-Pilotin danach. Zwei Diamanten, die es Agorax beziehungsweise Agoron ermöglichten, ihn vom Null aus zu manipulieren und als Werkzeug zu benutzen.

Hier, an dieser Stelle, öffnete sich die Tür des Zeitkerkers, in dem die Temporalen gefangenen waren.

Valdorian starrte auf die beiden Diamanten. Das Funkeln in ihnen schien tatsächlich ein Feuer zu sein, das alles verbrennen wollte, das ganze Universum.

Sein jüngeres Selbst durfte keine Gelegenheit erhalten, die Zwillingskristalle zu kaufen. Indem er sie selbst erwarb? Die hunderttausend Transtel, auf die er mit dem Kodestift zugreifen konnte, reichten dafür nicht aus. Sollte er die beiden Diamanten stehlen? Wie? Und selbst wenn ihm der Diebstahl irgendwie gelang ... Konnte er sicher sein, dass es nicht zwei andere Kristalle gab, die den gleichen Zweck erfüllten wie diese?

Während er darüber nachdachte, reifte eine bittere Erkenntnis in ihm heran. Es gab nur eine Möglichkeit zu verhindern, dass aus dem jungen Valdorian ein Werkzeug der Temporalen wurde.

Er musste sich selbst töten, ein zweites Mal.

Er wartete in einem der Parks von Bellavista, im Schatten einer Tintiran-Eiche, deren Stamm fast ebenso scharlachrot leuchtete wie das nahe Meer, dessen Rauschen manchmal durch das Summen und Brummen des Verkehrs drang. Seit einer halben Stunde steckte eine Waffe in seiner Hosentasche. Es war nicht schwer gewesen, sich den kleinen Hefok zu besorgen, denn der Kodestift räumte ihm Magnatenprivilegien ein. Viel schwerer war das, was ihm bevorstand. Als er jenen alten, kranken Valdorian nach seiner Flucht aus dem Spiel erdrosselt hatte ... Er war ein Symbol für all das gewesen, was er verabscheute und hasste. Aber diesmal schickte er sich an, genau das Gegenteil auszulöschen: Jugend. Und damit nicht genug. Der greise, sterbenskranke Valdorian hatte zu einer anderen Zeitlinie gehört, zu einer Realität ohne Verbindung mit ihm. Doch in diesem Fall ging es *um ihn selbst*, um genau den jungen Valdorian, der er einmal gewesen war.

Tief in ihm knurrte die dunkle Kreatur.

Aus welchem Blickwinkel auch immer er die Dinge betrachtete: Es lief auf eine Auslöschung seiner Existenz hinaus. Wenn er den Hefok auf den jungen Valdorian richtete und abdrückte, so starb Rungard Avar Valdorian der Neunzehnte im Alter von siebenundzwanzig Jahren und würde nie nach Kerberos reisen, um dort den ruhenden Omnivorkeim zu wecken, der die Temporalen aus dem Null befreite. Es würde keinen zweiten Zeitkrieg geben.

Aber auch keinen Valdorian, der sein Leben leben, alt und wieder jung werden konnte.

Keinen Valdorian, der als Diamants Konfident aufbrach, um »die Ewigkeit zu berühren«.

Willst du dein Leben einfach wegwerfen?, fragte die dunkle Kreatur. *Auch hier bieten sich dir Möglichkeiten. Dir blei-*

ben noch sechzig, siebzig Jahre, mindestens. Was spielt es für eine Rolle, was nach deinem Tod geschieht? Was interessierst es dich, ob nach deinem Ende ein Zeitkrieg stattfindet oder nicht? Macht es für dich *einen Unterschied?*

»Es ist *jetzt* ein Unterschied für mich«, murmelte er und begriff, dass er die Entscheidung beim Kauf der Waffe getroffen hatte. Er hoffte nur, dass ihn im entscheidenden Augenblick nicht die Kraft verließ.

Die Kreatur fauchte und zerrte an ihren Ketten.

Valdorian achtete nicht mehr auf sie und dachte an seine Verantwortung, neben der alles andere verblasste. Das Werkzeug hatte keine Schuld, wenn es nur benutzt wurde, aber wenn es einen eigenen Willen entwickelte, musste es Rechenschaft ablegen. *Vielleicht ist dies der eine Augenblick meines Lebens, in dem ich kein Werkzeug mehr bin.*

Er stand auf, als es Zeit wurde. Als junger Valdorian hatte er sich am frühen Nachmittag auf den Weg gemacht, um die beiden Diamanten zu kaufen. Er wollte vor ihm das Juweliergeschäft erreichten und dort auf ihn warten.

Als er durch die Stadt wanderte, dem Rendezvous mit dem Tod entgegen, verflüchtigte sich das Gefühl, in einem Traum zu wandeln, und alles gewann eine fast schmerzhafte Klarheit: jeder Atemzug, jeder Geruch, die Stimmen um ihn herum, das Spiel von Licht und Schatten. Nach kaum zehn Minuten erreichte er die Straße mit dem Juwelierladen und nahm auf einer Sitzbank Platz, von der aus er das Geschäft gut im Blick hatte. Seine Anspannung wuchs mit jeder verstreichenden Sekunde, und etwas in ihm versuchte, die getroffene Entscheidung infrage zu stellen, ihn zu veranlassen, noch einmal alles zu überdenken. Ein Beben schien die Grundfesten seines Ichs zu erschüttern, als sich die dunkle Kreatur aufbäumte, denn sie wusste, dies war ihre letzte Chance.

Ein Levitatorwagen näherte sich und verharrte ein Dutzend Meter entfernt dicht über dem Boden. Ein junger Mann stieg aus, und Valdorian sah sich selbst.

Er stand auf. Setzte einen Fuß vor den anderen. Griff in die Hosentasche.

Sein Herz klopfte rasend schnell. Dies. War. Der. Moment.

Hier.

Jetzt.

Der jüngere Valdorian näherte sich dem Eingang des Geschäfts, dazu entschlossen, die beiden Diamanten zu kaufen und Lidia einen Ehekontrakt anzubieten.

»Dorian?«

Der junge Mann drehte sich um.

Die dunkle Kreatur in Valdorians Tiefen sprengte ihre Ketten und warf sich mit ganzer Kraft gegen die verriegelte Tür des Kerkers.

»Wer sind Sie? Was wollen Sie?«

Valdorian holte den Hefok hervor und richtete ihn auf sein jüngeres Selbst. *Jetzt! Los, drück ab! Zögere nicht!*

»Es tut mir Leid«, sagte er, und beim letzten Wort sah er ein seltsames Erkennen in den Augen seines jungen Pendants.

Die dunkle Kreatur zerschmetterte die Tür des Kerkers ...

Valdorian schoss.

Rungard Avar Valdorian der Neunzehnte, siebenundzwanzig Jahre alt, starb, als sich ein Energiestrahl in seinen Kopf brannte und einen großen Teil des Gehirns verdampfte.

Das finstere Geschöpf des Zorns heulte, hob ein letztes Mal den hässlichen Kopf und verendete in der offenen Tür seines Verlieses.

Und Rungard Avar Valdorian, hundertsiebenundvierzig Jahre alt, durch Agoron um hundert Jahre verjüngt und dann wieder gealtert ...

Er verschwand, so wie die beiden Temporalen verschwunden waren, während sich Zeit und Raum neu ordneten, während im Netz der Kausalität neue Maschen aus Ursache und Wirkung entstanden.

Die Realität bekam eine neue Struktur, in der kausale Entwicklungen in neue Richtungen führten. Ein Erster Zeitkrieg hatte stattgefunden. Die Feyn existierten, hatten ihn zusammen mit den Kantaki gewonnen. Es gab Anomalien, Überbleibsel jenes Krieges, und eine von ihnen befand sich im hohen Norden von Tintiran, »Große Trockenheit« genannt – dort hatte Valdorian Lidia kennen gelernt. In der neuen Realität existierte der junge Valdorian, denn er war ein wichtiger Kausalitätspunkt: Die Stabilität der neuen Wirklichkeit hing von einer grundsätzlichen Entscheidung ab, die er treffen musste, und diesmal waren die Voraussetzungen *ein wenig* anders.

Alle Farben: Tintiran, 16. Juli 301 SN

Sie saßen auf der Terrasse eines Cafés, mit Blick auf die Stadt Bellavista und das Scharlachrote Meer. Doch Valdorian sah nur Lidia, erinnerte sich an den Streit mit seinem Vater und suchte nach den richtigen Worten. Er hatte eine Entscheidung getroffen.

Als er den Mund öffnete, hatte er das seltsame Gefühl, schon einmal an diesem Ort gewesen zu sein und mit sich gerungen zu haben. Vage Erinnerungsfetzen zogen durch sein Bewusstsein und verschwanden, als er sich darauf zu konzentrieren versuchte.

»Was wollten Sie mir sagen?«, fragte Lidia und lächelte.

Valdorian räusperte sich. »Ich ... möchte Ihnen einen Ehekontrakt anbieten. Werden Sie meine Frau. Für mindestens zehn Jahre.«

Sie sah ihm tief in die Augen. »Und Ihr Vater? Was würde er dazu sagen?«

»Dies ist mein Leben. Das habe ich inzwischen begriffen. Ich muss für mich selbst entscheiden.«

Lidia lächelte erneut, wurde dann aber ernst und blickte zum Meer. »Ich wollte es Ihnen schon seit Tagen sagen. Ich ... habe mich prüfen lassen.«

»Was?«

»Meine Gabe. Erinnern Sie sich? Wir haben darüber gesprochen, vor gut zwei Wochen. In bin zur Sakralen Pagode der Kantaki gegangen, hier in Bellavista, und dort habe ich einige Prüfungen abgelegt, um festzustellen, ob ich Pilotin werden könnte.« Sie holte tief Luft. »Die Gabe in mir ist stark genug, Dorian! Ich kann ein Kantaki-Schiff fliegen, nach einer angemessenen Ausbildung. Damit wird mein größter Wunsch wahr.«

»Ihr größter Wunsch ...« Unbehagen regte sich in Valdorian, und wieder gewann er den Eindruck, gleichzeitig Akteur und Beobachter zu sein. Die Begegnung an diesem Ort, das Gespräch mit Lidia ... Dies alles schien schon einmal stattgefunden zu haben. Aber das war natürlich Unsinn. Vielleicht lag es an der Intensität des Moments; sie brachte seine Empfindungen durcheinander.

»Ja. Ich hätte Zeit, unendlich viel Zeit, und ich könnte tausend Welten sehen!«

Valdorian sah sie an und *verstand*.

»Es braucht nicht das Ende für uns zu bedeuten«, fuhr Lidia fort. »Sie könnten mich begleiten auf der Reise durch die Ewigkeit. Wissen Sie, ein Kantaki-Pilot steht außerhalb des Zeitstroms und beginnt mit einer Reise in die Zukunft, die ihn immer mehr den Kontakt zur Gegenwart verlieren lässt. Deshalb ist es jedem Piloten erlaubt, einen Begleiter mitzunehmen. Die Kantaki nennen diese Person Konfident.«

Valdorian hatte das Gefühl, aus sich selbst herauszutreten. Für einige Sekunden war er mehr Beobachter als Akteur und sah sich selbst am kleinen Tisch des Cafés, neben Lidia, die den Blick auf ihn gerichtet hielt und ruhig auf eine Antwort wartete. Er sah, wie er zögerte, hörte das Flüstern der eigenen Gedanken und spürte die Bedeutung dieses Moments. Er erinnerte sich an seinen Vater, an den Streit mit ihm, nachdem er auf seine Absicht hingewiesen hatte, einen Ehekontrakt mit Lidia DiKastro zu schließen.

 Und er wusste mit jeden Zweifel ausschließender Gewissheit: Hier an dieser Stelle gabelte sich der Weg; die Richtung, die er jetzt wählte, entschied über sein ganzes zukünftiges Leben. Er konnte versuchen, in die Fußstapfen seines Vaters zu treten, in der Hoffnung, vielleicht einmal Primus des Konsortiums zu werden. Oder er wählte den anderen Weg, der fortführte von Reichtum und Macht, aber weit, weit in die Zukunft reichte, an der Seite dieser Frau, die ihn so sehr faszinierte.

Erneut fühlte er mit sonderbarer Deutlichkeit, wie er den Mund öffnete, und er *wusste*, dass er bei einer anderen Gelegenheit, die doch *diese* war, die falschen Worte gesprochen hatte – Worte, die zu einem Leben führten, an dessen Ende Bitterkeit stand.

»Ich bin bereit«, sagte er und betrat damit einen neuen Lebenspfad. Eine Last, von deren Existenz er bisher gar nichts gewusst hatte, fiel von ihm ab. Er fühlte sich leichter, unbeschwerter, freier. »Ich möchte Ihr Konfident sein.«

Die Freude in Lidias Augen belohnte ihn.

Später wanderten sie durch die Stadt, in dem Bewusstsein, am Anfang eines langen gemeinsamen Weges zu stehen, und in dieser neuen Zweisamkeit, die gerade erst begann, schienen sie von allem anderen um sie herum entrückt zu sein. Sie sprachen über die Zukunft, schmiedeten Pläne, lachten viel, freuten und umarmten sich.

»Und wenn dein Vater dich enterbt?«, fragte Lidia.

Valdorian genoss das herrliche, Intimität verheißende Du. »Das wird er nicht. Früher oder später findet er sich bestimmt mit meiner Entscheidung ab. Und selbst wenn er mich von allem ausschließt: Ich bleibe bei meiner Entscheidung.«

»Und deine Mutter?«

Valdorian blieb stehen und dachte nach. Wieder regte sich etwas in ihm, eine schattenhafte Erinnerung, zu vage und flüchtig, als dass er sie festhalten konnte. »Ich glaube, sie wird sich freuen«, sagte er.

Sie standen vor der Präsentationsnische eines Geschäfts. Schmuckstücke glitzerten hinter transparenter Stahlkeramik und einem farblosen Energievorhang, und Valdorian verspürte plötzlich den Wunsch, Lidia etwas zu schenken. Sein Blick fiel auf zwei große Diamanten, die in einem pseudorealen Blütenkelch ruhten und funkelten, als loderten tausend Sonnen in ihnen. Der Juwelier hatte klugerweise darauf verzichtet, ein Preisschild anzubringen. Sie mussten mindestens hundert Karat haben.

»Gefallen Sie dir?«, fragte er.

»Oh, sie sind sehr schön. Wie sie glitzern!«

»Ein ideales Geschenk für dich«, sagte Valdorian, und etwas tief in ihm erzitterte. Das Unbehagen kehrte zurück.

»Meine Güte, nein!«, entfuhr es Lidia. »Sicher kosten die beiden Steine ein Vermögen. Und außerdem: Glaubst du nicht, dass man an Dingen auch Gefallen finden kann, ohne sie zu kaufen und zu besitzen?«

Valdorian betrachtete die beiden Diamanten und begriff, dass Lidia Recht hatte. Er lächelte, und der Schatten wich aus ihm.

Als sie weitergingen, ergriff er Lidias Hand und fühlte sich mit jedem Schritt besser. Doch etwas fehlte noch. »Das Funkeln der beiden Diamanten ... Es erinnert mich an das Licht in deinen Augen.«

»Willst du Poet werden?«, fragte Lidia mit gelindem Spott.

»Ich habe gehört, dass sich Kantaki-Piloten einen neuen Namen geben.«

»Das stimmt.«

»Darf ich dir einen Namen vorschlagen?«

Lidia sah ihn erwartungsvoll an.

»Wie wäre es mit ... Diamant?«

Epilog

Flix

Es gab viele Gedanken im Flix, und einer von ihnen war … anders. Er träumte eigene Träume.

Der erste, zaghafte Traum brachte ihn dicht über die Oberfläche einer Sonne, und dort verbrannte, was der Gedanke schuf.

Der zweite, unruhige erschien zu nahe am gefräßigen Schwarzen Loch im Zentrum der Galaxie, die er gewählt hatte.

Der dritte, forschende fand eine geeignete Welt, und dort bildete sich ein schwarzer vertikaler Streifen in der Luft, etwa zwei Meter lang und so dünn wie ein Haar. Er zitterte, schwankte, sank dem Boden entgegen. Als er ihn berührte, wuchs der Streifen zu einem Spalt, zu einem Riss in der Luft, und aus seiner Schwärze kam eine Gestalt: klein, der Rücken gebeugt, die Augen groß, die Nase lang und spitz. Sie trat aus dem Spalt in die Ödnis des Planeten und fragte: »Wer spielt das Spiel mit mir?«

Glossar

Abalgard - 4. Planet des Guridon-Systems.

Abissale - So nennen die Kantaki den Omnivor, eine Realität fressende Entität, die seit dem Beginn von Zeit und Raum das Universum durchzieht und die nichtlineare Zeit geschaffen hat.

Agorax/Agoron - Ein Temporaler. Nimmt die Aufgaben eines Suggestors wahr.

Akuha – Die Sprache der Akuhaschi.

Akuhan - Eine Welt der Akuhaschi. Jonathan Fentur stammt von dort.

Akuhaschi - Bedienstete der Kantaki. Es heißt, dass sie in einer fast symbiotischen Beziehung mit ihnen leben. Treten als Mittler zwischen den Kantaki und allen anderen Völkern auf.

Alexandra - Valdorians Frau in der Indigo-Zeit.

Allianz - Erbitterter Gegner des Konsortiums, bestehend aus hunderten von einzelnen Unternehmensgruppen und Konzernen, geleitet von Enbert Dokkar, der bei einem Sabotageanschlag des Konsortiums fast seine ganze Familie verlor.

Ambientalblasen – Notwendig für Geschöpfe, die nicht in einer Sauerstoff-Stickstoff-Atmosphäre überleben können; schweben für gewöhnlich auf Levitatorpolstern.

Ambientalfeld – Kraftfeld mit speziellen ambientalen Bedingungen im Inneren.

Amyldema - Ein Refugium des Widerstands, bewohnt von einer Künstlichen Intelligenz mit dem gleichen Namen.

Anderswelt – Virtuelle Realität.

AÖK - Autonomer Ökonomischer Komplex (interstellarer Konzern).

Äonar - Bei den Temporalen (Eternen) Oberhaupt des Zirkels der Sieben.

Autarke – Stehen in der gesellschaftlichen Hierarchie der meisten Menschenwelten über den Subalternen. Ihre Vorfahren konnten die Passage zu den ersten Außenwelt-Kolonien selbst bezahlen und sich dort aus eigenen Mitteln eine unabhängige Existenz aufbauen. Während des vierten und fünften Jahrhunderts SN wird diese Bezeichnung vor allem für Personen verwendet, die keiner abhängigen Arbeit nachgehen.

Blasse - Mutierte Menschen, die die von den Sprungschiffen der Horgh verursachten geistigen Schockwellen ertragen.

Brrin, Vater - Uralter Kantaki auf Munghar, ein Zeitwächter.

Carythai - Volk in der Großen Magellanschen Wolke.

Chaoskorridor - Im Indigo-Universum 2000 Lichtjahre breite und 10 000 Lichtjahre lange Zone mit mehr als fünfhundert Sonnensystemen und fast ebenso vielen unterschiedlichen Wirtschaftsordnungen und sozialen Strukturen.

Chreh, Mutter - Eine Kantaki.

Corrian - Ein Refugium des Widerstands.

Crhyl, Mutter - Eine Kantaki.

Datenservo – Hochleistungscomputer.

Defensivum - Verteidigungszentrum eines Omnivorkeims.

Dialekt, Alter – Diese Sprachform verwenden die Neutren der Kantaki, um die Großen Fünf anzusprechen.

DiKastro, Lidia - geboren 276 SN auf Xandor, dem vierten Planeten des Mirlur-Systems, Tochter der beiden Nonkonformisten Roald DiKastro (Schriftsteller) und Carmellina Diaz (Pianistin); lässt sich zur Kantaki-Pilotin ausbilden und nimmt den Namen »Diamant« an.

Direal - Interface-Anzug der Akuhashi.

Dokkar, Enbert – Leiter der Allianz und Erzfeind Valdorians.

Dominanz - Machtsphäre der Prävalenz. Hier werden »Schöpfungen« vorbereitet.

Dreizehn Hohe Welten - Die Erde und die Dreizehn Hohen Welten (darunter auch Kabäa) stehen unter der Regentschaft von Viktor und seinen Blassen.

Eherne Kausalität - Philosophisches Konzept der Feyn, wonach zwischen Ursache und Wirkung eine unzerstörbare, unaufhebbare Verschränkung existiert.

Eklund, Bruder - Ein Heiler aus der Aufgeklärten Gemeinschaft von Kerberos.

Eliminatoren - Machen in allen Zeitlinien Jagd auf die Kognitoren.

Elysium - Sphäre der Kraft, aus der die Heiler von Kerberos schöpfen.

Emissionsschild - Damit schützen sich Rettungskapseln des Widerstands im Ozean der Zeit vor Entdeckung durch die Spürhunde der Temporalen.

Erste, das - Das erste Segment eines Kantaki-Schiffes. Befindet sich in seinem Zentrum und dient auch als Überlebenszelle.

Es-Mrl - Ein Kantaki-Neutrum.

Eterne - So nennen sich die Temporalen.

Fentur, Jonathan - Persönlicher Sekretär von Valdorian, Mädchen für alles, absolut zuverlässig.

Ferdinand - Im blauen Universum Bruder von Aida und Lidia, wie seine Schwestern Kantaki-Pilot, starb beim Kampf um die Gelbe Bastion.

Feyindar - Heimatwelt der Feyn.

Feyn - Die Feyn leben auf der anderen Seite der Galaxis. Sie wurden früher als die Menschheit von den Temporalen angegriffen, verbündeten sich beim Ersten Zeitkrieg mit den Kantaki und errangen schließlich den Sieg über den Feind aus der Vergangenheit.

Ganngan - Extraterrestrische intelligente Spezies, golemartig.

Geißel - Eine Krankheit, die NHD als Waffe gegen die Kantaki einsetzte. Sie griff auf die Menschen über und brachte Millionen von ihnen um. Bei einigen Überlebenden kam es zu einer Veränderung der DNS; unter ihren Nachkommen befanden sich die ersten Blassen.

Genveränderte - Genetisch veränderte Menschen, oft an spezielle Tätigkeiten angepasst. Man verwendet diesen Begriff auch für die Neuen Menschen, die Extremwelten besiedelt haben.

Grekki - Extraterrestrische intelligente Spezies.

Großer Kollaps - Das Ziel der Temporalen.

Großes Zerwürfnis - Krieg zwischen den Menschenwelten im Indigo-Universum, Beginn im Jahr 4802.

Großgeneration - Zeiteinheit der Feyn, etwa fünfzig Standardjahre.

Großzyklus – Zeiteinheit der Kantaki, entspricht etwa hundert Standardjahren.

Guraki - Planet, auf dem man die ersten Ruinen der Xurr fand, besiedelt im Jahr 109 SN, im Desmendora-System, 22 Lichtjahre außerhalb des Einflussbereichs des Konsortiums.

Guridon - Ein Dreigestirn; sein 4. Planet ist Abalgard.

Hominx - Cheftherapeut im medizinisch-psychologischen Zentrum des Refugiums Corrian. Ein Carythai aus der Großen Magellanschen Wolke.

Horcher - Ein deformer Kantaki, der den Gedanken des Geistes lauscht, der Materie wurde.

Horgh - Spezies, die ebenfalls eine Technik für überlichtschnelle Raumfahrt entwickelt hat; verwendet so genannte »Sprungschiffe«, die jedoch geistige Schockwellen verursachen, die bei Menschen zu Wahnsinn und Tod führen können. Die Horgh sind an gewisse interstellare Routen gebunden, an so genannte Sprungkorridore.

Identer – Wird zur Identifikation und auch für Zahlungen verwendet, mit einer Kreditkarte vergleichbar.

Ilania - So lautet Aidas Pilotenname.

Infonaut – Mini-Datenservo.

Informationsjunktim - Informationszentrale in der Erinnerungskammer von Äon.

Initialkonflikt - Durch den Initialkonflikt haben sich die Eternen von den Feyn abgespalten.

InterLingua – Die von den meisten Menschen gesprochene Sprache.

Jorrn, Vater – Ein alter Kantaki.

Kabäa - Eine der Zentralwelten der Allianz, vierter Planet im System Epsilon Eridani, 10,8 Lichtjahre vom Sol-System und der Erde entfernt. Haupstadt Tonkorra. Etwa zwei Milliarden Bewohner. Eine Welt mit hoher industrieller Kapazität, aber auch großen Naturschutzgebieten.

Kanal – Eine Säule aus hyperdimensionaler Energie auf Munghar. Früher diente er den Kantaki zur Kommunikation mit dem Konziliat, jetzt ist er Werkzeug der Zeitwächter.

Kantaki – Dieses insektoide Volk betreibt überlichtschnelle Raumfahrt, setzt aber Piloten ein, die mit der »Gabe« ausgestattet sind, um die »Fäden« zu finden, die alle Dinge im Universum miteinander verbinden. Das hyperdimensionale Gewirr dieser Fäden verändert sich ständig, ist nie gleich beschaffen. Die Kantaki haben einen »Sakralen Kodex«, der ihre Existenz bestimmt und den alle achten müssen. Sie leben teilweise in einer anderen Dimension und außerhalb des Zeitstroms, was ihren Piloten relative Unsterblichkeit gibt. Für ihre Dienste, die sie anderen Völkern anbieten, verlangen sie manchmal recht sonderbare Bezahlung. Passagiere und Fracht werden im Inneren von »Transportblasen« befördert.

Kantaki-Nexus – Zylindrische Raumstationen der Kantaki innerhalb und außerhalb der Galaxis. Sie dienen unter anderem zur Wartung von Kantaki-Schiffen.

Kastell – Zentrum des Widerstands gegen die Temporalen.

Kerberos – 3. Planet im Hades-System, zwei Monde, gehört zum Konsortium, fast fünfzehntausend Lichtjahre von Tintiran und damit dem zentralen Sektor des Konsortiums entfernt, besiedelt im Jahr 324 SN. Es gibt dort eine Niederlassung von *New Human Design*, in der vor allem Grundlagenforschung betrieben wird. Kerberos ist bekannt für seine zahlreichen Rauschgifte. Nominelles Regierungsoberhaupt von Kerberos ist der Autokrat.

K-Geräte – Von den Kantaki konzipierte Geräte, ausgestattet mit künstlicher Intelligenz.

Kjai – Mikroskopisch kleine Pilze in der Atmosphäre von Feyindar. Sie sammeln sich an den Kondensatfäden der Filigrane und bilden dort Kolonien, die den Feyn als Hauptnahrungsmittel dienen.

Kleingeneration – Zeiteinheit der Feyn, etwa zehn Standardjahre.

Konfident – Jeder Kantaki-Pilot kann einen solchen Begleiter für alle Reisen wählen.

Konsortium – Umfasst im Jahr 421 SN nahezu sechshundert Sonnensysteme mit zweitausend Ressourcen-Planeten und siebenhundertneunzehn bewohnten Welten, verwaltet von siebenundachtzig Großkonzernen, die ihrerseits aus tausenden von einzelnen Unternehmen bestehen.

Krah, Mutter - Mutter Chrehs Schwester.

Kurlrrt - Ein Akuhaschi.

La-Kimesch - Dieses Volk entwickelte sich vor vielen Jahrmillionen zu einer galaktischen Hochkultur, stand mit den Kantaki in einer partnerschaftlichen Beziehung und teilte mit ihnen den Glauben an den Materie gewordenen Geist und die fünf Großen Kosmischen Zeitalter. Vor 22 Millionen Jahren starben die La-Kimesch aus, und über fünfzigtausend von ihnen besiedelte Planeten blieben leer zurück.

Leloa - Menschliche Kognitorin, die im Widerstand den Rang eines Admirals bekleidet.

Levitatorwagen - Flug-Vehikel für den Individualverkehr.

Lineare und nichtlineare Zeit - Mit »linearer Zeit« bezeichnen die Kantaki den gewöhnlichen Zeitstrom und das normale Kausalitätsuniversum. Wenn ein Pilot nicht aufpasst, kann er in die »nichtlineare Zeit« geraten, in ein Labyrinth aus Paralleluniversen, aus dem man nur schwer wieder herausfindet.

Linguator - Ein Übersetzungsgerät.

Lukas, General - Ein Segmenter in den Diensten des Widerstands.

Magnaten - Stehen in der gesellschaftlichen Hierarchie der meisten Menschenwelten an oberster Stelle. Magnaten leiten die großen interstellaren Wirtschaftskonglomerate, üben auch politische Macht aus.

Manipulationspunkt, originärer - Punkt der ersten Realitätsmanipulation, die den Temporalen die Möglichkeit gab, den Zeitkrieg zu gewinnen.

Memoriale Knoten - Datenspeicher der Feyn. Enthalten Informationen auch in Form von Gedanken und Gefühlen.

Mikronauten - Maschinen im Nanobereich.

Mirror - 4. Mond des Ringplaneten Nuranda, peripherer Sektor der Entente.

Mjoh, Vater - Ein viele Großzyklen alter Kantaki, Eigner des Nexus zwischen der Milchstraße und Andromeda.

Mrlgrrd – Ein Akuhaschi.

Mryh, Mutter – Eine Kantaki.

Munghar – Kantaki-Welt, 4800 Lichtjahre außerhalb der von Menschen besiedelten galaktischen Regionen, Ursprungswelt der Kantaki im Urirr-System.

Naifeh, General – Angehöriger des Widerstands, stammt aus dem in der Andromeda-Galaxie beheimateten Volk der Kuristi.

Neue Menschen – Gentechnisch veränderte Menschen. Manche von ihnen sind an die Bedingungen von Extremwelten angepasst und haben kaum mehr Ähnlichkeit mit normalen Menschen. Die »Blassen« zählen zu ihnen, obwohl sie ihre Existenz keinen gentechnischen Manipulationen verdanken, sondern der »Geißel«, die bei einigen menschlichen Überlebenden eine Veränderung der DNS bewirkte.

Neutren – Eine Gruppe von Kantaki ohne Geschlecht, insgesamt 25.

New Human Design (NHD) – Konzerngruppe des Konsortiums, auf genetische Manipulationen spezialisiert.

Offensivum – Offensives Zentrum eines Omivorkeims.

Olkin – Geschöpf im Kontrollorgan des Omnivorkeims.

Paulus – Assistent der Xenoarchäologin Lidia DiKastro.

Pergamon – Ein Säkularer der Temporalen, Mitglied des Zirkels der Sieben.

Pilotendom – Der Raum an Bord eines Kantaki-Schiffes, von dem aus der Pilot das Schiff durch den Transraum steuert.

Pioniere – Pioniere erkunden fremde Systeme und suchen nach kolonisierbaren Welten.

Pirhl, Vater – Kantaki-Kustos.

Plasmatriebwerk – Antrieb für Shuttles und interplanetare Raumschiffe, erlaubt Flüge mit bis zu achtzig Prozent der Lichtgeschwindigkeit.

Prävalente – Siehe Prävalenz.

Prävalenz – Die Macht, auf die die Schöpfung zurückgeht, bestehend aus den »Prävalenten«, Nachfahren der kosmischen Intelligenzen des ersten, ursprünglichen Universums. Sie schufen weitere Universen, um das Leben in seiner Vielfalt zu erhalten.

Prioritätskorridor – Kantaki-Schiffe fliegen durch einen solchen P-Korridor, wenn sie zu einem Kommunikationsknoten wollen, von dem aus sie allen anderen Schiffen Nachrichten übermitteln können.

Prioritätsmitteilungen – Nachrichten der Kantaki-Schiffe, die von Kommunikationsknoten übermittelt werden, wenn es um sehr wichtige Dinge geht.

Privatgarant – Ein Gerät, das Privatsphäre garantiert, einem Störsender vergleichbar.

Psychotron – Vom Ovum der *Akida* produzierte Maschinen.

Quinqu – Extraterrestrische intelligente Spezies.

Raimon – Der Metamorph.

Refugien – So nennt der Widerstand seine Schlupfwinkel im Meer der Zeit.

Resurrektion – Genetische Behandlung, die den gesamten Körper verjüngt, auch »Revitalisierung« genannt.

Rettungsboote – Kleine Raumschiffe, Produkte der K-Technik, mit denen der Widerstand in verschiedenen Realitätslinien Kantaki-Piloten, Kognitoren usw. rettet.

Roland – Valdorians Sohn in der Indigo-Zeit.

Sakrium – Teil des Transraums, in dem die Kantaki meditieren.

Säkulare – Unsterbliche Temporale. Es gibt nur sieben von ihnen.

Schanhall – Ein hauptsächlich von christlichen Fundamentalisten bewohnter Planet, der zum lockeren Bund der Spiritualistischen Welten gehört. Ursprünglich vom »Erleuchteten« und seinen Anhängern besiedelt, die im Jahr 2075 der alten Zeitrechnung aus dem Sol-System fliehen und auf ein Kantaki-Schiff stoßen.

Scharlachrotes Meer – Äquatorialmeer auf Tintiran.

Segmenter – Ein Geschöpf aus zahllosen winzigen, käferartigen Kreaturen, die sich zu einem humanoiden Kollektivwesen mit gemeinsamer Intelligenz zusammengeschlossen haben.

Sippenbrüder und -schwestern – So nennen sich die Blassen.

Souveräne – Stehen in der gesellschaftlichen Hierarchie der meisten Menschenwelten über den Subalternen und Autarken, aber unter den Magnaten. Es handelt sich um frühere Autarke, denen es gelang, mittelgroße Unternehmen aufzubauen.

Sporn - Eine Waffe, die Kantaki und Feyn gegen Temporale und den Abissalen einsetzen.

Spürhunde - Automatisierte Suchschiffe der Temporalen, die im Ozean der Zeit nach dem Widerstand suchen.

Standardjahre - Generalisierter Zeitbegriff, bezieht sich auf das Jahr der Erde.

Subalterne - Nachkommen der menschlichen Kolonisten, deren finanziellen Mittel nicht ausreichten, um sich auf anderen Planeten eine unabhängige Existenz zu schaffen. Sie mussten sich Geld leihen (auch für die Passage in der Transportblase eines Kantaki-Schiffes) und sich vertraglich verpflichten, die Schulden abzuarbeiten. Dadurch blieben die meisten von ihnen an bestimmte Wirtschaftsgruppen gebunden. Nur wenige Subalterne schaffen es, in der gesellschaftlichen Hierarchie aufzusteigen.

Synthese - Verschmelzung gleicher Personen aus unterschiedlichen Zeitlinien.

Talaha - »Die Brennende«, Name von Feyindars Sonne.

Taruf - Extraterrestrische Spezies.

Tiger-Klasse - Kampfschiffe, langgestreckte Ovale, fast hundert Meter lang.

Tintiran - 3. Planet des Mirlur-Systems, zentraler Sektor des Konsortiums. Auf diesem Planeten hat Valdorian Lidia kennen gelernt. Tintiran ist nicht nur eine beliebte Urlaubswelt, sondern auch Sitz der Akademie der Wissenschaften und schönen Künste. Hauptstadt: Bellavista.

Transfersignatur - Solche Spuren hinterlassen Rettungsboote des Widerstands, wenn sie in den Ozean der Zeit springen.

Transitstupor - Eine Art Koma während der Überlichtphasen der Horgh-Sprungschiffe.

Transraum - Eine Art »Hyperraum«, durch den die Kantaki-Schiffe fliegen.

Transstellarer Kredit (Transtel) - Währung nicht nur im Konsortium, sondern auch in den anderen Regionen des von Menschen besiedelten Alls.

Transverbindung - Kom-Verbindung über interplanetare oder auch interstellare Entfernungen, von den Kantaki kontrolliert.

Tran-Tri - Ein »Sternenwanderer« genanntes Volk, Schöpfer der Künstlichen Intelligenz Amyldema.

Träumer - Nonkonformisten, die einen großen Teil ihrer Zeit in Anderswelten verbringen.

Triumvirat - Leitendes Gremium des Kastells, bestehend aus: dem Horgh Gijül, Kahall aus dem Volk der Tiefe und Ix-Imharrad-Ixtelion von jenen, die den Stürmen trotzen.

Tsalatz - Ein Humanoide mit einer Haut wie roter Schorf. Gehört zum militärischen Kommandostab des Widerstands.

Turannen, Lukert – Koordinator des Konsortiums und Globaldirektor der Konzerngruppe *New Human Design*, Konkurrent Valdorians.

Tyragon – Ein Feyn.

Valdorian, Benjamin – Valdorians ältester Sohn, geboren 372 SN.

Valdorian, Hovan Aldritt - Valdorians Vater, geboren 240 SN; wurde 310 SN zum Primus inter Pares des Konsortiums; 315 SN bei einem Unfall gestorben.

Valdorian, Rungard Avar - Geboren 274 SN, Primus (übliche Anrede; offizieller Titel: »Primus inter Pares«) des Konsortiums.

Vivian - Kantaki-Pilotin und Kognitorin. Wurde auf der Erde im Jahr 2073 der alten Zeitrechnung aktiv.

Vortex – Das Machtzentrum der Temporalen.

Xadelia - Eine Vitalin der Feyn.

Xarrh, Mutter - Eine Kantaki im Refugium Corrian.

Xurr – Legendäre, offenbar ausgestorbene Spezies, die hier und dort Ruinen hinterlassen hat. Die Xurr kamen vor hunderttausend Jahren aus dem galaktischen Kern und verschwanden vor etwa zehntausend Jahren.

Zerstörer - Automatisierte Kampfschiffe der Temporalen.

Zirkel - Familien der Temporalen.

Zirkel der Sieben - Regierunsgremium der Temporalen.

Chronologie

Phase 1: Nationalstaaten der Erde

2021: Gemeinsam mit Russland richtet die Europäische Union die erste permanent bewohnte Mondstation ein. Nicht nur die technologische Rivalität zu den Vereinigten Staaten von Amerika wächst. In politischer Hinsicht wird das erweiterte Europa immer mehr zu einem Gegengewicht zu den USA, die nach den Kriegen im Nahen, Mittleren und fernen Osten sowie in Mittel- und Südamerika zunehmend unter innen- und außenpolitischen Druck geraten. Angesichts der immensen amerikanischen Militärausgaben droht eine Wirtschaftskrise von globalem Ausmaß.

2022–2027: Die europäisch-russische Mondstation wird ausgebaut und entwickelt sich immer mehr zu einer Kolonie, die lokale Rohstoffe verarbeitet und mit industrieller Produktion beginnt.

2026: Eine bemannte Mars-Mission der Amerikaner scheitert noch auf dem Weg zum Roten Planeten. Das mit einem modernen Ionenantrieb ausgestattete Raumschiff mit sieben Astronauten an Bord gerät in den hochenergetischen Teilchenstrom eines Sonnensturms. Die Aktivität der Sonne nimmt weiter zu.

2027: China richtet eine eigene, permanent bewohnte Mondbasis ein.

2036: Die zweite bemannte amerikanische Mars-Mission erreicht den Roten Planeten. Durch einen Unfall kommt es zu einer biologischen Kontamination des Mars-Ambiente durch terrestrische Mikroben.

2050: Das »Jahr des Wandels« auf der Erde. Ein gewaltiger Börsencrash, nicht zuletzt durch das enorme amerikanische Staatsdefizit verursacht, vernichtet die Ersparnisse von Millionen Menschen. Die Folge sind nicht nur ein globaler Wirtschaftskollaps mit Massenarbeitslosigkeit, sondern auch wachsende Unzufriedenheit. In den vom US-Einfluss dominierten südamerikanischen Staaten häufen sich Aufstände. Es kommt zu einer neuen Terrorwelle, und die USA nehmen dies zum Anlass, die »Amerikanische Hegemonie« zu proklamieren. In der Europäischen Union, ebenfalls von der Wirtschaftskrise heimgesucht, mehren sich antiamerikanische Stimmen, aber man setzt nach wie vor auf Zusammenarbeit.

Mitte des Jahres kommt es in Rio de Janeiro zu einem verheerenden Bombenanschlag, dem insgesamt fast zehntausend Menschen zum Opfer fallen. Unter den Toten befinden sich auch die beiden Söhne von Jonas Jacob Hudson - der »Erleuchtete« genannt -, eines charismatischen Sektenführers. Von der öffentlichen Propaganda bestärkt, sieht Hudson islamisch-fundamentalistische Terroristen hinter dem Anschlag und beginnt mit einer beispiellosen Hetzkampagne gegen alles Moslemische.

2052: Die wirtschaftliche Lage auf der Erde entspannt sich allmählich. Aus der europäisch-russischen Mondbasis ist eine Stadt mit fast zehntausend Einwohnern geworden. Probleme mit Strahlung und Mikrometeoriten führen zur Entwicklung erster energetischer Schirmfelder, die auch weiteren Flügen zum Mars und in die Außenbereiche des Sonnensystems zugute kommen. Hudson setzt seine Hetzkampagne fort, und die von ihm geführten christlichen Fundamentalisten, die »Neuen Illuminaten«, gewinnen in der westlichen Welt immer mehr Einfluss.

2054: Die Entwicklung des »Levitators« befreit von den Fesseln der Gravitation. Die Raumfahrt wird erheblich einfacher und billiger.

2055: Verbessertes Ionentriebwerk. Flüge zum Mond dauern nur noch wenige Stunden, zum Mars einige Tage und zu den äußeren Planeten Wochen. Kompensatoren lösen das Problem des Trägheitsmoments.

2056: Erste permanent bewohnte Station auf dem Mars, unter der Ägide der UN, faktisch aber verwaltet von der Amerikanischen Hegemonie. Zu den Bewohnern der Station zählen auch Anhänger des Erleuchteten.

2057: Erkundungsflüge zu den äußeren Planeten. Nach der ökologischen Katastrophe auf dem Mars ist man vorsichtiger geworden, und der Jupitermond Europa wird zur Sensation. Unter dem mehrere Kilometer dicken Eispanzer, in einem hunderte von Kilometern tiefen Ozean aus Wasser, findet man das erste extraterrestrische Leben.

2059: In Höhlen auf den Saturnmonden Dione, Mimas und Tethys werden Hinterlassenschaften der La-Kimesch gefunden.

2060: Auch auf den Uranus-Monden Miranda und Ariel finden Expeditionen Relikte der La-Kimesch, die offenbar das Sol-System vor vielen Millionen Jahren mehrmals besucht und hier vielleicht sogar eine Kolonie gegründet haben.

2072: Der Erleuchtete und seine Neuen Illuminaten realisieren einen von langer Hand vorbereiteten Plan. Mit einem einfachen Raumschiff brechen sie vom Mars zum Asteroidengürtel auf und lenken »Gottes Hammer« in Richtung Erde, einen kleinen Asteroiden, der den Mittleren Osten treffen und damit die Zentren des Islam auslöschen soll. Nach zwölf Monaten wird er sein Ziel erreichen.

2073: Auf der Erde werden Maßnahmen zur Neutralisierung des Asteroiden ergriffen, und gleichzeitig kommt es zur Zweiten Großen Völkerwanderung. Wer dazu imstande ist, verlässt die gefährdeten Regionen. Millionen brechen auf und fliehen aus dem Nahen und Mittleren Osten. Die westliche Welt und auch die Staaten im Fernen Osten werden von Flüchtlingen überschwemmt. Es gelingt jedoch nicht, »Gottes Hammer« von seiner Bahn abzulenken, und der Versuch, ihn zu zerstören, lässt den Asteroiden in mehrere Teile zerbrechen. Aus der von den Neuen Illuminaten für die islamische Welt geplanten Katastrophe wird ein globales Desaster, das aber vor allem die Amerikanische Hegemonie in Mitleidenschaft zieht.

2075: Der untergetauchte Erleuchtete flieht mit mehr als tausend Anhängern von der Erde. Ein umgebautes Langstreckenschiff, für die Erforschung der äußeren Planeten bestimmt, soll ihnen als Generationenschiff dienen und sie zu den Sternen bringen, »Gott entgegen«. Zwischen den Umlaufbahnen von Neptun und Pluto begegnen die Flüchtlinge einem Kantaki-Schiff, dem fünften, das im Verlauf der letzten dreitausend Jahre einen Abstecher ins Sol-System gemacht hat, auf der Suche nach zahlungskräftigen Passagieren. Mutter Rrirk, Eignerin des Schiffes, nimmt die Flüchtlinge auf und bringt sie in ihrer Transportblase zu einem extrasolaren Planeten, der den Namen Schanhall bekommt und später, von christlichen Fundamentalisten bewohnt, zum lockeren Bund der Spiritualistischen Welten gehören wird.

Phase 2: Die große Expansion

2075: Nach den Einschlägen der Meteoritenfragmente bildet sich der »Bund der Laizistischen Nationen«, in denen Staat und Religion strikt voneinander getrennt sind. Der Kontakt mit den Kantaki bedeutet eine schwere Krise für die traditionellen Religionen und bietet gleichzeitig die Möglichkeit, die im Chaos versinkende Erde zu verlassen. Doch in den meisten Fällen verlangen die Kantaki hohe Preise für den Transport von Passagieren und Fracht, die sich nicht jeder leisten kann. Pioniere brechen auf - einige wenige unabhängig, die meisten in den Diensten finanzkräftiger Auftraggeber -, lassen sich von Kantaki-Schiffen zu fremden Sonnensystemen bringen und suchen von dort aus mit interplanetaren Schiffen nach Welten, die sich für die Besiedlung eignen. Innerhalb von nur dreißig Jahren werden mehr als zweihundert extrasolare Planeten besiedelt, darunter Kabäa im Epsilon-Eridani-System sowie Tintiran und Xandor im Mirlur-System. Die Auswanderung wird zu einem enormen Geschäft, und es entstehen neue Abhängigkeiten: Wer die Erde verlassen will und nicht genug Geld hat, verpflichtet sich mit Arbeitsverträgen, die Schulden auf den Kolonien abzuarbeiten. Den Regierungen des BdLN gelingt es kaum mehr, die politische, soziale und wirtschaftliche Kontrolle über die Ereignisse auf der Erde und auf den vielen Kolonialplaneten zu behalten.

2080–2200: Ende des zweiundzwanzigsten Jahrhunderts gibt es über siebenhundert von Menschen besiedelte Planeten, einige von ihnen mehr als fünftausend Lichtjahre entfernt. Die Bevölkerung der Erde ist von acht Milliarden auf etwas mehr als zwei Milliarden geschrumpft. Es bestehen Kontakte zu weiteren extraterrestrischen Intelligenzen, unter ihnen die Akuhaschi, Taruf, Horgh, Ganngan, Kariha, Quinqu, Grekki und Pintaran. Die Horgh bieten eine Alternative zu den Kantaki-Schiffen. Mit ihren Sprungschiffen können ebenfalls interstellare Entfernungen überbrückt werden, aber die dabei entstehenden Schockwellen sind für Menschen unerträglich. Es scheitern alle Versuche, eine eigene überlichtschnelle Raumfahrttechnik zu entwickeln und dadurch von den Kantaki und Horgh unabhängig zu werden.

Auf der Erde entsteht eine multikulturelle globale Gesellschaft. Politische Kontrolle über ferne Kolonien lässt sich kaum bewerkstelligen, zumal auf den Kolonialwelten längst überwunden geglaubte Gesellschaftsstrukturen entstehen: auf der einen Seite die »Autarken«, die ihre Emigration selbst finanziert haben und auch finanzkräftig genug sind, sich eine neue Existenz zu schaffen; auf der anderen die »Subalternen«, die sich vertraglich verpflichtet haben, ihre Schulden abzuarbeiten.

Ein Personenkreis steht außerhalb dieser Struktur: die Kantaki-Piloten. Wie sich herausstellt, verfügen auch gewisse Menschen über die besondere Gabe, die für die Navigation im Transraum nötig ist, und die Kantaki nehmen sie bereitwillig in ihre Dienste. Kantaki-Piloten genießen hohes Ansehen und gelten als unantastbar.

Auf vielen Welten findet man Hinterlassenschaften der La-Kimesch, und die Xenoarchäologen fragen sich, warum ihre galaktische Hochkultur vor etwa zweiundzwanzig Millionen Jahren ein so plötzliches Ende fand.

Phase 3: Konsolidierung

2201–2500: Auf vielen Kolonialwelten kommt es zu einem wirtschaftlichen Aufschwung ohnegleichen, denn Rohstoffe stehen praktisch unbegrenzt zur Verfügung und können durch moderne Technik mit nur geringen Kosten weiterverarbeitet werden. Außerdem gibt es einen riesigen, sich ständig ausweitenden Markt. Gesetzliche Hindernisse für ein ungehemmtes ökonomisches Wachstum mit allen seinen Konsequenzen gibt es nicht mehr. Aus Dutzenden und hunderten von Firmengruppen bestehende Wirtschaftskonglomerate bestimmen weitgehend das Geschehen auf den von Menschen besiedelten Welten.

Die Gentechnik macht große Fortschritte und verlängert die durchschnittliche Lebenserwartung der Menschen. Erste »Resurrektionen« werden möglich, genetische Revitalisierungen, die den Körper verjüngen, die Gen-Struktur aber auch destabilisieren. Resurrektionen sind sehr teuer und bleiben den Subalternen verwehrt. Bei den Autarken bewirken sie eine soziale Differenzierung, denn nicht alle von ihnen können sich solche Behandlungen leisten. Eine Resurrektion bleibt in den meisten Fällen den »Magnaten« vorbehalten, den Oberhäuptern von Konzernen und Firmengruppen, und den Angehörigen des neuen interstellaren Finanzadels. Darüber hinaus ermöglicht die Weiterentwicklung der Gentechnik »Neue Menschen«, die an besondere Umweltbedingungen angepasst sind und so für normale Menschen lebensfeindliche Welten besiedeln können.

2212: Die Allianz bildet sich aus anfänglich vierzehn Konzerngruppen. Zentralwelt: die Erde. Aber schon bald verliert die Erde an politisch-wirtschaftlicher Bedeutung, und praktisch alle wichtigen Entscheidungen der Allianz werden im nur gut zehn Lichtjahre entfernten Epsilon-Eridani-System getroffen, auf Kabäa.

2227: Das Konsortium entsteht als Gegenpol zur Allianz. Unter anderem gehören ihm die Valdorian-Unternehmensgruppe und der auf Gentechnik spezialisierte Konzern *New Human Design* an.

2280: Hegemonie und Entente entstehen. Die letzten Reste der alten Nationalstaaten verschwinden, auf der Erde ebenso wie auf den Kolonien.

2292: Die Kongregation wird gegründet.

2311: Die von christlichen Fundamentalisten und anderen religiösen Extremisten bewohnten Welten, unter ihnen Schanhall, schließen sich zum lockeren Bund der Spiritualistischen Welten zusammen.

2314–2330: Weitere Welten werden besiedelt; es entstehen der Islamische Bund, der Anarchische Block, Träumerwelten (deren Bewohner virtuelle Anderswelten der Wirklichkeit vorziehen) und die Separaten Planeten mit planwirtschaftlich-sozialistischen Wirtschaftssystemen.

2401–2430: Es kommt zur ersten großen Emigration der Entsager, die versuchen, zu den Wurzeln der menschlichen Existenz zurückzukehren und mit möglichst wenig Technik auszukommen. Innerhalb von dreißig Jahren besiedeln sie mehr als zwanzig Planeten. Einige von ihnen lassen sich, ungeachtet aller damit verbundenen Gefahren, an Bord von Horgh-Schiffen ins Zentrum der Milchstraße bringen, aus dem einst die Xurr kamen, in der Hoffnung, jene Geschöpfe zu finden, die Organisches mit Anorganischem verbanden.

2429: Eine besondere Gruppe der Entsager, die »Kinder des Glücks«, schlagen einen extremen Weg ein. Sie entsagen nicht nur dem modernen Leben, sondern auch der Gegenwart. Sie brechen mit einem großen Habitatschiff, der »Zeitarche« auf, das im Verlauf von mehreren Jahren bis fast auf Lichtgeschwindigkeit beschleunigt wird, sodass sich Dilatationseffekte bemerkbar machen.

2458: Das »Jahr der Rückkehrer«. Von den Entsagern, die vor mehr als dreißig Jahren mit Horgh-Schiffen in Richtung galaktisches Zentrum aufbrachen, kehren sieben zurück. Mit einem Horgh-Frachter treffen sie auf Kabäa ein und erwecken den Eindruck, durch die Schockwellen der Sprungschiffe wahnsinnig geworden zu sein. Während der Behandlung in einer Spezialklinik berichten sie immer wieder von schrecklichen Ereignissen im galaktischen Kern, insbesondere von »Schwarzen Tunneln« und den »Elf Toren«. In den Schilderungen der Rückkehrer spielt der »Weltenhaufen« eine große Rolle, und sie erwähnen Geschöpfe namens Toukwan, die angeblich die Xurr vor hunderttausend Jahren zur Flucht veranlassten.

2477: Der Planet Aquaria wird besiedelt, und in seinen Ozeanen findet man intelligente Medusen. Aus den Mägen ihrer nicht mit Intelligenz begabten fernen Verwandten, der Tiefseequallen, wird ein seltenes Betäubungsmittel gewonnen, das es Menschen erlauben kann, die

Schockwellen von Sprungschiffen der Horgh zu ertragen.

(2489): Auf der anderen Seite der Milchstraße werden die Feyn von Feinden aus der Vergangenheit angegriffen, den »Temporalen«.

Phase 4: Die Dynastien

2501–2680: Die Erste Dynastie.
Es entstehen diktatorische Systeme, ökonomische Dynastien, und ihre Oberhäupter, die Dynasten, üben eine weitaus direktere und offensichtlichere Kontrolle aus als zuvor die Magnaten.

(2521): Die Feyn erringen einen entscheidenden Sieg über die Temporalen und schließen die Zeitportale, durch die ihre Gegner in die Gegenwart gelangen konnten.

(2533): Die Kantaki Mutter Krir wird zu einer der Großen Fünf.

(2641): Auf der anderen Seite der Milchstraße öffnen die Feyn eines der vor hundertzwanzig Jahren geschlossenen Zeitportale und schicken eine Expedition in die Vergangenheit, in die Zeit der besiegten Invasoren. Das ist ein großer Fehler, wie sich später herausstellen wird.

2681–3010: Die Zweite Dynastie.
Nach dem Fall der Ersten Dynastie übernehmen die Magnaten direkt die Macht und setzen dabei auch militärische Mittel ein, da der Transport von Waffen und Truppen nicht gegen den Sakralen Kodex der Kantaki verstößt. Die Magnaten werden zu den neuen Dynasten, deren Herrschaft sich diesmal nicht auf einzelne Planeten beziehungsweise ein Sonnensystem beschränkt.

(2717): Die von den Feyn in die Vergangenheit geschickte Expedition kehrt mit vielen Jahren Verspätung zurück, angeblich aufgrund eines fehlerhaften Zeitsprungs. Was noch niemand weiß: In ihrer Mitte befinden sich einige getarnte Temporale, die damit beauftragt sind, die geschlossenen Zeitportale wieder zu öffnen.

(2774): Getarnte Temporale, zusammen mit der Expedition der Feyn zurückgekehrt, brechen mit Schiffen der Kantaki und der Horgh auf. Auf fernen Welten öffnen sie erste versteckte Zeitportale, durch die Zeitkrieger in die Gegenwart gelangen können und erste Vorbereitungen für den Transfer der Haupttruppen und der Zeitflotte treffen.

(2809): Zeitschiffe beginnen damit, neue Portale zu anderen Welten zu bringen. Die Temporalen bereiten sich auf einen groß angelegten Schlag gegen die Feyn vor.

(2855): Auf der anderen Seite der Milchstraße haben die Temporalen Stützpunkte auf strategisch wichtigen Planeten eingerichtet und beginnen mit dem Angriff auf die Feyn.

(2871): Die Feyn und ihre Verbündeten erleiden im Kampf gegen die Temporalen eine Niederlage nach der anderen und müssen immer mehr der von ihnen besiedelten Welten aufgeben. Sie beginnen mit der Organisation der Drei Großen Barrieren, die die Zentralregion ihres Reiches schützen sollen.

(2903): Die Drei Großen Barrieren der Feyn sind fertig gestellt und geben den Verteidigern neue Hoffnung. Die zentralen Welten nehmen viele Flüchtlinge auf.

(2951): Getarnte Zeitschiffe durchdringen die Erste Große Barriere und öffnen sie für die Zeitflotte.

(2964): Die Feyn arbeiten mit Hochdruck an der Entwicklung einer wirkungsvollen Waffe gegen die Temporalen, während sich die Zweite Große Barriere immer stärkeren Angriffen ausgesetzt sieht.

(3006): Es gelingt den Temporalen, auch die Zweite Große Barriere zu durchbrechen. Nur noch eine Verteidigungslinie trennt sie von den zentralen Welten der Feyn.

(3008): Die Feyn arbeiten noch immer an der Entwicklung des »Sporns«, jener Waffe, die die Temporalen zurücktreiben soll. Der letzte Ansturm des Feindes auf die Dritte

Große Barriere beginnt. Dahinter breitet sich Furcht auf den zwölf zentralen Welten der Feyn – dem so genannten »Dutzend« – aus.

3010: Die Menschheit hat über achttausend Planeten besiedelt, und mehr als hundert von ihnen sind Extremwelten, auf denen genveränderte Neue Menschen Kolonien gegründet haben. Über zwanzigtausend Planeten werden als so genannte Ressourcenwelten genutzt. Es gibt einundzwanzig Wirtschaftskonglomerate; die größten unter ihnen sind Allianz, Konsortium, Hegemonie, Koalition, Entente und Kongregation. Die Zweite Dynastie hat den Höhepunkt ihrer Macht erreicht, als der Erste Zeitkrieg beginnt, später auch Tausendjähriger Krieg genannt.

Phase 5: Der Erste Zeitkrieg (3011 – ca. 4000)

3011: Auf Klinta wird ein Zeitportal entdeckt und unabsichtlich aktiviert.

(3011): Die Temporalen durchdringen die Dritte Große Barriere und beginnen mit dem Angriff auf das »Dutzend«, aber die Feyn haben den Sporn im letzten Augenblick fertig gestellt und setzen ihn gegen die Invasoren ein. Die Temporalen werden jedoch nicht wie erwartet in die Vergangenheit verbannt. Stattdessen öffnet sich ein Tunnel durch Raum und Zeit, ein Transferkanal, der zur anderen Seite der Milchstraße führt.

3011: Erste Temporale kommen durch das Portal und werden von Untergrundkämpfern für zurückgekehrte La-Kimesch gehalten.

3025: Mithilfe telepathischer Manipulationen übernehmen die Temporalen unbemerkt die Macht auf Dutzenden von Menschenwelten.

3030: Es gelingt den Temporalen, weitere Zeittore zu öffnen. Immer mehr von ihnen kommen aus der Vergangenheit und beginnen mit dem Bau eines Hyperportals.

(3041): Auf der anderen Seite der Milchstraße schließen die Feyn die Zeitportale. Sie wissen, dass ihr Sporn nicht so funktioniert hat, wie es vorgesehen war, und beginnen mit einer vorsichtigen Suche nach den verschwundenen Temporalen.

3055: Das Hyperportal geht seiner Fertigstellung entgegen, und die Aktivitäten der Temporalen nehmen zu.

(3056): Die Feyn finden heraus, dass ihr Sporn den Gegner aus der Vergangenheit durch einen Transferkanal zur anderen Seite der Milchstraße transferiert hat. Sie setzen sich mit den Kantaki in Verbindung und bitten sie um Hilfe.

3056: Wie sich herausstellt, können Personen mit der Pilotengabe getarnte Temporale erkennen. Dadurch werden Kantaki-Piloten und die Sakralen Pagoden der Kantaki auf den Welten der Menschen und der anderen Völker zu primären Zielen der Fremden. Sie greifen mit variablen Zeitzonen an, versetzen Kantaki-Piloten in die Vergangenheit und Zukunft oder sogar in die nichtlineare Zeit.

3057: Eine Delegation der Feyn erreicht den von Menschen bewohnten Spiralarm der Milchstraße. Wie alle anderen – abgesehen von den Horgh – sind sie gezwungen, Kantaki-Schiffe zu benutzen, um interstellare Entfernungen zurückzulegen. Sie erkennen sofort, was es mit den fremden Besuchern auf sich hat, und warnen vor der großen Gefahr. Als sie von dem Hyperportal erfahren, machen sie sich sofort auf die Suche danach, denn sie wissen: Wenn es den Temporalen gelingt, es fertig zu stellen und zu aktivieren, können sie damit die Zeitkerker in der Vergangenheit öffnen und ihre gesamte Streitmacht durch einen temporalen Korridor transferieren.

Ein Kantaki-Schiff mit Feyn an Bord findet das Hyperportal, aber es gerät in eine Zeitfalle, die es Jahrmilliarden in die Vergangenheit schleudert, wodurch es zu einer Konfrontation mit dem Realität fressenden Omnivor kommt, dem Abissalen der Kantaki.

Die Temporalen aktivieren das Hyperportal und öffnen die Zeitkerker. Kurz darauf trifft die erste Flotte aus der Vergangenheit ein; sie besteht aus Kantaki-Schiffen – Nachkommen der vor zwanzig Millionen Jahren ausgestoßenen und zum Milchstraßenkern aufgebrochenen Renegaten-Kantaki haben sich mit den Temporalen verbündet.

3060: Die Temporalen lassen ihre Maske fallen und ergreifen dort, wo sie bereits Stützpunkte haben, ganz offen die Macht: im Qirell-System, im Anarchischen Bund, auf den Separaten Welten und auf einigen Planeten der Spiritualistischen Welten.

3060–3200: Auf den anderen von Menschen besiedelten Welten findet eine schleichende Invasion statt. Es verkehren kaum mehr »normale« Kantaki-Schiffe, denn sie werden von den Renegaten sofort angegriffen.

Dutzende von Welten brechen die Kontakte zu anderen Planeten komplett ab, in der Hoffnung, auf diese Weise einer Unterwanderung durch Temporale zu entgehen.

3201–3500: Mehrere Versuche, die Macht der Temporalen zu brechen und sie von besetzten Planeten zu vertreiben, sind gescheitert. Sie haben nicht nur die Welten der Menschen übernommen, sondern auch die vieler anderen Völker.

Die Feyn und Kantaki schließen den Ehernen Pakt, um der von den Temporalen und den Renegaten-Kantaki ausgehenden Gefahr zu begegnen. Eine neue Version des Sporns wird eingesetzt, erzielt jedoch nicht die gewünschte Wirkung. Im Gegenteil: In und außerhalb von Planetensystemen entstehen Zeitanomalien, für die Temporalen unproblematisch, für alle anderen eine große Bedrohung. Ähnliche Anomalien entstehen auf Welten, deren Bewohner sich gegen die Besatzer zur Wehr setzen: Zeitschläuche durch Vergangenheit und Zukunft, Tore zu temporalen Labyrinthen.

Die Magnaten und Autarken versuchen, sich mit den neuen Machthabern zu arrangieren, müssen aber schon bald erkennen, dass eine Koexistenz mit den Temporalen nicht möglich ist.

3501–3800: Mithilfe der Renegaten beginnen die Temporalen, die Sonnensysteme der von Kantaki bewohnten Planeten in ein komplexes Netzwerk aus Zeitanomalien einzuspinnen, das zahlreiche Wege in die nichtlineare Zeit des Plurials enthält. Ähnliche Netzwerke entstehen auch in anderen Teilen des Spiralarms und bilden eine Metastruktur, deren Zweck zunächst rätselhaft bleibt.
Auf den besetzten Welten entsteht eine gut organisierte Widerstandsbewegung, in der die »Patrioten«, Genveränderte mit der Pilotengabe, die wichtigste Rolle spielen. Die Patrioten sind vor telepathischer Manipulation der Temporalen geschützt, können sowohl den Gegner als auch seine vielen Zeitfallen erkennen. Darüber hinaus sind diese speziellen Neuen Menschen imstande, die beim Sprung der Horgh-Schiffe entstehenden Schockwellen zu ertragen, ohne sofort den Verstand zu verlieren oder zu sterben.
Eine geheime Delegation der Patrioten bricht an Bord eines Horgh-Schiffes zu einem Nexus auf, um dort mit den Kantaki und Feyn ein gemeinsames Projekt zu planen.

3801–4000: Die Kantaki schützen ihre Heimatwelt Munghar und andere von ihnen bewohnte Planeten mit einem multidimensionalen Schild, der für die Renegaten ebenso undurchdringlich ist wie für die Temporalen. Sie haben die interstellare Raumfahrt auf ein Minimum reduziert, und ihre Schiffe bleiben unbewaffnet, wie es ihre Philosophie verlangt. Aber sie sind jetzt ebenfalls mit multidimensionalen Schilden geschützt, und es gelingt ihnen, einige wenige Flugkorridore durch die Anomalien-Netze offen zu halten.
Eine Expedition, zum großen Teil aus Neuen Menschen bestehend, bricht 3840 in die Vergangenheit

auf, kehrt aber nicht zurück; man geht von ihrem Scheitern aus.

Auf den von ihnen besetzten Welten beginnen die Temporalen mit einem strengeren Regiment. Lokale Philosophien und Religionen werden verboten, und an ihre Stelle tritt die Endzeitlehre. Die Menschen und anderen Völker werden aufgefordert, sich auf das bevorstehende »Ende der Welt« vorzubereiten, darauf, dass der Materie gewordene Geist wieder Geist wird, mit all dem Wissen, das er während der Fünf Kosmischen Zeitalter gesammelt hat.

Im Jahr 3936, fast hundert Jahre nach dem Aufbruch der Expedition in die Vergangenheit, kehren zwei Überlebende zurück, lediglich um einige Jahrzehnte gealtert. Sie berichten nicht nur von einem Zeitlabyrinth, in dem sie sich verirrten und das alle anderen Expeditionsteilnehmern das Leben kostete, sondern auch von den Plänen der Temporalen. Mit der Metastruktur ihrer Anomalien-Netze wollen sie einen Schwarzen Tunnel durch Zeit und Raum schaffen, die im Milchstraßenzentrum gelähmten Keime des Omnivors, »Splitter Gottes« genannt, zusammenführen und das ganze Universum kollabieren lassen – was das Ende des Fünften Kosmischen Zeitalters bedeuten würde.

Aber die beiden Überlebenden bringen nicht nur diese Schreckensnachricht, sondern auch eine wichtige Information, die es Feyn und Kantaki ermöglicht, den Sporn zu verbessern. Im Jahr 3999, kurz vor Fertigstellung der Metastruktur, die den Schwarzen Tunnel öffnen soll, ist der neue Sporn einsatzbereit und wird aktiviert. Der von ihm entfesselte Zeitsturm schleudert die Temporalen zwar in die Vergangenheit zurück, aber das Gefüge der Raum-Zeit bricht an vielen Stellen auf. Die Anomalien-Netze zerreißen, und es beginnt die Epoche des Chaos.

Phase 6: Die Epoche des Chaos (ca. 4000–4500)

Die Länge der Epoche des Chaos variiert von Planet zu Planet, und zwar aufgrund ausgedehnter temporaler Diskontinuitäten. Die außerhalb des gewöhnlichen Zeitstroms lebenden Kantaki versuchen vergeblich, einen Kontakt mit dem Konziliat herzustellen, und so beginnen sie allein mit der »Wiederherstellung des Kontinuums«.

Auf den Menschenwelten beginnt die »Restauration«. Zwar hat mit dem Beginn des Zeitkriegs ein langer wirtschaftlicher Niedergang begonnen, aber die grundlegenden ökonomischen Strukturen sind erhalten geblieben. Die Magnaten und hochrangigen Autarken beginnen damit, sich selbst einen Teil des Sieges über die Temporalen zuzuschreiben. Es finden Neugründungen der alten Wirtschaftskonglomerate statt. Zwar schließen sich einige zusätzliche Planeten dem Anarchischen Bund und den Separaten Welten an, und außerdem gibt es jetzt die Konföderation der Neuen Menschen; aber die Magnaten verstehen es, ihre alte Macht zurückzugewinnen. Allerdings versuchen sie diesmal, im Hintergrund zu bleiben, tarnen ihren wahren Einfluss durch pseudodemokratische Institutionen.

Die an vielen Stellen gebrochene Raum-Zeit erschwert die Rückkehr zur Normalität. Immer wieder kommt es zu bizarren, gefährlichen Paradoxa, im Weltall ebenso wie auf Planeten. Die Wiederherstellung des Kontinuums durch die Kantaki und begabte Neue Menschen dauert an, aber die Schäden sind so groß, dass sie sich zunächst auf die dringendsten Dinge konzentrieren müssen. Anomalien, die sich nicht sofort in die Raum-Zeit reintegrieren lassen, werden gekennzeichnet und isoliert.

Phase 7: Die neue Zeitrechnung

1 SN: Nach dem temporalen Chaos und der Beseitigung der größten Raum-Zeit-Anomalien einigen sich die Menschenwelten auf eine neue Zeitrechnung, die mit dem Jahr 1 »Seit Neubeginn« anfängt.
Für die großen Wirtschaftskonglomerate beginnt erneut eine Phase des Wachstums; dabei gewinnen zwei immer mehr an Macht: Allianz und Konsortium. Während der ersten zweihundertfünfzig Jahre nach dem Zeitkrieg bleibt die wirtschaftliche Expansion weitgehend ohne militärische Aktivität, aber dann eskalieren die alten Rivalitäten, und aus Wettbewerb wird zunehmend Konfrontation. Als besonders aggressiv erweist sich dabei das Konsortium.

109 SN: Der Planet Guraki im Desmendora-System wird besiedelt. Dort entdeckt man die ersten Ruinen der Xurr.

240 SN: Hovan Aldritt Valdorian wird geboren.

269 SN: Feydor wird auf Schanhall geboren.

274 SN: Rungard Avar Valdorian wird geboren.

276 SN: Lidia DiKastro wird geboren.

301 SN: Lidia besucht die Sakrale Pagode der Kantaki in Bellavista auf Tintiran, um ihre Gabe prüfen zu lassen.

303 SN: Hannibal Petricks, Vorsitzender der Aidon-Werften, ist Primus inter Pares des Konsortiums.

307 SN: Rungard Avar Valdorian nimmt immer mehr Einfluss auf die Geschicke der Valdorian-Unternehmensgruppe. Die Übernahme einiger anderer Unternehmen geht auf ihn zurück.

310 SN: Hovan Aldritt Valdorian wird zum Primus inter Pares des Konsortiums.

314 SN: Auf Orinja im Takhal-System entstehen die ersten Minenstädte.

315 SN: Hovan Aldritt Valdorian kommt durch einen Unfall ums Leben. Sein Sohn Rungard Avar Valdorian tritt seine Nachfolge an.

324 SN: Der denebianische Philosoph Horan stirbt.

324 SN: Kerberos im Hades-System wird besiedelt.
324 SN: Jonathan Fentur wird geboren.
327 SN: Eklund wird auf Maximilius geboren.
342 SN: Madeleine Kinta wird geboren.
357 SN: Cordoban wird geboren.
369 SN: Rungard Avar Valdorian heiratet Madeleine Kinta.
372 SN: Benjamin Valdorian wird geboren.
380 SN: Rion Valdorian wird geboren.
390 SN: Valdorian führt erfolgreiche Verhandlungen mit dem Arkanado-Kartell und gliedert es in das Konsortium ein, das dadurch zur stärksten Wirtschaftsmacht im von Menschen besiedelten All wird.
394 SN: Valdorian plant eine ökonomische Offensive gegen die Welten des so genannten Bundes der neuen Freiheit.
395 SN: Hendriks, Cordobans Vorgänger, fällt einem Anschlag zum Opfer.
395 SN: Cordoban wird neuer Chefstratege des Konsortiums.
398 SN: Die Ehe von Rungard Avar Valdorian und Madeleine Kinta wird geschieden.
401 SN: Eine enge Zusammenarbeit zwischen *New Human Design* und der Valdorian-Unternehmensgruppe entsteht. Cordoban plant die Arsenalplaneten.
414 SN: Jonathan Fenturs Frau stirbt.
419 SN: Cordoban trifft mit den Plänen für das Projekt Doppel-M auf Kerberos ein. Die Arbeit am Metamorph beginnt.
420 SN: Eine Einsatzgruppe des Konsortiums vernichtet den Planetoiden Dandari im Hartman-Sektor. Dabei kommen Enbert Dokkars Frau und zwei seiner Söhne ums Leben.
421 SN: Es kommt zum direkten Konflikt zwischen der Allianz und dem Konsortium. Valdorian sieht seinen Tod nahe und macht sich auf die Suche nach Lidia.
421 SN: Auf Kerberos wird der Metamorph aktiv.
421 SN: Der Omnivorsplitter verlässt Kerberos und befreit die Temporalen aus dem Null. Der Zweite Zeitkrieg beginnt.

HEYNE
STEPHEN
BAXTER
EVOLUTION
ROMAN